红河前进的足音

——聂荣飞新闻作品选集

聂荣飞 著

点滴记录红河前进历史

亲身感触锡都沧桑巨变

云南美术出版社

图书在版编目（CIP）数据

红河前进的足音：聂荣飞新闻作品选集 / 聂荣飞著
. -- 昆明：云南美术出版社，2023.11

ISBN 978-7-5489-5413-2

Ⅰ. ①红… Ⅱ. ①聂… Ⅲ. ①新闻–作品集–中国–
当代 Ⅳ. ①I253

中国国家版本馆 CIP 数据核字（2023）第 128870 号

责任编辑：台　文
责任校对：孙雨亮　廖　倩
装帧设计：沈　琦

红河前进的足音——聂荣飞新闻作品选集

聂荣飞　著

出版发行　云南美术出版社

（昆明市环城西路 609 号）

印　　制	个旧市印刷厂	
开　　本	787mm×1092mm　1/16	
字　　数	701 千	
印　　张	41.5	
印　　数	1~1000 册	
版　　次	2023 年 11 月第 1 版	
印　　次	2023 年 11 月第 1 次印刷	
书　　号	ISBN 978-7-5489-5413-2	
定　　价	118.00 元	

如出现印刷、装订错误，请与承印厂联系调换事宜。
印刷厂联系电话：0873-2123279

看山花烂漫
（代序）

《云南日报》原总编辑　孙官生

　　我作为《红河前进的足音——聂荣飞新闻作品选集》的第一个读者，并有幸为之写序，感触良多。可以说我读过的新闻作品不少，但结集成书的并不多，而一个从事新闻采访工作仅五六年的年轻记者将其作品结集成书，而且是极有分量的一本，这是迄今为止我的新闻阅历中仅见的。

一

　　记得40多年前我初入大学时，刘尧民教授曾经这样教导我："你们一个班的同学现在水平差不多，但三五年之后，用功的，学得好的就会冒出来，教不用功、学得不好的绰绰有余。"我以为，聂荣飞同志就属于"用功的""学得好的"，她在同一批年轻记者中确实是"冒尖"的。

　　聂荣飞同志是1997年初春，我在《云南日报》总编辑任上时应聘到《云南日报》社工作的，担任《云南日报》及其系列报《春城晚报》驻红河哈尼族彝族自治州（那时州府在个旧市）记者站的驻站记者。这样说起来，我们不仅是同行，而且是同事了。

　　1996年，报社的事业获得了较快发展。为了推进报业现代化，为了在日趋激烈的报业竞争中站稳脚跟、加快发展，报社开始了一系列改革。在用人上废除大学毕业生分配制和在职记者调入制，一律改为招聘制。打破"铁饭碗"、调动积极性，优胜劣汰，就是改革的重要内容之一。聂荣飞同志大学毕业后在党校从事成人教学和管理工作，她毅然放弃"铁饭碗"，应聘记者，并以优异成绩被录用，成了云南省新闻界第一批敢吃"螃蟹"的人，这在当时是一般人不敢想、不敢做的事情——尤其是对一个有了一份不错的、稳定职业的女同志。然而，聂荣飞同志以可贵的胆识和勇气挑战自我、挑战传统，迈出了这勇敢的一步，她也因此获得了更广阔的舞台，她的聪明才智也因此迸发出来，绽放出灿烂的花朵，结出了丰硕的果实。

1

二

我用整整 3 天时间，读完了聂荣飞同志的新闻作品选集。随着她的足迹，随着她的笔触，在我面前展现出红河州 20 世纪末至 21 世纪初叶政治、经济、文化、社会生活全方位巨大变化的历史画卷，回荡着红河州迈向新世纪的铿锵足音。这一切，不是通过抽象的议论、宏观的扫描和空泛的赞美来展示，而是通过记者独具的慧眼、敏锐的触觉来加以捕捉，并用生动精准的语言记录和描绘出来，从一件小事、一缕新风、点滴变化、经验教训入手，传递红河信息，展示红河面貌和红河精神。

这部作品的内容，大致可分为五个方面：

一是记述红河州发生的重大历史性事件的。如：举办 40 年州庆系列活动、中国—越南国际汽车运输线开通、个旧市 96·8 灾后恢复重建系列工程、蒙自县五里冲水库建设竣工、中国—越南边境民族文化旅游节系列报道等。

二是报道改革开放和社会主义现代化建设新成就和新业绩的。如：建水县青刀豆出口法国、屏边县建成我国最大的黑熊养殖基地、全省首家民工住宅小区在个旧建成、个旧捧回全国人居环境范例大奖、个旧小康社会发展纪实等。

三是把笔触伸向社会基层，采写了一大批光彩夺目的"百姓故事"。这是聂荣飞同志的新闻中最出彩的部分。如：在个旧市福利院为弃婴当保姆的普艳华、第一个把壮观的哈尼梯田"送"到海内外的元阳县本土摄影家刘顺龙、在屏边黑熊研制基地"与熊共舞"的技术员万全书、云锡松矿为抢救同事而九死一生的好"坑姐"万礼芬、殡葬女工杨美荣、下岗自谋职业的"豆腐夫妻"樊金贵和沙美珍、命运坎坷的农民诗人和代课教师亚楷、生活再困难也不向政府要救助的抗日老战士兰保珍……

总之，工人、农民、教师、抗日老战士、保姆、擦皮鞋匠、患怪病的好女孩、的士司机……都被聂荣飞同志从社会最基层的犄角旮旯里寻找到，并用满腔热情去把他们平凡而又感人的故事写出来，上了报纸。对这些普通人来说，这是一辈子想都不敢想的事，但是聂荣飞同志却满怀深情地去做了。难怪，她被读者亲切地誉为"平民记者"，被云南日报社评为"优秀记者"，被个旧市委多次授予对外宣传"特等奖"。

新闻工作者要"贴近实际、贴近群众、贴近生活"，聂荣飞同志是身体力行者！

　　四是歌颂社会新的精神风貌的。如：全省首家私营企业党支部在个旧成立、个旧市政府帮助特困孩子上学、个旧市人民医院自揭"家丑"、个旧市成立"中学生环保志愿队"等。

　　五是开展舆论监督、曝光违反禁令的批评性新闻。如：《盗版教辅书侵袭小学生》《红河州一批环保设备"生病"》《中学生理想教育不理想》《"英雄卡"的负效应》《开远旅客，有家难回》《中小学生作业本不该强卖强买》《个旧私营中巴车问题不少》《个旧"难民车"超载严重》等，所反映的大都是党委政府关心的、广大群众企盼的、看得见、摸得着的实实在在的事情，通过聂荣飞同志的报道，一些老大难问题解决了，不少群众的合理愿望和要求实现了。

　　这些批评性报道，在今天看来可能是比较平常的了，可是在六七年前——在新闻批评和舆论监督在我们这些边疆地区还不是很"火"、很"流行"的时候，采写和报道这类新闻确实是需要很大的勇气、魄力和担当的；同时，也是需要有较强的辨别是非能力和把握尺度能力的。故而，这部分内容集中体现了聂荣飞同志作为一个优秀的职业记者（尽管她从事这个工作时间不长）所应有的敏锐思想、责任担当和道德良知；也因此，新闻的"三贴近"及一个优秀新闻工作者不可或缺的社会价值，也充分体现出来了。

三

　　聂荣飞同志的新闻成绩是多方面的，综合来看，主要有以下方面：

　　一是她尤其擅长写短消息，并能抓住新闻的焦点来采写。

　　她善于发现和捕捉现实生活中的难点、焦点、闪光点，所写短消息语言直白，文风朴实，惜墨如金，"焦点"突出，新闻性极强，见报率极高，很受读者欢迎。如：《迟到者，请入席，金平县设"迟到席"扭会风》《个旧市人民医院考核领导业绩，请群众"亮"分》《个旧市首例执法机关刑事赔偿案审结》《个旧市政设施屡遭毁坏》《云锡总医院：不好好工作就待岗》《蒙自：居民告赢建设局》等短消息，都因"焦点"或"亮点"突出而被编辑特别加了"编者按"或"编后语"。也因此，这些作品至今仍然被读者津津乐道。

　　二是她写的通讯选题大气，立意高远，行文潇洒，翰墨淋漓，意到神驰。

　　譬如通讯《在历史的嬗变中跨越——个旧小康社会发展纪实》，全景式地报道和展现了个旧这个老工业城市在由计划经济向市场经济转型过程中所经历的种种阵痛、嬗变和跨越：在社会经济转型的深层次改革中，面对老工业城市沉积多年的诸多矛盾和巨大困难，个旧人民坚韧不拔、坚定不移、坚持不懈，不悲观、不逃避、不放弃，在各级党委政府的关心支持帮助下，千方百计想办法，科学决策，精心组织，深化国企改革、调整产业结构、实施科技创新、抓好民生保障和教育卫生事业……扬长避短，趋利避害，冲过急流险滩，顺利实现了由计划经济向市场经济的成功转型和安全"软着陆"。文章自始至终激荡着昂扬向上、不屈不挠、"团结拼搏，迎难而上，敢于争先，真抓实干"的"锡都精神"之魂。

其他如《个旧：云南民族工业的摇篮》《东南亚大通道上：崛起新锡都》《钟灵毓秀育人杰——扫描石屏县"人才库"》《雄关漫道真如铁——个旧市人民医院建院 60 周年巡礼》《非公经济：托起锡都半壁江山——个旧非公经济"九五"发展综述》等，都是立意高远、结构精当、语言精炼的好新闻，值得认真品读。

三是她写的通讯还有一个独特、新颖之处：能够深刻精准、恰如其分地评析所报道的新闻事件。

4

对新闻进行客观的采写和记录比较容易。但是，对重要新闻要进行深刻精准、恰如其分的剖析和评论，是比较难的。这个能力也是最考量记者功力的一把"尺子"：评析得当、精准到位，则能使文章主题深刻、锦上添花，这也是一个优秀记者必备的素质之一；反之，则会画蛇添足或弄巧成拙，甚至会差之毫厘、谬以千里。所以，一般记者对此是避而远之的。

但聂荣飞同志不仅大胆评析，而且眼界开阔，能够跳出新闻评新闻，并且不少评析确实精准到位，使文章主题更加深刻，令人折服。如百姓故事《当了 53 年农民的抗日老战士》的结尾，就是一段新闻事实和剖析评论水乳交融的精彩篇章：

"从抗日疆场凯旋后，兰保珍在建水绵羊冲这个普通而贫困的小山村务农已经整整 53 年了。

"这期间，不论生活怎么困难，兰保珍也从没有向政府伸手要过困难补助。老人说：'生活再困难，也没有打日本人的时候难。困难是我们自己的，该我们自己克服，怎么能去麻烦国家呢？做人要有志气和骨气。'

"如今，知道这里有一位曾经目睹了日军在中缅地区滔天罪行、并亲身参与了不屈的抵抗斗争的老人的人，实在是少之又少了。当我循着线索去拜访老人，在绵羊冲三社询问人们二社的兰保珍老人家住哪里时，三社的十多个老人都说不知道。待我自己找到时，才发现二社和三社就在方圆不过300平方米的范围内。而当记者为发现兰保珍而激动时，当地人对这个见证了日军杀戮罪行并参加了抗击斗争的'珍本'老人，却是一种无关紧要、无动于衷的漠然。

"我们能漠视老人的平凡，但是，我们不能漠视那段血淋淋的历史……

"忘记历史就意味着愚昧、背叛和堕落！

"如今，与兰保珍同批参加抗日远征军的30多名建水籍男儿已是客死异国他乡50多年的孤魂。而53年前回到建水家乡的8人，已有6人在平凡的农耕生活中先后作古。

"作古的是人，而不能作古的是历史！

"如果我们能花大量的时间，用文字和文化的形式把兰保珍、李万颂等人远征异国抗日的情况作详细记录、整理后予以发表，并作为爱国主义和历史教育的生动教材，普及到中小学教育中，实乃幸事！"

这段叙、议兼备的文字，体现了作者开阔的视野，不仅关注新闻本身、还关注新闻之外的社会责任及其勇于担当的精神。

四是她有很敏锐的新闻"嗅觉"，有很强的鉴别是非能力和去表存真的遴选能力。

在新闻采访中，我们会遇到浩如烟海、乱七八糟的各类素材，哪些是精华可以使用、哪些是糟粕必须扬弃，这对于一个离开报社总部、在地州单枪匹马闯荡、半路出家的职业记者而言，确实是比较难的，确实是需要具有较高的政治理论素养以鉴别是非和较强的去伪存真、去粗取精的遴选能力的。对此，聂荣飞同志是当之无愧的。一些表面上看似简单、平常的新闻事实，她却能独辟蹊径、条分缕析，千方百计地挖掘出其"焦点"和"亮点"并准确地写出来。

譬如新闻特写《一场特殊讲座》是写州、市领导到企业调研的，常规套路是"领导听取汇报、领导指出、领导要求……"就完了，这种文章最好写，也最平庸，不会给读者留下什么印象。但是聂荣飞不，她是有心人，她善于思考，善于从平常的调研和素材中发现"闪光点"——州、市领导从到企业调研、指导工作，变为虚心向企业的专家请教、学习的"学生"。因为对这家高新企业的高新知识不甚了解，州、市领导就在这家企业静坐下来，认真地听了总裁张平伟博士的一堂高新技术讲座课。领导调研是指导基层工作，同时也应该是不耻下问、虚心向群众学习的过程，州、市领导做到了。而聂荣飞同志作为优秀的记者，也敏锐地发现了这个优秀的"新闻点"，并能够去表存真，把淹没和隐藏在这些普通素材中的、特别的"闪光点"挖掘并提纲挈领、准确无误地写了出来，这确实是很难得的！

五是她的写作能力也很出色。

她长期在党校从事语言、文学史、写作等课程的教学，为她从事新闻工作奠定了相当坚实的理论基础。因此，她采写的新闻，内容比较深刻，结构比较精当，细节比较生动，特别是在语言的运用上是非常精练准确的。

譬如《刘顺龙，把哈尼梯田"送"到海内外》一文中对哈尼梯田如诗如画般的精彩描绘："隐现在云山雾海中的元阳县城，仿佛蓬莱仙境中的海市蜃楼；错落有致，黑土亮水对比鲜明，如浓墨重彩的油画般的层层哈尼梯田；在飘忽的白雾中，若隐若现的绿树梢和在梯田中躬耕的农人；洋溢着民族节日喜庆气氛的'长街宴'；如中国山水画般朦胧写意却又醇味悠远绵长的山水树木……

"走进刘顺龙的摄影天地，你会由衷地感叹：其实，在这块贫穷落后的红土地上，绝对不缺少妖娆多姿、神奇美丽的自然风光和各民族劳动者艰苦创业、甩掉贫穷奔富裕生活的勃然生机。而同时，你也会对创造了这份撼人心魄的艺术美感的'山里人'刘顺龙，产生由衷的敬意。"

能把单调、枯燥的新闻写得如此精当、生动、传神，聂荣飞同志的语言表达功力，由此可见一斑。

六是她采写的百姓故事、言论、新闻论文等也都不错，不乏精彩篇章。

百姓故事如《苏佛涛："指画"奇技惊世人》《万全书：与熊共舞》《殡葬女工杨美荣：为亲人送行的"亲人"》《擦鞋匠老杜》等都写得很接地气、很精彩。

她写的言论和新闻论文总的来看不多，但并不缺少好文章。譬如言论《"请愿书"与转变观念》、论文《新闻策划：党报宣传重要的制胜之道——〈个旧报〉策划"个旧建市50周年"系列报道的启示》等都是结合基层工作实际、总结实践经验或教训的好文章。当然，如果这样的好文章能够再多一些，就更好了。

七是一个优秀的记者，不仅是采访者、写作者，还应该是优秀的社会活动家。

从聂荣飞同志的这部作品中，可以看出她出色的综合素质和实力，并折射出她出色的社交能力和协调能力，她确实是一位难得的、比较全面的新闻后起之秀。在从事新闻工作的日子里，她的足迹遍及红河州的城市、农村、矿山、边疆，为改革开放和人民群众的利益鼓与呼。同时，在从事新闻工作五六年的不长时间里，她就采写、发表了各类题材和体裁的文章100多万字。这对于一个上有老、下有小的女同志而言，如果没有过人的勤奋、敬业、执着和吃苦耐劳的精神以及较强的社交和协调能力，是很难采写出这些好作品的，也是很难取得这些斐然成绩的。

当然，如果从更高层面来看，聂荣飞同志的新闻作品还有一些不足之处，有的作品还显得稚嫩，新闻的策划和视角还可以做得更好些。但对于一个年轻记者来说，我们没有必要苛求，相信在今后的工作实践中，她会更加成熟起来。

由于工作需要，聂荣飞同志离开了新闻行业，这不能不说是新闻战线的一件憾事。但我相信，新闻战线上培养和成长起来的她，在新的工作岗位上同样会很优秀。

我们期待着聂荣飞同志有更多的佳作不断面世。

2003年12月20日于昆明

作者注：2003年，我请《云南日报》原总编辑孙官生先生为本书作序时，我已离开云南日报社到地方工作了。但接到我的请求时，先生欣然应允，并在百忙中抽出十分宝贵的时间，作序言《看山花烂漫》并给予较高评价。对此，心中一直深存感激！

本书相关文章的收录和编辑，在2000年就开始了，2003年完毕。后因种种原因，未能及时出版。直到20年后的今天，此书终于付梓。在此，对孙官生先生给予的特别鼓励和帮助表示最诚挚的谢意！对序言的推迟出版表示由衷的歉意！

2023年初于昆明

没有地图的旅行
（代自序）

聂荣飞

历经20年，这本新闻选集终于出版了！

此时，想说很多话，但要说的第一句必是：如果没有云南日报社的培养和教育，没有在新闻工作战线上的历练和打磨，就不会有这本书！也不会有今天的我！

一、关于出发

有人说，没有地图的旅行会走很多弯路，绚烂的理想也很可能因此不能实现。

说得很对！

可是，当你没有地图而又必须出发时，怎么办？

上路？等待？放弃？

我选择上路！

做，总比不做好。

能够有地图的旅行，当然更好。

然而没有地图，也必得出发。因为，古人虽然告诉我要"读万卷书"，可是，古人不能告诉我那"万卷书"里，有多少是想象，有多少是谎言……

所以，我，必"行万里路"！

这样的旅行，其实是困难重重、前路茫茫……

当然，这样的旅行也会少些教条的羁绊和先入为主的束缚，多些纵横捭阖的空阔、自由、洒脱，甚至是"天高任鸟飞"……

是的，回想当初毅然放弃党校教师"铁饭碗"而去抬云南日报社招聘记者的"土巴碗"时，就是这种没有地图的旅行！

不但没有地图，连旅伴和目标都没有。面对那不能预知的未来，一个30多岁的女人，依然勇敢地上路了！

这时，我可资依赖的，就只有那支笔！

多年前，我入文道时，是以写诗歌、散文、小说为最高境界的。也曾经像某些人一样，是不屑、甚至是鄙薄新闻的——新闻，不就是见什么写什么、照抄照录么？哪里有什么创作的价值和激情可言？

可是，当你有幸走进并融于新闻事业中时，你会为自己的浅薄而汗颜！

不屑，是因为无知！

鄙薄，是因为狭隘！

二、关于新闻

新闻，是真实、点滴记录一个地区甚至一个国家前进历史的绚烂画卷。

新闻，不是有了生活积累就可以闭门造车的。它必须要去现场亲历，去耳闻目睹，去眼见为实。

新闻，是瞬间的历史。必须只争朝夕地抓住每个瞬间。否则，新闻就变成旧闻，其价值就大打折扣。

新闻，采访时需要体力。需要冲锋在前，需要勇敢、果断和快速行动。

新闻，写稿时需要脑力。需要绞尽脑汁地布局谋篇；需要提炼、展示出丰富的内容、特色和亮点；需要寻找到最佳角度进行叙述和剖析；需要用最精准、简炼的语言表达出来。

总之，新闻是不能有任何杜撰、想象和编造的。新闻是及时、真实地记录事实，是根据事实剖析、升华出其社会价值和历史价值。

因此，当一名新闻记者，会随时面对很多意外困难、突发事件、生命危险……这时，须要勇敢、理智、包容、尊重及行动。

当然，要做一个正直、诚实、有良知的记者，很难！曾经为采写《盗版教辅书侵袭小学生》等批评报道而遭到黑恶势力的威胁和恐吓。更有被批评者的冷脸、白眼甚至是诽谤和中伤。有朋友曾劝我："你何苦老写这些批评报道？弄不好惹祸上身！"其实，我写这些批评报道，只是为了维系自己做人的信念：责任、正直、诚实、良知！

当然，也不能因为思想的犀利，就忽视了海纳百川的情怀。所以，我也写庙堂文章，写"三讲"，写"三学"，写党代会，写"两会"；更写普通人的美好情操和感人故事……

三、关于记者生涯

新闻，随便写写容易——只要识字。

但是，要写出真实、深刻、新鲜、奇特、独到的好新闻、大新闻，则极不易。从半路出家搞新闻的那天起，报社的老师就不断地教导和要求我们：同样的新闻事件，一定要学会寻找到最深刻、最有吸引力、最有亮点、别人最看不到的那个角度、那条经纬线来切入、来剖开、来写作。如果找不到或做不到，宁可放弃。

我很幸运！

锡都，我的衣胞之地，除具有丰富的矿藏资源外，这里更蕴藏着极为丰富的人文资源——包括丰富的新闻资源。只要你愿意去吃苦、去努力、去用心感悟、去踏破铁鞋，就能在这里生根、开花、结果，背着美丽的、沉甸甸的花篮，满载而归！

数年后，我以吃苦耐劳、深入扎实的工作作风，以新闻记者敏锐的触角，以教师比较老辣的笔头，采写报道了大量很有影响的时政新闻和关注群众生活的"百姓故事"，被读者亲切地誉为"平民记者"，以至于他们有困难需要帮助时都会告诉我，我则尽力帮他们呼吁；又或者，仅仅是因为他们有喜事开心时，也要和我说说，我们同乐。

后来，为更好地照顾家庭和孩子，我在云南日报记者生涯如日中天时，不得不忍痛选择了离开，调到个旧报社工作。

在个旧报社工作的日子，作为记者，我的足迹遍及个旧的企业农村、政府机关、城市乡村，全方位采写、报道了当地党委政府在政治体制改革、国有企业改革、农村基层体制改革、城市社区体制改革和生态环境治理以及其他工作的许多新闻。譬如：《"国退民进"求发展——个旧国企改革系列报道》《村民选"村官"》《当个居民的好"管家"——个旧城市社区体制改革后居委会工作走笔》《个旧荣膺中国人居环境范例奖》《打造百年生态家园——个冷公路沿途绿化纪实》《斩断"黑龙"，重现蓝天——个旧治理冲坡哨土法冶炼纪实》《一中学生给个旧市长出"金点子"——锡都中学生环保志愿队亮大旗》等。这些新闻报道中的很多好做法，已经作为好经验在省内外一些地区推广……由此，又被人们誉为"政论记者"。

这期间，还对经济工作领域的新闻有所探索，采写报道了一些经济分析性新闻。譬如：《个旧青刀豆产业化发展"瓶颈"何在？》《锡都乳业起"狼烟"》《永春公司"放血"为哪般？》等。采写这类新闻，要求记者能够慧眼发现某项经济工作存在的矛盾、问题和困难；要求能够正视它，并辩证、客观地对其进行分析和判断；要求政策水平较高、判断分析能力较强；要求具备

3

相应的经济工作知识；要求深入采访，掌握第一手资料；要求有较强的文化底蕴和语言表述能力；很多时候，还会涉及到社会各方"敏感"的利益分配、领域占领……对此，如何站在新闻记者客观、公正、辩证的立场上进行采写和宣传报道，也很考记者的综合功力。否则，就是出力不讨好的事。

总之，上述各类新闻都得到了当地政府、经济界及工农朋友等各界人士的充分肯定。他们不断地鼓励我说："你不仅要写会议新闻；更要关注经济工作，要写出对老百姓从事经济工作有指导和帮助作用的经济新闻。这是成为一个优秀记者的重要标尺之一。"对此，我一直在努力！

作为个旧报社的记者部主任，我还要承担起培养新记者的责任。那时，个旧报社的记者队伍青黄不接，老的即将退休，有几个中年人，无年轻人可培养。当时，报社包括临时工在内只有11人，除总编、副总编和工勤人员以外，只有2名编辑、2名记者，都是中年人。

2001年1月至7月间，报社先后招聘了两批实习记者共10余人，全部由记者部管理和组织开展工作。此时，记者部的老记者只有我一人。我责无旁贷地承担了培养新记者的责任。当年，云南日报社的老师们培养我、教育我怎样写好新闻的种种内容和方法，加上自己的实践感悟，一股脑儿地用在培训新记者上。培训主要从理论学习和工作实践入手。同时，制定记者部管理制度、记者工作职责等规章制度。譬如：记者部每周要召开3次评稿会，把每个记者写的稿子一一进行讲评，从选材到行文，从内容到结构，从标题到文字，哪些写得好要坚持，哪些写得不好、不好在哪里、要怎么写才好……开始时，都是我一人在唱"独角戏"，讲得口干舌燥、头晕眼花。后来，新记者们能和我交流了。再后来，他们都逐步成长起来。如今，他们有的成长为报社的中坚力量和领导，有的考入机关事业单位工作并担当重任。

四、关于新闻"果实"

一个优秀记者对历史和现实的全面认识、深刻理解和剖析评判，不是在书斋中就能完成的，他需要用行动去交往不同的人，去了解不同的事，去感知人世间的沧桑冷暖，在亲身参与跌宕起伏、波澜壮阔的社会工作并成为其中有责任、有担当的一员的凤凰涅槃中，才能成就！

因此，他必须以海纳百川的胸怀、气度和从容，增进各种思想的沟通，化解各种成见，学会相互补充、相互包容，并成为那个对社会有用的人。

于是，我就在这些过程中，被滋养着、历练着、锻造着、成长着。脚步蹒跚，却也步履坚实！

于是，就有了今天这些丰硕的果实：已出版的个人诗文集《至爱》；即将出版的新闻选集《红河前进的足音》；一份全新的职业和别样绚丽灿烂的人生！

于是，在不同的工作单位和岗位上，因工作成绩突出，多年来被评为"优秀教师""三八红旗手"；被《云南日报》社评为"优秀记者"；连续多年被个旧市委授予"对外宣传特等奖"；被评为"优秀公务员""优秀党务工作者""优秀共产党员"。

当然，养育我的，不仅有那些"高品位"的新闻资源；还有那些不同单位、不同岗位的工作和历练；更有各级各界的领导们、老师们和朋友们，若没有他们接受我的采访，若没有他们对我的谆谆教导、关心、培养和大力支持，我真的是巧妇难为无米之炊！

于是，有专家评价我的新闻是融"真实记录""深刻评析""亲身感触"和"参与行动"于一体！

很惭愧！

但是我常想：如果当初因为没有地图就放弃这趟旅行，那么，我也就放弃了以下种种机会：亲历了解、记录描绘、深刻剖析、参与行动、从容欣赏红河州和个旧市这些年来由计划经济向市场经济转型时期所经历的种种剧烈阵痛，和为了革除这些历史积弊而进行的种种改革、蜕变，并由此所带来的恢宏的历史巨变……假如放弃了这一切，那么，"深刻评析""真实记录""亲身感触"和"参与行动"又从何而来？

由此，要想收获这些沉甸甸的果实，那简直是天方夜谭！

五、关于新闻对人的锻造

为了让新闻变成真正的历史，为了让新闻像散文一样美丽、像小说一样动人，我曾经打算后半生都从事这个职业并为这个理想而不懈奋斗！

但是后来，因为种种原因我不得不调整人生的坐标，离开了自己钟爱的记者职业，这一崇高的理想和奋斗目标，很遗憾地不再是我生活的主导。但是，记者生涯已经成为融入我生命的另外一种形式和状态：正确的理想信念不可动摇！为人生而奋斗的行动和激情不可消失！

当然，激情、追求和信仰在20多年后的今天已转变为平常。但是，它们绝不会消失：当我们年轻时发生在我们身上，使我们成长的那些人、那些事、那些经历，不管愿不愿意、感觉与否，就从它发生的那一刻起，即已经成为我们生命的一部分！

多年后，也许在我们自以为早已摆脱或相忘的时候，它就在我们应对自如的新工作中、在平常的一言一行中、在漫不经心的一瞥中……却突然涌现，竟然已经成为我们看待这个世界的眼瞳——不管我们愿不愿意、自不自觉……都有着它们深入灵魂的脉络和痕迹……

而我现在的人生，就是这种脉络和痕迹的证明！

故而，旅行的烙印是不会消失的！

那些发生在我们身上，使我们或在一夜之间、或在很长时间后突然长大的那些事情：

——在采访时见到的那些最无奈、最卑微、最肮脏、最惨痛、最残酷的生命个体的遭遇，那些被现实刺激得令人心口发痛而忍不住流下悲伤、同情眼泪并渴望说出的东西；

——那些在改变这些最无奈、最卑微、最肮脏、最惨痛、最残酷的生命个体遭遇时，从最具体事情、最细微处入手，用点点滴滴的行动去改变社会、变革历史、竭尽心力建设人类美好社会的一个个人、一桩桩事、一句句言、一篇篇文……都会令人忍不住流下感动的、欢欣鼓舞的、充满希望的泪水；

——我希望自己用新闻所呈现出来的那些具体的人生和事件，能够真实、深刻得令我们发冷，又能够美好、动人得令我们发热！

真实，是把美丑是非呈现出来，它能够使我们冷静、理智、改变；美好，是我们不得不承认在那样深刻的真实里，美好是自然迸发的、且是能够支撑着让我们坚韧地活下去的！

所以，无论有多少艰难、困苦或幸福、美好，我都要感谢新闻生涯带给我的涅槃和改变！

其实，人生的旅行，有多少是能够准备好现成的地图再出发的呢？

能够义无反顾地出发，是第一步。

能够在出发后，面对春花秋月、蝇营狗苟、惨烈人生……都能坚定地走下去，是第二步。

能够在坚定地走下去的过程中，继续寻找自己新的人生坐标，找到并最终描绘、完成自己新的人生地图，是第三步。

如果，这三步都能够坚持并完成，是为福者！

6

人生的成功和幸福，也莫过于此！

对我而言，文学永远是心灵的家园！

就大文学的范畴而言，也包括新闻在内。所以，新闻，永远是这个心灵家园中最美丽、最动人、最令人魂牵梦萦的灿烂画卷！

2003年10月于个旧
2023年初再于昆明

目　录

辑一　平凡人生·百姓故事（1997—2002 年）／1

　　"百姓故事"是当年《春城晚报》创新开设的栏目，严格说这些内容都是短篇纪实或特写，是用新闻记录普通人艰辛生活、喜怒哀乐、高尚情操及对美好生活的追求；从内容到形式到语言都真实、生动、接地气，改变了过去报纸在老百姓心目中"高高在上、古板说教"的印象，深受读者欢迎。同时，这也展现了作者的新闻观和语言功力。故单独收录一辑，计 102 篇。

　　从福利院保姆到都市里的农民技术员，从指画家到毛笔抄书家，从聋哑老师到脑瘫孩子，从把哈尼梯田"送"到海内外的本土摄影家到当农民的一等功臣，从下岗做豆腐的夫妻到植树大王夫妻，从做风筝的老人到养殖黑熊的技术员，从下岗当伙夫的女工到矿山女警花，从为抢救同事经历九死一生的好"坑姐"到抢救溺水男孩死而复生、不留姓名的女护士，从小学校供养读书的孤儿到精心呵护几个残障儿子的农妇，从当了 20 年代课教师的农民诗人到在喀斯特地貌区修建蒙自五里冲水库的总工程师，从当农民几十年从不向国家伸手要救助的抗日老兵到面对青灯黄卷的寂寞考古工作者，从殡葬女工到美容女神，从民间"吹鸡"艺人到街头的擦鞋匠，从"玩泥巴"的陶艺人到朱家花园的后人，从修路的八旬老汉到"大舌头"的好女孩，从数百名集体转产转岗的下岗工人到卖烧烤的下岗女工……

　　总之，从城市到农村，从个人到集体，从每个人的艰辛奋斗到各级党委、政府全面的政策和制度帮扶……记者一支小小的笔，真实地记录了这些大写的"人"，记录了执政者的责任和勇于担当！

　　这，就是平凡人生、百姓故事、美好灵魂、坚韧生存！

　　这，就是新闻的力量！

辑二 社会百业·通讯 纪实 特写 专访（1997—2002 年）／92

运用通讯、纪实、特写和专访等容量大、可生动记录内容的新闻体裁，从新闻视角，用新闻笔法和具体事实，记录了红河州 1990 年代以来实施的政治体制改革、国企体制改革、城市社区体制改革、农村基层组织改革、农村精准扶贫、小康社会建设等经济社会发展过程中所发生的重大历史事件及其取得的卓越成就。内容跌宕起伏、波澜壮阔，剧烈阵痛与巨大变化同列，个体奋斗与社会进步同行，细胞蝶变与整体嬗变相随……

新闻，瞬间变为历史！

但是，忘记历史就意味着背叛、愚昧和堕落！

这组文章广受读者好评。计 65 篇。

辑三 人间百态·精品消息（1997—2004 年）／242

从庙堂文章到轶闻奇事，从都市时尚到山乡野趣，从"三讲"教育到国企改革，从查处盗版教辅书到救助贫困学生，从历时数年的锡都 96.8 灾后恢复重建到对矿山采空区的生态复垦，从创造世界多项第一、在喀斯特地貌上成功建设的蒙自五里冲水库到举办首届红河·中越边境民族文化旅游节，从周恩来总理关心个旧锡矿工人的职业病防治到全省首家私营企业党支部在个旧成立，从个旧建市 50 周年系列活动到百年企业云锡公司的"云锡股份"上市……各行各业，点滴记录，全方位展示出改革开放以来红河州经济社会快速发展取得的巨大成就，展示出现代锡工业文明与当地少数民族优秀传统文化相互学习、融合、交相辉映并实现共同发展进步的七彩斑斓世界。

另附说明：一是本书中有多组"专题新闻系列报道"，均集中放在本辑来展示；二是这些"专题新闻系列报道"包括消息、通讯、特写、专访、新闻分析等不同体裁，为便于集中展示和阅读，就以"专题"为主线，把"同一个专题"的各类体裁的新闻都集中编排为一组；三是按时间顺序，把每组"专题新闻系列报道"都放在每年度的消息结束之后来集中编排和展示，而不是以体裁来进行划分和放置。

辑四　有感而发·新闻言论（1999—2002 年）／519

本辑内容不多，主要是评析一些社会陋习，倡导正能量。计 5 篇。

辑五　理性光辉·新闻论文（2000—2002 年）／526

本辑内容不多，主要是对从事新闻工作的体会、经验、教训的记录和评析。计 4 篇。

辑六　域外拾英·其他文章（1988–2022 年）/ 543

本书最后单设了此辑，此"域外"即"新闻领域之外"。

在编辑新闻选集中，发现了 1997 年当专职记者之前、2002 年卸任专职记者之后，曾经撰写、发表的一些文章，主要有小说、诗歌、散文、纪实和其他论文等。重览发现，这些文章虽非新闻类别，但当初写作、发表这些文章，一是爱好写作，二是为干好相关工作，三是为晋升职称。

如今，自己已是知天命之年。今后，也难再另出专辑，故敝帚自珍，另增设此辑，朝花夕拾，也算是未负韶华。

因而，此辑虽与前面新闻类文章文体不同、内容或稚嫩或零散，且时间跨度 30 余年，但从另一个角度，也真实记录和反映出与前进的红河州同时向前的个人际遇、不懈努力及其美好结果。以此角度而言，这也是"社会前进足音"中另一种"个人前进足音"的记录。另外，"辑六"文章多数是发表过的，就在文末注明了发表的报刊名称和时间；少数是未发表过的，就在文末注明了写作的时间。

故收录于此，计 26 篇。

辑一 平凡人生·百姓故事

（1997—2002 年）

1997 年:

建水师生共助贫困生
苗族少年古建林安心求学

近日，来自红河哈尼族彝族自治州建水县普雄乡高寒贫困山区的苗族学生古建林，在普雄小学和建水一中广大师生的援助下，正在建水一中安心求学。

去年 8 月，12 岁的古建林因小学毕业升学成绩优秀，收到了建水一中的录取通知书。但面对 400 元的书籍学杂费，这个贫困的家庭犯了愁。古家 6 口人，上有年迈的爷爷、奶奶，中有瘫痪在床的父亲，下有年幼无知的弟弟，只有母亲一个全劳力。全家节衣缩食才供他上完了小学。此时，家里再也无力供他上中学了。不甘失学的古建林抱着试一试的心理写信向建水一中校长戚建云求助。戚校长收到信后，立即回信叫古建林一定来学校报到，有困难学校会尽全力帮助他解决。

古建林的困难得到了普雄小学和建水一中广大师生的同情和帮助：普雄小学拿出 100 元给他做路费；校长孔令忠每月从工资中拿出 20 元资助他上学；教务主任王文明花 60 多元买了 1 套运动衣给他，再掏 40 元给他做生活费。而建水一中，更是从校长到班主任到同学，都尽心尽力帮助他：学校不仅免收了他初中 3 年的书籍学杂费，还每月另发给他 50 元生活补助费；戚校长每月从自己工资中再拿出 50 元给他做生活费；年级组免费为他提供 3 年的学习资料；古建林的班主任杨美琼为他承担了初中 3 年共计 114 元的人生意外伤害保险费；他所在的班级全班 57 名师生为他捐款 480 元，并每月从班费中拿出 20 元给他做生活补助费。（载于《春城晚报》1997 年 3 月 4 日）

石屏女生史婧婧两次举办个人书法展

3 月初，建水县文化馆破例为红河哈尼族彝族自治州商校 20 岁的女生史婧婧举办了个人书法展，所展出的 47 幅书法作品得到各界人士的赞誉。

史婧婧为石屏籍学生，11 岁学习书法。在老师的精心指点和自己的刻苦努力下，书法技艺日益长进。1995 年 11 月，她获得了"屈原杯"全国书法大赛评委会主办的毛笔项三等奖。去年 9 月，在海峡两岸书画大赛评委会主办的"王子杯"书画大赛中，她又获得书法类铜奖。最近，在我省"职教杯"书法大赛中，史婧婧又摘取了特等奖桂冠，成为数百名参赛师生中唯一获特等奖者。

在此之前，石屏县委宣传部等4家单位也联合为她举办过个人书法展，参观者逾6000人，并博得好评。

编后语：

目光远大

史婧婧的书法成就值得赞誉。而为她举办书法展的单位就更值得称道了。在一个县上为一个初出茅庐的女学生举办个人书法展，很难获得经济效益。但从建设精神文明的战略高度来看，以此奖掖来鼓励、促进大批青少年人才迅速成长。从这个角度说，石屏县委宣传部等单位和建水县文化馆为史婧婧举办书法展之举，可谓目光远大，令人敬佩，值得倡导。（载于《春城晚报》1997年3月13日）

为城市美容　为荒山添绿
高祖荣承包荒山建生态农场

今年54岁的高祖荣，是红河哈尼族彝族自治州石屏县城建局环卫站的站长。她带领环卫站职工第二次承包的荒山，目前已开挖种植沟4000余米、挖种植坑1万多个，预计到今年底，就可种上以板栗为主的干果树了。

高祖荣1987年担任环卫站站长后，根据清扫工作实际，大胆改变工作方法：将白天清扫街道改为夜间清扫；采用"夜间一大扫，白天两保洁"方法，既保证了县城街道的干净，又不影响白天人们的工作和生活，得到了大家的好评。

1993年，她借鉴县城建局生活垃圾试验场的成功经验，带领环卫站职工大胆承包了250亩荒山，建立了"石屏县环卫站生活垃圾粪便生态处理场"。为经营好该处理场，她边争取上级拨贷款支持，边搞股份制动员职工或其他人入股。到1995年，就筹资70多万元投入荒山种果树。目前，这些荒山已种上了以柑桔为主的21万株果树，并套种了花生、玉米、土豆等短期作物，还养了100头猪。今年，仅种植短期作物和养殖收入已达5万元。而该处理场还可变废为宝，每年填埋处理生活垃圾3万多吨。

后来，由于生态处理场垃圾容量已趋饱和，1995年9月，高祖荣又承包了250亩荒山继续搞种植。在石屏众多处理生活垃圾的生态农场中，当数高祖荣所在的环卫站的生态农场规模最大、管理最好、效益最高。这位了不起的老大妈，也因此被评为国家建设部的"劳动模范"、红河州的"三八红旗手"和"先进个人"。（载于《春城晚报》1997 年 3 月 30 日）

彝族老人移风易俗
武兰芬 93 岁立遗嘱丧事从简

前不久，红河哈尼族彝族自治州弥勒县 93 岁的彝族老人武兰芬立下遗嘱：若其去世，丧事一切从简。这一移风易俗的举动，在当地彝族村民中引起巨大反响。

武兰芬是弥勒县西一乡雨龙村公所磨香井村人。按当地彝家传统习俗，人死了要搞"送丧"活动。"送丧"时要大搞杀羊、祭灯笼、耍狮子、放鞭炮、送冷饭等一系列繁琐、费钱、耗时的活动，亲友们要大吃大喝一个星期。而且，越高寿离世的老人，吃喝的时间就要越长，这样才表示子孙们对老人越孝顺。这样搞一场，一般都要花费 2 至 3 万元钱，既劳民伤财，又影响干农活。

为此，武兰芬老人在去世前立下遗嘱：不要搞杀羊、祭灯笼、耍狮子，我死了还让活人跟着我受累不好；要少放鞭炮、少送冷饭，搞多了都是浪费！开明的老人的遗愿，得到儿女们的理解和村干部的支持。今年 3 月 10 日老人去世，儿女们只在家里为她举行了简单的送葬仪式。（载于《春城晚报》1997 年 3 月 30 日）

城"老"人不老　路"难"人不难
锡都环卫工人倾力美化城市

前不久的一项调查显示：目前，个旧市环卫工人人均日清扫面积在 4500 至 5000 平方米，而国家的有关规定是 3500 平方米，锡都环卫工人的工作量已大大超过这个规定。正是他们，以自己默默的奉献，换来城市的洁净和美丽。

个旧是个老工业城市，烟尘污染较重，清扫保洁难度大；市区街多路窄，以坡道和石阶为主的街道占整个市区街道的 35%，对此只能人工清扫。尽管这样，市环卫处不畏艰难，将清扫队的 70 人分为 9 个组，负责近 20 条主要街道共 39 万平方米的清扫工作。

96.8 洪灾期间及灾后，市区各类垃圾特别是建筑垃圾大量产生，又增加了清扫保洁的难度。目前，该处日清运垃圾和粪便 200 多吨。在环卫工人的辛勤劳动下，个旧市被连续评为"全国卫生城市"和"省级卫生城市"。

据了解，环卫处已计划购买机械化垃圾清扫车，提高工效，降低劳动强度，使锡都环卫工作做得更出色。（载于《春城晚报》1997年4月22日）

为集体转产转岗做好准备
云锡古山选厂200名职工接受培训

4月14日，云锡公司古山选厂200名即将集体转产转岗的职工，在经过一周的强化军事训练和新岗位的技术技能培训后，操着规范整齐的队列，接受了云锡公司和厂领导及全厂职工家属的检阅。据悉，让集体转产转岗职工接受强化军训和新岗位技术技能培训，在云锡公司尚属首次。

随着国有企业改革不断深入，云锡公司根据市场需要，将古山选厂由原来的选矿厂转产为建筑材料——水泥的生产厂。现在，该厂正在兴建的、年产10万吨水泥的工程，是目前云锡公司投资及规模最大的转产项目。对此，古山选厂领导清醒地认识到：转产开拓新的产业，不仅要有资金与设备的投入，更要有一支作风正、纪律严、素质高、懂技术的职工队伍作保证。因此，为确保转产工程在12月前顺利竣工并在明年初生产出首批合格产品，该厂于4月上旬对即将由采选岗位转入水泥生产岗位的200名职工进行了强化军训和技术技能培训。厂里还制定了严格的考核办法，对迟到、早退、作风散漫和态度不认真的参训职工进行了处罚。

通过军训和技术技能培训，改变了部分职工原先的无纪律性、工作不认真、做事拖拉等陋习，为顺利转产转岗培养了一支良好的职工队伍。（载于《春城晚报》1997年4月29日）

自打进了福利院，她就没时间唱花灯，也没机会穿漂亮衣裳了——
普艳华 全心全意为孩子

到今年5月，普艳华来到位于个旧市乍甸镇的儿童福利院当保姆，已经整整两年了。

今年40岁的普艳华，是土生土长的乍甸人，与丈夫离异多年，有两个刚成年的女儿。凭心而论，当年她承包儿童福利院、愿意来当保姆是出于生计。但是，当面对着这30多个被父母遗弃的残疾孩子和孤儿们时，她善良的心痛得厉害啊：这些孩子最大的13岁，最小的只有20天左右，其中还有两个男孩患有脑瘫，吃饭要人喂，撒尿屙屎浑然不觉，一天换洗尿布数十次，好可怜啊。

为更好地照顾孩子们，普艳华将 60 岁的老母亲也动员来福利院干活。福利院房子少，没有住的地方，普艳华就让母亲在乍甸镇自己家里专门看护着其中一个 5 岁的脑瘫男孩，对他给予特别照顾。对其他残疾孩子，普艳华更是倾注了很多心血：能治疗的，她找有关部门争取医疗费用，尽最大努力送孩子去治疗；一时治不好的，也像对待正常孩子一样地呵护他们。不论是哪个孩子，只要有个头疼脑热的，她就赶快领去看病。

每天 24 小时，普艳华几乎都和孩子们在一起，照看孩子们的吃喝拉撒睡洗。后来，自己一个人实在忙不过来，就把两个女儿也叫来帮忙，两个如花似玉的女儿，当起了福利院的"编外保姆"。

普艳华以前特别喜欢唱花灯，业余时间戏友们相聚就拉拉唱唱，很有点"水准"，村里的人们爱看，也常请他们去演出。可自打进了福利院，要照顾好这些幼弱病残的孩子们，确实需要花费太多的时间和精力，忙得她根本没有时间再唱戏，她只得忍痛割爱，戒了"戏瘾"。

另外，有些孩子太小，整天尿尿屎屎的，漂亮的衣服也不好穿了。有时，看到同龄的妇女漂亮的发型和好看的衣服，普艳华也会动心。但想到孩子们需要她的照顾，便也打消了精心打扮的念头，全心全意做她的好保姆。

（载于《春城晚报》1997 年 5 月 18 日）

自费采访 46 载
胡绍昌 一生倾心写作无怨无悔

5 月 25 日，66 岁的个旧市建材局退休老人胡绍昌倾毕生精力写作的《胡绍昌通讯文选——潮花集》出版首发并赠书仪式在市政协礼堂举行。红河哈尼族彝族自治州和个旧市有关领导及老人的亲友 600 余人到会祝贺者，并对老人此举表示由衷敬佩。

胡绍昌老人从 1950 年代初便开始利用业余时间从事新闻采访写作。46 年来，他凭着对新闻工作的挚爱，屡屡深入百里锡矿山和山区农村进行采访，先后在《中国建材报》《云南日报》等 20 多家报纸杂志上发表了 2400 多篇文章及 300 多幅照片，多次被有关报刊评为优秀通讯员并聘为特约记者。

1989 年，老人退休了，但他谢绝了一些单位的高薪聘请，背起塞满笔记本、书、相机、干粮和水的背包，一心一意继续自费从事新闻采访和写作，足迹遍及北京、广西及省内大部分地区。个旧 96·8 洪灾期间，老人背着背包辛勤奔走在抗洪抢险救灾第一线，拍摄了许多珍贵照片，撰写了大量抗洪抢险稿件发表，成为在抗洪抢险报道记者中年龄最大的"老记"。

《潮花集》收录文章 111 篇、照片 22 幅，包括报告文学、专访、特写、通讯、速写、评论、游记等。作者笔下的人物真实生动，性格鲜明。同时，弘扬中华民族尊老敬老、爱老养老的传统美德，更倡导老人们要"老有所为""为老有尊"。书中还以较多篇幅讴歌了锡都 96·8 抗洪抢险救灾中涌现的可歌可泣的英雄业绩，其中《爱心献锡都——来自抗洪抢险第一线的报告》入选国家体改委编辑出版的《大地春潮——报告文学集第七集》。（载于《春城晚报》1997 年 6 月 8 日）

求医 4 年花钱 5 万
尚美玲今遇良医终得康复

5 月 30 日，被疾病折磨 4 年、四处求医花去 5 万多元但病情仍未好转的尚美玲，在个旧市人民医院的精心救治下，这位不幸的妇女现在已经能到公园散步、做操，不日即可康复出院。

尚美玲今年 45 岁，是个旧市制鞋厂的女工，4 年前被诊断患有反流糜烂性胃炎和胆结石，曾先后到昆明等地医治，但病情一直不见好转。近年来，尚美玲病情加重，吃啥吐啥，被折磨得痛苦不堪。急病乱投医的她，今年初倾家荡产，筹钱购买了 5 万元的非法传销品"某妮雷德"等服用。服用后，病情反而加重，不堪疾病折磨的她甚至产生了轻生念头。

今年 5 月，在亲友劝说下，尚美玲才到个旧市人民医院就医。该院院长、肝胆外科主任医师何南飞亲自为她诊治病情。因尚美玲病程长、体质虚，且并发心动过缓等疾病，施行手术风险很大。但是，如不及时做手术，病人的身体将越拖越虚弱。为挽救病人的生命，何南飞果断决定：冒险为病人实施手术。术前，医院进行了充分准备，何院长亲自挂帅，制定了最佳手术方案和应急抢救措施，挑选了医术精湛的医护人员参与手术。随后，手术获得了成功。

记者采访时，尚美玲激动地说："非常感谢何院长和其他医护人员，是他们的精湛医术和责任心，才使我终于摆脱了病魔的折磨，过上了健康人的生活。"（载于《春城晚报》1997 年 7 月 20 日）

拓宽就业路子　建立解困基金
个旧多渠道帮扶下岗职工

7月1日，个旧市政府建立了"再就业工程解困基金"。这是该市继今年1至6月对851名下岗工人发放24万元"失业救济金"后的又一帮困措施。

今年初，个旧市被确定为"全国优化资本结构试点"城市，市属国有企业加快了"减人增效、下岗分流"步伐。市政府积极采取各种措施，帮助下岗职工转变观念，拓宽再就业渠道。5月，近30名某国企下岗的男女职工，放下"国企老大"架子，被某私营选矿厂录用。6月底，市政府出台了帮助下岗女工找出路的规定：每晚7至10点，市区荣禄街至人民西路口新辟为小百货和水果商品市场，永胜街增为饮食市场，下岗女工凭单位证明到工商、城建等有关部门办妥经营证照、明确经营地点后即可持证上岗，售卖相关的商品，并享受免交1年工商管理费等优惠政策。7月初，市政府批准建立了"再就业工程解困基金"，为下岗职工再就业遇到困难时提供资金上的扶持和帮助；基金来源为市财政每年拨款20万元、从当年失业保险金中划拨5%、各使用外来劳动力的单位按每名外地员工交纳120元的费用等8个方面筹集。

据不完全统计，全市目前已有50名下岗工人到乡镇、集体或私营企业再就业；有10余名下岗职工领到了饮食、百货经营证照自谋职业。另外，近1000名特困职工将分期、分批得到"解困基金"的帮助。（载于《春城晚报》1997年7月27日）

热情周到　急人所急
个旧"的士"文明服务传佳话

个旧"的士"司机服务热情周到、拾金不昧，他们想乘客所想、急乘客所急的事迹在当地群众中传为佳话。

7月9日早8时许，个旧大雨滂沱，三名参加高考的女生乘坐"的士"到云锡二中赶考，匆忙中把"准考证"和文具等重要物品遗落在车上。进校后她们才发现，顿时心急如焚，跑到校门外怀着一丝希望看"的士"司机是否会送还。约8时半，那位"的士"司机真的专程开车返回来送还她们的"准考证"和文具等物，三名女生连声感谢，但激动之余竟忘了问司机姓名和看车牌号。如今，她们对这位不知名的好司机仍念念不忘。

5月5日，个旧市童话摄录城的黄剑乘"的士"时不慎将1000元现金掉落在车上，下车回家10多分钟后，"的士"司机敲门送还他的钱，他才发觉钱丢了。黄剑非常激动，要感谢司机，但司机说什么也不要黄剑给的感谢费。黄剑只好根据"云G10035"的车牌号在《个旧报》上登文感谢。后来得知，这位拾金不昧的好司机，名叫尹革。（载于《春城晚报》1997年8月10日）

山里有奇异的民族风情和壮观的哈尼梯田
刘顺龙 把哈尼梯田"送"到海内外

隐现在云山雾海中的元阳县城，仿佛蓬莱仙境中的海市蜃楼；错落有致、黑土亮水对比鲜明、如浓墨重彩油画般的层层哈尼梯田；在飘忽的白雾中，若隐若现的绿树梢和在梯田中躬耕的农人；洋溢着民族节日喜庆气氛的"长街宴"；如中国山水画般朦胧写意却又醇味悠远绵长的山水树木……

走进刘顺龙的摄影天地，你会由衷地感叹：其实，在红河哈尼族彝族自治州贫穷落后的红土地上，绝对不缺少妖娆多姿、神奇美丽的自然风光和各民族艰苦创业、甩掉贫穷奔富裕生活的勃然生机。而同时，你也会对创造了这份撼人心魄的艺术美感的"山里人"刘顺龙，产生由衷的敬意。

今年49岁的刘顺龙（笔名"海浪"）是元阳县委宣传部的摄影干事，高中文化，一直生活在金平、元阳等边疆民族地区，是典型的"山里人"。刘顺龙青年时代就酷爱摄影，但那时有不起相机，只能向亲朋好友东借西借。1993年，刘顺龙调到元阳县委宣传部任摄影干事后，他终于拥有了第一台自己专用的相机——一台历经沧桑、浑身裹满胶布的老式"美能达"并成了他的心爱之物。从此，他背着沉重的摄影器材，以更大的热情徜徉在神奇的"摄影王国"中。

为拍摄到那些"深藏"在深山密林中不为世人所知的奇异动人、变幻莫测的自然美景，多年来，刘顺龙的足迹已遍布红河州的山山水水，磨破了一双双解放胶鞋。功夫不负苦心人，刘顺龙拍摄的反映红河州神秘自然风光和独特民俗风情的200多幅照片，陆续在《人民日报》（海外版）、香港《大公报》等数十家海内外报纸杂志上发表。这些照片让他出了名，也让海内外更多的人认识了这个美丽神奇的地方。日本、韩国、澳大利亚、北京、上海等海内外的许多摄影人士，还慕名专程来到偏远的元阳县，请刘顺龙带着他们去实地拍摄。

近年来，刘顺龙的作品《长街宴》《哈尼梯田》《山韵》等在全国多项摄影大赛中获奖。面对接踵而来的成功和荣誉，朴实憨厚的刘顺龙却说："我们山里人不图名声，我们只是想让山外的人知道，这里尽管还贫穷落后，但确实也有很多美好的、令人感动的东西……"（载于《春城晚报》1997年9月21日）

先天脑瘫　治好真难　慈爱父母　精心哺育
高远　一个幸运的孩子

5年前，当建水县公安局的法医高琨和民警王林青夫妇沉浸在即将做父母的喜悦中时，他们怎么也没想到，不久之后来到人世间的女儿高远，是个"先天性缺血缺氧性严重脑瘫"的孩子。

从小高远出生，王林青夫妇就带着她踏上了多方求医问药的漫长道路。几年下来，花去了数万元的治疗费用。听说中医针灸治疗脑瘫效果好，夫妻俩尽管工作很忙，但每天都腾出时间抱孩子去县中医院扎针灸，风雨无阻，一扎就是几年。医院的医生护士被他们对孩子深沉的爱心所感动，破例规定他们随时到医院医生随时为孩子做治疗。

如今，已4岁多的高远是躺在床上长大的。她不会走路，也不会坐，只能吃流食，有细渣的食物一吃就呕吐。为让孩子能得到身体所需的各种营养，王林青夫妇把骨头、蔬菜、大米分别煮熟后滤出汤，再用汤把面包、豆奶煮成全流质食物，然后把孩子抱在臂弯里一勺一勺慢慢喂，喂快了孩子还咽不下，这样喂一餐饭常常要花去一个多小时。

在夫妻俩的精心照料下，小高远的病情有了很大好转。以前，除肚子饿了会哭几声外，其他知觉很迟钝。现在，小高远虽不会说话，但已能用表情和简单的手势向父母表达她的喜怒哀乐了。看着这个被病魔折磨的孩子在慢慢好转，王青林夫妇感到莫大欣慰。

对高琨夫妇的善心善举，亲友们多有褒扬。对此高琨夫妇说："这是我们义不容辞的义务和责任。我们将尽最大能力照顾好高远，不让她成为社会的负担。"（载于《春城晚报》1997年9月25日）

顶风冒雨保洁城市
"大妈火钳队"活跃在锡都大街

到过个旧的人，都会对锡都大街上那些臂戴"城建监察"袖章、手提火钳和撮箕清扫道路的老大妈们留下深刻印象。这个被当地老百姓亲切地称为"大妈火钳队"的个旧市容监督队，10多年来，为维护锡都街道的清

10

洁卫生作出了重要贡献。

个旧市容监督队成立于 1984 年，现有 80 名队员，都是退休工人或无工作的职工家属，主要负责 10 多条市区主干道的卫生监督、宣传和保洁工作。卫生监督是个苦差事，夏天顶着炎炎烈日，冬天冒着寒风冷雨，待遇不高，还容易得罪人。刚开始时，一些行为不端、习惯乱吐乱丢、乱贴乱画的人对"大妈火钳队"的监督和宣传不理解，甚至横加谩骂和羞辱，老大妈们为此没少受委屈。"现在，10 多年过去了，市民们已习惯了我们的工作，还经常有人主动配合我们搞好卫生宣传、监督和清扫了。""火钳队"的一位老大妈对记者说。

"火钳队"的老人们在精心维护好城市街道整洁的同时，还秉承了拾金不昧、热心助人的好传统。在中山路上执勤的王大妈和许大妈，曾捡到一个内装近千元现金及传呼机等物的皮包，她们交到派出所，并通过派出所把失物送回到失主手中，失主非常感动，要给她们感谢费，被两位老大妈婉谢了。在金湖东路上执勤的管美仙大妈，对一位在路上突发心脏病的老人赶紧喂药，并及时为其寻找家属。类似的好事，"火钳队"的老人们做了很多很多。（载于《春城晚报》1997 年 10 月 16 日）

11

城里有她的丈夫和孩子，乡下有她的理想和希望。17 年来，每年 6 个月的下乡时间催开了田野上的希望之花——

杨琼珍 都市里的"农民"

今年初夏的一个雨天，个旧市农业局籽种站技术员杨琼珍在乍甸镇水头村的一处梯田坡埂地上育种时，不小心重重地摔了一跤，雨中的她，汗水、雨水、泥水集于一身。她指导育种的一位老农见此情景，就劝她去房子里躲躲雨再来干活。杨琼珍却说："我要在雨中观察谷种生长发育的情况，好掌握第一手资料。"

其实，像这样在水稻生长时节与农民并肩劳作，从 1980 年杨琼珍开始做农技员以来，已经持续了 17 年。这 17 年里，杨琼珍每年都要离开城市舒适的小家，在乡间田野工作、生活 6 个月。长年在农村田野工作的她，变得又黑又瘦。

在滇南地区，如今有一种叫"滇屯 502"的新品种香米已成为人们最喜爱的主食。杨琼珍的工作，就是指导农民种植"滇屯 502"一类的优质高产水稻。17 年前，杨琼珍从红河哈尼族彝族自治州农校毕业分配到个旧市农业局工作后，她的目光和行动就专注地投向了田野乡间。在倘甸、大屯、乍甸、鸡街等乡镇的农田里，一年又一年，倾注着她的心血，滴落着她的汗水，她参与培育了"滇屯502"等新品种的培植工作。1987年4月，杨琼珍女儿刚满10个月时，又到了水稻播种季节。她本可以请假，不去下乡。但她还是背上女儿，带着妹妹和锅碗瓢盆等生活用具来到乡下。为不耽误工作，又能给女儿喂奶，杨琼珍只得田间、住处两头跑，结果身体正在出汗时喂的奶水女儿受不住，很快就拉肚子了。她抽空背女儿回个旧看病，看完后带上药又匆匆赶回乡下。业余时间，杨琼珍还要出去找柴火回来煮饭。后来，每年下乡时杨琼珍都要带上女儿。到女儿进幼儿园时，已是一个了解播种、秧苗、开花等农作物生长的"小行家"了。

与丈夫共同生活中，杨琼珍感谢在州科委工作的丈夫承担了更多照看女儿的责任。曾有人劝她换个工作，州科委也愿意要她改行去做单位的出纳，这是个可以从奔波劳苦转入平安舒适生活的良机，但是，她却放弃了。后来，与单位有合作关系的省农大水稻作物所表示要她与丈夫一同调到昆明工作，但她再次婉言谢绝了。

下乡指导农民们种出香甜饱满的稻谷，是杨琼珍人生最大的快乐。因为她对童年时因普遍缺粮而不能吃饱饭有着刻骨铭心的记忆：

1970年至1974年，出生于农村的杨琼珍在个旧四中读书，每月定量有27斤粮食，她最少要节省下三分之一带回家去，因为她的5个弟妹常常没有饭吃。

历史上，个旧是个老工业城市，当时农业人口只占总人口的五分之一，加上大部分是山区旱地，生产的粮食十分有限。所以，个旧人吃的粮食果蔬都是从外地购买后运到个旧，最近的是石屏、建水、通海，最远的到四川、重庆、广西等地。为解决个旧人吃粮难，当时的省委主要领导曾亲自出面协调，到广西等地购买、调运粮食到个旧。

改革开放后，市委、市政府提出老工业城市也要自己解决吃粮难题，安定人心，促进工农业生产快速发展。所以，自1980年以来，个旧人加快了自己培育、种植高产、稳产优质大米的步伐。到今年，个旧终于实现了粮食自给，其生产的502优质香米已形成规模化产业。这其中，杨琼珍和她的同事们的贡献功不可没。个旧电视台拍摄了杨琼珍的专题片并播出后，大屯镇来人录下专题片拿回镇上去播放，因为农民们非常感谢与他们长年相守、帮助他们种出好粮的农技员。

今年，杨琼珍的女儿读 5 年级了，她写的作文《我的妈妈》在学校获奖，学校把杨琼珍评为"优秀家长"。得知此讯，杨琼珍热泪盈眶，她爱女儿，觉得给女儿的时间太少了。但是，她更爱这份能够让大家吃饱饭、吃好饭的工作。（载于《春城晚报》1997 年 11 月 20 日）

这对老夫妻真了不起　9 年种树 21 万株
建水有对"夫妻植树大王"

在建水县陈官镇新寨办事处潭家庄村，有一对"名人夫妻"丰有旺、何锦，他俩 9 年来共种树 21.5 万株，使 900 亩贫瘠荒山披上绿装，被当地政府和老百姓誉为"夫妻植树大王"。

今年 64 岁的丰有旺 1984 年病退回家休养。1988 年，"治理珠江，绿化名城"行动在全县开展。丰有旺与何锦商量应该为村里的生态平衡、水土保持尽点力。随即，夫妇俩与办事处、合作社签订了承包 900 亩荒山进行绿化的 20 年的合同。从此，夫妻俩全力投入到绿化荒山工作中。全家把多年省吃俭用积攒的 4700 元拿去买了树籽、化肥，钱不够又借了部分贷款。为省钱，夫妇俩自己学育苗，一年育苗 308 万株并试种成功。此后，夫妻俩年年育苗、年年种树。春季，为抓住种树的好时机，提高效率，他们干脆在山上搭个简单的窝棚就搬进去住。两人白天晚上加班加点地干。天黑了，点上汽灯在黑黝黝的山上继续挖坑、种树、施肥，经常忙到深夜两三点才休息。

功夫不负有心人。9 年来，这对老夫妻在荒山上投入资金 7.5 万多元，投工 4.1 万多个。辛勤的劳动终于结出硕果，他们在贫瘠的荒山上种下的 21.5 万株桉树成活了 18 万多株，成活率达 85% 以上。夫妻二人也因此连续多年受到国家林业部、全国妇联和省、州、县政府的表彰奖励。（载于《春城晚报》1997 年 12 月 12 日）

在溺水小男孩的生死关头，弱女子——
余艳琼挺身相救　小男孩死而复生

近日来，个旧百里锡山传颂着一个感人故事：弱女子余艳琼挺身相救，使溺水小男孩平彬死里逃生。

12 月 2 日 12 时许，云锡马矿医院护士余艳琼路过云锡拉丝厂附近时，听到有人议论说不远处大水塘里刚刚淹死了一个小男孩。出于"白衣天使"的本能，余艳琼下意识地想：赶紧为这个小男孩做抢救性人工呼吸，说不定

13

还能救活？于是，余艳琼迅速赶到现场，见被淹"死"的小男孩已被人拉到浅水处，两个小伙伴正围着他哭。余艳琼想也没想就跳进冰冷的水里，将小男孩抱上岸来平放在地上，并立即挤压他肚子里的水。为尽快倒出孩子肚子里的水，瘦弱的余艳琼抱不住男孩，就干脆把孩子头朝下扛在肩上颠着倒水。男孩肚里的水倒出来许多，但仍无反应。余艳琼又急忙把孩子平放在地上，赶紧为他做紧急人工呼吸和心脏按压术。做了一会儿，孩子仍没有反应，围观的人劝余艳琼说："可能真的死了，不要白费力气了。"可余艳琼想，哪怕只有1%的可能，也不放弃。就继续不间断地做着人工呼吸和心脏按压，累得气喘吁吁、满头大汗……

大约半小时后，小男孩微微哼了一下，余艳琼惊喜地发现孩子还有救，就激动地背起孩子直奔公路边"打的"送医院救治。一位过路的女士见状也赶紧上前帮忙。"的士"司机知情后急忙将他们送到云锡总医院，且没收一分车钱。在医院急诊科医护人员全力抢救下，窒息了两个多小时的男孩，竟然奇迹般地"死而复生"。余艳琼后来知道，这个男孩名叫平彬。

目前，恢复健康的小平彬已重返校园。（载于《春城晚报》1997年12月26日）

14

1998年：

民办职介所巧牵线善搭桥
个旧400余下岗工展眉头

近日，个旧市下岗职工王云通过民办职业介绍所在个旧老阴山风景区找到了新工作。据了解，个旧已有400余名像王云一样的下岗职工经民办职业介绍所的牵线搭桥而实现再就业。

近年来，民办职介所活跃在个旧职介行业中，为政府分忧，为求职者解难。全市首家民办职介所"星云职业介绍所"仅今年内就介绍下岗职工500余人，安置成功270多人。该所还对那些有困难的职工减收或不收介绍费，同时无偿提供用人信息给用工单位。刚在锡花大厦上班不久的徐艳红前不久生病住院，出院后原来干的工作没有了，职介所又帮她介绍了现在的工作，还免收了职介费。刚成立不久的人民路南段居委会开办的"锡兴职业介绍所"，已为20多名下岗职工介绍了修建老阴山索道、清洗高楼玻璃、清运垃圾等临时性的工作。垃圾清运保洁员杨玲告诉记者：争这份工作的人很多，但职介所总是把轻一点的工作尽量介绍给女同志干。

目前,在个旧的城建、环卫、旅游服务等行业中,都可以看到经民办职介所牵线搭桥而在新岗位上勤勉工作的下岗工人的身影。(载于《春城晚报》1998年1月4日)

红河县"婚育学校"倡新风
养聪明娃娃 筑幸福小家

1月9日,红河哈尼族彝族自治州所辖的红河县14个乡镇的15所"婚育学校"又开学了。自1996年该县成立"婚育学校"以来,开展科学文明的婚育知识学习培训已形成制度。

多年来,重男轻女等陈旧观念困扰着地处边疆、民族地区的红河县的不少育龄夫妇。1996年8月,该县在全县14个乡镇分别成立了15所"婚育学校"(其中县城2所),由乡镇长或党委书记兼任校长,定期宣传科学的人口理论、生育知识和婚姻知识,倡导文明生育、文明婚姻和文明生活。

"婚育学校"还与县乡党校联合,在干部培训教育中开办人口理论课和婚姻生育知识课,并规定每学期不少于8—12个学时的学习。每逢节假日和街子天,"婚育学校"的老师们还走上街头,发放宣传材料,开展咨询服务,流动宣传车也开到田间地头进行宣传。

如今,"养聪明娃娃,建幸福小家"已在全县哈尼、彝、苗、傣、壮等少数民族中形成共识。(载于《春城晚报》1998年1月22日)

为救人质 身负重伤
巡警许国方谱写正气歌

日前,为解救人质而身受重伤的个旧巡警许国方,在个旧市人民医院医护人员的精心救治下脱离了危险,并日渐康复。

1月8日晚11时许,个旧"110"接报,称有人劫持了一名人质后乘出租车向大桥方向驶去。巡警迅速出击,在宝华小区青杉里截获了该出租车。巡警正在盘查时,坐在车内的犯罪嫌疑人杨乐平跳车便逃,巡警许国方立即上前抓捕。杨乐平突然掏出手枪向近距离的许国方射击,许国方顿时倒在血泊中。杨乐平边射击边向市区方向逃窜,在夜色掩护下逃匿。其他民警齐心合力,使人质得救,杨乐平的两名同伙被抓获。

许国方被及时送到医院抢救。经诊断，子弹从其腹部穿过后腰而出，伤及肝、肠、胃等内脏，生命垂危。经医护人员全力抢救、精心治疗，许国方最终告别了"死神"。个旧市委、市政府领导闻讯后前往医院看望、慰问了许国方。（载于《春城晚报》1998年1月25日）

编者按:

送走难忘九七　　迎来九八新春

当前，我省政治稳定，民族团结，经济发展。春节期间，各地风情各异、独具特色的群众性迎春文娱活动丰富多彩。在物质生活水平稳步提高的同时，地州市各族群众积极追求"精神食粮"和健康向上的文化生活，展现出与时代同步的新观念、新风尚和新气象。今天，我们特别刊出这组报道，旨在大范围、多侧面、多层次地展示这些可喜的新变化。

个旧农民　　送戏进城闹新春
锡都百姓　　高高兴兴开"土荤"

1月19日，应市群艺馆的邀请，个旧市大屯、鸡街等乡镇的农民花鼓队、高跷队、舞狮队和龙灯队热热闹闹地开进个旧城来演戏。这些保存在农村的优秀的传统文化剧目，让久违了的城里人扎实过足了一次"土荤"瘾。

当天，农民兄弟们带来了传统的舞狮、耍龙、踩高跷和抬花轿等精彩节目，顺着城里的主街道金湖东路、金湖南路、人民路一路表演而来，城里人夹道观看，挤得人行道上水泄不通，城里的孩子们看得兴高采烈，叽叽喳喳说个不停；老人们则说，好多年没有看到过这种乡里乡亲、有味道、看头足的好节目了。鸡街的农民还带来了38件充满乡土气息的书法绘画作品展出。

以往，当地群众过年以"吃"为主，年前几个月就忙着准备年货。今年的景象则不同了，群众以"乐"为主。为把最好的节目送进城里，大屯、鸡街的农民在四个多月前，就利用业余时间开始了紧张、认真的排练。大屯镇花鼓队的李有明告诉记者说："如今生活好了，平时吃穿不愁了，过年就要在精神上有新的追求，城里人把'洋戏'送到农村，乡下人把'土戏'送进城里，城乡两边互相送戏，共同欢度新春，这多好啊！"（载于《春城晚报》1998年1月26日）

在滇南古城建水，有一所鲜为人知的特殊学校，有一群特殊的园丁，在无怨无悔地做着特殊的奉献，谱写出——

"无声世界"里的"彩色童话"

近日，红河哈尼族彝族自治州聋哑学校的学生表演的小品《回家路上》在"全国聋哑学校文艺比赛"中荣获二等奖。喜讯传来，学校的老师们在高兴之余，也深深体会到在这片"无声世界"里要写出"彩色童话"的艰辛。

成立于1984年3月的红河州聋哑学校，坐落在建水县南郊。在这里读书求学的都是7至10岁的残疾孩子，他们来自不同地区、不同民族和不同家庭。但因为残疾，不少学生都有性格方面的问题，教育起来十分困难。一次，一个不专心学习的男生被老师批评后，二话不说，朝老师脸上就是一拳，打得老师眼冒金星、鼻孔流血。还有一次，学生钱某林受到老师的批评后直接咚咚咚跑上三楼楼顶就要跳楼，急得老师和同学们打着手语又哄又劝，最后是老师瞅准时机冲上去死死抱住他才避免了一场悲剧。平时，许多女老师被使性子、发脾气、蛮横乱来的学生气得哭鼻子、吃不下饭是常事……

尽管如此，学校从校长到老师到校工，从没有歧视过这些残疾孩子，他们以满腔热情和细致入微的耐心教育，化解了这群特殊孩子心灵的"冰点"，把他们教育成对社会有用的人。女教师赵丽清19岁师范毕业后就来到学校，挑起了口语班班主任的担子。工作中，她自加压力，把正常人学习的拼音教学引入听障学生的学习教学中，反复示范，讲得嗓子沙哑也不顾。10多年过去，她教出的听障学生除能用手语与人交流外，还能用口语与正常人做简单对话。女生郭燕梅1993年入学时是班上的"独女"，因不习惯新环境，直闹着要回家。班主任李勤学老师像母亲一样帮她洗澡、洗衣服，生病了送药送饭，才使她安心留下学习。

老师们的辛勤耕耘换来了丰硕的收获：罗开良因写得一手流畅俊逸的毛笔字而被文山县印刷厂录用；刘亚兵的书法多次在国际国内书法大赛中获奖并被载入《中华书法当代名人大辞典》；文山籍听障女生陈树荣入学两年后因成绩优异而被选入中国残疾人艺术团并出访欧美等10多个国家。学校文艺队集体编排的《一点烛光》《奕车独舞》《棕榈与石头》等10多个文艺节目多次在全省和全国比赛中获奖。(与吴劲华合作，载于《春城晚报》1998年2月13日)

17

6年间，他陪黑熊的时间最多，陪妻儿的时间最少。当科研和事业已结硕果时，6岁的儿子却给爸爸打了个"不及格"——

万全书 与熊共舞

1994年底，屏边苗族自治县制药厂黑熊养殖基地20头刚出生不久的幼熊相继生病死去，该厂"野生黑熊圈养繁殖研究"课题组负责人万全书心疼得直掉泪。看着这些夭折的小生命，万全书暗暗发誓：一定要攻克人工养殖黑熊这个难关……

从此，万全书开始了艰辛而枯燥的科研之路。

1990年，26岁的万全书从云南农业大学畜牧专业毕业后，分回家乡屏边县畜牧兽医站工作。1992年4月，他响应政府鼓励科技人员到企业一线发展生产的号召，主动要求到县制药厂黑熊养殖基地承担了省科委下达的"野生黑熊圈养繁殖研究"课题任务。为论证课题的可行性，他先后到四川大学、中国大熊猫繁育基地等单位向权威专家求教学习和查找资料，并与著名熊类专家马逸清教授长期保持联系，请教问题。经过充分研究和准备，1993年，屏边黑熊养殖基地首次实施了"野生黑熊人工繁育"，但却以失败告终。面对这些挫折，万全书没有沮丧和退缩，而是以更大的热情，全身心地投入到对黑熊的营养需求、生活环境、繁殖行为、生理解剖、雌熊的发情特征、公熊的精液品质等课题的分析和研究中。为观察母熊育仔行为，大年三十晚上，他还蹲在奇臭无比的熊舍边与熊为伴……

6年来，万全书和课题组成员先后对凶猛的公熊进行过30多次技术难度大、危险性大、强度高的全麻醉、半麻醉、无麻醉的保定采精试验。而在没有隔离的熊群中观察、拍照、记录黑熊的生活习性，已是常事。为此，万全书常常被黑熊群追赶，抓破了头脸、手脚和衣服。

在历经无数次挫折和失败后，课题组用新技术配种怀孕的10头母熊于1994年12月底陆续产下了20头幼熊。这一消息被中央电视台、香港《大公报》等数十家海内外媒体争相报道，在国际上引起轰动。然而此后不久，多头幼熊又不断死去，侥幸活下来的几头竟然不会吃奶。万全书和职工们不顾危险，将笨重的母熊控制住后，抱着幼熊去吃奶，一天到晚忙得脚不沾地。在他们的精心呵护养育下，一段时间后，这几头幼熊终于逃脱死神威胁，健康长大。

经过多种饲养方法的探索和试验，万全书带领的课题组终于摸索出人工繁殖黑熊、母熊育仔的成功方法，并使新生幼熊能在人工养殖下健康成长。

经专家鉴定，他们的课题研究成果达到国内先进水平，为我国珍稀黑熊的繁殖研究及养熊业发展提供了重要的科研资料和基础保证。如今，这里人工繁殖的黑熊已进入第三代，养殖总数达 800 头，成为我国最大的黑熊人工养殖基地。

现在，在这个基地里，人们看到的是一幅幅人与熊和谐相处、其乐融融的场面：一排排干净整洁、错落有致的熊舍；依山而建、树木葱绿的野外园子里，一群群憨态可掬的黑熊在山石树木间嬉戏玩耍……

为野生黑熊人工繁殖付出 6 年艰辛的万全书，在被这些成绩鼓舞的同时，心头却常常涌起对妻儿既内疚又感激的心情：6 岁的儿子常抱怨爸爸陪自己玩的时间太少；而与他同在基地当养熊工的妻子，对"不合格"丈夫多年来的行为，更多时候是报以理解和宽容的一笑。（载于《春城晚报》1998 年 2 月 26 日）

长短措施结合
个旧确保困难职工渡难关

2 月 21 日，个旧市苎麻厂下岗职工杨玉仙持一家三口人的"困难职工购粮卡"，在国营稷兴粮油连锁店买到了低于市场价 30% 的 60 斤大米和 5 斤香油。她高兴地告诉记者："拿着这个购粮卡，我每个月都可以到国营粮店买到优惠价的 60 斤优质大米和 5 斤香油。非常感谢政府对我们困难职工的关心和帮助！"

为使下岗困难职工渡过难关，在个旧市委、市政府的统一安排部署下，市解困办、社保局、总工会、民政局、粮食局、商贸局等职能部门和企业，共同制定和实施了"长短结合"的帮困措施：逢年过节，由市领导带队，对长期停产的企业和特困职工家庭开展送温暖活动；由市解困办、社保局、总工会共同筹资，按每人每月 100 元标准发放给市属国有、集体企业人均生活费低于 100 元的特困和退休职工；由国有商贸部门设立专柜，向困难职工定期供应一定数量的粮油、肉食品和蔬菜；民政部门对农村老党员、老退伍军人、老乡干部及城市的孤残老人发放慰问金和慰问品。

另外，自今年 1 月 1 日起，由国有粮食部门按低于市场价 30% 的价格，对持有"困难职工购粮卡"的职工及其家属，每人每月供应一定数量的优价粮油。（载于《春城晚报》1998 年 3 月 4 日）

夫妇俩下岗7年，倒菜卖、打工、当保姆，历尽艰辛但不气馁。他们又办起"豆腐作坊"，成了远近闻名的——

"豆腐夫妻"：樊金贵　沙美珍

每天凌晨1点半，当人们已进入甜蜜梦乡时，家住个旧市大桥头一间老平房里的下岗工人樊金贵、沙美珍夫妇，已经起床，开始磨浆、烧火做豆腐、豆浆了……

今年42岁的樊金贵和41岁的沙美珍，1973年从知青点回收到个旧市轻纺采选厂工作。1991年，因单位不景气夫妻俩都下了岗。下岗后，他们倒菜卖，到工厂打夜工，沙美珍更是丢下"个旧女人饿死也不兴当保姆"的老"传统"，同时到两个产妇家当保姆。1996年，靠亲友借贷，樊金贵办起土法炼锌厂，因污染严重被取缔后欠下3万元外债，他心灰意冷，想到了死……但在妻子的鼓励下，他重新振作起来，在外出打工时偷师学艺，掌握了制作豆腐豆浆的技术。1997年11月，他们借钱买设备，在租住的老平房里开起了家庭小作坊，生产豆腐豆浆卖给周围居民和附近机关学校的人员。刚开始，他们让客户吃了好吃再付钱。由于他们的产品货真价实、干净卫生、味道好，人讲信誉，又送货上门，不久就打开了销路，他俩也成了远近闻名的"豆腐夫妻"。

把黄豆做成喷香的豆浆和软糯的豆腐，要经过拣、洗、淘、泡、磨、兑、点等10多道工序。今天，沙美珍边操作磨浆机磨浆边告诉丈夫："今天我多加了5斤豆，昨天豆腐不够卖，农发行宿舍增加了12瓶豆浆。"忙到凌晨5点多，100多瓶烫乎乎的豆浆准备就绪。5点半，樊金贵蹬上三轮车准时出门。每天早上，他们都必须赶在6点半前把豆浆送到客户家门口。第一站是法院附近的40多家客户，比较集中，5点50分送完。第二站是五一路、中山路沿途，不住在路边的，樊金贵就停下车，提着豆浆一路小跑着送去。第三站是州农发行附近，这里高楼集中，当他从17楼气喘吁吁地下来时，已是6点20分。第四站是金湖西路市房产处的居民楼。当樊金贵送完第一批豆浆时是6点35分。在凛冽寒风中，已是一头汗水的他赶回城南家里时，已是7点10分。此时，沙美珍已把第二批豆浆装好瓶。看着辛苦的丈夫，沙美珍心疼地递过毛巾让他擦汗。

樊金贵草草扒完妻子煮好的早点已是7点30分。他赶紧蹬车出门去送第二趟货。当他吃力地推车爬上宝华门的大坡来到个旧六中大门口时，已是7点50分，六中的师生在上课前刚好能喝上豆浆。随后，他蹬车赶往州、市机关大院。在州机关宿舍，丁明老人说他要去外地，豆浆停一个月，樊金贵记下后把上月5瓶豆浆的余款退还给老人。上午11点，当夫妻俩拉着豆腐来到青年路和中山路两个销售点时，许多老客户已等在那里。忙碌到中午1点，疲惫不堪的夫妻俩蹬车回家。中饭上桌时，已是下午两点。据估计，樊金贵每天送货卖货所走的路程大约是30多千米。

现在，这对患难与共、吃苦耐劳的"豆腐夫妻"已基本走出困境，收入能保证一家三口的基本生活。沙美珍说："下岗不可怕，关键是要转变观念，只要是不偷不抢不'烂'，付出正当劳动，干什么都不丑。"对以后的打算，樊金贵说："要保持信誉，扩大生产规模，再找一个下岗工人来帮忙。"

今年2月，由于夫妻俩自立自强闯出一条再就业新路，樊金贵被省劳动厅、省解困与再就业领导小组评为全省"十大再就业明星"，成为红河州唯一获此殊荣的下岗工人。（载于《春城晚报》1998年3月16日）

补记：此文在《春城晚报》发表后，时任云南省委书记的令狐安同志看到后很高兴，并记住了樊金贵夫妇，在多种会议上多次肯定樊金贵夫妇下岗不失志、主动转变观念、不等不靠不要、自主创业求生存的精神和行动值得鼓励和倡导。同年5月，令狐安书记到个旧调研时，专门到樊金贵夫妇的豆腐作坊去看望、慰问、鼓励他们，并欣然题匾"金贵豆腐"赠之。

战场上是英雄　退伍后是模范

尚明辉　一等功臣埋名17年甘当农民

19年前，他参加了对越自卫反击战。17年后，一次偶然机会，屏边苗族自治县白云乡小坝心寨的人们才突然知道，与他们朝夕相处的朴实农民尚明辉，居然是位"一等功臣"。

1979年2月17日，尚明辉所在的部队参加了对越自卫反击战，因作战英勇，他荣立一等功。

战斗结束后，他光荣出席了全军英模表彰大会。1981年2月，退伍回屏边县武装部报到的尚明辉没有说立一等功的事，办完手续后就默默地回家务农了。

按国家有关规定，农村籍战士荣立二等功的，国家优先安置工作。当时，省政府特别优待自卫还击战的功臣，规定立三等功的就可以安排工作了。但尚明辉没有向组织提任何要求。他家所在的白云乡小坝心寨人多地少，全家10多口人分到的土地，再精耕细作，收获的农产品也不够吃，他就到乡农技站干临时工挣钱补贴家用。当时，小坝心寨吃水十分困难，枯水季节村人要日夜排队打井水，经常引发争斗。尚明辉就利用农闲时间扛着锄头、拿着钢钎铁锤去开挖新井。在他带动下，全寨人齐心协力投工投劳，挖出深井，大家吃上了又清又纯的井水，解决了全村人的吃水问题。不久，尚明辉光荣加入了中国共产党。

1996 年 12 月，与尚明辉同期入伍的战友毛奉学调白云乡任党委书记时，才发现当初有名的"一等功臣"，如今仍然是个普通农民。县委、县政府和县武装部领导闻讯后专程去看望他，称赞他"战场上是英雄，退伍后是模范"。（与柏斌合作，载于《春城晚报》1998 年 3 月 17 日，荣获"1998 年度云南报业首届好新闻三等奖"）

建水卡拉 OK 兴农家

日前，建水县南庄镇刘家寨村 19 岁的农家女孩张蓉在绵羊冲水库建设工地演唱的一曲卡拉 OK《青藏高原》，令到此地采访的 10 多位红河州的作家们称赞不已。回族作家马明康称赞她是"小李娜"。

喝着箐沟水长大的建水农民天生一副好嗓子，但过去只是凭着兴趣和记忆乱吼一通。后来城里有了卡拉 OK，有的农民曾光顾过。但卡拉 OK 厅点歌费贵，路又远，不方便随时唱。近年来，随着经济不断发展，不少先富裕起来的农民就干脆花几千元买回机子和歌带，在自己家里想唱就唱。"辛苦了大半辈子，如今手里有钱了，买台卡拉 OK 机回家潇洒潇洒，在我们这里已不是什么新鲜事了。"东坝乡的农民纳兴国高兴地说。当地一商场的营业员告诉记者，曾有一位农村姑娘一次就买了 30 盒歌带。

如今，每当夜幕降临，该县的村庄里就常常能听到此起彼伏的歌声。西庄镇荒地村的张绍林对记者说："唱歌改变了我们日落而息的老习惯，丰富了农村人的精神生活。我们希望有更多格调高、乡土味浓的歌曲来唱。卡拉 OK 比赛也不要单组织城里人参加，让我们农民也参加，难说唱得比城里人还好呢。"（载于《春城晚报》1998 年 4 月 10 日）

53 年前，他从抗日战场上胜利归来，成为建水籍同批 31 名抗日战士中幸存的 8 人之一。如今，已 85 岁高龄的他仍然健在——

兰保珍　当了 53 年农民的抗日老战士

每天清晨 6 时，家住建水县南庄镇绵阳冲村二社的老汉兰保珍准时起床，活动一下腿脚后，就洒扫庭院。之后，吃点简单的早饭。7时正，兰保珍就赶着家里养的牛马到附近的山上放牧。13时，回家吃中饭。饭后，与村里的几个老汉一起聊聊天。之后，兰保珍又给家里养的猪鸡喂喂猪食、鸡食；再看会儿电视。晚饭后，老人去儿子儿媳家里走走看看，"视察"一番。晚上9时，老人准时睡觉。

当记者见到这位身穿蓝色对襟衣、足蹬解放鞋、身高约1.78米、身板硬朗的普通老农时，很难相信，他当年曾经是我国赴缅甸抗日远征军38师13团一名非常勇敢的抗日士兵……

"日本人的心太歹毒。他们占领腾冲后，把老人留下来运东西给他们吃，把年轻的男人、女人绑了手当活靶子打着玩，那些小娃被他们丢起来用刺刀戳穿摇着玩……我们打到腾冲后，老百姓跪着对我们说：你们打回来了好啊！我们受日本人的害啊……"老人回忆起半个多世纪以前在远征军抗日时的情景，仿佛历历在目，犹如昨天。"现在，只有碗窑村85岁的李万颂和我活着了。"

在远征军的3年间，兰保珍随着部队转战于腾冲和缅甸的八莫等地。因为他身体强壮、搏杀和射击等军事技术很好，故而在无数次与日军搏命的征战中，只受过几次轻伤。与他同批参军的31名建水籍士兵，有23人牺牲在中缅战场上。1945年，在经过血与火的拼杀后，中华民族迎来了抗战的胜利。兰保珍回家当了农民。

自此，老人就再也没有离开过土地，一直靠种地为生。这期间，不论生活怎么困难，兰保珍也从没有向政府伸手要过困难补助。老人说："生活再困难，也没有打日本人的时候难。困难是我们自己的，该我们自己克服，怎么能去麻烦国家呢？做人要有志气和骨气。"

如今，老人的5个儿女都已成家立业，都是勤劳朴实的农民。老人有18个孙儿和5个重孙。84岁的老伴兰赵氏踮着小脚煮饭洗衣，悉心照料着兰保珍的生活。

老人的院门上贴了副对联："锄头似笔写出致富乐章，犁刀如剪裁就满园春色"，横批是"安居乐业"。看着这个干净整齐、鸡鸣犬吠的农家小院，老人非常满足地对记者说："你们年轻人没有经过战争，你们是不知道没有战争的日子是多么幸福啊！"老人一生最遗憾的事是这辈子不识字，所以老人对那几个读书的孙儿和重孙特别器重。老人说："我经常嘱咐他们要用功读书，要有一技之长，要让国家强大起来，不要让日本人再来欺负我们中国人。"

23

从抗日疆场回来后，兰保珍在建水绵羊冲这个普通而贫困的小山村务农已经整整53年了。

如今，知道这里有一位曾经目睹了日军在中缅地区滔天罪行、并亲身参与了不屈的抵抗斗争的老人的人，实在是少之又少了。当我循着线索去拜访老人，在绵羊冲三社询问人们二社的兰保珍老人家住哪里时，三社的十多个老人都说不知道。待我自己找到时，才发现二社和三社就在方圆不过300平方米的范围内。而当记者为发现兰保珍而激动时，当地人对这个见证了日军杀戮罪行并参加了抗击斗争的"珍本"老人，是一种无关紧要、无动于衷的漠然。

我们能漠视老人的平凡，但是，我们不能漠视那段血淋淋的历史……

忘记历史就意味着愚昧、背叛和堕落！

如今，与兰保珍同批参加抗日远征军的30多名建水籍男儿已是客死异国他乡50多年的孤魂。而53年前回到建水家乡的8人，已有6人在平凡的农耕生活中先后作古。

作古的是人，而不能作古的是历史！

如果我们能花大量的时间，用文字和文化的形式把兰保珍、李万颂等人远征异国抗日的情况详细记录、整理后予以发表，并作为爱国主义和历史教育的生动教材，普及到中小学教育中，实乃幸事！

大刀，向日本鬼子头上砍去的建水农民，我们，向你们致敬！（载于《春城晚报》1998年4月19日，有删节；载于《红河日报》1998年5月2日）

做得一手好风筝的七旬老人，退休后，无偿为孩子们做了不计其数的漂亮风筝，为孩子们放飞梦想，被孩子们亲切地称为——

"风筝爷爷"张文仲

个旧人提起74岁的张文仲老人，必会提到这样一件事：

一天上午，在距市区30多千米的大屯镇烂泥坝村的大屯海边，张文仲做的一只立体老鹰风筝正在1000多米的高空中自由飞翔。这时，远处飞来两只老鹰，一上一下绕着风筝老鹰盘旋。一会儿，其中一只老鹰飞走了。10多分钟后，又飞来四只老鹰左右前后围着风筝老鹰盘旋，并发出尖利的叫声。当时，在大屯海边劳动、钓鱼或放风筝的人们，都被这一奇异景象吸引住了：空中，这五只真老鹰围着风筝老鹰，不时地变化出"一""人""W"等多种队形；突然，一只真老鹰冲着风筝老鹰"亲"了一下，又用翅膀扇它……就这样，六只老鹰在空中共舞一阵后，这五只真老鹰才依依不舍地飞走了。

从此，张文仲"风筝老人"的名声不胫而走。

张文仲对制作和放飞风筝的喜爱可追溯到50多年前。那时，他还是建水县建民中学的学生。课余时间，他常用绵纸制作风筝，用木片、竹片做成玩具滑翔机放飞天空。后来，参加工作当教师，繁忙的工作使他不得不放下这个爱好。10多年前，老人从个旧一中退休，终于有空闲时间来圆少年时代的"风筝梦"了。

做风筝，必须要有考究的选材、精细的做工，尤其是要会利用力学原理来制作风筝的骨架，才能使做出的风筝飘、牢、精、美。1994年，老人得知河北廊坊要举办"国际风筝节"，就自费去参加。之后，老人眼界大开，手艺更精湛，做风筝兴趣更浓。亲友和不相识的人们不断上门求他为自己的孩子做个风筝，老人都慷慨应允。这样可苦了这位七旬老翁。他亲自上街选购工具、丝绸、颜料、画笔、画板、尼龙线、胶水、上好的竹子等，备齐20多种材料后，就整天坐在家里削竹子、做架子、裁剪拼缝、描眉画眼……一只只漂亮风筝就这样"诞生"了。老人虽然累得腰酸背疼，却高兴得像个孩子。

25

每次做好风筝后，孩子的家长都要付钱给老人。老人一概拒收，笑眯眯道："如果是为了钱，我就不做了。风筝能放飞孩子们的梦想，孩子们的快乐就是我的快乐。"（载于《春城晚报》1998年5月14日）

曾经是"技术能手"的她，下岗不失志。她说："只要付出正当劳动，干什么都不丢人。"

王丽 下岗当上"伙夫"

每天清晨，王丽都要赶到个旧市区农贸市场采购粮肉蔬菜，然后扛着大包小袋坐班车回到地处南郊的个旧长江编织袋厂的食堂，接着分拣、清洗、剁切、烹炒……

忙到上午11点半，厂里的职工们就可以吃上王丽做的热乎乎、香喷喷的饭菜了。饭后，王丽收拾洗涮。之后，又开始准备晚餐……下岗后来到编织袋厂当了一名"伙夫"的王丽，便这样度过自己忙碌的一天。

1980年，高中毕业的王丽来到云锡新冠采选厂当了一名电氧焊工。由于她聪明好学，吃苦耐劳，很快成为同批青工中的技术骨干，多次在有色昆明公司和云锡公司举办的青工技术比赛中获得"技术能手"称号并受到表彰。后来，她先后当过机修工、摇床选矿工。再后来，工厂改制，她下岗了。为维持生计，她开过小卖部、烧烤摊，还帮人卖过衣服。

今年4月，经人介绍，王丽到编织袋厂食堂当了一名"伙夫"。厂里十七八人每天的三餐和夜宵，全由她一人操办。过去，食堂有三名职工。如今，只有王丽一人干三人的活，干得很辛苦，但她把全部事情做得井井有条。王丽原本就烧得一手好菜，当"伙夫"后更用心了。为让辛苦的职工们吃上可口、卫生又便宜的饭菜，她想方设法换做法、换口味，洋芋、白菜等家常小菜到了她手里，就能做出干焙、红烧、酸辣等好多种口味，职工们吃得非常满意。一次，王丽生病住院，厂里临时请人代她干了几天，吃惯了王丽做的饭菜，职工们竟因为饭菜不可口、不卫生而"罢吃"。王丽得知后，又拖着病体回到厂里去继续当她的"伙夫"。

在烟熏火燎中忙碌一个月，王丽能拿到400多元工资。一些亲戚朋友劝她别干了，说只有农村来的小工才愿意当这种又辛苦又丢人的"伙夫"。可王丽理直气壮地说："小工干的工作我也愿意干。只要是付出正当劳动，当'伙夫'也不丢人。"（载于《春城晚报》1998年6月10日）

锡都街头"书香浓"　卡拉OK"车马稀"

近半年来，锡都如雨后春笋般冒出了70多家个体书店。每天，这些书店都顾客盈门，而节假日更是常常爆满。与此形成鲜明对照的是，曾经喧嚣热闹的卡拉OK厅，如今已是"门前冷落车马稀"了。

记者曾多次走访这些书店，看到这里经营的都是严肃、正统、高雅的图书并且销路看好，"地摊文学""厕所文学"在这里没有市场。中山路上"流溪书吧"的主人王宁告诉记者，这里销路最好的是一些精装和套装书，如400多元一套的《鲁迅全集》、200多元一套的《红楼梦》、100多元一套的《约翰·克利斯朵夫》等经常脱销。这些书店里，大多悬挂着"知识是人类智慧的源泉""知识改变命运""知识创造财富"等励志的书法字画，柜架上摆插着鲜花，设置了沙发、茶几等供顾客舒适地坐着阅读或摘抄。

这些个体书店经营方式灵活，零售、借阅、批发、8.5折代购代销等，只要是购售双方都能接受的经营方式都可协商进行。

许多店主告诉记者，经营图书是读者低消费、商家赢微利的商业活动，要耐得住清贫和寂寞；但他们愿意经营图书，是因为个旧人文化素质较高，老少都喜欢读书。而其中不少店主本身就是爱读书的人，在为读者服务的同时也满足了自己的爱好。

在锡都街头"书香浓"的同时，曾经遍布大街小巷的卡拉 OK 厅却冷清了，有不少还关了门。在某企业工作的梁先生说："花几十块钱唱一次卡拉，不如买几本有价值的书，可阅读，可收藏，还可传给孩子，真是一举多得的好事。"（载于《春城晚报》1998 年 6 月 10 日）

党支部书记孟某仙说："下岗了，我去卖烧烤!"

"孟记烧烤摊"好红火

在个旧市火车站商场的夜市烧烤摊中，有一家生意红火的"孟记烧烤摊"。这个雅致的名号，还是中共云南省委书记令狐安给题写的。

今年 4 月 3 日，令狐安书记到个旧调研时，专门深入到夜市调查下岗职工再就业情况，偶然遇见了下岗后自谋职业在这里摆烧烤摊的孟某仙。孟某仙下岗后不找领导找市场、自谋职业闯新路的精神和行动，得到了令狐安书记的高度评价，并欣然提笔为她的烧烤摊题写了这个名号。

今年 36 岁的孟某仙，原是云锡公司马矿行政科的代理党支部书记。去年以来，云锡公司进行国企改革，实施减人增效，孟某仙下岗了。一开始，她怎么也接受不了这个事实，闷在家里不愿出门见人，老是在纠结"我并没有做错什么事，怎么就叫我下岗了呢?"后来，经过激烈思想斗争，她认为还是要振作起来，重新寻找工作。但她跑了很多单位，都嫌她年龄大而被拒之门外。

在丈夫鼓励下，她决定自谋职业，靠自己双手创造新生活。在亲友帮助下，她东挪西借凑了 1.1 万元在火车站夜市摆了个烧烤摊。每天中午，她就蹬着三轮车到市场上购买鸡鸭鱼肉和菜蔬柴炭，回家后，拣、洗、切、配、煮、穿串……下午 4 点，她准时摆摊营业，一直要忙到第二天凌晨才能收摊。刚开始时，顾客认"生"，又看她的摊位桌椅板凳很破旧，就不光顾她的烧烤摊，她也不好意思开口吆喝顾客，看着火炕上的炭火白白烧掉、辛苦准备好的食品卖不出去以致变质而不得不倒掉，她急得直流泪。一些人还风言风语说："原来当代理党支部书记，大小也是个官，现在怎么好意思出来摆烧烤摊?"

云锡公司得知她的困境后，主动上门帮她解决了一些实际困难：给她做了一个漂亮的铝板烧烤桌，又购买了一整套新桌椅板凳给她，使她的设施大

27

大改观。云锡公司领导还鼓励其他下岗职工要像孟某仙一样解放思想，放下"面子"，自谋职业，勇闯市场，求得生存。在不断总结经验后，物美价廉、服务周到、顾客至上的经营作风，使"孟记烧烤摊"回头客越来越多，生意越做越好。

如今，孟某仙先后被个旧市评为"下岗职工再就业先进""个体工商服务明星"。面对荣誉，孟某仙还是那句实在话："企业有困难，我们要分担。在烧烤摊上，我实现了另外一种人生价值。"（载于《春城晚报》1998年6月20日）

8年前，小郭芳（化名）那患有轻度精神分裂症的父亲杀死母亲后被判刑。当时年仅2岁的她便跟着外婆艰难度日。7岁时，她来到个旧市人民小学读书。从此——

小郭芳　有了爱心撑起的"家"

在个旧市人民小学罗存芬校长的多方协调下，5月29日，该校三年级学生小郭芳又能每天继续在学校的小卖部里免费吃早点了……

今年10岁的郭芳是个不幸的孩子。她2岁时，父亲尹某生在轻度精神分裂症发作时，用石头将腿有残疾的妻子郭某芬砸死，又将郭芳扔进了垃圾堆。不久，尹某生被判20年有期徒刑进了监狱。郭芳年迈无业的外婆将奄奄一息的她捡回，并从蒙自带到个旧抚养，每月靠民政部门的救济金和亲友的帮助艰难度日。

7岁时，郭芳来到人民小学读书。当学校得知她不幸的遭遇后，决定减免她的科书费、杂费、校服费、保险费等一切费用，学校还买来书包、作业本、铅笔等学习用具给她。学校的爱心行动，影响和带动了其他师生：冬天，同学们把厚厚的冬衣冬鞋送给郭芳；夏天，他们把自己漂亮的花衣服穿到郭芳身上。郭芳有轻度斜视，周韬同学的母亲就买来一副视力矫正器送给她矫正视力。有几天，郭芳上学老迟到，老师经过了解，原来是她家里没有计时的钟表，学校又买来1个闹钟给郭芳。学校组织看电影，老师、同学和家长都会主动帮她买票。外出春游，学校或同学家长总不忘为她准备一份可口的食物。一年级体检时，发现郭芳营养不良，经了解才知道她从来不吃早点，学校又出钱让郭芳每天早上在学校的小卖部吃早点。这一吃就是三年。前不久，小卖部换了承包人，但郭芳的早点仍由学校出钱给她在这里吃。

逢年过节，团市委、学校和同学们都要送月饼、水果、学习用具和衣物给郭芳。郭芳的班主任李雪姣老师从学习、生活到思想都无微不至地关心她。罗存芬校长更是经常去班上看望她，并特别叮嘱她："你要好好读书，长大了要学会一门手艺才能养活自己，这样的女孩才不会被欺负，才不会被人一碗米线就骗走。"

走出原先那个破碎的家，小郭芳在人民小学这个充满爱心的大家庭中重新得到温暖和关爱。她学习刻苦，经常是班队会的主持人。三年来，学校为她减免的书费、杂费及为她垫支的保险费、校服费、体检费、早点钱等各种费用就达1500多元。学校、师生和家长赠送她的各种物品不计其数。懂事的郭芳常常说："我一定要好好学习，将来做一个对社会有用的人。"（载于《春城晚报》1998年7月8日）

我国政府曾向世界承诺：要全面消除贫困。在此目标指引下，个旧市委、市政府竭尽全力开展扶贫攻坚，取得了突出成就。在帮助农村贫困者脱贫的同时，城市中的鳏、寡、孤、老、残、幼、弱等贫困群体的生存状态也不能忽视。如何让他们安度晚年或健康成长，仅靠政府的关心帮助还不够，还需要全社会的积极参与。个旧市近年来就推行了让公务员与贫困群体"结对子、一帮一"的帮扶济困义举，并已蔚然成风——

29

个旧鳏寡残老：公务员为你养老送终

不久前，个旧市建设路居委会78岁的孤老人张美英去世了。与老人生前"结对子"帮贫济困的城区办的五名公务员，立即为这位无亲无故的上海籍老人操办了全部后事。

原籍上海的张美英抗战期间流落四川、云南等地，后定居个旧，一生未婚未育。年轻时，靠做零工为生。年老体衰后，靠民政部门的救济生活。个旧市像张美英这样的鳏寡孤老残有几十人，他们靠民政部门每月发放的70元救济金生活，比较困难。个旧市委、市政府对他们的困难非常重视。城区办自1996年10月开始，组织公务员与鳏寡孤老残签订"帮贫协议"、"结对子互访"，并定时、定额捐款补助老人们的生活，直到他们百年归世。

此善举得到了红河哈尼族彝族自治州州委、州政府和个旧市委、市政府数千名机关公务员的积极响应和主动参与。市委办公室的几名公务员自费帮扶了家住上河路的75岁的郭凤英老人，每月按时送去50元的捐助款并帮老人做家务。市人大的公务员们则帮扶了上河路84岁的普凤清老人，除每月给50元的捐助款外，还出钱为老人安装了照明电和炊用电，并买来电饭锅、节能灯等给老人使用。城区办原党委书记张立新经常带着城区办的公务员们买来好看的花纸为老人们裱房子、掏阴沟、洗衣、做饭。逢年过节，市委、市政府和州、市民政局的领导以及公务员们都要到自己结对帮扶的老人们家中去问寒问暖，把米、油、肉、蛋、糖果等食品和衣物以及随身带的钱物送给老人们。

各级机关公务员的义举带动了全社会对鳏寡孤老残幼弱的关心和帮助。市电力公司、市自来水公司免费为老人们安装了水电设施。市人民医院把全市最年迈多病的 6 位老人列为救助对象，并免费送医送药。

截至目前，州委、州政府，市委、市政府已有 27 个单位的 2000 多名公务员与全市的 80 户鳏寡孤老残幼弱结成帮扶对子，他们定时送给老人们的捐助款已达 7 万多元，临时捐送的慰问金难以统计，各类慰问品不计其数。同时，已为两名去世的孤老人办理了后事。"个旧公务员为鳏寡孤老养老送终"的承诺，已变成实实在在的行动，温暖着这些孤苦一生的老人们。（载于《春城晚报》1998 年 7 月 17 日）

红河州再就业工程迈新步——

"小额信贷"扶助下岗职工

首批 14 人获贷款实现再就业

"我下岗后，家里一直很困难。是红河州妇联的'小额信贷'帮助我实现了再就业。现在，家里终于有了比较宽裕的经济收入。非常感谢州妇联的'小额信贷工程'帮了我们的大忙，让我们重新找到了饭碗。"这是个旧市下岗职工尚明在接受记者采访时发自内心的感激之言。

为帮助下岗职工拓宽再就业渠道，去年 6 月以来，红河哈尼族彝族自治州妇联经多方调研和论证，结合城市下岗职工的困难，富有创造性地将"小额信贷"扶贫办法由农村拓展到城市，于今年 5 月出台《红河州"小额信贷"帮助下岗职工再就业实施方案（试行）》，将农村"小额信贷"扶贫的成功做法和经验，运用到帮扶城市下岗职工实现再就业上来。

该方案规定："小额信贷"帮扶对象以下岗女工为主，兼顾部分特别困难的下岗男工；贷款额度和种类分别为 2000 元、3000 元和 6000 元 3 种；贷款期限 1 年；还贷方式为贷款后的下月开始按月还息，贷款后的第 3 个月开始还本。6 月 4 日，金玉兰等首批 14 名下岗职工领到了 7.2 万元的"小额信贷"扶贫款。

目前，获得首批扶贫贷款的下岗职工均已将资金投入到所从事的餐饮、

食品加工、客运等行业中。（载于《春城晚报》1998年7月22日）

在云锡松矿生产区和生活区，有一支特殊的女子治安联防队，因工作成绩优异，被老百姓誉为——

锡山编外"女警花"

前不久的一天晚上，正在云锡公司松矿1360坑口值夜班的女联防队员周绍琼发现有人在偷矿砂，她当机立断，边喊"抓贼"边毫无惧色地追了出去，在追出值勤点300多米后，和闻讯赶来的同事将两名男盗贼抓获……

周绍琼所在的云锡公司松矿女子治安联防队组建于1997年6月。过去，矿山治安联防队都由矿部统一安排清一色男同志担任队员。后来，为实施《中华人民共和国劳动法》，矿部将一部分在坑口一线工作的女工减员下岗，这些女工一下子成了待岗人员，收入减少又闲得无聊，她们强烈要求继续工作。有的矿领导提出能否让她们去当联防队员，但也有人担心她们是女同志，干不好。但多数矿领导认为应该试一试，就一改过去老规矩，在全矿35岁以下的下岗、待岗和自愿转岗的女职工中，公开择优招收女联防队员。消息一传出，就有100多名女工争相报名。经过文化考试、政审、体能测试、体检、军训考核等5项测试后，有39名女工走上了治安联防队的岗位。

在工作中，女联防队员们责任心强，警容警纪好，配合护矿队守坑口、设路卡、维持矿区治安秩序，多次抓获潜入矿区偷盗矿砂和设备的盗贼以及流窜到矿区作案的坏分子，保护了国家财产，维护了矿区社会治安，被矿工们亲切誉为"锡山编外女警花"。一次，一私人老板在偷运矿砂时被路卡堵住，队员王文军请他出示有关手续证件，他谎称"忘了带了"，并乘机拿出一沓钱来给王文军和其他护矿队员，让他们"行个方便"。王文军和其他护矿队员不为金钱所动，坚持不让他拉走矿砂。此人见软的不行，恼羞成怒，口出恶语咒骂他们。后经查实，这些矿砂是该老板的小工偷盗后准备运出去销赃的。

在搞好矿区生产和生活治安工作的同时，"女警花"们还承担了其他工作。27岁的蒋旭既是联防队员，又是仓库油料保管员，同时还负责对外宣传报道工作。联防队员周云珍还担任着驾驶员和交通协管员工作。这些女联防队员出色的工作，使矿领导打消了当初的顾虑。今年4月，云锡松矿又公开择优招收了19名下岗、待岗的女工，使女联防队员增加到了58人。

一年多来，这支着装统一、工作作风过硬的女联防队伍，为矿区的安全生产和生活而辛勤地保驾护航。（载于《春城晚报》1998年8月14日）

减免工商税费　免费培训人员
个旧8000多下岗职工重端"新饭碗"

前不久，个旧市政府对原银铜锡矿140名下岗职工带资产重新组建的股份合作制企业——胜利采选厂给予了免征所得税等特殊优惠政策，扶持企业发展生产，使之走出困境。

作为全省老工业基地之一的个旧市，企业效益差，下岗职工多。为推进再就业工程深入实施，今年6月，该市经多方调研和论证后，出台和实施了多项再就业工程的优惠政策：新建、扩建的企业以及从事商业和服务业的企业招工时，应按不少于30%的比例录用下岗职工，其他行业的企业应不低于20%的录用比例；从事个体经营的下岗职工，工商部门免收登记费和一年的工商管理费；为安置下岗职工而兴办的第三产业的企业，税务部门按规定免征收两年所得税；下岗职工参加转业、转岗培训的培训费一律免收；在本市中小学就读的下岗职工子女，学校酌情减免学杂费和住宿费。

这些优惠政策实施后，已有762名下岗职工勇闯商海，自谋生路，工商部门为其减免了各种费用8万多元。同时，市劳动就业服务中心已免费为100多名下岗职工举办了烹饪、裁剪、计算机等技术培训。据了解，全市各中小学在今秋开学时，将对下岗职工子女减免有关费用。

这些特殊政策的实施，为全市1.2万多名下岗职工再就业创造了极为有利的条件。目前，该市已有8000多名下岗职工重端"新饭碗"。（载于《春城晚报》1998年8月20日）

个旧启动用工"超市"
200多人得以就业

8月11日，"个旧市劳动力中心市场"正式启动，并成为红河哈尼族彝族自治州首家用工"超市"。

为运用现代管理手段更方便、快捷地实施再就业工程，市劳动局多方筹资50多万元购买了11台多媒体电脑及投影仪等先进设备，改建装修了"市场大厅"，可同时为上百名求职者提供服务。在用工"超市"里，求职者只要在"用工信息查询""求职信息查询""劳动政策法规查询"三台电脑的触摸屏上轻轻一摸，即可完成相关查询；之后，再到"职业培训""用工管理""失业与求职登记""综合服务"和"再就业服务"等相关部门进行"交易"。据了解，当日共有 3000 多人参加交易大会，原定参会的 26 家企业增至 40 家，共提供了包括营销员、技术工人等 20 多个工种在内的 333 个岗位。

目前，已有 219 人在"超市"选定了工作，其中有下岗职工 125 人。（载于《春城晚报》1998 年 8 月 27 日）

"小额信贷"　助残脱贫
开远万余残疾人实现自食其力

近日，开远市羊街乡家里有 14 个残疾人的苗族特困户杨绍荣一家搬进了新盖的砖房。看着宽敞明亮的新居，杨绍荣乐滋滋地告诉记者："要是没有市残联的'小额信贷'帮助我自谋职业，我这么困难的家庭，哪里能住得上这么好的新房？"

开远市居住着汉、彝、回、壮、苗等民族，全市 25 万人口中有 1.4 万名残疾人。近年来，开远市残疾人联合会和市民政局共同携手，对残疾人开展康复和扶贫工作。他们利用各种形式宣传残疾人勤劳致富的经验以及党和政府对残疾人实施的康复扶贫政策。同时，还对全市残疾人逐户登记，调查摸底，建档造册，了解到全市城乡尚有 3000 多名残疾人需要脱贫。

为此，自 1996 年以来，市残联利用"小额信贷"扶贫资金开展了对残疾人"贷款使用到户、项目覆盖到户、效益创利到户"的"三到户"扶贫工作。其中，重点支持残疾人发展投资少、见效快、成功率高的种养殖业和加工业。中和营乡的汪兆鲸一家五人就有三人残疾，生活十分艰难，市残联帮助他用"小额信贷"扶贫资金购置设备烤酒，又利用酒糟养了 10 头猪，年收入可达六七千元，不仅解决了全家人的温饱，还让三个失学的孩子重返校园。

1997 年，开远市共对 182 户残疾人发放"小额信贷"扶贫资金 30 万元，使 334 名残疾人在医疗按摩、种养殖、加工、福利企业等行业中"上岗"，其中有 172 户 315 人脱贫，脱贫率达 94.3%。城镇有劳动能力的残疾人就业人数由原来的 562 人增加到 772 人。

据预计，全市残疾人全年的实际收入可达 68.5 万元。许多残疾人家庭不仅解决了温饱，还盖起了新房，购置了家用电器，日子过得红红火火。（载于《春城晚报》1998 年 9 月 2 日）

险　产妇露天突生产
幸　几位路人及时帮
目前母婴平安

10月2日，一名孕妇突然在石屏县城街头生产，幸得高祖荣、许新华等陌生人的热心救助，母婴已安然脱险。

这天清晨，家住县城东门环东新村的高祖荣正在洒扫自家庭院，一名20多岁的孕妇走来向她问路，并边走边不断呻吟。高祖荣仔细一看，立即意识到这名孕妇要临产了。高祖荣赶紧劝她坐下休息一会儿再走，并搬出椅子给她坐下，又询问了她家里的电话，随即与她家里人联系，但无人接听电话。看孕妇的情况，事不宜迟，高祖荣赶紧跑出大门外去叫住在附近的一名"港田"车司机，打算立即送孕妇去医院。就在这时，高家院子里传来初生婴儿的啼哭声和孕妇"大妈大妈"的呼叫声。高祖荣赶紧回来一看，孕妇已经生产了，婴儿还连着脐带，产妇惊慌失措，吓得走来走去。高祖荣迅速镇定下来，叫产妇蹲下不要动，并高喊与自己为邻的医生许新华、张忠有和吴光亚来帮忙。几人得知情况后，立即跑回家里拿来医疗器械和其他用品为产妇做了紧急处理。接着，许新华叫来一辆港田车，将已转危为安的母婴送往医院。

据了解，这名家住县城张家巷的张姓产妇是办理过准生手续的头胎生育。目前，母婴已平安出院返家。（载于《春城晚报》1998年10月6日）

从为两个智力障碍儿子把屎把尿，到无怨无悔照顾年老残疾的婆婆和抚养年幼的养女开始，每天重复的是辛劳加辛劳，但她从没有对生活失去希望和信心——

杨琼芬　艰辛难泯的母爱

每天清晨，家住石屏县龙武乡他乌德村公所下寨村的杨琼芬起床的第一件事，就是费力地抱起两个智力障碍的儿子把屎把尿。这两个儿子一个已经22岁、一个19岁，都患先天性智力障碍病瘫痪在床。把完后，杨琼芬把两个孩子放进农村常见的粗糙的木坐车里，接着又赶紧去伺候68岁的驼背婆婆和4岁的养女起床洗漱，接着又进厨房升火煮早饭。饭熟后，她抬着一盆饭去边喂两个儿子吃边自己吃。喂完早饭，收洗完毕，杨琼芬就扛着农具下地去干活了。而此时，她的丈夫普进生和大儿子普学发已经在地里忙活大半天了。

今年48岁的杨琼芬，25年前与勤劳朴实的小伙子普进生喜结良缘。婚后，虽然家境贫寒，但小两口勤劳肯干，日子也还过得去。自从二儿子普发林和三儿子普学仕出生后，两个孩子都患有先天性智力障碍和瘫痪。这两个苦孩子是在床上和木坐车里长大的，整天歪着头，流着口水。他们甚至还不会爬行。每天，除能看到自己家漆黑的土房外，就是天井上方的那片小天空了。家里有三个丧失劳动和生活能力的残疾人，杨琼芬夫妇不但要苦饭给他们吃，还要耗费很多时间和精力来照顾他们，生活的艰辛可想而知。

但就在这样艰难的日子里，善良而坚强的杨琼芬又收养了一个弃婴。1994年3月8日，杨琼芬在下工回家的路上，见到一个被人遗弃的女婴，杨琼芬毫不犹豫地把可怜的女婴抱回家来养，取名普美惠。从前，曾有好心人建议杨琼芬不要管这两个"憨"儿子了，让他们自生自灭。可杨琼芬不忍心：不单因为他们是自己身上掉下来的肉，他们还是两个鲜活的生命啊！现在，又有人讥笑杨琼芬傻，说她"自己家里都缺吃少穿的，还要捡回这个外人丢掉的孩子来养，连孩子的亲生爹娘都不要她了，你还要，白白添了一张吃饭的嘴，你们家的日子会越发难过。"但善良的杨琼芬说："好丑都是条生命，怎么能说不要就不要了呢？"

35

多年来，为了不委屈家里的三个残疾人和幼小的养女，杨琼芬和丈夫、大儿子起早贪黑，辛勤劳作，但所得仅够填饱肚子。他们住的仍旧是从前的土基房，杨琼芬仍旧是光着脚板上山下地，辛苦地操持着家务农活。24岁的大儿子已到该成家的年纪，但不少爱慕他的姑娘都因他的家庭困难望而却步。

在杨琼芬的辛苦撑持下，这个家虽然贫穷却和睦，虽然破旧却打扫得干净。生活的艰辛使她过早地衰老了，黑黑的脸上布满皱纹。但她仍然相信：日子会越来越好！

杨琼芬的事在县城传开后，得到一些好心人的帮助。县五交化公司给他们家送去一台黑白电视机，让两个可怜的孩子在家里可以看看外面的世界；在县城打工的李兆松将17元稿费和节省下来的10元钱也送给了杨琼芬。（载于《春城晚报》1998年10月29日）

七旬老翁了不得

袁祯祥 抄完"三国"书"红楼"

"三国"成书重24公斤 "红楼"已抄至第26回

每天上午8点半，石屏老人袁祯祥就准时走进书房，站在特制的大书案前用毛笔手抄古典名著《红楼梦》，目前，已抄至第26回。而在此之前，袁祯祥用600天时间，已抄完了另一部中国古典名著《三国演义》全书。

袁祯祥为清末经济特科状元袁嘉谷的旁系后裔，原为小学教师，现已退休。袁祯祥自幼学习书法，书法伴随了他几十年。他的行草和楷书颇有造诣，在当地很有名气。退休后，老人常常挥毫疾书，怡情养性，乐此不疲。但每次写的书法都零散而不成规模，有些写过就丢了，亲友们很为此可惜。怎样才能将写得好的书法保存下来呢？袁祯祥冥思苦想却不得要领。

1996年，老人突发奇想：为什么不用书法来抄一抄中国的四大古典名著呢？这样既练习了书法、保存了书法作品，又可继续阅读、欣赏这些好书。这一想法让老人欣喜不已。可是家里人却不同意，儿子说："你练书法纯粹是娱乐和休息，想写就写，不写就算，没有压力。如果要抄《三国演义》，你就是箭在弦上，不得不发了。"老伴也说："你今年已是69岁的人了，为抄'三国'苦伤了不值。"袁祯祥再三考虑后说："我还是要抄。这是我的精神寄托。能抄多少是多少，争取抄完。以后传给子孙，也是一笔精神财富。"

主意一定，当年9月，老人就着手实施这一"伟大计划"：买来上好的宣纸、小狼毫笔和大瓶装的墨汁；将宣纸剪裁成长65厘米、宽35厘米大小；用"小行草"书，按照古籍习惯，在宣纸上自右至左、竖行抄起了"三国"。抄了一段时间后，老人觉得坐着抄不如站着抄的感觉好：又好运笔，又能锻炼体力，于是便亲自设计，请人特制了一张高1.2米、面积4平方米的特大书案，并铺上红线毯。自此，老人每天就站在这张书案前手抄"三国"，一天少时抄1200字、多时可抄3000字。若不慎抄错、抄漏了，不管抄了多少，老人都宁可废弃整张纸也要重抄。有时，抄到妙词、妙句或内容精彩处，老人干脆搁下毛笔，抱着原著诵读一番。有时，边诵读边琢磨着这些字的写法以及如何运笔等，诵读完一段后，怎样运笔、怎样排列字行，老人已是成竹在胸了。有时，抄到兴奋处，老人灵感奔涌，不能自己，会忘记了吃饭和睡觉，常常要家人催促，老人才依依不舍地放下毛笔。

就这样，老人随着魏、蜀、吴三国风起云涌的战争硝烟，在整整度过了甘苦相伴的600天后，老人终于实现了自己的愿望：67万多字的《三国演义》，终于顺利地手抄完成了。完成后的手抄本，全书长达 1036 米，计1600 页。这 600 天里，老人用完了 400 张上好的宣纸、20 瓶 500 毫升的大瓶墨汁（近似于 10 千克水量）、用坏了 120 多支毛笔。为更好地保存，老人又用高级牛皮纸做了封面和封底后，将其装订成 16 本，总重量达 24 千克。为保管好这个"宝贝"，老人又特制了 1 个大木箱子，将 16 本手抄书装进去。闲时，取出来读读看看，自己欣赏、回味一番。节假日，儿孙们回来看望老人，最隆重、最受欢迎的家庭节目就是一家老小围坐在一起欣赏老人的手抄"三国"：哪段抄得好，好在哪里；哪几个字写得不好，不好在哪里……大家都要认真讨论、评头品足一番。老人听了很高兴，说："下回写到这些字时，我就会多加注意了。"而在这个过程中，儿孙们既陪伴了老人，又接受了中华优秀传统文化的熏陶和教育，真是其乐融融、皆大欢喜。

小城的人们在得知老人的这一"宝贝"后，不管是认识和不认识的，常常慕名跑来老人家里请求欣赏，老人总是欣然抱出他的"宝贝"，边给大家欣赏边讲解，津津乐道，乐此不疲。人们观看老人的"杰作"后，常常发出惊叹和赞誉。手抄"三国"时，为节约开支，老人特意从四川购买、邮寄宣纸、毛笔和墨汁。尽管如此，抄书还是花去了 800 多元钱，但老人一点都不心疼。

在成功抄完"三国"后，老人的"抄兴"一发而不可收。今年 5 月，老人又马不停蹄抄起了《红楼梦》。"红楼"总计 108 万字，比"三国"几乎多了一倍，但老人信心十足，计划用两年半时间，即到 2000 年底抄完"红楼"。

抄完"红楼"后，如有可能，老人还打算继续抄《西游记》和《水浒传》呢!（载于《春城晚报》1998 年 11 月 3 日）

牢记周恩来总理"一定要解决好云南锡矿工人的肺癌防治"的嘱托，在中国医学科学院肿瘤医院、肿瘤研究所成立 40 周年之际——

北京肿瘤专家赴锡都义诊

10 月 29 日，78 岁高龄的我国著名肿瘤专家黄国俊教授，与 23 年前他赴云锡总医院（当时叫"云锡职工医院"。作者注）亲自主刀为其成功切除肺癌、如今已 76 岁的矿工曹中贵在个旧欣喜重逢，老专家和老矿工紧紧拥抱，两人眼里满是激动的泪水。

曹中贵感激地说："当年是黄教授鼓励我、安慰我、给了我做肺癌切除手术的勇气，又成功给我做了手术。手术后，我还上了 5 年班才退休呢。是周总理，是北京医疗队，是黄教授给了我第二次生命，非常感谢你们!"黄教授说:"不用谢,这是我们应该做的。我们一直牢记着周总理的嘱托!"

由中科院肿瘤医院党委书记余瑶琴带队,全国著名肿瘤专家黄国俊、头颈外科专家屠规益、内科专家孙燕、放疗科专家殷蔚伯等10余位专家组成的义诊医疗队,不远千里,奔赴云南个旧云锡总医院开展大型义诊活动。

在短短两天时间里,专家们不辞辛苦,不顾年迈体弱,开展了肿瘤疾病义诊咨询、肿瘤防治学术讲座、肿瘤切除手术专家观摩指导和肺癌防治医患人员座谈会等活动。

在怀源芳圃举行的义诊活动中,各位老专家身穿白大褂,胸佩中科院服务证,头顶烈日,热情接待前来就诊的每位患者,仔细查看患者带来的 X 光片、CT 片、各种检查资料和病历等,为 120 多名患者解答了不少疑难问题和就医建议。

在 4 场学术讲座中,来自红河哈尼族彝族自治州 23 个医院的 600 多名医务工作者聆听、学习了专家们关于《头颈肿瘤外科诊治新进展》《肿瘤放化疗的新方法》等行业内比较新的学术内容和治疗方法等报告。

在手术现场观摩指导工作中,老专家们亲自为两位肺癌患者成功施行了手术。

在 29 日下午召开的"癌症防治医患座谈会"上,更是把义诊活动推向高潮:经历了两次肺癌切除手术的"抗癌明星"高会全、曹中贵等患癌症治疗后康复的人员和正在治疗中的患者,与老专家和医护人员们欢聚一堂,共同缅怀周总理生前对个旧锡矿工人的深切关怀之情;交流防癌、抗癌的成功经验;畅叙医护人员与患者间相互的牵挂、思念之情;以及患者们对医护人员用精湛医术和仁德之心挽救自己、给予了自己第二次生命的、深深的感激之情!

当得知不少癌症患者在医务工作者的精心救治下与病魔顽强抗争并战胜疾病获得健康和长寿时,老专家们十分欣慰,高兴之情溢于言表,连连说:"这就是周总理和我们共同的心愿啊!"(载于《春城晚报》1998 年 11 月 20 日)

退休 6 年来,他参加全国各类知识竞赛 300 多次,健身、交友、长知识,成了闻名石屏县的"活资料"。他就是——

醉心知识竞赛的龙和珍

仅今年 8 月份,67 岁的龙和珍就连续参加了《人民日报》8 月 5 日组织的"台胞投资知识竞赛"、8 月 15 日的"消费者维护权益活动 5 周年纪念知识竞赛"和 8 月 22 日的"爱祖国爱黄河知识竞赛"。提到这三次竞赛,老人乐呵呵地说:"我一个月内就参加了三个全国性的知识竞赛,既紧张又过瘾,这是多年来不曾遇到过的事。"

龙和珍 1992 年从石屏县广电局退休后,忙碌了一辈子的他闲得发慌,每天就是吃饭、睡觉、公园里玩。时间一长,活了半辈子的他惶惑了:"难道就这样吃吃睡睡等着进棺材吗?"学琴棋书画,孤儿出身的他没有那个基础和雅好;养花鸟虫鱼,又费钱又难伺候。而从没进过学堂的龙和珍却很喜欢看报读书,他发现现在各类报纸杂志上举办的知识竞赛特别多,过去忙于工作,没时间参加,现在退休了,时间充裕了,何不参加这些知识竞赛、在退休后圆一圆自己想了一辈子的"求学梦"?

决心一下,仅有初小文化、又搞了一辈子广播电视机务维修及仓库管理工作的龙和珍,就向知识殿堂发起了"冲锋"。几年来,民政、计划生育、法律、公安、老龄工作、人口、扶贫、工商、税务……凡国家级报纸杂志上举办的、他能找到题目的知识竞赛,他几乎都参加过,内容涉及上百个领域。为参加竞赛活动,老人天天跑图书馆查找资料,资料上找不到的就跑县扶贫办、经贸委、公安局等职能部门去请教专业人士。几年下来,全县各个部门的几百名男女老少都成了龙和珍的好老师、好朋友,大家常常互通信息。在他的带动下,很多人从开始时的旁观者、助人者,成了知识竞赛的参与者。县图书馆的同志不仅给老人通报竞赛信息、帮他查找资料,还常常无偿地剪下竞赛试题给老人。不少专业人员还抽出时间,给老人做好的试题检查把关,互相提高。

参加知识竞赛,使老人的知识面扩大了,头脑变得灵活好使了。同时,还认识了许多各行各业的朋友,增加了老人的生活乐趣。另外,这还成了老人的健身方式,老人天天要跑图书馆和有关单位,有时碰到"急题、难题",一天要跑七八个地方。一次,老人参加一个扶贫方面的知识竞赛,为查询"小额信贷"的确切含义,老人跑了 10 多个部门也没有得到满意答复,而传统的资料上又找不到,跑了 10 多天,请教了 20 多个"老师",跑得腰酸腿疼,在得到准确答案的那天,老人高兴地一一告诉那帮"竞赛朋友"。有时需要的资料又厚又重,老人就用箩兜去背回来学习和查阅。现在,清瘦的龙和珍无病无痛,身体很好,走路很快,记者去采访时正巧他要去文体局,记者就跟他边聊边走,要小跑着才跟得上他的步伐。

1995 年,老人参加了《中国老年报》组织的"幸运老人生活知识大竞赛",

荣获镀金金质奖章 1 枚。但在各类奖品中，老人最钟爱的是各类书籍，那册 1996 年参加《半月谈》知识竞赛时奖得的《时事资料手册》老人爱不释手。在他的影响和带动下，不少亲友都喜欢上了知识竞赛活动，12 岁的外孙彭希常与外公"平分秋色"，同时获奖。（载于《春城晚报》1998 年 11 月 26 日）

来，大家来跳乐
锡都 500 市民共跳彝族烟盒舞

11 月 18 日晚，在个旧市风雨馆内，500 名身着色彩斑斓、款式奇异漂亮的少数民族服饰的各族军民，在欢快抒情和富有浓郁乡土气息的少数民族音乐旋律中，跳起了彝族传统的歌舞——烟盒舞。1000 只烟盒用手指弹出的、节奏清脆的"啪啪"声，和着跳舞者刚劲有力的脚步的踢踏声、观众们富有节奏的拍掌声，让风雨馆变成了欢乐的海洋……原来，这里正在举行彝族烟盒舞《大家来跳乐》音乐带的首发和表演仪式。

彝族烟盒舞在红河哈尼族彝族自治州民间广为流传，其舞姿优美，变化多端；旋律明快好听，节奏感强；动作以刚劲、有力的农业劳动生产动作为主，辅以"猴子掰苞谷""敲响杆儿""丢手巾""送秋波"等民间诙谐、逗乐的动作，具有浓郁的民族色彩和乡土气息，广受全州各族人民的共同喜爱和积极参与。为此，收集、整理、编辑、出版彝族烟盒舞音乐一直是红河州各族人民翘首盼望的大事。几年来，经彝族舞蹈家李政多方奔走和策划制作，在州、市各有关部门的大力支持帮助下，彝族烟盒舞蹈音乐专辑《大家来跳乐》终于问世。专辑收集了在石屏、建水、元江、元阳、红河等地民间广为流传的《斗踢壳》《西山坝子一窝雀》《歪歪弦》等近 20 首烟盒舞曲，经认真整理后，用现代 MIDI 音乐配器制作而成。

在首发式上，个旧 3000 多名各族群众观看了精彩的彝族烟盒舞等歌舞表演。（载于《春城晚报》1998 年 11 月 29 日）

闹市中有了温暖的"家"
个旧下岗职工喜迁"再就业经营市场"

近日，个旧市"下岗职工再就业经营市场"在该市中山路南段开业。自此，个旧市 100 多名从事经营工作的下岗职工有了自己的"家"。

近年来，个旧市部分下岗职工自谋出路，勇闯市场，在销售食品、服装等经营领域大显身手。但因没有固定的经营摊位，他们常常被撵来撵去，到处"打游击",增加了他们自谋生路的难度。

为使下岗职工们拥有一个更加良好的经营环境,在市委、市政府的大力支持帮助下,市工商局和市劳动局经与有关部门多方协商并联合投资近 10 万元在中山路南段开设了这个"下岗职工再就业经营市场"。该市场内设 100 多个摊位,在此从事经营工作的下岗职工可享受减免办证费、降低摊位收费、免费使用统一制作的货架等诸多优惠政策。市工商局还派出专职管理干部对市场进行规范管理。

在此做豆制品生意的下岗女工王秀芬高兴地告诉记者:"为了讨生活,以前我们到处摆地摊,被追来撵去。现在好了,政府为我们下岗职工着想,让我们终于有了舒舒心心做生意的'家'了。"(载于《春城晚报》1998 年 12 月 8 日)

一个小碟,几色颜料,以手指、手掌或手肘在宣纸上勾、擦、拖、簇、点……意行气走,一幅形神兼备的"指画"便完成了——

苏佛涛 "指画"奇技惊世人

只需一个小碟、几色颜料,苏佛涛就能用手指、手掌、手肘在宣纸上施以勾、擦、拖、簇、点、弹、滚、转、摊、压、洒、吹、扫等技法后,一张洁白的宣纸上,就能变魔术般地画出《达摩面壁》《老子出关》等形神兼备的"手指画"。多年来,苏佛涛已有数百幅"指画"在国内外展出并产生了较大影响。苏佛涛也因此进入了国内"指画"家的行列。

今年 51 岁的苏佛涛在石屏县群艺馆工作。他出身书香世家,其父在旧时的东陆大学(今云南大学)毕业后在昆华中学任教,其母是知书达理的家庭妇女。他自幼受到良好的家庭教育并研习传统的中国书法绘画。1950 年代中期,其父被错划为右派后,携家眷返归故里石屏定居。在那些艰难的日子里,一家人省吃俭用也要保证他学习书画所需的笔墨纸张。童年时的苏佛涛除在学校正常读书外,勤奋的他每天都要在父亲的指导下习书学画达七八个小时而不倦。

功夫不负有心人,苏佛涛创作的书画很有灵气,成为当时省内书画界小有名气的学童。1960 年代后期,已具有了运笔作画相当功力的苏佛涛觉得,通过画笔在纸上作画,常常是想的与画的距离较大,思维的灵感和手指的灵气经过画笔的阻滞后表现在纸上就大打折扣,仅用画笔作画,已很难充分地宣泄自己丰富的思想和释放心中飞跃的创作激情。同时,也为探索另外一种

41

新的创作手法，苏佛涛开始大胆地丢掉画笔，直接用手指在宣纸上作画了。手指上的神经极为丰富，特别敏感，手指上的肌肉也极为细腻，在作画中能够心气合一，运指灵活，想画什么、想画成什么样都能具体生动地画出来。在禅悟和享受到这种至臻至上的艺术方法、境界和乐趣之后，苏佛涛开始潜心研习"指画"及"指画"大师高其佩等先辈的理论及其技艺心得。

在县文化馆从事考古工作后，苏佛涛借到全国各地许多佛教圣地和自然风景名胜区考察学习的机会，以指作画，积累了许多素材。一次，在个旧蔓耗镇的热带丛林中，苏佛涛见到半个多世纪前滇南水运的枢纽——红河沿岸那些荒凉破败的古驿渡，与此形成巨大反差的是旁边那些生机勃勃的热带丛林。苏佛涛被这种巨大的反差深深地震撼了。他迅速支起画架，从早晨画到傍晚太阳落山，一整天只喝了一点水。到收画时，手指已成了鸡爪形，腿也站不起来了。

苦心孤诣研习到 1980 年代初，苏佛涛才将"指画"奇技公诸于世，就在国内外引起广泛关注。1989 年，大理三塔寺特邀他在三塔寺举办了"苏佛涛个人指画展"并售出部分作品。同年，其"指画"专论《中国手指画的溯源和技法探索》荣获"全国指墨艺术大展暨学术研讨会优秀论文奖"。1990 年，其指画《孔雀之乡》被北京中国画研究院收藏，《盼》《鬼谷子》被北京中国残疾人基金会收藏。1996 年，《老子出关》被菲律宾教育部收藏。此外，另有百余幅佛教题材的"指画"被甘肃、陕西等地数十家佛教研究机构收藏。（载于《春城晚报》1998 年 12 月 12 日）

1999 年：

全省首家民工住宅小区在个旧建成
400 余打工者告别棚户区住进配套房

日前，由云锡房地产经营开发公司和云锡建安公司共同投资建设的"个旧市民工住宅小区"在个旧德政小区顺利竣工，在个旧打工的 400 多名民工及其家属成为首批入住者，欢欢喜喜迁入了专为他们建设的小区。据悉，这是我省首家建成的"民工住宅小区"。

潮湿、拥挤、昏暗的临时棚子和危房，蜘蛛网一样乱拉乱搭的电线，随处倾倒的垃圾污水，肮脏的环境……这便是在许多城市都可以看到的、打工者居住的棚户区的真实写照。它不仅影响着城市形象，更存在着治安、计划生育、城市建设等方面的诸多隐患。

针对外来民工这种恶劣的居住状况，云锡房地产经营开发公司和云锡建安公司用实际行动履行企业回报社会的职责，投资建设了全省首家"民工住宅小区"。该小区占地约 1.5 万平方米，第 1 期工程投资 500 多万元，建盖了 8 幢共计 4000 多平方米的配套住房，目前第 1 期工程已告竣，基本满足了 400 多户民工的住宿需要。

"民工住宅小区"实行现代化的物业管理，入住民工必须按照国家规定的"三证"齐备才能入住。同时，居住民工必须在行业管理、社会公德建设、计划生育、社会治安防范等各方面都服从小区的统一管理。

从四川农村来个旧打工多年的罗世光夫妇，在迁入了设施配套、宽敞明亮、安全卫生的小区配套住房后，十分高兴地对记者说："我们来个旧打工多年了，一直住在石棉瓦搭的一间棚子里，没有卧室、卫生间和客厅，睡觉、做饭、吃饭都在一间房子里，又脏又乱；而且冬天冷、夏天热，很难住。现在好了，没想到我们这些打工的也能住上这样好的房子。"

据悉，与小区配套的幼儿园、卫生院、商贸中心、绿化带等 2 期工程正在紧张建设中。（载于《春城晚报》1999 年 1 月 4 日）

43

个旧最低生活保障启动

首批 1890 余特困居民领到低保金

1998 年 12 月 30 日，个旧市政府《关于实施个旧市城市居民最低生活保障制度》正式启动。当日，就发放了 8.6 万元低保金，1020 户计 1891 名特困居民成为个旧实施低保政策的首批受益者。

该保障制度规定：凡具有个旧市辖区城市户口、家庭月人均收入低于 120 元的居民，均属保障对象；对无生活来源、无劳动能力、无法定赡养人或抚养人的居民，实行全额补助；对领取失业救济金期间或失业救济期满仍未重新就业、家庭人均收入低于最低生活保障的居民，对在职人员和下岗人员在领取最低工资、基本生活费及退休人员领取退休金后其家庭人均收入仍低于 120 元的居民，实行差额补贴。

同时，该保障制度实行公开和动态管理，对保障对象及名单定期公布，每季度审核一次，根据实际情况及时调整保障对象，做到应保尽保；并设立举报电话，公开接受社会监督。

首批领到低保金的有 174 名孤老人、111 名残疾人、123 名退休职工、653

名云锡公司工亡遗属、173 名在岗困难职工、520 名下岗职工以及孤儿等。

家住文庙街的 73 岁孤老人龙惠珍接过市领导发给她的低保金时，激动得连声说："感谢政府一直关心、抚养着我们孤寡老人。"市灯泡厂下岗职工庾继波在领到 200 元低保金后告诉记者："我要尽快找到新的工作，实现再就业，为政府分忧，为亲人解难。"（载于《春城晚报》1999 年 1 月 8 日）

38 岁才成家。44 岁妻子病逝。虽然一生历经坎坷，但他教书育人的情缘不断。他就是——

农民代课教师 亚楷

今年已经 56 岁、在个旧市倘甸乡个旧十二中当了 18 年"代课教师"的农民诗人亚楷，历经 6 年的刻苦学习和拼搏后，于日前终于捧回了云南省自学考试指导委员会颁发的汉语言文学专业专科毕业证书。

亚楷，是当地有名的乡土农民诗人，写出了《渡海》等搏击困难、向往幸福美好生活的诗篇。但现实中的亚楷，生活却极为清贫。一天晚上，当记者慕名前去采访他时，一路打听，村人指着远处一栋黑漆漆的土基房说："就是那里。"记者只得用打火机照路，摸索着来到了亚楷那座低矮的农家小屋。进门后看到的是：光瓦当顶，裸露的泥巴土基当墙，老式的木门已经破旧不堪，昏暗的家里只有一张饭桌、两张床、几个小凳和一些农具。记者进屋时，亚楷正伏在床头边用两个旧木箱子搭成的"书桌"上批改学生作业和写诗。极度消瘦的亚楷皮肤黑黄，满脸皱纹，穿一件 10 多年前流行的蓝色涤卡中山装，领口、袖口已磨得起了白毛边，着一条旧得看不出颜色的长裤，足踏一双陈旧布鞋，只有鼻梁上那副镜架陈旧得发黄、镜片如瓶底般厚实的近视眼镜，才让人觉得他是个文化人。

亚楷出身书香世家，自幼聪颖好学。因其文化功底扎实，被教师奇缺的个旧十二中聘为"代课教师"。从此，亚楷开始了他集教书、农耕、写诗于一体的半农半文的清苦生活。在儿子 4 岁、女儿 2 岁时，体弱多病的妻子又不幸病故。忍受着中年丧妻的痛楚，亚楷在承担起照顾幼小孩子的同时，更一如既往地全身心投入教学工作。每天下午放学后，他都要坚持辅导学生。他工作踏实、兢兢业业，获得了全校师生的一致好评。亚楷还被当地人称为"活字典"，大家经常来向他请教，总能满意而归。

因为亚楷一直是个"代课教师"，所以他一直领取的是每月 150 元的微薄的"代课工资"。亚楷上有八旬老母，下有一双正在求学的儿女，课余时间，他协助着弟弟做一些简单的农活。亚楷的弟弟是家里干农活的全劳力，因为不忍心甩手丢下生活清贫的一家老小，如今 40 多岁的他仍没有结婚成家。他说："我就守着母亲和哥哥了，再怎么苦，也要把哥哥的两个孩子养育成为对社会有用的人。"

谈到未来，亚楷沉默许久后说："教师从事的是一项神圣的工作，不管我最终能不能转成正式老师，但只要当一天教师，就要努力教好学生，就要做到问心无愧。"（载于《春城晚报》1999 年 1 月 19 日）

"牵手"50 载
个旧一对老夫妇俭朴庆"金婚"

在生活节奏日益加快的今天，一对夫妻能够携手相伴 50 年，是件令人非常羡慕的事。1 月 17 日这个寒冷的冬天，在个旧市工人村一幢平常的居民房内，一对老夫妇正在以俭朴的家庭聚会方式，喜庆 50 年"金婚"。

今年 68 岁的聂学武和 66 岁的许义群（本名孙玉琴）祖籍石屏县。聂、孙两家是世交。50 年前，两人结为秦晋之好。新中国成立后，夫妇俩一同来到个旧参加新锡都的建设。几十年来，两人随着工作的单位辗转于老厂、大屯、个旧、开远、昆明等地。在工作上，他们勤奋努力，吃苦耐劳，干一行爱一行，且技术精湛。在为人处事上，他们和气宽容，慷慨助人，"吃得亏、在得堆儿"是他们做人的准则之一，所以赢得了同事亲友的交口称赞。在干好工作的同时，两人还要赡养长辈和小孩。但不论生活怎样艰辛和困难，两人总是用好的人生观、世界观和价值观教育孩子，把几个孩子教育得都很上进。1980 年代中期，夫妇俩先后退休，回家颐养天年。

许义群患冠心病 25 年、糖尿病 12 年。因现在有较好的医疗条件和老伴聂学武的悉心照料，加上许义群数十年订阅《大众医学》杂志学习，形成了一整套针对自己病体实施的、独特的自我保健疗法，故虽患病多年，但老人依然乐观开朗，精神矍铄。

如今，老夫妇俩已是儿孙满堂。儿孙们曾打算在酒店宴请亲友为老人祝贺"金婚"，但一生勤俭惯了的老人不同意乱花费。这天，老夫妇俩去影楼照了一套时髦的婚纱照，又将儿孙们约到家里，举行了一个俭朴的"金婚家庭聚会"。

许义群老人高兴地告诉记者："有了共产党，有了改革开放，现在的日子是越来越好了。我们要多活些年，争取四代同堂。"（载于《春城晚报》

1999 年 2 月 2 日)

作者说明：

聂学武、许义群（本名孙玉琴）是我的父母，石屏人，工作于个旧。1980 年代的个旧，不少产业工人的女儿念书到初中毕业，父母就要求她们出去工作了，有机会的招工成为正式工人，没机会的就到处找临时工干，以分担家庭的困难。

我很幸运，遇到了开明、豁达的父母！

我自幼喜欢读书，父母就一直鼓励我好好读书。还在"读书无用论"、"交白卷"风行的年代，父母就想办法，托人把我从职工子弟学校转学到当时红河州师资力量最雄厚、学风最好的个旧一中读中学。母亲一直鼓励我说："两个哥哥被'文革'耽误了。你赶上了好时候，好好读书，一定要考上大学。人要有知识、有文化、有一技之长才能在社会上立足。"

读大学后，我特喜欢买书。母亲就从有限的生活费中给我挤出买书的钱。到大学毕业时，父亲戴着老花镜，打着算盘，为我买的大部分书统计了一下价格，大约有 900 多元。

我一听，自己也吓了一跳！那时，一个青工的月工资是 30 多元，一个八级工人的工资也就是七八十元。

我工作后，买的书更多了。大部头的《辞源》，一套有 4 本，一本 200 多元，都是母亲帮我到新华书店预定、预交书款后，在几年的时间里陆续买到的。现在，我的私人藏书已有数万册。

今天，我能够有一技之长立足社会，能够写书出书，要感恩父母的精心养育！感恩我生在好时代！感恩我遇到好父母！

现在，在编辑出版此书时，父母已经去世 16 年了。读着当年为父母写下的这篇小短文，不禁泪目和唏嘘：子欲孝，而亲不待啊！

人生，很多事是不能等的——特别是尽孝！

父母恩，齐于天！

金平有个傣家温泉澡堂会

在寒冷的冬天，洗一个露天澡，你敢吗？

在金平苗族瑶族傣族自治县勐拉乡新勐村公所普洱上寨村，就有一个在寒冷的冬天，让你敢洗一个露天澡的地方。这里，被傣家人亲切地称为"温泉澡堂会"。

在普洱上寨村，一年四季都有温泉涌出，年平均流量 5.02 升/秒，水温常在 54℃—60℃，含有硫磺等多种矿物质，是当地群众及外地游客沐浴健身、消遣娱乐的好去处。为方便洗浴，傣家人围绕着最大的温泉出水口，修建了一个数千平方米大、齐腰深的温泉大澡堂。

每当夜幕降临，劳作了一天的傣家人和附近的瑶家人及外地游人，就会成群结队地来到这里沐浴，情趣盎然。澡堂中，多情的傣家小卜哨或蹲或立，在沐浴中柔情地甩动长长的秀发；傣家小卜冒们则围着小卜哨们游来游去，在比赛自己的游泳技能；稚气的小儿们则在温泉中泼水嬉戏；中年妇女在为年迈的老妈妈搓背洗脚……

温泉澡堂会，不仅洗去了人们一天的辛苦与疲劳，而且这种人与自然、人与人和谐相处的氛围，令人非常感动。许多国内外游客都慕名远道而来，亲身体验这种男女老少集聚在一起的"温泉澡堂会"。（载于《春城晚报》1999年2月5日）

个旧：春节给特困职工送年货

临近春节，个旧市委、市政府向全市 3000 多名下岗职工发放了春节慰问金，对特困职工还同时发放了大米、香油等年货。

作为我省重要的老工业基地之一，个旧近年来困难企业和下岗职工增多，市委、市政府正在举全力帮助下岗职工重端新"饭碗"、实现再就业。在今年春节到来之际，市委、市政府多方筹资 40 多万元，在全市开展了"送温暖慰问困难职工和企业"活动。市领导分成 4 个组，分别深入到市灯泡厂、市制鞋厂等 43 家困难企业和王万华等 458 名特困职工家里去慰问，把党和政府的关怀和温暖送到困难企业和困难职工家里。同时，市劳动局对目前正在领取失业救济金的 2900 名失业职工每人增发 100 元春节慰问金。目前，已有 3358 人得到了总价值 40 余万元的慰问。

家住胜利路 97 号的个旧市矿机总厂一分厂特困职工王正兴接过市委、市政府领导送来的慰问金和年货时，激动地说："非常感谢党和政府一直关心着我们困难职工。我下岗后，家里很困难，读五年级的孩子面临失学。现在，按照市里的规定，孩子的书费、杂费等全部费用都减免了，孩子又能高高兴兴地去读书了。这都要感谢党和政府的关心帮助啊！"（载于《春城晚报》1999 年 2 月 15 日）

"校园卡"电话落户个旧一中

1月20日,全省首家"校园卡"电话在个旧一中正式开通。首批安装的百余部话机遍布学校的办公室、学生宿舍和教室走廊。由此,学校数千名师生结束了在校园内排队打电话的历史。

"校园卡"电话是一种密码记账式电话卡,它比IC卡更保密、更方便。用户购买了"校园卡"后,只要记住卡上的使用账号和密码号,就能够在包括IC卡电话在内的任何一部双音频话机上拨通201、再输入卡上的使用账号和密码号,就能够拨打用户所要呼叫的本地或国际国内长途电话,不论通话话机本身是否具备长途通话条件。通话后,话费一律从用户所持有的"校园卡"账户上扣除,用户使用的通话机不再计收费用。

个旧一中的师生们高兴地告诉记者:以前,校园内只有两部IC卡电话,话亭旁经常排起长队;如果不慎丢失了IC卡,就打不成电话,经济上也有损失;现在新的"校园卡"电话,即使无"卡"在手,也能打遍全州,真是方便。

有关专业人士还告诉记者,"校园卡"电话还可以广泛使用于医院、工厂、部队、宾馆等单位,能降低话费,方便快捷,提高工作效率,其发展前景很乐观。(载于《云南日报》《春城晚报》1999年2月26日)

一个与民族舞蹈相伴近半个世纪的老人,退休后又培养了上千名民族舞蹈人才,还创办了一所私立民族舞蹈学校——

李政 一生钟情民族舞蹈

春节期间,在昆明世博园的服务生中,一批来自滇南艺术人才培训基地的礼宾小姐特别引人注目,她们能歌善舞,气质不俗。其实,多年来这个培训基地已培养了1000多名这样的礼宾小姐。但说来令人难以置信:在这个基地里亲自手把手教民族歌舞人才的,是一位已年过六旬的彝族舞蹈家——李政。

出生在石屏县坝心镇的李政,自幼受世居在此的彝族的民间舞蹈熏陶,能歌善舞。1951年,李政作为优秀的民族歌舞"苗子",被选送到个旧市歌舞团工作,从此开始了他的民族舞蹈生涯。后来,他被调到筹办中的红河哈尼族彝族自治州歌舞团工作。1957年,他又被选送到当时的北京舞蹈学校学习深造。两年后毕业,被留在省歌舞团工作并参与组建我省第一个民族舞蹈培训班。而这时的李政,已深深感到只有深入生活,多"泡"在民族山寨里向那些优秀的民间艺人学习，才能跳得出原汁原味、撼人心魄的民族舞蹈，也才有继续创作的内容、灵感和激情。所以，他毅然请求调回红河州歌舞团工作。

在他近 50 年的民族舞蹈生涯中，曾先后向石屏县的彝族民间舞蹈家白老甩和老李跨、元阳县的哈尼族民间舞蹈家白京亮等数千名民间艺人拜师学艺。为搜集民族民间舞蹈，几十年来，他的足迹遍及红河州的山山水水。一次，在最边远的绿春县哈尼族寨子普洱村，李政发现了哈尼族最原始的"棕扇舞"和"竹管舞"，他非常兴奋，不停地跟着老艺人们学了整整 3 天，累得手脚都抬不起来。又有一次，在建水县坡头乡，他意外发现了即将绝迹的、最能够代表哈尼族传统歌舞水准的"铓鼓舞"，他一住就是 10 多天，走村串寨，爬山过河，到许多哈尼族寨子去收集、记录和学习"铓鼓舞"的动作和音乐。为将这个舞蹈中最独特的坚韧、奔放的复杂动作形神兼备地表现出来，他对甩膀、挎腿、后倒腰、扑地、跪地、侧翻、甩飞腿等高难动作，学做了上千遍。

功夫不负有心人。在建国 30、35、40 周年的进京、赴沪文艺调演中，红河州歌舞团演出的、反映边疆民族勤劳农耕生活、奇异民俗风情、舞姿刚劲有力、音乐火爆劲爽的彝族烟盒舞以及哈尼族的棕扇舞、铓鼓舞、捉泥鳅舞等民族民间舞蹈，在京、沪等地引起巨大轰动，海内外多家媒体对此进行了宣传报道。

49

为更好地培养民族舞蹈人才，退休后的李政又与云锡一中、个旧职工大学、云南民族村联合创办了"民族歌舞班"，培养了上千名民族歌舞人才输送到深圳等地，让来自海内外的游客在"锦绣中华"等风景区就能欣赏到云南彝族、哈尼族正宗的民族民间舞蹈。

前不久，李政又谢绝了深圳民族村月薪 5000 元的邀请，在个旧创办了一所"马樱花少儿舞蹈学校"。他说："民族民间舞蹈人才的培训要从娃娃抓起，现在党委政府和老百姓都十分支持我的工作。我现在最大的愿望，就是要把自己掌握的东西全部教给孩子们，使彝族、哈尼族的民间歌舞后继有人。"(载于《春城晚报》1999 年 3 月 14 日)

顶风冒雨 保洁城市
"娘子军火钳队"活跃蒙自城

一段时间来，古城蒙自县的老百姓和许多外地游客都惊喜地发现：在县城的大街小巷，活跃着一支手提火钳、扫帚和撮箕的"娘子军火钳队"，不论是刮风下雨还是骄阳似火，她们总是把街道打扫得干干净净，保洁了城市。

近年来，蒙自县城市建设发展很快，城市面积由解放初期的 2.12 平方千米扩大到如今的 7.63 平方千米，还建成了宽阔的天马路、毓秀路等多条城市道路。然而，在投入巨资修建的这些道路上，一些居民仍然改不了传统的老习惯：养的猪鸡鸭兔狗羊满街跑，马屎牛屎到处有，美丽的绿化带和行道树也被人畜踩踏得不成样子，晴天尘土满天飞，雨天脏泥到处溅，满眼脏乱差。为此，县建设局城建监察大队特别组建了市容市貌监督中队，面向社会公开招聘了 60 名下岗女工和 40 名妇女当上了监督员，监督、清扫市容市貌。刚开始时，一些市民不理解，常常与监督员发生冲突，甚至说："修这么好的路，不就是为了让猪鸡鸭兔狗羊有个放处嘛!"

经过一段时间的努力，现在蒙自老城区的 72 条大小街道及开发区新建的银河路等多条宽阔、笔直的现代化大街上，都一改过去脏乱差的面貌，道路清洁整齐，花草树木郁郁葱葱，赏心悦目。"娘子军火钳队"的工作，也得到了广大市民的称赞、理解和支持。（载于《春城晚报》1999 年 4 月 1 日）

一少年给个旧市长出"金点子"
中学生环保志愿队亮大旗

4 月 4 日上午，我省首家"中学生环保志愿队"在个旧成立。

近来，锡都的不少市政设施屡遭破坏，令人痛心。今年 2 月，个旧一中学生张琦以"维护市政设施和城市环境，中学生应该尽自己的一份薄力"为由，直接向个旧市政府领导写信出"金点子"：吁请成立"个旧中学生环保志愿队"。政府领导得信后，亲笔回信给张琦，在表示感谢的同时，非常乐意地采纳了他的"金点子"。

在市政府领导的亲自"操作"下，个旧市环保局在个旧一中、个旧二中等 5 所中学里挑选了 100 名品学兼优的中学生组成了志愿队，并对志愿队队员进行了环保、城市管理等相关法律法规知识的培训。同时，配备了统一的队旗、帽子、袖章等。志愿队编成 5 个分队，在下午放学后和节假日走上锡都的大街小巷和风景名胜区，义务开展保护环境、清洁城市的宣传活动；并对不爱护设施和环境的不文明行为进行监督和劝说。（载于《春城晚报》1999 年 4 月 19 日）

作为总工程师，10多年来，为修建蒙自五里冲水库，他奔波于北京、上海、昆明等地，请专家学者论证，参加学习培训。但更多时候，他是"猫"在数十米深的地下施工现场，亲自冲锋陷阵——

张邦仞 "喀斯特"地上治水人

前不久，历时8年、克服了在喀斯特地质地貌地区修建大中型水库的巨大困难，创造了3项"世界第一"的蒙自县五里冲水库工程竣工投入使用。该工程同时被由中国工程院院士组成的专家评审组评为"优良工程"。闻此喜讯，为修建这个水库而奋斗了10多年的该工程总工程师张邦仞流下了激动的泪水……

1954年，张邦仞从东北地质学院毕业后分配到昆明有色金属勘察设计院工作。1979年，张邦仞调红河哈尼族彝族自治州水工队工作。水工队所在地蒙自县历史上就严重缺水，每到旱季，县城数万居民的生活、生产用水极为紧张。经常一停水就是几天到十几天，干渴的居民们把全城十多口千年古井里的水都打干了。为争抢几瓢水，人们经常发生争吵和斗殴。生活、工作在这里的张邦仞看到这些情况总是很难过，为此，他心里总装着一个"治水、吃水之梦"。后来，他调任州水电局局长，为圆这个梦，他开始了辛苦的奔波。他先后多次到昆明请专家来蒙自勘测、论证在此修建大型水库的可行性。几年后，结论出来了：蒙自是典型的喀斯特地质地貌，要在此修建大中型水库，就目前云南自己的技术力量、施工队伍及其能力、解决问题的技术手段和能力等，都是很难做到的。

无奈但又放不下"治水、吃水梦"的张邦仞，只得请昆明的专家带着他去向北京、南京、上海等地的专家求援，并邀请国内外知名水利专家到蒙自开了两次"五里冲水库工程咨询论证会"，又请来英国的岩溶勘测队到五里冲实地勘测，取得了可贵的第一手资料。

1991年，被列入我省"八五"期间重点建设工程之一的蒙自五里冲水库正式动工兴建。张邦仞被任命为总工程师。在施工中，他本可以不用每天都到工地，但他放心不下，这个总投资1.8亿多元的巨大工程，是蒙自县、个旧市、开远市的供水命脉，不能有半点差错和闪失。所以，他每天都要坐车到20多千米外的工地，又手抓脚踩着直立的钢筋梯子从地面下到100多米深的地下施工现场，在每个工作面上一丝不苟地检查施工质量和进度，发现问题，及时解决。一次，在工作现场他突发心肌梗塞，同事赶紧找出他随身带的"消心痛"加大剂量给他吃下。在地下稀薄的空气中，他居然躲过了

"死神"的召唤。

1993 年，60 岁的他从局长岗位上退休，但总工程师的担子组织上决定仍然由他挑。他的老伴和儿女深知他一生的心愿就是修个水库、让老百姓吃上干净、放心的水，所以对他这个不称职的丈夫和父亲，总是给予了更多的宽容、理解和支持。（载于《春城晚报》1999 年 5 月 4 日）

从贵州到个旧打工的李某团，在一次意外事故中中毒，生命垂危。医护人员及时施救，他所在的打工队老板也主动送来医药费和营养费——

爱心　让他闯过"鬼门关"

4 月 12 日，来个旧打工因氮氧化物中毒而差点丧命的李某团，经云锡总医院医护人员的精心救治而康复出院了。

今年 24 岁、来自贵州水城县龙场乡的打工仔李某团，在个旧市红旗矿下属的合田公司打工。3 月 26 日下午，当班的李某团到井下作业面清除三天前爆破的碎石渣时，被烟雾熏倒中毒。27 日凌晨 3 点，他被送到云锡总医院时，已深度昏迷，人事不知。医院迅速抽调医生对其进行会诊，确诊为"氮氧化物中毒导致严重的肺水肿"。为赢得挽救生命的时间，医护人员立即为他实施"气管切开吸痰术"及注射碱性药物等方法进行抢救。手术进行得十分顺利。术后，医院对李某团进行了特级护理。12 小时后，李某团苏醒。

3 天后，李某团脱离了危险。救治期间，医院经常为其进行会诊，选择最好的治疗方案。李某团打工的单位也派出专人陪护，老板也常来探望并及时送来了生活费、营养品和全部 6000 多元的医药费。

10 多天后，当记者见到李某团时，他已行动自如，思维清楚。他告诉记者："我很幸运。在这个举目无亲的地方，这些医护人员对我的救命之恩和老板对我的情谊，让我永生难忘。世上还是好人多呢！"（载于《春城晚报》1999 年 5 月 11 日）

我中奖你为何要平分
6 龄童状告姨妈舅妈
法院为刘阳追回 11 万元奖金

5 月 20 日，个旧市人民法院依法判决王某珍、张某林两被告赔还原告 6 龄童刘阳购买社会福利奖券中奖所得款 11 万余元。

4 月 30 日，刘阳母亲王发珍给儿子刘阳 10 元钱，由刘阳的姨妈王某珍、舅妈张某林领着刘阳从卡房镇到个旧市区购买社会福利奖券。5月1日下午2时许，王、张两人领着刘阳来到购买地点，刘阳拿出母亲给的10元钱买奖票，当买到第三张时，刮开一看，居然中了个特等奖，奖品是价值14万元的一辆轿车。按规定，获奖者若不要轿车，奖品可以折价为人民币11万余元。拿着中奖券，三人大喜过望，兴冲冲地去兑奖。兑奖人员在问明了王、张两人的身份后，认定两人可代刘阳领取买奖券获得的奖金，故由刘阳的舅妈张某林拿出自己的身份证明将11万余元奖金领到，并暂由姨妈王某珍保管。

5月3日，刘阳的父母刘传学、王发珍到王某珍家拿奖金。谁知王某珍提出这些钱要三家人来平分，刘阳父母要求分5万元，王某珍死活不同意。无奈，刘阳父母同意了王某珍的要求。可奖金平分后，王某珍又把分给刘阳的3万多元以自己的名字存入银行，并声称："现在我帮刘阳保管着，以后给他读书用。"

之后，刘阳的父母多次要求拿回这3万多元钱，但王某珍就是不给。双方协商无果，最终对簿公堂。法院审理后，判决这些奖金全部归还刘阳。（载于《春城晚报》1999年5月27日）

53

为1.5平方米卫生间是否属违章建筑、是否应予处罚，居民韩某亮将蒙自县建设局告上了法院。最终——

居民告赢建设局

5月20日，蒙自县人民法院依法判令蒙自县建设局撤销《云南省建设行政执法当场处罚决定书》（建行当字[1999]第001号）。至此，居民韩某亮因1.5平方米卫生间是否属违章建筑、是否应予处罚而状告建设局的官司以胜诉了结。

今年65岁的韩某亮，家住蒙自县环城北路80号，自建有87平方米的住房6间，土地使用面积107平方米，1987年经过审批为私有住房。

1994年12月，因生活需要，韩某亮在原来一楼的卫生间顶上加盖了1.5平方米的卫生间1间。1997年5月27日，韩某亮到县建设局规划办公室申请补办加盖的卫生间的《建设工程规划许可证》。经建设局有关人员到现场勘验后，于同年6月2日为韩某亮办理了该证。

同年7月初，环城北路82号的住户刘某向建设局反映，韩家改造的卫生间在其楼房西面墙的窗子处，影响了他家的通风和采光，要求建设局给予解决。7月22日，建设局组织双方当事人进行调解，未果。同年9月25日，规划办公室依法举行听证会；并再次为双方进行调解；并明确表示：韩某亮在补办手续、现场勘验时，其指定地点与实际地点不符，卫生间第二层必须拆除。

对此，韩某亮不服，遂一直未拆除。今年2月2日，规划办公室又发出《云南省建设行政处罚听证(权利)告知书》，重申韩家建盖的第二层卫生间未办理合法手续，属"违章建筑"，必须自行拆除。2月10日，又发出《云南省建设行政执法当场处罚决定书》(建行当字[1999]第001号)，限定韩某亮在2月10日至14日内，必须自行拆除第二层1.5平方米"违章建盖"的卫生间。2月22日，韩某亮一纸诉状将建设局告上法院。

法院审理后认为，建设局的处罚决定在认定事实上主要证据不足，事实不清，前后矛盾，致使在法律上使用不当。根据《中华人民共和国行政诉讼法》的有关规定，依法判令蒙自县建设局撤销对韩某亮的处罚决定书。(载于《春城晚报》1999年6月2日)

苗家待客第一礼：盘歌

在红河哈尼族彝族自治州金平苗族瑶族傣族自治县境内居住的苗族同胞，有一种传统而特殊的待客礼节：盘歌。

每逢有客人来到苗家寨子，天黑后，就有成群结队的姑娘们来到客人住的门外开始唱歌。她们唱完一段后，客人要赶快应唱，唱的内容还要与姑娘们唱的相互应对，一般唱的内容都是自然风光和劳动生活。如果客人能对答歌曲并唱赢这些姑娘，主唱的姑娘就要回家禀报父母，由父母出面款待客人一顿丰盛的饭菜。如果客人不会唱或者唱输给姑娘们，姑娘们就要提着水冲进来泼客人，为其洗掉蒙在"心上"的灰尘。

许多苗族青年男女就是在这种不断的比试中增进了解，确立恋爱关系，最终建立了幸福家庭。(载于《春城晚报》1999年7月9日)

为完成"单骑万里、宣传环保"的宏愿，人到中年的他已在自行车上颠簸了6年，行程16个省市——

曹胜亭 单骑万里为环保

7月7日，经过数年的风雨兼程，湖南株洲人曹胜亭骑着插着"单骑万里，宣传环保"字幅的自行车，风尘仆仆地来到了举世闻名的锡都——个旧。至此，曹胜亭已蹬着自行车走过全国 16 个省市，行程 1.9 万多千米。

今年 40 岁的曹胜亭原在湖南株洲自来水公司工作。面对环境污染越来越严重的现状，他经过慎重考虑后，毅然辞去了公职，准备"单骑万里，宣传环保"。1993 年 10 月 16 日，他怀揣仅有的 120 元钱上路了。

曹胜亭平均每天骑行约 100 千米。在孤独单调的行程中，他遇到过许多常人难以想象的困难。一次，他在贵州境内盘山的公路上艰难爬行了 5 天都没有见到一户人家，身上带的本来不多的干粮在紧张维持了两天后已所剩无几，他只得喝山泉水解渴、吃野果子充饥。连这些东西也找不到时，他就坐在路边养养力气再走。上坡还好，可以慢慢蹬车。但遇到下坡，饿得头晕眼花的他就必须强打精神，高度集中精力，两眼瞪得大大的盯着路面，双手死死抓住龙头把握方向。否则，若稍有疏忽，就可能连人带车直冲下无底的深渊。曹胜亭还遇到过抢劫，那几个壮汉翻遍他的行囊，看到曹胜亭比他们还穷，只得悻悻地走了。

去年夏天，曹胜亭来到了湖北抗洪前线，参加了众志成城的抗洪抢险斗争。今年 5 月 1 日，他来到昆明，参加了世界园艺博览会。在得知河口县将举办"中越边境民族文化旅游节"后，他又骑车前往，紧赶慢赶，6 月 18 日旅游节开幕前夜，他还在倾盆暴雨中顽强地跋涉在屏边县至河口的山路上。此时，他膝盖内侧的裤子已经被磨烂，开着 10 多厘米长的口子。一些过路司机看到他在暴雨中艰难蹬车的样子，好心地停车邀他上车坐一段路。可他一再婉言谢绝了。他知道，这种时候就是在考验自己的意志、毅力和耐力了。

在路上的日子，他其实很想家。所以每到一地，他就寄一张明信片回家，让翘首盼望的年迈的父母能得到一些慰藉。在旅途中的所见所闻，他已记录了几大本，拍了数千张照片。因为常年骑车，他的手掌和臀部已磨起厚厚的老茧。谈起这些年单骑万里的过程，这位中年汉子深情地说："如果没有各地许多素不相识的好心人的热情相助，我无法坚持到今天。我真诚感谢这些人们！"

曹胜亭的下一站是开远、文山，之后再进入广西。他告诉记者，他要争取在澳门回归祖国的时候赶到那里，去参加澳门回归的庆典活动。（载于《春城晚报》1999 年 7 月 19 日）

瑶家青年谈恋爱　双双对对游"花园"

在金平苗族瑶族傣族自治县境内的瑶族地区，青年男女谈恋爱时有"游花园"的传统习俗，很是浪漫。

逢年过节或是赶街天，瑶族青年男女便经常选择一个离村寨不远、风景优美而又比较隐蔽的地方"游花园"。花园地点一般选在女方家的村寨边。"游花园"时，男女双方都有同伴相陪。约会地点女方做有记号，或是用草打个结挂在显眼的地方，或是折把树叶搁在路边。女方做完记号后，便躲在花园附近的草丛中等待男友的到来。男友来时，一路吹着树叶学鸟叫，装成悠闲的样子边走边寻找记号。找到记号后，就唱《问路歌》，探问是否有长辈在附近、能否在此幽会。如可以，男女双方和他们的同伴就席地而坐，促膝谈心，又互唱《见面歌》《相思歌》倾诉衷肠。唱到太阳落山要分手时，唱《定日子歌》来约定下次幽会的时间和地点。

"游花园"一段时间后，如果哪一次女方来时，背的背篓里装了 12 对糯米粑粑、一双男式布鞋和吉祥纸花送给男友、并唱《盟誓歌》时，就表示女子中意男方，同意结缔良缘。这时，男方就可以请媒人去女方家提亲了。(载于《春城晚报》1999 年 7 月 23 日)

56

大学生勇救落水少年
段金玉献出年轻生命

7 月 30 日，郑州工业大学电子专业学生段金玉在家乡——红河哈尼族彝族自治州泸西县为抢救落水少年而不幸身亡。

今年 23 岁的段金玉是回家乡泸西县金马乡雨龙村公所雨龙村度暑假的。当日下午 1 点半，段金玉与泸西二中 16 岁的学生段某良、18 岁的村民段某林相约去村外的河边玩耍。段某良、段某林因不会游泳，就在河边玩耍，段金玉则下河游泳。不料段某良失足落水。段金玉和段某林就立即去救他。三人在水里挣扎了一阵，段某林挣扎上岸后踉踉跄跄奔进村子去叫人。村民闻讯赶到出事地点寻找段金玉等两人，不见，估计已遇难。5 时多，两名遇难者被先后打捞上岸。

段金玉有姐弟三人，父母都是本分的农民，家庭生活比较困难。段金玉是个品学兼优的好学生，是村里少有的几个大学生之一。去年他考取大学后，因家里困难，只得向亲友和信用社借贷才凑够去读书的费用，至今家里还欠债 1 万多元。

事发后，村民们都赶到段家帮忙处理后事，劝慰家属。村民们对段金玉的遇难非常惋惜。(与赵昆合作，载于《春城晚报》1999 年 8 月 5 日)

离开喧闹都市，来到宁静乡村，面对那些细腻柔软的红泥巴，她那漂泊的心才找到回家的感觉——

黄林 "玩泥巴" 的女人

不久前，黄林带着对制陶艺术的执着追求和美好理想，从昆明来到建水县陶瓷工艺美术厂，一头扑进陶瓷工艺品的制作中，在该厂当了一名不拿"工资"、学历最高的编外"职工"。

今年32岁的黄林，1987年从云南艺术学院毕业后分配到昆阳工作。不久辞职。多年来，为了实现自己当一个雕塑家的梦想，她自费出游，四处漂泊，足迹遍及四川的大小凉山及云南的大理、红河等地，在彝族、白族、哈尼族等少数民族的寨子里体验生活，积累素材，并寻求适合自己的创作灵感和契机。

当她游历到国家历史文化名城建水县时，偶然在街上看到了汽锅、茶具、吹鸡儿等一系列用紫陶做成的生活用品和工艺品时，黄林被这些在平凡的红土中体现和赋予出的、飞扬灵动的陶瓷艺术品深深地震撼了、吸引了，她觉得用紫陶作为自己艺术创作的载体，比用色彩、颜料、画布等绘画形式更能表现自己的创作灵感和生命意义。于是，她决定留下来。她找到建水县陶瓷工艺美术厂，请求这里的师傅教她制陶工艺。厂里的师傅端详着她说："你是科班出身的大学生啊，我们怎么敢教你？"黄林诚恳地说："民间艺人的手艺才是最乡土的，也是最有价值的。没有民间艺术的熏陶，我就像无根的浮萍，成不了气候。"陶艺厂的师傅被打动了，破例收下这个比自己学历还高的特殊"徒弟"。从此，黄林每天与柔软的红泥巴打交道，从最基本的和泥、拉坯、脱坯学起。当这些都出师后，师傅才教她学习在陶制品上的勾、镂、刻、画、雕等技法。黄林总是一丝不苟地向师傅学习。最难的是在已经成型的陶坯上勾画，有时构想中的画在陶坯上全部完成后，才发现有不满意的地方。这时，她就毫不犹豫地放弃，从头开始另做。

在黄林租住的小屋里，记者还见到她那天真、活泼、可爱的女儿。黄林在昆明想制陶，在建水想女儿。无奈，她就把5岁的孩子接到建水来自己照顾。白天，她去工艺美术厂工作就带着孩子去，厂里的师傅们看她拖儿带女的，都十分照顾她，尽量帮助她。晚上回家，她就辅导孩子读书、画画，生活忙碌而充实。

尽管每天工作下来都是满头满脸的红泥灰，连耳窝、鼻孔都得用棉签掏洗清洁，但面对这些亲切细腻的泥土，黄林才觉得生活充实。现在，她已经

57

照着自己的思路制作出"十层陶砚""莲花陶罐"等10多件比较满意的陶工艺品。（载于《春城晚报》1999年8月26日）

当年　砂丁"走厂"靠双脚
如今　日行千里圆好梦

如今，每当看到大街小巷跑着的五花八门的汽车，家住个旧市工人村的退休老矿工李学云就忍不住感慨万分：50多年前的个旧，根本见不到一辆汽车，运东西全靠人背马驮。而如今的锡都，公交车、出租车、大货车、小轿车满街都是。李学云最大的感受就是：如今出门，真的是非常方便、快捷了。

李学云清楚地记得：52年前，为躲避国民党抓兵，18岁的他和几个同乡小伙子从石屏老家逃出来，走投无路的他们只得到个旧锡矿山"走厂"当砂丁。当时，李学云和同伴们靠着两只脚板，一路乞讨，披星戴月地走了5天，才来到个旧老厂矿山当了"砂丁"。

新中国成立后，沙石公路修到矿山，矿山有了汽车。但从矿山到个旧城里的客车只有星期天才有一趟，而且要提前三天、早起去车站排队买车票，即使是这样也经常买不到车票。所以，每到休息天，如果李学云和媳妇、孩子们要想进个旧城赶街，就只有靠脚板走矿山的小路。那时，在矿山通往个旧市区陡峭、崎岖的山间小路上，几乎天天都有男人肩挑背驮、妇女背儿带女匆匆赶路的身影，一趟来回要走六七个小时。如今，矿山的沙石公路早已修成光滑、宽敞的柏油马路；每天，从老厂开到个旧城里的班车就有20多趟，每趟只要40分钟就到了。

前几天，李学云和老伴刚游了昆明世博园回来。他非常激动地告诉记者说："50年前去昆明，要先坐汽车到开远，在旅社住一夜，第二天再换坐火车才能到昆明，总共要4天时间。而现在，坐上高快客车就像坐上'风火轮'，5个小时就能到昆明。交通的高速发展，使我们老百姓的日子越过越好了。"

如今，锡都的交通事业蓬勃发展，贯穿市内南北东西的20多条马路和各路公交车，为锡都百姓的工作、生活和学习提供了极大的便利。而每天从个旧南、北两个客运站发往南宁、贵阳、昆明、文山等数百个省内外市县的500多趟、20多种车型的长途客车，更为锡都百姓工作、生活的长途出行提供了多元化的、方便快捷的服务。（载于《春城晚报》1999年9月16日）

建水"朱家花园"被誉为"滇南大观园"而享誉海内外。然而，朱家还有后人吗？朱家的后人如今安在？经数次寻找，记者终于在"朱家花园"对面建新街41号里找到了那位隐居多年、历经沧桑的——

朱家花园的后人　高秀清

前不久，由建水县人民政府投资800万元修葺一新的朱家花园"盛装"喜迎游客。这座曾经破旧不堪的私家中式园林，如今雕梁画栋、亭台楼阁、水榭烟花，像人间仙境般如梦如幻，令人流连忘返。

作为见证了朱家花园百年兴衰的84岁的高秀清老人，面对这一切，更是感慨万千……

1931年，16岁的高秀清被朱家敲锣打鼓迎娶进门，做了花园主人朱渭清的侄子朱映凯的媳妇。好日子没过几年，朱渭清因事在昆明入狱，不久客死狱中。朱家在越南西贡、香港等地的一批商号也因此疏于管理而濒临倒闭。朱氏大家庭开始衰落。朱渭清的子嗣们靠变卖典当珠宝器物为生。朱映凯一家因是朱渭清弟弟的子嗣，素来受些挤兑。此时，朱渭清一死，朱家顶梁柱已倒，朱映凯家的日子更不好过。为养家糊口，中学毕业后朱映凯就到建水、个旧鸡街、石屏新街等铁路线上工作。1952年，朱映凯在建水病逝。

土改时，高秀清一家搬出了朱家花园，她独自一人拉扯着六子一女讨生活。如今，孩子们读书毕业后在成都、江西等地工作，只有最小的儿子和女儿在建水陪老人生活。老人的10个孙子女有的读大学，有的工作。朱家的其他后人，因多年来断了联系，高秀清老人也不知道他们如今在哪里、生活得怎么样。而精神矍铄的高秀清老人，依然在古城安度晚年。

对朱家花园的近况，老人非常欣慰地说："如果这所房子还在朱家人手里，不是被卖光吃掉，就是破败倒掉。如今，政府花这么多钱修好，让大家有个休息玩乐的地方，又能发展建水的旅游业，真是件好事情啊！"（载于《红河日报》1999年9月24日）

个旧市场繁荣商家乐　物美价廉百姓欢

9月26日上午，云锡机械有限公司退休职工夏琴芬在个旧市新街水果市场买水果时高兴地告诉记者："个旧过去水果不多，一到过节时就很贵。现在，水果的品种多了，土的洋的都有，土的有桃子、鲁沙梨、李子等，洋的有美国提子、泰国蜜柚等，价钱也不是很贵。原来3.2元1千克的蜜柚现在只卖2.8元了。"记者看到，20多种色彩鲜艳的土洋水果摆满货摊，摊主们都在忙碌地做生意。

今年的中秋、国庆两节期间，锡都市场繁荣，各种商品琳琅满目，不少商品价格稳中有降。在农贸市场，一位刚买了脊排的老大妈满意地告诉记者："以往11元1千克的脊排现在只卖10元了，还加了工资，这日子是越过越好了。"卖肉的中年妇女说："过节了，我们的生意好多了。"在人民路食品公司肉食经营部，平均每天卖出各种肉类数百千克，超过平时销售量的30%。

记者从市贸易局了解到，为让锡都百姓过好"两节"，商贸部门在两个月前就开始组织货源，仅市商贸局就组织了50多万千克的中秋月饼、1614头生猪、16万千克的各种冷冻鱼肉和35万千克的腌腊制品投放市场。而在月饼中投放量最大的火腿月饼在中秋节前一天就脱销了。

总之，节日期间，各类商品销售量都超过平时的20%，呈现出购销两旺势头。（载于《春城晚报》1999年9月28日）

围着篝火跳起丰收舞
个旧彝家人歌唱新生活

60

日前，个旧市的彝族同胞们在锡城镇独店村的森林草场上举办了一场别开生面、富有彝族特色的"糯苞谷节"，以此来表达彝族人民庆国庆、迎回归的激动心情。

糯苞谷是世居个旧山区的彝家人种植的特产和主粮，以糯软细腻、清香甜嫩、营养丰富最为吸引人，也是红河州民族特产中的"一绝"。每年，在秋天糯苞谷丰收时节，当地彝家人都要举办"糯苞谷节"，以感谢上天的赐予和表达庆贺丰收的喜悦之情。

9月20日下午，在茂密的森林草场上，身着节日盛装的彝家儿女迎来了八方宾客。人们坐在厚厚的、松软的青草地上，啃着刚刚出锅的、热乎乎、甜糯糯的糯苞谷，喝着彝家人自酿的醇厚的苞谷酒，畅叙着党和国家的好政策给家乡带来的巨变。村民王恒告诉人们，这里以前是裸露的岩石和荒山，后来进行生态环境建设，政府投资10多万元引种了新西兰的黑麦草、维多利亚的鸭茅草、墨西哥的柏树等优质草树进行种植和绿化，现在，已绿化荒山264公顷，使独店由过去的荒山村变成了现在山清水秀、景色优美、生活富裕的彝家小山村。人们都感慨地说：是党和国家的政策好，才让我们老百姓的日子越过越好了。

晚上，万余名宾客与当地彝家人共同观看了彝家人表演的传统彝族舞蹈

《彝家欢》《响竿舞》《烟盒舞》等精彩的民族文艺节目。随后,宾主围着熊熊篝火一起载歌载舞,庆丰收,迎国庆。(载于《春城晚报》1999 年 10 月 1 日)

中考结束,个旧市保和乡 14 名贫困学生被省内外 10 余所中专学校录取后,却为无钱上学而发愁。为此,锡都各界发起了一场捐助行动——

大家助"我"去上学

9 月 19 日,个旧市保和乡贫困学生李忠贵终于跨进了南京特种师范学校校门。而此时此刻,他最想感谢的,是远在千里之外的个旧家乡的父老乡亲们,没有他们的慷慨资助,自己是难以跨进这所学校来求学的。

今年中考结束后,保和乡传来喜讯:这个还没有出过一名中专生的省级贫困攻坚乡,今年有 14 名初中毕业生考取了南京特种师范学校、云南省卫校等 10 多所中专学校。然而,面对录取通知书和所需的数千元学费,这些孩子的家长们为难了,孩子们也流泪了。因为,家里实在拿不出这些钱送孩子们外出去读书啊!

消息传出后,锡都各界发起了一场"特别捐助行动",纷纷向这些孩子们伸出援助之手。市委、市人大、市政府、市政协领导率先捐款,红河哈尼族彝族自治州交通局运政处、市交通局、市汽车经贸总公司、市汽车出租公司、云锡公司配载站、市电力公司等多家单位和个人也纷纷参与,多的捐款 5000 元,少的也有数百元,在短短几天里就捐款 2.7 万元给这些孩子们。

目前,14 名贫困学生已全部跨进梦寐以求的校园,开始他们的求学生涯。为感谢父老乡亲的资助,这些孩子们联名给家乡的亲人写来了感谢信,表示一定要努力学习知识和技能并成为对社会有用的人,报答家乡亲人对他们的厚爱、帮助和希望。(载于《春城晚报》1999 年 10 月 6 日)

旧社会,"砂丁"住的是茅草房;新社会,矿工住房三年一个样,十年大变样。如今,越来越多的矿工实现了"工作在矿山,生活在城市"的梦想——

锡都矿工住房大变样

9 月 12 日,记者来到个旧市锡苑小区,走进退休工人孙鹤林师傅的新家,这套 74 平方米的配套住房,是孙师傅交了 4 万元集资款购买的。在这里,孙师傅一家高兴地接受了记者的采访。

孙师傅的老伴告诉记者,50 年来他们先后搬过 4 次家:旧社会,孙师傅在老厂当"砂丁"时，住的是低矮、破旧的茅草房，寒冷、阴暗、潮湿，长期住这样的房子，不少"砂丁"都得了风湿关节病。新中国成立后，孙师傅住进了政府为矿工们建盖的"干打垒"的土基房，并在那里结婚生子。土基房不寒冷、阴暗、潮湿了，但是1户人家只能分给1间，睡觉、煮饭、吃饭都在这里。后来孩子长大了，煮饭就搬到房间外的过道上，孩子与大人的床铺之间，就扯起一张布帘子来隔开。

到1980年代，孙师傅一家搬进了老厂锡矿在矿区建盖的第一批钢筋水泥房，有卧室、客厅和厨房，生活方便了不少，但没有卫生间和阳台。进入1990年代，矿上在市区买地建集资房，孙师傅一家凑出4万元钱购买了这套有两个卧室、客厅、饭厅、厨房、卫生间、阳台等配套设施的新房并进行了装修。

随着两位老人的指点，记者看到了装饰一新的新居琳琅满目：新潮的吊灯，雅致的墙裙和窗帘，卧室内铺着木地板，客厅里则铺着花岗岩地板；还有全套新式的家具：彩电、电视柜、落地式组合音响、冰箱、布艺沙发、茶几和电话等，将这套新居装点得十分漂亮、温馨。

9月13日，记者又专程去到老厂镇采访了老厂锡矿有关领导。他们告诉记者，新中国成立以来，锡矿工人的住房经历了从茅草房到土基房到钢混结构房再到框架结构配套房的发展历程，以老厂锡矿为例，职工住房的设施越来越完善；人均居住的面积越来越大，从过去的人均1平方米发展到现在的10平方米。特别是党的十一届三中全会以来，老厂锡矿就先后建盖了15.3万平方米的新房，全矿3327名职工已有2600多户住进了配套的新房。

近年来，老厂锡矿又提出"工作在矿山，生活在城市"的目标，并实施了矿工住房由郊区矿山向繁华城市的转移。目前，老厂锡矿已在个旧市区建盖了21幢集资新房计5.5万多平方米，千余户矿工喜迁新居，圆了几代矿工在城市生活的美好梦想。（载于《春城晚报》1999年10月13日）

我们拉练回来了
个旧一职中加强素质教育不松劲

10月8日，一队身着迷彩服、肩背行李背包的学生队伍风尘仆仆地走进了个旧市区，吸引了众多市民的目光。原来，这是个旧市第一职业中学的师生们野外拉练回来了。

据了解，自1994年以来，个旧一职中每年都要组织学生进行野外拉练训练和参加社会实践活动，培养学生的意志力、体力、耐力和见识，学校认为这是素质教育很重要的一部分。今年10月4日，学校又组织了兵役、保安等专业的学生共220名进行野外拉练训练。在市武装部校外辅导员和学校老师的带领下，当天，学生们从个旧出发，步行去贾沙乡等南部山区进行拉练训练并参加社会实践活动。拉练途中，师生们在一些村寨住下，主动参加当地农民的砍竹子、掰苞谷、挖地等农业生产劳动，了解农村生产和农民生活情况。师生们还主动帮助群众打扫院子、挑水做饭和喂鸡喂猪等。途中，师生们团结友爱，一些同学的脚上磨起了鸡蛋大的血泡，大家就轮流背着他走，帮他背行李，不让他掉队。

邹瑞同学告诉记者：历时5天、行程300多千米的野外拉练，不仅锻炼了我们的体力、意志力和耐力，更重要的是参加了社会实践活动，了解了农业生产知识和农民生活的不容易，使同学又增加了对社会的感性和理性认识。（载于《春城晚报》1999年10月16日）

一桩因采矿争议引发的行政处理决定案，因当事一方——民营企业个旧红星锡矿认为调解不公而将个旧市矿产资源管理局送上被告席。在终审判决中，曾在一审中败诉的红星锡矿，终于转败为胜——

"民告官" 赢了

9月20日，红河哈尼族彝族自治州中级人民法院对个旧红星锡矿上诉个旧市矿产资源管理局一案作出终审判决：撤销个旧市人民法院的一审判决。至此，这桩历时1年多、在红河州引起广泛关注、原告在一审中败诉、官司从初审人民法院打到中级人民法院的"民告官"案子，最终以民营企业红星锡矿的胜诉而画上句号。

1987年，红星锡矿经有关部门批准，在个旧市老厂镇大陡山采矿。1996年11月，市矿管局在治理大陡山采矿工作中，决定让红星锡矿的坑口位置转移，红星锡矿照办。然而，1997年12月，红星锡矿却发现个旧市安某公司打通了自己转移前的老主坑道后，进入了自己原来开采的、金属品位很高的、原属于自己的矿区进行采矿，遂与安某公司多次发生了纠纷及冲突。

事发后，市矿管局多次调解，并作出了行政处理决定：责令红星锡矿退回矿管局规定的范围内开采，并罚款5000元。对此，红星锡矿不服，认为市矿管局调解不公，偏袒安某公司，把自己原有的、高品位金属含量的合法采矿区，无根据地划给了无合法采矿权的安某公司开采。1998 年 11 月 3 日，红星锡矿将市矿管局告上个旧市人民法院。

法院审理此案后，于今年 1 月 6 日作出一审判决：维持市矿管局的行政处罚决定；诉讼费 800 元由原告承担。红星锡矿在一审中败诉。

对此，红星锡矿仍不服，于今年 1 月 18 日将本案上诉到红河州中级人民法院。

5 月 22 日，州中院将此案进行了公开庭审。红河州人大、政府、政协以及新闻等各界人士参加了旁听。庭审后，州中院审判委员会认为：被上诉人作出的处罚决定书认定事实不清，证据不足，程序错误，未引用有关法律条文；同时，原审法院在审理中也没有认真查明事实，庭审中没有对有关证据进行举证、质证，导致认定事实不清，故其判决应予以撤销。（载于《春城晚报》1999 年 10 月 19 日）

锡都的 7 位退休职工，自发组织骑自行车万里行活动。他们历尽艰辛，在顺利到达首都北京之后，又南下澳门，去实现他们心中的愿望——

7 老人骑单车去参加澳门回归典礼

10 月 20 日，是个旧市建安公司建工处退休职工张兴文 70 岁的生日。然而这一天，作为"云南·红河老年人自行车万里行"车队队长的他，和另外 6 位老人，在萧瑟的秋风中，正骑着自行车奔波在通往南京的公路上。晚上 10 点多，他们终于来到七朝古都——南京。

今年 66 岁的杨俊、65 岁的潘家义、63 岁的官龙、62 岁的曾荣、61 岁的王孝友、53 岁的林洪明和 70 岁的张兴文，都是退休老人。过去，他们是医生、老师、干部和工人。多年来，他们都有一个美好的愿望：骑自行车去祖国的首都北京看看，去澳门迎接回归。有关单位得知这一情况后，被老人们"老骥伏枥，志在千里"的精神所感动，便为他们提供了大部分赞助；老人们也拿出自己多年的积蓄，凑够了这次活动的费用，终于在 7 月 1 日成行。

临行这天，锡都细雨霏霏，各族各界群众和市委书记李兴旺、市长苏维凡等市领导闻讯后冒雨赶来送行，他们拉着老人们的手千叮咛万嘱咐，依依相送。上路后，老人们团结互助，相互照应，风雨兼程，途经贵州、江西、安徽等 10 余个省市，历经 70 多天，行程 6000 多千米，于 9 月 12 日平安到达北京。在天安门广场，人们一听说这些白发白胡子的老人，是骑着单车从遥远的、位于祖国西南边疆的个旧市来到首都时，立刻把他们团团围住，问寒问暖。一位北京市民得知老人们的情况后，硬是骑单车从天安门追到王府井，执意把身上带的 500 元钱送给老人们。

在北京，老人们游览了故宫、长城、十三陵水库等风景区。10 月 1 日清晨，在天安门广场观看了升国旗仪式。看着冉冉升起的五星红旗，听着雄壮的国歌，从旧社会生活过来的老人们百感交集，作为一个中国人的民族自豪感油然而生。中央电视台"夕阳红"栏目组、北京电视台等多家新闻媒体追踪采访报道了老人们在北京的活动。人们对 7 老人的"壮举"也表示十分钦佩。

10 月 4 日，老人们依依不舍地告别了首都，开始了万里行的第二行程——去澳门。他们将经天津、上海、南京、福建等 10 多个省市后，于 12 月进入澳门，去参加澳门回归祖国的庆典活动。（载于《春城晚报》1999 年 11 月 3 日）

一个女人，几乎每天都要面对生死离别的场面。但十多年来，她依然在殡葬岗位上，默默奉献着一个女工的光和热——

杨美荣　为亲人送行的"亲人"

今年 10 月的一天，当石屏县殡仪馆的殡葬女工杨美荣为死者做完美容、在独自收拾死者遗物时，意外发现死者衣服内用针线缝着一个小包。杨美荣拆开一看，竟是一叠现金。她随即与死者家属联系，叫他们来拿回这些钱。当死者的家属拿到这些钱时，激动地握着杨美荣的手连连说："谢谢你，连我们做子女的都不知道老人有这些钱，你却还给了我们。"其实，这些年来像这样将死者的贵重物品及现金如数交还给家属的事，杨美荣已做了不知多少次了。

今年 49 岁的杨美荣，16 年前来到殡仪馆工作。在这个特殊服务岗位上，干着抬尸、运尸、整容、火化、装灰、祭奠的工作。到殡仪馆的死者，或遇车祸，或因溺水，或因病亡。面对那些残缺不全的尸身，她都要给他们进行必要的整容和处理，尽量把他们美好的印象最后留给家属。为此，面对种种常人难以想象的困难，她都坚强地挺住了。一次，一对男女青年用炸药自杀殉情。当杨美荣和同事赶到现场时，看到的是一幅惨不忍睹的景象：两个死者尸身已毁，血肉遍地，树梢上、石头上、草丛中的碎尸上爬满了蛆虫蚂蚁。杨美荣还是第一次见到这种场面，但她毫不犹豫，和大家一道把七零八碎的尸体捡到一起，拼凑成人形运回殡仪馆再整容后火化，让这对痴情的年轻人得以安息。

还有一次，新城乡一对女方已怀有身孕的夫妇在遭遇泥石流时遇难。当杨美荣他们挖出这对夫妇的尸体要装车起运时，却受到当地少数村民的阻挠。为尊重当地民族风俗，杨美荣只得和同事抬着尸体绕山路走出村子，在风雨中多走了10多千米的路程。当他们挣扎着把尸体抬上车时，杨美荣已变成一个浑身湿透的泥人。今年1月，一辆邻县的客车途经石屏时发生车祸，死9人，伤11人。杨美荣和同事立即赶到现场，在大雨中把尸体从田间沟箐中抬出来拉回殡仪馆，又连夜清洗尸体并按要求冰冻好，直忙到凌晨四五点钟才休息。

自己从来不化妆、不用化妆品的杨美荣，为了工作的需要，却自学掌握了较高的化妆技术：遇到年轻的死者，她就把妆化得浓一些，漂亮一些；遇到年老的死者，她就把妆化得淡一些，端庄一些；遇到肢体不全的，她就用木棍、纱布等精心包裹成一个完整的人形，让送别的亲人看着不至于太伤心和难过。她的这些努力，都是为了让死者得到安息，让生者得到安慰。

每到清明节时，杨美荣还会收到许多逝者亲属的来信，请她代表他们祭奠亡灵，对此杨美荣从不推辞。多年来，面对无数生死离别的场面，杨美荣流泪又流汗，她的工作得到了人们的赞誉。在殡仪馆，她连续13年被评为"优秀共产党员"，连续3年被评为"优秀工勤人员"。（载于《春城晚报》1999年11月22日）

今年59岁的她生在陶艺之乡——建水，自幼学习家传手艺做"吹鸡儿"。如今，她制作的陶艺品已成了追求返璞归真的人们的"新宠"——

邹荣珍 "吹鸡儿" 拓展一片天

只需一根小竹棍、一支小竹片、一团土泥巴，经邹荣珍的妙手一摆弄，便能在几分钟内变魔术般地做成各种造型生动、外形美观并能吹出动听旋律的民间玩具——"吹鸡儿"（读"儿"化音）。

"吹鸡儿"是建水县特有的一种古老的陶制小玩意儿，多作为小孩儿的玩具，其取材简便，只要是土质细腻一点的泥巴就行。但在制作上却有许多奥妙和讲究：

先将细腻的泥土用水和成泥巴泥，再取核桃般大小的一块拍成扁圆形，照自己的想象捏成各种空心的动物造型——主要是十二生肖的动物，待其半干后，在动物身上不同的部位戳穿4个孔，再上釉烧制而成。"吹鸡儿"身上那4个孔的形状、大小、位置全靠祖传的"绝技"来做，形状、大小、位置的不同，吹出的音质、音色和旋律都有所不同。但又不能乱做，因为只要有一处做得不当，做成的"吹鸡儿"就会变成"哑鸡儿"，或吹不响，或只能发出一串单调的声音。

邹荣珍出生在以产陶闻名的建水县碗窑村，她的手艺是邹家祖传的，邹家祖祖辈辈的妇女都有这一手"绝活"，并能做出"吹鸡儿"卖钱贴补家用。邹荣珍从小就跟着母亲学手艺，10多岁就学会了做十二属相的"吹鸡儿"。邹荣珍还是一个吹"吹鸡儿"的"高手"，她用嘴对着"吹鸡儿"，随着手指对另外几个孔的堵、放和频率的快慢以及次数的不同，"吹鸡儿"便会发出各种长短不一、千奇百怪的声音，甚至吹出许多动听的歌曲旋律。

改革开放后，"吹鸡儿"重又成为人们喜爱的民间工艺品而走俏海内外。邹荣珍经过不断摸索，有所创新，在"吹鸡儿"家族中新添了小脚鞋、鱼、熊、猫、鸽子、猫头鹰、青蛙、乌龟等传统"吹鸡儿"造型家族中没有的"新秀"。她还改进了一些传统造型，使这些动物"吹鸡儿"憨态可掬、萌得可爱。如今，越来越多的外地客商慕名前来订购她做的"吹鸡儿"。一位旅居美国的建水籍老人，让儿子来订购了数百只"吹鸡儿"摆在美国的家里，聊慰思乡之情。

67

"吹鸡儿"还成为追求返璞归真的人们的"新宠"。10月13日，邹荣珍应邀到昆明参加了省政府和美中艺术交流中心联合主办的"云南民族文化生态环境与经济协调发展国际高级研讨会"，10多个国家的90多名专家云集会场，邹荣珍现场表演做"吹鸡儿"的绝技，让中外专家和观众啧啧称奇、赞叹不已。

不少中外陶艺专家还在现场向邹荣珍拜师学艺。她带去的3000个"吹鸡儿"，在两小时内就被抢购一空。（载于《春城晚报》1999年11月24日）

虽然余美芳只是在石屏县城开了家小小的美容室，可她靠虚心好学、勤奋执着，不仅赢得了顾客好评，还在国际美容美发名师选拔大赛中夺得两项全国冠军和一项亚军。大家都称她是——

小城里的美容"女神"

不久前，由"力富美国际美容集团"在广州举办的"1999年金发、金妆、金眉、金肤、金体、金仪"第 20 届国际名师选拔大赛全国决赛中，来自云南石屏县的余美芳在参赛的 1800 多人中一路过关斩将，一举夺得了"金眉、金仪"两项全国冠军和"金肤"全国亚军，成为我省首个获此殊荣的美容师。

今年 32 岁的余美芳，自幼父母双亡。坎坷的经历并没有泯灭她追求美好生活的信念，她一直有个愿望：自己开一个美容室，把平常的女人打扮得漂漂亮亮的。为此，高中毕业后，她干过饮食，种过地。有了一些积蓄后，她便自费到武汉、西安、广州等地学习美容美发知识和技能。由于她虚心好学，勤奋努力，能吃苦，老师们都热心地把技能教给她。仅两年时间，她就学会了美容美发的基本技能。1993 年 4 月，她在石屏这个小城里开设了第一家美容室。美容有许多讲究，按摩的指法、整容时的心情和身体状况等都要综合考虑。在学习按摩指法中，她的手指变得红肿，疼得拿不住筷子。在为顾客做文眉、双眼皮等整容手术时，她总是要细细询问顾客的生理状况、心理情绪、过敏史等。有时，遇到一些顾客情绪不稳定，或处在特殊生理期，余美芳宁可不赚钱，也要耐心说服这些顾客避开这些日子后再来做整容手术。她认为，准备工作做得越充分，美容效果就会越好。时间一长，她的美容室"回头客"越来越多，连昆明、西双版纳、个旧等地的人们也慕名前来美容。

即使是这样，余美芳在这个时尚、新潮的行业中仍然不敢懈怠，每年她都要抽时间到广州等地学习。这些年来，仅外出学习她就花了数万元。此外，她还在当地培训了 10 多名美容美发人员，有的已能独立工作，并开起了自己的美容室。（载于《春城晚报》1999 年 12 月 28 日）

2000 年：

彝族花腰姑娘舞"神龙"
石屏女子舞龙队进京参赛喜获双"金奖"

在新千年到来之际，从北京传来喜讯：石屏县哨冲乡彝族花腰女子舞龙队喜获全国"喜迎新世纪百龙大赛"和"国安杯"舞龙大赛双"金奖"。

由中国文联等多家单位联合举办的这两次全国舞龙大赛，第一次于 1999 年 12 月 16 日至 18 日在北京举行，来自全国各地的 32 支舞龙队参加比赛，石屏彝族女子舞龙队力挫群雄，获得金奖；19 日晚，各参赛队在天安门广场上举行了"庆澳门回归，迎世纪曙光"联欢表演。12月24日，石屏女子舞龙队在京又参加了"国安杯"舞龙大赛，再拔头筹，获得金奖。

据了解，传统舞龙均是由男子操持，对技艺、体力和协调力等的要求都很高。而石屏女子舞龙队虽是女子舞龙，但是其巾帼不让须眉的气势、精湛的舞龙技艺和奇异漂亮的民族服饰，都惊艳了首都的观众们，让他们意外、惊叹和佩服得无以复加。

石屏舞龙历史悠久，每逢重大庆典活动都有舞龙表演，而其中彝族的舞龙更是别具一格：由清一色的女子舞龙；每条长龙由15位身着奇异艳丽的民族服饰的花腰姑娘们来舞，在姑娘们穿、跳、滚、挑、顶、甩、仰、卧、耍等各种高难度动作的协调、默契配合中，数十米长的黄龙被她们舞得生龙活虎一般出神入化，令人目不暇接。只要看过她们舞龙的人们，都会啧啧称奇说：这些姑娘们太厉害了，技术好，体力好，配合好，服饰好，男人们都不一定舞得这么好！

据悉，这支女子舞龙队曾多次参加省、州、市县庆典活动并广受赞誉。这次进京参赛，是经有关部门层层推荐、选拔、中华舞龙大赛组委会批准后代表云南省去参加比赛的。（载于《春城晚报》2000年1月13日）

69

滇南民居博物馆：建水张家花园

春节旅游高潮中，在游腻了嘈杂混乱、拥挤不堪的"热点"景区后，你不妨到一些别具特色的"冰点"景区作一番"回望历史"的游历。比如：到国家历史文化名城建水县城西边13千米处的国家历史文化名村——团山村张家花园一游。

张家花园曾是张汉庭家族的私人住宅群。张汉庭，祖籍江西，先祖以贸易入滇，后迁徙到建水定居。再后逐渐发展成为大家族。清光绪年间，一批族人到个旧开发矿业，挣得钱财，遂建起这些豪宅，辉耀门庭，光耀祖宗。

解放战争时期，张汉庭是中共滇南地下党的领导人之一，张家花园当时也成为滇南地下党的重要活动据点之一，为人民的解放事业作出过重要贡献。

张家花园建造于清朝光绪三十一年，占地面积3495平方米，是由一组"三进院"、一组"一进院"和一个"花园祠堂"组合成典型的"祠宅合一"的民居建筑群。整个花园被围在用青石砌成的高大围墙内，花园的东、西两边都建有寨门。

　　进入寨门后，顺着青石板路走进"一进院"，这是典型的中国传统的四合院——"三坊一照壁"的平面布局：客厅内设有条案、茶桌、茶具、椅子；客厅外是四合院内的天井；天井正前方是高大的"三叠水"照壁；照壁下设长方形青石鱼缸、花台、石桌、石椅。"一进院"是主人接待亲朋好友的社交场所。

　　"二进院"为内院，是自家人的生活起居之地，包括卧室、小书房、绣楼、厨房、库房、洗漱房等，多为两层。这些建筑的外墙以砖石结构为主，有极少部分是土筑墙；内部以木结构为主，雕梁画栋，色彩华丽。内部的厅门、屏门、格扇窗、横梁、屋檐梁等木结构上面，都采用传统的穿漏与浮雕自然结合的手法进行雕刻，雕刻的内容十分丰富，有人物，有景物，有连贯的戏文、人物故事，有各种吉祥图纹，还有诗词楹联和各式书法等。

　　"三进院"多为家丁、丫鬟、保姆、厨娘等居住的地方。"花园祠堂"为祭祀祖先和家族议事的活动场所。

　　据考古专业人士介绍，张家花园的这些木结构上的雕刻都十分精美和考究，也十分考量工匠的雕刻技艺、文艺修养和审美情趣。古时，技艺高超的雕刻工匠的收入标准是"一两刨花一两银"，即有实力的人家在请高级工匠对厅门、屏门、格扇窗户等"门面"部位进行人物、山水、戏文等内容的精雕细刻时，是以称量雕刻下的刨花数量来支付银两给工匠的，常规是称出一两刨花就要支付一两银子。工匠雕刻技艺的高超及雕刻难度，由此可见一斑。

　　张家花园内还建有一些彝族建筑风格的土掌房，专作吟诗唱和、悬挂书画、读书习字的大书房。由此，可看到中原汉族文化与边疆彝族文化相互融合、共同发展的历史遗迹，极为少见和珍贵。(载于《春城晚报》2000年2月3日)

　　行程几万千米，历时近半年，途经20个省市自治区，锡都7位骑自行车万里行的老人，终于近日——

凯旋故里

　　1月18日下午4点，个旧7位骑自行车万里行的老人风尘仆仆又平平安安地回到了故乡——锡都。闻讯后的红河哈尼族彝族自治州和个旧市有关领导、老人们的亲友和其他市民都拿着鲜花和彩旗，来到城郊八号洞迎接老人们凯旋归来。

　　进入市区，这支特殊的自行车队吸引了沿途数万名群众驻足观看，并不断对老人们报以热烈的掌声。回到市区怀源芳圃广场，州、市政府为老人们举行了隆重的欢迎回家仪式。有关领导发表了热情洋溢的祝词，对老人们的"壮举"给予很高评价。

锡都的退休职工张兴文、林洪明、杨俊等7位老人，相约骑自行车行万里路，到北京去参加国庆50周年活动，再骑车到澳门去迎接澳门回归祖国。在有关单位和亲友的资助下，去年7月1日，7位老人从个旧出发。此后，老人们日夜兼程，风餐露宿，每日骑行100多千米。9月12日，老人们终于去到了首都北京。北京市民对这些平均年龄64岁、骑着自行车从遥远的祖国西南边疆来到北京的老人们非常敬佩，给老人们送钱送物，问寒问暖。在游览了北京、参加了有关活动之后，老人们又骑车南下，直奔香港、澳门并受到当地同胞的热烈欢迎。一路上，老人们团结互助，克服了许多常人难以想象的困难，终于实现了自己的心愿，平安归来。

欢迎仪式上，老人们将签有20多个省市自治区数百个单位和个人名字的珍贵条幅捐赠给个旧市博物馆永久收藏。仪式结束后，老人们抱着孙子孙女乐呵呵地与亲朋好友合影留念。老人们还打算休整一段时间后，又将进行第二次万里骑行活动。（载于《春城晚报》2000年2月11日）

71

新春贺岁全民同乐　锡都龙腾好戏连台
老百姓说：今年春节玩得真高兴

新千年的第一个春节，个旧市好戏连台，举办了"锡都龙腾贺千年"——"广场文艺演出""老阴山系列娱乐活动"等丰富多彩的活动，为锡都老百姓和外地游客送上了一系列精美的"精神套餐"，倍受人们的赞誉。

一周前还雪花飘飞的锡都，到大年三十这天居然放晴了。人们喜气洋洋迎来了新千年的第一个新春佳节。2月5日大年初一上午，市艺术团在怀源芳圃举行"庆千年广场文艺演出"，拉开了这次盛大欢庆活动的序幕。演员们经过精心排练，将《王婆开店》、京剧大联唱、唢呐独奏等10多个精彩的小品和歌舞节目呈献在广大观众面前，怀源芳圃人山人海，被挤得水泄不通，人群中不时爆发出阵阵开心的笑声和热烈的掌声。此后3天，云锡公司工人艺术团、市老干部艺术团、市夕阳红艺术团、市城区办文艺队等业余文艺团体先后在这里上演了80多个精彩的文艺节目，吸引了数以万计的市民到此观看。

2月5日下午，有11个队参加的传统比赛项目——拔河比赛在工人文化宫举行。在观众自发的"加油"声中，云锡股份有限公司、云锡建安公司、市机关3个代表队分别获男子第一、二、三名；市机关、云锡建安公司获女子第一、二名。与此同时，游泳爱好者参加的游泳比赛也正在游泳馆内紧张进行。

大年初二清晨，环湖赛跑开赛，队伍中有80多岁的老人，也有6岁的孩童。上午9点，有2000人参加的登老阴山比赛活动更拉开了"老阴山系列娱乐活动"的序幕。随后的老阴山上，苗族同胞踩花山的花杆耸立，上刀山、下火海比赛让人们瞪大眼睛，观看的比参赛的还紧张；之后的老阴山上，芦笙悠悠，公牛称雄，画眉斗架，雄鸡争冠，棋手对弈……屏边、蒙自等地的苗族同胞也闻讯赶来，与个旧的各族同胞共度佳节。

年逾古稀、家住永胜街的退休老人王标平高兴地告诉记者："我在个旧工作生活了50年，今年的春节是玩场最多、也是最好玩的一年。我们要争取好好活着，多过几年这样的好日子。"（载于《春城晚报》2000年2月15日）

个旧龙舟健儿竞风流

2月7日大年初三下午，阳光灿烂的锡都迎来了"锡都龙腾贺千年"系列活动之一的"金湖龙舟大赛"。

当日下午1点，"金湖龙舟大赛"在金湖东路"抗洪纪念碑"处举行了正规的开赛仪式。当来自石屏、红河武警边防支队以及个旧的17支代表队精神抖擞地列队入场后，个旧市市长苏维凡、常务副市长李润权等领导按照赛龙舟的规矩，抬着酒碗，为参赛队一一敬酒壮行。随后，苏维凡等领导亲自提毛笔为这4艘新下水的龙舟"点睛"开赛。

比赛由"抗洪纪念碑"处出发到湖对岸的西码头再返回，约有1400米赛程。比赛中，各代表队无不团结一心，协调一致，共同发力，表现出了良好的素质和参赛风格，尽管许多队员被水打得浑身湿透仍然乐呵呵的。

下午3时半，天气突然转阴，刮起阵阵寒风，湖面变得风高浪急。参加决赛的石屏的两支代表队队员，干脆只穿着背心和短裤，赤脚上阵。而武警战士们更是脱了上衣，光膀上阵，决心与石屏男队一比高下。在数千米长的环湖游览道上观看的数万市民，也为参赛队员们的勇敢精神和昂扬斗志所感染，纷纷为他们鼓掌加油。一些居住在环湖而建的住宅楼里的市民，也忍不住在自家窗户前伸出头，连声大喊"加油"，为参赛队鼓劲。

经过紧张角逐，石屏的坝心队、陶村队、武警红河边防支队分别获得男子组第一、二、三名；石屏女队和个旧市游泳协会女队分获女子组第一、二名。在热烈欢快的乐曲声中，苏维凡等领导分别为全部参赛队颁发获奖证书、奖金和奖品，并送上庆功酒。

据悉，"金湖龙舟赛"作为个旧的一项群众性体育运动将会经常性地开展。（载于《春城晚报》2000 年 2 月 15 日）

木棒、废木块、竹片、旧玩具、麻将牌等旧物，一旦到了他的刻刀下，很快就会变成生动可爱的工艺品。他的退休生活也因此变得多姿多彩——

闵俊义 装点废品成精品

当你走进红河哈尼族彝族自治州人民医院宿舍楼闵俊义的家时，你会大吃一惊：在这个简朴的家里，门框上挂着用竹筒雕刻的对联；墙上挂着用整块层板刻写的草书——李白的《行路难》；屋顶上吊着用柴火棒雕刻成工艺品后串起来的"彩色宫灯"；卧室、书房的墙上则挂满了他用柴火、木地板等边角废料、小孩丢弃的塑料玩具等制成的各种奇形怪状却又充满艺术气息的工艺品。这个普通的小家，也因此充满了生机和灵气。

今年 65 岁的闵俊义退休前是红河州人民医院的院长。年轻时他就喜欢雕刻。从部队转业来到地方医院后，由于医务工作太忙，他很少有时间坐下来过把"雕刻瘾"。担任院长的工作后，他的刻刀更是彻底"休息"了。1995 年，老闵退休了，时间多了，亲友们就约他出去打麻将消磨时间，可老闵对麻将一点兴趣也没有。善解人意的老伴就说："你现在有的是时间和功夫了，何不重新拿起刻刀呢？"老闵一听，对啊！立刻翻箱倒柜，找出了那套雕刻的工具。一看，锈了，干脆重新买了一整套新的。为了试手脚，开始时老闵只是找来些边角废料雕刻。没想到雕刻出的东西还像模像样的。老闵又想现在不兴烧柴了，但家里还堆着一些没烧完的柴火，何不把这些废物利用起来呢？

从此，老闵就像着魔似的翻拣家里的东西，大到数平方米的层板，小到拇指粗大小的木棍，都成了他雕刻的坯料。这些粗糙简单的小东西，经老闵的精心构思、精雕细琢、砂纸打磨、上色、刷漆等多道工序后，都变成了别具一格的工艺品。

亲朋好友知道老闵有这个爱好后，谁家装修房子、搬家都要拣出那些好的边角废料给他送来。有人喜欢上的工艺品，老闵也会慷慨赠送。他说："美的东西要大家一起来分享才会更幸福。"（载于《春城晚报》2000 年 2 月 18 日）

73

曾当过警察和宣传干事的他，最后选择了青灯黄卷的考古生涯——

段如刚　与锡文物"对话"的人

在荒凉的山间野坝里，先画框线，再一层层认真剥土，再分别标出土层的厚度，再继续剥土……当那些埋藏在地下数百年甚至数千年的文物露出来时，再小心翼翼地、一点一点地扒开泥土，拍照、扒出、清洗、编号、修补、粘接修复；再分型分式；再分期断代；之后再画出发掘时和出土后废弃物的图形；最后形成专业考古的文字报告……日复一日，年复一年，这种艰苦而又寂寞孤独的日子，段如刚已经度过 15 年了。

今年 52 岁的段如刚，下过乡，当过警察和宣传干事。1980 年代，个旧相继发现了不少古文物遗址，组织上希望他能改行从事考古工作，并让他参加了 1985 年的成人高考，没想到他居然考取了武汉大学的考古专业。毕业后，他来到了当时的市群艺馆文物室从事考古工作。

令段如刚至今仍激动不已的是 1989 年在个旧市南部的卡房镇黑蚂井村发现东汉墓葬的情景。后来被国内外考古专家称为"稀世珍宝"的"青铜俑灯"就是那次发掘的。经考证，此灯产于东汉的贲古（即今天的个旧、蒙自一带），距今已有大约 2000 年历史；其人物造型还具有西南少数民族的特征。"青铜俑灯"被送到北京参展，并被故宫博物院收藏和收入《中华文物精华》大型画册，成为我省出土文物中的"五件国宝之一"。

据此，段如刚和他的老师、同事们又发现了有关个旧大锡生产的记载，并由此推断：个旧锡、铜、铅等有色金属矿产的开采，可以追溯到 2000 多年前的春秋战国时期，个旧也因矿业的发展而兴盛至今。

多年来，段如刚和他的同事在个旧先后发现了贾沙乡的"阿邦古文化遗址"、倘甸乡的"标杆坡新石器时代遗址"等数十座古遗址，发掘文物数千件。其中，卡房镇的冲子坡古冶炼遗址是我省迄今为止发现的、最早的古冶炼遗址。而阿邦古文化遗址距今已有 3 万至 5 万年，证明了个旧是古人类活动的重要区域之一。

考古工作需要有深厚的古汉语功底，需要上知天文地理、下知吃喝拉撒等宽广的知识。为干好工作，段如刚在 40 多岁时却从头学起，硬是把艰深晦涩、十分难学的古汉语"啃"通了。平时，他也做有心人，看到民俗民风现象就记下来。现在，他已有《云南个旧市倘甸乡新石器时代遗址》等多篇文章在国家级的《考古》杂志、省级的《中原文物》《云南文物》《云南日报》等报纸杂志上发表，成为我省在古冶炼遗址考古方面造诣颇深的专业人士。

有时，有人会问他后不后悔来干这个工作，他说："悔什么？当你用心来面对这些珍贵的文物时，你会想象得到当时人类生活的情况。你也会为我们的祖先在那么落后的远古时代就能够做出这么好的器物、就能够创造出如此丰富和灿烂的文明而惊叹和自豪！我的工作，就是要让现在的人们知道：我们祖先用卓越智慧创造的这些珍贵的古代文明并和我共享这种幸福！"（载于《春城晚报》2000 年 3 月 19 日）

两岁时母亲就病逝。但更不幸的是她得了一种怪病：肿得比鸡蛋还大的舌头一年四季都裸露在嘴唇外。但她以顽强的毅力不仅活下来，还当上了好学生——

小海棠 "大舌头"的好女孩

炎热的夏天，对一般人并没有什么不同，然而对于个旧市乍甸镇小学六年级的学生王海棠来说，却是一年中最难挨的日子……

小海棠出生时，父母就发现她的舌头抵着嘴唇。两个月后，父母带她到个旧的医院检查治疗。当时，医生诊断为"舌根肌瘤"，并修除了舌尖上的厚茧。医生同时建议，等孩子长大一点时领她到昆明的大医院去医治。不料，海棠两岁时父亲因车祸受伤。为医治父亲，家里欠下一大笔债。几个月后，母亲又突然病逝。从此，干农活是一把好手的父亲当爹又当妈，拉扯着海棠姐妹三人艰辛度日，生活十分艰难，为小海棠治病的事也就拖了下来。

随着年龄增长，小海棠的舌头越长越大。现在，已经有两个鸡蛋那么大了，一半含在嘴里，一半裸露在嘴外。嘴外的部分因为没遮没拦而长年溃烂，旧疤没褪新疤又起，有时整个舌头上下都是黑黑的疤疙儿；上下门牙因长年不用而萎缩变形，吃东西就靠两边的牙齿，坚硬一点的食物根本不能吃。每到炎热的夏天，她嘴里就会不能控制地流出许多异味的口水。为不影响其他同学的学习，她主动要求坐到教室的最后一排。走亲串戚或参加学校组织的活动，她都自觉地带上自己的餐具，从来不用别人的。

尽管得了"怪病"，但小海棠是个自强而努力的孩子，她劳动积极，纪律好，学习好，多次被评为"三好学生"和"文明学生"。她从不给别人添麻烦，放学后就在家里浇菜水、洗碗、煮饭，做些力所能及的家务。

病中的小海棠得到了许多人们的关爱，从她上学前班起，学校能免的费用都免交了。一些调皮的孩子叫她"大舌头"时，老师和同学都会出面制止。那些好动的同学打闹时都注意不碰到她的舌头，知道她的舌头一碰就会流血，很疼。

现在，小海棠最大的愿望就是能够治好自己的舌头，像个正常的孩子一样生活。

●致读者●

小海棠的不幸让我们深感同情，而她的自尊、自强更令我们感动不已。本报的一些记者、编辑已争先向小海棠捐款，并正积极与有关部门联系，期望着为小海棠治疗"大舌头"怪病做些力所能及的事。

尊敬的读者，请您和我们一起伸出援手，救助这个可怜又可爱的孩子，助她圆上"过正常孩子生活"的梦想。

本报特别开通了"小海棠救助热线"，请将您对她的关爱告诉我们，并让我们代表小海棠对您表示深深的谢意和敬意……

小海棠救助热线：（0871）4160110，4148878。

编　者

（载于《春城晚报》2000年3月25日）

"发展旅游我们也出一份力"
个旧鸡街农民集资兴建游泳池

日前，个旧市鸡街镇龙潭村村民自发集资修建的"龙潭村游泳池"正式动工。

龙潭村地处省道鸡(街)石(屏)公路中段，这里四季如春，气候宜人，村里还有几眼清澈见底的龙潭水，日出水量达400立方米。省地矿局专家8次到这里考察和检测过龙潭水质，认定其含有多种对人体有益的微量元素，并达到饮用矿泉水标准，某企业闻讯后也立即在这里投资兴建了高锶矿泉水厂。

为了让村民尽快发展奔小康，村委会于今年初向全村140户村民发出集资兴建游泳池的倡议，立即得到大家的热烈响应，有的出钱，有的出地，有的出力，集资最多的戴文砚等5户人家每户集资1万元，短时间内就集资了11万多元。

鸡街镇政府对此也大力鼓励和支持，帮助他们办理土地手续、请有关专业人员按照国家标准的游泳池进行设计和施工等。游泳池预计年底竣工投入使用。（载于《春城晚报》2000年6月8日）

"修路是造福子孙万代的好事，就让我去尽尽这份力吧。只要大家过上了好日子，苦点累点，我心里高兴。"锡都有一个年逾八旬的老汉是这样说的，也是这样做的——

李文明 白头老翁修路忙

近来，在个旧市鸡街镇三道沟村通往鸡（街）个（旧）公路的修路工地上，不管是刮风下雨还是烈日炎炎，都能看到一位满头白发、身板硬朗的老翁和其他年轻人一起不停地抬石头、砌石头、立挡墙……不知情的过路人难以想象：这位老人已年逾八旬。

老人名叫李文明，是三道沟村的村民，该村离鸡（街）个（旧）公路仅2000余米，但过去仅有一条"雨天一身泥、晴天一身灰"的乡村公路。去年11月，村民们筹划集资修建柏油路。李文明得知后非常高兴，不仅带头交了集资款，而且向村委会请求去义务修路。开始家里人不同意，为他担心，毕竟是80岁的老人了。李文明就耐心做家里人的工作。老人年轻时曾外出打工，学得一手石匠和木工的好手艺。老人说："我有石匠手艺，去修路起码可以砌砌石脚，立立挡墙。修路是大家的事，就让我去尽尽这份力吧。"见老人主意已定，全家人只好表示支持，只是劝老人要悠着点干，别累坏了身体。

上工地后，不管晴天雨天，老人天天都出工。老人懂石匠技术，又舍得出力，大家都喜欢跟他在一起干活。白天老人在工地上干得欢，晚上回家老伴为他端水抬饭，孙子为他捶背揉腿，家人劝他注意身体。老人嘴上应着，却照样猛干。看着修好的路一天天延长，老人心里比喝了蜜还甜。一次，老人病倒了，还要支撑着去上工，家人劝不住，只好求助于村委会。村委会商量后，决定划出50米的一段给老人干。老人不依。经过"讨价还价"，村委会只得又把路修好后进行绿化的工作交给老人义务负责。老人这才开开心心地继续修路、搞绿化了。（载于《春城晚报》2000年7月2日）

每天早晨，在个旧市甲介山云锡松矿家属区广场上晨练的人群中，总能见到一位瘦削、普通的中年妇女在和同伴们练太极拳、跳健身舞。看到她认真的舞姿和规范的动作，谁能想到，5年前在一次井下意外事故中，为抢救井下人员和物资，她竟与"死神"擦肩而过……

万礼芬 九死一生的好"坑姐"

1995年6月27日，一个平常的日子。云锡松矿3号竖井的把沟女工、生产小组长万礼芬像往常一样来到井下的工作面工作。

中午 11 点多钟，在井下 120 米中段工作的她突然发现：一种从未见过的黄色浓烟，正从竖井下面滚滚而上。万礼芬正在惊愕之际，浓烟已冲进了平巷她的工作室并又顺着竖井直往上冲去。瞬间，浓烟刺鼻的硫磺味呛得她睁不开眼、喘不过气。她立即警觉地意识到：出事了！凭着 20 多年丰富的工作经验，她赶紧解下防尘口罩，从水杯里倒水着湿又戴起来。接着，万礼芬赶紧打电话到地下 360 米的工作面问那里的把沟工下面是否见到黄烟？情况是否正常？下面回答说：没见到黄烟，这里一切正常。万礼芬接着打电话问 180 米中段的把沟工，得知浓烟正是从那里出来的，但还不知是什么原因。万礼芬立即叮嘱那名职工赶紧把口罩着湿戴上，并跑到背静处躲躲。万礼芬又赶紧打电话到井口报警。随即，又打电话到总操作室，却无人接听。总操作室无人，意味着整个竖井的罐笼运行瘫痪了。作为组长，井口操作室的情况摸不清，万礼芬很着急。她侧耳细听，竖井中的罐笼确实没有像往常一样正常地上上下下。必须赶快去到总操作室向矿部报警，必须赶快开起罐笼把井下的工人运送出井，否则井下的工人们只能坐以待毙。

情急之下，万礼芬冒死顺着竖井内简易的钢筋梯子往上爬，这些梯子平时禁止使用，仅供维修竖井时使用，所以狭窄而陡峭，呈"之"字形紧贴墙壁蜿蜒而上，梯子上糊满了油污、泥巴和水，滑腻而危险。万礼芬只得双手紧紧抓住梯子，双脚小心地往上爬。竖井有数百米深，如果不小心摔下去，将粉身碎骨。这时，竖井中的浓烟越来越多，万礼芬被呛得头晕眼花、大汗淋漓、呼吸困难。实在不行时，万礼芬就死死抓住梯子站着喘口气。竖井里黑咕隆咚的，寂静得可怕。昏昏沉沉中，万礼芬只有一个信念：无论如何必须爬上去，才能自救，也才能开起罐笼。只要罐笼上下运行起来，就能及时救出井下的人员。

不知过了多长时间，当万礼芬艰难地爬完竖井来到总操作室时，这里依然空无一人，刺鼻的烟雾仍旧弥漫在有限的房间里。万礼芬迅速打电话与井口联系，得知井下确实出事故了，矿上和工区的领导正在组织抢救，但罐笼怎么也运行不起来，领导们正在着急呢！万礼芬报告说自己已来到总操作室，可以操作罐笼立即运行起来。

罐笼终于上上下下"轰轰隆隆"地响起来了，地下运输"生命线"恢复了，滞留在井下的工人被迅速运送到地面并及时送到医院进行救治。一直在操作台上坚持操作罐笼上下运行的万礼芬，此时已经恶心得呕吐，头晕得站不住，眼花得连操作台上的按钮都看不清了。但凭着熟练的技能和超强的责任心，她紧紧抓住操作台不让自己倒下，从电话中听着领导的统一指挥，操作罐笼上上下下、一次次地运送出井下人员……直到运送出最后一个工人，向前来接班的同事交接完换班手续，万礼芬才一头栽倒在操作台上。此时，已是下午1点多，从事发到现在，万礼芬已在中毒后坚持工作了3个多小时并为井下人员的抢救赢得了宝贵时间……

当万礼芬在医院苏醒过来时，已是4天之后了。4天来，万礼芬生命垂危，医生连续下了几次"病危"通知书给她的家属。但在医护人员的全力抢救下，她在与"死神"的拉锯战中终于战胜"死神"，活回来了。两个多月后，九死一生的万礼芬康复出院。

后据调查，这是一次井下炸药意外爆炸引发的事故。事后，云锡松矿为万礼芬等在事故中不顾个人安危、积极参与抢险救人的人员请功。万礼芬是这些获奖人员中唯一获得"特等功"的普通女工。

两年前，万礼芬办理了退休手续。退休后的日子平静而温馨：儿子已在昆明读大学；她晨起锻炼后，买菜回家做好饭菜，等着依然在井下当矿工的丈夫回来吃饭。(载于《红河日报》2000年11月23日)

2001—2002年：

金湖旅行社重视职业道德教育
锡都"的哥""的姐"人人夸

个旧金湖旅行社在最近召开的全体出租车驾驶员大会上，通报表扬了好"的哥"李永华拾金不昧的事迹，号召大家向他学习，把锡都出租车这个"窗口"行业的服务提高到更新、更好水平。

金湖旅行社是金湖宾馆下属的经济实体，拥有60多辆出租车和150多名从业人员。为让这些来自五湖四海的驾驶员们提高素质、搞好服务，旅行社历来重视对他们开展形式多样、内容丰富的教育活动。在安全教育上，每月定期组织驾驶员学习交通安全法律法规，通报近期外地和本地发生的交通事故，以此为戒，防患未然。在职业道德教育上，学习时事政治，开展"三个代表"重要思想学习活动；学习张家港、石家庄等地出租车行业先进的管理经验和模式；学习个旧市和红河州的历史知识和风土人情，让外地乘客通过驾驶员的介绍能及时了解当地情况；组织学习《保密法》，对涉及国家安全的情况，要求驾驶员决不向乘客透露。出资设立"驾驶员优秀文明服务奖"，每年对 1 至 5 名拾金不昧、文明服务等方面成绩突出的驾驶员进行表彰奖励，奖金从 1000 元到数千元不等。

实行这些管理后，驾驶员队伍整体素质和综合能力不断提高，拾金不昧和文明服务蔚然成风。

5 月 22 日晚 9 点左右，驾驶着云 DT0988 出租车的李永华在火车站商场后门载上了乘客王某等人。把乘客拉到龙树园歌舞厅下车后，李永华驾车来到永胜街口，一名 20 多岁的男青年招手上了车。李永华刚启动车子，这名男青年突然说不坐车了，叫李永华停车，边说边急忙下了车。李永华突然发现这名上车时手里没拿东西的男青年这时手里多了一个黑皮包。李永华立即盘问男青年。男青年狡辩说是自己的包并边说边跑起来。李永华立即下车追上男青年，并扯过他手中的包，说："这是刚才坐车的那个人的包，你乱拿什么？"男青年见状不妙，扔下包匆匆走了。

李永华上车后打开包一看，发现有 1200 多元现金、一部手机、一串钥匙、驾照、身份证及几份执法证件。李永华想那个丢了包的人一定非常着急，就驾车返回龙树园歌舞厅，一间一间卡拉 OK 厅里去找。找到乘车的那几个人时，着急万分的失主已经发现皮包不在而出去找了。李永华留下自己的手机号给失主的朋友，就驾车回到金湖旅行社，将皮包及钱物交给值班的工作人员并说明了情况。这时，失主也来到了旅行社，见到李永华非常激动，连声感谢。

当记者采访李永华时，问他在没有别人知道的情况下，见到这么多钱动不动心时，朴实的李永华说："这 1000 多元钱是我起早贪黑跑车两个多月的收入了。说不动心是假的。但想到平时旅行社对我们的职业道德教育，想到我们的形象代表着个旧服务行业的形象，更将心比心想到失主，我确实不忍心、也不应该要这些不是自己的东西。"

还有一次，一名"的哥"捡到一个麻布口袋，里面装着 25 万元现金。为找到失主，这名"的哥"顾不上自己的生意，驾车沿失主到过的路线去寻找这位乘客，好不容易才找到了失主。原来，这是一位温州老板，到个旧办事，匆忙中把巨额现金遗忘在"的士"上。当他接过失而复得的巨款时，竟然不敢相信这是真的，进而被锡都"的哥"的人品深深感动。仅今年 1 至 5 月，该社的驾驶员们就捡到过 35 万元现金支票一张、20 万元存折一个、手机 12 部、传呼机 3 个，皮包、皮夹子、钥匙、烟、酒、光盘、蔬菜、水果等物品若干，总价值 60 多万元。其中，绝大多数物品经多方寻找后都已

"完璧归赵"。

有时，驾驶员们还会遇到一些没钱"打的"但又想乘车的老人，他们就免费把老人拉到目的地；有的更是把行走不便的老人背送回家，旅行社里就有不少这些老人的亲属们写来的情真意切的感谢信。（载于《春城晚报》2001年6月12日）

锡都首家幼儿园出售
李美清成为第一个吃"螃蟹"的人

日前，个旧市轻纺幼儿园被李美清以21万元价格整体买下。由此，李美清成为锡都幼教界首个吃"螃蟹"的人。

建于1981年的轻纺幼儿园，是市轻工局所属自收自支的集体所有制单位。建园20年来，全园职工艰苦创业，科学办园，广开服务渠道，在红河州幼教界赢得了良好声誉，办园规模不断扩大。目前，该园已拥有总资产88.99万元、在册及外聘职工27人。

但是，由于该园成立于计划经济时期，属集体所有制性质，既非国家教育事业单位，又非私立幼儿园，体制不顺，产权不明晰，经营管理的政策依据也不明确，使教职工在工资定级升级、社会保障实施及管理等诸多问题上得不到切实解决。同时，随着幼教领域的竞争越来越激烈，带来的问题也越来越多。因此，只有进行改革，转变体制，明确产权及经营管理的政策依据，才能继续办好、办活幼儿园。

为此，该园上级主管单位市轻纺局在充分调研基础上决定：按国家有关政策，面向园内职工公开出售产权；出售的基础价格为净资产价减去职工的安置费、社保费、抵扣的相关费用及优惠价后，实际还应交21万元。幼儿园被原主任李美清购买，市轻纺局局长李建明与她在出售合同上签字。

据了解，李美清从事幼教工作多年，热爱幼教事业，工作经验丰富。她告诉记者，出售后的轻纺幼儿园在办园方针、职工待遇、收费标准上依然不变，并且将继续努力，力争将其办成个旧市的"精品幼儿园"。（载于《春城晚报》2001年7月25日）

玉在山而草木润　渊生珠而崖不枯
个旧宝华山泉吸引"追水族"

像年轻人追明星、老年人跳健身舞一样，生活在个旧的一群男女老少，

81

每天都以到宝华山接取山泉水作为生活的乐趣，形成了一群特殊的"追水族"。

这些"追水族"们，尽管家家户户都有充足的自来水，但还是被洁净甘甜的宝华山天然泉水所吸引。他们一般都在早上6点左右，肩挑手提塑料桶等盛水工具，步行数十分钟来到宝华公园后门外的接水处取水。每到周末，取水的人群排成长龙。

宝华山泉出自宝华公园，该公园是目前云南省最大的城市森林公园，自1954年建园以来，一直坚持植树绿化，涵养了水源，保护了环境，也使宝华寺内的明朝古柏、清代杉树在历经数百年风雨后依然郁郁葱葱。近年来，公园又引进德国、意大利优质草种绿化园内的绿地和死角，荷兰郁金香等名贵鲜花也在此落户。公园还新建了一个有桫椤树、董棕树等的"珍稀植物园"。

市环保局的专业人士说："山泉哪得清如许？全因有了完好的森林植被涵养水源。经过检验，宝华山泉水符合国家饮用水卫生标准，口感清凉甘甜，个旧人过去一直吃这股水。"云锡研究所退休高工王老先生说："一些患心脑疾病的人们，因为坚持不懈爬山取水，病竟然见好转，身体越来越硬朗了，我就是其中之一。"（载于《春城晚报》2001年9月12日）

剑桥英语 锡都少儿说得"溜"

9月15日上午，从个旧市电大教学楼里传来流畅的英语对话声，吸引了众多过路人的目光。原来，这是省级实验小学——个旧市和平小学参加"全国剑桥少儿英语等级考试"的孩子们，正在这里接受英语口语考试。

"剑桥少儿英语"是英国剑桥大学考试委员会专门对非英语母语国家6至12岁的少儿学习英语而设计的培训、学习和考试。教育部于1999年12月批准剑桥少儿英语在云南开办和开考，并确定省招生考试委员会办公室为我省剑桥少儿英语考试的承办机构。

2000年，和平小学获得"全国剑桥少儿英语考试培训机构"资格，系目前红河州唯一一所具备该资格的学校。为更好地实施培训教学，学校先后派出4名专职教师到省里参加培训，并取得"剑桥少儿英语教师上岗证"，其中两名还取得"全国剑桥少儿英语口试考官"资格。2000年9月，和平小学招收了首批学员105人参加学习。

这次参加"剑桥少儿英语一级"资格考试的少儿有61人，考试内容包括听力、笔试和口试三部分。考试合格者，由英国剑桥大学和教育部联合签

发证书，在国际、国内通用。其余44名学生，将在明年3月参加考试。(载于《春城晚报》2001年9月19日)

个旧芹菜塘村走上中药材种植致富路

进入秋冬时节，个旧市锡城镇芹菜塘村委会的村民们种植的大草乌、半夏、马蹄香等中草药药材又迎来一个丰收年。

芹菜塘村委会是一个地处高寒山区的彝族村寨。历史上，村民们只会种植苞谷、苦荞等经济价值很低的传统农耕作物。近年来，市委、市政府鼓励并扶持农民调整农业产业结构，大力推广种植适宜当地气候水土的中药材。村委会下属的小石岩村的村民王顺昌栽种大草乌已是第三年，站在丰收在望的地里，王顺昌高兴地告诉记者："政府鼓励我们种药材，种1亩还给200元补助。你看，这些药材再养一两个月，药力会更好，卖的价格会更高。现在，四川、广东等地的商人已经来联系收购了。"王顺昌还向记者算了一笔账：种1亩大草乌可以收300千克，收入1800元，而种苞谷能有200元的收入就不错了。

石门坎村村民杨卫文一开始只试栽了1亩半夏，尝到甜头后又加种了9亩大草乌，长势喜人，下个月就可以卖了。杨卫文说："大草乌要在海拔1700米以上的高寒山区才种得出来。我们这里就具备这个特殊的气候和地理条件，所以种草乌不用施化肥，只要栽种时垫一点农家肥压底就可以了，成本低，没有污染，药厂和消费者都非常喜欢，争相购买。"

如今，芹菜塘村的药材种植面积已发展到70多亩，许多村民还打算扩种。王顺昌打算把草乌扩种到10亩，剩下7亩地适当种一些粮食、饲料和川芎、紫丹参等药材。杨卫文也有同样的打算，他说："现在要紧的是赶快学会科学种植和管理，尽量提高产量和质量，降低生产成本，这样我们的收入还会增加呢。"(载于《春城晚报》2001年9月26日)

爱心献给祖国的花朵
下岗女工罗金波向幼儿园捐款千元

9月16日下午，个旧市轻纺幼儿园发生了感人的一幕：下岗女工罗金波向幼儿园捐赠1000元钱。园长李美清说："你比我们困难，你的心意我收下，但是钱你一定要带回去！"罗金波说："孩子教育好了，将来才有出息。这是我对孩子们的心意，你一定要收下！"推辞不过，李美清收下了这份特殊的"心意"。

罗金波原是轻纺局下属金属薄板制品厂的职工,后来厂子倒闭,她下岗了。之后,她卖过菜、打过工。1997年5月,她到轻纺幼儿园当保育员。虽是临时工,但她爱岗敬业,工作积极,吃苦耐劳,受到幼儿家长和老师们的好评。1999年9月,罗金波的亲戚开了一家小餐馆,请她去帮忙。她依依不舍地离开了幼儿园。

如今,罗金波自己在新街开了一家只有4平方米大的小餐馆卖米线和烧豆腐。她爱人在市印刷厂工作,收入也不高。家里还有一个正在上中学的儿子,也正是需要钱的时候。空闲时间,丈夫、儿子都来帮忙。一家人一天忙下来,也只是百把块钱的毛收入。罗金波的家庭经济并不宽裕,捐赠的这1000元钱,可能是她辛苦一两个月的收入了。(载于《春城晚报》2001年9月26日)

锡都中秋　亲情寄五洲

日前,家住个旧市五一路绿春巷的陶思文老人,给住在德国法兰克福的女儿陶青邮寄去了一大包个旧出产的中秋月饼。老人告诉记者:"孩子出国多年,但总忘不了家乡香甜可口的月饼。每年中秋前,孩子就打电话回来要月饼。我每次都寄快件,希望孩子在中秋节那天能品尝到家乡的月饼。"

临近中秋,红河州邮政局个旧营业部大厅人来人往,热闹异常,包裹柜前,挤满了像陶思文这样的人们。中秋节是中国人传统的团圆节,今年是中秋、国庆两节相约而至,更增添了欢乐喜庆气氛。中秋节家人团聚,吃月饼、赏月亮、叙亲情,是人生美好的享受。但许多人因种种原因而不能在这时与家人团聚,尤其是那些到省外、国外求学或工作的个旧人,更是怀念着故乡美味香甜的月饼,不少人写信回来让家人邮寄月饼去给他们。

邮寄月饼到澳大利亚的孙文珍老人说:"孩子有他们的事业和生活。但他们无论走到哪里,都念着故乡的月饼,其实也是念着故乡的亲人。这么多年来,年年中秋节孩子都让我给他们邮寄月饼去。我们也希望孩子看到月饼就像看到故乡的亲人。邮寄月饼给他们,也寄托着我们对漂泊在外的孩子们深深的祝福。"

家住人民路26号公房的武先生,给在日本读书的表妹寄去了几十个火腿坨。武先生说:"表妹小时候在个旧生活了几年,特别爱吃个旧的火腿坨。现在到日本读书,也常常写信回来要。"

近年来，随着个旧人到外地求学和工作人数的增多，锡都月饼登上飞机、轮船，漂洋过海，去到法国、英国和中国香港、北京、上海、深圳等海内外，为客居异乡的游子们送上一份浓浓的亲情和关爱。（载于《春城晚报》2001年9月28日）

每逢中秋佳节倍思亲

个旧"父母官"为困难职工送温暖

在国庆、中秋两节到来之际，个旧市领导深入到市食品公司、酱菜调味品厂、制鞋厂、床单厂、烈军属总厂等42家困难企业的267户困难职工家中进行慰问，把党和政府的关怀和温暖送给困难职工。

在肉联厂困难职工李永胜家，李润权市长了解到李永胜的女儿高中毕业后在家待业，李润权就对在场的市劳动局领导说："要多关心下岗职工的子女，尽快为他们找一个合适的工作。"在困难职工张军红家，当李润权得知他的孩子今年考上山西大学时，非常高兴地说："再困难也不能耽误孩子读书，一定要把孩子供到大学毕业。有困难工会、教育等部门会帮助你们。"张军红表示感谢。李润权接着说："这几年政府实施'一二三'工作思路，今年是困难最大、也是最关键的一年。再过两三年，个旧新的支柱产业培植起来，老工业城市的改造将进一步深化，到那时个旧的经济就会有较大的发展，大家的日子就会逐渐好起来。"

在肉联厂，李润权在了解到该厂的生产经营情况后指出："这个厂的产品货真价实，品种丰富，群众的口碑很好，消费者很喜欢，这是很好的基础。现在发展的关键是要走出去，打开外地市场，扩大产品销路；否则，没有市场怎么发展？经济搞不上去，职工工资低，怎么体现江总书记的'三个代表'？"

在酱菜调味品厂困难职工叶永泽家，李润权鼓励身患疾病的他坚持治疗，增强信心，并祝他早日康复。李润权十分关心该厂近况，并出主意，想办法，对该厂的发展提出殷切希望。

当日，其他市领导也到其他困难职工家里进行慰问，并送去了慰问金和米、油等食品。（载于《个旧报》2001年10月1日）

国庆中秋佳节到　锡都百姓购物忙

今年的国庆、中秋"双节"连至。连日来，锡都各类市场热闹异常，百姓乐购物，商家很忙碌，购销两头旺。

为搞好"双节"物资供应，市贸易局及其所属单位和云锡物资储运公司都精心组织了丰富的货源。日本、中国台湾等地的月饼首次亮相个旧。弥勒的板栗、漾濞的核桃也是人们喜购的食物。贾沙乡调整农业产业结构后种植的甜脆柿子也开始上市。

经营服装的一些商家不失时机地推出"打折""优惠"牌子，顾客是一群一群地光顾，挑拣试衣，高兴而来，满意而归。经营饮食百货的商店也是顾客盈门，位于新街上的兴欣食品公司的月饼专卖店从早到晚挤满了顾客。市肉联厂生产的西式火腿、香肠、小腊肉、各种卤肉等已是锡都百姓的"家常菜"，备受大家喜爱。

家住五一路的李琼芝老人告诉记者："个旧的鲁沙梨真是名不虚传，味甜、汁多、肉细、核小，味道太好了。还有个旧的火腿坨，也很好吃。我们家在昆明的亲戚都非常喜欢吃，国庆、中秋佳节要到了，你看，我买了这么几大包水果和月饼，要带去昆明给他们过节。"

退休工人苏祥林老人感慨地说："看看外国打战的那些地方，老百姓的日子难过啊，到处逃难，有的连命都没有了。再看看我们中国，国泰民安，老百姓安居乐业，没有共产党就不会有这样的好日子啊！"（载于《春城晚报》2001年10月1日）

面对每月300元的病休工资和一家人艰难的生活——

黄家林 "袖珍"烧烤摊撑起新生活

在个旧市六中大门以南约50米处，有家生意红火的米线摊。在米线摊旁，有个不惹眼的"袖珍"烧烤摊：一个小火盆，一个小铁架，一盆穿得整整齐齐、用白纱布盖着的肉串，这就是黄家林"袖珍"烧烤摊上的全部家当。

今年48岁的黄家林，原是云锡松矿的"坑哥"。年轻时的他身体壮实，干活踏实，长得帅气，是人见人夸的好小伙。然而，天有不测风云。1985年，黄家林患上了癫痫病。发病时，偌大的一个汉子顿时成为一个可怜的孩子。经过治疗后，病情有所好转，但医生也下了结论：不能根治。面对残酷的事实，他想到了死。但看着贤惠体贴的妻子和幼小的儿子，面对单位领导和同事们真诚的鼓励和帮助，黄家林对自己说："我要坚强地活下去！"

为照顾黄家林，单位同意他回到个旧家中休养，每月有100多元的病休工资。如果矿上有病人到个旧住院治疗，就派他到医院照顾病人，矿上再给他点奖金。照顾病人是个明轻暗重的活，可他每次都干得尽心尽责，得到病人和家属的好评。

黄家林的爱人张惠珍在豆腐厂工作，单位不景气，张惠珍又患有心脏病，后病休在家。已经长大的儿子也没有正式工作，到处打零工。现在，尽管黄家林的病休工资已升到300元，但一家人的吃饭、买药就靠这300元，真是捉襟见肘。有人劝黄家林去向政府要点"困难补助"贴补家用，他也曾经有过这个念头，但转念一想：还有些下岗职工比自己还困难，政府要救济他们，政府也困难啊，还是自己想想办法吧。自己身体不好，干不成重活就干点力所能及的小活计。黄家林就在邻居家摆的米线摊旁边合并着摆了个小烧烤摊卖烤肉串。

看黄家林烤肉，真是一种享受：肉串一上架，他就不停地翻烤，撒佐料，肉串被烤得滋滋冒油，异香扑鼻……做着这一切时，黄家林就不说话了，目光专注、执着、真诚，对生活的热爱和期望注满他的眼睛……每当一批食客离去，勤快的他就立即站起来收拾残汤剩碗，清洗、消毒后再把这些碗碟筷子抱回邻居米线摊的桌子上码好，又赶快回到自己的烤肉摊前招呼顾客……

自从摆上"袖珍"烧烤摊后，黄家林夫妇就分外忙碌：从清晨外出采购食材、中午出摊、到傍晚收摊回家，晚上还要准备各种佐料，经常忙到深夜才能休息。但一家人却非常充实。因为每月有四五百元的收入。黄家林满足地说："摆着这个烧烤摊，不仅每月100多元的药钱有了，也不用去向政府伸手要困难补助了，我们的生活也比过去宽裕多了。"（载于《春城晚报》2001年11月30日）

矿山治理整顿过后，当地农民的生活出路在哪里？个旧市老厂镇与云锡公司老厂锡矿经共同协商，大胆探索出一条新路——

让农民当矿工去

11月中旬，经过三个月的试用期，老厂镇小羊坝底村小组的共青团员黄学忠与云锡公司老厂锡矿正式签订了《合同工协议书》。这个年仅20岁、脸膛黑红的彝族小伙子高兴地告诉记者："我在家里种地，苦一年到头只有1000多块钱的收入。来矿山当工人后，一个月就能够有四五百元的收入。签订合同后，工资还会更高。我要好好学技术，当个好工人。"

87

个旧市老厂镇是个以工矿企业为主的乡镇，主要开采锡、铅等有色金属。近年来，矿区出现了无证开采、私挖滥采等非法开采情况。自去年底，各级政府开展了对矿山秩序的清理和整顿工作，确保老厂镇的社会治安稳定和工矿企业的正常生产。清理前，一些非法开采业主雇佣了部分当地农民当小工。治理后，这些违法业主被停业，当地一些农民的生活出路成了问题。

为帮助这些人寻求出路，镇政府主动与老厂锡矿协商，请老厂锡矿招收部分当地的农民去矿山当合同制工人。协商中镇政府得知，老厂锡矿也有自己的苦衷：每年，矿上都要到红河县、元阳县等地招收一批农民合同工；不是他们不愿意招收当地农民为矿工，而是担心这些人进矿后有"外心"，不好好工作，会惹出麻烦事。对此，镇政府领导做了耐心细致的说服解释工作。经协商，老厂锡矿同意首批接收 25 人，条件是以招收共产党员、共青团员和复员退伍军人为主。镇政府积极协助老厂锡矿对这批人进行了政审、体检、岗前教育培训，有 18 名合格者进入老厂锡矿当上了合同制矿工。镇领导一再叮嘱他们一定要好好工作，树立信誉，为家乡人民争光。黄学忠他们正式聘为合同制矿工后，与正式工同工同酬，多劳多得，并享受与正式工同样的政治和经济待遇。

让农民去当矿工的举措，改善了当地的工农关系，从根本上解决了当地多年来存在的一些矛盾、问题和困难；同时，也为农民增收和企业的可持续发展闯出了一条新路。（载于《春城晚报》2001 年 12 月 10 日）

擦鞋匠老杜

在个旧市火车站商场那些清一色的擦鞋女中，却有个 30 出头的男人，宽脸、细眼、翘鼻、薄唇，穿得干净整齐，笑起来眼睛就是一条缝，这就是擦鞋匠老杜。

老杜名四友，来自湖南邵阳农村，带着老婆在云南打工走过不少地方，最后在个旧落脚。夫妻俩在窝棚租房住，刚来时收破烂，后改为擦皮鞋。

老杜的摊位上经常坐满擦鞋的人们。那天，记者坐在老杜的摊位上，只见他手脚麻利，先用洗洁精水擦洗皮鞋，揩干，又仔细上油，随即用一条分不出颜色的毛巾擦鞋。他灵巧的双手把这条不起眼的毛巾舞得上下左右翻飞，啪啪脆响，令人眼花缭乱，末了，又用一把宽大的刷子打蜡。3 分钟不到，一双锃亮的皮鞋就打整好了。接过记者递过去的 3 元钱，老杜张开嘴乐了，并把钱小心地放进贴胸的里层口袋。

　　老杜说："擦皮鞋比卖破烂强多了，最好时一个月有 1000 多元的收入，最差时也有七八百元。"当记者问他还回不回湖南老家时，他干脆地说："不回了，就在个旧干了。个旧人厚道，我生意好做；这里气候又特别好，冬天不太冷，夏天不太热，住着很舒服。现在我女儿还小，放在老家给父母亲带着。等她长大了，我要接她来个旧读书。听说个旧的学校好呢。我现在拼命攒钱，要给女儿读个旧最好的学校，将来才会有出息。"（载于《春城晚报》2002 年 4 月 20 日）

好女孩的病治好了
——《春城晚报》救助王海棠治病纪实

爱心救助

　　两岁时母亲就病逝，但更不幸的是她得了一种怪病，肿大得比鸡蛋还大的舌头一年四季裸露在嘴唇外。但她以顽强的毅力不仅活下来，还当上了好学生。《春城晚报》等新闻媒体在得知王海棠的这一不幸后，展开了一场社会爱心救助行动。

　　2000 年 3 月 25 日的晚报头版头条，刊出了《小海棠，大舌头的好女孩》，编辑还配发了《致读者》的编前语，请读者与报社一起伸出援手，救助这个可怜又可爱的孩子圆上"过正常孩子生活"的梦想；同时公布了"小海棠救助热线电话"。

　　救助热线公布后，社会各界反响强烈：

　　——晚报总编辑秦邦屏及许多记者、编辑，率先为小海棠捐赠了第一笔救助款。

　　——省妇联儿童工作部、省儿童基金会给小海棠寄来 300 元的"优秀贫困女学生奖学金"，鼓励她克服困难，好好学习。

　　——共青团云南省委、省希望工程办公室决定：如果小海棠升入中学，省希望工程将尽全力协助她完成学业。到时如没有专项资金，办公室工作人员将集体出资，帮助她完成学业。

　　——军人郭汉朝派人送来了代表他心意的 1000 元钱。酒店的试用工蒋艳在父母离异、母亲又下岗的困难中，还惦记着送些衣服给小海棠。

　　——省人事厅的叶小兰送来 500 元捐款并希望现代医学能早日解除她的病痛。

89

　　——贺平、王宝平、张永平、陈宗友等 4 位军人从微薄津贴中挤出 120 元送给小海棠。

　　——高等级公路昆曲一中队交警及在此培训的新队员捐款 1088.80 元。

　　——3 月 31 日，省交警培训中心委托 4 位民警做代表亲自来到报社，将他们给小海棠的 17430 元捐款，送到了晚报总编辑秦邦屏手中。

　　—— 一位年高体弱的老太太在家人陪同下，冒雨来到报社捐款……

　　捐助的人中，还有打工者、国有企业的下岗职工、机关干部、邮电职工、与小海棠同龄的孩子以及许多不愿意留下姓名和单位的好心人们……他们有的亲自送来，有的邮寄汇款，表达了这些素昧平生的人们对这个不幸小女孩的真切关爱。

　　连日来，晚报记者王艳、沈秋琦骑着自行车奔走于昆明各大医院，为小海棠咨询病情，寻找合适的医院。

　　经过多家咨询和比较，晚报选择了省红十字会医院作为小海棠诊断治疗的医院。该院口腔颌面外科的全体医务人员，在得知小海棠要来这里治病时非常高兴，纷纷献出一份爱心，在病床非常紧张的情况下，优先为小海棠准备好了病床。

昆明治病

　　4 月 2 日，对王海棠来说，是个终生难忘的日子。

　　小海棠病情的报道者聂荣飞，陪着《春城晚报》记者沈秋琦，乘坐着报社派出的一辆三菱汽车，专程来到个旧市乍甸镇接小海棠到昆明治病。

　　闻讯后的乍甸镇领导及教委和学校领导到小海棠家看望她并捐款。激动异常的小海棠，当场为这些素不相识却对她关爱有加的叔叔阿姨们唱了一首《世上只有妈妈好》。中午 1 点，当地群众怀着对晚报和社会各界深深的感激、对小海棠美好的祝福，将沈秋琦和小海棠以及陪同小海棠去昆明治病的班主任老师一行送上车。小海棠的父亲王槐，激动得不知说什么好，只会一遍遍地向大家鞠躬致谢！

　　下午，镇团委和学校组织的救助小海棠的捐款活动分别在镇政府和学校举行。全校师生及那些相识或不相识的好心人，又为小海棠捐赠了 4200 多元救助款。

　　镇政府领导表示，镇政府将为小海棠的父亲王槐提供农业科技知识和技能的培训，提供良种及其他条件，变"输血"扶贫为"造血"扶贫，使小海棠的家庭早日摆脱贫困，过上好日子。

小海棠到昆明后就顺利入院并作了初步检查。第二天，有关专家为她作了全面检查，诊断为"舌混合性淋巴管瘤"。

好梦成真

经过精心准备，4月6日，专家们为小海棠成功施行了手术。省红十字会医院还特别减免了小海棠的手术费用。

连日来，不断有爱心人士到医院看望小海棠，给她送来了鲜花、学习用品、衣物、玩具、食品等。晚报总编辑秦邦屏等领导也到医院看望了小海棠。

在医护人员的精心护理下，在社会各界的关怀帮助下，小海棠手术后恢复很好。

4月20日，晚报在省红十字会医院召开答谢会，邀请所有关爱小海棠的人们与海棠父女见面——王槐专程到昆明参加答谢会，感谢社会各界好心人们的无私帮助，共叙人间真情。

4月21日，小海棠出院。晚报的小记者们及其他同学到医院采访并送别小海棠。

带着对新生活的新希望，小海棠父女与医护人员、记者编辑们依依惜别，踏上归途。

在《春城晚报》及社会各界的关心、支持、帮助下，爱心救助小海棠的活动进展神速。从首篇报道见报到小海棠入院治疗，仅用了8天时间；到她手术成功出院，仅用了20多天时间。期间，晚报全方位、连续性报道了社会各界对小海棠的无私救助情况。

据了解，省红十字会医院的专家们还将根据小海棠这次手术治疗后恢复的情况，计划在她16岁时，再为她做一次专业的矫正治疗手术。届时，小海棠就完全恢复得像正常人一样的生活和学习了。

而到那时矫治手术的费用，晚报社和省红十字会医院已经为小海棠准备好了。

另据了解，社会各界对《春城晚报》为王海棠所做的善举，给予了很高评价！很多读者都称赞说：《春城晚报》真是我们老百姓的报纸啊，为老百姓说话，为老百姓办事，是老百姓的贴心人！

王海棠，盼望了10多年"过正常孩子生活"的好梦，果然一步步成真了！（载于《个旧报》2002年4月22日）

91

辑二　社会百业·通讯　纪实
特写　专访
（1997—2002 年）

1997 年：

为了那片圣洁的芳草地

——记红河州第三届"红烟园丁奖"获得者、

个旧市人民小学校长罗存芬

在第十三个教师节来临之际，传来了个旧市人民小学校长罗存芬喜获红河州第三届"红烟园丁奖"的喜讯。此时此刻，只有人民小学的广大师生深深地知道：人民小学从一所名不见经传的普通小学发展成为学生、家长、社会、同行关注并具有了一定知名度的学校，在这个奋斗历程中，罗存芬和全校师生员工一起付出了多少心血和艰辛的努力！

"向 40 分钟要质量"

从教 26 个春秋的罗存芬深知：小学教育是基础的基础，不打牢这个基础，对于孩子们将来的成长是极为不利的。为此，罗存芬提出：在不增加课时的基础上，必须学会"向 40 分钟要质量"，要求教师不仅要开齐课程、开足课时；而且还要提高讲课质量和水平，让学生在课堂上学懂和掌握更多知识。

为提高老师的教学水平和能力，罗存芬带领教师集体备课，认真钻研教学大纲，把握各单元的重点难点，通过集体备课、写教案、课后小结来规范课堂教学。她利用星期六上午组织全校教师集体参加听课、评课活动，收到了"听一堂课促进多堂课、听一人的课促进一批人、听一门学科推动多门学科"的整体推动效应。

为不断提高老师的综合素质，罗存芬从经费、学习时间、工作等多方面保障并鼓励、支持 45 岁以下的中青年教师去参加更高层次的学历教育。目前，全校 54 名教师中已有本科生 2 人、专科生 11 人，另有 14 人即将专科毕业，学校教师的整体素质和水平有了质的提高。一些优秀青年教师外出参加教学比赛时，她帮助找资料，设计教案，听课、评课，鼓励他们争取把课程讲得更好。她从学校有限的经费中挤出一部分补助给每位老师订阅一份业务报纸杂志。她组织教师到省外、州外学习取经，参加讲课比赛，回校后上汇报课，使教师们能够相互切磋技艺，共同提高。

在注重抓教师综合素质提高的同时，罗存芬注重抓学生学习兴趣和积极性等综合素质的培养，开发孩子们智力和非智力的因素，面向全体学生大面积提高教育教学质量。譬如：在实施素质教育中，学校创新性地开展了"学生上闪光时刻，家长得评优喜报"活动，其主要内容是：每天每节课每个老师至少要发现一位学生的一个闪光点；之后，对该生要进行表扬并记录在"学生闪光时刻"日记本上；每周在班级评比1次；每月给"闪光时刻"最多的学生家长发送"评优喜报"。另外，学校还开展了班级管理知识培训、中队辅导员培训等活动，继续提高教师的教育教学水平和能力，让更多的孩子"闪光"和"减负"不减"质"。同时，罗存芬重视第二课堂的活动课，锻炼学生的动手、动脑能力。学校还组织了电脑、篮球、编织等14个兴趣活动小组定期开展活动。

"社会实践活动让孩子全面发展"

学校还注重带领学生参加社会实践活动，请市法院少年法庭的法官作法制报告；与金湖西路中段居委会联合，带领孩子们参加社区活动；与武警红河支队建立警民共建文明单位，为孩子们进行规范化的军训；与贾沙乡民云小学开展"希望工程手拉手献爱心活动"，为山区小朋友捐钱捐物；到乍甸福利院为老人们演出、送慰问品、做服务工作；学校每学期还举行文艺演出、运动会、书画展、集邮展、"小巧手小能手比赛"等丰富多彩的活动课内容，使学生德、智、体、美、劳全面发展，得到人们的广泛赞誉。

另外，学校还注重对学生心理健康的了解和培养，参加了由省教委组织的对学生进行心理测评并建立档案的工作。这在全市中小学尚属首家。据了解，这套被称为"CPQ"的测试题，内容包括孩子们对待学习、生活、做人等方面的认知和心理状况。测试完毕后，学校据此为孩子们建立了心理档案并将这些档案记录的情况让有关班主任和任课教师阅读掌握，为学校和老师们培养孩子们健全的人格和良好的学习及生活能力提供专业咨询和帮助。

"罗校长是个好班长"

这是全校教职员工对罗存芬最亲切、最中肯的评价和称呼。罗存芬也从不把自己看作是领导，她模范地执行学校的各项规定；有老师在工作上出了差错，她主动承担责任；工作中遇到矛盾和困难时，她顾全大局，积极化解矛盾，为广大教职员工营造了一个宽松、和谐、积极向上的工作环境。在教学上，她率先垂范，在做好繁琐的行政管理事务的同时，始终没有脱离教学第一线，一直坚持上课。她善于总结有益的经验，在长期的教学实践中，她形成了自己一整套行之有效的教学方法，每月一次在各级教学研讨会上作专题讲座。1989年，她所教的50人的毕业班里有26人考进个旧一中，这对当时名不见经传的人民小学而言，确实是一个质的飞跃，在社会上引起很大反响。同年，罗存芬获得"个旧市数学教学大奖赛"一等奖，并被评为"省级先进教师"。自 1989 年至今，她连续 9 年被评为"优秀共产党员"。

"成绩是老师们苦出来的"

有关中学的老师们普遍反映：这些年来，人民小学的毕业生道德基础和文化基础扎实，自学能力强，发展潜力大，只要教育得当，是能够出现大批优秀中学生的。确实，1993 年，个旧市小学升初中统考的桂冠被人民小学的学生摘走；1995 年，红河州表彰的首届"红烟桃李奖"中，高考红河州文科的第一、二、三名，都是人民小学的毕业生；1995 年，学校少先大队部荣获"省级红旗大队"称号；近年来，学校有 10 篇教师的教学论文在国家和省级有关刊物上发表；今年，全州统考的小学升初中的语文状元，又是人民小学的毕业生……

面对这些荣誉和成绩，罗存芬总是说："成绩是老师们共同苦出来的。没有老师们的辛勤努力，就不会有今天的成绩。"罗存芬不仅在教学工作上关心老师们，在生活上也无微不至地关心他们（包括离退休的老师们），从住房、子女入托、升学、就业等各方面，都尽其所能地给予关心和帮助。在荣誉面前，罗存芬多次把自己位居榜首的名额让给了其他成绩突出的老师，鼓励、培养他们早日成长为学科带头人。对此，广大教师都说应该为她设立一个"特别奖"。

作为教师，罗存芬是一个辛勤耕耘的园丁；作为教育管理者，她又是一个为众多园丁们撑起了一片神圣、纯洁绿荫的使者；她把自己与其他园丁的心血和汗水共同融进了这片圣洁的芳草地，使这里的花草树木生长得更加生机勃发、枝繁叶茂。（载于《红河日报》1997 年 9 月 19 日）

"生命通道"悲鸣曲
——个旧交通事故透析

飞来横祸

——1991 年 7 月 5 日凌晨，这个日子对大多数家庭来说是一天新生活的开始，但对个旧市环卫处的三名女清洁工来说，这个日子不但改变了她们的命运，也改变了她们家庭生活的轨迹……

当日凌晨，金湖西路中段，一辆蓝箭 130 货车在明亮的路灯下，向三名正在扫地的女工横冲直撞过去。眨眼间，一名女工横尸街头，一人重伤，一人轻伤。

瞬间，一个风华正茂、充满活力的生命终止了；一个残缺与不幸的家庭，出现了。

——1996年10月9日凌晨5：20分，同一个地点，又一起不幸的交通事故，让市环卫处的人们再次目瞪口呆：当时，该处的一辆垃圾车在该地段违章调头，一辆载有6人的东风平板大货车奔驰而来并与之相撞，顿时，熊熊大火将大货车驾驶室内的3人烧死，大货车上价值2万多元的地平砖全部报废，两辆车上的其余5人全部重伤。

这起惨祸造成的直接经济损失高达60多万元，仅环卫处需支出的医药费、赔偿费等各种费用就高达38.7万元。

——1995年7月17日，一无证人员驾车途经鸡—个复线红寨路段时，因无法避让前方直行而来的车辆导致两车相撞，巨大的惯性将他从车窗抛出，飞落到远处路边的水塘而死。

——1995年9月25日，个旧市焊料厂一名驾驶员违章酒后驾车，加之雨天路滑，车行至上乍甸路段时，从10多米高的路基上翻滚而下，造成车上人员5人死亡、1人重伤。死者中，年龄最大的29岁、最小的23岁，多姿多彩的青春年华，竟葬送于酒杯之下。

——1996年10月15日，大屯段公路上，65岁的尹某英怀抱3岁的小孙女穿越马路，被一违章超速行驶的车辆撞翻在地，3岁的小孙女当场死亡，尹老太重伤，肇事者却逃之夭夭。

最近，记者从个旧市交警部门了解到，市区刚修建好投入使用的路况最好、设施最全、被市民誉为"锡都长安街"的金湖西路，却频频发生交通事故，事故发生率、重大交通事故量都居全市各路段之首，造成了国家和人民生命财产重大损失。

据悉，金湖西路是个旧市目前少有的几条城市标准化道路之一，全长2065米，机动车、非机动车、人行道分道行驶；路面平直，视线开阔；交通警示标志齐全、醒目；照明、绿化美观大方。然而，该路自交付使用至今仅一年多时间，就频发交通事故154起，其中重大事故3起，死6人，伤76人。以今年1月为例，市区共发生交通事故87起，金湖西路就占22起，其中包括重大事故1起，死3人，分别占该月全市交通重大事故和死亡人数的25.3%和50%。同时，另有尚未造成人员伤亡的交通纠纷未统计在内。

祸起萧墙

据交通管理有关负责人介绍，这些重大交通事故频发的主要原因：一是驾驶员违章超速行驶，若突发意外，极易发生车祸；二是驾驶员酒后驾车，头昏脑胀极易引发车祸；三是不少机动车、非机动车驾驶人员互相占道行驶，路况比较混乱；四是机动车乱停放或随意调头情况严重；五是有的市民横穿马路不走人行横道斑马线，而是随意横穿机动车道。

据个旧市交警大队 1995 年至 1997 年间的重特大交通事故原因分析表明：违章行车所引发的事故，属于驾驶人员责任的占 65%，事故原因多是酒后驾车、超速行驶、无证驾车、逆向行车、抢超抢会等违章操作；属于非驾驶人员和行人责任的占 35%，其中：由于行人违章穿行机动车道造成事故的占 28%，属于自行车违章例如骑车猛拐、抢道、占用机动车道所引发的事故占 6.9%。

交通，是国家经济发展的命脉。

交通，如城市的神经网络，成千上万的群众需要她正常运转。

但是，违章行车已经给社会、家庭带来了无法估量的损失……

如此巨大的损失与伤亡，怎能不令人触目惊心？

据资料显示，近半个世纪以来，葬身交通事故的鲜活生命，已远远超过 2 次世界大战战死者的总人数。

呜呼：车祸猛于虎！

97

在经济高速发展的今天，违章行车导致的车祸，已被视为经济发展的一大障碍，已成为影响社会稳定的又一个重要因素。

不该留下的后患

面对这些不该发生的交通事故及其所造成的各种后患，我们无法回避：

首先，是当事人（包括驾驶员、行人或乘客）自己是最大的受害者。当事人的突然死亡，使他们完好的家庭瞬间解体，白发老父母痛失黑发儿女，待哺孺子顷刻间痛失父或母。个旧那位年仅 30 岁、在车祸发生时当场死亡的女清扫工，其 4 岁的儿子瞬间失去慈母的爱与呵护，父亲再怎样关心爱护他，也代替不了母亲。孩子，已永远失去了血脉相连的母亲。

其次，是造成巨大的经济损失。据个旧市的统计：1995 年，发生各类交通事故 1483 起，死 80 人，伤 440 人，经济损失 1770 多万元；1996 年，发生各类交通事故 1582 起，死 40 人，伤 592 人，经济损失 1079 万多元。今年 1 至 8 月，发生交通事故 1047 起，死 45 人，伤 46 人，直接经济损失已近千万元；与 1996 年同期相比，交通事故上升 3.5%，死亡人数上升 8%，受伤人数上升 15%，直接经济损失上升 1.5%。

据统计，全国每年因交通事故造成的经济损失均在 16 亿元以上，年均伤亡人数 10 万以上；交通事故死亡者的年龄多在 20 至 60 岁这一阶段。经济损失可以计算、赔偿，而鲜活生命的死亡却难以挽回和等价计算。生命可贵但却脆弱，她需要有关人员文明行车和文明行路作为保障。

第三，是妨碍正常的交通、生产、生活秩序。交通事故发生后，事故现场因勘察和群众围观而造成交通阻塞，各有关单位要投入大量的人、财、物力和时间依法处理事故及其善后工作。今年 9 月 18 日上午，发生在个旧市鸡街段上一起摩托车与大客车相撞的事故，尽管交警火速赶到现场勘察取证，但仍使该路段的交通阻塞数小时，附近赶来围观的群众使本来拥挤的公路更加水泄不通，带来新的事故隐患。

第四，是造成当事各方为得到相关赔付而花费更多时间和精力。去年 10 月 9 日在金湖西路中段发生的那起事故惨案，使当事双方个旧市环卫处和锡城联运公司至今还在为对死者家属的赔偿、受伤者的治疗费用和争取保险赔付等而到处奔波，并且一直在相互扯皮……

第五，是带来有损于国家声誉的政治影响。据报载，法国巴黎市郊两列飞驰的客运列车相撞，造成 70 余人死亡，数百人受伤。这次车祸使 30 名外国游客丧生。此事在欧美地区引起一片哗然，舆论界对巴黎的交通管理和交通状况多有指责，法国的旅游业收入急剧下降，法国国民甚至对政府的信誉提出疑问……

万众共织"安全网"

城市经济发展的重要标志之一，就是各类道路的建设和增加，"要致富，先修路"已成共识。但路多了、好了，如何保证道路的畅通有序，更有效地发挥道路在国民经济发展和人民生活中的最佳作用，公安交警卓有成效的管理就成为必不可少的保障。对此，个旧市公安交警大队在各级政府和上级交警部门的大力支持下，做了大量的工作，付出了不懈的努力。在那些四通八达的道路上，留下了他们奔忙的足迹和辛勤的汗水……

——进一步加强了对机动车驾驶员的管理。个旧市机动车驾驶员目前已有 2 万多人，其中一半是私车驾驶员，主要是开"的士"、中巴客车、货车和港田车的，而"的士"多数集中在市区，中巴客车、货车、港田车多数分散在乡镇。

为管理好这些车辆，堵住事故源头，市交警大队主要采取了以下措施：

一是督促成立了个旧市汽车出租车服务公司和市万通汽车客运联合公

司，对出租车和中巴客车进行专门管理。

二是定期对驾驶员进行交通安全培训，考试合格后发给上岗证。

三是对全市驾驶员实行"人车一体化"台账卡管理制度，这是交警对驾驶员管理的又一"绝招"。交警对全市的每个驾驶员都设立专门的台账，记录肇事情况，对不合格的驾驶员取消驾驶资格。

四是在车辆检审期间，组织驾驶员学习交通法规和机械常识，考试合格后方准检审。

五是跨地区清理和培训驾驶员 572 人，堵住了部分车管业务的失控局面。

六是在全省首家实行了由工商银行代收罚款的措施，使交通违章处理高效、便捷。

——进一步加强对车辆的监管，建立了规范的"一车一册"台账并依法管理。重新对在个旧辖区内营运的 500 多辆出租车和中巴客车以及大屯、鸡街等乡镇的 1000 多辆运输港田摩托车进行登记造册，随时掌握这些车辆运行的情况。对摩托车驾驶员进行培训，持证上岗，并要求他们不得随意停放，做到规范管理，合法经营，公平竞争。

——进一步加强交警队伍建设，增加警力监控公路。个旧辖区道路山高坡陡，路况复杂，交警警力不足，交警大队就想办法挖潜力，发挥交通管理机构的优势和力量，加强了对道路的监控管理，并使交通管理工作向科学化、法制化迈进。去年，在财力十分困难的情况下，新组建了大屯镇和卡房镇两个交警中队，加强了对乡镇道路和各类车辆驾驶员的管理。组建了一支政治合格、能力较强的协管员队伍配合管理工作，成效明显。

——快速、准确地查处交通事故。个旧是一个以汽车运输为主的工矿城市，需要快速、准确地查处交通事故，做到处罚一人、教育一片。对肇事者，交警首先将其送到交通安全学习班学习，再依照法律法规追究其责任；对发生重特大交通事故负主要责任的单位，要求其设置交通事故警示牌，提醒驾驶员安全行车。

——加强对全民的交通安全宣传教育。交通管理是一个综合系统工程，群众文明行路，不乱穿乱走，不占道经营；驾驶人员遵章驾驶，交警依法管理，则交通事故就会大为减少，老百姓和车辆的出行安全就能够得到保证。

为配合红河州建州 40 周年庆典活动和全国整顿交通秩序的要求，个旧市于 9 月中旬开展了"告别不文明交通行为"专项工作，重点治理超速驾车、酒后驾车、无证驾车、违章调头、抢超抢会、乱停乱放、驾车抽烟、打电话等违章行为；要求市民提高文明行路意识，共同营造一个安全有序的生活空间。同时，市交警大队深入到各乡镇、各单位，指导制作并粘贴、悬挂了上百幅标语、橱窗图片和宣传漫画等。红河州、个旧市、云锡公司等单位于9月24日开始陆续举行交通安全知识"练兵赛"。市出租汽车有限公司对出租车乱调头、乱停车等违章行为进行了重点治理。市公共汽车公司对中巴客车不按规定在站点停车、抢拉顾客等行为进行了整顿。市交警大队对建设路、金湖西路等违章行为多发路段加强了监控和治理。

另外，市公安局交警大队与和平小学少年警校联合，从该校学生中抽出60多名品学兼优的少年，由市交警大队进行强化训练后，于9月下旬开始，陆续走上金湖西路、金湖南路等各主要大街参加交通执勤，帮助维护交通秩序，扶助行动不便的老人过街等。

经过广泛宣传和治理，个旧市民交通安全意识有了明显提高；一些不文明交通行为逐渐被摒弃；创造"绿色安全通道"意识已深入人心，并见诸大家的自觉行动中。

——配合城建部门完善交通设施。在事故多发路段金湖西路上，投资26万元新安装了4架信号灯，翻新隔离桩873米，设置人行道护栏2259米和交通安全宣传标语牌224块。

总之，建设一支素质高、能力强、反应快、能吃苦的交警队伍，培训大批有责任心、能遵章驾车的文明驾驶员，不断提高广大群众文明行路的安全意识……只有全社会都行动起来，从每个人做起，来共同构筑我们大家安全的"绿色生命通道"，我们的生活才会变得更加安全和幸福！（载于《个旧报》1997年9月30日，荣获个旧市"交安杯"征文二等奖）

锡都人的衣食住行

衣、食、住、行是人类生存的基本条件。

个旧人亮丽的衣装，个旧丰富充足的食品供应、拔地而起的幢幢高楼和迅速发展的交通事业，都令人为这个深藏在哀牢山深处的现代化工业城市日新月异的变化而赞叹不已！

衣着不俗的个旧人

1983年春，女作家王安忆到个旧讲学后，曾由衷地感慨：想不到地处云南边疆的个旧，女人那么亮丽，男人那么潇洒。

个旧是个老工业城市，文化教育发达，个旧人审美水平比较高，众多个旧人有较稳定的经济收入。从 1950 年代流行的毛呢服装到 1990 年代异彩纷呈的各类时装，都能及时地在个旧人的身上表现出来。1950 年代，云锡公司配发给云锡产业工人的深蓝色全套毛呢中山装，让云锡老大哥们在锡都的大街小巷和百里矿山出足了风头。当然，站在时装潮头的还是女同胞。几年前，质地精良、价格高但难显身材的"梦特娇""娇"遍个旧城。但也有许多女人不随波逐流，而是另辟蹊径，选择那些显形、显娇、显独特的服装来表现自己。因而，个旧女人的时装也很典雅和多元化。

如今，个旧的消费者已经练就了理性、成熟的消费心理，时装款式、色彩、质地的流行，在个旧地区已呈现多元化格局，令个旧的少女更青春，女人更出众。

双休日逛商店，已成为个旧人休闲的一种时尚。大屯、鸡街等郊区厂矿的女职工们双休日也常结伴到市区购物。个旧火车站商场、市民族贸易大楼、个旧大厦等商店是消费者最常光顾的地方。据这里的经营者透露：以前，他们卖的服装是直接从广州、深圳等地进货；现在，广、深等地服装质地好的价格高，消费者不认同，价低质次的又无人问津；而那些在成都、昆明等地的服装厂生产的服装，做工考究，款式新潮，价格合理，所以购销两旺，四五百元 1 套的女式西服、八九百元 1 套的笔挺潇洒的男式西服都能让顾客满意而归。

除服装外，让人眼花缭乱的丝巾、头饰、胸花等饰品也生意兴隆，这使女人们更妩媚、更有风情；新潮的鞋帽、皮带、领带使男人更成熟、更潇洒。

据了解，在方圆 10 平方千米的个旧城区，经营服装、鞋帽、饰品的商店就有大约 500 家。

难怪，生长在大都市上海的王安忆要发出这样的感慨。

"菜篮子"日趋丰富

记得 20 多年前的个旧市区，只有大桥头的大菜市、邮电巷的交易棚和七层楼三个集贸市场。那时尚在读小学的我，记忆最深的是：每天下午 4 点半放学后，就背着书包，手里捏着尼龙线兜兜直奔交易棚菜市场，进市场后便人挤人地排队。到 5 点多，从乍甸、大屯等国有农场拉菜的汽车进场卸菜。运气好时，能够不被推挤，6 点钟买到菜回家做饭；运气差时，我在大人堆里被踩掉鞋子，被推挤得披头散发，到天黑才能买到菜回家。

如今却不同了，市区已有永胜街、新街、五一路、金湖西路、宝华小区、人民路和通宝门等 10 多个较大规模的农贸市场，并且市场功能日趋完善，从主食粮油肉菜到副食烟酒糖茶、烹饪佐料一应俱全，居家三餐的主副食都能全部购齐。并且，各片区的居民们出门不用走多远，就能够买到自己所需的各种物品。

10 多年前的新街市场，仅有几个菜贩肉贩。后来，各类粮菜肉果等销售点迅速发展到近百家，并成了农副产品的直销市场之一，锡城、乍甸、鸡街、倘甸等乡镇出产的大量新鲜果菜都会运来这里销售。每天清晨，天刚蒙蒙亮，来自白云山、新民寨等远近农村的 20 多辆运送菜果的拖拉机，就已将新街农贸市场挤了个"满贯"。6 点多，许多或批发或零买的顾客已开始和农民们讨价还价。7 点多，卖完农副产品的农民们，怀揣着大把的钞票，乐滋滋地踏上了回家之路。近年来，保和、蔓耗等边远山区的农户也加入到直销队伍中来，使这里销售的土鸡、热带水果、蔬菜等农产品品种和数量成倍增加，价钱比菜贩的便宜且新鲜，不少市民都慕名来此选购。

近年来，个旧市民"吃"的观念也发生了巨大变化：过去以吃猪鸡鸭鱼肉为上品；而如今，马蹄叶、蕨菜、刺头苞、苦刺花、玉荷花等时令山毛野菜成为市民抢手的"山珍"，在高档宴席和寻常百姓家出尽"风头"。"舍得吃"是个旧市民"吃"的另一个特点。刚上市的 15 元 1 斤的泰国龙眼、10 元 1 斤的红富士苹果仍然购销两旺；物美价廉的建水白桔、蒙自白桃等时令水果就更受广大市民的青睐。

每天，看着那些提着大包小包从市场出来匆匆往家赶的人们，你会由衷地觉得：个旧人的"菜篮子"确实变得丰富了，个旧人的"口福"确实不浅！

安居才能乐业

据了解，个旧在新中国成立后开展大规模的民居建设有两个时期。第一个时期是 1950 年代中期到 1960 年代中期，建起了工人村和七层楼等片区数百幢灰瓦红砖的三层楼房。从此，个旧（主要是云锡公司）的产业工人们就在这些红砖楼房里安居乐业，生儿育女，过平静安宁的日子。后来，人口多了，房子越住越挤了。

第二个时期是改革开放后的 1980 年代中后期，国家每年都拿出不少资金来建盖新房。但城市里的房子仍然紧张，许多青工结婚后还得挤住在集体宿舍里。与此同时，少数多占房、占大房的人却锁着不少空房子——按照资

102

历和职务，他们不断地分配到新房，又不交还原来住的旧房。这让那些急需房子结婚却又无房的人们只能望"房"兴叹！

显然，城市住房制度的改革，迫在眉睫！

1987年，个旧被云南省列为住房制度改革试点城市。《个旧市城镇住房制度改革试行方案》出台试行。其核心是：实施"住房提租补贴办法"。即把住房原来福利型的低租金由每月每平方米使用面积0.05元一步提高到按照准成本租金1.15元收费；同时，对职工住房基本的面积给予一定的现金补贴。这一改革，迅速抑制了多占房、占大房等不合理现状，使不少多占房的人退出了无人住的空房。

1992年7月，个旧市全面推行住房制度改革。其核心是：实施"住房公积金制度"。随后，个旧市有600多个单位建立了"住房公积金制度"，覆盖率达95%；归集住房公积金5000万元；并按照人民银行有关规定，其80%的资金用于建设安居工程房、集资房以及职工购房抵押贷款，有力地推动了个旧市的房改进程。

到1995年，个旧市新建成安居工程房1.5万平方米。1996年，省里又下达了7万平方米的建设指标并如期完成。

房改前，个旧市区人均居住面积6平方米，房改后达到8平方米。"九五"期间，将向着人均10平方米的目标迈进。

如今，漫步在个旧市区或大屯、官家山等郊区，那一幢幢布局合理、设施配套的现代化民居，让老百姓切实地感受到：我自己，也有一个家了！

个旧人乘车已不再难

据了解，仅这5年来，个旧市共修建各种道路112条，总长63千米。

贯通市区南北方向的建设路、金湖东路、金湖西路和人民路北段的改扩建工程已全部完工；在东西方向上，金湖南路、新冠路和朝阳天桥的改扩建工程也已全部告竣。

道路设施的改善，极大缓解了个旧交通拥挤的状况，也为汽车运输业的发展提供了保障。1992年，个旧仅有屈指可数的5辆"的士"（即出租车）和几辆超期服役的老旧公共汽车。自行车是经济条件比较好的人们的交通工具。而更多老百姓的出行则是靠双脚走路。

1997年，个旧的"的士"猛增到340辆，仍然生意兴隆。市汽车运输公司在大客车、公交中巴车运营的同时，又投资百万元购进8辆"无人售票"公交车投入城市公交运营，既降低了成本，又提高了效率和效益。目前，全市公交车线路由原来的两条增至五条。

"打的"，是个旧市民"以车代步"的另一类。"的士"起步价是10元，生意在雨天和晚上最好。雨天，10元以内"打的"到家门口，比被雨淋生病去医院花几百元划算，还不消受罪；有急事、谈生意"打的"，方便快捷。休闲外出时乘公共汽车，从容有趣，花费也不多。

有朋友陪在昆明工作来个旧玩的老同学，每次他们出游，朋友出门就抬手"打的"，弄得这些收入不低的省城人也很感慨：个旧人太想得通了，也太会享受了，每月只有六七百元的收入，也舍得经常"打的"，我们昆明人出门都是骑自行车和挤公交车啊。

更让人意外的是，现在个旧"的士"已冲出城市，热闹地开进了农村。在距市区20多千米的大屯镇，每天都有"的士"走村串寨，将乡下来镇上赶街的农民或附近厂矿的职工送到家门口。"的士"，已成为这个农村乡镇群众省时、便利的交通工具。

据了解，大屯镇国土面积99.2平方千米，辖区内有8.4万多户籍人口和5万多流动人口，有15家国有企业和2200多家乡镇和私营企业，为"的士"兴起奠定了经济基础。去年底，市出租汽车公司和运政管理所分别管理的两家出租车公司的"的士"在镇上投入运营。仅半年时间，就由开始时的4辆发展到40多辆，生意十分红火。

据大屯开"的士"的赵师傅介绍，"的士"多数时间是在附近走村串寨、下厂上矿；有时还跑个旧市区、蒙自和开远等地，车费是5元起价。家住该镇王林寨村的李大叔说："花几元钱，10多分钟就能把这几百千克重的农产品拉到镇上来卖，又快又划算。如今，我们农民富起来了，'打的'已经不是城里人的专利了。"

据了解，在全省几千个乡镇集市上，每天有这么多"的士"同时投入运营并且生意兴隆的，仅有个旧市大屯镇。

其实，对衣、食、住、行的巨大变化感受最深、得益最多的还是个旧的老百姓！

相信，潇洒亮丽的个旧人，将会越来越潇洒漂亮！

相信，那种拿着肉票、提着菜箅半夜三更就得起床去排队买"定量肉"的历史，已成记忆！

相信，那些越来越现代化的高楼大厦中，会住进更多、更温馨的幸福家庭！

更相信，那些日夜奔驰着的各种车辆，能把山外的文明和山里的古道热肠融合，建设发展出一个更加辉煌灿烂的新锡都。（载于《春城晚报》1997 年 9 月 11 日，有删节；载于《个旧报》1997 年 11 月 28 日）

1998 年：

"他们为何见死不救"系列报道（节选）——
"拷问"良知

1997 年 12 月下旬的一天，在昆明至路南的公路上发生了一起车祸：一辆云 G 牌照的依维柯客车与一辆东风货车相撞，致车毁人伤，8 名重伤者生命垂危。幸存的客车司机带伤爬到公路中间向过往车辆和行人求救，一位过路的年轻军人见状也主动下车帮忙，在公路上拦车求援。

可是，令人寒心的场面出现了：有多辆包括轿车、三菱越野车在内的车辆，从受伤司机和求援军人身旁呼啸而过，对车祸惨况和求援视若无睹，无人伸出援助之手。一些车辆被围住请求救援时，驾驶员竟然调转车头扬长而去。8 名重伤者因得不到及时救治而惨死在车祸现场。

这位有良知的军人和一些现场目击者记下了其中 10 余辆车的车牌号，并投书新闻媒体，"拷问"这些见死不救者的良知何在？

《春城晚报》迅速作出反映：立即派记者追踪这些车牌号并采访了车主。

当事人说：没人向我们求助

记者经多方周折，才从红河哈尼族彝族自治州车管所了解到相关车辆信息。

1 月 10 日上午，记者专程来到河口瑶族自治县采访了当时该车乘员李某。他说："当时我们的车确实在现场，车上有我和另一人及驾驶员。那天我们是从昆明办事回来，在路南公路上看到前面堵了许多车，估计有几百辆。我的第一反应是'出车祸了'。我叫司机靠右停。我下车后走了约 100 米，看到发生车祸的依维柯的车厢已经没有了，路中间有两个女人已经死了，其中一个还是小姑娘。当时围观的有上千人。现场有一个当兵的和一个脸上有轻伤的女人在张罗。"

李某还说："我们已经看到《春城晚报》的报道了，说我们见死不救，人都死了我怎么救？报道中这样说不实事求是，当时死的那两个人血都板了。"据李某讲，10 多分钟后，看看堵车实在过不去，李某就叫驾驶员调头往泸西方向经弥勒回来。"我们离开时交警还没有赶到。"李某强调说。

上午 11 时许，记者在电话中采访了刚刚联系上的该车驾驶员江某。他说，我们到那里时伤员已经没有了，如果我们真做了见死不救这种事那就连猪狗都不如了。江某并说他当驾驶员 10 多年了，救过很多人，遇到这种事是绝对不会袖手旁观的。

记者请李某看了采访记录。李一再强调：当时一是没有见到伤员；二是没有任何人向我们求助。（载于《春城晚报》1998 年 2 月 5 日）

一片丹心
——记红河州老干部局副局长韩明多

19 年来，红河州老干部局副局长韩明多在老干部工作岗位上任劳任怨、全心全意地工作，从政治思想、生活待遇上关心离退休老干部，把党和政府的关心照顾送到老人们家中，送到病床前，被老干部们亲切地称为"贴心人"。

协调各方关系，为老干部的生活、学习、娱乐、就医创造条件，是我州老干部工作的成功经验，也是韩明多的工作重点。多年来，州委、州政府先后投资 543.8 万元为老干部们建盖了 200 套住房和老干部活动中心，并在医院专设了上百张住院床位。期间，韩明多多次和局长找上级争取项目，跑计委和财政部门落实计划、指标、资金。建水、蒙自的干休所开工后，他经常到现场督促施工，一蹲就是十天半月。经过努力，140 多位老干部住上了舒适宽敞的配套房。在韩明多及有关部门努力下，各市县相继建起了老干部病房和活动室。大事解决了，小事也同样做，老韩为老同志送信送票，通知开会，陪护住院，也从没怨言。有的老干部发生家庭矛盾，他三番五次去做调解工作，直至矛盾化解。

多年来，韩明多为老干部排忧解难，到处奔走。过去，开远朝阳区 23 个州属企业的 200 多名离退休干部无人管理，老人们很是失落。韩明多多次主动与驻开远的州直属企业工委联系，并与州财政局协商补助 5000 元开办费，在该工委建立了老干科和活动室，使老干部的正常管理有了保证。蒙自干休所的老红军曾锦章和抗日老干部龚则盛病故后，遗属提出家庭有困难，要求组织上各安排一个子女到州轴承厂工作。韩明多实地了解后，认为遗属反映情况属实，就找轴承厂商量请求给予照顾，又多次到州劳动局争取指标，最终解决了困难。韩明多还帮助州总工会离休的张烈到昆明解决了住房和户口安置，张烈在加拿大工作的儿子饶明很受感动，回国后专程从昆明到州老干局致谢。州汽车公司等亏损企业发放不出离休干部的离休金,他就多次找州财政局协商,终于在 1996 年春节前一次性拨款 18.9 万余元发放了老人们的离休金。

因为韩明多勤恳敬业,工作成绩突出,1997 年 6 月被中央组织部评为"全国老干部工作先进工作者"。(与梁洪泽合作,载于《红河日报》1998 年 4 月 29 日)

短短一年时间,100 多部新颖美观的 IC 卡电话机"迎候"锡都街头,成为当地百姓生活中不能缺少的东西——

个旧 IC 卡电话任你打

近日,在个旧市金湖南路的一部 IC 卡电话旁,从大连国际商贸有限公司来个旧出差的冷国平先生在打完 IC 卡长途电话后,高兴地告诉记者:"想不到地处边疆的个旧,却有这样多的 IC 卡电话,走到哪里都可以打,又方便又便宜,比用我的手机打长途电话划算多了。我来个旧半个月,已买了 400 元的 IC 卡了。真是一卡在手,打遍全国。"

个旧 IC 卡电话是 1997 年 5 月"亮相"锡都街头的。随着传呼机普及,市民对电话的需求剧增。为此,红河哈尼族彝族自治州邮电局打算购置 IC 卡电话,但对每部价值近 2 万元、又暴露在街头、无人看管的 IC 卡电话的"安全"极为担忧,所以一开始只在各主要街道试探性地安装了 30 部。没想到几个月下来,广大市民与 IC 卡电话友好相处。该局又在市区继续安装了 70 部 IC 卡电话,使个旧成为全州 13 个县市中使用 IC 卡电话的"大哥大"。

如今,个旧市区 10 多条主要街道都有它们"亮丽"的形象。人口密度最大的中山路、人民路等地段每隔不到 30 米就有一至两部,极大方便了用户。电话磁卡的购买也十分方便,州邮电局在本局营业厅(所)、农行电话费代收点、电话亭等多个网点随时出售,面值有 20 元、50 元和 100 元不等。据了解,在全州已销售的 1000 多万元 IC 卡中,个旧就占了 500 多万元、通话量达 31 万多次。

州邮电局电讯科负责人向记者介绍说:"IC 卡电话经过一年运行,已积累了一些经验。今年计划再新购置、安装 100 部。现在最大的困难是电话缆线不到位。但我们正在积极努力,使城南、城北新建小区的居民都能尽快用上 IC 卡电话。同时,加强管理和提高服务质量。对郊区乡镇,我们将创造条件尽快安装。"该局 IC 卡电话网络管理中心负责人说:"个旧 IC 卡电话包括挂式和亭式两种，自开通以来，从没出现过人为故意砸毁损坏现象，个旧市民的素质令人佩服。若在使用时因操作不当而出现故障，话机会自动向网管系统显示，我们就会及时派人维修。"

云锡公司的刘玲女士告诉记者，他们一家三口都有电话磁卡，上中学的女儿用得最多，非常方便，IC卡电话得到了市民的钟爱和自觉维护，是市民手中的"移动电话"。此时，记者还清楚地记得，去年11月，红河州建州40年州庆期间，国务院祝贺团的宾客们漫步锡都街头时，见到IC卡电话后，高兴地拿出磁卡与北京的家人通电话，之后，大家交口称赞说："想不到锡都这么偏远的边疆小城都有这么多的IC卡电话，又方便又实惠，真是一道亮丽迷人的风景。"（载于《春城晚报》1998年5月31日）

旅客厕所收费停止了吗?

近日，交通部发出《关于汽车客运站旅客厕所不允许收费的通知》，要求汽车客运站旅客厕所在5月31日前必须一律停止收费。半个月过去，我省各地执行情况如何?本报记者为此于近日进行了实地采访。

6月12日，记者在丽江纳西族自治县客运服务中心站看到，原在公厕门口设置的收费室已关闭，但管理人员仍坚持上岗做好公厕保洁工作。王淑萍站长告诉记者，6月3日在《中国交通报》上看到交通部要求停止收费的消息后，于5日便停止了收费，管理人员由原来向站方交厕所承包费改为站方向其发工资。

6月15日下午，记者在保山地区客运站厕所看到，当几位旅客习惯性地掏钱付费时，均被管理人员礼貌拒绝了。据客运站李瑞恒站长介绍，站方从报上了解到交通部有关规定后，决定从6月1日停止收费。据了解，该客运站投资近70万元建造的两个水冲式公厕，平均每天接待1500人次，自承包给站内的5名职工管理后，创造了较好的效益。李站长表示，停止收费后，两个厕所的管理和卫生工作仍要做好，让旅客满意。

记者在临沧客运中心了解到，该站从报上看到有关报道后，便于6月4日停止了旅客厕所收费，为旅客大开"方便"之门，并继续聘用公厕管理人员做好日常管护工作。

而潞西市两家最大的汽车客运站却有免有收。6月14日，记者采访了解到，德宏傣族景颇族自治州汽车运输经贸公司客运站的公厕一直实行免费服务。而州汽车运输实业总公司客运站的公厕依然在收费。记者采访时，该客运站负责人说，从报上已知此事，但没接到正式文件，并解释说此厕所原本是属车站居住区内的。

令人遗憾的是，至今未停止收费的还不止一家。

记者从个旧市客运中心了解到，该中心内现有三个公厕，由私人及客运中心劳动服务公司投资修建的两个厕所收费开放；而客运中心配套建设的室内公厕则未开放。

6月13日，记者在文山壮族苗族自治州汽车运输公司客运公司的三个客运站看到，这里的公厕仍在收费。该公司负责人称，未接到上级有关文件，只是在报上看到过有这回事，并已要求各客运站实行旅客凭车票可免费如厕的办法，但至今没有得到执行。

6月12日，记者了解到，开远汽车运贸总公司是租用一家单位的房子作为发车站，这里的公厕是由两家共同投资修建的，站领导说，不收费的厕所旅客实在进不去。红河哈尼族彝族自治州汽车运输公司在开远租用某单位房子作为发车站，简陋的厕所内污物遍地，但仍有人在收费。

下关汽车运输经贸总公司客运中心、下关客运站和大理白族自治州汽车运输公司客运站是下关的三大客运站，6月上旬记者实地了解到，这三个客运站的公厕都还在收费。

6月15日，记者在中甸客运站看到公厕依旧在收费。该站站长解释说，虽然从报上了解到停止收费的事，但公厕如果不收费就很难维持好的卫生状况，有关"责、权、利"也难以体现。

本报记者采访时，很多旅客也担心旅客公厕若不收费，卫生就难以保证。位于泸水县的六库客运站和泸水客运站自建站以来公厕一直免费，但因无人管理，卫生只是偶尔由站内的热心人打扫一下，厕内卫生状况极差，旅客要"方便"时实在不方便，对此意见很大。因此，广大旅客呼吁，旅客厕所在停止收费的同时，也应该给旅客一个干净的"方便"环境。（与各驻站记者合作，载于《春城晚报》1998年6月21日）

5月31日，是交通部要求停止汽车客运站旅客厕所收费的最后期限。但时至6月中旬，省内部分客运站仍在收费——

旅客厕所收费为何刹不住?

近日，交通部发出了《关于汽车客运站旅客厕所不允许收费的通知》，规定在5月31日前必须一律停止收费。但据记者实地采访了解得知，时至6

月中旬，除昆明客运站、保山地区客运站、临沧客运中心、丽江纳西族自治县客运中心等令行禁止、停止了收费外，省内部分地方仍在收费。此收费为何刹不住"车"？其中原因究竟何在？

"未接通知"成了"挡箭牌"

文山壮族苗族自治州运输客运公司三个客运站的旅客厕所至采访时仍在收费。公司负责人的解释是：未接到上级文件通知。

大理、保山、丽江、临沧、德宏、怒江、红河等地客运站的负责人都称未收到通知。据记者了解，交通部的"通知"是4月23日发出的，省交通运输管理局5月27日接到此"通知"，并于超过停止收费最后期限一周后（即6月8日）才转发了此"通知"。

省有关部门接"通知"后，明知5月31日前必须一律停止收费，但为何到6月8日才转发此"通知"？这很令人纳闷！

再者，即使是未接到"通知"，但《人民日报》5月31日已刊发了交通部通知禁止收费的消息，其他新闻媒体也先后宣传报道了此事。但为什么昆明、丽江、保山、临沧等地能不等"红头文件"而做到令行禁止、停止收费，而一些客运站即使看到媒体上的宣传也拖着不执行呢？

收费才能体现"责、权、利"？

收费，才能很好体现"责、权、利"，才能管理好厕所——中甸县客运站一负责人在接受记者采访时如是说。采访中，其他站的负责人也有类似说法。那么，客运站应不应该向旅客提供"方便"？管理厕所到底是谁的责任？交通部在"通知"中已明确规定："向旅客免费提供包括候车室、售票处、旅客厕所等在内的站务用房和服务设施，并认真搞好各项服务工作，是对汽车客运站日常经营活动的基本要求。"既然是对客运站的基本要求，为什么还要另外向旅客收费？

记者在个旧市客运中心了解到，该中心配套建设的车站室内厕所因管道阻塞，投入使用后不久即被关闭；而在站内由私人和劳动服务公司各投资修建的两个收费厕所却能"畅通无阻"，一些旅客说，难道车票只包括油费和车费？旅客如厕这一基本要求为什么就得不到满足？收费厕所有人管，配套厕所却轻易闲置，这是为什么？

近年来，旅客厕所收费、靠厕所"创收"在各地愈演愈烈。旅客厕所对内或对外承包，甚而成为投资"热点"，在各地已屡见不鲜。然而这却是违规行为，交通部在"通知"中明确提出："汽车客运站应严格执行交通部、国家计委发布的《汽车客运站收费规则》的规定，对未列入收费范围的旅客厕所等服务设施一律不准收费。"

采访时，个旧市客运中心有关领导还介绍说，靠收费的旅客厕所，站里还安置了13名下岗职工和两名待业青年就业。其实，旅客厕所收费和安置下岗职工并不矛盾。在交通部"通知"中，明确了"旅客厕所所需的设施维护和日常管理经费，可在客运站收取的'旅客站务费'中列支"的规定，因此，通过厕所向旅客另外收费来解决安置和管护问题是没有理由和根据的。

收费才能"保证卫生"？

记者采访时，旅客意见最大的是厕所卫生无人管理而难以"方便"。在六库客运站，厕所因不收费就长期无人管卫生，旅客把如厕视作畏途，哪有"方便"可言？站方表示：不收费卫生当然难以保证。开远一客运站厕所虽然设施简陋、卫生极差，但仍有人在收费。在大理市，有的客运站以"卫生费"为名仍在收费。采访中，很多客运站都以"收费才能保证卫生"为由不停止收费。一些旅客也担心，一旦旅客厕所不收费，其卫生无人管理，让人难以"方便"。

对此，交通部"通知"中已严格规定："厕所免费开放后，客运站的服务质量不能下降，卫生管理必须达到经常保洁、消毒、通风换气、地面清洁、便器清洁无垢、无蝇蛆、无明显臭味的要求。"因此，卫生管理不但不应该是客运站向旅客收取费用的理由，而且是自己无法推卸的责任。省交通运输管理局有关负责人在接受记者采访时也强调说，汽车客运站旅客厕所收费一律停止，但服务必须搞好。

对旅客厕所收费亮"红牌"

一些旅客对部分客运站令行禁不止、旅客厕所至今仍在收费反映强烈，纷纷要求停止收费。对此，交通部"通知"也明确规定：对违反规定仍不停止旅客厕所收费或又新设厕所收费的，一律按"乱收费"论处；并要追究有关责任人员的责任；凡被评为"文明汽车客运站"的，要取消其荣誉称号等。对此，广大旅客都有监督的权利。

汽车客运站作为"窗口"行业的一个重要场所，为旅客提供免费如厕服务是站方基本的责任，是旅客应享有的权益。交通部的规定还给了旅客这项权益。旅客厕所收费，侵害的是群众利益。因此，广大旅客呼吁：各客运站不应以各种借口继续收费，应立即"刹"车，把旅客应享有的权益真正还给旅客。（与各驻站记者合作,载于《春城晚报》1998年6月30日）

雄关漫道真如铁

——个旧市人民医院建院 60 周年巡礼

在锡都个旧风景如画的金湖南岸，坐落着一家颇具规模的现代化医院——个旧市人民医院，这里高楼耸立，树木葱茏，繁花似锦。

1998 年 7 月 1 日，在中国共产党 77 岁生日到来之际，历经风雨沧桑的人民医院，也迎来了自己 60 周岁的生日！

岁月流逝，沧桑巨变。60 年来，人民医院从无到有，从一般医院发展成为现代化的国家三等乙级医院，多次荣获"省级文明医院"、"省级卫生先进集体"等荣誉称号。多年来，人民医院一直是昆明医学院、红河卫校等大中专院校的实习医院，积累了丰富的带教经验。1995 年 8 月，省教育委员会、省卫生厅批准其成为昆明医学院教学医院。

截至目前，人民医院已发展成为实力较强的中型医院：拥有固定资产 5000 万元，编制病床 500 张，在职职工 735 人（其中包括高中初级职称在内的各类医技人员 509 人），设有 32 个临床医技科室、21 个职能科室、8 个委员会、5 个科研教学机构、1 个康复医疗中心和 1 个远程会诊中心，成为集医疗、教学、科研为一体的综合性医院，是盛开在滇南地区医疗卫生行业中的一朵奇葩。

在荒原上崛起

新中国成立前的个旧，是砂丁、红脚杆（均为本地人对矿工的俗称）生活的地方。

那时，这里医疗卫生事业极其落后，劳动者健康得不到保障，许多得了伤风感冒、痢疾之类常见病的砂丁因无医无药而命丧黄泉。

大坟坝，是当时城北一块荒凉的坝子，因丢弃死人而得名。这里残尸毙体，野草萋萋，黄尘弥漫，野狼出没。

1938 年 7 月 1 日，云南省立个旧卫生院在大坟坝北端成立，首任院长郝亦隆。

建院初期，这里建有二层楼房一幢、病床 60 张，设有内科、外科、妇科应诊。内科可做心脏病、肺病的治疗；外科可做甲状腺摘除、肠吻合、剖腹产等手术。医疗水平为当时全省县级医院之首。蒙自、建水、石屏、红河等地病人也慕名到此就医。

但是，好景不长。1942 年，侵华日军魔掌伸入云南，个旧由于是生产战略物资大锡的特殊地方，多次惨遭日军飞机狂轰滥炸，平民伤亡惨重，生产设施被毁，交通瘫痪，大锡滞销，厂情崩溃，工人流散，卫生院也处于难以维持的困境。郝亦隆院长无奈离职。

此后，王瀛、张运斌、李文森先后接任院长之职。但由于经费困难、设施落后、药品奇缺、患者剧减，医院只是惨淡经营。

1950年初，新生的人民政府接管卫生院时，这里已是残垣断壁、杂草丛生、满目凄凉。医院仅有17名工作人员、20张破旧不堪的病床，每天门诊数量不超过20人，住院病人不到10人。设施上，连起码的三大常规检查也没有条件做；做一个简单的切脓包手术也很困难。医疗卫生条件差得可怜。

新中国成立后，在党和人民政府的亲切关怀和大力支持帮助下，这所破旧不堪的医院，开始获得新生。

1950年，云南省人民政府派出一批部队转业的卫生干部充实到医院医护人员队伍中来，并任命陈凤文为院长、高原为副院长。

不久，省卫生处又特派昆华医院内科副主任医师徐声灏、外科医师黄湘、妇产科医师吴秀云等6名富有经验的医学专家到卫生院工作，并任命徐声灏为医务主任。

1951年初，个旧撤县，设立为省辖市。

同年2月，省卫生处批准个旧卫生院更名为个旧市矿工医院。徐声灏为院长。明确服务对象以矿工为主。

随着医院实力的增强和服务范围的不断扩大，1953年，个旧市矿工医院更名为个旧市人民医院，扩大医护范围，面向全市为各族人民群众服务。

从此，在专业技术人员不足、设备简陋、药品缺乏的艰苦条件下，人民医院认真贯彻党的"预防为主、防治并举"的医疗方针，组成两支医疗队分头开展工作：一支由徐声灏院长带领，驻守医院，收治病人；一支由高原副院长带领，组成医疗小分队，奔赴百里锡山，深入厂矿农村，宣传卫生常识，开展防病治病，在当时以文盲为主体的广大人民群众中，牢固树立起"讲究卫生、减少疾病"的崭新的健康观念和生活方式；同时，为那些有病但无钱、或不知道到市区医院诊治的矿工和农民治好了病。

1953年，在人民政府大力支持下，医院建立了门诊部、住院部、手术间、检验室和X光室，分科应诊，收治病人。

与此同时，医院相关的各类规章制度也逐步建立起来。

1954年，医院的各项工作步入正轨。之后，医院收治的患者越来越多。

1958年，市人民政府重新选址在市区金湖南岸，先后投入很多资金建盖房子、购买设备设施，充实医护人员队伍，建成了现在的人民医院。

60年来，医院坚持贯彻执行党的医疗方针，实行革命的人道主义，收治、挽救了数十万患者的生命，为滇南地区人民群众的医疗卫生健康事业作出了重要贡献。

回首往事，医院的几代医务工作者自力更生、艰苦创业、无私奉献，全心全意为人民服务，呕心沥血严谨治院，使这所在贫瘠荒原上崛起的人民自己的医院不断发展进步。在历史的征程中，树立了一座"救死扶伤、实行革命的人道主义"的丰碑！

闪烁的"红十字"

使个旧市人民医院迸发出强大生机与活力、谱写了大踏步前进篇章的，当数改革开放这20年。

在邓小平理论指引下，人民医院党政领导班子抓住机遇，开拓进取，团结务实，励精图治，带领全院职工努力探索市场经济医疗卫生改革的新路子，使医院获得了前所未有的发展，在物质文明和精神文明建设中唱响了一曲曲"为人民服务"的感人之歌：

——坚持"救死扶伤、以病人为中心"的医德医风建设，广受患者赞誉。医院紧紧围绕病人需求，简化工作流程，严格控制医疗成本，尽最大努力减轻病人和社会负担，为病人提供优质的医疗技术和心理服务。

1996年初，医院向患者公开承诺：实行首诊医师负责制、危重病人就地抢救、不搭车开药、拒收红包等7项承诺。

1996年8月，个旧遭遇百年不遇的特大洪灾，使医院成了重灾户：依金湖而建的内科住院部一楼被洪水淹没；医护人员日夜奋战，转移病人，搬运物资，站在齐腰深的洪水里架便桥、扛沙包、固围墙。医护人员的办公室、值班室成为转移病人的新"家"。

洪灾中，医院先后转移出200多名病人和53户职工家属，搬运了千余吨物资器材，确保了医疗工作顺利进行。

灾后恢复重建中新建的内科住院部大楼投入使用后，仍坚持不提高床位收费价，真正体现爱心献患者的承诺。

心内科、儿科等科室结合工作实际推出了为民服务措施。

1998年4月，医院又作出向城市下岗职工和农村贫困农民等困难群体减免部分治疗费等 5 项承诺。

人民群众反映强烈的就医时"冷、硬、难、推、拖"等热点问题逐步得到解决。病人对医院的满意度不断提高。

——加强"软件"建设，坚持科技兴院，多形式、多渠道培养优秀医护人才和学科带头人。

近年来，医院技术人才出现青黄不接。医院投入人、财、物力，推出配套措施，采取强化在岗培训、送外进修、鼓励自学、请专家来讲课等多种形式，不断提高全院医护人员的业务能力和综合素质。自 1990 年以来，已投入教育培训经费 40 多万元，送外培训 336 人次。

在做好医疗工作的同时，全院医护人员撰写了 600 多篇医学业务论文，有 3 篇在国际性专业杂志上发表、92 篇在国家级专业杂志上发表，有 229 篇在全国相关学术会议上交流。

医院开展的小针刀疗法等 48 项新医疗技术，荣获红河州、个旧市科技进步奖。

全院医护人员为患者治疗各种疾病的水平越来越高、能力越来越强，受到各族群众的交口称赞。

——加强"硬件"建设，购买了一批高科技的医疗设备，建设了设施配套完善的内科住院部大楼等，极大地改善和提升了医院的医疗设施和诊疗水平。

自 1990 年以来，医院投入 113.6 万元购置了 809 台医疗设备，其中，具有国际先进水平的日本进口全身 CT、500 毫安电视 X 光机、全自动生化分析仪、彩超等设备全面提高了诊治疾病的水平。

1997 年 11 月，投资 1600 万元兴建的、设施配套完善的内科住院部大楼投入使用。每个住院病房都配有卫生间和相应的医疗设施，病人结束了提着吊针瓶跑公共卫生间、住院洗不了热水澡的历史。

近年来，9 幢设施配套的职工住宅新楼拔地而起，职工住房水平显著提高，稳定了职工队伍。

——在全省县市级医院中，首家创建和发展成为"国家三等乙级医院"。同时，创建教学医院成绩斐然。

1994 年，经过社会各界和医院全体医护人员坚持不懈的、艰难的共同努力，人民医院实现了"国家三等乙级医院"的达标，这在县市级医院中极为难得，也标志着医院的"软硬件"建设及其发展，从此迈上了一个全新的台阶。

创建不易，巩固和发展更难。医院在建立和严格执行各种规章制度的同时，也在根据实际工作需要，不断进行大胆的创新、完善、改进和提升。

——结合实际，制定战略，以专科建设为龙头，以科技进步为引擎，全面带动医院的综合医疗水平和能力不断跃上新台阶，挽救了无数患者的宝贵生命。

医院首先从心脏外科入手，与全国著名的心血管医疗技术培训中心——北京阜外医院建立了业务协作联系，引进、学习他们的心脏外科手术技术。仅3年时间，医院的心脏外科已能独立开展"法乐式回联症矫治""风心病瓣膜置换"及"室缺修补"等高难度的心脏手术。

骨二科是红河州小儿麻痹康复中心，自1983年7月开展小儿麻痹后遗症矫治康复手术以来，已常规运用了70多种高、新、难的手术方法治疗患者，质量达目前省内先进水平；使800多名患者受益，使不少瘫痪病人重新站立起来，树立起生活的信心；有的患者还参加了工作，入了党，建立了幸福的家庭。该中心因突出的工作成绩，多次受到全国和省"三康"检查组的好评。

1992年3月，时任普外科副主任医师的何南飞学习、引进了电视腹腔镜胆囊摘除新技术，其具有机体创伤小、疼痛轻、手术时间短、术后恢复快等优点，深受患者欢迎。在此基础上，何南飞又主动探索扩大腹腔镜的临床运用功能，在治疗肝囊肿、肝脓肿、腹腔内探查诊断等临床实践中获得成功。目前，已顺利完成此类手术750例。同时，何南飞采用纤维胆道镜配合微型爆破治疗肝胆总管结石32例，在同类手术中有较大突破，该项技术获得红河州和个旧市科技进步"一等奖"。

眼科成功运用了角膜移植、人工晶体置入、视网膜脱离、眼底荧光造影等新技术，已成功实施人工晶体植入手术2000多例，使这些患者重见光明。同时，在探索中西医结合治疗眼疾病方面取得重要进展。1997年，被省政府评为"防盲治盲先进集体"。

儿科探索出白血病骨髓内给药法、治疗重症肺炎、口服补液治疗小儿腹泻等新技术、新疗法。1990年12月，医院成功治愈一名患罕见"川畸病"的4岁男童，使濒临死亡的患儿转危为安，康复出院。

妇产科开展的腹式筋膜内子宫切除术、骨科开展的前臂神经移植等新技术、新疗法，都成功挽救了无数患者宝贵的生命。

而今迈步从头越

雄关漫道真如铁，而今迈步从头越。

60年的辉煌只能代表过去，而未来的发展依然征程漫漫。

人民医院的医务工作者深知自己在个旧市经济社会发展中的历史重任，深知自己为人民健康所应承担的沉甸甸的社会责任！

一万年太久，只争朝夕。医院未来的发展蓝图已经绘就：

——继续解放思想，转变观念，打破常规，勇于创新，坚持以"四个有利于"来判断医院改革发展的是非得失，废除"怕"字当头、"拖"字挡道的陋习，继续努力创造出一片新天地。

——继续加强职工队伍的医德医风医技和思想道德建设，树立正确的人生观、世界观和价值观，以改革求发展，以良好的医德医风医技建设求生存，树立更好的"白衣天使"的社会形象。

——出台人事制度和分配制度改革方案，建立公平竞争机制，实行竞争上岗；打破分配上的平均主义，多劳多得，多能多得，拉开档次，适应社会主义市场经济发展的要求。

——继续建立和完善并严格执行医疗服务和经济运行的规章制度，提高全体医护人员的医疗水平、能力和综合素质，为医院生存发展提供有力的人才保障。

——综合施策，以优质服务占领个旧医疗市场。成立急救中心；实行院内计算机联网，开展计算机知识培训和操作竞赛；加强血库管理；定期组织医护业务工作和管理工作专题研讨会，交流情况，相互促进和提高；继续搞好、搞活院外以传统中医治疗方法为特色、为主打、患者口碑好的医疗点……总之，要以优质服务取胜，占领个旧医疗市场。

——继续加强党的建设，充分发挥党组织的政治领导核心作用、党支部的战斗堡垒作用和共产党员的先锋模范作用，建设一支业务精、政治强的医护人员队伍。

——继续把人才培养作为一项战略任务来抓。根据卫生部关于临床医护人员规范化培训要求，结合医院自身需要，制定医护人员参加培训、进修和学术研讨计划，为其医疗水平和能力的全面提高打好基础。重视发挥老专家和学科带头人的作用，搞好传、帮、带。不拘形式，开展经常性的学术交流和讲座。

——继续加强硬件建设。计划投资2000多万元建设现代化的外科住院大楼及其配套的、高标准的各类手术室以及洗衣房、修理房等，今年 8 月动工，预计 1999 年底投入使用。一些更先进的医疗设备也要逐步投入。职工最关心的住房建设也将逐步投入，改善居住条件，稳住医护队伍。

在历史的长河中，60 年只是弹指一挥间。

然而，对个旧市人民医院而言，60 年的初心不改，60 年的奋斗不懈，60 年的努力不变，60 年的沧桑巨变，围绕的只有一个核心：驱除病魔，挽救患者宝贵的生命！并为滇南地区各族群众的生命和健康作出了不可磨灭的贡献！

在新世纪的曙光中，个旧市人民医院将建设成为滇南地区一流的综合性医院，为病人提供更优质、更高效、收费更合理的医疗卫生保健服务和更科学、更优美的就医环境。到那时，许多病人不用再痛苦地、无奈地辗转、奔波到千百里之外的北京、上海、昆明等地求医问药、治疗疾病。人民医院，将能让我们最宝贵的生命少受痛苦疾病的折磨！

个旧市人民医院，正在努力创造着前所未有的、辉煌灿烂的美好明天！

（载于《红河日报》1998 年 7 月 1 日）

高楼中的"黑洞"

——个旧市住宅安全隐患忧思录

"小康不小康，关键在住房。"

这句响亮的口号，成为多少城市人魂牵情绕的"梦想"！

然而，在有了小康标准的住房后，又该怎样"呵护"这片人生旅途上最后的、最温馨的"绿洲"，使之成为我们安全、放心、能够休养生息的"港湾"，是每户居民都责无旁贷的责任和义务。

安居才能乐业

古人云：安居乐业。居不安，则业难"乐"，更遑论发展。

改革开放 20 年，国家把"安居"摆在人民群众奔小康的重要位置，先后投巨资建设了大批符合城市居民实际需求的安居房和经济适用房。

以个旧地区（包括红河哈尼族彝族自治州、云锡公司、个旧供电局等上级机关和中央直属企业在内）为例，20 年来就先后投资 10 多亿元，建起了宝华小区、明珠小区、青年路小区、供电局小区、云锡新村小区、云锡紫竹园小区、云锡建安小区、州政府小区等一大批安居住房，另有上千幢职工家属楼。这些住房不仅为数以万计的职工、居民提供了栖身之所，更为个旧城市景观增添了繁华和现代气氛，塑造了崭新的城市形象。

可是，随着经济实力增强和人们对居室审美意识的提高，家庭装潢兴起。一时间，刚竣工交付使用的新房却面临着拆墙破柱、"改天换地"的命运。也因此，造成了新房变形、楼体部分坍塌等严重后果，给居住者自己也留下严重的安全隐患。据了解，全国此类现象至少占新居搬迁者中的20%。

目前，个旧虽没有楼损人亡的事故发生，但如果一再任其发展下去，因为房主不科学的"审美意识"和"经济实力"而造成家破人亡和大楼毁于一旦的悲剧，谁能保证就不会发生？

这并非危言耸听！

擅自拆墙打洞　新居将变危房

在拥有了"小康标准"的新居后，除了突发意外事故或自然灾害外，住户该怎样爱护这片得来不易的"新居"呢？

在居民收入普遍不高的今天，许多住户将一生的积蓄外加借贷的钱都"押"在买房（或集资建房）上。新房，人生能有几回买？住进去就是一辈子！因此，房子交工后，住户又要为装修进行一次"大放血"。

据调查，许多房主在进行装修时，全凭"自己的感觉怎么好就怎么搞"。为了得到自己的"好感觉"，有的房主就随意拆窗、改墙、破柱，改变原有的房屋结构。更有不少一楼的住户，为了开铺子或出租，也擅自拆墙打洞，对整幢建筑起着承重作用和基础作用的主体墙也"大刀阔斧"、毫不留情地拆掉，严重影响了整幢建筑的抗震加固力度和安全质量。由此，也造成了数不清、看不见的隐患"黑洞"，将新居变成了危房，不知道在哪一天，突然就张开恐怖的"血盆大口"把住户吞噬掉。

同时，随意拆墙打洞还带来很多社会不稳定因素。譬如：邻里之间为了"拆"和"不给拆"产生矛盾纠纷，轻则发生争吵、上访告状，重则发生武力冲突，导致人员伤亡，严重影响了社会稳定和群众的安居乐业。

去年8月，市属某企业一幢楼房竣工投入使用。不久，该幢一楼的6家住户在未取得城建有关部门的审核同意下，擅自将临街的阳台窗户、墙体和主体承重墙破拆掉，改为铺面使用。今年7月，市城建局接到举报后，组织有关部门对这6家住户的"拆墙打洞"情况进行实地勘测。结果发现：其中两家几乎敲掉了全部主体承重墙，其他几家也有不同程度的毁损，严重影响了整幢房屋的抗震加固力度和居住安全质量。为此，7月31日，城建局专门发出《关于对某厂新一幢住宅楼擅自拆改墙体问题限期整改的通知》。通知指出，该厂新一幢住宅楼部分住户擅自拆除房屋的主体承重墙体，违反了《中华人民共和国建筑法》《中华人民共和国城市规划法》的有关规定，因此要求：

一、该厂是该幢房屋的建筑单位，对该幢房屋整改拆除主体承重墙体问题全面负责；二、对被拆除的墙体进行恢复和加固施工，并由该厂委托有权设计单位重新设计以及让有资质的施工单位按设计图进行抗震加固的补救性施工，同时委托市工程质量监督站进行监督；三、对擅自拆除主体承重墙体的有关责任人，该厂要根据厂纪厂规和有关文件进行严肃处理；四、对拒不执行整改通知、阻碍恢复加固施工者，经劝阻无效时，该厂可向有关执法部门反映，由执法部门强制执行；五、由此产生的一切费用，均由有关住户酌情分摊。

在市城建局多方协调帮助下，市建筑设计院等有关单位已在积极帮助该幢住户进行恢复性加固施工的有关工作。

今年10月上旬，新街30号市糖业烟酒公司职工宿舍的15家住户，因一楼两家住户在未得到城建部门许可、擅自拆窗打洞后改为4间大小不同的铺面已经导致房屋产生安全隐患为由，多次到市信访办、市城建局、市糖业烟酒公司上访并要求得到合理解决。

据了解，这幢6层楼的砖混结构房屋于1983年竣工投入使用。当时，是由一农民承包施工，质量较差，阳台至今仍然"裸露"着水泥浇灌体，走道上的石灰墙面也脱落不少。1993年12月，市糖业烟酒公司按照国家有关房改政策将住房出售给住户。采访中，一位住户情绪激动地告诉记者：房子虽然卖给了个人，但主体墙、走道、屋顶等公共部位仍然是大家共有，一楼的公共主体承重墙被拆除，就像一张方桌只有3只脚，怎么会稳？另一位拄拐杖的老人说：我们父子两代人都在糖烟酒行业工作，如今单位不景气，儿子又下岗，孙子还要读书吃饭，买房子的几千块钱都是东借西挪凑来的，这房子若再有个闪失，叫我们全家人今后住哪里去？

而两位"拆墙"住户也有自己的"苦衷"：单位不景气，收入低，怎么办？因地制宜就搞了这个铺面来维持生计。

城建部门在接到联名代表的反映后，多次会同有关部门调查研究。11月19日，正式向一楼两家住户发出《关于限期恢复原墙、原窗面的紧急通知》。处理办法基本上比照前述某企业新一幢部分住户擅自拆墙打洞的处理办法进行。这两家住户表示服从城建部门的处理决定。

位于个旧火车站商场某单位新建住宅楼4楼的一住户，在内部装修时为了"感觉更好"，擅自拆除了主体承重墙。不久，致使5楼、6楼两住户的主体承重墙开裂、沙灰脱落。在城建部门的干预和帮助下，4楼这家住户迅速采取恢复、加固等有效措施，才避免了人际纠纷和房屋安全事故的发生。

增强法制意识　营造安全温馨家园

《中华人民共和国建筑法》第四十九条规定："涉及建筑主体和承重结构变动的装修（或改建）工程，建设单位应该在施工前委托原设计单位或者具有相应资质条件的设计单位提出设计方案；没有设计方案的不得施工。"同时，第十七条规定："违反本法规定，涉及建筑主体或者承重结构变动的装修工程擅自施工的，责令改正，处以罚款；造成损失的，承担赔偿损失；构成犯罪的，依法追究刑事责任"。

也就是说，任何住户擅自改变原有建筑的主体和承重结构的行为，都是违法的。

采访中，城建、工程管理、规划等有关权威人士多次不无忧虑地指出：城市住宅小区的大规模兴建，极大改善了广大市民的住房条件。但与此形成强烈反差的是：一些市民保护房屋安全的法制意识很差，在装修或开铺面中随意拆墙打洞，擅自改变房屋结构，这是违法的！也是非常危险的！权威人士希望这些市民能够提高保护房屋安全的意识，在保护别人的同时也保护了自己！否则，住户在任意改变房屋结构时也埋下了隐患，在今后发生难以预料的灾难，给个人和国家造成不必要的损失。

就部分下岗职工将其住房拆墙开铺面自谋出路的问题，记者提出能否有一个更"两全其美"的办法时，有关权威人士指出：考虑到一些住户是下岗职工、生活困难须自谋出路的实际，如果确实需要对房屋进行改造的，住户必须履行以下手续：

一、写申请到原所在单位和市城建局审批；二、请房屋原设计单位和建设单位按照设计要求，提出合理改建的可行性方案及图纸，并有相应的抗震加固的补救措施；三、在改变原有结构后，仍然不能影响原整体建筑的抗震力度、结构安全以及整体协调美观程度；四、请有资质的施工单位按可行性方案和图纸施工，并请有资质的工程监理部门监督施工和验收合格后，方可投入使用；五、若没有按上述要求做好，城建部门将依法取缔。

对大多数靠工薪为生的中国城市居民来说，花十多万元或数万元购买或集资 1 套带阳台卫生设施的住房已属不易。这套房子不仅在物质形式上为人们遮风挡雨、避热挡寒，更在精神上成为人们在外打拼奋斗后栖息的"港湾"。

因此，对这个用我们的物质和精神共同铸造的美丽家园，我们有什么理由不去爱护它呢？我们有什么理由去人为地在这个温馨的家园里制造出无数看不见的恐怖的"黑洞"，不知在未来的某一天突然吞噬掉我们宝贵的生命和美好的生活？

不，我们没有任何理由这样做！

制造恐怖的"黑洞"，停止！

我们美丽的家园，珍惜！（载于《红河报》1998 年 11 月 27 日）

1999—2000 年：

花季少女投毒案震动滇南

●一个 17 岁的女中学生，自己成绩不如别人，不反思，不进取，却对同学生出嫉妒，竟三次向同学下毒，引发了一个扑朔迷离又令人震惊的投毒案。

●这孩子到底怎么了？闻者无不忧心。在给予孩子们生活上关心和学习上帮助的同时，我们更应该去关注他们健康人格、健康心理的教育和养成。

1998 年盛夏的一个早晨。

地处国家历史文化名城——建水县西北部某中学的师生正在上早自习。这时，高一（二）班的女生何某萍被老师叫走了。此后几天，何某萍就一直没有再露面。

凭直觉，同学们预感到：何某萍出事了！

校园"怪病"

1998 年 4 月 23 日，建水某中学高一（二）班的田某、江某、倪某和何某萍 4 名女生突然下腹疼痛，四肢无力。学校赶紧将 4 人送到镇医院抢救。医院初步认为是食物中毒，但中毒原因不明。经医院治疗，三天后，4 名女生康复出院。

学校认为，全校近 1500 名师生都在学校食堂用餐，其他师生均无异常，只有这 4 名女生突发中毒，可能是她们误吃了一些不卫生的零食所致。

平静的日子刚过去几天，4 月 29 日，何某萍和另一名女生田某又发生了与上次症状相同的"怪病"。学校又立即将两人送往医院救治。5月1日，两人康复出院。

5月14日，"怪病"又阴魂似地出现了，而且来势更加凶猛。

这天晚饭后，高一（二）班的田某、常某、白某、倪某以及何某萍又突然先后暴发"怪病"，连住在另一个宿舍的江某也被"染"上。常某和何某萍已呈昏迷状态；其他人疼痛难忍，呻吟不止；班级和宿舍里一片慌张混乱。学校师生又再次笼罩在惊恐的阴影中。

校方立即将这6名女生送到医院抢救并向公安机关报了案。在医院对中毒人员实施紧急抢救的同时，公安机关的侦破工作也紧锣密鼓地开始了。

谁是"凶手"？

此案引起建水县委、县政府的高度重视，分管教育的副县长亲率公安、教育等部门进驻学校。经数十次调查、现场取证后，公安机关初步认定是有人故意投毒。

经过艰苦努力，投毒者终于"露相"。

然而，令人十分惊愕和意外的是：三次投毒者竟是同一个女生！

更让人不可理喻的是：这个女生自己也同样"吃"了毒药，并在第三次中毒后险丢性命……

这个女生，就是17岁的何某萍。

何某萍，出生在一个农民家庭，父母都是本分的农民。一兄一姐已在外工作。家人平时十分关心她，希望她好好读书，能考上大学。面对家人的企盼，她曾暗下决心：高中三年一定要努力一搏，争取考上个能有"铁饭碗"的学校。可是，她的学习成绩却越来越糟糕。何某萍觉得愧对含辛茹苦供养自己的父母。而在那些学习成绩好的同学面前，她常常又嫉妒又自卑。

"只有让学习成绩好的同学变差了，才显得我不差。那怎样才能让他们的学习变差呢？"何某萍思来想去，整天被这个可笑的"期盼"煎熬得稀里糊涂，哪还有心思好好念书？学习就更是一落千丈了。

"只有让他们生病，才能拉下他们的学习成绩。而只有投毒，才能让他们生病。"想到这里，何某萍很为自己的这个"推理"和"发现"暗自得意，并且迫不及待地付诸行动了……

1998年4月22日下午放学后，何某萍独自来到镇农科站门市部，花2.3元买了一包农药"万灵"带回学校。乘同学不注意，她将少量农药分别放入同班、同宿舍学习成绩好的田某、江某、倪某喝水的水杯内。这几人不知有异，把杯内的茶水喝了，当夜无事。何某萍觉得没有效果，第二天起个大早，佯装喝水，把更多的农药倒在自己口缸里溶化后，又将农药水倒在田某、江某、倪某三人吃早点的餐具内涮了一遍，将多余的药水倒了。这三人浑然不知，起床后拿着餐具去打早点吃。为掩人耳目，何某萍也没洗自己的口缸，"陪"这几名同学"吃"下了毒药。

当前两次投毒事件发生后，经医院抢救，那几个同学很快康复出院，并没有太多地影响到学习成绩。对此，何某萍不满意了，她心急下猛药，又再次投毒，以致发生了震惊滇南的校园投毒案。

此案侦破后，闻者无不惊愕和感叹：年仅 17 岁的女孩，连续三次投毒害人害己，实属罕见！

为何"投毒"?

何某萍为什么要投毒？又为什么要故意服毒？

在县法院刑庭主办此案的王贵鑫法官陪同下，记者到看守所采访了何某萍。一见到她，记者不免大吃一惊：如此娇小的一个女孩子，竟然是连续三次投毒害人的元凶?!

见到我们，何某萍第一句话就冲着王法官问："我被判了几年?"王法官反问："你自己想想该判几年?"何某萍老到地说："就我现在掌握的法律知识来看，我这种情况你们最多判 3 年以上、10 年以下。你们不敢多判!"

真是"无知者无畏"! 犯法了，还敢和法官这样说话?

记者问："你投毒害这几名同学，是不是与她们有结怨?"

何某萍说："没有。我们关系还相当好。正因为这样我才陪着她们一起吃。当时只是想让这些同学生病拉下功课，就不显得我很差了。我并不是存心害她们。我是一时糊涂!"

记者又问："那你为什么自己也故意'吃'毒?"

何某萍想了好一阵，才慢慢地说："我想我也中毒了，公安局就不会怀疑到我。没想到……"

1999 年元旦前夕，建水县法院对刚年满 18 岁的何某萍进行了公开宣判：一、被告何某萍犯故意伤害罪，判处有期徒刑 2 年，缓刑 3 年。二、被告人何某萍赔偿附带民事诉讼原告人田某、江某、常某、白某等五人医药费、营养费、护理费、伤情鉴定费总计人民币 7269.01 元。

一审宣判后，何某萍及其家属服从判决，没有上诉。

"投毒"案后的思考

据了解，司法机关在审判此案时，是本着"惩前毖后、治病救人"的原则，所以才会对何某萍进行了"判2缓3"的从轻判决。

有关权威人士指出：与何某萍犯罪的主观故意和对他人的生命、精神的危害程度及其造成的恶劣社会影响相比，法院对她的判决总体上是比较轻的，目的就在于希望何某萍以后能够真正认识错误、改错自新、重新做人。

同时，有关权威人士对何某萍犯罪的原因也进行了专业、客观而深入的分析，认为有主观和客观两方面。

主观原因：一是何某萍对学习好的同学潜意识里很嫉妒、很怨恨、很憎恶，这是她犯罪的主要动因；二是何某萍主观意识上故意放纵自己作"恶"。这一点是很可怕的，也是对社会及他人的危害最大的。一个正常的高中生，都知道故意投毒害人是错误和违法的，何某萍也知道，但她明知道还要去做，这证明了她主观意识上是故意放纵自己去作"恶"的，只是心存侥幸而已。三是何某萍把"过人"的聪明才智用在危害别人的生命安全上，而这一点尤其可怕和可恨！案发后，从何某萍的思维、言谈、行动及其投毒过程来看，与同龄人相比，她是比较老到的、是有着"过人"的聪明才智的，如果她将这些优势用在努力读书上，应该是会有较好成绩的。只可惜，她把这些优势用错了方向。四是何某萍的心理承受力特别差，虚荣心特别强。

客观原因是家庭教育只注意了何某萍学习成绩的好坏，而忽视了对她进行健康人格和心理的教育和培养。

司法机关由衷希望判决后，何某萍能够在今后的思想改造、自我改造和劳动改造中，"真正克服和改正主观意识上故意放纵自己作'恶'和把聪明才智放在正处"这两点上。否则，将来保不准她还会出事。果真那样，就真正辜负了司法机关对她的从轻判决，就辜负了法官为挽救她、给予她重新做人的机会和初心。

有关权威人士还指出：何某萍的案件虽是极个别的，但它向我们敲响了警钟：一是应该引起个人家庭和教育部门的高度重视；二是家庭在给予孩子物质生活保障和学校在传授知识给学生的同时，家庭和学校都应该更重视对孩子健康人格的教育和养成，应该教育孩子学会怎样面对人生的挫折，学会善待他人。（载于《云南日报》1999年2月5日）

殡葬改革：百姓反映收费趋高

编辑同志：

我的母亲不久前病逝。为响应国家殡葬改革的号召，我们在母亲生前费很大力气做通了她的思想工作，让母亲放弃了土葬，同意火葬。但母亲要求"入土为安"，火葬后要埋在公墓。

遵母亲嘱托，遗体火化后，我们在殡仪馆公墓区买墓穴安葬了骨灰。在整个过程中，不算我们请亲友的吃喝，仅在殡仪馆内的火化费、运尸费、骨灰盒费、墓穴费等就花费了七八千元。殡仪馆的工作人员还告诉我们，20年后必须每年去交公墓管理费，也就是说子子孙孙要"接班"交下去。一些亲戚也埋怨我们说，如果包给"大班队"抬上山"土葬"，最多3000元就能办好。

如果殡葬费用比土葬费用还高的话，殡葬改革就失去了意义。而且，这些过高的收费是否有国家的政策依据？当地不少老百姓都感叹：如今是连"死"都"死不起"了！

个旧市人民路读者 何某升

记者调查：有关部门陈述缘由

带着读者反映的问题，记者于日前到个旧市殡仪馆进行了采访。

听明记者来意后，馆长林宝万立即找出省物价局、省财政厅云价费发(1998)119号文件《关于核定殡葬收费标准的通知》、个旧市物价局个价(1998)26号文件《关于核定火化费收费标准的批复》以及《中华人民共和国殡葬管理条例》《云南省公墓管理规定》给记者看。林馆长告诉记者，他们的收费标准都是有政策依据和得到物价部门核批同意并明码标价来收的。这些收费包括三大类：第一类是火化费、运尸费、租用告别厅等；第二类是墓穴费，凡提供了其中的某项服务就收费，未提供服务的项目不收费；第三类是穿衣、洗尸、理发、整形、整容等服务，由丧属自愿选择，价格面议。

记者还了解到，殡仪馆原来的火化设备已使用了10多年。1997年，殡仪馆筹资21万元购进意大利电子打火高档火化炉设备，使火化过程省时、节能，同时，静电附尘和对环境的污染均达到国家控制标准。

经记者仔细对比，除火化费报物价局批准同意相应提高了一些而外，其他服务收费和墓穴出售收费仍按照原标准执行，没有提价。在殡仪馆大门旁的宣传栏中，记者看到了各种收费的明码标价表。

对群众反映的墓穴收费过高、20年后继续收费等问题，林馆长解释说：为照顾到社会阶层的不同需要，墓穴费有从800元到44600元不等的标准，800元一个的这种连材料、人工等在内，我们还要倒贴100多元；对于墓穴和骨灰盒等的购买档次，完全由丧属自己选择，殡仪馆从来不敢硬性规定或者"搭车"推销；对于墓穴管理费的收取，购买墓穴的费用就包含了20年的护墓管理费在内；20年后，每年交15元管理费，单墓双人合葬的也是一样；实际上，许多到期的墓穴，丧属都没有来续交管理费，目前，墓穴管理费欠费已达11.25万元。

林宝万等人还坦率地告诉记者，其实国家也不提倡公墓殡葬，这不仅要占用大量的山林土地，还要损耗大量的优质石材等建筑材料，让"死人"与"活人"争地、争钱，并且浪费大量的社会资源。他们迫切希望人们能转变观念，倡导"树葬"，即火化后将骨灰埋在一棵树下，也是"入土为安"，清明节时来树下祭奠，也是一种纪念。（载于《个旧报》1999年2月26日）

生长在个旧蔓耗的"红河苏铁"被誉为植物界的"活化石"。但在这里却发生了不该发生的事——

搞绿化竟乱挖珍稀植物

近日，个旧市林业局对个旧公路养护段下属某道班擅挖移栽"红河多歧苏铁"一事进行了处罚：责令当事人将所挖苏铁栽回原处；并赔偿5000元用于被损坏苏铁的管护；对有关人员进行法规法纪教育和通报批评。

据了解，1990年代初，国内有关专家学者在红河哈尼族彝族自治州境内的个旧市蔓耗镇热带雨林中发现了地球上现存最古老的种子植物——多歧苏铁、叉叶苏铁等系列野生苏铁，并将其命名为"红河苏铁"，在国际植物界引起广泛关注，"红河苏铁"也因此被誉为植物界的"活化石"和"大熊猫"。中国科学院植物研究所、北京自然博物馆、环保总局等有关专家学者，曾组成科学考察队深入现场进行实地考察。随后，向国家报批、成立了"云南红河苏铁自然保护区"。

今年8月11日，个旧公路养护段下属某道班为完成上级规定的单位绿化达标任务，职工王某等人在未经有关部门批准情况下，擅自到保护区内挖取"红河苏铁"10株、采芽10株后移栽到道班大院内。第二天，林区护林员发现此事并迅速报到市林业局。林业局立即派出森警和林政人员到现场进行调查。据了解，王某等人当时并不知道"红河苏铁"是这么珍贵的植物，只认为"颜色绿、树形好、观赏性强、用来绿化院子很好"，就挖来栽种了。

此事引起市公路养护段高度重视，他们积极配合林业部门开展调查并及时进行了处理。相关负责人表示，今后，他们将在所属道班开展相关的宣传教育，避免此类事件再发生。（载于《春城晚报》1999 年 10 月 3 日）

生态旅游成为"大手笔"
——石屏县开发旅游业纪实

1992 年，国务院批准石屏成为对外国人开放县。随后，石屏确定了"开发水果产业，与生态旅游业联姻，共同发展生态旅游业"的模式。目前，这一具有诱人前景的"农家乐"生态旅游的发展已初具规模。

石屏气候温润，山清水秀，风光旖旎，具有纵横交错的山川河流和从亚热带坝区到高寒山区的自然立体气候。自然景观主要有：被誉为"高原明珠"的异龙湖；富有神话传奇色彩的石屏峰、云台石和仙人座；保护完好的原始森林和高山牧场——大冷山草场；具有疗养功效的热水塘温泉；展示喀斯特地质地貌的乾阳山古洞；数十万亩独具田园风光的大杨梅、柑橘等果园……这些原始古朴、清新秀丽的自然景观，吸引了大批海内外游客。

前些年，作为我省九大高原淡水湖泊的异龙湖受到严重污染，水质变坏。县委、县政府下决心根治：取缔了网箱养鱼；禁止在异龙湖使用机油船；疏挖底泥；兴建截污沟和污水处理厂，将生产、生活污水截流到污水处理厂处理，不再流入湖中。如今，异龙湖水质已有较大改善。湖中还种植了 3000 多亩荷花、菱角、茭瓜等生态植物以改善水质。水质改善后，湖中生长出的芦苇荡，更成为白鹭丝、海鸥等 10 多种鸟类栖息的家园。

令游客流连忘返、乐不思归的是石屏独有的"上山可以游草场、逛森林、摘果子，下湖可以采菱角、观鸥燕、赏荷花"的醉人享受。近年来，石屏根据这里的立体气候，种植了适合寒、温、热三带生长的各种时令水果和干果。如：种植了核桃、柑桔等共 40 万亩、大杨梅 3.1 万亩、传统名优产品甜龙竹笋 2.9 万亩以及水蜜桃、李子、梨、苹果等水果数千亩，一年四季果香不断。被誉为"杨梅大王"的冒合乡农民杨为民，在山区种植了 200 多亩优质大杨梅，每到 5 月杨梅成熟时节，众多游客就前来观赏、采摘和品尝，杨为民的"杨梅基地"游客盈门，吃喝玩乐"一条龙"服务的"彝家山庄"常常爆满，杨为民高兴得合不拢嘴。

石屏还有多姿多彩的少数民族风情。闻名遐迩的彝族海菜腔、烟盒舞就发源于此。泛舟烟波浩渺的异龙湖，唱起出口成章、曲调优美动人的海菜腔，渔歌互答，歌声传情，不是仙境，胜似仙境。曾两度晋京怀仁堂表演的彝族烟盒舞，刚柔相济，妙趣横生，民族气息浓郁。彝族支系"聂苏人""三道红""朴喇人"在火把节、跑山会上演奏的72杂弦调、唱诵的2400多行的叙事古诗《唐安迟》、彝族女子舞龙……更是犹如回到远古时代，令人如醉如痴。

石屏还有一批代表滇南古民居建筑风格——"走马转角楼"的古民居建筑群。"省级历史文化名村"郑营村、清末经济特科状元袁嘉谷故居、秀山寺、罗色庙及其壁画、文庙、来鹤亭等众多民居和寺庙建筑都颇具特色，成为"走马转角楼"这种"凝固的艺术"——建筑中的珍品。

石屏丰富的名、特、优、稀传统产品也令游客乐而忘返：远销海内外的石屏豆腐等豆制系列产品、色香味美的八面煎鱼、"聂苏人"奇异绚丽的民族刺绣服饰和名贵兰花等，都是游客首选购买的商品。

在大力发展"生态旅游"的同时，全县旅游基础设施建设也发生了根本性变化：323国道过境线的高等级公路已通车；县城新建了8条南北大街；红（河）石（屏）公路已全线竣工投入使用；环绕异龙湖、通往秀山公园、焕文公园、西山公园的高级路面旅游专线公路即将投入使用。1993年，全县只有县政府招待所1家接待单位，仅有20个标准床位。如今，全县已建成有大规模接待能力的宾馆饭店18家2200多个床位，总接待能力达4000多人。保龄球馆、溜冰场、歌舞厅、影视厅等娱乐设施已能提供完善的服务。(与谭开榜合作,载于《云南日报》1999年11月12日)

129

个旧新世纪畅想曲

送走了20世纪的月亮，迎来了21世纪的朝阳。个旧各族人民以饱满的激情跨进了新千年的门槛，各行各业都有新打算，决心贯彻学习党的十五届四中全会精神，解放思想，开拓创新，建设锡都更美好的明天。

今天，本报推出一组个旧市企业单位在新世纪开头之年的奋进曲。

个旧市瓷器厂：开发新产品 开拓新市场 求得新生存

个旧市瓷器厂党委对于新年工作的新打算：

一是要认真学习贯彻好党的十五届四中全会精神并转化成工作的动力。二是要提高产能和效益。1999年，该厂产品产量是1800万件，产值是1400

万元。今年，要在此基础上增长 10%—15%。三是加大力度完成企业的改制工作。四是学习邯钢经验，全面贯彻新的经济责任制。五是加强销售工作，产品定位在中低档上，巩固老市场——城市市场和内地市场，开拓新市场——农村市场和边贸市场。六是加强内部管理，尤其是管理干部的工作要与生产挂钩。七是开发新产品，在现有好产品中深加工推出"礼品瓷"；在厂校结合中开发出宾馆瓷、微波炉瓷和多孔陶瓷等经济附加值高、市场前景好的高档陶瓷产品。八是在环保工作上，要积极配合个旧建设精品城市的要求作出本厂的努力。

个旧市制鞋总厂：压缩库存 盘活资金 冲出低谷

个旧市制鞋总厂党委领导说：受激烈的市场竞争的严重影响，去年厂里的产品积压过多，而其中胶鞋的产量只是 5 年前的 50%，生产继续滑坡。尽管形势非常严峻，但领导班子带领全厂职工采取"压缩库存、盘活资金"的紧急措施，使销售情况有所好转。

在新的一年，我们的措施，首先是外抓市场、内抓管理，确保提高生产效益和职工不下岗；其次是加速新产品开发，对一些供不应求的产品要保证质量和数量；三是加强成本管理，减少材料损失和降低生产成本；四是压缩库存，盘活资金。我们相信，在市委、市政府和有关部门的关心支持下，制鞋总厂一定能走出困境，开创更加美好的明天。

个旧市建安公司：深化改革 开拓市场 迎接挑战

个旧市建安公司领导在谈到新年新打算时说：公司今年的首要任务是深化改革，由下而上，分类组织，实现产权明晰和多样化。其次是开拓外地市场。1997 年，在个旧灾后恢复重建工程中，我们 1 年就干了 3 年的活。之后，我们将目光对准了外地建筑市场，现在我们在建水、蒙自等地都开始有了工程。下一步，我们将开拓越南等周边国家的市场，以求得更大的市场和更好的发展。第三是走厂校结合的新路，进行生产转向，譬如参与第三产业——服务业的开拓和发展。第四是引进科技含量高的新技术和新管理经验，增强建筑企业发展的能力和后劲。第五是减人增效，轻装上阵奔市场。

对于如何开展党群工作，党委领导说：在新形势下党群工作不但不能削弱，而且还要加强；要以经济建设为中心来开展党建工作；公司现有在册职工 1447 人，离退休职工 1012 人，包袱沉重，形势严峻；但我们仍有决心、信心和能力带领全公司职工迎接挑战，求得生存和发展。（载于《红河日报》2000 年 1 月 4 日）

钟灵毓秀育人杰
——扫描石屏县"人才库"

在石屏这块钟灵毓秀的热土上，千百年来民间已经形成了"人人诗书契""彻夜有书声"的良好风气。石屏历代职官均重视政教兼施，造就了一大批杰出人才。仅明、清两代，就出状元1人、翰林16人、文武进士77人、文武举人和贡生1398人。民国年间，更有优秀人物留学欧美、日本等地，为发展滇中经济和文化作出了突出贡献。

石屏的各类名人载誉全国。

中国封建社会最末一个经济特科状元袁嘉谷，是一位"名高东海""大魁天下"的人物。他同时在史学、文学、经学、教育、书法上著述颇丰，成就卓著，是誉满海内外的文化名人。

爱国志士吴尚贤，清乾隆初辗转流落到今沧源地区佤族部落。后主办茂隆银厂。建厂仅4年，就发展到有矿硐200多个、矿工3万余人、年产白银10万两、向清廷纳税1.1万两的规模。更难能可贵的是他奔走异国，陪缅甸国王携贡银及10头大象首次进京朝贡，《清史稿》曾为其列传。如今，在耿马、班洪一带还流传着他爱国爱民的故事。

曾赴日本考察学习的实业家陈鹤亭，回国后任云南内务司长。1913年，在个旧锡务公司欠债200多万元的危难之际，他受命出任代总理（后任总理）。之后，他对公司加强生产和经营管理，降低成本，提高效益。同时，他开创了云南工业生产机械化之先河，从英国、德国等国家购进先进的、机械化的采矿、选矿、冶炼设备，大大提高了生产效率和经济效益，短短三四年时间，锡务公司不仅还清了所有历史债务，还获纯利500多万元。锡务公司的发展，还带动了云南工业的发展，使个旧成为云南近代工业的发轫之地。陈鹤亭出任个碧铁路股份公司总理后，又历尽艰难，建成了中国第一条由当地绅商投资修建的"民营铁路"——个（旧）碧（色寨）石（屏）寸轨铁路，奠定了云南对东南亚地区进出口交通要道的经济地位。他还出资兴建了石屏宝秀镇郑营小学，倡建了石屏中学以培养家乡学子。

民国初年，以办锡矿起家的李恒升为滇南首富。抗日战争时期，他曾慷慨出资100万元购买1架战斗机捐赠给抗日部队，又捐出抗敌经费150万元，对此，国人甚为钦佩。清末经济特科状元袁嘉谷主编的《石屏县志》，也是由他出巨资付印1000套传世。他还捐巨资兴建了石屏中学、龙朋小学。又出资修建了龙朋至县城的道路。他还先后为东陆大学（今云南大学）、个旧救济院及幼稚园等捐款捐物。其善举多为后人称道和怀念。

举人陈履和举毕生精力和财力，刊印了经学家崔术的著作传世，他刊印的《三代考信录》《洙泗考信录》《孟子事实录》不仅流传国内，还被日本等国的高等师范学校作为教材使用。

另外，还有刘现龙、许志、何宏年、李子坚等一批石屏籍的热血男儿，在抗日战争和解放战争时期，勇敢地投身于民族解放战争和革命战争的洪流，并为此献出了年轻而宝贵的生命。

中华人民共和国成立后，石屏县更加人才辈出，在自然科学和社会科学领域大显身手，为祖国建设作出了积极贡献。譬如：我省首位中国科学院院士戴汝为，是新中国自己培养的航天航空专家，其学术专著曾荣获中国科学院自然科学一、二等奖。生物学家杨元昌，一生致力于保护云南的鸟类、猕猴及森林的研究，成就突出，曾荣获荷兰女王官员级"终身勋位奖章"。机械制造专家陈昆瑞，被誉为"一汽元勋"，为新中国的汽车制造业作出过重要贡献。享受国务院"特殊津贴"的航天航空专家杨元恺、生物学家陈服官、化工专家袁宗虞、年轻的留美女博士杨勤、北京军区《战友》报社副社长郑健以及云大附中创始人之一的杨春洲（曾留学日本，是著名摄影家和教育家）等，他们都辛勤地工作在各个领域并作出重要贡献。

著名彝族作家李乔也是石屏人，以其长篇小说《欢笑的金沙江》三部曲被译为多种文字在国外发行而广受好评，并载入中国现代文学史。李乔之女李秀为著名版画家，作品曾在《人民日报》等报刊上发表并在美国、日本等10多个国家巡回展出。（载于《云南日报》2000年1月7日）

锡都：走近蓝天碧水

在20世纪的最后一年，作为老工业城市，个旧市的环境治理从工业污染转到了更深层次、涉及面更广的民用污染上来。

禁用燃煤　改用清洁能源

民用污染主要是生活用燃煤污染。生活燃煤使用了几千年，是老百姓生活的必需品。现在，一下子不能使用了，老百姓能接受吗？

对此，市政府慎重地采取了先摸底调查、再制定措施、再颁布实施的方法来开展这项工作。

1999年初，由环保、城建监察、卫生防疫等部门联合，对城区机关企事业单位、部队、学校、餐馆酒店、居民家中等使用燃煤的情况进行全面摸底调查，了解、掌握了全市真实、全面地使用燃煤的基本情况。同年10月初，成立了"个旧市城市禁用燃煤工作领导小组"。小组由环保、城建监察、卫生防疫、劳动、工商等6家单位组成。10月15日，《个旧市人民政府关于在城区禁用燃煤的通告》正式颁发。通告规定：自2000年1月1日起，个旧市城区东至老阴山、南至杨家田水库、西至个（旧）金（平）公路以西100米、北至八号洞的区域内，禁止使用燃煤。禁止使用的燃煤包括：烟煤、无烟煤、非固流型煤及焦炭。禁用燃煤的对象包括：城区内所有机关、部队、企事业单位、服务行业、饮食娱乐业及流动饮食摊点等在内的食堂灶、饮食炉灶、茶水炉和锅炉。

禁用燃煤后，改为使用炊用电或灌装液化气或燃油。为此，也必须使用与此相配套的环保清洁灶具，如：煤气灶、电炉、电炒锅、电饭锅等。10月15日至16日，由领导小组组织的"环保清洁锅炉灶具现场展示会"在宝华公园滑冰场举办。省内外9家有关厂家带着各自的环保清洁灶具到会。个旧的100多家单位和许多市民到会参观和咨询。

接着，各单位按照有关要求，紧锣密鼓地开始了改炉换灶的具体工作。

12月1日，市政府联合检查组开始分片对全市500家有关单位改炉换灶工作及实施情况进行了认真检查。其中，市政府机关食堂已投资10多万元将锅炉灶具全部改换成环保清洁灶具。火车站商场近50家餐馆饭店也全部改造完毕。

至12月中旬，已有约65%的单位和个体餐馆完成了改炉换灶工作。

2000年1月7日至10日，联合检查组又对禁煤工作的实施情况进行全面检查。共检查了476家单位和个体餐馆，已完成改造的395家；未完成改造或已改炉灶但清洁能源与燃煤同时使用的有81家，占17%，对此，检查组已发出了限期整改通知。

逐步推进　保留特色

在开展禁煤工作中，领导小组根据一些单位的实际情况，采取了逐步推进的办法：

全市各中小学校食堂平时都有数百或上千人就餐，此时改炉换灶肯定会影响到师生们正常的就餐、学习和生活。因此，领导小组研究后决定：全市教育系统的改炉换灶工作，可推迟到2000年2月寒假时实施，但最迟必须在2月29日全部改造完毕。其中，市和平小学、人民小学积极配合政府工作，克服了诸多困难，利用元旦放假的3天时间完成了改炉换灶工作，使用

133

上了清洁能源。

个旧的"烧烤"在全省都很有名气，用传统的栗炭火烤出的食品比用电炉烤出的香，口感也特别好，栗炭烧烤已成为个旧烧烤的特色。为保持锡都的这一名特小吃，领导小组决定：烧烤摊的火炕上可继续使用栗炭；但炒菜做饭的炉子必须一律改为使用清洁能源。

存在问题　亟待解决

联合检查组表示，禁煤工作得到了全市广大人民群众和有关单位的大力支持，成效显著。但同时，在检查中也发现了一些引起政府高度重视并将进一步整治的问题：

一是一些商家乘机哄抬物价，一定程度上影响了政府禁煤工作的顺利开展。许多单位和餐馆反映，物价提得最猛的是液化气和燃油。实行禁煤前，家用液化气每瓶售价最低时仅45元至47元，现在，气价一路飙升到每瓶60元；煤油原来2.8元1千克，现在提到3.4元。一些商家还明确告诉用户"还要提价"。许多用户都说，我们无条件服从政府的号召改用清洁能源，但希望政府能出面管管物价，适当提一点能承受，但像现在这样提得这么猛，生意都做不下去了。

二是一些清洁锅炉灶具的质量和售后服务没有跟上，有了问题得不到及时维修和解决，导致一些单位食堂和餐馆改成清洁锅炉灶具后难以正常使用，不得已又返回去使用燃煤。在发出限期整改通知的81家中，除少数几家是"钉子户"外，大部分是由于这一原因而继续使用燃煤的。

对这些问题，市政府将积极采取措施，逐步解决。

禁用燃煤后的"连锁效应"

禁煤工作的顺利开展，利国利民，带来了一系列好的"连锁效应"：

其一，大气环境质量不断改善，人民群众身体健康水平大为提高。作为老工业城市，个旧历史上环境污染比较严重，给老百姓的身体健康带来较大影响。据来自环保和医疗卫生防疫部门的综合资料显示：1970年代，个旧酸雨降雨量较高；1980年代中期以前，个旧人的呼吸道疾病如气管炎、鼻膜炎、肺炎等发病率较高，影响了人民群众的身体健康和生存质量。

为此，市委、市政府经多方努力，在省委、省政府的关心、支持和帮助下，投入巨资兴建了居民炊用电网络，同时每户居民也出资500元，于1991年开始，在全省地州市中率先使用居民炊用电。从此，个旧人结束了几千年来使用燃煤烧火煮饭的历史。

此后，个旧的大气环境质量逐步改善。到 1999 年，TSP 大气总悬浮微粒已达到国家大气环境质量一级标准，二氧化硫达到二级标准，在全省工业城市中空气质量名列前茅。

现在，更进一步，通过禁用燃煤和使用清洁能源，基本解决了集体食堂、宾馆酒店、餐饮服务等公共服务设施污染环境的问题。至此，个旧的居民家庭及公共餐饮服务行业都使用上了清洁能源。今后，个旧的大气环境质量和老百姓的健康水平将会越来越好。

其二，减少了城市生活垃圾污染，提高了城市环境质量。环卫部门表示：使用燃煤时，全市每年产生的燃煤垃圾达 10 余万吨。改用清洁能源后，城市垃圾量大大减少，城市环境大为改善，清洁工人的负担也大大减轻。

其三，禁煤工作的开展，还带动了另外两个新兴产业——环保产业和化工清洁能源产业的发展。使用电力、石油液化气、燃油，必然要购买与之相配套的锅炉灶具及其他厨房用具，投资少则数百元、多则数十万元。以锡都饭店为例，购买锅炉投入 13 万元、各种灶具投入 14 万元，外加用于厨房内外的配套装修，共计花去 30 多万元。据预计，全市仅此次清洁锅炉灶具的投资就在 1000 万元左右。还有，燃油、液化气的长期使用也将带动这一产业的不断发展。

其四，这两个新兴产业的发展，将带来许多新的就业机会。这为我市从有色金属等行业下岗的职工实现再就业，无疑是一次难得的机遇。

禁煤工作的开展，涉及千家万户，点多、面广、难度大、政策性强。市委、市政府希望社会各界给予关心支持和积极配合。改善我们的生存环境，提高人民的生活质量和身体健康水平，已成人们的共识和行动。同时，要把举世闻名的锡都个旧建设成为精品旅游城市，更需要大家不懈的共同努力。

（载于《春城晚报》2000 年 1 月 9 日,有删节;载于《个旧报》2000 年 1 月 25 日）

城市化新农村的展望

——来自个旧市锡城镇农业产业结构调整的报道

个旧市农业农村工作会议提出"放开手脚调结构，减粮扩经抓收入"的工作目标后，锡城镇有何打算和行动？记者于日前进行了专题采访。

锡城镇地处个旧市城郊接合部，有国土面积 123 平方千米，下辖 9 个办事处 36 个自然村，现有人口 14700 多人，有耕地 9700 亩。耕地以山区旱地为主，另有部分水田和菜地。农业产业结构以粮食种植为主，辅以部分果菜种植和生猪养殖。另有以有色金属采选、建材生产、房地产开发和饮食服务业为主的二、三产业。1999 年全镇财政收入 1760 万元，其中农业产业收入仅占 3%，处于松散型、低效益状态。

为此，镇党委、政府提出了"发挥城郊接合部优势，以稳定农业为基础，狠抓菜果竹林上旅游，建设城市化新农村"的发展思路，主要工作包括山区农业综合开发和城郊接合部综合开发。

山区农业综合开发的具体工作是：

结合市政府"面山绿化"要求，在老阳山种植了 4000 亩桃、李、梨、苹果、板栗等果树，既绿化了面山，又发展了水果经济。在已种植 1 万亩竹子的基础上，再在戈贾村、新寨村等山区种植 1 万亩竹子，并开发对竹子的深加工，增加竹产品的经济附加值。在高海拔山区扩大种植耐储运、有市场的洋芋、萝卜、南瓜、岩菜的种植面积，增加农民收入。

城郊接合部综合开发的具体工作是：

扩大种植业。在新冠、芹菜塘、水塘寨、杨家田等城郊接合部的乡村，用地膜覆盖种植 2000 亩成熟快、可提早上市的糯苞谷，其产量高，品质好，经济附加值高，市场前景好。在原有 20 个大棚蔬菜的基础上，再培植 380 个大棚，种植反季蔬菜，让老百姓的菜篮子更丰富，农民的腰包更鼓。在原有种植 1 万亩桃、李等水果的基础上再扩种 2000 亩。继续扩大种植传统名特优稀中草药材大草乌、半夏、灯盏花、马蹄香的规模。

开发旅游业。结合具有水果果园、森林草场、城郊结合地域等优势，开发旅游业。近年来，独店、乌谷哨、戈贾等地建成了大片的森林草场和水库，仅水塘寨的青龙山上就有 600 多亩、200 多个品种的灌木林，观赏性很强。另外，在个旧颇有名气的白马寨兴建白马山庄，利用丰富纯净的水资源修建鱼塘，饲养白马，开发以果菜林、餐饮为主的休闲观赏旅游业。

继续抓好乡镇企业的发展。该镇的乡镇企业以有色金属采选和建筑建材生产为主，仅 1999 年的生产总收入就达 8 亿元，这仍然是"扩经抓收入"的好路子。

继续发展以房地产业为主的第三产业。抓住个（旧）冷（墩）公路、个（旧）金（平）过境公路、绿海小区、杨家田小区、三家寨小区这"两路三区"建设机遇，开发以房地产为主的第三产业；同时，把这些地方农村的剩余劳动力经过培训后，来从事这些小区的物业管理和餐饮娱乐等社区服务，为已经没有土地的农民谋求到一条受益终身的生存之路。

　　为确保上述计划顺利实施，镇党委、政府采取了积极有效的措施：成立领导小组；把各类生产指标分解到各办事处；加强检查、指导和考核；计划投入扶持资金 80 万元，其中：种植 1 万亩竹子扶持 20 万元，面山绿化扶持 25 万元，配套水利工程和道路建设各扶持 10 万元；其余资金用于扶持大棚蔬菜、糯苞谷、药材和花卉种植；另有加强对农民最新实用技术技能的培训，目前全镇已有 6000 多人次接受了相关培训；做好相关的防疫防病工作；备足农业生产资料，农科所、籽种站、农资公司等随时提供所需的服务。

　　有人担心现在投资种植的水果、竹子等产业在近期内没有大的经济效益，但镇党委、政府领导表示：从保护生态环境和实现可持续发展的高度和长远效果来看，这些投入是值得的和必需的，关键是我们要做好对群众的宣传、解释和说服工作；同时，我们也有信心、决心和能力带领全镇老百姓实施市委、市政府提出的"在坝区要大力发展城郊型现代农业，在山区要大搞农业综合开发"的发展思路并付诸行动；在今、明两年内，力争使全镇的人均收入从 1999 年的 2650 元分别提高到 3200 元和 3500 元；并计划用 5 年时间，把锡城镇建设成为工农业总产值上亿元的大镇。到那时，一个城市化美丽乡村的锡城镇，将展示在世人面前。（载于《个旧报》2000 年 2 月 22 日）

137

防盗笼并非绝对安全
——来自个旧市市民安装防盗笼的报道

　　据来自有关部门的消息，个旧市民住宅楼中有不少人家安装了防盗笼，新建住宅中的安装率更在 80% 以上。可是，当记者对此进行了一番深入细致的采访之后却发现：防盗笼并不是绝对安全、万无一失的。

　　采访中，家住永胜街一楼的王先生告诉记者，5 月 21 日凌晨，家里人起床后突然发现：客厅里的 VCD、录像机、毛毯、衣服等物品被席卷一空，再看窗户上的防盗栏杆，已被扯得七歪八扭。家人迅速报了案。一星期后，公安机关侦破了此案。据案犯交代，他们是团伙作案，在窗外将防盗笼用力掰弯，再钻进去偷盗。

　　家住化工小区的周先生对防盗笼防盗不防火的弊端有着切身体会。他告诉记者说："新房建成后，比旧居宽敞多了，我就把仍住在祖传老屋中的父母接来和我们同住。我母亲一生吃斋念佛，来到新居后，依旧每天烧香敬佛。一天，我们都去上班了，两老也出去锻炼身体。烧的香不知怎么就引燃了家具。邻居发现后拨打了'119'，消防人员迅速赶到。但我家住在七楼，安装了防盗笼和防盗门，家里又没人，消防人员进不去。为了救火，他们费了九牛二虎之力，用切割机将厚重的防盗门切割开后进入室内扑灭了火灾。这次火灾虽无人员伤亡，但我们投资数万元装修一新的时尚之家以及各种家具、家电和物品，经过火灾的洗劫，已变得面目全非。"

消防人员还告诉周先生说，如果不是因为有防盗笼和防盗门耽误了救火时间，周先生的损失会少很多。这次火灾发生后，周母也因内疚就搬回老屋去住，再也不肯来住新家了。

家住金湖南路的何先生说："个旧要建设精品城市，市容市貌是很重要的一方面，各种各样的防盗笼吊在建筑物上，里面再堆些乱七八糟的杂物，确实影响市容市貌，也有许多安全隐患。所以，如果政府要求拆除防盗笼，我们将会全力支持和配合。"

采访中，许多住户都向记者表示：我们都知道安装防盗笼又花钱、又有隐患，但为了以防万一，还是安装了防盗笼。如果政府进行整治，我们一定积极配合，局部利益服从整体利益，建设美好家园，是每个市民的义务和责任。同时，我们也希望政府不断加强治安管理，对偷盗、抢劫等加大打击力度，震慑犯罪分子，还给老百姓一个安全生活的空间。（载于《个旧报》2000年6月9日）

个旧：云南民族工业的摇篮

个旧大锡的开采历史，可以追溯到2000多年前的西汉时期。到了近代，个旧有色金属发展步伐加快。中华人民共和国成立后，个旧更发展成为全国最大的锡生产基地，为云南民族工业的发展谱写了光辉篇章。

1883年，云南当局拨款设立了个旧厂务招商局，从事锡开采、冶炼及运输，首次开办了"官营"锡企业。1885年，个旧大锡开始大批量出口。1897年，云南省第一个邮政代办所在个旧设立。1909年，滇越铁路碧（色寨）河（口）段通车，便捷的交通运输使个旧大锡生产和出口量迅速大增。1910年，个旧出口大锡6195吨，同比增长45%。

1910年，云贵总督将个旧厂官商有限公司改组为"个旧锡务股份有限公司"。1913年公司聘请德国工程师斐劳禄为总工程师，并向德国礼合洋行购置了价值50余万银元的洗选、冶炼、化验、动力及索道运输等机械化设备投入生产，开创云南有色冶金工业机械化生产之先河。个旧，也因此成为云南民族工业文明的发轫之地。

1913 年，个旧兴建个（旧）碧（色寨）民营铁路。1933 年，云南无线电台在个旧锡务公司设立个旧分台，连通了个旧锡业生产与纽约、伦敦等地国际锡市场的通信联络。1934 年，个旧矿业资本家又集资兴办了全省第一家私营电话企业——个旧矿区电话所，架通了公司与各大矿山企业之间的电话联络。1933 年，个旧改良炼锡技术成功，生产出含锡 99.75%、99.05%、99% 的上锡、纯锡和普通锡，并顺利取得了伦敦、纽约金属交易所化验合格证书，且为世界各地金属交易所承认。个旧大锡开始直销国际市场。随后，个旧生产的锡制工艺品多次在美国等国际博览会上获金奖。

人民政府接管个旧并成立省辖市后，个旧的冶金工业、文教卫生和城市建设取得了长足发展。就业工人从原来的数千人增至 4 万多人，最多时有"十万产业工人"之众。

近年来，针对有色金属地表开采资源减少的实际，个旧市委、政府以老工业城市的提升改造为突破点，实施"立足有色，超越有色；立足老城，超越老城"的"双立双超"发展战略，以"富民、兴市"为目标，积极与北京矿冶研究院、西安交通大学、昆明理工大学等开展"省院省校合作"；尤其是与昆明理工大学，经多方论证后签订了多学科、全方位的科技合作协议，从地质勘探、采矿、选矿、冶炼、机械、建材、环保、人才培养等 9 大领域进行了全方位、多层次的合作。

个旧市委、市政府力争用 5 年时间实现个旧发展的三大目标：利用其具有国际领先水平的有色金属冶炼技术，把个旧市建成全省最大的有色金属冶炼中心；利用当地极为丰富的绿色生物资源如灯盏花、木薯、大黄藤、马蹄香、龙血树等，将已出口创汇的生物制药业培植为新的支柱产业，使个旧成为云南省重要的生物资源加工基地；结合个旧山中抱城、城中拥湖、气候四季如春和具有悠久锡文化历史等特点，用"经营城市"的理念，将个旧建设成为集居住、休闲、度假、展示"锡文化"和具有高速信息网络等为一体的、云南省一流的精品旅游城市。

随后，再用 10 年至 15 年时间，将个旧建设成为昆河经济带上充满生机与活力的、高度开放的经济区域。（载于《云南日报》2000 年 8 月 12 日）

安全通道被封堵，消防设施被盗走，操作人员无证上岗……

火灾隐患猛于虎

在一幢高楼的 7 个楼层内，就有一些住户擅自安装了 29 道铁门，将南北单元连接相通的消防安全通道全部封堵；由于管理混乱，投资上百万元的消防联动控制设备例如自动报警器、自动喷淋等设施处于瘫痪状态；建筑物内每层楼的消火栓和消防水管等消防设施多数被盗走……

这样的新房，你敢住吗？

位于个旧市朝阳北区的 A、B、C 三幢综合楼和位于人民路上的锡某大厦综合楼，就存在这些火灾隐患。

朝阳北区的 A、B、C 三幢综合楼于 1996 年竣工投入使用，A、B 幢不含地下室有 18 层，C 幢有 9 层，共有建筑面积 2.5 万平方米，主要是驻个旧的中国人民银行、工商银行、农业发展银行等单位的办公室、营业所、职工住宅及中房公司出售的居民住宅等，其中有住户 180 户。

锡某大厦 1996 年 10 月竣工投入使用，高 79 米、长 66 米，总建筑面积 2.9 万多平方米，不含地下室有 21 层，其中：1 层至 3 层为商场；4 层至 7 层为办公室；8 层至 21 层为住宅，有住户 170 户。

这 4 幢高楼存在的火灾隐患主要有：

一是消防安全通道被严重封堵，如发生火灾，难以及时、有效、快速疏散人员和进行火灾扑救。锡某大厦 8 层至 21 层的住宅楼中，第 8、12、13、14、16、20、21 层的 7 个楼层内，南北相通的消防安全通道上，被一些住户擅自安装的 29 道铁门全部封堵。记者到这里采访时，有的住户情绪激动地说："来我们这里的小偷太多了。我们是出于防盗安全的考虑才来自行安装这些铁门的。"

二是消防设施毁损严重，无法保证灭火需要。锡某大厦室内消火栓共安装了 126 套，而不同程度损坏、丢失的就有 101 套，完好率仅为 20%左右；配备灭火器 420 具，失效 210 具，完好率 50%。朝阳北区 A、B、C 三幢共安装室内消火栓 118 套，不同程度损坏、丢失 103 套，完好率仅为 12.7%；配置灭火器 164 具，失效 54 具，完好率约为 70%；安装事故应急照明灯 90 盏，丢失、损坏 45 盏，完好率为 50%。

三是 4 幢楼房的消防中心控制室均无人管理，投资上百万元的消防自动化设施处于瘫痪状态。自动报警、自动喷淋、联运控制等设备形同虚设。一旦发生火灾，消防控制中心室无人接警，不能及时启动灭火设施，后果不堪设想。

据了解，这 4 幢房屋的常住人口及办公人员达数千人。一旦发生火灾，这些消防安全隐患将给人员的及时疏散和火灾扑救造成极大困难。

140

前不久，这4幢综合楼的火灾隐患在市公安局消防大队"地毯式"消防安全大检查中被查出。不少住户也将这些情况多次反映到有关部门，要求消除这些火灾隐患。对此，消防部门按规定进行了处罚，并提出限时整改的要求。

但由于涉及单位多、人员复杂、管理混乱、经费来源困难等原因，到目前为止，这些火灾隐患依然如故，仍在不同程度地威胁着国家和住户的生命财产安全。（载于《个旧报》2000年8月18日）

斩断"黑龙" 重现蓝天

——个旧市取缔冲坡哨土法冶炼污染环境情况调查

2000年7月24日，中央电视台《新闻30分》播出了《云南省个旧市沙甸区环境污染和流动人口超生现象严重》的消息。

随即，红河州和个旧市政府迅速开展了整治工作。

一个月之后的8月24日，记者来到了消息中报道的冲坡哨，专门采访了整治情况。

顺着崎岖不平的简易公路，记者来到土法冶炼现场。当初，散乱建在山坡上的、简易的土法冶炼炉子不见了；也没有了高高的烟囱和烟囱里冒出的滚滚"黑龙"；空气里呛鼻的气味也闻不到了；取而代之的是：拆除炉子、推倒烟囱后遍地的砖块砂石以及像炮弹头一样的炼锌筒。

抬头望去，天高云淡，阳光灿烂，蓝天白云已重现在人们的头上。

环顾四周，见到三五个外来劳务工模样的人在收拾废铁皮、废纸、酒瓶等废品要去卖。

静悄悄的现场，偶尔能见到几个人。记者随机采访了一位老板模样的人。他告诉记者他叫王某能，住在沙甸区，他投资3万多元建起了12条土炼炉子炼锌，没想到现在政府要取缔了。王某能说，虽然我们个人的利益受损，但我们还是无条件执行国家的规定，拆除这些冶炼设施，这是大方向问题，不敢含糊。

随后，记者跟着前来检查取缔工作的州、市党委、政府以及州、市环保部门和沙甸区的领导，一一查看了整治现场。检查组一行来到一个正在收捡废品的外来劳务工面前，与他交谈后得知，这名劳务工是贵州盘县人，他说他们有百十来人相约来这里干了几个月，现在干不成了，好多一起来的人已经回家了，他也正在收拾行李准备回家。检查组领导问他老板有没有结清工钱给他们，他说结清了。

检查组一行爬坡下坎，从东到西，从南到北，认真检查了整个土法炼锌炼铅的现场，均没有再看到生产迹象，那些冶炼炉已全部被拆除。在一堆废墟旁，检查组领导与一名蹲着吃饭的劳务工交谈。记者看到，这名劳务工满身满脸都是黑灰，连牙齿都是黑的。交谈中得知他是云南镇雄人，想出来挣点钱后回家去成亲。检查组领导希望他们带着挣来的钱回家去好好盘田种地，并吩咐旁边的老板要尽快结清还拖欠的劳务工的工资，让他们早日回家。

采访中，记者了解到，央视《新闻30分》播出这一消息后，立即引起州、市党委、政府的高度重视，当即责成州、市环保部门迅速采取有效措施进行彻底整治。7月25日上午，州、市环保局及市政府领导到冲坡哨对此事进行深入调查，并召开现场办公会；下午，市委紧急召开常委会，专题研究整治方案。7月27日下午，州政府召开有环保、计生、政法、监察、公安、乡镇、工业、经贸、司法及市政府有关领导参加的会议，确定了相关整治方案并立即实施。

整治方案主要是：

首先，开展摸底调查，掌握真实情况。环保、乡镇、计生、公安等部门7月底至8月上旬到该地区深入了解实际情况；执法人员分别召开有沙甸区领导、业主和群众参加的工作座谈会，广泛宣传国家环保、计划生育的基本国策及有关法律法规，使政策深入人心。

其次，在第一阶段工作基础上，依法对环境污染和超生情况进行综合治理：一是所有炼铅鼓风炉业主必须对鼓风炉进行环保治理，实现达标排放；二是对没有实现达标排放的，强行关停；三是对没有环保设施的简易土法炼锌炉必须强行拆除；四是切实加强对已达标排放企业的监督管理，防止反弹及偷排、漏排情况发生；五是今后不再审批该地区新上的小冶炼项目，出现一家取缔一家；六是严格执行环保"一票否决制"；七是按照"谁用工谁负责，谁租房谁管理"的原则，对流动人口进行清理，由环保、计生、公安、民政等部门配合，把有超生行为的流动人口遣送回原籍；八是依法严格管理流动人口，防止清理后又反弹；九是做好宣传教育和技术服务工作，取得群众的理解和支持。

在现场检查过程中，检查组一行对整治工作给予较高评价，认为整治工作是快速的、富有成效的；同时，要求通过这次整治，在巩固成绩基础上，要进一步规划好生产区的道路建设、废渣堆放、荒山绿化等工作，真正实现沙甸区的环境美好和经济社会可持续发展。

个旧市委、市政府领导表示：坚决执行州委、州政府的指示、决定和要求，继续抓好整治的善后工作，还老百姓一个蔚蓝的天空和优美的环境。（载于《个旧报》2000 年 9 月 5 日）

村民选"村官"
——个旧市鸡街镇龙潭村村民委员会选举小记

10 月 17 日，个旧市鸡街镇龙潭村沙翁小学内热闹非凡，村民们身着节日的盛装来到这里，为选出自己满意的"村官"而投出神圣的一票。市委、市人大、市政府及市委组织部、市委宣传部、市人事局等有关领导亲临选举会场指导工作。

8 月 18 日，个旧市倘甸乡甸尾村曾作为红河州"农村基层组织改革"工作的试点单位选出了自己满意的"村官"。随后，"村改"工作在全市全面铺开，有关工作人员深入到涉及"村改"工作的 10 个乡镇，开展深入细致的工作。

10 月 17 日，条件成熟的鸡街镇龙潭村委会又率先在全市"村改"工作中举行投票，选举自己满意的"村官"。选举前，选委会主任宣布了选举原则；请 8 名候选人上台与选民见面并介绍了他们的有关情况。接着，开始投票，来自上云龙村、下云龙村、沙翁一组、沙翁二组、龙潭村、红寨村、旺龙庄村、小石岩村、沟边村 9 个村小组的村民进行了投票。为方便不能到场的老弱病残者投票，选委会还增设了流动票箱。

这次选举应发选票 1939 张，因有的村民外出打工等原因，实发 1901 张，收回 1896 张，参选率达 91%。经过认真、严肃的选举，高凯安以 1130 票当选为村委会主任，李跃祥当选为副主任，陈贵英、王云章、杨绍兴当选为委员。

新当选的高凯安表示：我有幸被大家选为主任，是大家对我的信任，我一定不辜负大家的期望，按照江总书记"三个代表"的思想严格要求自己，带领全体村民勤劳致富求发展、奔小康，使龙潭村委会的各项工作再上新台阶。

选举结束后，各村文艺队为村民们演出了自编自导的独唱、舞蹈、快板等丰富多彩的节目。一队老奶奶还主动要求上台表演了欢快、热烈的烟盒舞。龙灯队还表演了耍龙舞狮等节目。（载于《个旧报》2000 年 10 月 24 日）

143

尾矿库废墟上　干出新产业

——云锡古山建材有限责任公司环保与"三产"同步发展纪实

过去，到过云锡公司古山选厂（即现在的云锡古山建材有限责任公司）的人们，都忘不了那些污水横流、泥浆遍地的尾矿库；忘不了尾矿库附近被漫出的泥浆污染得泥泞坎坷、举步难走的公路；忘不了不到万不得已，不管是开车的还是走路的，都不会去走那些烂泥路；忘不了尾矿库及其周边的肮脏和荒凉……

如今，当你再来到这里时，肮脏和荒凉的尾矿库不见了，取而代之的是郁郁葱葱的竹子林，和竹子地里套种着的绿油油的各种瓜果蔬菜。肮脏、泥泞的道路也不见了，取而代之的是青色的、干净的柏油马路。

1997 年，随着云锡公司转产增效步伐的加快，原云锡古山选厂整体转产转制为古山建材有限责任公司，主要生产水泥。转产当年，就实现了产销水泥 5 万吨的骄人成绩。然而，红火的水泥生产背后带来的却是严峻的环保问题，粉层和大气污染问题突出，环境质量严重下降。另外，转产转制后还有一部分职工待岗。

经过认真思考、多方论证和结合本地实际，该公司提出了"念好石头经和土地经，力争实现可持续发展"的工作目标。

"念石头经"就是要围绕古山周围具有优质石灰石原料来开发、生产水泥；并通过技术改造、提质降耗、环保设施的投入，既要生产出符合国际标准的优质水泥，又要减少环境污染。

"念土地经"就是要开发、利用好大量闲置的土地，充分发挥出土地应有的作用。始建于 1952 年的古山选厂，除现在使用的生产、生活用地外，还闲置了 3000 多亩废弃的尾矿库，过去也曾经尝试在此种植过桔子、龙眼等经济林果，但因种种原因未能成功。

1999 年，公司根据省政府建设绿色经济强省的要求，并结合古山当地气候、土壤的实际，引种了首批市场前景看好的笋材两用的优质勃氏甜龙竹62 亩。但因当年反常的雪灾霜冻，大部分幼竹被冻死，只成活了 200 多棵。但古山人不气馁，今年又重新引种了 650 亩，现在长势都很好。他们还在竹子地里套种了苞谷、红薯、花生、南瓜等农作物，经济效益逐渐显现出来。

在经营管理上，公司采取引进资金、承包经营的方法，由外地老板和职工分别承包，自投资金和劳力，目前总计投资约 60 万元。

公司项目开发部则负责提供技术服务，包括种苗的引进、培育、防疫、

144

植保、技术培训和咨询等。

在废弃尾矿库上种植大片竹林和经济作物，首先带来的是环保效益。转产后的建材公司，以生产水泥为主。虽然在投资建设时连同环保设备都购买、安装了，但因种种原因，一些水泥粉尘和烟雾还是飘到厂区及附近村庄；周边一些冶炼厂和化工厂也降尘较多；大屯坝的风沙又大；若不及时治理，将影响到公司的生存和发展。居安思危，治理环境，已经是公司"念好石头经和土地经"的重要保证。通过种植竹林和经济作物，大面积旺盛的竹林和绿油油的竹叶、竹竿，成为了任何环保设备都代替不了的"绿色加工厂"。如今，这一地区的空气和环境质量均有所改善。其次带来的是社会效益和经济效益同步增长。公司11名下岗职工承包土地种竹子，他们又雇用了公司的一些下岗职工，使这些职工实现了再就业。

据项目开发部的领导介绍，在摸索试验和总结经验的基础上，公司将用3到5年时间，在3000亩废弃尾矿库上全部种植上甜龙竹和经济林果蔬菜，形成规模化的笋材加工业；并以此为龙头，带动公司的第三产业——服务业的发展。到那时，公司现在还在吃"锡"饭的260名集体所有制职工，将会全部转移到吃"竹"饭上来。职工有饭吃、吃得好，队伍才能稳定，也才能最终实现公司的可持续发展。（载于《个旧报》2000年11月10日）

东南亚大通道上：崛起新锡都

英国《简明不列颠百科全书》第三卷记载："个旧，中国云南省第二大城市，著名的锡都"。

从哀牢山之巅、红河之畔崛起的滇南重镇个旧，因锡而立，因锡而兴。伴随着新世纪钟声的敲响，2001年1月1日，举世闻名的锡都个旧，将迎来建市50周年的生日庆典。风雨兼程，锡都50年的脚步稳健厚实，50年的成就灿烂辉煌。锡都38万人民在这片红土地上辛勤耕耘，奋力拼搏，勇往直前。

50年来，个旧的经济实力日益增强，产业结构不断调整，基础设施建设步伐加快，城乡市场繁荣兴旺，交通邮电四通八达，社会事业成就喜人，城市建设日新月异，人民生活显著改善。50年的建设和发展，已彻底改变了昔日"山多洞多砂丁多，冷雨荒原茅草窝"的落后面貌，个旧，已建设成为一座北连省会昆明市、南连东南亚国际大通道——河口县的繁荣昌盛、兴旺发达的现代化工业城市。

一

个旧作为闻名于世的锡都，中华人民共和国成立后被国家列为全国156个重点建设地区之一，为省辖市。后因种种变迁，成为县级市。1988年，因其不可取代的、重要的经济社会发展地位，又被列为国民经济和社会发展计划省单列市，享受地州级管理权限。同年，被国务院列为对外国人开放城市。

经过50年建设，个旧市经济社会发展已具备了独特的四大优势：

一是具备了矿产资源特别丰富的优势。在市辖1587平方千米的土地上，蕴藏着锡、铜、铅、锌、钨、金、银、铟等多种有色金属及稀贵金属，至今保有储量仍很可观。二是具备了现代化有色冶金工业生产的技术装备优势。长期以来，个旧有色金属的采、选、冶及综合回收利用技术力量和装备都较强。特别是改革开放以来，个旧在这个行业和系统的技术力量和装备，更是得到高速发展，已形成了一整套成熟的、具有中国特色的、已经达到或接近世界同行业先进水平的生产技术和工艺。三是形成了包括重工业和轻工业在内的、门类较为齐全的综合工业体系的优势。这个综合工业体系能够生产出多种相关的优质产品，个旧的冶金、化工、医药、轻纺、矿山机械、陶瓷、制鞋等行业的国优、部优、省优产品就达60多个；"云锡"牌精锡和"云杉"牌精锡均被英国伦敦金属交易所挂牌认证，定为"出口免检产品"；高纯锡、锡铅焊料、锡工艺品等特色产品远销海内外。四是形成了较为完备的、轻重工业人才队伍的优势。个旧每万人中就有各类专业技术人才500名，包括国企、乡镇企业和个体私营企业在内的工业企业中，工程技术人员占职工总数的比例高达8%。据权威机构的统计，在世界10项现代化指标中，个旧已有6项达到现代化标准，现代化综合指数达117.6%。

二

《汉书·地理志》已有个旧开采大锡的记载。距今，个旧大锡开采已有2000多年历史，优势得天独厚。近现代社会由于多年战乱，到1949年前夕，个旧百业生产已奄奄一息，仅有少数私营锡户和一家官商合股的锡企业，另有一些小规模的瓦窑、五金、缝纫、食品加工作坊。

中华人民共和国成立后，在国家大力支持和帮助下，个旧市委、市政府带领锡都各族人民进行了大规模的工业生产建设。50年来，累计完成地区全部固定资产投资61.66亿元，其中，工业设施建设就达41亿元。有色金属工业生产已具备相当规模；食品、服装、印刷、造纸、塑料、陶瓷、化工、机械、电器、搪瓷、纺织等逐步发展，形成了门类较为齐全的综合工业体系。1950 年与 1999 年相比，有色金属矿产生产总量由 3771 吨增加到 8.33 万吨，增长 22.1 倍；有色金属冶炼总量由 1188 吨增加到 12.22 万吨，增长 102.9 倍；精锡总产量由 1188 吨增加到 31442 吨，增长 26.5 倍。50 年累计生产有色金属 182 万吨，其中锡 87 万吨，创外汇 13 亿美元，为国家贡献 50 多亿元。

同时，市委、市政府一直确保农业的基础地位，大力发展农村经济。1999 年，全市农业水利化程度达 53.2%。农业生产条件改善，农产品成倍增长，与 1950 年相比，粮食增长 23.5 倍，蔬菜增长 30.3 倍，甘蔗增长 190 倍，水果增长 23 倍，水产品增长 43 倍。

50 年来，个旧的经济实力百倍增强。1999 年，完成国内生产总值 24.2 亿元，是 1950 年的 0.2 亿元的 121 倍，在全省 128 个县市（区）中位居第 14 位；人均国内生产总值达 6288 元，是全省平均水平 4439 元的 1.4 倍；地方财政收入 1.71 亿元，是 1950 年 137 万元的 125 倍；人均地方财政收入高于全省 115 个县市（区）的水平。1989 年，个旧曾跻身于全国百名财政收入大县市行列。

三

伴随着个旧有色金属生产发展，个旧的交通建设事业方兴未艾：即将完成的个(旧)冷(墩)二级公路，将改变个旧原来的"盲肠"地理位置，在边疆 6 县屏边、红河、绿春、元阳、河口、金平与内地之间，架起一座大流通的桥梁。同时，个冷公路还与正在紧张改建的元江河口三级油路，与正在扩建中的鸡街石屏、建水通海的高速公路相配套，再经通海玉溪昆明的高速公路贯通，从根本上打通西南乃至国内通往越南、泰国等东南亚地区的国际大动脉，促进国际旅游业和交通运输业的发展，从而带动红河沿岸和边疆地区经济迅速发展。

邮电事业发展迅速，特别是近 10 年来突飞猛进，全市邮电业务总量平均每年以 40% 的速度递增，到 1999 年产值已达 1.08 亿元，拥有电话机 5.83 万部。

四

"彩云之南教育城"，是个旧除了"锡都"之外的又一个"名牌"。建市 50 年来，个旧市委、市政府提出"科教兴市"发展战略，教育事业硕果累累。现有一级一等完中 1 所、一级三等完中 2 所、省级实验小学 3 所。1984 年普及了初等教育。1993 年实现了"普六"。1995 年实现了"普九"。和平小学 1999 年被评为云南省剑桥少儿英语实验学校。自 1977 年恢复高考以来，有万余人升入高等院校深造，其中有 9 名学生先后成为云南省高考"状元"。现在，不少个旧籍的学子已经是国内外许多著名科研机构的学科带头人。

教育的普及和进步，在为国家输送大批人才的同时，更带动了当地经济社会各项事业的发展与繁荣。1999 年全市共有科技人员 4201 人，多年来累计完成科研项目并取得科技成果 2077 项，获国家级、省部级奖励的有 657 项，其中 2 项达到世界领先水平、27 项达到省部级以上水平。1997 年，个旧被省政府评为省级先进科技市。医疗卫生取得长足发展，拥有卫生机构 200 多个；已具备进行高难度手术的医疗设备和技术水平；许多疾病的防治已达到国家标准，特别是肺癌防治成效显著。歌舞、摄影、书法、电视片等"精神产品"屡获全国大奖。电视覆盖率达 93%。计划生育人口自然增长率仅为 2.33‰。

五

个旧矿业的发展，带动了第三产业的兴盛和发展。特别是党的十一届三中全会以来，一、二、三产业的比重已由 1950 年的 21.2:65.2:13.6 发展为 9.6:54.9:35.5。

各类商贸市场繁荣兴旺，商业网点遍布城乡，人民生活水平全面提高。1999 年，全社会消费品零售总额达 8.05 亿元，人均消费品零售总额 2095 元，比 1950 年增长 62 倍。城镇居民人均可支配收入达 5110 元。城乡居民储蓄存款余额 25 亿元。农村人均居住面积 32.9 平方米，城镇居民达 12.42 平方米，均高于全国平均水平。城市居民的小康进程已达到 84.97%。

在历史的长河中，50 年弹指一挥间。然而个旧这 50 年，是一路创业、一路艰辛，更是一路创新、一路辉煌。回眸过去，展望未来，我们都充满信心。云南"东南亚国际大通道"地位的确立，更为地处大通道前沿和"桥头堡"位置上的个旧，创造了前所未有的发展机遇。迈进新世纪，个旧市委、政府有信心、有能力在上级党委、政府的领导下，团结和带领全市各族人民继续发扬"团结拼搏，迎难而上，敢于争先，真抓实干"的锡都精神，开拓进取，不断创造出辉煌灿烂的物质文明和精神文明，让这朵闻名于世的"锡之花"，在东南亚国际大通道的前沿，绽放得更加美丽富饶。（载于《云南日报》2000 年 12 月 27 日）

专题系列报道：

2000 年"个旧市开展解放思想大讨论"系列报道编者按：

个旧市作为一个老工业城市，传统的工业制造业既有重工业、又有轻工业且门类齐全。重工业生产有锡、铜、铅、锌、铝、铟、金、银等的采、选、冶炼等；轻工业生产有传统的日用陶瓷、搪瓷、床单、鞋类、造纸、灯泡、塑料、锁具等门类。在计划经济时期，个旧的轻重工业生产为国家经济发展和人民生活水平的改善和提高作出了重要贡献。

但是，随着改革开放的深入和经济体制由计划经济向市场经济的转型，个旧市各类国有和集体企业的生产经营都遇到了前所未有的矛盾和困难：管理不善、市场萎缩、效益低下、包袱沉重、等靠要思想严重……如何改变这些现状和困难？首先就是要转变思想和观念。为此，市委、市政府在全市专门组织开展了"个旧市开展解放思想大讨论"活动。本报积极响应，特派记者对此进行连续性的追踪报道，以飨读者。

同时，也欢迎广大读者结合本职工作实际，解放思想，积极撰文参与大讨论活动。对那些言之有物、思想解放、切合实际的文章，我们将优先予以采用。

149

2000 年"个旧市开展解放思想大讨论"系列报道之一——

调整结构　开拓市场　走出困境

——访个旧市轻纺工业局局长李建明

连续 3 年亏损的个旧市轻纺工业系统，在开展"解放思想大讨论"中是怎样做的？有什么变化和成效？带着这些大家都关心的问题，记者于日前采访了市轻纺工业局局长李建明。

李建明告诉记者，个旧市的轻工产品以传统的日用陶瓷、搪瓷、床单、鞋类、造纸、灯泡、塑料、门锁等产品为主。1960 年以来，一些产品曾获得国家级、省部级大奖。进入 1990 年后，轻工产品效益每况愈下。1997 年开始连续亏损，主要原因：一是轻工系统小型集体企业多，难以上规模、上档次；二是从业人员思想观念陈旧，素质较低，技术水平差，长期在计划经济"庇护"下小打小闹，依赖主管局和政府"等、靠、要"；三是人才匮乏，以加工业为主，低附加值和低效益导致人才流失；四是工艺技术和设备落后，效益低下。

这次开展"解放思想大讨论"，局党委提出了"解放思想，更新观念，打破闭关自守、肥水不流外人田、小打小闹等陈旧观念"。对今后工作，李建明说：

首先，要用3年时间完成现有企业的改制改革工作。目前，已完成了造纸厂、民族橡塑厂、时装公司的改制工作，使之机制灵活、管理加强、质量提高、市场销售看好。总结经验后，我们本着"稳妥推进，力争改一家成一家"的原则，在今年将加大改制力度。

其次，积极参加省院省校合作项目，推进产品结构调整，提高经济效益。轻工产品更新换代特别快，我们在依托现有设备、技术开发新产品的同时，将与浙江大学、西北工业大学等高等院校开展合作，引进高新技术开发新产品。

再次，"以市场为导向、以销售为龙头"开拓市场。组织高中文化、年轻、热爱营销工作的人员，以举办培训班、外出学习等方式提高营销人员素质和能力，为抢占市场、提高效益打好基础。

李建明最后说：开展"解放思想大讨论"是一场"及时雨"，今年我们将遏制住本系统连续3年效益亏损下滑的局面，力争完成市政府下达的计划产值9300万元的目标。（载于《个旧报》2000年4月25日）

150

2000年"个旧市开展解放思想大讨论"系列报道之二——

坚持"十六字"方针 抓好解困及社会保障工作

——访个旧市劳动局局长杨志

在个旧市开展的"解放思想大讨论"中，作为全市劳动管理职能部门的市劳动局，是怎样解放思想、更新观念，为全市解困及社会稳定做工作的？带着这些问题，记者日前专访了市劳动局局长杨志。

杨志说，个旧市开展"解放思想大讨论"活动，对深化全市劳动管理工作有积极意义。长期以来，我国劳动管理工作都在计划经济模式下运行。随着社会主义市场经济逐步确立，劳动管理系统内职工思想僵化、劳动政策法规不适应新形势和新工作的需要等诸多问题突显出来，制约了劳动管理工作发展。为此，局党政班子多次研究并结合本部门工作实际，在1997年提出了"解放思想，转变观念，扎实工作，廉洁奉献"的十六字方针。

杨志说，作为老工业基地的个旧，下岗职工很多，再就业难度很大，劳动管理部门的工作最重要、也最难做，主要是围绕解困再就业、社会保障、劳动法律法规的正确执行来开展，现在已取得了较好的成效。在今后工作中，我们要继续坚持十六字方针，积极贯彻《劳动法》及相关法律法规，并做好监督、检查工作；要进一步完善社会保障体系，比如要扩大包括个体户在内的社会参保面、建立医疗保险制度等；要把人及其劳动力要素搞活，在市场上流通，为再就业寻找更多的机会；要加强劳动管理干部队伍建设，更新观念，提高素质和能力，为承担越来越复杂、难度越来越大的劳动管理工作打下坚实基础。（载于《个旧报》2000年5月16日）

2000年"个旧市开展解放思想大讨论"系列报道之三——

依法治矿 为"双立双超"保驾护航

——访个旧市矿管局局长马夏

作为以有色金属生产为主的个旧，矿产资源管理历来是热点、难点问题比较集中的地方。那怎样解决这些问题？让我们来听听市矿管局局长马夏的想法和说法："随着社会主义市场经济体制逐步建立，如何依法管矿、治矿，为我市'双立双超'发展战略保驾护航，已成为衡量矿管系统解放思想的标尺和'试金石'。"

马夏说，计划经济时期，矿产资源开采均由国有企业进行，其管理也就相对容易和简单一些。进入社会主义市场经济后，矿产资源开采呈多元化态势。贯彻《中华人民共和国矿山资源法》，依法管理矿产资源，依法维护矿山正常的生产秩序，依法规范开采行为，依法进行矿业权、勘察权、开采权的监督管理等，就成为矿管部门义不容辞的责任。

马夏强调说，矿产资源是一种耗竭性资源，只能开采一次，不可再生，所以也就不能无限制、无休止地开采，这就需要我们做到认真规划、科学开采和特别保护。近年来，个旧有色金属地表资源逐步消失，如何对地下资源进行科学的、保护性的开采，做到既能发展当地经济、又能相对保护资源，我们以解放思想和实事求是的态度，做了许多富有成效的工作：一是按照回采率、贫化率、采矿回收率"三率"指标对采矿企业进行监督考核；二是查禁、查处那些破坏性、浪费性开采的违法行为；三是维护合法企业的合法权益和效益；四是调处矿山企业之间的矛盾，维护矿山正常的生产和生活秩序。

马夏最后说，矿管执法是一项政策性和法规性很强、涉及面很广、执法难度很大的工作。近年来，我市矿管执法人员素质提高较快，为企业服务意识增强，但政策和技术服务水平有待进一步提高。围绕有色金属资源减少，我们还应做好其他接替资源如霞石开发的勘测等工作，为我市实施"双立双超"发展战略打好基础。只有这样，"解放思想"才不是一句空话。（载于《个旧报》2000年6月6日）

2001年:

彩云之南"教育城"
——个旧市教育走笔

教育城名片

1. 基础教育与职业教育相得益彰。

2. 全方位、多层次覆盖的教育网络，让更多人能够接受到良好的基础教育、高等教育和职业教育。包括省、州、市属单位在内，全市共有各类学校270多所，其中：大学2所，中学19所，小学162所，幼儿园43所；中等专业和职业技术学校9所；职工学校3所；城市社区和农村乡镇的文化学校30多所。

3. 政府办学与社会多渠道融资办学相互结合。

4. 卓有成效的教学水平在全省同级县市中堪称榜首。自1977年全国恢复高考以来，个旧出了6名全省"状元"、1名全国同类试卷文科"状元"。

5. 社会各界和政府对个旧教育的肯定与嘉许。在前不久召开的第三次全国教育工作会上，云南省有6名代表出席会议，其中有一位就是个旧一中校长杨必俊。杨必俊作为全省教育系统中学校的唯一代表参会，是对个旧教育工作的肯定与嘉许。会议期间，省委书记令狐安等领导听取了杨必俊对个旧教育工作的汇报后，无不欣慰地说："个旧不仅是闻名世界的锡都，还是云南的教育城。全省各地州市的教育工作如果都能像个旧一样，何愁云南不兴旺!"

个旧一中：良师汇聚、学子出类拔萃的地方

个旧一中因教育成绩极为显著，在1960年代就被确定为省级重点中学，并于1963年和1979年两次被评为"全国先进单位"而受到国务院的特别表彰和嘉奖。1999年2月，又被省政府命名为省一级一等完中，成为云南省有此殊荣的3家中学之一。学校学生每年参加高考进入高等院校的入学率均在84%以上，其中有50%以上的学生考入重点大学，进入清华、北大、中

国人大、中国科大、复旦大学等大学学习。

个旧一中师资雄厚，全校有170多名教职员工，其中高级教师43名、一级教师68名，在省级重点中学中位居前列，有不少教师都是西南联大、四川大学、云南大学的毕业生。几十年来，就是这些恪尽职守、为人师表的园丁们，兢兢业业，默默奉献，辛勤耕耘，浇花锄草，修枝扶叶，培育出一批批优秀的、立志报效祖国的莘莘学子，把他们送到高等院校深造和国家建设的各个岗位。

个旧农业中学：农业科技人才的沃土

走进个旧农业中学的校门，一种殷殷求学的氛围以及设施齐全的环境令人耳目一新。宽大平整的汽车教练场上，一群来自农村的学员在驾车训练，前进、倒车、左转、右转……每一个动作都一丝不苟；畜牧兽医室里，学生们正在跃跃欲试，为一头病牛提出各自的诊断治疗方案……

这是一所以农业实用技术培训为主的高级职业中学，成立于1984年。17年的发展历程，使其成为个旧实现农业现代化发展的奠基石。个旧的锡工业文明在全省甚至全国处于领先水平，但农业文明因受地理、历史和环境等的制约，前进的脚步声并不像工业的那样铿锵有力。而17年来，个旧农中则培养了大批有农业知识及其实用技能的农业人才进入农业领域工作，有力促进了个旧乃至红河州工、农产业的协调发展；同时，该校培养的3000多名各类农业技术实用人才已经遍布红河大地，在希望的田野上辛勤劳作，创造着美好未来。

个旧成教中心：职工深造的摇篮

个旧，还有"云南人才库"的美誉。人才的培养和产生，地方自办的各类专业学校功不可没。个旧成人教育中心，是在个旧市原电大、原职工大学和原教师进修学校基础上，于1996年合并成立的高等教育学校。

合并前和合并后的成教中心，都为红河州的在职职工和教师进一步深造、不断提高知识水平和工作能力提供了合适的机会。1980—2000年，共培养了大中专毕业生5000余人。现在，这些毕业生多数都走上了各行各业的领导岗位，或成为单位的业务技术骨干。

自学高考：有志成才者的金光大道

课堂就在单位、车间、家里。通过自学，冲破年龄的藩篱，迎接高新科技和人才竞争的挑战。这就是10多年来，成人自学考试成为有强烈进取心的个旧人"情有独钟"的原因，并誉之为"自我成才的金光大道"。"自

153

考"从 1984 年开始实施至今，全市通过"自考"获得各类专科毕业证的达 1800 多人、本科毕业证的 30 人，居全州之首。

个旧，不仅是祖国有色金属王国中的一颗璀璨明珠，也是崛起在彩云之南红土地上的一颗"教育明珠"。

个旧，作为 21 世纪的云南"教育城"，必将创造出更加辉煌的业绩。（载于《个旧报》2001 年 1 月 2 日）

走进滇南"名校"
——记个旧市和平小学

创办于 1935 年的个旧市和平小学，是一所历史悠久、办学经验丰富、享誉全省的实验学校。多年来，学校全面贯彻党的教育方针，坚持社会主义办学方向，深化学校内部改革，锐意进取，开拓创新，坚持"一切为了学生"的办学宗旨，走"科研兴校"之路，在全面实施素质教育进程中硕果累累，为促进边疆民族地区基础教育发挥了积极、重要的辐射和示范带动作用。

一

学校素有重视培养教师的优良传统，拥有一支师德高尚、业务精湛的师资队伍。教师专科学历达 68%、本科学历达 15%；有特级教师 2 名、中学高级教师 2 名、小学高级教师 37 名；国家级骨干教师 1 人、市级骨干教师 5 人、学科带头人 11 人。近年来，教师撰写的教学科研论文有 77 篇在全国、省、州、市相关刊物上发表或获奖；有 20 人在省、州、市各科教学大赛中分别获一、二、三等奖；受各级政府表彰的优秀教师达 56 人次。

二

学校坚持以德育教育为基础的素质教育，坚持"全面育人、教有特色"的办学方针。主要工作是：抓学生的养成教育，包括抓《小学生守则》和《小学生日常行为规范》的落实；围绕教学大纲，抓学生的文化知识教育；抓阵地建设，包括少先队、卫生角、光荣角、图书角的建立和评比；抓系列活动育人，包括重大节日、纪念日、雏鹰争章"手拉手"、升旗仪式等；抓环境育人，充分发挥墙壁文化、走廊文化、橱窗文化、教室文化、环境绿化等阵地作用，体现环境育人功能。

开展各种兴趣小组活动，是学校实施素质教育的重要途径。每天下午放学后，学生们纷纷来到微机室、图书室、游泳馆和操场上，兴高采烈地参加各种兴趣小组的活动。学校还选购了"电脑画画""电脑快乐英语""电脑学唱歌"等电脑软件，让孩子们在玩乐中培养兴趣、学习知识。对此，家长们高兴地说，"减负"后孩子们下课早了，时间多了，而学校组织了这么多健康有益的活动给孩子们玩，解除了我们的后顾之忧。

成立"家长学校"，分期分批对数千名家长进行培训，使之成为合格的好家长，是学校实施素质的又一创新举措。作为红河州唯一一所"省级实验小学"，该校历来重视多渠道、多形式教育方法的运用。自 2000 年以来，"家长学校"先后对全校 1—6 年级的 2000 多名学生家长开展学习培训，让家长们了解孩子们在学校的学习情况、孩子们的生理和心理情况；需要家长配合学校对孩子们进行哪些教育；需要家长们做哪些事、不能做哪些事等。授课老师有本校和校外的，有心理学和家庭教育专家等。家长们一致认为，"家长学校"办得好，学习内容丰富，及时为他们解答了不少教育孩子的困惑和问题，希望以后经常举办这样的培训。学校今后还将为家长们开展营养学、法制教育、家庭心理学、好家长交流心得等方面的学习。

三

学校构建了"以学生为主体、以教师为主导"的崭新教学理念，大胆探索新的教学内容、方式和方法。目前，学校承担着 4 个省级实验课题：语文学科的《利用现代教育技术创设情景，激发三、四年级学生的写作兴趣》，数学学科的《利用现代教育技术，探索"约数和倍数"的学习方法》，自然学科的《利用现代教育技术，优化自然学科中天体知识的教学方法》，音乐学科的《云南省口风琴教学实验研究》。同时，还参与红河州《中小学开展学习策略教育研究》的课题。学校把这些课题研究与教学工作紧密结合，使之相互融合，相互促进、共同提高。

在具体的教学过程中，学校还探索和构建了必修课、兴趣课、技能课 3 个板块的多层次教学体系。除必修课外，学校开设了培养学生兴趣的英语、计算机、卫生与健康等课程，拓宽活动课的内容。同时，在全州率先开办了全国剑桥少儿英语培训机构。尤其在"减负"后，学校级兴趣特长班与班级兴趣小组相结合，使学生的兴趣爱好得到培养、"释放"和提高，为将来学生个性特长的充分发挥创造了良好氛围，打牢了基础。技能课以实用为主，教孩子们感兴趣的一些物理、化学的小实验，也教他们学习洗衣、做饭等家务。

四

学校加大硬件建设力度，不断改善办学条件。近年来，投资建设了多媒

155

体教室、计算机室、语音室、自然实验室、音体美室、图书室、劳动基地等功能室，并在滇南地区中小学中率先为教师每人配置一套计算机，为2005年普及信息技术教育打好基础。

实行"校长负责制、教师聘用制、结构工资制"改革，让教师多劳多得、多能多得，为学校发展注入了新活力。校领导班子带领全校教职员工大胆探索，严格管理，走出了一条"科学治校"的路子，取得了骄人成绩。

现在，学校师生已经形成了勤学守纪、团结求实的校风；严谨求实、善诱探索的教风；勤奋踏实、刻苦灵活的学风；诚实文明、守纪向上的班风。学校与家长、社区形成网络与合力，使学生懂得并学会了做人是根本，为培养良好的思想道德素质、心理意志和行为习惯打下了坚实基础。

近年来，学校先后被评为省级文明单位、省级文明学校、省级二五普法先进单位。学校少先队工作荣获全国"红花集体""红旗大队""万名创造杯""快乐中队""红领巾读书读报"等先进集体称号。另有257名学生的书画、航模、舞蹈、声乐、器乐、体育项目等在全国、省、州、市荣获各种奖励。

成绩属于过去，重要的是更好地创造未来。为此，全校师生更加信心百倍，更加奋发努力，以崭新的姿态，阔步迈向新世纪。（载于《个旧报》2001年1月2日）

中国足球：需要综合发展

——访中国足协副秘书长、国家足球队技术顾问马克坚

前不久，中国足球协会副秘书长、国家足球队技术顾问马克坚先生回到阔别多年的故乡——锡都个旧参加建市50周年活动。本报记者就国人非常关心的中国足球发展的有关情况，独家专访了马克坚先生。

记者：您好！马先生。中国人热爱足球，但中国足球为什么老是让国人"恨铁不成钢"，一直未能走向世界？

马克坚：中国足球的发展与基础和综合水平有关。中国人有局部的优势，比如说在亚洲是个子最大的民族。但是，总体发展水平跟不上。究其原因，足球与一些体育项目不同，它需要一种整体的、综合的高发展水平。

首先，说基地建设，这需要很大的经济投入。昆明的红塔基地投入7个亿，建设成了目前国内唯一一个达到国际标准、世界水平的足球基地；而其他不少足球俱乐部的基地，还没有具备这样的条件。没有国际标准的足球基地，对于球队的训练和发展是有很大影响的。

其次，说观念和经济基础。中国人爱足球，但是，真正以此为职业或者有条件去专门学习的，人数比例并不大。目前，全国由企业出钱在国外学习的球员大约有二三百人。而日本这么一个人口小国，民间花钱去外国学习的就有 1 万多人。培养一个足球运动员，是要花费比较高昂的费用的。基地建设和观念问题，说到底其实是一个经济基础的问题。

第三，国外足球的职业化已经有 100 多年，已经发展成为一个比较成熟的产业。这个产业不但不要国家投钱，还能够养活并发展自己，更能够为国家创汇和缴税，不断创造价值，不断发展自己，已经形成了一种良性循环发展的态势。

记者：中国足协为什么规定今年和明年的甲 A 联赛只升不降？

马克坚：主要是为了足球的规范和更长远的发展。过去，足球是国家搞，现在是社会（即俱乐部）搞，必须有一些统一的准则。这几年的甲 A 联赛，有的球队的胜败和输赢，已经成了有关领导的面子和荣辱。因此，一些球队只片面追求升降，而忽视了基地硬件建设的投入，忽视了对球员技术水平和能力的训练和提高，忽视了对球员心理素质的培养和锻炼，而这些，都是球队健康发展很关键的要素。这背离了足球运动的本意，脱离了足球良性竞争和发展的需要。

157

所以，足协规定这两年只升不降，是下了大决心的；目的是希望能够给各个俱乐部调整的时间，减轻他们足球以外的负担和压力；让他们有更多的精力、时间和经济投入到基地建设、球员技术能力培训及其心理素质的提高等基础性工作上来。

为此，在这次只升不降的规定中就要求：俱乐部没有基地的，要建设基地；以后，没有自己的标准基地的俱乐部，就没有资格参加升降赛。当然，只升不降是暂时的，条件成熟了，升降是必然的和良性的；没有良性的升降就没有竞争，没有竞争，足球就完了。

记者：您对中国足球参加 2002 年世界杯足球赛有什么期待？未来中国足球发展的蓝图是什么？

马克坚：我们不追求表面的成绩，这是个水到渠成的事。名额有限，偶然性也大，我们会努力争取，但我们不是赌博，不会把希望寄托到某一个球队身上。

我们现在应该做的事，是花大力气综合发展，把精力放在整个国家足球的整体发展上来，整个国家足球发展的水平提高了，出成绩是自然而然的事。

现在，我们不能单纯地认为：如果出成绩都是米卢的功劳，如果失败都是他一个人的责任。中国足球未来的发展，应该是综合基础水平比较高，管理规范，市场运作，自负盈亏，良性循环。就像企业一样，有独立的法人，按照市场机制运作，自负盈亏，像国际上先进的俱乐部模式一样良性循环，这样才能达到中国足球健康发展的长远目标。

记者：您对球迷如何看？

马克坚：球迷热爱足球，这是好事，无可指责。但是，要警惕足球流氓，闹事的都不是真正的球迷。真正的球迷是花钱看球，看球是他的一种享受，而不是为了消费，更不是为了闹事。球迷是足球发展非常重要的方面，球迷与球队的关系是欣赏、是关心、是一个整体。球迷除了欣赏、关心、享受足球，国外的球迷也有入股球队的，这样球队与球迷就是一个整体了。

总之，如果没有球迷，足球的发展将是难以想象的。像日本、韩国的球迷，从来不骂自己的球员和球队，赢了球他们会非常高兴；输了球他们会很难过地走开，但是不会骂，更不会打砸闹事。中国足球要健康发展，球迷的提高素质和成熟也是一个重要的方面。（与武隽合作，载于《个旧报》2001年2月2日）

158

为集够《水浒传》中108将的卡片，孩子们把一袋袋方便面扔进垃圾桶而不知道痛惜；同学之间用卡片赌博经常引发纠纷和斗殴；一些孩子因长期看这些蚂蚁大小的字迹而导致眼睛近视……

"英雄卡"的负效应
学校和家长强烈呼吁有关部门管管此事

近段时间来，成都XX食品有限公司生产的"小浣熊干脆面"在市场上突然热销起来：先是不明就里的家长们应孩子们的央求，一箱箱（每箱24包）地买回来给孩子，但不久家长们就发现孩子们并不爱吃这些方便面，买来的方便面一箱箱地堆放到发霉变质，只能扔掉。可孩子们还是不断地要求买、买、买，家长们认为这是浪费，不再买了。孩子们就自己在外面悄悄买，先用零花钱买，不够了省下早点钱去买，有的学生甚至偷家长的钱出来买。据一位搞批零兼营的个体老板透露，他那个临街的小店最多时1天竟然卖了50多箱方便面，且经常脱销。据了解，在一些中小学附近的商店，"小浣熊干脆面"的销售势头也异常火爆。

"热销"的背后

那么，到底是什么魔法让孩子们这么疯狂地购买这些方便面呢？原来，是厂家为了促销，印制了《水浒传》中108将的卡片装入面袋里一起销售，美其名曰"英雄卡"。

记者找来这些所谓的"英雄卡"，发现：这些卡片粗制滥造，画面模糊重影，一面印着充满西洋味的、乱七八糟的、不知所云的卡通人物图像；另一面印有所谓"108将"的图像，怪模怪样，张冠李戴，随意编排，乌七八糟，譬如"白日鼠"白胜，被安排印上了"地煞、职位、武器、必杀技、攻击力、攻击范围"等莫名其妙的词语。当不少孩子问这里的"地煞"是什么意思时，连销售的商家也说不清楚。

据了解，每包方便面里会有一张卡片，为积攒够所谓"108将"的"英雄卡"而不至于在同学面前"英雄气短"，孩子们开始了疯狂的方便面大采购和大浪费：

一所重点小学的校长在下课的10分钟里，就从垃圾桶内捡出了数十包被孩子们丢弃的方便面；一名法官在读四年级的女儿的床下发现了3箱（72包）撕开包装却已发霉的方便面；一名读二年级的小男孩下课时，一口气买了30多包方便面，拿出卡片后就将方便面扔掉；一位下岗工人的孩子多次把家里有限的生活费偷出去买方便面，使家庭生活更加拮据；一位机关干部的孩子连续几个月不吃早点，省下早点钱去买方便面，致使孩子患上贫血和营养不良；一些孩子下课后不回家吃饭、做功课，而是跑个旧市区不同的小卖部，就为了买"小浣熊"方便面——希望买到不同的卡片；有的孩子随父母去外地旅游时也要买……

采访中，不少家长气愤地告诉记者：这根本不是什么"英雄卡"，而完全是黑心厂家促销、骗钱的手段！因为：一是这些方便面本身就污黑肮脏，发霉变质，根本不能吃；二是黑心厂家绝对不会印全所谓"108将"的图片，他只要印了差着几个人的图像卡片，孩子们又不知道这些猫腻，就只能不断地买、买、买！他们的黑心钱就能不断地赚、赚、赚！有几个6年级的孩子，我们家长告诉他们这些情况后，他们也清醒了，说：真是这样的，难怪我们买了几万包方便面，都找不全"108将"的图片，以后再也不买了！

"英雄卡"带来了什么？

采访中，有关专业人士认为：如果这些"英雄卡"内容和图像都能印得真实、靠谱一些，那它至少能让孩子们增长一些课外知识，对中国四大古典

159

名著之一的《水浒传》有更多、更好的了解和认识。但可惜，因为黑心厂家不择手段地追求经济利益和骗钱，因为政府有关职能部门对其监管的严重缺失，"英雄卡"带来的只有坏影响：

首先，是方便面生产厂家舍本逐末，诱骗孩子上当。据业内人士讲，厂家在印制这些卡片时，对外宣传说是印制了"108将"装在方便面袋子中，但实际上根本不会印齐"108将"，只会印制其中一部分，所以，任孩子们怎么买也集不齐，但孩子们不知内幕，就会无休止地买下去！厂家的黑心钱也就能无休止地赚下去！这种行为其实是对孩子们的一种诱骗！作为食品生产企业，追求销售业绩和利润无可厚非，但这家企业不是在提高食品质量和正规销售方法上下功夫，而是在歪门邪道上下功夫诱骗孩子！对此，厂家难道不知道这种诱骗对孩子们道德品质的腐蚀吗？看不到那些被随意丢弃、浪费的方便面吗？不知道"汗滴禾下土、粒粒皆辛苦"的古训吗……其实，这一切的一切都是厂家故意为之，目的就是不择手段地骗到钱财！

其次，它极大地助长了孩子们浪费粮食的毛病，这对孩子们的品德影响是非常坏的。在记者采访的多所中小学校，记者见到了垃圾桶中被孩子们随手丢弃的方便面不计其数。当记者问一些孩子知不知道这样做是浪费粮食时，这些孩子们振振有词地说："知道，我们买方便面只是为了要那张卡。这些面已经变质了，我们也不敢吃，拿回家让家长知道反而挨骂，不丢怎么办？"

再次，"英雄卡"让孩子们学会了赌博，校园安全事故频发。因为买的多是重复卡，为了得到自己没有的卡，孩子之间通过赌博的方式来赢得自己想要的。为此，孩子之间经常发生争吵和斗殴。老师和家长为此要花更多时间和精力来调解孩子们之间的矛盾。

最后，"英雄卡"上蚂蚁般大小的字迹，给沉湎其中的孩子们的视力带来了极大损害。采访中，不少学生家长告诉记者，他们的孩子包里随时都装着一沓沓的卡片，走路时看，蹲厕所时看，甚至晚上躲在被窝里用手电筒照着看，不少孩子的视力已明显下降。

谁来管管？

对"英雄卡"带来的负面影响和社会问题，许多学生家长发出强烈呼吁，不少学校也进行了治理。一所重点小学的校长曾专门召开全校师生现场大会，在会上把捡来的几百包方便面摆给广大师生看，并以此为契机，开展了"节约粮食，反对浪费，禁止赌博"的思想品德教育活动。许多家长也加强了对孩子们的管理和教育。

然而，学校和家长的力量和时间毕竟有限，他们也无权监管厂家和商家的行为。所以，如果政府职能部门不加大力度履行监管职责，不从源头进行治理和重处重罚，只有学校和家长的努力，仍然只是杯水车薪……

就在记者即将发稿时，又传来了该企业生产的方便面中又新推出了《三国演义》人物卡片……而孩子们，又已经在互相攀比谁集的"三国"卡片多了……看来，"水浒"硝烟未散，"三国"又上战场。新一轮卡片大战又开始了……

只是，不知道今后又有多少"粒粒皆辛苦"的"盘中餐"继续被浪费、被糟蹋……又有多少未来应该成为真正英雄的孩子们，为此将变成"狗熊"……

（载于《云南法制报》2001 年 2 月 21 日）

目击非法矿洞被封堵
——个旧市治理牛坝塘尾矿库安全隐患纪实

4 月 6 日，个旧市政府会同云锡公司，联合对牛坝塘尾矿库附近非法乱挖乱采的矿洞进行了强制封堵。记者跟随执法人员，在现场目睹了整个封堵过程。

牛坝塘尾矿库：顶在个旧人头上的一盆浆

牛坝塘尾矿库位于个旧市南部距市区约 4 千米处的风筝山，海拔比市区高出 200 多米，多年来一直是云锡公司新冠采选厂和个旧市促进矿共同排放尾矿的尾矿库。1985 年 3 月，被有关部门确定为安全隐患重点要害部位，不久又被列为全省十大安全隐患之一。随后，有关部门以北部坝区为主，划定了 0.8 平方千米的保护区域，并规定：任何单位和个人不得在该保护区域内挖矿、挖坑、打洞、建厂等。

1998 年，在该库设计库容已经装满的情况下，市政府及云锡公司联合对该库进行了全面检查和重新加固建设，并经过国家和省安全部门 3 次检查认为：该库设计科学，原有以及重新加固建设的建筑施工质量稳固，符合规范要求，只要没有人为的毁坏，是能够承载千年一遇的特大洪涝灾害的。

然而，近年来少数附近村民和外地人无视政府禁令，为了个人的眼前利益，肆意在尾矿库的坝基、坝堤上私挖滥采所谓的"鸡窝矿"，形成了大小不等的采矿洞穴 200 多个。如任其破坏下去，这些在地底下盲目延伸的矿洞，犹如一把把看不见的利剑布满在尾矿库周围，在不知不觉中吞噬着库坝的安全；加上雨天地表水的渗透，到一定时候就会形成危险的地下管涌，使破坏力比洪水还大的、尾矿库中的浓稠泥浆猛烈地冲毁坝堤，从200多米高的山坳里，劈头盖脸地冲入个旧市区……一旦发生这样的险情，将给国家和人民的生命财产造成巨大的、严重的、难以估量的损失。

目击整治现场：重拳出击

当日上午9点，在尾矿库现场，联合执法人员100多人在此集聚，指挥人员迅速分工布置，执法人员随后分组奔赴散布在坝堤周围的非法矿洞。

记者跟随其中一个小组来到坝外路边一座靠山坡的工棚内，这里只有几个编织袋装着些土，没见到什么异常。但经验丰富的执法人员肯定地说："这是一个伪装的矿洞。"边说边迅速搬开编织袋，又挖开了一层厚厚的土，露出了一块约2米高的铁皮板。搬开铁皮板一看，果真是一个用几根木棍挡着的、黑漆漆的洞口。全副武装的执法人员迅速进洞查看，并布置爆破。

顺山坡而上，在被开垦的山地里，到处是触目惊心的地洞，张着黑洞洞的大口像是要吃人。路过一个有茅草枯枝的地方，记者没在意地走过去，却"咕咚"地掉进了一个洞里，幸好不是很深。仔细一看，这又是一个伪装的地洞，看来挖洞者还没有挖得很深就仓皇逃走了。跟着执法人员，记者在这0.8平方千米的保护区内，爬坡下坎地跑了一圈，满目所见，都是千疮百孔的大坑小洞，有的地方竟然是上下左右七八个地洞口连着。与坝基相连的公路边上，依然可见原来炸封后巨大的凹地。旁边的公路因为地洞的影响而塌方了3次，前几天刚刚修好。据进洞去清场出来的执法人员介绍，这些矿洞最深的有80米，短的也有20多米。全部矿洞里都没有见到人，估计那些违法挖洞者已经闻风逃走。

经过统一清场、安装炸药等充分准备后，中午1时许，爆破封堵开始。"轰隆隆，轰隆隆"，一阵阵爆破声从保护区域内传来，腾起阵阵烟雾。爆破后，执法人员进行了现场清理，及时处理了哑炮。

标本兼治：让"这盆浆"造福百姓

在治理牛坝塍尾矿库安全隐患中，个旧市政府和云锡公司共同采取了标本兼治、长短结合、多措并举的办法，取得了显著成效。

——采取集中统一行动，坚决禁止和取缔了在牛坝塍尾矿库保护区内乱挖滥采行为，加大了对违法犯罪分子的打击力度。3月下旬以来，公安执法队伍已先后出动警力130多人次，分4次对尾矿坝的乱挖滥采进行了综合治理，回填洞穴200多个，抓获违法人员7人，并视情节轻重给予了治安处罚。

162

——增强了联防护坝力量，确保了牛坝塘尾矿库管理工作正常开展。目前，这里有护坝治安联防队 1 个、联防人员 4 人，负责对大坝进行 24 小时巡逻守护。下一步，为确保库坝安全，将会把联防人员增加到 16 人，组建一支过硬的护坝联防队伍。

——加大宣传教育力度，提高了全市人民特别是尾矿库附近居住群众对尾矿坝安全重要性的防范意识，让其一同参与维护工作。同时，继续落实 1999 年 7 月 12 日市政府《关于协调解决对牛坝塘尾矿坝安全继续实行综合治理有关问题的会议纪要》的要求，确保库坝安全。

随着"轰隆隆"的爆破声，这些危机四伏的非法矿洞终于消失了。据云锡公司公安处领导介绍，在坝堤外的山地里进行地表耕作，种植一些经济作物，大坝是能承受的；也是可以合理利用土地、造福人民的；但可怕的是这些从山地打进库坝里的、深深的地洞，它们随时在吞噬着坝基的安全。为此，该领导恳切地说："只有大家群策群力，共同保护好牛坝塘尾矿库区的安全，我们青山绿水的美好家园才能够有所保障。"（载于《个旧报》2001 年 4 月 13 日）

163

香蕉香四方

——个旧市蔓耗第二届香蕉节剪影

5 月 18 日下午，个旧市蔓耗镇马堵山村雨过天晴，阳光灿烂。村广场上，彩旗飘扬，人山人海，身着独特漂亮的傣族、哈尼族、彝族、壮族等少数民族服装的各族群众集聚在此，与市领导和红河州委"三学"指导组成员、周边县市的领导和群众以及外地到此运输香蕉的人们，共同欢度蔓耗第二届香蕉节。

由于特殊的热带地理环境和气候条件，生产香蕉、芒果、菠萝等热带水果已成为蔓耗的一大特色优势产业，产品远销到湖南、南京、北京等南北各地。为更好地开发这一产业并带动旅游和经济发展，蔓耗镇于去年成功举办了第一届香蕉节。

今年香蕉节的节目更加丰富精彩。下午 3 点，别具一格的迎宾仪式开始：在鼓号队热烈欢快的迎宾曲中，在吉祥物"香蕉人"的引导下，来宾们随着清脆的竹竿拍地、互拍的有节奏的节拍声，在竹竿间跳着欢快的竹竿舞依次入场，不会跳的人们笨手笨脚，勾手勾脚，在竹竿间躲来闪去，引得大家发出阵阵哄笑声，广场上充满了轻松、欢乐的气氛。

开幕式上，有关领导先后致辞表示祝贺。个旧一职中民族歌舞班为香蕉节带来了彝族的阿细跳月、哈尼族的铓鼓舞、傣族的打草席、白族的闹新郎等 20 多个精彩的歌舞节目。香蕉节的重头戏是角逐"香蕉大王"，种香蕉的能手们纷纷报名参赛。经过对香蕉当场称重量、量长度、看外观等比赛环节后，来自蔓耗村的村民罗刚以单串香蕉重量 66 千克的骄人成绩获得冠军，摘走了"香蕉大王"的桂冠，得奖金 2000 元；李明和李永华分别以 63 千克和 62.5 千克的成绩分获第二、三名。"吃香蕉比赛"将活动推上了高潮，因为报名参赛的人太多，只得抽签入场比赛。有 6 名幸运者走上舞台，当众表演了吃香蕉。在 2 分钟内，49 岁的蔓耗村村民田家阳一口气吃下了 14 个香蕉而夺冠，22 岁的王洪以一个之差屈居亚军。到会领导分别为"种蕉大王"和"吃蕉大王"颁奖，并鼓励他们继续努力，种出更多、更好的香蕉，勤劳致富，过上更好的日子。

香蕉节上，还有剔香蕉、码香蕉、拉拔河、喝啤酒等精彩比赛。晚上的篝火晚会，更是将人们节日的狂欢推向了高峰。（载于《个旧报》2001 年 5 月 25 日）

朋友找朋友，亲戚拉亲戚，只要你有钱，"华诚"就欢迎你。短时间内，"华诚"以投资期货为名，将个旧人的数百万元血汗钱骗进了自己的腰包。经过个旧、贵州等地警方的大力侦破，终于，这个涉嫌诈骗的——

期货"集中营"曲终人散
女董事长进了班房

近日，个旧警方再次奔袭贵州凯里，历经辛苦，在当地警方的密切配合下，在城郊一出租房内，将原华诚贸易有限责任公司董事长、涉嫌诈骗的主要嫌疑人之一陈某黔抓获归案。至此，历时近 1 年的华诚诈骗案侦破工作获得重大进展。

精心设局

去年六七月间，贵州凯里市石油公司原女工、36 岁的陈某黔与浪迹凯里的湖南连源人、有犯罪前科的刘某，伙同陈某强、谭某求、刘某桃、高某等人经过精心策划后，远道而来个旧"发财"。

到个旧后，刘某、陈某黔 2 人分别自任总经理和董事长，其余人员任财务经理、监事等。他们用 100 元在某银行以陈某黔的名字开设了 1 个账户。随后，向工商部门提供了公司设立登记书等 8 份文件。之后，他们又"说服"了当地某文化单位与他们"联营"，由该单位出地点作为"华诚"公司的"总部"，说是"赚得的钱大家分，有财大家发"，甚至忽悠得该单位的负责人还带头"投资"了数万元在"华诚"。之后，他们又像模像样地申请成立了"华诚贸易有限责任公司"。

与此同时，个旧市的大街小巷已有他们临时雇用的人员在热热闹闹地宣传"满意在华诚，发财在华诚""公司拥有优秀的经纪人才，对期货、现货交易可提供优质服务"等。

随后，该公司大张旗鼓地在当地招用"经纪人才"。但奇怪的是，公司要求求职者在填写个人简历时要重点填写当地有名的老板和领导干部的名字及其与应聘人的关系。而在录用经纪人时，该公司不是以是否懂经纪知识、会干经纪工作为标准，而是以社会关系中填写的老板和领导干部的名字的多少为标准。

然而，这些十分反常的行为，居然没有引起求职者的警觉，反而趋之若鹜。一些求职者将自己并不认识、只是从媒体上或传言中听到的领导干部和老板的名字也照单写上，为的是能够挤进"华诚"。

骗钱跑路

165

7月16日，"华诚"正式"开业"，举行了很有规模的庆典仪式，甚至请来了当地一些领导为其"剪彩、挂牌、祝贺"。"华诚"在某文化单位三楼办公室内摆上了电脑等很现代化的办公设备，在屋顶上架起天线，声称这是租用"亚洲1号卫星频道，全天候掌握香港恒生指数动态"。

与此同时，公司招聘的几十名所谓的期货经纪人，已经像星星之火，撒向了个旧的大街小巷，找熟人，托关系，攀领导，自来熟地叫着陌生人"叔叔、阿姨"，再亲热地与人促膝而谈，耐心地、不断地告诉人们："赶紧投钱做期货和香港恒生指数，就能够让你们迅速暴富……"

一些发财心切的人们，居然轻信他们的宣传，在"期货"和"香港恒生指数"为何物都不知道的情况下，就轻易地把自己积攒多年的血汗钱都转到了"华诚"的账户上。这些人中，有老板、机关干部，也有待业青年、下岗职工、靠子女养活的老人……短短几个月时间，就有约350万元资金进了"华诚"的账户……

之后，这些投钱者会每天或打电话、或来公司询问自己"投资"收益的情况。工作人员在刘某、陈某黔等人的授意下，会告诉客户说：你的投资今天又上涨了、收益又增加了……刚开始是快速增加的，听得投钱者心花怒放，恨不得能再变出更多的钱来继续"投资"……

但一段时间后，当投钱者要求把收益兑成现金给自己时，"华诚"就找各种借口推诿搪塞。再过一小段时间后，上涨没有了，还一路下滑，甚至亏到本金所剩无几。这时，许多投资者纷纷要求"撤资"。一位当初投了10万元的老板在"亏"得老本所剩无几时暴跳如雷，在该公司办公室破口大骂，"华诚"老总赶紧递烟送茶，柔媚地向他劝说着"健全的心理素质在期货投资中的重要性，要学会承受和付出，这样才能舍小钱、赚大钱……"

11月24日，公司员工在休完假后回来上班时，发现公司"管理人员"没有一人来上班。3天后，仍不见人影，员工们开始感到不妙。5天后，员工们已经意识到"管理人员"可能是卷款逃跑了，才开始报警。

此时，闻讯而来的客户们知道自己被骗了，挤在"华诚"的办公室里哭天喊地，吵吵嚷嚷，情绪激愤的人们开始抢夺电脑、桌子、椅子等办公用品……现场一片混乱。警方闻讯赶到后，制止了事态扩大。

公安机关立即开展侦破工作。历经艰辛，多次奔赴贵州、湖南等地进行追踪、调查、取证……终于将陈某黔抓获。

经审理，陈某黔交代：在骗来的250万元中，约有100万元已被部分警觉的投资者强行要回；有24万元被公安机关扣押在银行；其余都被刘某、陈某强出逃时带走了；而刘、陈二人逃去哪里，她确实不知道。

而据警方分析：这250万元是有据可查的；但因该公司管理混乱、经济来往账册不全，且据受害者报案情况，估计实际涉案金额约在350万元以上，减去124万元，其余约226万元都进了刘某、陈某强等人的腰包。

目前，对陈某黔的取证已基本完成。但其他主犯刘某、陈某强等人还负案在逃，公安机关正在追缉中。

被骗原因

采访中，有关权威人士认真分析了造成这个诈骗大案的深层次原因：

首先，是投资者的"速富"和盲从心理为"华诚"的诈骗提供了条件。不少投资者都幻想着能够尽快发大财，从万元户变为10万元户甚至100万元户，在根本不知道"期货"和"香港恒生指数"为何物时，只凭"华诚"有关人员天花乱坠的谎话和瞎吹，就以为真的可以滚雪球般地发财，就轻易地把多年来做生意或省吃俭用积攒的血汗钱全部投进了"华诚"。不少工薪族把要买房子、要结婚的辛苦钱投了进去。一个老妇将开杂货店积攒的3万元养老钱也掏出来了。总之，在这些被骗的人中，少的投了三五万，多的投了二三十万。有不少人还全家出动，去向亲朋好友借钱"投资"，搞得现在一屁股的债……

其次，是审计、工商等相关职能部门未能很好地行使监督管理职责。这些职能部门在核发经营证照时，未能依法严格把关；在所谓的经营过程中，也没有认真依法行使监督的职权和职责。

例如：市审计事务所在对该公司注册资金的审核上，仅凭陈某黔、刘某等人提供的汇票复印件，就出具了该公司拥有100万元注册资金的验资报告证明；实际上，该公司账户上只有陈某黔姐姐从贵州汇来的30万元做注册资金。而在"华诚"开业后，这30万元又悄无声息地消失了。

再如：工商部门对该公司核准的经营范围是"信息服务"，而"华诚"却明目张胆地打着"为香港恒生指数搞期货"的幌子大肆骗钱。在此过程中，工商部门一直没有对该公司进行过监督和管理。据业内人士介绍，从事期货交易必须经过国家证券委员会、中国人民银行等部门批准。而且，香港恒生指数在国内尚未开展任何业务。

但是，种种不正常行为并未引起有关监管职能部门的警觉和监管。倒是有少数"投资者"在观察出陈某黔、刘某等人可能是诈骗的蛛丝马迹时，立即果断地"撤资"。对开始时要"撤资"的几个人，陈某黔、刘某等人还很干脆地退钱还人家。可到后来，要求退钱的人越来越多了，陈某黔、刘某等人就以种种借口拖延时间。此时，陈、刘等人认为骗的钱已经差不多了，再拖下去，可能会被更多的人识破，到时候就鸡飞蛋打了。于是，借着放假的时间，演出了一场"金蝉脱壳"的鬼把戏。

第三，是"华诚"的骗局精心设计，在舆论造势上有很大的欺骗性。在"华诚"印发的宣传材料上和办公地点，满是"让世界了解个旧，让个旧走向世界"、"投资华诚，就是投资财富"、"投资期货，就是投资财富"、"拥有香港恒生指数，就是拥有了财富"等富有欺骗性的口号，刺激得那些想一夜暴富的人们血脉偾张，背着一包包的现金在"华诚"的办公室排队交钱……

目前，此案还在进一步办理中。

有关权威人士指出：虽然陈某黔归案了，虽然公安机关也在不懈努力地办理这个案子，但是到目前，刘某、陈某强等多数作案人员还没有归案，诈骗到的钱绝大部分都在刘某等人的手中，所以，投资者被诈骗的钱财多数都暂时难以追回……因此，在这个诈骗案中，个旧投资者和有关职能监管部门

都有很多沉痛的教训应该吸取。(载于《个旧报》2001 年 5 月 26 日)

医海"掌舵人"
——记个旧市人民医院党委书记、院长何南飞

提起个旧市人民医院的何南飞,很多个旧人甚至红河州人都知道他。但老百姓记得他,并不是因为他有医院的党委书记、院长这些"官衔",而是因为他有精湛的医术和扶危济困的善心。全院职工敬佩他,则是因为他带领着大家勇于开拓、务实创新,在医疗市场竞争日趋激烈的今天,使已经有半个多世纪的人民医院年年跃上新台阶,焕发出"老树开新花"的蓬勃活力。

务实创新 "两个文明"一起抓

1995 年,36 岁的何南飞在医院处于内外交困的时候走马上任了。

当时,医院医疗设备陈旧落后;日常周转资金严重短缺;职工工资经常推迟发放;职工队伍人心思走,中青年技术骨干严重"流失";住院病房陈旧,没有配套的卫生间和供氧设施等;病床、被子、柜子等物品一用几十年,破旧不堪……而社会上,老百姓又因为医院的"门难进、脸难看、话难听、医难求"、索要红包礼金等问题而对医院颇为不满……

此时的人民医院,处境极为尴尬:一边是医院自身发展举步维艰,一边却是老百姓就医难上加难。

在这样的风口浪尖上,医院将走向何方?

面对这些困境,何南飞没有退缩。他把"解放思想、实事求是"的理论活学活用到指导医院的改革实践工作中。根据医院存在的各种实际问题,何南飞提出了一系列深化医院改革和管理的新思路、新举措:

在医院发展方向的决策上,何南飞强调"不唯上,不唯书,只唯实",重实践不重争论,先干起来再说,做对了的继续坚持,做错的了改正过来,不断完善。

在医院的内部管理上,大胆实行全面改革。他团结和带领医院干部职工创造性地开展工作,先后出台了在全州卫生系统没有、或少有、或有争议的一系列管理办法和措施。例如:在全院实行院、科两级经营核算管理制度,并不断完善;出台院内破格晋升职称的办法,对技术精、贡献大但资历不够的年轻医务人员实行院内破格晋升职称,先后有 4 人破格晋升为副主任医师、3 人破格晋升为主治医师,并享受相对应的相关待遇,留住了不少人才;推行科室主任综合管理制度,建立科室主任奖励基金;设立院长奖励基金,每

年评选 1—2 次，激励先进；大胆提拔任用一批敢管事、能管事、会管事的中青年技术骨干担任领导干部；加大引进和培养人才力度，先后派 70 多人次外出进修学习；对急诊科、儿科等风险高、效益低的科室的医护人员给予特殊岗位津贴，留住这些科室的医护人员队伍；实行岗位目标责任管理；实行活工资、奖金考核发放；堵源截流，加强管理，杜绝浪费；建立考核制度，对各项工作、各个岗位及其工作人员进行较为科学、严格、客观、真实的考核评价并据此进行奖励发放等。

这一系列全方位、有针对性、符合医院实际的改革举措，让全院职工人人职责明确，工作具体到位；能奖勤罚懒，调动和发挥职工积极性和巨大潜力，对医院建设和发展发挥了重要作用；全院职工危机意识、服务意识和竞争意识不断增强，医院管理和发展逐步走上了制度化、规范化、科学化良性发展的轨道。

钻研业务 精益求精

何南飞的行政工作很杂很忙，但担任院长多年来，他始终坚持工作在临床第一线。他喜欢学习新技术、新疗法，刻苦钻研，勇于实践，率先在滇南地区开展了"腹腔镜技术治疗胆结石"、对死亡率很高的"急性重症胰腺炎进行手术综合治疗""肝内外胆道嵌顿结石手术治疗"等多项新技术、新疗法，并成功应用于临床，解除了许多患者的病痛，也填补了当地医院在这些方面的医疗技术空白。另外，《电视腹腔镜胆囊切除临床应用》《急性重症胰腺炎手术的时机与术式选择探讨》《胆道镜及碎石仪在肝胆管结石治疗中的应用》《胆叶切除在肝癌治疗中的应用》等多篇医学业务论文在国家级医学杂志《实用外科》等多种医学专业杂志上发表，并先后荣获省、州、市科技进步奖。

何南飞每天都要工作十几个小时。只要不出差，每到星期六，他都坚持出专家门诊。平时，他都坚持看病、查房、做手术。每年，他做的手术都在 200 多台（次）。多年来，仅"腹腔镜摘除胆囊结石手术"一项，他就做了1200 多台手术，为 1200 多名患者解除了病痛。离开个旧故乡多年、在广州工作的宗孝和，慕名何南飞的精湛医术，特意请假专程回到个旧，请何南飞为他做手术。

放心、放手、放眼培养新人，是何南飞富有胸怀的另一面。普外科副主任陆文明、医生杨锡俊从学校毕业分配到医院工作的那天起，就一直跟着何南飞学习。在工作中，何南飞既严格要求、又放心放手培养。如今，两人都成长为医院的骨干医生，已能独立开展手术。

对病人，何南飞更是善心相待，只要病人需要，他都倾力相助。一次，一个家庭困难的下岗女工因"急性重症胰腺炎"住院手术治疗，病人的生活发生了困难。何南飞知道后，就把家里的电饭煲、盐巴、食物等拿来送给这位病人，又拿了几百元钱叫一个工作人员悄悄送给这位病人。当这位女工得知这些钱和物品都是为她做手术的何院长送给她的时，激动得热泪盈眶，她说："只听说有的医生做手术要收病人的红包，何院长不但不要红包，反而送钱、送东西给我这个病人；还为我做手术救了我的命，叫我怎么感谢他啊！"其实，像这样给困难的病人送钱送物的事，何南飞自己都记不清有多少次了，但他自己从来不说，直到记者采访时不少医护人员和病人一一说起时，大家相互之间才知道这些事。

勤政廉洁　争当人民好公仆

何南飞历来注重自身政治理论素养和思想素质的提高，他努力学习邓小平理论和"三个代表"重要思想，养成了良好的学风。他善于思考，把学习理论与解决医院的实际问题有机结合，先后撰写了《深化医院改革,加强医院管理,加快医院发展的思路》《当前医院改革应处理好的几个关系》《对医院现状和前景的分析与思考》《理论作指导,思想贵突破,改革重实效》《当官先学做人,为官造福一方》《做一个优秀领导干部的实践感悟与理性思考》《现代化医院院长角色思考》《基层医院动态管理运行模式研究》等10多篇医疗管理工作的论文在国内多家报纸杂志上发表，并作为经验进行交流。

为政清廉，是何南飞的又一人格魅力。几年来，医院先后建盖了内科和外科住院部大楼、行政办公大楼和职工集资建房，同时购买了许多先进的医疗设备，总投资数千万元。实施这些项目时，何南飞总是领导班子集体决策，决策后由分管的副院长和有关职能部门负责组织实施，再把实施的情况向他反馈。在具体操作过程中，他从不参与，更不与"敏感"的人或事接触。有几次，医院购买进口医疗设备，厂商提供了出国考察的机会，可何南飞拒绝了，并向厂商扣除了出国的费用，以合理的价格买回了设备。在基建中，不少建筑老板钻头觅缝地找他送红包、要工程，都被他严词拒绝。全院职工和班子领导在这一点上最为敬佩他。他的率先垂范、廉洁自律也为班子的勤政廉政做出了表率。

多年来，不论是在做官的"立言、立行、立德"上，还是在医院的改革管理和个人的医疗技术创新上，何南飞都取得了突出的成绩，多次被评为个旧市、红河州、云南省卫生系统的劳动模范、优秀共产党员和先进个人，是红河州委、州政府命名的 30 名"州管"专家之一。前不久，何南飞还被云南省委评为"优秀共产党员"。（载于《个旧报》2001 年 6 月 1 日）

抢占"制高点"

——个旧市人民医院购买进口医疗设备侧记

日前，"云南省个旧市人民医院引进设备招标开标会"在昆明云南省机电设备国际招标中心圆满落幕。驰名世界的德国西门子公司、美国通用公司和马可尼公司、意大利麦可公司、荷兰菲利浦公司等大公司参加了这次招标会。

成立于 1938 年的市人民医院，经过半个多世纪的坎坷征程，如今已发展成为国家"三等乙级"医院。"远程会诊""腹腔镜摘除胆囊结石"等项目已成为医院的"品牌"。文山、四川、广州等地患者都慕名前来就医。在医院，先进的医疗设备能保证准确、快速地诊断和治疗病情，被誉为医生的"第二只手"。近年来，该院先后投资 2000 多万元，购买了较为先进的CT、血透机、彩超、全自动生化分析仪、多尼尔碎石机、电子内窥镜、全自动制氧机等 880 多台（套）医疗设备。这些设备以稳定的性能和高科技含量的功能，受到医患人员的欢迎和信赖，极大地提高了该院临床的诊断和治疗水平，取得了良好的社会效益和经济效益。

然而，随着高新医疗技术设备的飞速发展和在医疗领域越来越广泛的运用及其突出的作用，医院的决策者们清醒地认识到：未来医疗市场的竞争，是人才和技术的竞争，而这两者的竞争，都必须以先进的医疗设备作基础和保障，否则就是"巧妇难为无米之炊"。同时，也为了给患者提供更加优质、快捷的服务，在红河州和个旧市政府的大力支持和帮助下，医院果断决定：贷巨款 3500 万元，进口、购买一些目前世界上最先进、最新的医疗设备。

为购买到好的设备，医院经过科室申请，院、科两级论证后，将要购买的设备列出一个名单，主要有：列入免税进口的计算机放射成像系统（CR）、双层螺旋 CT、数字化胃肠机、摄片床、小 C 臂、床式 X 光机、全自动血液快速培养液、尿沉渣分析仪、胎心监护系统、呼吸机、活动平板仪等。

为了花合理的价格买到最先进的设备和配置，医院领导班子"约法四章"：一是不贪大求洋，实用、实效第一；二是把好质量关，购买国际上最高标准——"金标准"的设备；三是实行公开、公正、公平原则，公开招标，依法操作；四是货比三家，比质量、比功能、比价格、比售后服务。

经过院、科领导到上海、北京等地考察，又反复修改论证后，于4月中旬在国际互联网上进行了公开招标。近日，闻讯而来的多家国际著名公司，在具有国际招标资格的云南省机电国际招标中心的主持下，参加了招标、开标会。经过两小时的激烈竞争，在大屏幕上公开了招标结果。

对此，参会的5名专家评委和有关外国公司的代表一致认为：在中国的边疆一个县级市的国有公立医院，一次性投入这么多资金、购买这么多目前世界上最先进的数字化医疗设备，真是很少见的"大手笔"！这需要决策者具有广阔的视野、超凡的勇气和魄力；需要有地方政府的大力支持和帮助；更需要医院自身具有雄厚的财力作保障。又因为是公开、公平、公正竞争，所以医院又以最合理的价格，买到了最先进的设备。

据了解，计算机放射成像系统（CR）是目前全省医疗系统的第一套。（载于《春城晚报》2001年6月28日）

172

搏击市场的"领头雁"

——记荣获云南省委"优秀基层党组织"称号的个旧市化肥厂党委

在建党80周年的喜庆日子，个旧市化肥厂迎来大喜讯：在国企改革三年解困、脱困工作中，由于厂党委团结和带领全体职工克服困难、开拓创新、成功脱困所取得的突出成绩，而被中共云南省委授予"优秀基层党组织"光荣称号。佳讯传来，全厂干部职工倍受鼓舞。改革脱困三年来走过的坎坷征程，至今仍历历在目……

"明星企业"陷入困境

始建于1958年的化肥厂，经过多年建设和发展，目前已经是一个拥有1.8亿元固定资产、1000多名在职职工的国有中一型化工企业。建厂43年来，累计实现工业总产值6亿元，创利税5000多万元。1995年实现利税1002万元，创历史最高水平。该厂曾荣获多项荣誉，被评为"全国先进单位"；连续10年被评为"省级文明单位"；一些重要技术岗位上的工人参加全省的专业技能比赛，多次被评为"优秀技术能手"，是"明星工人"最多的化工厂之一；被誉为云南省化工行业中的"明星企业"。

然而，在取得这些骄人成绩的同时，近年来，该厂也像其他国有企业一样，在市场经济的大潮中遇到前所未有的困难：市场低迷，产品积压；管理不善，成本增加；人员过多，包袱沉重；工作被动，效率低下；负债运行，连年亏损……仅 1997—1998 两年，就亏损 743 万元、负债 836 万元。1998 年被列为国家级脱困企业。

"明星企业"改革之路

怎样改革才能解困、脱困？

厂党政领导班子对全厂情况了如指掌，经过认真研究和分析后认为：只有团结全厂干部职工，紧紧抓住"生产经营必须出效益是中心"不放松，牢牢抓住"党组织党员建设是关键"不动摇，充分发挥企业党组织的政治领导核心作用，坚持党政工作"两手抓、两手都要硬"，才能促进企业的改革发展，才能使企业走出困境。他们的具体做法是：

——转变"国企老大"旧观念，发挥思想的先导作用。改革实践证明：在激烈市场竞争中，干部职工如果不转变思想观念，总以为像过去那样"我是国企老大，等着市场找我，等着别人求我"，要实现改革和脱困都是空谈。

为此，厂党委组织开展了"破除旧思想，树立新观念"的解放思想大讨论活动，提出了"企业有困难，我们怎么办？工作为谁干？工作怎么干？出路在哪里？效益就在我们手中"等 7 个专题进行大讨论；召开职工大会、座谈会、研讨会，宣传、动员广大职工踊跃参与，为改革出主意、想办法、提要求、定制度、互监督。

经过大讨论，职工们转变了旧思想，得出了新观念：一是"企业好我好，企业糟我糟，工作是为我们自己干，不能再像过去那样懒、馋、散、滑"；二是要"转观念、促营销、增效益"；三是要"主动适应市场、全员面向市场、灵活回应市场"；四是"企业兴衰我有责，我与企业共命运"。

厂里根据这些新观念和实际工作要求，又制定、细化、完善、出台、实施了各部门、各车间具体的、可操作的、有实效的一系列改革办法和规定。

观念改变了，思想统一了，奋斗目标有了，改革的规章制度实施了，这些都极大地调动和激发了全厂干部职工的责任感和使命感，使他们在开拓新路、生产管理、经营销售、筹资自建、杜绝浪费等工作中都同心同德、大显身手。例如：职工们自出资金数百万元，组建了民营股份制企业"天力铜业有限公司"，主营化肥销售和其他厂生产的有色金属产品；接纳了厂里 20% 的下岗职工就业；成立 1 年就实现销售收入 1000 万元，创利税 340 万元；闯出了一条"冶炼化工结合、国有民营共存"的新路。

——厂党委着眼明理、顺气、鼓劲，用"活、新、实"的工作来发挥激励、凝聚作用。近几年，企业效益不好，改革又使少数职工眼前利益受损。同时，社会上的黄、赌、毒及腐败现象等，也导致一些职工心理不平衡，理想信念产生动摇。为此，厂党委抓住"活、新、实"来做工作。

"活"，就是紧贴职工思想实际，把政治思想工作做活。每月一次，定期组织党员领导干部学习时事政治和党的方针政策及省、州、市的重大决策。经常组织开展深受职工欢迎的演讲、知识竞赛、书法、绘画、摄影、灯谜、文艺演出等活动。每年举办一次"远帆杯"职工运动会。利用闭路电视、广播、橱窗、黑板报、厂报等宣传党的方针政策、经济知识、好职工好党员的事迹等。

"新"，就是配合企业改革改制，把思想政治工作做新。近年来，该厂先后进行了成立民营公司、实行"分厂制"、精简机构、干部聘任制、后勤剥离"母体"等重大改革，一些职工心里有了"疙瘩"。为解开这些"疙瘩"，厂里推行了"厂务公开"，在调资、分房、机构改革、基础设施建设等重大问题上，把"底"亮给职工，让职工心里服气。设立"领导周末接待日"，了解职工的困难，解决他们的合理诉求。周末和逢年过节，厂领导也去生产班组和职工一道上班。慰问、探望病伤残和有困难的职工。这些新举措，使该厂在大刀阔斧的改革中，始终保持了职工的思想稳定、纪律严明、队伍不散，各项工作干得井井有条。

"实"，就是改善职工生活，把政治思想工作做实。在发展经济的同时，厂里想方设法解决职工的住房、孩子的求学和生活福利待遇等问题，对厂区80套老宿舍进行改造，解决了青工结婚住房难的问题；通过个人、企业、银行贷款等多渠道筹资，在市区购买了108套配套房，为退休职工和生产骨干解决了住房问题；在生活区兴建市场、购置3辆交通车、扩建卫生所、为"职工之家"添置音响设备等，极大方便了职工的物质、文化生活需要。特别是在企业非常困难的情况下，仍然保证了在职和离退休职工工资的发放和医疗费报销。润物无声，广大干部职工以更加努力的工作，来回报党组织的关爱。

——抓好各级党组织建设，发挥好党组织的核心领导和服务保障等作用，把党对企业的政治核心领导落到实处。

一是抓好党委组织建设，重视理论武装，提高党委班子驾驭全局的能力。制定党委理论中心组学习制度，规定党政领导理论学习必读篇目，包括邓小平理论、"三个代表"重要思想、生产业务和市场经济知识等。

二是抓好党风廉政建设。党委要求并监督党政干部在业务招待、住房分配、物资采购、工程招标、用车、用电话等十个方面必须以身作则，按规定办事，不贪不占。由此，领导班子形成了团结和谐、作风民主、决策中能商量、思想上能交流、感情上能沟通、信息上能反馈、工作上能相互支持的有机整体，成为一个能团结和带领全体干部职工搏击市场经济大潮的坚强领导集体。

三是抓好基层党支部建设，充分发挥党支部在生产一线的凝聚力和战斗力。组建分厂后，厂党委分别在化肥、硫酸、机电、给排水4个分厂、农化服务中心和供销公司成立了6个党支部；要求党支部按照"任务完成好、干群关系好、思想作风好、廉洁自律好、党员形象好"的"五好"标准来建设，并在年终纳入党支部建设目标考核范围。

四是重视组织发展工作，加强党员队伍建设。党员队伍在生产经营中发挥着极为重要的先锋模范带头作用，几年来，厂党委以"坚持标准、改善结构、保证质量、慎重发展"的原则，在生产一线发展新党员37名，做到了在重要岗位、关键工艺和每个生产班组都有党员。

五是在党员中开展"做表率、树形象"活动，强化党员的责任意识和表率作用，让党员在生产一线挑大梁、唱主角，让职工群众从心里佩服党员。自1999年4月推行"党员戴证上岗制"以来，党员们以塑造本班组形象为己任，带领职工出主意、想办法、定措施，积极努力工作，严格工艺管理，精心维护设备，降低生产成本，提高经济效益，使生产经营保持了"长、稳、安、满、优"，涌现出一批受人称赞的优秀党员典型：

周石波，担任供销公司经理后，加大广告宣传力度，建立产品品牌形象，迅速打开了产品销路，使产品销售总量增加、效益提高。

吴树旺，原磷铵分厂党支部书记，竞聘到硫酸分厂任厂长后，抓工艺，抓安全，抓劳动纪律，稳定了生产，提高了产品产量和质量。

赵淑有，被职工亲切地称为"设备维修的好班长"。他维修设备的技术过硬，工作从来不讲价钱，时刻冲锋在前。一次，抢修液化气设备，他亲自带着工人在基本封闭的设备里一干就是一整天，渴了饿了，钻出来吃点东西，歇口气，又钻回去继续干。按正常工序需要7天时间才能维修好的设备，他们仅用了两天就修好了。休息时间，赵淑有也要到各生产车间转转、看看，把设备运行情况记在本子上，一发现设备有毛病就及时处理，把故障、事故化解在萌芽状态。

杨顺文，化肥分厂的工人，带领职工精心操作、维护生产设备，保质保量完成生产任务，多次被评为"优秀共产党员"。

陈宽，工程师，关键时刻"专啃技术上的硬骨头"的机电分厂厂长，带领职工攻克了无数生产技术难关……

这些优秀党员的先进思想和模范行动，引领和带动着职工们的思想和行动，让大家齐心协力，共同为企业的发展而不断努力工作。

——精简机构，独立核算，自负盈亏，提高效益。精简机关及其人员，机关科室从原来的 16 个精简为 8 个，对精简出的富余人员鼓励到生产一线工作并上浮两级内部工资。生产车间改为"分厂"；之后，分厂、生产辅助和后勤部门全部实行独立核算、自负盈亏。在生活区建盖 10 多间小平房，配备水电设施，低价出租给身体较弱的下岗女工经营，使其自食其力。对符合国家法定退休条件的，不搞超期"服役"；对达到厂内退养条件的，实行内部退养。采取这些措施后，仅 1999 年，全厂就减少人工成本 160 多万元，为企业的发展注入了新活力。

——公开招聘"能人"，大力开拓市场。成立了农化服务中心和销售公司，在全厂公开、择优招聘了 20 多名"能人"充实营销队伍，增强销售力量，提高售后服务水平。实施"稳住内销、开拓外销、优质服务、促进生产"策略。在销售上，采取产品价格和销售费用随行就市，做到市场需要什么就生产什么，形成了"销售围着市场转、生产围着销售转"的良好格局。如：磷酸一铵、过磷酸钙两个主产品产销率分别达 109.6%、115.3%；普钙产品产销率达 100%。

"明星企业"终"脱困"

改革三年来，市化肥厂党委既注重抓好生产经营的改革改制、不断提高经济效益，又注重驾驭和把握着改革的大方向不能偏离正常轨道；既重视职工队伍的政治思想业务素质教育，又注重改善和提高职工的生活福利待遇，确保了企业健康稳定向前发展。1999 年，该厂开始盈利 2.9 万元；2000 年盈利 15.7 万元；基本实现了"三年脱困"的目标。

目前，厂党委正带领全厂干部职工实施"三个一工程"：预计用 2 至 3 年时间，努力完成年工业总产值 1 亿元；实现年利润 1000 万元；实现职工人均年收入达 1 万元。我们有理由相信：全厂干部职工在党委这只搏击市场经济大潮的"领头雁"的带领下，正以百倍的信心、昂扬的斗志和前所未有的努力工作，在新的征途上，继续谱写着国有企业发展腾飞的新篇章。(载于《个旧报》2001 年 7 月 20 日)

百姓潮涌个百大　服装市场起"硝烟"
永春公司"放血"为哪般？

9月7日以来，承包个旧市百货大楼二楼进行经营的昆明永春经贸有限公司连续推出了"二折起价猛降"促销活动，并在当地媒体上推出滚动式广告宣传。一时间，个百大二楼人头攒动，购买者踊跃，出现了近年来服装市场少见的火爆景象。

日前，记者来到个百大二楼踊跃购买的人群中进行了现场采访。赵女士为在昆明工作的女儿选购了一对鸭绒枕套，她说："我是第二次来买东西了。在昆明这种质地的枕套要100多元，这里只要50多元。"王先生为自己和孩子选购了质地相当不错的夹克衫、三件套休闲服、T恤衫和休闲裤，一共只花了250元。消费者得到了实惠。

当然，对低至"二折"的价格，消费者也心存疑虑，议论纷纷，有说永春公司是为装修经营地点而降价，有说是为抛出存货一走了之而降价……总之，各种传言都有，但均莫衷一是。

为此，记者于日前采访了与个百大二楼促销活动有关的当事人和单位。

经了解，1998年秋，昆明永春公司在大理、文山、思茅开辟市场后，又瞄准了个旧市场，到个百大承包了二楼700多平方米的经营地点，引进了"梦特娇""培罗蒙"等数百个著名品牌的服装和床上用品进行销售。经过几年努力，开辟了个旧市场。

孙某勇，永春经贸有限公司驻个百大二楼业务经理。记者见到他就单刀直入："这次减价促销，真的只是为了重新装修二楼？消费者想听实话。"孙某勇笑了："重新装修二楼是真。但服装的款式比较单调，越放越难卖了。而且，二楼的上一轮承包合同也即将到期。为尽快回收资金，抢占时间差继续保持公司在个旧已经占有的市场，公司经慎重考虑，决定进行这次减价促销活动。现在，库存商品价值100多万元，促销活动到9月底结束。降价促销如能按期完成，公司将要亏本40至50万元。之后，公司将投资30万元对二楼进行全面装修，改善购物环境。装修开业后，将侧重对国际国内知名品牌服装的专业销售。"

个旧一些经营服装的商家对永春公司的"狂减猛降"不答应了，把这事反映到政府有关部门，要求政府取缔这种"不正当竞争"。与个百大仅一路之隔的某服装店老板陈女士情绪激动地说："外来商家在价格上肯定比我们本地的要有优势，他们即使再狂减也还有赚头。但像他们这种无序竞争，还叫不叫我们活？政府还管不管？"

在市商业局，一位领导接受了记者的采访。记者转达了本地商家提出的"无序竞争""政府管不管"等问题，这位领导说："对无序竞争、非法竞争政府肯定是要管的，但现在没有证据表明永春公司有这些行为，他们只是在用市场手段调节经营活动，这符合市场经济规律，不必过多干预。本地商家对此要给予理解，同时也要不断提高自己应对市场经济的能力，才能求得生存。"（载于《个旧报》2001年9月17日）

学校里盖得最新、最宽敞的住房，全是老师们住着。而在学校领导班子中，房子住得最旧、面积最小的又是校长。这是发生在个旧云锡二中校长张绍全身上的真实故事。请看——

"让"校长外传

作为高级教师、一校之长，张绍全是完全有条件住上好房子的。但是，他却坚定地说："好房子，要让给老师们住！"

张绍全搞教育是半路出家。1968年，他从昆明工学院毕业分配到云锡公司从事技术工作。随着公司职工子女就学难问题越来越突出，1980年，云锡公司决定组建云锡二中，组织上就委派张绍全与其他同志一起组建。经过努力，学校组建起来了，但师资特别紧缺。

因为张绍全是"科班出身"的大学本科毕业生，组织上就希望他能改行来教书。为培养这些矿工子女，张绍全忍痛放弃了自己钟爱的冶炼技术工作，成为一名专职教师。从教后，张绍全兢兢业业，全身心地投入教学工作，成为当时学校里最受学生欢迎的老师之一。1988年，因工作成绩突出，他被晋升为高级教师，成为当时个旧地区中学少有的几个高级教师之一。1993年，张绍全走上了校长的领导岗位。

这些年，学校条件改善了，先后建盖了80套设施配套、面积较大的职工住宅。但全校有160多名教职工，不少人都希望能得到这些好房子住。为此，张绍全在校务会上带头让房，提出"好房子先让给老教师们住"的倡议，并决定：分房时向工作在教学一线、成绩突出的优秀教师和高级教师倾斜。就这样，学校几次带福利性质的分房或购房，张绍全作为一校之长都一一"让"掉了。

1996年，学校建盖最后一批带有福利性质的住房，家人劝张绍全说：

"这是福利分房的末班车了，以后的房子都是商品房了，很贵。这次就买一套宽敞的房子，改善一下家里的住房条件吧。"可是，房子有限，张绍全又把这个难得的机会让给了学校的一位高级教师。如今，张绍全一家仍住在学校1985年建盖的一套40多平方米的旧房子里。

这几年，学校年年都有一个申报"特级教师"的名额，按资历、教学实绩、管理水平等软硬条件，张绍全都能当仁不让地申报。但他还是一次次地把这些"好处"让给了工作在教学一线的其他老师。

张绍全"一切为了老师""一切为了学生"的人格魅力，深深打动了学校的老师们。一位教高中语文的骨干老师被州、市几所中学"相中"，几家学校多次游说这位老师调走，并给他安排了房子。这位老师考虑再三后，婉言谢绝了那几家学校，依然留在云锡二中教书。他说："难得遇到像张校长这样识才、爱才、护才的领导，我还是选择留在云锡二中工作吧。"

严格科学的管理加上校长的人格魅力，使云锡二中从原来一所默默无闻的职工子弟中学发展成一所省级一级完全中学，并被授予"省级文明学校""省级德育教育先进学校""州级文明学校"等多项荣誉称号。1995年以来，连续被个旧市人民政府评为"优秀学校"。（载于《个旧报》2001年9月28日）

179

个旧独店草场　农家饭菜香喷喷

绿茵茵的草地，遮天蔽日的森林，清新的空气，人们坐在小木屋里，悠闲地品尝荞饭、糯苞谷、风味土鸡、老火腿熬四季豆、水煮南瓜……森林里因为众多美食的"加盟"，竟然弥漫着一种奇异的香气，令人垂涎。

节假日，到独店草场"泡氧吧，吃农家饭菜"已成为锡都人休闲的新时尚。

独店是个旧的一个彝族小山村，位于市区南部12千米处。"文革"时期，独店曾因乱砍滥伐而导致环境恶化，泥石流等灾害频繁，老百姓生产生活受到极大影响。"文革"结束后，独店人以愚公移山的精神，在这个海拔1800米以上的高寒山区开始了种树种草、保护生态的艰辛历程。

通过连续不间断的植树种草，到1999年，全村共植树230.67公顷计60万株，种植新西兰高蛋白牧草"鸭毛"33.33公顷，在独店村2.8平方千米的土地上，荒山绿化率高达93%，森林覆盖率达70.26%，远高于全国平均水平。

1998年，独店村举办了首届"彝族糯苞谷节"，独店草场旅游风景区闪亮登场并名声大振。

此后，到草场旅游休闲的人越来越多。独店人就到景区开小吃店，摆上彝家人特有的农家饭菜招待客人，受到游客欢迎。如今，在这里开农家小吃店的农户已有14家，一到节假日，"隐蔽"在森林里的这些小木屋里就高朋满座，生意火爆。村民王朝珍原来以种苞谷为主，收入不高，现在开餐馆月均毛收入大约有3000元，扣除成本和其他费用后，还有1000多元的纯收入，比种地强多了。

餐饮业的发展，还带动了当地种养业的发展，农民自养的土鸡和种植的苦荞、糯苞谷、豆类、南瓜等"绿色食品"供不应求。小石岩村村民王顺昌给记者算了一笔账：过去1只土鸡最高卖到10多块钱，现在可以卖到30块；过去1角钱1千克的南瓜，现在可以卖到1块。老王还说："我们养的土鸡喂苞谷不喂饲料，种菜用的是农家肥，所以味道香得很，卖得上价。"

正在小木屋里津津有味地品尝农家饭菜的王先生，指着老人和妻儿说："我们一家已经是第5次来草场玩了。这里离市区不远，周末就可以来。这里空气清新，利于健康。还有，这里的农家风味饭菜又生态又好吃又卫生，休息天到这里来连吃带玩带休息，省时省事又开心。"（载于《个旧报》2001年10月1日）

新闻背景： 前不久，记者在采访中，偶然见到了个旧某中学初中毕业班的几册同学录。在这些同学录中，孩子们在"将来的理想"一栏中写得最多的是：当歌星，当明星，又好玩又赚钱；其次是：当老板，过有钱人的生活；而有的男生写的是要当"黑老大""扛霸、风光"；有的女生写的是要当"小三""小蜜"……只有极个别的孩子写要当科学家或医生。

由此，折射出当前中学生理想教育中存在的极为严峻的问题并亟待解决。为此，本报组织了专访——

理想教育　缘何不理想？

——《三册中学生〈同学录〉折射出什么？》系列报道之一

本报推出《三册中学生〈同学录〉折射出什么？》系列报道后，引起社会各界广泛关注。各界人士对本报关注中学生理想信念教育的做法给予充分肯定；并认为这是媒体对实施素质教育应持有的关注、期待和应该担当起引导、教育的社会责任。

同时，社会各界对现阶段这一工作中存在的诸多严重问题，也表示了深深的忧虑。

个旧一中87岁的退休教师罗佩老人，是红河州教育界资深人士和社会贤达。谈到这个话题，罗老的话匣子就打开了：媒体关注此事，确实很有必要。现在的中学生思想活跃，善于思考问题，这是可取的。但是，一些学生过多地着眼于生活享受，对国家、民族的前途和命运关注得太少，这是应该引起注意的问题。当然，这不能全怪孩子们。其实，国家也非常重视这个工作，小学有思想品德课，初中、高中有政治课，都有不间断的政治思想教育。但为什么教育的效果就是不理想？这应该引起我们的警醒和反思，比如在理想教育的内容和方式方法上，我们能不能想办法搞得更具体生动些、更丰富多彩些、更有亲和力些、更能让孩子们喜欢和接受些？

而一位数学教师又一语道破了老师们的苦衷：我们是受传统教育长大的一代，知道素质教育的重要性，我们当然也希望在这方面多花些功夫。但在实际工作中，素质教育很难真正落到实处。因为，考核教师教学成绩好坏的唯一标准，就是学生考分的高低；更要命的是连家长也用这个标准来衡量老师；大家都不看考高分的学生是否是一个有理想信念、全面发展的好学生？所以，我们老师有点时间就去给学生补主课，哪里还顾得上过多地管学生的思想问题？

一位教育界的资深人士说：家庭教育也是重要一环，但更多家长关心的只是孩子们的学习成绩，很少关注孩子们的思想状况和理想道德教育的效果。一对在机关工作的夫妇听到记者问他们平时买什么书给正在读4年级的孩子看时，他们奇怪地反问记者说："何消要我们买？现在的书比我们读书时要丰富得多了。孩子喜欢读什么书，让他自己去买。"书多是好事，但现在的很多书良莠不齐，因此，对孩子读的书要有所选择和引导，家长不能撒手不管，放纵孩子，尤其是对于那些对是非美丑还没有判断和鉴别能力的孩子。

提到理想教育，一位中学生的法官母亲未言先叹气："现在一打开电视机，除了央视的节目比较有品位、比较正规外，许多电视台的节目多是些追星、捧星的'闹包'节目；整天只会整些什么好吃、好玩、好穿、好享受的'憨包'节目；但孩子们还特别爱看，因为轻松，不用动脑子；天长日久，耳濡目染，再加上这些星们一炮走红后的'天文数字'的收入，你说是理想道德教育有吸引力？还是这些'闹包、憨包'节目有吸引力？现在，我女儿整天做着'明星梦'，连书都不愿意读了。我苦口婆心地对她说，人要有理

181

想信念，要好好读书，将来才能成为对社会有用的人。她居然说，好好读书不就是为了有更多的钱吗？没有钱你怎么过日子？没有更多的钱你怎么能享受更好的生活？所以，没有钱，你说的那些都是假大空！所以，我要当明星，轻松挣钱，任意享受，这才是人上人的生活！"这位母亲不无忧虑地说："这是整个社会大环境的问题，大环境不解决好，仅靠学校和家庭教育，真是杯水车薪！"

另一位教育界的资深人士说："在整个社会大环境中，确实存在着诸多不利于孩子们思想健康成长的问题，应该引起党委、政府和社会各界的高度重视，并认真加以解决。在认真解决好这些问题的同时，如何引导孩子们正确看待这些问题，并采取切实有效的方法教育好孩子，是目前我国教育中急需认真对待、研究解决的难点、热点问题。"（载于《个旧报》2001 年 10 月 12 日）

理想教育需"突围"

——《三册中学生〈同学录〉折射出什么？》系列报道之二

近段时间来，本报《三册中学生〈同学录〉折射出什么？》系列报道引起了社会各界的关注。社会各界人士对中学生理想信念的教育提出了许多有益的看法和建议。综合而言，一致认为：对中学生的理想信念教育，是应该"突出重围、闯出新路"的时候了。

个旧市教委党委书记雷竞畋对此分析说，理想教育效果不理想，主要原因首先是简单粗暴的"圆桶式"教育违反了教育规律，小学、初中、高中的孩子们的政治教材都大同小异，而实际上，在理想信念教育中应针对不同年龄的孩子分阶段、分层次进行；其次是教育的内容缺乏具体性、生动性和亲和力，空洞的政治说教和僵化古板的内容太多了，孩子们厌倦这样的教育，效果自然不会太好。

个旧一中校长杨必俊认为，理想教育不理想的关键，是家长、教师甚至学校，都把自己放在学生的对立面上，要求学生只能这样做、不准那样做，如此教法，思想活跃的学生谁买你的账？教育者要以循循善诱的方法去引导学生，才会有效果。

云锡二中校长张绍全认为，提高教师和家长的素质也是一个紧迫的问题，教师作为教育者若没有过人的才智和品德，怎么能够把抽象的理想教育讲得更有说服力？而一些家长的品德素质和文化素质都不高，甚至还不如孩子们，又怎么能教育好孩子？

学生家长张平认为，社会大环境的负面影响也不容忽视，例如：一些成人用品店门前的淫秽广告堂而皇之地摆在大街上；一些地方电视台黄金时段充斥着不堪入目的性病和壮阳广告；一些媒体过分炒作娱乐圈人士高收入的报道……都让孩子们误认为人生就是为了享乐和享受……而对这些，为什么就没人管管？

个旧市关心下一代工作委员会主任陈惠川认为，理想教育的工作紧迫而艰巨，关工委应该发挥自身优势，联系社会各界参与到理想信念教育的工作中来，并把这个工作作为系统工程抓好。

团市委一位领导提出，要在全市开展"十佳少先队员""十佳中小学校""十杰青年"评选等活动，用优秀群体示范效应带动整个青少年队伍的思想建设。

一位文化界资深人士认为，虽然现在教育渠道多了，内容丰富了，但在这些表面"繁荣"的背后，是中华优秀传统文化的教育弱化了、影响力减退了，这应该引起社会各界的高度警觉和重视。理想教育首先应重视对孩子们进行我国优秀传统文化的教育，譬如：一个人，要爱自己的国家、爱自己的民族——这是做人的基本常识，如果你连自己的国家、自己的民族都不爱，还幻想别人会来尊重你、尊重你的国家吗？获诺贝尔物理学奖的杨振宁，小时候父母为他请的家庭教师不是数理化的教师，而是讲授中华优秀传统文化的老师；这些教育，奠定了杨振宁一生坚持正义、爱国报国的思想品德。（载于《个旧报》2001年10月19日）

市场卫士　心系百姓
——个旧市工商局模范实践"三个代表"二三事

曾几何时，少数工商管理人员因工作作风粗暴、态度恶劣而被群众贬称为"大灰狼"。为重塑"工商"新形象，更好地实践"三个代表"重要思想，个旧市工商局从细处着眼，从实处着手，用实在的行动改变着工商干部的形象，为个旧市场繁荣、经济发展作出了重要贡献。现在，让我们来看看他们是怎样模范地实践"三个代表"重要思想的。

"揸脚鸡"是不是"注水鸡"？

一段时间来，不法商贩们为牟取暴利，将好好的鸡肉注水后出售，有的黑心商贩注的还是脏水，极大地损害了消费者的身心健康。市场管理人员在查处过程中，总结出了一些辨别"注水鸡"的有效经验和方法，比如：注水

183

鸡的脚是揸开的，鸡皮是有弹性和光泽的。但在后来的查处过程中，一些经营户大呼冤枉，说他们卖的不是注水鸡，而是现宰的活鸡。为明辨是非，管理人员专门去市场上买了几只同类的活鸡来宰杀，之后，发现鸡脚确实是揸开的、鸡皮是有弹性的，只是光泽度没有注水鸡的亮。原来，这是一种新品种的土鸡，宰杀后，揸脚和皮肤有弹性确实是它的特点。不断认识新事物，用事实说话，这种深入扎实的工作作风已成为全体工商管理人员在工作中的自觉行动，使他们在风云变幻的市场管理中扮演着"执法者"和"护法者"的良好形象。

不好好工作就转岗

局里有位"老工商"，资格老，经验丰富，但工作马虎，应付了事。他在"12315"消费者投诉中心工作，接待消费者时态度生、冷、硬、推、拖，消费者和同事对此反映强烈。为证实群众的反映，不冤枉一个好人，局长以消费者的身份亲自打电话到"12315"核实。这位"老工商"依然我行我素，没说三句话就不耐烦了，接着就是出言不逊的脏话。

为此，局党组作出决定：将他调离这个"窗口"岗位，到其他后勤岗位去工作；对他进行严肃的批评教育。这位"老工商"对自己的行为很痛悔，进行了深刻的自我检查，并表示今后不论在哪个岗位上都要加强学习、好好工作。

局长的工资为何少了 300 元？

前不久，局长的妻子拿着局长的工资卡去取钱，发现局长的工资少了整整 300 元。妻子问他为什么少了这么多钱？他说："是单位上处罚我的。"他妻子吓了一跳："你犯什么错误？怎么会罚了那么多钱？"局长说："是有的部门违反现金管理规定受处罚，我是负连带责任而受的处罚。"

现金管理不完善一直是个让人头疼的问题，各工商所每天都要收进大量的现金和有效票据。但因管理不善，一些部门现金或票据丢失的事时有发生。制定多年的"日清月结"的管理制度是写在纸上、挂在墙上、说在嘴上，就是没落实在行动上。为此，今年 2 月局党组研究制定了《关于对违反现金管理规定造成现金遗失问题的处理决定》，对现金管理提出了专门要求。如果出了问题，对涉及的办事人员、财务科长、副所长、所长、保卫科长、分管副局长、局长，都要分别承担从 80% 到 2% 不等的赔偿金额，由财务科负责从相关责任人每月的工资中如实扣缴。

实施该规定后，先后有包括局长在内的 10 多人被扣缴过。但不久后，现金管理工作就走上了规范有序的轨道，基本杜绝了现金和票据丢失的情况。

"警示会"警示什么?

今年9月，一位外地客商来到市工商局个体科，打算就投资的有关情况进行咨询和办理相关手续。可是，当班的两位工作人员在看报纸、喝茶、聊天，爱搭不理的，让这位客商闹了一肚子气，走了。

得知此事后，局党组认为，态度冷硬绝不是小事，工商人员的一言一行、一举一动都关系到工商管理干部的形象，必须转变作风，加强修养，改进方法，搞好服务。局党组立即召开全局行风教育"警示会"，要求两名当事人写出深刻检查并在"警示会"上公开检讨。

局党组并以此为契机，在全局组织开展了行风教育整顿工作，要求对进门办事的人送上一个笑脸、递上一杯热茶和一个凳子；要求工作人员上班时要着装整齐、佩戴胸卡，以文明、热情的态度做好服务工作，树立"廉洁、勤政、务实、高效"的工商行政管理工作者的新形象。(载于《个旧报》2001年12月17日)

金光大道任驰骋

——个旧市万通客运有限责任公司创业7年纪实

多年前，个旧市区有一批"各自为政"的私营中巴客车，为了拉客经常乱停乱放在马路上，阻塞交通，造成人、车行路难；还有，每天都在市区道路上转来转去地拉客，用高音喇叭声嘶力竭地吼叫着"鸡街、开远"的噪声不绝于耳，影响市容。对此，市民怨声载道，反映强烈，要求政府进行整治。

如今，经过政府的规范整顿、正确引导和万通公司的共同努力，已经有了私营车主和广大市民都满意的结果。

私营车主有了自己的"家"

1994年，随着政府对客运市场的综合治理，个旧市万通客运联营公司应运而生，公司收编了40多家分散经营的车主及车辆并进行统一管理和服务，使这些"流浪"的私营车主有了自己的"家"。

1998年，乘着十五大的东风，公司改为股份制私营企业。改制后，公司产权明晰，强化管理，规范服务，在激烈的客运市场竞争中稳步发展，资产从组建时的300多万元增加到如今的600多万元；客运车辆从40多辆增加到100多辆；从业人员从40多人增加到160多人，其中下岗职工就占到70%；运输线路从2条增加到13条，占全市郊区乡镇运输份额的95%；同时，还开通了红河州内蒙自、建水、石屏、元阳、金平、绿春、河口的线路。如今，公司在市区的南、北两个客运站发车，每月票单收入就达29万元。

公司成立7年来，共安全运送乘客5000多万人次；每年为国家上缴各种规费83万元、税金11万元。先后被红河州、个旧市政府授予"重合同、守信用单位""创税先进企业""先进私营企业"。

"安全基金"解后顾之忧

交通运输最怕的就是发生交通事故，驾驶员只要发生一次重特大交通事故，就会导致倾家荡产，很难再"翻身"。万通公司在实际工作中，大胆学习借鉴国有运输企业成功的管理经验，设立"安全基金"，为驾乘人员提供援助。

具体运作是：每月每名驾驶员交100元"基金"到公司，交满5000元后不再交；若不经营了，公司将驾驶员所交的5000元基金全部退还；若驾驶员突发重特大交通事故，由"安全基金"先垫支各类钱款，及时帮助驾驶员救助受伤人员、维修车辆等，并尽快恢复运营，创出效益。之后，驾驶员继续有车开、有事干、有钱赚，再逐步把"基金会"垫支的钱还回去。一次，一名驾驶员不幸发生交通事故，公司为他提前垫付了3万多元医治伤员、修理车辆的费用，让他尽快恢复了运营。这个驾驶员感动地说："要是在我个人单干时遇到这种事，我这辈子就完了，根本不可能再有车开、再干我喜欢的驾驶工作并挣钱养家糊口。"

安全就是生命

在万通，有一句家喻户晓的口号："安全就是生命"。公司下属5个车队，在工作中，不是公司强迫驾驶员"要我安全"，而是驾驶员们主动地"我要安全"。安全就是生命，安全就是金钱。

公司要求每个驾驶员都是安全员、监督员，要求大家平时都要相互监督、相互提醒，安全出行。每月25日晚上，是公司规定的安全学习时间，驾驶员们不论多忙，都要来参加学习。"以案释法"是万通进行安全教育的又一"高招"。今年春运期间，大屯线路的1名驾驶员发生重大交通事故，公司立即组织其他驾驶员赶到车祸现场查看，吸取教训。多年来，在个旧的运输企业中，万通公司是交通事故发生率最低的单位。（载于《红河日报》2001年12月22日）

一场特殊讲座

新闻特写 12月20日上午，在个旧圣比和实业有限公司装饰雅致的会议厅内，一位戴眼镜、身材瘦高、气质精干的年轻人，正操着一口地道的个旧话在侃侃而谈。原来，这是红河哈尼族彝族自治州州委、州政府和个旧市委、市政府的领导们正坐在讲台下聚精会神地听这位年轻人在讲课。

这位年轻人就是个旧籍的留日工学博士、北京矿冶研究院的专家、个旧圣比和公司的总裁张平伟。他为什么会在这里给领导们讲课呢？

原来，今天是州、市党委、政府领导到圣比和公司来调研。圣比和公司是个旧新建矿业有限公司与北京矿冶研究院联合投资组建的一个经济实体，属省院省校合作项目，是西部地区第一家生产高新技术能源材料——手机电池正极材料钴酸锂的企业。

一到圣比和，州、市领导一行就直奔生产车间了解情况。随后，州、市领导一行才来到会议厅听取汇报。一开始，张博士怕领导们忙，只打算汇报10分钟的工作。可讲着讲着，就涉及很多高新技术方面的专业知识和生僻的专业名词。领导们不知道，就不时打断张博士的讲话，请教这些新知识和专业名词。

张博士有点为难了，要讲这些新知识和专业名词，就会占用领导们宝贵的时间；不讲，又说不清楚企业基本的生产及其发展情况。州委领导看出了他的心思，就说："张博士你不要担心，慢慢讲，趁今天这个难得的机会，我们做你的学生，也学习一些高新技术知识。"

张博士听了，也就从容不迫，侃侃而谈，从公司创立到产品研发，从产品初试、中试到目前生产状况，从内部管理到外部市场开拓，从国内目前钴酸锂材料生产的空白到国际尖端产品的研发生产，从公司产品在国内钴酸锂市场可占有的份额到今后的发展前景……

张博士边讲边在白板上写写画画，领导们边认真听讲边埋头记录，还不时停下笔来请教一些问题、询问一些情况、提出一些想法。

不知不觉，两个多小时过去了，张博士的课讲完了，工作也汇报完了。对此，领导们纷纷表示，今天的这堂学习课收获很大：一是学习到很多国际上手机电池方面最前沿、最尖端的科技知识，扩宽了眼界。二是知道了我们国家在这方面与国际上的巨大差距，对自己触动很大；手机天天用，但不知道电池生产有这么难，科技含量有这么高，日本、荷兰、美国的生产技术那

187

么先进；要追赶他们，我们还任重道远。三是作为地方领导，我们既要胸怀全局，更要从各方面大力扶持、帮助这些高新科技企业的创立、生存和发展，使他们尽快成长为同行业中的佼佼者。

州委领导很高兴地说："今天来到圣比和，张博士给我们上了一堂实在的、生动的高新技术知识课，这很有必要；我们收获很大，开阔了我们的眼界，也打开了发展我州高新技术产业的视野。圣比和是我州一个实实在在的高新技术企业，公司的优势很多，特别是在技术人才方面，仅有40多人的公司就有博士3人、硕士3人、工程师4人和会计师1人，这是优势，更是实力。希望你们好好做，有什么困难就告诉我们，政府能扶持的一定会做好扶持工作，使企业尽快进入成长期和成熟期，为红河州的经济社会发展作出贡献。"（载于《春城晚报》2001年12月26日）

从执法者到"阶下囚"
——评析个旧市几起职务犯罪案

今年以来，个旧市检察机关侦破了几起职务犯罪案件，其犯罪嫌疑人原来都是国家执法人员，他们是在知法犯法、执法犯法。那么，这些曾经的执法者是怎样沦为"阶下囚"的呢？

从"执法者"到"阶下囚"

许某斌，男，43岁，中共党员，云锡某公司派出所原所长兼保卫科长。今年4月16日，许某斌带领民警抓获吸毒人员薛某并搜出其携带的7包海洛因，薛某也交代了自己的犯罪行为。但许某斌对此并未立案侦查，而是非法收受了薛某父母送给自己的2000元钱后，擅自将对薛某的处罚改为"劳动教养"。

4月27日，许某斌带领本所民警在云锡冶炼厂坡脚处发现两名贵州籍人员赵某、赵某某有贩毒嫌疑。经盘查，两人也交代了自己的贩毒行为。但许某斌又故伎重施，未对两人立案侦查，而是擅自作出"罚款2万元"就"放人"的处罚。经讨价还价，许某斌实收1.8万元后，放走了"二赵"。

另据查，1998年11月、1999年12月、2001年1—5月间，许某斌伙同本单位内勤何某英从收取的户籍管理费中先后拿出5000元、4000元和2.5万元共计3.4万元公款私分，其中许拿走1.95万元，何拿走1.45万元。期间，为应付云锡某公司纪委检查，许吩咐何"要把账做平"。何就用新账页把2000年一年的收入做成三年的收入账。检查时因"手续齐全"未查出问题。直到许某斌因受贿东窗事发时才"带出"这个案子。

今年5月，检察机关接到举报后，依法对许某斌进行了拘传。但许某斌对自己的问题矢口否认。经多方做工作仍不愿交代自己的问题。直到检察院领导亲自出面做工作和慑于"严打"声势，许某斌才交代了自己的问题。目前，检察机关已以涉嫌受贿罪、徇私枉法罪、挪用公款罪对许某斌向法院提起诉讼。

无独有偶，云锡某厂派出所原所长兼保卫科长陈某保也因涉嫌徇私枉法罪而于今年8月22日被逮捕。

1997年5月9—10日，陈某保和云某公司公安处的几个民警将贩毒人员于某某和刘某抓获，并当场缴获两人贩卖的海洛因20余克，于、刘两人也对犯罪事实作了交代。在对两人留置盘查期间，陈某保私下收了刘某的亲戚为其交纳的保证金1万元、刘某的朋友贿赂的4000元；同时，于某某的哥哥也交纳了5000元保证金。陈某保在收到这些"好处"后，擅自将于某某、刘某释放。为隐瞒此事，陈某保将此案卷宗擅自销毁，缴获的20余克海洛因放下水道冲走。2001年5月，检察机关接举报后，对此案进行了认真调查。陈某保归案后也主动交代了问题。

"执法者"犯罪原因评析

有关权威人士对"执法者"犯法原因作了如下透彻分析：

其一，受"59岁经济犯罪"想法的影响。近年来，职务犯罪呈高龄化趋势，一些中年以上、担任一定领导职务的人员，心想在位的时间不多了，要赶紧利用手中的权力聚财敛宝，免得将来没有权力时后悔莫及。许、陈两人在自己的悔过书中多次提到"趁最后的机会捞得一回是一回"。

其二，存在侥幸心理和功臣心理。许某斌是复员军人，复员后多年从事公安保卫工作。陈某保也是"老公安"了。两人认为自己多年从事这个艰苦、危险的职业，没有功劳也有苦劳，偶尔犯一回法，不会有人知道。即使有人知道了，凭自己的苦劳和功劳也会从轻处罚。

其三，具有很强的反侦察能力和复杂的"关系网"。许、陈两人多年从事公安工作，经验丰富，智商较高，有很强的反侦察能力和复杂的"关系网"，这也是他们存在侥幸心理的基础。他们认为自己也是干这一行的，若不慎东窗事发，凭着自己的"能耐"和"人头关系"，就能把事情"摆平"。许某斌一开始的强硬态度、陈某保案中涉及的云某公司公安处的有关民警事后串供、翻供的行为，都充分说明了这一点。

其四，用正确的人生观进行自我教育和自我约束的观念淡薄。公安工作是紧张、艰苦和繁忙的，但有关部门的行业教育和政治思想教育从未放松过，如对领导干部开展的"三讲"教育、对全体公安民警开展的"三学"教育等。但在教育过程中，有的民警认为是走过场，不认真对待；有的则因工作忙，更是应付了事，并没有真正触及灵魂。而平时，民警的自我学习和自我教育就更少了。

最后，陈某保的悲叹确实引人深思："如果有了正确的人生观，我今天何至于成为罪人?为了几万块钱，就晚节不保，就毁了自己的一生，真是不值得啊！"（载于《个旧报》2001年12月26日）

14年房改卓有成效　锡都人越住越宽

最近，家住个旧市明珠小区的普女士，到云锡建设广场购买了1套115平方米、三室两厅两卫的商品房。普女士说："这里地段好，有学校，有市场，孩子读书和日常购物都很方便；房子设施配套，有两厅两卫，生活起居方便；房子宽敞，有三个卧室，一家三代人居住都很舒适。"

为买这套新房，普女士认真算了一笔账：明年1月1日，个旧要实施住房货币化分配政策了；自己把现在的住房退还单位，那么自己就能享受货币化分房政策应发的补贴约3万元；同时，单位可退还给自己现在住房已交的款约2.8万元；丈夫在单位应发补贴约3万元；个人只消再添约2万元，总计花约11万元，普女士就能重新购买地段更好、设施更全、面积更大的新房子了。

对此，普女士有很多感慨："结婚时，我只住着单位分配的10平方米小房子，也没有卫生间。才十多年时间，我就搬了4次家，房子越来越大，设施越来越好。过去，我连做梦都不敢想今天能买得起这么好的房子。住房改革真的给我们老百姓带来了实惠呢。"

14年跃上几个新台阶

1987年，个旧地区房改工作正式启动，并被省政府列为试点市，取得了一些经验，最大成果是优化配置了有限的房产资源，譬如：为了不愿意缴纳高房租，那些多占房的退房了；相应地，一些无房住的有房住了。

1992年，房改在全市全面推开，开始建立"住房公积金制度"，房改工作取得突破性进展。这是住房商品化、货币化的中心环节。至今年11月底，全市共归集公积金1.5亿元，覆盖率达90%；缴纳公积金人数8万人；累计支取

2000万元；累计发放个人购建房贷款8500万元；贷款余额为5000万元。

2002年1月1日，新的货币化分房政策即将实施，国家补贴货币的标准会越来越高；与此相对应的是住房建设会全部市场化，购买住房将全部由个人出资。

"等、靠、要"观念靠边站

十多年房改的显著成效：一是老百姓"住房等、靠、要"、"住房不出钱"等旧观念迅速转变，"有偿住房""市场购房""购房增值"等商品化观念逐步建立，老百姓参与"集资建房"或"市场购房"的积极性越来越高；二是住房建设投入由过去国家、单位全部包揽变为现在的国家、单位、个人三方共同出资，但个人出资占大头，促进了安居工程、集资建房、经济适用房的建设；三是积累了资金，人们靠公积金制度的实施，积累了参与"集资建房"的"第一桶金"；四是房租低租金格局也迅速被打破，回笼了资金，实现了住房建设的可持续发展。

老百姓住房越来越宽

十多年房改的最重要成果，是老百姓的住房越来越宽了。与此同时，个旧地区共出售住房6万套、计400万平方米，这些住房除少部分是存量住房外，大部分是新建的集资房。房改以来，全市共投入住房建设资金1.5亿元，建设新住房200万平方米；人均住房面积从房改前的6.3平方米提高到现在的10.41平方米。

总之，"有偿住房"在极大改善人民群众住房需求的同时，更拉动了国内需求的增长，带动了国民经济快速发展。国务院副总理温家宝曾说："实行住房货币化，即使再过十几年、几十年，其意义怎么估计都不过分。"（载于《春城晚报》2001年12月28日）

面对贫困中那一双双渴求知识的眼睛，个旧市响亮地提出——

特困孩子：政府助你去上学

日前，个旧市红旗小学五年级（1）班的特困学生丁菊等200多名特困同学读书的经费，市政府又按时划拨到了全市各个学校。

作为老工业城市，个旧在经济转型中不可避免地遇到了企业困难、职工下岗等难题。故而，下岗职工的孩子们求学困难的问题也提上了市领导的议事日程。1998年11月30日，市委书记办公会专门研究了解决特困家庭子女就学困难的问题。

191

会议决定：自 1998 年秋季学期开始，在辖区中小学就读的特困职工子女，免交每学期的教科书费、学杂费、住宿费；职高特困生的费用免交一半。其所免费用，中小学生每学期的教科书费由市政府承担；学杂费、住宿费在 1998 年、1999 年两年由学校自行消化，自 2000 年起由市政府承担。特困学生名单由市总工会落实上报；救助名单实行动态管理，每学期审核一次。该举措实施当年，就救助特困生 31 人。

在实施中，该措施还不断得到补充和完善，譬如：市政府在承担特困孩子们的教科书费、学杂费和住宿费的同时，每年还发给他们生活补助费，小学生每人每年 300 元、中学生 500 元、职高生 400 元。

如今，在市政府的救助下，能顺利读书的特困孩子已达 253 人，而丁菊等不少同学从一年级开始就靠政府的救助读书到现在，已是整整 5 年。

这些靠政府的救助读书的孩子们也特别珍惜来之不易的学习机会，多数人成为品学兼优的好学生。今年高考荣获红河州理科第一名的个旧一中学生陈凯，就是在市政府的救助和市委书记苏维凡的资助下，顺利完成学业的。现在，陈凯已经是清华大学一年级的学生，而市政府和苏维凡对他的特别资助，还在继续。（载于《春城晚报》2001 年 12 月 28 日）

农村黑板报小广播"芳踪"难觅

近来，记者到个旧农村采访时，不少农民朋友向记者反映：最受大家喜爱和欢迎的农村的黑板报读不到了、小广播也听不见了。

过去，农村的黑板报和小广播被农民誉为"贴心人和好朋友"，是农民了解村集体大小事情、村务公开、倡导学习社会主义新风尚以及了解党和国家方针政策、国际国内大事的最主要渠道。但是现在，农民朋友喜闻乐见的这些宣传阵地和方式，为什么没有了呢？

为此，记者进行了专门采访。

10 月 20 日，记者在个旧市大屯镇团结村委会采访时看到，新建不久的村委会办公楼崭新气派，但贴着马赛克瓷砖的外墙上不见黑板报的踪影。走进楼内，过道的墙壁上也见不到黑板报。记者问村委会主任马某昌："墙上或者过道上还打算搞黑板报吗？"马主任说："现在还没有这个打算。"记者又问："你们的小广播还在正常使用吗？"马主任说："很少用了。"

在团结村委会下辖的团山村小组，记者看到办公室外墙上的黑板上什么都没有写，黑板已经被风吹日晒得斑斑点点、花白一片，几乎写不上字去了。记者问："村里也不出黑板报了吗?"马主任说："现在很多人家都有电视机了,国际国内的大事看电视就能知道,所以黑板报就出得少了。"一位村小组长说："如今我们农民了解天下大事的渠道多了,电视、收音机、报纸书刊、开会等等,都可以,所以黑板报除了通知开会、购买农资产品外,整其他都没人看了。黑板报已经过时了。"记者问:"那小广播还在用吗?"这位小组长说:"大家说噪声大,嫌烦,早就不用了。"

那么,黑板报和小广播真的就过时、就没有用了吗?

同是在团山村,当记者单独去问一些村民是否还喜欢看黑板报、听小广播时,大家七嘴八舌地说:喜欢啊,怎么会不喜欢?关键是要看整的是什么内容。但是,现在村里已经没有整黑板报、讲小广播了。

当记者问他们喜欢哪些内容时,大家都说:国际国内大事的,看电视就能知道,不用整黑板报、讲小广播了。我们现在喜欢的、想知道的是大家身边的事情的,比如村集体有什么重要的事情要讲讲,就是要搞村务公开;比如集体的资金有多少?要用在哪些地方?给合用?用了多少?比如村里要发展,有什么合适的项目可以搞?村里要组织大家做些什么公共的事情?总之,涉及大家的事情应该要让大家知道,不要口袋里卖猫——我们什么都不知道。还有,现在市场上是什么农产品好卖?那些价格高的精品蔬菜像芦笋这样的是怎么栽出来的?能给我们讲讲、教教我们就好了。还有,就是村子里邻里间相处得好的、尊老爱幼的、孝敬父母的、讲文明的、讲卫生的……像这些做得好的事情,应该在黑板报、小广播上宣传宣传,让大家互相知道、互相学习、互相约束和监督。

当记者把村民们的想法和反映告诉马主任时,马主任看着记者踌躇了好一会儿,才说出了黑板报、小广播停办的主要原因:"一是经费缺乏;二是人手缺乏。过去,出黑板报、讲小广播多数是青年团员们在搞,村里有什么事要通知大家,也是叫年轻人在广播上通知,他们口齿清楚,也会讲普通话。但是,因为没有经费,年轻人都是出义务工,长年累月,牵扯了他们的时间和精力,他们就不愿意干了;加上现在许多年轻人已经外出打工,村里只剩下老的老、小的小,就没有办法出黑板报、讲小广播了。还有,我们团结村委会是大屯镇最穷的村委会,搞不起了。但是,我们下辖的新坝村小组经济条件好一些,那里的黑板报长年坚持出,搞得好,你可以去看看。至于小广播,其设备和线路的使用和维护都需要钱,没有钱投入,就停播了。只有要通知很紧急的事情时才会打开用一用。但因为平时缺乏维修，杂音太大，讲话时哇啦哇啦的，大家都说是噪声，嫌烦，就基本不用了。"

记者随后赶往距离村委会 2 千米以外的新坝村小组采访。在该村小组办公室门口的黑板报前，记者看到了采访几天以来所见到的最大、最好的两块黑板报，并且确实不是空白的，上面写满了村小组村务公开的相关内容；还有第五次全国人口普查、鱼塘承包、年度优秀学生奖励、购买谷种农药化肥的通知等林林总总的事务。但是，认真细看和回味，人口普查是去年 10 月前后的事，距今已有一年多了；鱼塘承包事项的落款时间是 "2001 年 2 月 16 日"，距现在年底已有 10 个月多了；时间最近的是优秀学生奖励一事，落款是 "8 月 26 日"。又因风吹日晒，黑板报上的许多内容都模糊不清了。

在这次专题采访中，记者所到之处，看到的确实是黑板报、小广播多数已经在农村消失了：在大屯镇新瓦房村，黑板已经成了孩子们胡乱涂鸦的地方；在都市里的村庄——锡城镇的鄂棚村及其城乡接合部的石门坎村、新寨村等地，都见不到黑板报和小广播的踪影了。（载于《红河日报》2001 年 12 月 28 日）

194

个旧滇南温州商贸城建设有啥问题？

"中国锡都，世界名城"，"滇南温州商贸城，雄踞红河州，直指东南亚"……现在，每当听到这些广告，就勾起家住个旧市新冠路、在某局工作的陈女士的心事：这滇南温州商贸城的开发和建设，真的像一些传言说的那样有问题吗？那商贸城的商品房还买不买？

平地起谣言

据了解，滇南温州商贸城是温州瓯海房屋开发公司在个旧投资兴建的、滇南地区最大的综合性生活日用品批发市场。建成后，其规模仅次于昆明的螺蛳湾大型商品批发市场，预计年销售额可达 20 个亿。按照开发计划和设计要求，商贸城将集商品贸易区、商住楼和写字楼为一体进行综合开发。

目前，由省建三公司承建的该项目的基建工程已进入紧张的施工阶段。与此同时，温州人一手抓基建、一手抓房屋销售、一手抓贸易区商铺的出租和经营户的落实。温州人 "三步一起走" 的气魄、胆略和高效率，真让人大开眼界。

看着那些印刷精美的宣传材料上介绍的商住楼的完美设计和智能化服务，以及较为适中的价位，一些有能力购房的人不禁动心了，陈女士就是其中之一。陈女士的先生是做生意的，他们想买一套宽敞、高档、周围环境好一点的住房，但一直没有选到合适的。商贸城的商住楼推出后，陈女士很高兴，看图纸，算价位，还几次到商贸城售楼部去咨询。与家人商量后，家人也很赞同购买。

可是，近段时间来，有关商贸城的谣传多了起来：有的说温州人来个旧投资是玩"空手道"，想套走个旧人的钱；有的说是来骗一笔当地银行的钱，拍拍屁股就走人；有的说这是领导的"面子工程、政绩工程"，说不定是个半拉子工程……总之，都是负面的传言。听到这些传言，陈女士犹豫了：这房子到底买还是不买？

招商引资建商城

带着老百姓普遍关心的这些问题，记者于近日采访了与滇南温州商贸城建设相关的单位和人员。

个旧市贸易局，是受市政府委托担任该项目建设的甲方。局长赵某仕听记者说明来意后，认真地介绍了有关情况。

赵局长说："个旧的有色金属已经开采了 2000 多年，到现在要继续仅仅依靠有色金属产业来实现个旧的可持续发展，确实是困难重重了。为此，市委、市政府几年前就提出'立足有色，超越有色'的发展战略。

"那么，要怎样做才能'超越有色'？要有什么可行的项目能够'超越有色'？对此，市委、市政府经过不断深入调研和多方考察后，才确定大力发展商贸业。因为，商贸业事关老百姓的日常生活，发展潜力和后劲都比较大，发展效益会比较好。

"而搞商贸业，最厉害的是温州人。温州人的创新、务实和很强的经济头脑，吸引了市政府把招商引资的对象着重放在温州，并多次组织相关人员到温州实地考察，全面了解情况。总之，在招商引资工作上，市政府是做了巨大的努力的。在商贸城建设这个项目的合作开发上，市政府是极为慎重的，也是非常认真负责的。在有了合作意向后，双方就合作具体事宜进行了细致、认真的沟通和谈判，历时两年多。温州市和个旧市的领导也极为关心，从中做了许多协调、服务工作，最后才把这个项目确定下来。

"开始时，瓯海房屋开发公司预计只投资 3000 万元，并希望我们用 60 天时间完成原地 62 户住户、2 万平方米建筑物和 1000 多万元的库存物资这样大量的搬迁工作，但我们仅用 53 天就全部完成。我们的工作效率、务实作风和招商引资的真心实意，也令温州人佩服。

195

　　"开工建设后，政府的重视支持、个旧人较高的素质、个旧辐射东南亚的区位优势以及个旧舒适的气候等天时地利人和，让温州方一路看好前景，投资也一再追加，从开始时的3000万元增加到6000万元，到现在已经增加到1.2亿元。"

　　在谈到温州方是否在个旧金融机构贷款一事，赵局长说："据我所知，到目前为止，温州人没有在个旧或红河州的任何一家银行贷过款。温州在完成了资本原始积累后，现在的他们并不缺资金，而是缺有效益的项目。为了把这些资金滚成'大雪球'，温州人已经提出'立足温州，面向全球'的经营发展战略。"

　　对于投资方温州瓯海房屋开发公司的资质和信用等情况，赵局长说："这些都没有问题。我们对此是进行了严格的审查的。"赵局长还向记者展示了厚厚一叠瓯海公司的相关材料，其中有营业执照、中国人民银行浙江省分行、中国建设银行温州支行等金融单位授予该公司的"银行信用等级黄金级""黄金客户荣誉证书"以及公证部门发给的"公证书"等复印件。

　　采访中，有关人士还指出：温州人着眼长远发展的眼光和行动确实让人佩服！在瓯海公司与个旧市政府签订的合同中，还包括了温州商人到个旧工作、落户、子女在个旧的求学、就医等与工程建设没有直接关系的内容，而这些都表明了双方合作的诚意。瓯海公司还为个旧"希望工程"捐款30万元。这些，都表明了该公司"立足红河州，辐射东南亚"发展的魄力和决心。

观念僵化待改变

　　那为什么社会上会有那些不实的谣传呢？对此，多位资深的经济界人士综合而言并且尖锐地指出：

　　"这主要是个旧一些人思想观念僵化和眼界狭窄所致。几十年来，个旧人靠着大锡等有色金属产业的发展，小日子过得比较好、比较滋润。时间长了，大家就有了懈怠甚至懒惰的思想；大家就想靠着大锡吃饭就成，就想着个旧是世界'锡都'，个旧生产大锡的规模和品质是中国第一，个旧就是'锡老大'；就想着个旧不搞招商引资、改革开放，日子也很好过啊。总之，很多个旧人自我感觉良好，闭关自守，怀疑一切，说得太多，做得太少。个旧谈了多少年的招商引资了，但是到目前为止，真正有所作为、变为现实的，就只有滇南温州商贸城的建设这个项目。因此，我们应该满腔热情地给予它关心、支持和爱护，而不应该无事生非地'骂杀'。

　　"当然，在项目实施过程中，有的市民有这样那样的疑虑是可以理解的，因为他们不了解真实的情况——这与政府的宣传力度不够有关，今后应该加大这些工作的宣传力度。但是，如果是一些公职人员或者更高层次的人员参与议论并进行谣传，那么，我们个旧人就得对自己的素质进行一番自我反省了。

"总之，精心培育'超越有色'的新的支柱产业，就是培育个旧可持续发展的未来。而个旧未来发展的繁荣与否，都关系到每一个个旧人的生活水平是否能够持续提高。因此，培育新产业，不是像有的人说的那样是'领导的面子工程、政绩工程'。新产业培育好了，税收增加了，政府才有钱来发工资、来做社会保障工作、来建设我们生活的城市。这样，老百姓的生活水平和质量才能得到全面的、可持续的提高。"（载于《个旧报》2001 年 12 月 31 日）

2002 年：

3 月 13 日，在个旧市政协八届五次会议前夕，30 多名政协委员深入到农村考察了全市农业产业结构调整的情况。委员们认为——

锡都农业正拔节

政协委员们考察的第一站是国营乍甸农场。场长季业麟首先向委员们介绍了农场生产经营情况。2001 年，农场加工鲜奶 3610 千克，带动 108 户农户养牛 967 头，增加农民收入 612 万元；实现销售收入 1566 万元，缴税 35.6 万元。之后，在私企光华乳业基地，公司经理林某介绍了该企业重视引进人才和开拓市场等情况。

随后，委员们来到倘甸乡石榴坝村小组"苞谷制种"的田间地头了解情况。一望无际的、绿油油的苞谷苗在早春温暖的阳光照耀下，生机勃勃，微风吹来，像绿色的波涛一浪推着一浪走。今年，倘甸乡搞"苞谷制种"3000亩，预计可为农民带来 360 万元收入。"苞谷制种"已成为该乡"减粮扩经抓收入"的主导产业。

在大屯镇，委员们考察了市烟草公司"烤烟漂浮育苗基地"。该基地建盖了 20 个高大宽敞的钢架大棚进行漂浮育苗，是全州烤烟育苗工厂化、规模化的"窗口"，每年可为烟农提供 2000 亩优质种苗及技术服务保证。委员们还考察了锡都花卉公司的花卉大棚基地以及市农技推广中心在杨家寨村委会扶持种植的"超级玫瑰"大棚。

在蒙自、开远、个旧大型灌区建设施工现场，委员们了解到这项总投资

197

1200万元的工程，沟渠总长24千米，建成后可使蒙自、开远、个旧4.6万亩耕地受益，让这片地区遇旱能灌、遇涝能排，从根本上解决农业生产严重缺水的问题。

这次考察，委员们感触很深。周某泉委员说："个旧是个老工业城市，农业基础薄弱，起点低。但通过这几年努力，个旧的农业已经上档次、上规模了。"

蒋文新委员更是感慨良多："过去，个旧每年都要从外地调运3000多万千克的蔬菜进个旧，以解决个旧人吃菜难的问题；而且那时只有萝卜、白菜、洋芋等大路菜；个旧人要吃一点精品菜、时鲜菜都很困难。如今，个旧人自己已经能够种植出豌豆尖、青辣子、青花、番茄等多种时令蔬菜和鲜花，能够生产出乳制品等，不仅满足了自己的需要，还销售到文山、东北、荷兰等国内外地区。个旧农业的发展真是节节高啊！对未来，我们充满了信心。"（载于《个旧报》2002年3月18日）

青刀豆产业化发展 "瓶颈"何在？

——个旧市青刀豆产业化发展系列报道之一

近段时间来，记者在个旧市倘甸乡采访时发现：与去年大面积种植青刀豆形成巨大反差的，是今年全乡种植青刀豆的面积骤降为0！

由此引发的"连锁反应"是：地处该乡的云南王国食品有限公司因青刀豆原料不能及时供应而导致生产线开开停停；该公司的欧美订货商，因王国公司不能按时完成合同规定的出口任务而对其进行了经济处罚；欧美订货商只得另找其他地方重新种植青刀豆；当地农民也没有了种青刀豆的积极性和效益。

一边是王国公司需要大量的青刀豆加工后出口，一边是农民不愿意种植。那么，产生这一矛盾的原因究竟是什么？青刀豆产业发展的"瓶颈"到底在哪里？

过去：主要是收购价格低的"瓶颈"

"青刀豆的收购价格太低了。"见到记者来采访，石榴坝村委会总支书记陈某友第一句话就说。"种青刀豆是人工密集型的劳动，种1亩豆，至少需要三个劳动力才能管护得过来。但两元1千克的收购价，连籽种、农药、化肥的钱都不够，更不消说人工费了。"

当初曾是全乡种豆大户的胭粉庄村民马某珍，今年一棵豆都没种。她说："我们农民不怕苦，但要有钱赚。种豆花费的成本高、工时多、功夫大。公司收购豆的要求又高，每根豆都必须是 16 厘米长，长了、短了都不要，很挑剔；早上去采摘时，还差一点长度；等下午去采摘时，长度又超过了一点，公司就不收了。我们只能当大路菜自己在市场上卖，价格很低，时间一长，就亏本了。没有钱赚，种豆变成了贴钱豆，谁愿意干？还有，很多农户种的都是几分地、一亩地的豆，按收豆的长度要求，随时要有一个人守在地里，长够长度的就赶紧摘，没长到的就只能干等着。公司也不来人教教我们要怎么解决这个问题。另外，我们还有别的活计要干，要种其他地，要做家务，要管老管小，不能只管豆啊！这么麻烦，又没有钱赚，所以，现在就没人种豆了。"

据了解，去年青刀豆在倘甸的收购价是两元 1 千克，农民没有赚头，他们希望能适当提高收购价，有赚头了大家才愿意种。

现在：主要是沟通宣传不够的"瓶颈"

"当地农民不愿意种豆，我们也没有办法，只得舍近求远，依靠泸西、通海等外地县提供原料。但路途远、运费高，损耗也大。"王国公司副总经理兼个旧公司经理刘某明无奈地说。

199

记者说："据我采访了解，当地农民不愿意种豆是因为收购价太低，没有赚头了才放弃的。你们为什么不适当提高一点收购价呢？"刘某明说："我们已经提高收购价了，从原来的两元提高到了 2.5 元了。而且，我们给外地县种豆的指标数卡得很严，但对倘甸乡没有限制。如果当地农民愿意种，外地几千亩的豆全部种在倘甸，倘甸的支柱产业不就起来了吗？"

记者问："农民们知道这些情况吗？特别是豆提价的事，我上午在村子里采访时，他们说的都还是老价钱，说明多数农民都还不知道豆提价的事。建议你们要多与农民朋友们宣传和沟通啊。"

应该说，青刀豆在倘甸乡实现产业化发展的天时、地利、人和都占到了，但为何还是遭遇"瓶颈"？（载于《个旧报》2002 年 4 月 1 日）

锡都 打造百年生态家园

站在个（旧）冷（墩）公路贾沙乡普洒河段的山坡上，放眼四望，公路两旁的山上都是郁郁葱葱的竹子林，在春天的脚步里生机勃勃……而在保和乡段，3000 多亩绿油油的车桑子长势喜人，已有一人多高了……

这是个旧市政府修建个冷公路后，为保护生态，专门在公路两边的山上人工种植的树木。

要致富，先修路。但是，公路修通了，生态环境却被破坏了：在很多新修好的公路两边，都能看到砂石、烂砖头、废塑料、坏工件等被丢弃的、乱七八糟的建筑垃圾；能看到被炸断的、横七竖八的高大树木；能看到裸露的泥土和千疮百孔的山峦……

那么，个冷公路修建后，沿线的生态环境会不会重蹈这个覆辙？

"不会！"个旧市委书记苏维凡坚定地说："个旧人不会这么做。我们的路修到哪里，树就种到哪里！"确实，在做个冷公路建设规划、设计等前期工作时，市委、市政府就以超前的意识确定了一条原则：要修路，但环境更要保护！

据了解，个冷公路是红河州内经过越南通往南亚、东南亚的国际大通道，其重要位置和战略意义不言而喻。所以，个旧人正以前所未有的勇气和魄力，投入大量人力、财力、物力，在建好公路的同时，也在打造着锡都的百年生态家园……

1998年7月，全长35.6千米、预计总投资4.5亿元的个冷公路正式动工兴建。

公路途经锡城镇、保和乡和贾沙乡。公路开工之初，市政府就提出了"在建好的公路沿线上建设个冷公路绿色走廊及生态旅游观光线路"的打算：一是公路建好后，在公路沿途两边及其山峦上，种植万亩竹子林和车桑子林基地；二是退耕还林；三是封山禁伐；四是禁止在公路沿线建设会对环境造成污染和破坏的项目或工程；五是设立多个林业站点，实施林政管理等。

公路建好后，市林业局用"先清理，后种树"的方法，着手实施这个造福子孙的生态工程建设：先是非常费力地清理公路沿途两边被丢弃的建筑垃圾，能拉走的尽量拉走，送到建筑垃圾场统一处理；实在不能拉走的就地挖坑填埋，再拉土来覆盖。之后，再在土上种树：从锡城镇的白马寨村至贾沙乡的普洒河村一线，将种植万亩竹子林，现已种植了5000亩；在保和乡的也门冲村至冷墩村一线的、坡陡土薄的干热河谷上，种植适宜生长的车桑子林，现已种植了1万亩；从锡城镇新寨村到保和乡鱼底尼村公路两侧的陡坡上，原来种植的是苞谷等农作物，现在将有计划地退耕还林，由政府给予农民适当补贴；对贾沙乡丫洒底温泉度假区及其附近所有的宜林荒山，在2003年前完成全部5000亩的植树造林。

在进行人工植树造林、保护生态环境的同时，市政府还对个冷公路沿线的原有天然林和植被进行严格保护：严禁砍伐天然林。例如：从鱼底尼村到也门冲村段，因自然风光奇异秀丽、植被保存完好而被人们誉为"一线天峡谷"，峡谷中的许多植物都生长在岩石缝里，是少有的自然奇观；若这些植物一旦被破坏，就难以恢复。但当地农民又有砍树做烧柴和农具的传统习惯，因此市政府规定禁伐天然林，并为农户建设沼气池解决其炊煮困难。同时，从个冷公路到丫洒底温泉度假区沿线两侧大片保存完好的天然云南松森林，也在禁伐之列。

市政府还规定：严禁在公路沿线建设会对环境造成污染和破坏的项目或工程。林业局还分别在丫洒底温泉度假区、红河苏铁自然保护区、公路沿途植树造林的有关地点等地设立林业管理站，设置管理员，实施林政管理和监督。

锡都人正以实实在在的行动，改写着"路修到哪里，生态环境就被破坏到哪里"的陋习，为这个已开采有色金属 2000 多年的老工业城市，打造着"人与自然，和谐相处"的人间乐园。（载于《春城晚报》2002 年 4 月 17 日）

青刀豆产业化发展"瓶颈"可以解开

——个旧市青刀豆产业化发展系列报道之二

记者在采访中还了解到，青刀豆是欧美市场上销路很好的绿色食品，在倘甸乡实现规模化、产业化发展已具备了很多优势，譬如：加工生产线（王国公司）就在倘甸，原材料运输成本低；加工技术已达到国际食品标准；国际营销网络已经建立；国外市场已经打开，产品不愁销路等。

但就是这样一个颇具发展前景的好产业，为什么在倘甸就遭遇了"瓶颈"？这个"瓶颈"能否解开？

政府多方协调解"疙瘩"

王国公司在个旧市倘甸乡落户时，从水、电、道路、厂房等的投资建设到该公司职工子女的就学等，市政府都给予了最大的支持。农户与公司出现矛盾后，市、乡两级政府也多次进行协调，对双方做认真、耐心、细致的沟通、说服、解释工作。市长李润权表示："培养一个支柱产业不容易，为了公司和农户的长远发展，政府会做好一切能做的工作。"

青刀豆何时柳暗花明

在经历了"种豆亏本风波"后，农民还有种豆的愿望和积极性吗？

村民王连友说："愿意种啊，关键是要有钱赚。虽然我们可以搞玉米制种，但不是全部土地都可以搞，有些土地还是适合种豆的，只是因为豆价太低，种植过程麻烦，费钱、费时、费力，所以现在有些人家还在种着5分钱1斤的莴笋、两角钱1斤的小瓜等大路菜。"另一位村民说："如果青刀豆真的提到了2.5元1千克的话，种1亩豆可以有500多元的纯收入，总比种'烂市'的蔬菜划得来。"

由此看来，公司和农民都不约而同地认为：青刀豆仍然是大家共同的"摇钱豆"，关键在于一是要协调好价格；二是要加强公司与农户之间的沟通与交流，让双方都及时知道彼此的想法和需求，并据此进行双向的工作调整和回应；三是公司要搞好农民在种豆中的技术服务等工作。

据了解，目前公司已采取了积极措施：青刀豆今年的收购价格已提高到每千克2.5元；开拓二级豆市场，使农户可以出售的豆更多一些，效益更好一些。刘某明副总经理说："公司正在积极努力做工作，我们真诚希望通过努力，把'贴钱豆'变成农民的'摇钱豆''贴心豆'，使公司和农户都能实现双赢。"

但记者在采访时也发现：公司虽然有了这些积极的行动，但却没有及时向农户进行宣传，很多农户都还不知道公司有这些新举措。

当记者提到这个问题时，石榴坝村委会党总支书记陈某友说："农民种地不容易，节令、时间、精力都经不起折腾。我们也听说豆价提高了。但是不是真的？提高到多少？这些情况我们都不知道。他们不告诉我们，我们也不想去问他们。"

"青刀豆风波"的思考

在经济工作中，发生利益矛盾是正常的。但如果有矛盾就断绝交往，"他们不告诉我们，我们也不想去问他们"，那么这个"疙瘩"就会越结越紧，这种狭隘意识要与市场经济接轨就存在着很多困难，公司和农民何苦因为这个"疙瘩"而影响大家共同发展？

经过深入采访、了解、分析后，得出一些思考：造成青刀豆发展"瓶颈"的原因是公司和农户两方面都有责任。

公司方面：一是开始种豆时确定的收购价格偏低，使农民辛苦了一场而没有一点赚头，打击了农民种豆的积极性；二是对农户在种豆中遇到的困难进行帮助和技术指导不够，比如，农民提了很多次，希望公司能专门培训他们种植青刀豆的精细技术和方法等，但公司一直没有做，使农民有了技术上的问题和困难不知道要怎么办，只能凭各自的经验来应对，解决不了问题；

三是与农民的深入沟通、宣传不够，譬如，现在公司虽然提高了收购价格，但许多农民都还不知道豆价提高了。

农民方面：一是意识比较狭隘，与公司有了"疙瘩"不主动去寻求解决的办法；二是没有用发展的眼光来看待这个产业，不少农民仍然只盯着收益较高的玉米制种来做，但玉米制种的需求毕竟是有限的；三是没有主动认真学习、掌握种植青刀豆的精细技术和方法。

总之，作为一种经济行为，当前青刀豆种植存在的主要问题就是公司与农户之间缺乏应有的、相互的、信息上的沟通与交流，缺乏技术服务上的帮助，缺乏彼此之间的包容、理解以及舆论上的宣传。如果公司积极主动加强宣传和服务，农民也积极主动向公司反映自己的困难和愿望，双方都努力做好各自该做的工作，那么青刀豆的"瓶颈"应该可以解开。由此，青刀豆产业化发展的目标才能够实现；最终，公司和农民也才能够实现"双赢"。

（载于《个旧报》2002 年 4 月 22 日）

近来，个旧的乳制品市场异常热闹：先是伊利、光明、雪兰等知名产品"抢滩登陆"，打破了个旧人只喝国营乍甸农场鲜奶的老习惯；紧跟着，私企乍甸光华乳业异军突起；接着，大理的邓川、来思尔以及昆明的前进乳品又大举进军个旧。一时间——

锡都乳业起"狼烟"

市场 群雄争霸

3 月 1 日，昆明前进乳业开始在个旧市工人文化宫、百货大楼、七层楼等黄金地段设摊布点，销售其系列产品。在文化宫摊点，人如潮涌，高峰时甚至排起长龙。在新街专卖店和百货大楼销售点，前进的销售人员忙得满脸流汗。

与此同时，遍布锡都大街小巷的商贩们，依然销售着其他品牌的乳制品。在火车站门口张金凤大妈的售卖摊点上，记者仔细数了一下，不仅卖着乍甸农场和光华乳业的产品，还有州农校养殖场、开远养殖业开发有限公司、昆明宜良水晶乳品饮料公司、云南德华企业集团等 10 多家企业的产品。而在许多商店里，大理的来思尔、省外的光明和伊利等乳制品更是琳琅满目。

3月2日上午，记者来到位于金湖湾商贸城内的前进乳业个旧总汇采访。一进门，就看见巨大的冰柜占据了整整一面墙。而在新街等专卖店里，前进都有大小不等的、崭新的冰柜装乳制品。这与当地商贩用塑料箱装着卖的小打小闹不同。这些设施，无声地透出实力、服务和准备长期"作战"的信息。前进乳业销售部经理胡某说："开拓个旧市场，我们有两个没想到：一是没想到个旧人的消费观念这么新；二是没想到个旧人的购买能力这么强。昨天开张就卖了2吨。今天销售又翻了一番。"

百姓　喜得实惠

"这几天，个旧人大包大包地买我们的牛奶。"前进乳业新街专卖店的李女士边吆喝着"买一送一"边为顾客打包边告诉记者。正在购买的王云辉女士说："前进的品种多，单酸奶就有椰子味、柠檬味、草莓味好几种，我昨天买了几种回家尝尝，家里人都说前进的口味确实好，价格也合理。"

家住供电局小区的周琼芝老人说："我有糖尿病，前进的无糖纯鲜奶最合我吃，买一送一又划得来。而且，包装也有袋装、盒装、杯装的，很方便食用。"

政府　鼓励良性竞争

对于外地乳业进军个旧，市贸易局领导说："这说明个旧的环境好、政策好、人气旺，这对刺激当地经济发展也有好处。作为政府行政主管部门，我们的态度是欢迎、支持、服务、监管，其中主要是在服务和监管上下功夫，比如引导企业守法经营、公平竞争、确保品质。我们还要积极协调企业之间的关系，促进他们加强交流、共谋发展。"

对外来企业带来的竞争，该领导说："良性竞争是必要的，政府鼓励。"面对这种竞争，也有人认为当地政府应出面干预。对此，市经贸委一位业内人士尖锐指出：中国已经入世，再搞行政干预、闭关自守，这种包办代替到底能坚持多久？说到底这不是爱企业，而是害企业。

企业　依然任重道远

不可否认，前进乳品的长驱直入，导致其他品牌的乳制品销量大幅下降。

在农贸市场摆摊的马秀芬说："过去我一天要卖200多袋牛奶，现在卖100袋都难。"据了解，很多摊点都有类似情况。由此折射出的问题是：当地大小乳制品企业都必须直面这个严峻的挑战。毕竟，锡都40多万人口的市场空间是有限的。

记者采访了昆明国营跑马山实业总公司总经理助理兼乳品厂厂长朱某雄，他说："前进乳业到个旧销售产品，是深情回报当地人民的厚爱。25 年前，我们研发、生产的麦乳精、奶粉在个旧就供不应求。个旧市场有活力，个旧人有良好的时尚消费习惯。但是，我们也很清醒：企业最大的敌人不是对手，而是自己；我们要积极改变自己适应市场需求，企业才能生存和发展。"

朱厂长还表示：个旧乍甸农场和光华乳业很有潜力，有许多经验值得我们学习，我们真诚希望与同行们携起手来，加强交流，提高质量和效益，做强、做大云南的乳业。否则，面对入世后外国企业的长驱直入，我们将会被淘汰出局。从这个意义上说，无论是乍甸农场、光华乳业还是前进乳业，都任重道远。（载于《红河日报》2002 年 4 月 28 日）

非公经济：托起锡都半壁江山
——个旧市非公经济"九五"发展综述

前不久，个旧市锡城经贸公司的女老板毛某琼自费到美国、英国等欧美国家走了一趟，考察国际市场及寻求新的合作伙伴。同行的省贸易促进会有关领导称赞毛某琼有过人的胆识和魄力。

其实，像毛某琼这样放眼国际、主动走出去的私企老板，在个旧还有很多……伴随着锡都大锡走向世界的，是锡都的民营企业家们已开始勇敢地跨出国门，主动出去认识、了解、拥抱国门外的世界……

今年以来，受国际锡价格走低的影响，个旧市有色金属生产、销售和出口都遇到一些困难，譬如库存积压、资金紧张、负债运行等。个旧市委、市政府领导多次深入到有色金属非公企业调研。在自立冶炼厂和凤鸣冶炼厂，市委领导在了解企业的生产经营及面临的困难后说："大家要树立信心，市委、市政府会和你们一起来共同克服这些困难。同时，希望你们要以科技创新实现企业的二次创业，让企业尽快走出困境。"听了这些话，非公企业的老板和职工们都倍受鼓舞，他们感动地说："连市委书记都这样关心我们民营企业的困难和生存，我们还有什么理由不好好干？"

"其实，这些年来市委、市政府像这样关心我们民营企业发展的事，真是数不胜数！"一位担任了省政协委员的私企老板感慨地说。

是的，也正因为有市委、市政府对非公企业动真情、办实事的倾力帮助，个旧非公经济发展才会取得骄人成绩并迅速托起了锡都经济发展的半壁江山，在缓解这个老工业城市在经济转型时期遇到的各种深层次矛盾和困难、实现下岗职工再就业、维护社会稳定以及实现锡都经济可持续发展等方面，都作出了重要贡献。

一、起步

回顾个旧非公经济的发展，当初也是步履维艰：

1980年，改革开放后的私营企业只有戴上"集体企业""乡镇企业"的"红帽子"才能注册登记并取得"合法身份"进行生产经营活动。故而很多私企都是以"集体企业""乡镇企业"的名义注册成立并开展生产经营活动，但实际的资金投入和具体的生产经营活动都是私企老板们在做。

然而，随着生产经营迅速发展，这些戴着"红帽子"的私企遇到的困难和问题越来越多，处境也越来越尴尬：企业产权不明确，扩大再生产的资金谁投入？怎样投入？投入后的利润怎样分配？企业的产权最终归属谁？按什么标准上缴利税？怎样招工？怎样发放职工工资和福利待遇？有何政策依据？……还有，政府应该按照什么标准和规定来管理这些非公企业？是按照我国过去已有的国有或者集体企业的标准来管理吗？适用吗？会捆住企业发展的"手脚"吗？……而更令人忧虑的是：这些"尴尬"的处境已严重影响到了企业的扩大再生产，进而影响到企业的生存、发展壮大和未来的前景了。

那么，这些非公性质的企业将向何处去？他们还能生存下去吗？他们还能找到、得到属于自己发展的那个舞台、那片天空吗？

二、扶持

个旧市委、市政府和这些非公企业家们都共同在艰难的探索中，一起认真思考、寻找着非公企业的出路……

市委、市政府经过认真调研、分析和思考后，一致认为：一是对这类企业的非公经济性质不要作无谓争论，争论不会带来经济发展。二是先干着再说，干错了就改，干对了接着干。三是要解放思想，更新观念，结合、利用个旧老工业城市具有的优秀的产业工人队伍、有色金属采选冶的先进技术和设备、成熟的企业管理制度和方式方法及其丰富经验等多种优势，把非公经济作为个旧经济发展的"半壁江山"来大力扶持，支持其实现可持续发展。

思想统一了，剩下的就是行动。市政府迅速成立了个旧市乡镇企业发展领导小组、个旧市个体私营经济发展领导小组，要求市政府各职能部门在工作中必须为非公经济体发展大开"绿灯"。主要做了以下工作：

一是积极努力让有条件的企业尽快"出生"。在依法、依规严把市场准入关的情况下，对符合环保等产业导向的民营企业可以"先上车、后补票"，让他们尽快"出生"并取得"身份证"。

二是执法部门专门制定并实施了保护民营企业发展的具体措施，从法规制度上为民企发展保驾护航。

三是随着中央对非公经济发展政策的出台和力度的加大，"摘帽子""明产权"已有了政策依据，市政府立即为这些民企摘去了"红帽子"，还给了他们本来的"私企身份"及"私有产权"。产权明确了，自己的企业"回来"了，激发了企业家们管理和发展企业的积极性和创造性。企业的生产量更大了，效益更高了，发展更好了。

四是积极努力为民企争取"两权"。在所有扶持、服务中，最为企业家们称道和佩服的是：市政府到省政府积极为企业申报"外贸进出口经营权"和"自营进出口权"。为争取这"两权"，市领导带着民营企业家们及其企业生产的产品、质检书、专业技术检测报告等材料，多次到省外经贸厅、省冶金局等有关部门去跑"两权证"。每次，看着这位女副市长讲哑了嗓子、跑疼了双腿的疲惫样子，企业家们都感动得不知说什么好。当最终拿到"两权证"时，企业家们都表示：我们只有好好干，才对得起市政府的关心和支持。

五是积极努力为民企解决"贷款难"。针对民企"贷款难"，"两组"定期组织召开"银行与企业联系沟通座谈会"，为构筑新型"银企关系"进行协调和服务。

六是设立"民营经济咨询服务中心"和"民营企业投诉中心"。前者从政策、管理、技术、生产、经营、售后服务等多方面为企业服务。后者则专门受理和处理侵害民营企业的申诉和举报。

七是给予民营企业家较高政治待遇。在省、州、市人大代表和政协委员以及各级妇女代表和劳模中，都有优秀民营企业家代表的身影。开源实业有限公司经理张某祥是省政协委员，市出租汽车公司经理张某明是州政协委员，个旧市锡城经贸公司经理毛某琼是市劳动模范等。

八是在民营企业中组建党组织和工会组织，宣传党的方针政策，充分发挥党组织和工会组织在企业生产经营中的重要作用，凝聚人心为生产经营服务。

九是在政府实施的各种评优、评先和奖励中，民企与国企都是同样标准、同等待遇。

十是针对民营企业家们的实际需要，定期、专门为他们进行法律法规的培训。

<h2 align="center">三、腾飞</h2>

多年来，通过社会各界的共同努力，个旧的非公经济蓬勃发展，民企在有色金属、化工、服务业、种养殖业等跨门类、跨行业领域中已成为"中坚力量"，形成了一大批规模化的、以"锡文化"为底蕴、为核心、为鲜明特色的非公企业群体：

——以有色金属生产为主的一批民营企业迅速崛起。这些企业生产规模大、科技含量高、效益好。如自立冶炼厂和乘风电冶厂的精锡，年产量已分别超过万吨；沙甸电冶厂电铅年产 3 万吨……民企产品占据了个旧地区有色金属年产量的一半。

——依靠科技进步求得发展壮大。自立冶炼厂以科技为先导，除生产"拳头"产品精锡外，还具备了综合回收稀贵金属银、铜、铅、砷、铋、铟等的能力，以强劲的科技和经济实力跨入"全国乡镇企业 50 强"之列。大屯乘风电冶厂、金戈矿冶公司等 8 家企业成为省政府授予的"百强私营企业"。沙甸电冶厂、锡都冶炼厂、大屯工业公司等 4 家企业成为省政府授予的"百强乡镇企业"。星河电器有限公司生产的"太阳能热水器显示仪"获"全国科技博览会奖"。

——创立了一批国际知名的品牌。自立冶炼厂的"云杉"牌精锡、沙甸电冶厂的"云月"牌电铅，都在英国伦敦金属交易所注册并成为出口免检产品和国际知名品牌。另外，全市民企中已通过 ISO9002 国际质量体系认证的就有自立、沙冶、金叶、锡都、乘风等 6 家。而其他私企正按该体系要求进行完善、申报和认证。

——经过共同努力，个旧已有 6 家民企取得了"两权"，即"外贸进出口经营权"和"自营进出口权"，这标志着这些民企已取得了有色金属进入国际市场进行交易的资格。同时，也形成了个旧有色冶金行业"国企和民企共同参与国际竞争"、实现相互良性循环发展的良好格局。1999—2000 年，红河州外贸出口名列云南省"第一"，这其中，个旧市非公有色企业的出口份额占了绝大比例。个旧，已成为云南省出口创汇的重要基地之一。

——大胆解放思想，"托管"闯出新路。个旧市外贸局（外贸公司），计划经济时期是地方政府唯一具有"外贸进出口经营权"的单位，行使"政企合一"的职能和职权，即政府管理"进出口"的工作与企业进行"进出口经营"的职能和职权"同体"，积累了丰富的外贸进出口工作及管理经验，取得了国家批准的"综合出口贸易经营权",这在全国县级市中也不多见。

然而,进入市场经济后,因国际锡价下跌、经营管理不善、上当受骗等原因,导致其严重亏损1100多万元而难以继续生存,即将消失。当时,个旧的其他企业还未能取得"外贸进出口经营权"。故而,一边是即将消失的外贸公司及其"外贸进出口经营权"的资格;一边是发展势头强劲的民企高质量的产品可能因外贸公司"外贸进出口经营权"资格的消失而不能出口。而且,按照当时的政策规定:作为"政企职能合一"的外贸公司,既不能出售,也不能破产!

怎么办?让其自生自灭,还是另寻一条新路,让它不仅能生存、能继续发挥原有作用,还能发展壮大?

那么,这条两全其美的"新路"在哪里?

市委、市政府在充分调研的基础上,第一家在全省乃至全国大胆走出了一步"高棋":"托管。"即委托一家有实力、有规模、管理正规、信誉良好的私营企业"接管"外贸公司,其承担外贸公司的一切债务、保证离退休和在职职工的工资福利待遇、履行外贸公司的一切职责等;同时,该企业也享有外贸公司原来所拥有的相关权利;政府也加强对该私企的监管和服务。这样一来,几好合一好,承担"托管"的这家私企和其他私企产品进出口难的问题都一并解决了。为此,《云南日报》1998年10月18日在"头版头条"以《"托管"闯新路》为题报道了这个创举,并在当年的全省外贸工作会上进行了经验交流。这一探索的勇气、魄力、创新的方法和行动及其取得的成功经验,得到了省和中央的高度赞誉。此后,省内外很多地方在相关改革中掀起了一股"托管"旋风,均学习、借鉴了个旧这一成功经验,使企业得以走出困境,求得新生和发展。譬如:个旧的锡都冶炼厂"托管"了亏损严重的金平县外贸公司,又为个旧有色金属的出口创汇拓展了一片更加广阔的天地。

现在,个旧外贸公司发展势头强劲,1998—2000年,分别完成进出口贸易额520万元、730万元和850万元。在继续搞好"外贸进出口工作"的同时,该公司还将在鸡街镇投资建设全省最大的有色金属原料交易市场、与贸易局联合在交易棚投资建设大型批发市场。届时,外贸公司将实现可持续、高效益的发展。

如今,个旧的民营企业已实现了"跨行业、跨地区、跨所有制"的外贸进出口经营,为个旧经济社会的发展立下了汗马功劳。

——主动出击，占领民营企业政治思想工作阵地。个旧市领导到民企调研时，都强调民企要成立党团和工会组织，要继续发挥党团和工会组织的积极作用，宣传党的方针政策，抓好职工的政治思想工作和队伍建设，企业才能实现良好的发展。

在有关部门的大力关心和指导下，个旧开源实业有限公司在全省民营企业中首家成立了党支部，被《云南日报》《春城晚报》等媒体宣传报道，并得到省委领导的高度赞誉。一名担任了党支部书记的女企业家深有感触地说："除了金钱外，人还应该有理想信念，有精神支柱，我请求加入共产党，是因为共产党好，社会主义好，改革开放好。因为这些好，也才有我今天的好。现在，我们公司已有 8 个优秀的技术工人加入了党组织，加上原来的 10 多名老党员，这支队伍已成为公司生产经营中的'领头羊'。"

——富而思进，富而思源，回报社会。企业发展壮大了，企业家们富了。但他们富而思进，一些企业家主动要求加入党组织。企业家们富而思源，多年来坚持参与捐资助学、抗灾救灾、扶危济困、开展精神文明建设等，先后捐资 1000 多万元用于各项社会事业，为锡都精神文明建设作出了积极贡献。

因为有了市委、市政府的全力帮助、社会各界的大力支持和民营企业家们的奋发努力，个旧非公经济这个"蛋糕"在国民经济发展中越做越大、越做越强。至 2000 年底，全市已有民营企业、个体工商户 7945 户，注册资金 4.2 亿元，从业人员 29253 人；其创造的国内生产总值占全市的 25.3%；上缴税金 4100 多万元，占个旧地方财政收入的 21.4%；乡镇企业总产值 11.3 亿元（1990 年不变价），占全市工业总产值的 52.43%；全市 1.5 万名下岗职工已有 1.3 万名通过多渠道实现再就业，其中就有不少人在非公经济领域中大显身手。

对今后的工作，市政府将结合我国加入 WTO 等实际，专门对民营企业家们进行相关培训，不断提高他们的综合素质和能力，使他们尽快适应激烈的国际市场竞争，并在这个没有硝烟的战场上能够立于不败之地。

个旧的非公经济，正如早晨八九点钟的太阳，朝气蓬勃，强劲发力，继续为锡都经济社会的发展谱写出更加辉煌灿烂的新篇章。（载于《红河日报》2002 年 5 月 15 日）

疯狂的"蛀虫"

——评析个旧市几起经济犯罪案

使人堕落和道德沦丧的一切原因中，权利是最永恒的、最活跃的。而在一切权利中，金钱又是一张巨大的网……

——英国历史学家约翰·阿克顿

"蛀虫"脸谱

张某玥，女，42岁，云某股份公司成都分公司原经理。1997年10月—2000年8月，张某玥在担任云某股份公司上海分公司经理期间，利用职务之便，采取凭空虚开、直接扩大发票金额、用复印票据报账、少支多报、虚报冒领、隐瞒利润等种种恶劣手段，共计贪污公款105万多元。

案发时，张某玥已被调到成都分公司任经理。在此案侦破中，由于涉及面广、时间跨度长、情况复杂，故取证相当困难。但检察机关不畏艰难，多次深入到涉案的华东地区、西南地区进行调查取证；并将10多箱账册空运回个旧——检查，取得了许多重要的第一手资料和证据。2001年2月18日，张某玥被刑拘；3月2日，被逮捕。目前，检察机关以涉嫌贪污罪对其提起公诉。

李某松，男，37岁，个旧市某乡镇国税分局原分局长。李某松利用职务之便，指使该镇财政所所长沈某某（已另案处理）在外"接应"，采取隐匿部分税收分成、涂改单据加大金额等手段，先后侵吞公款7.5万元和3.5万元，之后，两人私分。

杨某，男，32岁，中国农行红河州分行个旧营业部某储蓄所原经理。2001年3月10日晚，市检察院接到举报，称杨某有重大经济犯罪嫌疑。检察机关立即传讯杨某。同时，对杨某在任某储蓄所经理以来所经手的业务进行全面核查。在检察机关的传讯中，杨某一口咬定：没有犯任何罪。直到办案人员将罪证摆在他面前时，他才懊丧地低下头交代问题，从而揭开了一个令人震惊的密案：一个堕落的灵魂，是怎样"黑吃"朋友、侵吞国家钱财的。

1999年11月，杨某时任某储蓄所经理。他有一个很要好的朋友兰某，是个体老板。兰某为支持他的工作，特意在该所存了1份100万元的定期存款。可杨某却利用职务之便，暗做"手脚"，"挂失"了兰某这100万元中的50万元，又指使手下业务员将这50万元转存成4张定活两便存单。

随后几个月，杨某先后非法支取这50万元用于旅游、打牌机赌博、购买

211

高档衣物等。而他的好友兰某还蒙在鼓里，根本不知道自己存在银行里的钱少了 50 万元。

后因工作需要，杨某被调到另一储蓄所任经理。讲义气的兰某和其他朋友为帮杨某揽储以"增加其业绩"，兰某又将在其他银行的存款转到了杨某新上任的储蓄所存储。2000 年 10 月 18 日，兰某持手里的存单到该所办理 100 万元到期存款的转存手续时，杨某居然私开两套存单，将兰某输入了密码的那套真存单擅自销毁，将他自编密码的这套假存单交给了兰某。在神不知鬼不觉中，兰某手中的 100 万元的存单变成了一张废纸。在支付了兰某 3 万元利息后，杨某把剩余的 47 万元转存成署名"李云雄"的金穗卡。随后，杨某拿着该卡就去取钱，开始了他疯狂的挥霍和享受：花 27 万元买了 1 辆全新蓝鸟轿车，又买了几万元的铂金、黄金首饰及进口的"欧米加"手表，其余的用于赌博。

2001 年 3 月 5 日，兰某到该所购买 30 万元的国库券。不能自拔的杨某又故伎重施，以"挂失"为由，指使经办人取消这项业务，将这笔钱转成"李小俊"的储蓄卡。次日，杨某又迫不及待地取出 5 万元去交轿车保险费。

归案后，杨某仅退交赃款计 27.4 万元，其他的已被他挥霍，损失已无可挽回。

"蛀虫"温床

有关权威人士分析了这些犯罪案发生的原因，这无疑是警示世人的"良药"：

——思想道德防线崩溃、是非善恶标准颠倒，是这些"蛀虫"犯罪的、共同的主观原因。

"兔子不吃窝边草"是古训，杨某却利用职务之便，"黑吃"好朋友的钱。虽然，最终兰某并未损失什么——杨某侵吞的钱由国家负责赔付，但是，案发后兰某还是万分吃惊，办案人员找他了解情况时，他说什么也不敢相信杨某会这样做。

据杨某交代，他当初挪用这些钱时，只是想"借鸡生蛋"做生意。可是看到那些大老板出手大方，很会享受，心理就不平衡了：钱拿到手里留着干吗？不花才是憨包。到后来，连他自己都知道这些钱是还不起了，于是就破罐子破摔，不计后果，醉生梦死。

而张某玥归案后的态度十分嚣张和傲慢，令办案人员很是意外。张某玥自认为是见过大世面的人，办案人员很"土"，根本不配与自己打交道。她居然对办案人员说："你们知道吗？在上海、南京、成都那些大地方，像我这种整钱的人多的是，而且整的金额比我的多多了，我整的这点就是小咪渣，算什么？你们真是少见多怪！你们有本事去查那些人去，来查我这种小咪渣算什么本事？"

这种颠倒是非、混淆黑白、没有敬畏心、犯罪后还不知可耻的态度和人生观，对正常人来说真是不可理喻的。

——监督管理机制不力，公权力私用，是这些"蛀虫"得以犯罪的、共同的客观原因。

这些经济案的"主角"都是担任了一定领导职务的公职人员。张某玥长期担任驻外分公司的"老大"，总公司对她的考核主要是看销售业绩，业绩好了就"一俊遮百丑"。又因在外地，在分公司就是她说了算，想做什么就做什么，想怎么做就怎么做。曾有员工提醒她有些事违反规定，不能这么做。她就对员工打击报复。长此以往，导致她"老大"意识膨胀，为所欲为，助长了她更加疯狂地贪污。直到她调任成都分公司经理后才案发。

还是因为监督管理机制不力，且作案时间跨度长、涉及面广，导致了张案的许多财务账册被"失踪"或被"重新整理"过。据云某公司的举报和检察机关掌握的情况，张某玥的涉案金额至少是500万元。但因不少证据已"失踪"或被销毁，检察机关费尽周折检查、取证到的只是105万元。而其余数百万元国家财产的损失已是不可挽回。

尽管发生经济案的原因很多、很复杂，但是，主观上思想道德防线崩溃、是非观念颠倒和客观上监督机制不力、公权力滥用却是最根本、最致命的，也是能让这些"蛀虫"得以衍生的"温床"。因此，加强思想道德建设、强化监督制约机制的工作刻不容缓。（载于《个旧报》2002年5月21日）

一份普通快讯引出一个爱心行动：少抽一条烟、少喝一瓶酒、少吃一斤肉，这就是我们的宣言——

让贫困的孩子都能上学

近日，一份普通的《红河教育快讯》引起了个旧市委、市政府领导的高度重视，市长李润权等领导均在上面作了批示。

那么，这份普通的"快讯"上有什么内容引起了市领导的高度关注呢？

原来，这份"快讯"上刊登了一篇红河哈尼族彝族自治州州委、州政府在"心系特困学生捐资助学"动员大会上的文章。文章说，为振兴基础教育，提高民族素质，在政府多方筹资投入教育的同时，州委、州政府号召"领导带头，动员广大干部职工少抽一条烟、少喝一瓶酒、少吃一斤肉，在自己力所能及的范围内，伸出援助之手，向特困学生献上自己的一片爱心。"州委、州政府并希望广大干部职工按照自愿、量力原则进行帮扶；同时要求有关部门要把工作做细做实，把好事办好，让干部职工明明白白捐钱、清清楚楚助学。

在传阅这份"快讯"时，市委、市政府高度重视，并迅速作出反应。有关领导一致认为，近年来，个旧虽然在救助贫困学生求学上采取了许多积极的、富有成效的措施；但个旧也应该学习和借鉴这个好经验，多一条路就多一个解决问题的办法，以继续帮助解决个旧贫困生求学难的问题。

市政府立即对此项工作进行安排布置：建立一个捐款基金，并把它作为长期捐助贫困学生的一个途径，让想献爱心的人们能随时把钱捐得进来，让需要帮助的贫困学生能随时得到帮助；向全市发出"捐资助学"倡议书，号召大家向贫困学生伸出援助之手。

目前，捐款工作正在顺利进行中。（载于《春城晚报》2002 年 12 月 5 日）

在历史的嬗变中跨越
——个旧小康社会发展纪实

锡都档案

英国《简明不列颠百科全书》第三卷记载："个旧，中国云南省第二大城市，著名的锡都。"

个旧市位于云南省南部，"北回归线"穿境而过，年平均气温 16.2℃。个旧辖区内最高海拔 2740 米、最低 150 米，是典型的立体气候。境内山川壮丽，景色秀美，物产富饶，生长有国家保护动物"懒猴"以及有"植物界活化石"美誉的"红河多歧苏铁"等珍奇动植物。另有多姿多彩的森林风光、高原湖泊、天然温泉、喀斯特溶洞以及历史悠久的"锡文化"遗迹、古寺名园等别具特色的自然和人文景观。而坐落在青岭长谷间的个旧市区，更是依山抱湖，景色如画，气候宜人。

个旧历史悠久。考古发现，约在 5 万年前，境内就有人类生息。春秋战国时期，土著居民已有较高程度的文明。西汉，随着中原文化的传入和渗透，锡、银、铅等金属采冶业兴起，并见载于《汉书·地理志》。个旧因此成为世界上最早生产锡金属的地区之一。至 1910 年代始，"滇越铁路"和"个碧石铁路"的修通以及锡业生产实现机器化，使个旧成为云南省近代工业的发轫之地。当时，个旧往北可达昆明转黔、川至于全国诸省，南下可直抵越南出香港前往世界各国，交通畅达，百货咸集，诸业生机，繁华盛况胜于省会昆明。

中华人民共和国成立后，在党和国家的关心重视和大力支持下，个旧市的经济社会各项事业发展日新月异。而在作为国防军工物资的锡、铜等有色金属的生产上，个旧更是为我国的社会主义建设事业作出了重大贡献。

让我们来看一看，个旧市 1950 年与 2002 年相比较的一组数据，以及由此反映出的个旧的沧桑巨变：

——有色金属矿产生产总量由 3771 吨增加到 10 万吨，增长了 26.5 倍。

——有色金属冶炼总量由 1188 吨增加到 12.9 万吨，增长了 108.6 倍。

——精锡总产量由 1188 吨增加到 4 万吨，增长了 33.7 倍。

——"云锡牌"和"云杉牌"精锡、"云月牌"电铅都是在英国伦敦金属交易所注册的、世界知名的出口免检产品，远销到 40 多个国家和地区。

——1950—2002 年，总计生产锡、铜、铅、锌等各类有色金属 200 多万吨，其中：生产精锡 100 万吨，出口创汇 14.04 亿美元，为国家创税利 59.8 亿元。

——个旧，以名副其实的"锡都"美誉蜚声海内外，并成为云南省内包括文山州、思茅地区、西双版纳州等滇东南经济区内所依托的、最大的现代化工业中心城市。

——个旧，曾经是省辖市和红河哈尼族彝族自治州人民政府所在地；是云南省国民经济和社会发展计划单列市，行使地州级经济管理权限；属对外国人开放城市。

——至 2001 年，个旧市户籍人口 453309 人。其中，城镇人口占 57.83%；汉族占 68.95%，彝族、哈尼族、回族、壮族、苗族等少数民族占 31.05%。

——2000 年 4 月，因在生态环境建设上取得的突出成就，个旧市荣获国务院命名的"中国人居环境范例奖"，成为云南省目前唯一获此殊荣的城市。

苍龙困境

个旧是一个因锡而建、因锡而兴的资源型老工业城市。然而，当时光进入到 1990 年以后，个旧遇到了与众多老工业城市同样面临的深层次社会矛盾和巨大困难：

工业上，经过 2000 多年的开采，个旧有色金属的地表资源已经枯竭，有色金属开采从地上转为地下，开采成本剧增；国有企业众多，共有各种门类的大小企业 173 个，带来沉重的人员包袱；体制不顺，职工工作积极性不高；企业设备设施老化，生产效率低下；国际有色金属价格持续下跌，出口创汇受挫；工业生产产品结构单一，经不起风云变幻的市场冲击；许多企业亏损严重，难以正常生存……

农业上，个旧农业基础薄弱。个旧是一个移民城市，现在的居民，多是 1950 年代后，国家从东北、华北、中南等地抽调大批工程技术人员到个旧工作，更有从石屏、建水、通海等地来参加工业经济建设的工人。故而，个旧历史上的农业，除有少量当地少数民族原始的刀耕火种外，上规模的精细农业基本没有。

随着个旧工矿城市的兴起，到 1950 年代中期，乍甸和大屯等坝区乡镇的农户才开始有一定规模地种养殖部分蔬菜和家畜供应城市矿区，但仍供不应求。每年，个旧的商业部门和工矿企业都要到省内外的农业大县购运大量的生活日用商品到个旧销售给职工和市民，确保个旧群众的日常生活所需。那时，个旧的粮食、蔬菜、肉类、水果等消费品的外购率高达 96% 以上。

随着社会发展，现在个旧的农业人口已增加到 16.4 万多人，他们多数居住在贫困的山区，种植着传统的、经济价值极低的玉米、青菜等农作物，多数人不能维持温饱。而超过个旧总人口三分之一的这些农业人口如果不能解决温饱，将直接影响到个旧经济社会的整体发展甚至成为引发社会不稳定的重要因素。

种种困难，导致了个旧经济严重下滑、下岗人员增多、固定资产投资不足、城市基础设施建设滞后、人才流失以及经济社会发展后劲严重不足等"连锁反应"。当时的个旧，面临着新中国成立以来未曾经历过的严峻困难，与当时省内新兴的城市如玉溪、曲靖等地市强劲的发展势头相比，个旧确实是"老态龙钟"了。

但更令人忧虑的是：个旧的部分领导和干部群众对个旧的发展也丧失了信心。他们悲观地认为：个旧驰名世界的"锡都"美誉已是"昨日黄花"；个旧作为云南省第二大工业城市的雄风和地位已成"历史"；个旧 20 世纪六七十年代以来作为国家重点生产国防军工产品基地的辉煌已是"美好回忆"

……总之，个旧是不可能再有什么"好戏"唱了。个旧，将不可避免地走向衰落……

悲观丧气、失去信心导致了人心涣散进而导致了人心思走，有的领导和各个行业的一些骨干先后调离个旧，去外地工作。

个旧将走向何方？个旧还有前途吗？个旧要怎样干，才能重铸昔日的辉煌、重振当年的雄风？

构建蓝图

面对种种前所未有的困难、迷茫和疑问，个旧市委、市政府没有被其所困，也不轻言放弃；没有放任自流，更不怨天尤人。而是以睿智的思想、具体的行动，对个旧在市场经济条件下在红河州、全省甚至在国内国际的发展地位进行了理性、全面、冷静的分析和思考；同时，深入到各行各业进行调研、考察，全面掌握个旧工农业生产、管理体制、城市建设等各方面的情况，听取各方意见和建议；梳理出其优势和劣势、有利因素和不利因素；扬长避短，积极寻找对个旧未来发展的有利条件，为科学决策奠定坚实基础。

对个旧的现状，个旧市委、市政府领导班子一致认为：

一是必须承认困难。当前，个旧确实存在许多前所未有的严峻困难，不承认这些困难的存在，是一厢情愿的幼稚想法，是在逃避。而逃避，就无法直面这些困难，更遑论解决这些困难。二是必须清醒地认识到：在社会经济转型时期，出现这些困难是正常的，也是暂时的。三是解决问题的关键是我们自己要有克服这些困难的信心、勇气、思路、能力和行动。四是有些困难是我们自己可以克服的，譬如：解决信心问题、厘清发展思路和制定发展蓝图等。五是有些困难是必须依靠国家的帮助才能解决、克服的，譬如：解决老工业城市的深层次矛盾、对老工业城市进行提升改造的扶持政策、宏观调控方向等。

在此基础上，个旧市委、市政府一致认为：锡都的发展，当务之急是必须构建出一个正确的、符合个旧实际的发展蓝图。否则，个旧就会失去奋斗的目标、信心和动力，就不能实现经济社会的快速发展，也就不可能在遇到老工业城市的诸多困难、解决老工业城市的深层次矛盾的"阵痛"中，积极勇敢、富有成效地带领锡都的各族人民建设小康社会。

经过艰难探索、全面调研和充分论证，个旧市委、市政府制定并实施了对个旧长远发展发挥了重大作用并具有深远意义的发展蓝图——"一二三"工作思路：

217

"一"即紧紧抓住老工业城市提升改造的机遇并把它作为突破口；"二"即认真实施"立足有色，超越有色；立足老城，超越老城"两大战略；"三"即努力实现三大目标：把个旧建设成为云南省最大的有色金属冶炼中心、云南省重要的生物资源加工基地和云南省一流的精品城市。

"一二三"工作思路是个旧市委、市政府对国内外经济发展的形势进行认真分析和研判、对个旧发展的优势和劣势进行充分论证并广泛听取社会各界意见建议后提出的。作为个旧跨世纪发展的工作思路，它是对过去工作的总结和深化，更是对未来发展目标的提升和具体化。

"抓住老工业城市提升改造的机遇并把它作为突破口"的含义是：在国家西部大开发中，个旧应该有自己的特点，而"老工业城市的提升改造"就是个旧的特点。个旧应以这个"特点"进入国家西部大开发的盘子。因为，老工业城市如果不进行提升改造、不积极争取国家政策性支持和进行高新技术化的发展，就没有出路。因此，必须进行改造。

"立足有色，超越有色"的含义是："立足有色"是指个旧目前还必须依靠"有色"来发展。从现阶段看，个旧只有"有色"是靠得住的。目前，个旧还有丰富的锡、铜等地下资源和霞石等地表资源，还有"有色金属"的市场、品牌、技术、人才等可以依托。个旧如果现在就放弃"有色"，而其他产业一时又培植不起来，这势必要伤了个旧整个国民经济发展的"元气"，因此，必须"立足有色"。而"超越有色"是个旧发展的需要，因为有色金属资源总有一天会挖光，仅靠"有色"，要使个旧有大的、长远的发展也很困难，所以，必须未雨绸缪，要大力发展其他产业并使其总的经济价值、创造的国内生产总值和税收都能与"有色"并驾齐驱，甚至超过"有色"。

"立足老城，超越老城"的含义是："立足老城"是指个旧老城区仍然具有旺盛的生命力，而不是要被人们抛弃的城市；现在个旧城市的发展有"两大优势"：可持续发展和最适宜于人居住，具备了这两条，城市就有希望。"超越老城"包括三条：一是指要超越老城的功能，过去的个旧市是服务于矿业的工矿城市，其所有产业都是围绕工业及其矿山而服务的产业，这限制了其他产业的发展。现在新的发展思路是：个旧不仅仅是一个服务型的城市，更要转换为一个辐射型的中心城市，要立足于面向滇南的高度来规划和发展，有些产业如商业贸易还要面向越南等东南亚国家来发展，走出国门去做"跨国贸易"；二是指要超越老城原有的 9 平方千米面积，用新的城市理念去建设和经营它，使其扩展到 15—20 平方千米；三是指城市建设不仅

218

仅局限于市区周围，还要加快红河大屯科技工业园区以及其他乡镇建设的步伐，使"超越老城"成为一个转变功能、扩大地域、以城带乡、综合发展的重要契机和平台，并最终使新老城区及城乡发展成为一盘"活棋"。

"实现三大目标"的含义是：

一是把个旧建设成为云南省最大的有色金属冶炼中心。"最大"包括最大的规模、最好的技术、最大的市场、最好的效益。个旧是著名的锡都，优势和叫得响的都是有色金属。有色金属的采、选、冶、加工等技术有些是居世界领先水平的。如果个旧不建设全省最大的有色金属冶炼中心，其优势就无法继续得到保留、体现和发挥，最终，也就很难得到好的发展。

二是发挥个旧雄厚的工业基础优势，建设全省重要的生物资源加工基地。之所以把这个目标作为个旧跨世纪发展的要求来实施，是因为个旧调整产业结构的需要，个旧的发展必须在"有色产业"以外还要寻求新的支柱产业。

经过这些年的探索和奋斗，个旧已具备了发展生物资源加工产业所需要的各种优势：有丰富的生物资源。地处北回归线的红河州及个旧市有典型的立体气候，气候的多样性带来了生物资源和种群的多样性，许多特殊的生物药材如灯盏花、大草乌、马蹄香、川芎等不仅有野生的，而且还能人工种植。有先进的生物制药技术和工业化基础及其品牌药品。个旧生物制药有限公司和个旧制药有限公司经过多年努力，生产和打造了一批在全国有影响的生物制药及其品牌，如荣获"国家中药保护品种"的"香果健消片""虎力散"以及占有较好市场份额的"血竭"、绿色药品"灯盏花系列"等。同时，开发生物资源也是世界经济发展的趋势，而国家也鼓励发展这些产业，会有一些政策、项目、资金、技术等方面的帮助和扶持，关键是我们要能够去争取。

三是建设全省一流的精品城市。个旧气候特好，四季如春，最适宜于人居住；个旧立体型的山水城市风光，精致整洁，景色优美，别具特色；个旧还有较高的市民素质，人文环境很好。这些都是建设精品城市的基础，精品城市建成了，发展旅游业也就有了很好的条件。

指点江山

蓝图构建出来，剩下的就是行动了。

在这一跨世纪的壮丽行程中，个旧市委、市政府带领全市各族人民坚定信心，团结拼搏，迎难而上，身体力行，富有创造性地开展了以下工作——

一、提出"锡都精神"凝聚人心

219

为统一思想、鼓舞士气、凝聚人心、加快行动,个旧市委、市政府结合个旧实际,提出了"团结拼搏,迎难而上,敢于争先,真抓实干"的"锡都精神"。

"团结拼搏,迎难而上"是指市委、市政府要团结全社会各方力量,鼓舞和带领全市各族人民,放下计划经济时期个旧在工业上"老大哥"的架子,迎着困难主动出击和拼搏,体现出个旧人的士气、志气和骨气,克服各种困难向前走;"敢于争先,真抓实干"是指个旧过去是红河州经济社会发展的"老大",也是全省重要的工业城市;今后,个旧也将继续力争是红河州经济发展的中心和全省重要的工业城市,为此,必须要敢于争先、不图虚名、真抓实干并取得实效。

二、打造锡都工业的"航空母舰"

1.打造锡都工业的"航空母舰",首先是要对个旧的工业体系和体制进行除旧革新。这其中,当务之急是要对国有企业进行深化改革。个旧市委、市政府就从这里起步,开始了打造工业"航空母舰"的艰难行程。

个旧的国企种类较多,门类较全。在改革中,都经历了很多艰难和"阵痛"。但特别值得一书的是个旧市外贸局(外贸公司)的改革。这是个旧市委、市政府"大胆解放思想,'托管'闯出新路"的一个创新举措并取得成功的典范。个旧市原外贸局(外贸公司),1998年以前行使"政企合一"职能。因种种原因,导致严重亏损1100多万元,正常生存难以为继。但是,按照当时的政策规定,该单位既不能破产,也不能改制和出售。关键是该公司还有一张"外贸进出口经营权许可证"的"王牌",如果该公司消失,则这张"王牌"也将随之消失。而当时,不少发展势头强劲的私营企业又苦于没有这张"王牌"而使其优质产品不能正常出口。

为此,个旧市委、市政府解放思想,破除常规,大胆创新,在全省乃至全国第一家走出了一步"高棋":"托管"。即市政府选择一家有实力、信誉好的私营企业,把外贸公司委托给其代管;政府则加强对该私企的监管和服务;该私企必须承担外贸公司的一切债务和按照规定安置全部职工;同时也享有外贸公司"外贸进出口经营权"等相关权利。"托管"后,外贸公司和该私企以及其他有进出口产品的私企都实现了"多赢",发展势头非常好。

几年来,在国家优化资本结构试点城市政策的扶持和全市各族人民的共同努力下,个旧涉及有色冶金、轻纺、化工、机械制造、电器制造、搪瓷陶瓷生产、医药、造纸、制鞋和食品加工等各个行业共有84家国有企业进行了出售、租赁、托管、股份制合作等多种形式的改革改制，使不少企业挣脱了不适应生产力发展的桎梏，焕发出蓬勃的生机与活力，其发展势头非常强劲。

2.打造锡都工业的"航空母舰"，是云锡公司大刀阔斧地实施了"精简机构、减人增效"的改革。

云锡公司作为我国重要的锡生产基地，曾为国家作出过重要贡献。但是进入1990年以来，该公司也面临着包袱沉重、体制不顺、观念僵化和效益下滑等多重困难。为摆脱困境，该公司实施了"精简机构、减人增效"的大刀阔斧的改革。之后，全公司有1万多名职工依依不舍地离开了倾注了大半生心血的工作岗位。

这1万多人虽然下岗了，但不能不吃饭。而他们的"饭碗"又去哪里找？如果把下岗人员全部推给政府的劳动力市场就撒手不管，云锡公司轻松了，但是当地政府的负担就加重了。长此以往，政府将不堪重负。为安排这些下岗人员并为他们重新找到"饭碗"，云锡公司采取了"加强岗前培训，一二三产业同步开拓，力争让下岗职工在云锡内部实现再就业"的有力措施：

一是开办第一产业——农业。利用云锡公司原有的农场和数百公顷闲置的土地发展种养殖业。引进优质种苗，种植了葡萄、桔子、石榴等果木和大草乌、马蹄香等特种中药材以及各种时令蔬菜；又养殖了鸵鸟、猪、羊和鱼，现在这些产品均供不应求，市场前景看好。云锡马矿还利用荒山种植了133公顷桑树发展桑蚕业，他们生产的真丝棉被因货真价实已成为市场上的"抢手货"，年产值达60多万元。目前，全公司在第一产业上已有600多名下岗职工实现了再就业。

二是继续发挥第二产业——工业的集中优势作用，新创办了一些市场前景看好的企业。譬如：投资3500万元，把原来的古山选厂集体转产转岗为生产水泥的水泥厂并安排200名下岗职工实现再就业。目前，该厂生产已产生效益。现在，又与浙江大学合作，共同开发高标号的优质水泥。在老厂采选厂，新建了一个中美合资的特殊冶炼厂——金烊公司，安置了下岗人员130名。

三是开拓第三产业——服务业。将地处市区黄金地段又无须再进行生产的原新冠选厂、个旧选厂、电修厂等地的大批厂房，经过改、扩、拆、装后，建成了经营百货、建材、有色金属物资交易、餐饮娱乐、客货运输等的6个大型"超市"，如位于市区南城、北城的云锡储运商场、个旧市南城客

221

运站等。目前，全司已有各类大小商场近百个，安置从业人员近2000人，同时还养活了2003名离退休人员。另外，云锡公司工会组织的职工合作联社也遍布百里锡山，安置了100多人就业。

值得一提的是，在"减人增效"中，有不少领导干部带头转变观念，辞职下海经商，譬如：黄茅山选厂行政科原科长何某明辞职自谋生路，开起了"明鑫羊肉馆"后生意红火，不仅养活了自己，还为国家贡献了税收。

四是实施"后勤服务社会化"改革。2001年，云锡公司又按照"后勤服务社会化"原则，把已经部分剥离的医院、招待所、食堂、幼儿园、教育培训中心、技校等近20家单位全部剥离"断奶"，让这些单位发挥优势、面对市场，实行社会化服务，让其在市场经济的大潮中去自由搏击。

总之，实施"万人大裁军"后，云锡公司冲出困境，效益倍增，在对优质资产进行重组后，创立了云锡股份公司。不久，"云锡股份"在深圳成功上市，为做强做大云南锡产业奠定了坚实基础。

3.为建设全省最大的有色金属冶炼中心，个旧市政府提出并实施了"稳锡、增铅、扩锌、抓铜、上铝"的综合举措。这是个旧打造工业"航空母舰"的又一"大手笔"。

经过这些年的发展，个旧依托先进的技术、品牌、市场、人才、管理等综合优势，使有色金属生产已经成功实现了"两头在外"：原料在外和市场在外。原料在外是指生产原料主要是从广西、湖南等省外和越南等国购买；市场在外是指有色金属产品销往国外、省外。

个旧与云南滇能铝业合作，建设了滇南地区规模最大的铝厂，计划用3—5年时间，把铝业做成产值上10亿元的大项目。目前，该厂已建成开工并初见效益。

截至2000年，个旧地区有色金属冶炼能力已达到每年21.5万吨；预计到2005年，其将达到25万吨；到2010年，将达到50万吨。

4.重点发展"中药制药和绿色食品加工产业"，是个旧打造工业"航空母舰"的又一"得意之作"。

个旧发挥老工业城市在人才、技术、市场、品牌、管理等方面的工业基础优势，不断加快中药制药和绿色食品加工产业化、规模化建设的步伐：

一是突出特色，重点发展具有个旧地方特色的中药制药产业。譬如：发展"灯盏花系列药品""香果健消片""虎力散""血竭"等获得国家"中药保护品种"称号及市场看好的中药药品，不断提高其经济效益。

二是扩大范围，重点发展绿色食品加工产业。譬如：发展乳制品产业。国营乍甸农场在滇南地区率先发展乳业，走"公司+农户"路子，公司及当地农户饲养奶牛 2500 多头，年产鲜奶 4000 吨。近年来，又先后投入 1000 多万元，建成了现代化的鲜奶、酸奶、雪糕、果奶等系列乳制品的生产线和种植绿色饲料的基地。2001 年和 2002 年，农场销售收入分别达到 1566 万元和 2000 万元。再如：王国食品有限公司在个旧生产出口的青刀豆、洋蓟等罐头食品，效益也很好。

另外，印楝、竹笋、棕榈、木薯、蓖麻等保健食品深加工的项目也正在抓紧做前期工作。

三是注重机制创新，转变政府职能，营造良好的投资环境，吸引本地个体私营企业和外地大集团、大企业参与中药制药的开发和生产。

个旧生物制药有限公司的"灯盏花系列药品"项目，从原料种植到药品生产，已经被国家计委列为《国家西部开发高新技术产业化示范工程项目》，获得了相关的技术、人才以及 800 万元项目资金的支持。

总之，个旧中药制药和食品加工产业有了这些特殊的"拳头"和"特色"产品，就具有了特殊的优势，发展该产业就具有了广阔的前景。譬如：2001 年，改制后的个旧制药有限公司和个旧生物制药有限公司分别实现产值 2418 万元和 3090 万元，分别上缴利税 105 万元和 207 万元，均创历史最高水平。据此，个旧市委、市政府制定的该产业发展的目标是：通过 5—10 年的努力，使之实现国内生产总值 6 亿元和销售收入 14.79 亿元，成为个旧新的"支柱产业"。

5.高新技术实现"老树开新花"，为个旧打造工业"航空母舰"插上新的"翅膀"。

一是政府给予企业高新技术研发等方面的资金支持。政府对企业的可持续发展不仅是扶上马、还要送一程，从资金、人才等方面帮助改制后的许多"龙头企业"进行高新科技的研发、改造和创新，增强这些企业的发展后劲。譬如：个旧生物制药有限公司以生产名扬国际的"灯盏花系列"绿色药品而闻名。企业改为股份制后，为在国家规定期限内完成 GMP 生产线的改造，省、州、市各级政府在资金和政策上都给予了大力支持并使之顺利完成，使该厂一年一变样、三年大变样。

几年来，通过增加政府投入、实施债转股、给予贴息、社会资金支持、企业自筹、银行贷款等多种方式和渠道，个旧共投入资金 7000 多万元，扶持多家企业进行高新技术的研发、改造和创新，重点扶持科技含量高、综合效益好的项目，在资源接替、矿山开拓、冶炼加工、中药制药、新能源材料、农业科技等多个领域，都取得了重大进展和显著成效。

二是政府带领企业积极开展省院省校合作，提升有关项目的高新技术水平和能力，使科技成果尽快转化为生产力，不断增强相关产品竞争实力和提高其经济效益。譬如：市新建矿业有限责任公司投资1000万元，与北京矿冶研究院合作，研制、开发出具有国际先进水平、投产后可创产值上亿元的新型手机电池材料——钴酸锂，现已在个旧圣比和公司投入工业化生产，产品受到全国高科技产品交易会的好评。再如：彩马实业有限责任公司与昆明理工大学合作研究、被列为云南省教育厅科学研究基金项目、并运用于实际生产流程的《锡石多金属矿高砷硫尾矿资源再利用新工艺》达到国内领先水平，产生了较好的经济效益。这其中，州、市政府都给予了相应的资金、用地和政策等方面的大力扶持。

6.大力发展非公经济，托起了锡都经济的半壁江山，是个旧打造工业"航空母舰"的又一重要基础。

经过这些年的大力扶持和发展，个旧非公经济的发展取得了骄人成绩：截至2001年，全市的非公企业已发展到8192户，从业人员32817人。仅2001年，全市非公经济就完成工业总产值13.65亿元，占市属工业总产值的57%；实交税金7600万元。这其中，产值上亿元的私企有自立冶炼厂、沙甸电冶厂等4户；税收上百万元的私企有6户。另外，乘风电冶厂、自立冶炼厂等4户私企荣列云南省"百强乡镇企业"行列。锡都冶炼厂、金叶冶炼厂等8户私企进入"云南省百强私营企业"行列。同时，这些私企均通过了"ISO2000"国际质量体系标准认证，实现了以科技进步带动经济发展的"跨越式"飞跃。

三、建设农业产业的"基础平台"

1.实施"减粮、扩经、抓收入"的农业产业结构调整政策。针对个旧山区多、平地少、土地珍贵的实际，个旧市委、市政府提出减少粮食生产比例，围绕"精、优、活"原则来发展服务于城市的"精品农业"，扩大附加值高的经济作物的种植比例，实现农民持续增收，取得了显著成效。

2.扶持农民种植中药药材。根据个旧立体气候特点，在适宜于种植中药药材的贾沙、保和、锡城等高寒山区种植了灯盏花、大草乌、马蹄香、大黄藤、川芎等中草药材，增加了农民收入。

3.扶持农民种植经济价值高的经济林木、特色菜果和稻米。在锡城镇规模种植竹子，在该镇的水塘寨村规模种植铁头白菜、在对门山村规模种植糯玉米和糯洋芋、在加级寨村规模种植鲁沙梨等。另外，在保和、贾沙等乡镇规模种植甜脆柿、鲁沙梨……这些经济价值较高的农产品，不仅繁荣了当地市场，还出口到越南等东南亚国家，成为当地农民增收的新渠道。

在大屯镇、乍甸镇等炎热坝区，与台商合作，种植超级玫瑰等高级花卉销售到中国台湾、香港等地区以及荷兰、德国等国家。

个旧市种子公司培育的"滇屯502""云恢290"等优质香稻米已在大屯、倘甸等坝区乡镇规模种植并成为云南省销量最大的大米，实现了廉价粮食向高附加值经济作物的转变，种稻农民收入大幅度增加。

4.加快农业产业化进程。个旧在发展玉米制种、优质稻米、花卉、乳制品等具有个旧地方特色的种养殖业上已实现了产业化和规模化生产，使相关企业和农户都实现了"多赢"。

5.发展"农家乐"休闲旅游业。个旧倘甸乡布满天然的龙潭泉眼，水资源十分丰富，政府就指导该乡发展"农家乐"旅游垂钓业。各级政府还多次拨款为其修建旅游道路、培训从业人员、规范管理和服务，使其从开始时的几家发展到如今的近百家。农民户均年收入数万元。"农家乐"旅游业已成为倘甸乡的支柱产业。

锡城镇的独店村为改善生态环境，人工种植了264公顷森林和草地，绿化率占该村国土面积的93%以上。"独店草场旅游风景区"开发后，昆明、建水等外地游客蜂拥到此旅游。而当地农民在旅游餐饮业上的收入已经超过了种植农作物的收入。

四、发展"跨国贸易"，打造新经济"亮点"

随着中国与东盟经济文化交流的日益扩大，加强边贸往来已成为中国与东盟的共同愿望。在西南各省中，只有云南省与东南亚地区连接的国境线最长。而在这些最接近边境的城市中，目前个旧是工业化、现代化、城市化水平最高的城市。同时，个旧距"国家级口岸"河口县和金平县最近，个旧可以通过这两个"国家级口岸"辐射南亚、东南亚地区，发展大规模、高规格的"跨国商业贸易"。

浙江温州瓯海房屋开发总公司正是看好了这一商机，便大举进军个旧的"跨国商业贸易"。该公司投资1.2亿元，在个旧市区黄金地段七层楼建设了"滇南温州商贸城"。该商贸城总占地面积2.2公顷，总建筑面积3万平方米，配套建设有高品质的商场、写字楼、商住楼、停车场、绿地等，拥有各类商铺1277个，主要经销服装、家电、装饰材料等日用商品。该商贸城还将应越南、老挝、泰国、缅甸等国商家的要求，在内开辟"国际贸易区"，并设立"中国出口东南亚商品贸易采购点"。如今，该商贸城已被国内外有眼光的商家誉为"中国西南边贸第一商城"，成为中国连接东南亚、南亚的"商贸桥头堡"。

温州商人还打算以此为"据点"，与越南西贡的"中国温州商贸城"南北联合，与南亚、东南亚地区相互开展跨国贸易，实现"多赢"。

五、"东南亚国际大通道"飞架南北

过去的个旧，虽是红河州政治、经济、文化的中心和工业城市，但在公路交通建设上却处于落后状态，仅有一条向北通往开远、昆明的三级公路和一条窄轨铁路；个旧向南，就没有出去的公路了，来到个旧，其地理位置和交通就成了"盲肠"和"死角"。不少外地人到个旧后就感叹："来到个旧，就没有出路了。"

为尽快改变这一制约个旧发展的"瓶颈"，市委、市政府把公路建设作为个旧发展的基础性工程来实施，先后投资建设了个旧元阳、个旧鸡街石屏、个旧鸡街蒙自等多条高等级公路。其中，总投资5亿元的个元公路的建成，使个旧成为连接红河南岸的河口、元阳、金平、屏边、绿春、红河6个边疆民族县的重要交通枢纽；尤其是与"国家级口岸"河口县和金平县的连接，已使个旧成为经河口辐射越南等东南亚地区的"国际大通道"。

总投资18亿元的个旧鸡街建水通海高速公路的兴建，大大缩短了个旧与省城昆明的距离，行程由6小时缩短为3小时。总投资7亿元的鸡街蒙自大道以及总投资8亿元、即将竣工的个旧大屯公路隧道的兴建，使"个旧—开远—蒙自"滇南中心城市交通网络的建设已具"雏形"。

六、建设中国的"佛罗伦萨"

个旧是一个山水相依、山中抱城、城中拥湖、气候宜人的现代化工业城市，曾经被美术大师刘开渠誉为"中国的佛罗伦萨"。而个旧的金湖，曾被巴金先生誉为"高原美西湖"。

这些年，为建设"全省一流的精品城市"，个旧市委、市政府坚持不懈地致力于"治山、治水、治城、治天"的生态环境综合治理的浩大工程。

1."治山"就是绿化荒山。重点是对"矿山采空区"进行复垦、对市区的阴山和阳山以及其他需要进行绿化的荒山荒坡进行植树种草，改善生态环境。

历史上，个旧的有色金属采矿主要以"水冲法"采集地表资源。用此法采矿过后的"采空区"，只剩下光秃秃的山岭和枯石，几乎寸草不生。为此，市政府投入人、财、物力实施了"生态复垦"工程。为能在枯石中种植上花草树木，林业和城建部门的工人们靠肩背手提，将珍贵的土壤运送到荒山枯石中铺下，再种上草和树。同时，经过这些年的努力，个旧的阴山和阳山开始披上绿装，山上种植了数千亩的墨西哥柏、云南松、蜜桃、李子等生态和经济果木林。另外，个旧还建成了全省最大的城市森林公园——宝华公园，公园占地 23.14 万平方米，森林覆盖率达 90%，公园内还建了一个有沙椤、明朝的古柏等珍稀树种的"植物园"。还有，"白云山林系"是个旧人值得骄傲的又一笔"生态财富"，这是目前云南省最大的"人工造林林系"，人工播种、管护了 50 多年，种植了 60840 多亩森林，成为个旧最重要的"水源涵养林"，个旧 80% 的天然水出自该林系，被专家和老百姓亲切地誉为"个旧的小兴安岭""锡都的绿色屏障"。

同时，市政府还大力扶持农村植树种草，改善生态环境。譬如：地处个旧城西边 12 千米处的彝族小山村独店，过去曾经是有名的"秃岭村"：村民大量采伐树木，毁林开荒，在村子周边开挖矿砂、建造污染很大的小选厂……致使该村树木草场急剧减少，水土严重流失，泥石流灾害频繁，农作物歉收，畜牧业"滑坡"。1988 年，根据独店村适宜于树木植被生长的自然优势，政府对该村提出"发展林业、建设草场、发展畜牧业"的要求。1992年开始实施，政府从资金、技术等方面给予大力扶持，抽调专业人员对全村的山地统一规划、统一种树种草、统一管理，形成了规模化的生态绿化。多年来，独店村已人工种植了包括墨西哥柏、杉树、鸭毛草等 10 多个品种在内的 264 公顷森林和草场，荒山绿化率和森林覆盖率分别高达 93% 和70.26%，远高于全国平均水平。如今，这里绿荫匝地，鸟雀啼鸣，空气清新，起伏的山坡上是一望无际的森林和草场……被蜂拥而至的外地游客誉为"天然的绿色氧吧""锡都的桃花源"。红河州林业局在《个旧独店村森林资源调查报告》中对该村的绿化和生态环境建设工作给予了高度评价。

2. "治水"就是治理个旧的水利设施，重点是治理城区的金湖和城市供排水设施。

过去，个旧的生产和生活污水全部排入金湖，金湖曾经被严重污染。1996 年 8 月，40 年不遇的暴雨，使金湖不堪重负，爆发洪灾。灾后，市委、市政府通过向社会集资和政府扶持等多种途径，先后投资 2.5 亿元实施了恢复重建的"九大工程"，包括重点综合整治金湖、建设和完善供给城市用水的杨家田水库和坡背水库以及城市供排水管网等。

3."治城"是加大对城市基础设施的建设力度。

96·8灾后，市政府重修金湖东、西、南3条道路以及人民路、建设路、五一路、中山路、通青路、新冠路等城市道路，极大地改善了个旧的城市交通环境。接着，市政府又组织实施了"治城"的"十大工程"：实施环湖夜景灯光工程、建设滇南地区第一家四星级酒店"世纪广场酒店"、改造过境公路、建设老阴山旅游景区等。这些工程的实施，极大地提升了个旧的城市品质和品位，扩展了城市的服务功能，实现了个旧人民期盼多年的"湖水清、道路平、路灯亮、市容新"的梦想。同时，为依法规范、管理和使用金湖，市政府还颁布、实施了《个旧金湖管理条例》，使金湖的保护、开发、建设及合理利用都得到了法律的保障。

4."治天"是治理大气环境污染。

作为一个以生产有色金属、化工原料等为主的老工业城市，个旧过去环境污染较为严重：灰蒙蒙的天空，光秃秃的面山，云锡冶炼厂两个高大的烟囱排放出刺鼻的滚滚黑烟……个旧被外地人称为"天黑、水黑、地黑、气黑"的"四黑"城市。

为治理个旧的环境污染，个旧首先改变了"烧"的原料，于1991年率先在全省使用了"炊用电"，减少了"烧"的污染源，使个旧环境质量大为改善。进入2000年以后，个旧对工业企业污染源的治理实现达标排放；同时，对冲坡哨等地土法炼锌、炼铅的小冶炼污染企业等严加治理，成绩斐然。

近年来，个旧生态环境建设更是"好戏连台"：云锡公司投资1亿多元购进具有世界先进水平的"奥斯麦特"冶炼炉并投入使用后，冶炼能耗降低，环境污染减少；个旧在全省率先在市区道路禁止鸣喇叭并创建了"环境噪声达标区"；个旧还重视对其他污染源的治理，如投资建设了污水处理厂和垃圾处理场，规范处理污水和垃圾；实施市区主要街道电缆入地工程，过去在天空中像蜘蛛网一样乱七八糟的电线、电缆埋入地下，使个旧的天空更加洁净和蔚蓝。

现在，这座曾经遭受严重污染的老工业城市，环境质量有了显著改善，空气质量达到国家"优级"标准。个旧，已成为"百里锡山披绿装，工业城市无污染，金湖如镜好游泳，锡都美名传四方"的山绿、水清、天蓝、城美、人靓的最适宜于人居住的美丽城市。

228

七、树精品城市"灵魂"

文化、教育、卫生是精品城市"软件"建设的"灵魂",更是精神文明建设的重要载体。个旧市在坚持"先进文化的前进方向"的指引下,大力开展这些"软件"建设,并通过"文化、卫生、扶贫三下乡"及其他丰富健康的群众文化活动,使个旧的精神文明建设和精品城市建设具有了更加丰富的内涵、更高层次的"为人民服务"的水平和能力以及更凝聚人心的"文化灵魂"。这其中,个旧树起了"三面红旗":

1.个旧一中。该中学创建于1938年,是省一级一等完全中学、省重点中学。学校加强教学管理,以教学为中心,认真开展相关工作;同时特别重视对学生的政治思想教育,成立"业余党校"数十年坚持不懈地开展工作,形成了"团结、勤奋、求实、进取"的校风和学风。1963年,学校首次获得全国高考云南省总分第一名。1978—1979年全国高考升学率居云南省中学第一位。1963年和1979年,学校两次被评为"全国先进单位"并荣获国务院特别表彰和嘉奖,为目前云南省唯一两次获得国务院特别表彰和嘉奖的中学校。1984—1988年,连续5年有5名应届高中毕业生分别摘起全国高考云南省文史、理工、医农、外语类的"桂冠",创"5年5状元"的突出佳绩。1989年,该校高考总分600分以上的考生占全省同类考生数的三分之一。2001年,中考和高考再创佳绩,一中学生孟涓涓获全国高考同类试卷云南省文科"状元"。在该校毕业生中,考入国家重点大学的有数万人,到国外留学或任教、在国内外科研机构及大公司工作任职的有万余人。

2.个旧市人民医院。该医院成立于1938年7月。在当时医疗卫生条件极为匮乏的个旧矿区,曾年诊疗病人3800人次。中华人民共和国成立后,人民政府对人民医院的建设投入不断加大。特别是近年来,先后投资近1亿元,兴建了内科和外科住院部大楼、"远程医疗会诊中心"等,并购买了进口的"螺旋CT"等具有世界领先水平的医疗设施和设备。现在,医院年诊疗患者20万人次,并可同时容纳1000多名患者住院治疗。全院现有各类医疗技术人员577名,其中高职33名。医院还在全省率先开展了"远程医疗会诊"等医疗项目。

同时,医院还加强内部管理,实行"能者上、平者让、庸者下"、考评领导干部请群众"亮分"等激励机制,调动和激发了广大医护人员工作的积极性和创造性。该院开展的"腹腔镜治疗胆结石"等多项医疗成果荣获省、州科技进步奖。

229

如今，地处金湖之滨的人民医院，已经发展成为国家"三级乙等综合医院"、昆明医学院第五附属医院以及滇南地区规模最大、设施最先进、医疗技术最精湛、就医环境最好的地方公立医院。

3.和平小学。该小学成立于1935年。因教学管理、师资等综合实力较强，被省教育厅评定为"省级实验小学""省级电教优类学校""省级红领巾示范学校""省一级示范学校""省现代教育技术实验学校"，并获得"省级文明单位""省级文明学校"等多项荣誉称号。学校注重培养学生德、智、体、美全面发展，带领学生积极参加社会实践活动，被团中央授予"全国红花集体"荣誉称号。

近年来，学校办学质量不断提高，办学条件不断改善，有数千名优秀学生被重点中学——个旧一中录取。2001年高考的全省"文科状元"孟涓涓就是该校的毕业生。学校的《多媒体在小学学科教学中的运用》课题达省内先进水平，在红河州教育界首次荣获"科技进步奖"。

山花烂漫

多年来，在各级党委、政府的领导和大力关心帮助支持下，经过个旧市委、市政府带领全市各族人民付出艰苦努力和辛勤奋斗，使个旧这座历经千年沧桑的老工业城市，不断焕发出蓬勃的生机与活力。

2001年，是跨入21世纪的第一年，也是个旧实施"十五"计划取得良好开局的第一年。个旧市委、市政府积极贯彻中央和省、州有关重要精神，围绕"一二三"工作思路，在国际有色金属价格持续下跌、农业生产遭受自然灾害、国家税收政策有所调整等重大困难情况下，市委、市政府一如既往地团结和带领全市各族人民，发扬拼搏精神，迎难而上，较好地实现了国民经济稳定增长和各项社会事业全面进步：

1.经济持续高速增长。截至2001年（下同），实现人均GDP833美元；非农业增加值占GDP比重达90.9%；第三产业增加值占GDP比重的35.8%；科技进步对GDP增长的贡献率达45.1%；出口创汇总额占GDP比重的32.56%；全市完成国内生产总值26.44亿元，其中：一、二、三产业分别完成2.41亿元、14.57亿元、9.46亿元，同比分别增长1.5%、3.6%、7.1%。

2.2001年，全市完成地方全社会固定资产投资9.84亿元，交通和城市基础设施建设等均取得突破性进展。譬如：人均拥有铺装道路面积4.31平方米；每万人拥有机动车辆754辆；城市自来水普及率100%；生活用燃气或炊用电普及率达95%，居全省第一位。

3.人口素质较高。譬如：普及了九年制义务教育；每百人中有大专以上学历的达 3.5 人，居全省第一位。

4.锡都百姓生活质量普遍提高。譬如：人均住房面积 16.3 平方米；人均生活用电量每年达 575 千瓦/小时；每百人拥有电话机和手机 65 部；家庭电脑普及率 15%；每万人拥有医护人员 33 人；城市化综合水平达 68.27%，居全省第一位。

5.生态环境建设成绩斐然。譬如：城市绿化覆盖率达 32.66%，人均拥有公共绿地 15.06 平方米；工业废水处理率达 97.36%；生活垃圾实现无害化处理。

6.精神文明建设硕果累累。个旧多次荣获"全国卫生城市""全国园林绿化先进城市""全国城市环境综合治理优秀城市""全国武术之乡""中国人居环境范例奖"以及"云南省双拥模范城""云南省文明城市"等多项荣誉称号。

7.2001 年，全市完成财政总收入 4.09 亿元，同比增长 8.96%，其中：地方财政收入达 2.06 亿元，同比增长 10.16%。有关专家认为：从个旧传统的外向型经济特征来分析，个旧国民经济生产总值的一个百分点，就有约半个百分点是受国际市场制约的。近年来，在世界经济普遍疲软的严峻形势下，个旧能够保持这样的增幅，仍属较好水平。

8.2001 年，个旧城乡居民储蓄存款余额首次突破 30 亿元大关，达 32 亿元，显示了民间较大的资金实力和投资、消费潜力。

9.社会保障托起国企改革和社会稳定之帆。作为一个老工业城市，个旧传统的工业基础庞大，门类齐全，涵盖了有色金属、化工、建材、纺织、制药、机械制造、食品加工、陶瓷搪瓷、制鞋制锁、锡工艺品等。随着市场经济的确立和国有企业的深化改革，个旧下岗和转岗的职工人数越来越多，形成新的城市"贫困人口"。对此，市委、市政府积极争取上级有关政策支持和实施本级财政支持，在全省率先实施了"城市最低生活保障""失业救济保险""城镇职工医疗保险"等较为完善的"社会保障体系"。目前，全市已有 2.58 万人实现了"应保尽保"，为锡都的国企改革、经济发展和社会稳定保驾护航。

锡都之魂

"个旧最困难的就是这几年了。有限的资金要用来扶持新的支柱产业。从明年开始，新的支柱产业逐渐培植、发展起来，个旧的腾飞，就指日可待了。"市长李润权对个旧的明天充满了信心和希望。

回首个旧这些年来的奋斗历程和坎坷征程，锡都的干部群众都有着太多的承受和感慨……但感受最深切的是：没有"锡都之魂"，就没有个旧的今天！

1. "锡都之魂"，就是个旧市委、市政府坚持党的基本路线不动摇，坚决按照上级党委、政府的要求和部署，同时结合个旧实际，积极主动、富有创造性地开展各项工作并取得了显著成效。

2. "锡都之魂"，就是个旧人民"团结拼搏、迎难而上、敢于争先、真抓实干"永不服输的"锡都精神"。面对一个老工业城市深层次的诸多矛盾和巨大困难，个旧市委、市政府不回避，不逃避，不悲观，不失望，不丧气，而是以积极进取的态度、理智科学的决策，提出了"永不服输"的"锡都精神"和符合个旧发展实际的"一二三"工作思路，为凝聚人心、团结和带领全市各族人民共同奋斗提供了精神动力和提出了新的目标与希望。

3. "锡都之魂"，就是个旧市委、市政府在制定新的发展目标及其实施具体的实践行动中，所展现出来的"多元化发展"的战略思路和宏大气魄。"多元化发展"就是注重了发挥传统的工业优势与大胆创新技术和引进合适的新项目紧密结合，做到了既抓住有传统优势的产业继续发展，更抓住了有国际发展大趋势的产业如中药制药产业不放。

"有色"是锡都的传统"品牌"和优势，但如果仅仅守住这些"老品牌""老优势"，个旧就很难有更好的发展和更新的建树。反之，如果对"老品牌""老优势"进行一概否定和放弃，则个旧的发展将是画饼充饥和空中楼阁。故而，只有做到"立足有色和立足老城"，才能实现真正意义上的"超越有色和超越老城"；只有依托"有色"雄厚的人才基础和工业基础，才能有利于在现有产业的基础上建设、发展出新的产业，才可能使"新老产业、多元发展、并驾齐驱"。最终，也才能使个旧的经济社会得到全面、健康、可持续的发展。

4. "锡都之魂"，更是选准目标、锲而不舍、真抓实干的具体行动。1950年代以来，个旧在"大力发展有色"的同时，也在"超越有色"上做了很多工作，发展了化工、建材、纺织、食品加工、机械制造、陶瓷搪瓷等多种行业。但因种种原因，这些产业都未能形成"大气候"和创造高效益。

如今，市委、市政府明智地总结了历史的经验和教训，理性地选准、确定了"三大目标"，集中了"优势兵力"和"有生力量"来主攻这些"朝

232

阳产业",确实是认真吸取了历史上的沉痛教训后而慎重选择、确定和实施的。同时,在"指点江山"的过程中,市委、市政府带领全市各族人民用吃苦耐劳、真抓实干的点点滴滴的行动,才干出了"山花烂漫"的骄人成绩。

5. "锡都之魂",更是包含了个旧有一支"政治敏锐、团结干事、求真务实"的领导干部队伍;同时,还有全市各族人民群众"团结拼搏、积极努力、认真工作"的永不服输的昂扬精神和实际行动。这是个旧得以发展的基础。多年来,市委、市人大、市政府、市政协领导班子都形成了一个共识:个旧只有发展才会有前途,只有有前途才能得人心,只有得人心才是真正实践"三个代表"重要思想。而要发展,就必须团结;只有团结才能干实事、干好事。正如市委书记苏维凡所说:"相互补台则好戏连台,相互拆台则大家垮台。"

总之,经过这些年的奋斗和发展,在经历了种种剧烈阵痛和沧桑巨变之后,个旧已经基本确立了社会主义市场经济体制,在历史的嬗变中,成功地实现了历史性的跨越和发展,取得了令人瞩目的巨大成就。但是,个旧市委、市政府非常清醒地知道:成绩只属于过去;锡都的发展依然任重道远、依然面临着诸多矛盾和重重困难;而要重铸锡都的辉煌,仍须要不畏艰险、勇往直前!

让我们来听听个旧市委书记苏维凡、市长李润权的心声:"我们都是土生土长的个旧人,我们又是锡都百姓的父母官。但是,我们更是锡都人民的儿子!为了母亲,我们责无旁贷,愿意鞠躬尽瘁、死而后已!"(本文载于中宣部、《求是》杂志社 2002 年编辑出版的《中国小康社会发展报告》系列丛书,并被评为一等奖)

专题系列报道:

2001—2002 年"中国入世,锡都何以应对"特别报道之一——

坚定信心　迎接挑战

——个旧市委书记苏维凡谈入世后个旧当前工作和今后打算

围绕"中国入世,锡都何以应对"的热门话题,个旧市各界人士迅速作出反应。就个旧全局工作如何应对 WTO 的话题,记者专访了中共个旧市委书记苏维凡。

苏维凡说:"中国作为一个发展中的大国,应该加入世界经济的大家庭,

233

并成为世界经济发展的重要成员，这是历史发展的必然趋势和客观要求。但是，我们必须清醒地认识到：入世既是机遇，更是挑战。它表明中国在进入世界经济运行轨道、参与世界经济高速发展的同时，也进入了高风险的循环圈。"

在谈到入世后个旧该怎样应对时，苏维凡胸有成竹地说："个旧，并不是现在才来做入世准备工作的。早在前几年，市委、市政府就已经考虑布局并着手在做这些工作了。

"个旧作为一个资源型老工业城市，虽然入世后对有色金属产品的冲击不会有农产品那样大，但是，个旧有色金属生产面临着资源少、成本高、负担重、体制不顺等困难。这些困难，特别是成本高的问题不解决好，产品就没有竞争力，就经不起风浪。而且，如果主要只靠有色金属来支撑个旧经济的发展，入世后个旧是很难经得住世界经济在某些特殊时期的大动荡和大冲击的。

"为此，我们必须在巩固有色金属生产、提高科技含量、降低生产成本的同时，培植新的支柱产业。市委根据个旧实际，提出了实施'一二三'工作思路：即紧紧抓住老工业城市提升改造这一个突破点；认真实施'立足有色，超越有色；立足老城，超越老城'两大战略；努力实现把个旧建成云南省最大的有色金属冶炼中心、云南省重要的生物资源加工业基地、云南省一流的精品城市这三大目标，并要求全市上下紧紧围绕'一二三'工作思路来开展工作。

"经过几年的努力，全市在调整结构、培植新产业上迈出了可喜步伐，比如生物制药已初具规模。虽然，在整体工作上现在还有不少困难，但迎难而上、团结拼搏是锡都人的性格，锡都人将锲而不舍地追求既定的目标。"

提高全民综合素质，尤其是加强对 WTO 知识的认识和学习，是苏维凡畅谈的另一个话题。他说："个旧是一个地处边疆民族地区的城市，与内地和发达地区相比，差距还很大，对此我们有着清醒的认识。也正因此，多年来，我们一直加大对各类人才的培养力度，并邀请各类专家、学者、教授、领导到个旧讲学，内容涉及世界经济、科技创新、国际政治等多个领域。我们也组织相关领导干部到省外、国外去考察学习调研，认识世界经济并寻求合作。"

对入世后个旧的工作打算，苏维凡指出："面对入世后的挑战，市委将一如既往地坚持和把握正确的方向和大局，用'三个代表'重要思想和'一

二三'工作思路凝聚人心、鼓舞士气，团结和带领全市各族人民继续发扬
'团结拼搏、迎难而上、敢于争先、真抓实干'的锡都精神，抓住机遇，迎
接挑战，实现快速发展。

　　"同时，要继续加强党的组织建设、干部队伍建设和思想作风建设，建
设一支高效廉洁、团结进取、能干实事的人才队伍。还有，要抓好机构改
革，精兵简政，转换职能，提高效率；要营造宽松的经济工作环境，为招商
引资、企业发展做好服务和保障工作；要按照社会主义市场经济和国际经济
运行的法则来发展锡都经济，使个旧的发展尽快跟上并能应对国际经济发展
的步伐。"（载于《个旧报》2001 年 11 月 21 日）

2001—2002 年"中国入世，锡都何以应对"特别报道之二——

锡都：与 WTO "握手"
——访个旧市市长李润权

　　中国入世，对锡都的机遇和挑战是什么？锡都将怎样与之接轨？政府职
能又该怎样转变？个旧有什么具体措施？带着读者极为关心的这些话题，记
者于日前专访了市长李润权。

　　记者：中国入世，对个旧有哪些机遇？

　　李润权：机遇一，个旧的有色金属生产和销售，已经与国际接轨差不多
100 年了。入世后，能够较快适应并遵守国际规则。机遇二，我国经济运行
融入了国际市场，使个旧的有色金属生产、技术、管理和销售等，都能够尽
快融入世界经济的大循环。机遇三，个旧有很多优势。譬如：资源优势，有
得天独厚、储量丰富的有色金属和霞石矿藏；人才优势，有一大批专业技术
娴熟的工人和掌握了先进科学技术的工程技术人员；管理经验优势，有相关
工业生产、技术、销售等方面系统、高效的管理经验；气候优势，个旧年平
均气温 16.2℃，是最适宜于人居住的地方，如果城市"经营"得好，应该是
人气很旺的。机遇四，有市委、市政府这样一支团结干事、锐意进取、开拓
创新、反应快速的领导班子。机遇五，产业结构调整已初见成效。如轻纺化
工产品苎麻制品、环保塑料和中药制药等已开始立足市场，抢占潮头。

　　记者：个旧面临的挑战有哪些？

　　李润权：至少有两方面：一是要进一步培养和树立诚信思想。在同等技
术水平和人才实力下，讲求诚信是发展的关键，企业必须在这一点上下功
夫，不断提高诚信度，否则，就会被国际市场所淘汰。二是个旧产业结构调

235

整力度要不断加大，要按照市委确定的"一二三"工作思路来实施，要分析国情、市情，要抓住入世和国家西部大开发的机遇来开展工作，继续加快产业结构调整步伐。这块工作做好了、富有成效了，我们也就掌握了个旧未来发展的主动权了。

记者： 入世后，政府将转变哪些职能？

李润权： 其实这些年来，政府的职能已经开始转变了。我市的政府服务、社会保障、纠风监督等工作已走在前面，这是政府职能转变的实际行动及其重要成果。譬如：在社会保障工作上，政府克服了很多困难，使全市不论是国有、民营、私营企业的员工还是普通居民，都已全部参加了养老保险、失业保险、医疗保险、最低生活保障等一系列的社会保障，让公民"老有所养，病有所医"。这一点，是我们政府职能转变中做得最好、最重要、最富有成效、最能维护社会稳定、也最能体现"三个代表"的工作之一。

同时，政府职能的转变还包括：一是要适时把握尺度，对企业发展的科学技术、资金等"硬件"以及人员素质、信息等"软件"的建设等，提出好的意见和建议，并给予必要的帮助和扶持；二是政府要服务到位，不排外，为投资者营造良好的投资环境，对依法经营者一律开"绿灯"，营造和谐的人际关系，让人有信任感；三是政府正在清理和完善相关的法规和措施，对与WTO相抵触的、地方上制定的政策性措施进行修改或撤销；四是要加快对公务员和企业人员入世知识的培训步伐，让他们掌握相关知识，拓宽他们的眼界，提高他们的综合素质和实际工作能力。

总之，入世后锡都的机遇大于挑战，我们将按照"一二三"工作思路来开展工作，不断提高全民的整体素质，转变政府职能，搞好综合服务，使个旧的经济社会发展尽快适应世界经济发展的需要，并主动加入到世界经济的大循环中去。有了大家的共同努力，我们坚信：锡都的明天将会更加美好！

（载于《个旧报》2001年11月23日）

2001—2002年"中国入世，锡都何以应对"特别报道之三——

锡都农业　大有作为

——个旧市副市长卢雨能谈锡都农业发展前景

中国加入世贸组织，作为老工业城市的个旧，其农业有什么优势和劣势？将会面临哪些机遇和挑战？记者于近日采访了副市长卢雨能。

记者：入世后，我市现在确定的"围绕市场调结构，减粮扩经抓收入"的农业工作指导思想变不变？

卢雨能：不但不变，还要继续加强。在中国加入世贸组织的农业协议中，原则是公平公正，以市场为导向，以推进农产品自由贸易为宗旨。对我市而言，历史上农业发展结构单一，进程较慢；农业在全市工农业总产值中所占份额大约只是 10%，而农业人口已有 15.6 万人，占全市总人口的 34.67%；10% 的总产值要养活 34.67% 的总人口，压力是非常大的。因此，只有农业发展好了，才不会拖全市经济发展的后腿，也才能对全市经济发展起到积极的促进作用。

记者：入世后，我市的农业发展将面临哪些优势和不足？

卢雨能：优势是中药制药原材料的种植和加工、肉类加工、蔬菜加工、水果生产、优质水稻种植、花卉种植等有较强的竞争力；不足的是乳业等竞争优势不大。

记者：根据这些优势和不足，市政府在农业工作上有哪些具体打算和措施？

卢雨能：一是提出了走"公司+基地+农户"的路子，并给予积极扶持，实现农产品产、供、销一体化和产业化、规模化生产；并以公司为龙头，带动农户参与市场竞争，实现信息和资源共享。

二是要重点发展中药制药产业。我市有丰富的中药药材资源，而这些资源又是现在生产"绿色药品"所急需和必须的"绿色原料"，要大力鼓励、指导、培训农民大规模种植。同时，我市的一些中药制药的生产、技术、品牌都已经很好、很成熟，要继续抓住并发挥好这些优势。

三是要继续大力发展具有较强市场竞争力的品牌产品。譬如：中药制药产品中获得"国家中药保护品种"称号的香果健消片、虎力散、龙血竭胶囊、灯盏花素系列产品、抗癌药品顺铂和卡铂等。在蔬菜加工上，有出口法国的青刀豆、洋蓟和即将要做的脱水蔬菜。在制糖业上，有优质的甘蔗原料。在粮食生产上，有可与泰国香米媲美的优质稻"滇屯 502"系列。在水果生产上，有香蕉、芒果、菠萝、水泡梨等远销省内外的名牌产品。在花卉生产上，有出口欧洲市场的超级玫瑰、香水百合等品种已成规模，下一步是要提升档次，种植出品质更高、利润更大的好花卉。

四是继续发展"订单农业"，以弥补农业信息不足、技术不足、资金不足的劣势。

237

五是政府要继续转变思想观念和服务职能，指导、帮助农民建立、健全市场销售网络，参与国际、国内市场竞争。

总之，为全市农业生产、农村发展提供全面的服务和保障，是市政府要继续做好的重要工作之一。（载于《个旧报》2001年11月19日）

2001—2002年"中国入世，锡都何以应对"特别报道之四——

超 越

——个旧运用高新科技改造传统产业侧记

近日，个旧市塑料厂生产的环保新产品"降解塑料"通过了省科技厅组织的有关专家的鉴定。专家们认为：该产品技术指标达到国家标准，属国内首创；并符合国家发展环保产业的方向，值得倡导。

目前，该产品已批量投放市场，引导了"环保塑料革命"的潮头。其实，"降解塑料"的成功研发、生产和销售，仅仅是个旧这个老工业城市运用高新科学技术改造传统产业、实现产品升级换代、创造更高经济和社会效益的又一项超越。

238

老树开新花

个旧，以生产有色金属锡而闻名于世，是著名的锡都。其中的"机械结晶机"等一些专业技术曾领先世界。然而，随着科学技术日新月异的发展，昔日个旧可以"称王"的一些生产技术和水平，已经明显滞后并影响到个旧的可持续发展。

为此，市委、市政府审时度势，高瞻远瞩，及时组织实施了"省院省校合作"工程，借助省内外科研院所及高校的科研力量，在矿山开拓、采矿选矿、冶炼加工、中药制药、环保治理、新材料开发和运用等领域，大踏步用高新技术改造、提升着传统产业。其中，尤以新材料、出口创汇、科技兴贸、科技示范为重点，筛选出了一批生产基础好、技术水平高、科技含量大、综合效益好的项目来进行重点攻关：

——由政府牵线搭桥，促成了鸡街冶炼厂与中国科学院化学冶金研究所合作，开发了"锌精矿液相氧化浸出生产高级锌产品新工艺"；

——市斑锡工艺美术厂与浙江大学合作，引进"中国斑锡生产雕刻新工艺"已取得成功并实现规模化生产；

——市矿机总厂、市高压电瓷厂与清华大学合作，分别开发了"贝氏体耐磨钢球及铸钢件生产新技术""高压电瓷芯合成套绝缘子生产新技术"并已广泛运用于矿山生产；

——市塑料厂与西安交大合作，开发出环保产品"光热生物降解塑料母粒"，已投入规模化生产；

——市前进矿业公司、市冶金研究所与北京矿冶研究院合作，开发了手机电池"锂离子电池正极材料——钴酸锂"并投入生产；

——市政府与昆明理工大学开展了"高硅高铁高岭土综合开发和利用""霞石综合开发和利用"等多个项目的合作。

期间，通过政府扶持、企业自筹等途径共投入7000多万元进行了技术创新和改造。

自主创新增效益

在引进学习、消化吸收、实际运用先进技术的基础上，个旧市涉及重工业、轻工业（包括生物制药业）等各行各业的很多企业，也在不断地进行着技术上的自主创新和改造，并取得了显著的经济效益和社会效益：

鸡街冶炼厂研发了"阳极泥脱锌新工艺"；化肥厂开发、生产了"钾硅钙肥"；苎麻厂开发、生产了"大麻纺织系列产品"；瓷器厂开发、生产了"宾馆陶瓷"系列产品；锡工艺美术厂开发、生产了"民族锡工艺品"系列产品；制药厂研发、生产了"龙血竭胶囊"、"香果健消片"等多项科技含量高、效益好的新产品。

其中，个旧生物制药有限公司因研发、生产了"灯盏花系列"绿色新药以及卡铂、顺铂等抗癌新药，使该公司的年产值从几年前的几百万元，一路飙升到2001年的3000万元，实现销售收入1000多万元。斑锡工艺美术厂则从一个名不见经传的集体小厂发展成为一个集锡工艺品生产、广告制作为一体，颇具竞争实力的私企。

科技创新，为个旧这个老工业基地的发展注入了全新的活力，促进了生产结构的调整，提升了可持续发展的潜力，增强了抵御市场风险的能力和水平，更为个旧实施"双立双超"打下了坚实基础。

2001年，国际锡价格跌到历史最低点，个旧有色金属出口创汇受到极大影响。但是，个旧依然完成了国内生产总值26.44亿元、财税总收入4.09亿元，同比分别增长4.6%和8.96%；其中，完成地方财政收入2.06亿元，同比增长10.16%，经济发展仍处于红河州前列。这其中，运用科技创新实现老树开新花和自主创新增效益，功不可没。（载于《个旧报》2002年2月20日）

2001—2002 年"中国入世，锡都何以应对"特别报道之五——

锡都发展　风鹏正举

——再访个旧市委书记苏维凡、市长李润权

2 月 24 日，红河哈尼族彝族自治州八届人大五次会议在个旧召开。州政府领导在《政府工作报告》中，多次提到个旧的工作并给予很高评价，认为中国入世后，个旧在全州经济社会发展中仍然是"领头羊"，并能继续发挥其主导作用。为此，记者专访了州人大代表、市委书记苏维凡和市长李润权。

苏维凡首先侃侃而谈：代表们一致认为，个旧的有色金属生产和销售是与国际接轨最早、最具有国际竞争实力的产业；入世后，希望个旧加大力度，继续保持这个优势和实力，为红河州经济社会发展争光。同时，作风建设是确保经济社会发展的基础，市委必须把这项工作作为重大任务来抓好；加大对违纪和腐败行为治理力度；对渎职、玩忽职守的也要查处；要求干部严于律己，为人民掌好权、做好事。另外，要完善用人制度，实行公示制度。要转变会风文风，今年机关会议及下发文件将比去年减少 10%，让干部们集中精力和时间深入工厂和农村，了解民情，多做实事。

对精神文明建设，苏维凡认为主要围绕"精品城市建设"来抓。今年还有一个重点工作是社区建设，要抓好 160 多名社区干部队伍建设，让他们成为社区建设的主力军和带动者。在"锡文化"建设上今年要有新突破。要积极做好 2004 年全省第四届城市运动会准备工作。在硬件建设上，今年金湖文化广场将开工建设；还要科学规划和保护好云庙老区。

市长李润权认为：代表们对入世后个旧的工作提出了殷切希望和很好的建议，对我们是一种鞭策和鼓励，具体举措原来已谈过，这里就不赘述。

对红河州《政府工作报告》，李润权认为：报告中对红河州经济南北协调发展的提法有新突破，提出了"个旧-开远-蒙自要以实现工业化、城市化为目标，集中投入，加快发展，尽快成为辐射带动全州经济社会发展的中心。"为此，个旧要继续抓好"立足有色"的工作，具体是在"稳锡、增铅、扩锌、抓铜、上铝"上扎实工作，确保取得成效。在"超越有色"上，个旧工业要突出自己的特色，比如生物资源加工基地的建设步伐要加快。要注意扶持民营和个私企业，帮助他们引进高新技术和新项目，增强他们发展的后劲和活力。对农业发展要抓特色、抓精品。

李润权同时强调：实施工业化和城市化建设，都必须重视环境保护，个

旧虽荣获"全国人居环境范例奖"——这是上级党委、政府对个旧市委、市政府这些年来不懈努力、治理环境污染取得重要成效的褒奖；但对此我们也很清醒，知道我们身上的责任依然很大、工作依然很繁重。另外，今年我们还要干很多工作，如：对金湖进行二次清淤；进一步加大对阴山和阳山的面山绿化；继续实施对鸡街-个旧、倘甸-个旧公路沿线绿化的"绿色通道"工程；对个旧周围的工业采空区进行植被恢复；对污染环境的小冶炼等进行整治；个旧-冷墩公路建成后，对沿途两边要进行人工种树绿化，对原有的森林植被要加强保护，要防火防灾、防砍防伐，杜绝"路修到哪里，树砍到哪里，环境就被破坏到哪里"的陋习。这次，个旧代表还提出议案，建议州政府成立"红河水域生物保护区"，加强对红河流域的综合保护，如：实施禁渔期，禁止在河中电鱼、炸鱼等破坏行为。

李润权最后充满信心地说："中国入世，对个旧经济社会的发展既是挑战，更是机遇，只要我们团结和带领全市各族人民继续发扬'锡都精神'，继续扎实、努力地实施'一二三'工作思路，把个旧的工业做大、做强，把个旧的农业做特、做精，把个旧的服务业做实、做好！我们坚信：当'一二三'工作思路实现之日，就是锡都个旧重新腾飞之时！"（载于《个旧报》2002年2月28日）

辑三 人间百态·精品消息
（1997—2004 年）

1997 年：

个旧市人民医院帮贫济困重实效
6 位特困居民得救济

本报讯 今年 1 月，84 岁的孤寡老人卢福生收到了个旧市人民医院救济的 30 元生活补助费，同时接到这笔补助费的还有其他 5 位特困居民。这标志着该院对 6 位特困居民承诺的终身医疗服务和捐资济困活动的开始。

去年 11 月下旬，市人民医院院长何南飞偶然得知了城区办事处卢福生等几位特困居民的生活状况后，就组织医院相关人员到他们家里看望并送上慰问品。随后，何南飞代表医院在城区办组织开展的"帮贫济困协议书"上签字。医院承诺：对 6 位特困老人的终身医疗咨询服务费一律免收；如他们住院，一律免收床位费、护理费、水电费等；逢年过节，送给每人慰问品和慰问金。前不久，82 岁的胡惠芬老人因患胃溃疡而致大出血，医院得知后立即派救护车将她接到医院住院治疗，并派专人护理，何院长在百忙中亲临病房探望，令老人感动不已。

据悉，在医院救济的 6 位特困人员中，年龄最大的 84 岁、最小的 36 岁。（与马治林合作，载于《春城晚报》1997 年 1 月 24 日）

爆竹商图暴利　违章销售　小学生违禁令　公开燃放
锡都又响爆竹声

本报讯 春节将至，个旧市一些学校附近和住宅区又听到了刺耳的爆竹声。

早在 1994 年 10 月 18 日，个旧市人民政府就发布了《关于在个旧市区禁止燃放和销售烟花爆竹的通告》，并收到了很好的效果：火灾险情少了；被炸伤、炸残的孩童少了；环境也宁静卫生了。可现在，锡都又闻爆竹声。记者了解到，玩爆竹的多是从幼儿园到读中学的孩子们。在某中学附近，当记者问及几个玩爆竹的孩子在哪里能买到爆竹时，他们指着路边的几家铺子和摊点说："那里家家都有卖的。"记者看到，在个旧二中、工人村、七层楼一带出售爆竹的现象较为普遍，种类有鞭炮、甩炮和擦炮。其中甩炮由过去 2 分钱 1 个涨到现在的 2 角钱 1 个；原来 2 角 1 盒的涨到 1 元 1 盒。当记者询问店主为何要违章出售禁卖的爆竹时，这位店主竟理直气壮地说："这不是爆竹，是擦炮。"名称变了，但其实质未变。

对此，许多市民向记者反映，强烈要求政府有关部门出面管管这些违反"禁令"销售爆竹的商家，家长和学校也要教育孩子不要燃放鞭炮，还百姓一个安全、安静的环境。（载于《春城晚报》1997年2月2日）

建水公安缉毒立功　县委政府给予嘉奖

本报讯　建水县公安民警在1999年12月一个月内，就连续破获两起重大贩毒案件，抓捕毒贩4名，缴获海洛因6417克，受到上级公安部门的嘉奖。县委、县政府也于日前对县公安局进行隆重表彰，并颁发了10万元奖金。

去年12月中旬，该县公安局缉毒队获得情报：近期将有贩毒分子到建水进行毒品交易。公安局立即组织警力在交通要道上设点堵卡，同时在城内旅馆饭店布控。15日凌晨，在建水某招待所107号房间内，抓获了毒贩李某等3人，收缴海洛因近600克。该专案组又顺藤摸瓜，于24日在保山市某宾馆内将前来贩毒的施甸县人冯某当场抓获，从其手提包中查获海洛因4件。

244

随后，又经过几天紧张艰苦的战斗，民警们在保山、施甸两地共缴获海洛因5800多克。（载于《春城晚报》1997年2月11日）

"复明工程"硕果累累
建水600多患者重见光明

本报讯　建水县陈官镇杨家社7社社员田德有52岁时患白内障双目失明。前不久，县人民医院免费为其做了"双盲除障"手术后使其重见光明。复明后的田德有做起了烤鸭生意，不到一年时间收入就上万元，过上了人人羡慕的好日子。田德有感慨地说："要不是国家搞'复明工程'免费为我做了手术，我哪有今天的好日子啊！"

自1995年4月以来，该县实施了为白内障患者免费施行手术的"复明工程"，先后建立和完善了县、乡、村"三级防盲治盲网络"，不仅在县城各医院组织眼科专家、医生为患者实施"复明"手术，而且组织手术队深入到山区、农村、工厂开展巡回手术治疗。两年多来，全县共做白内障双盲、单盲手术659例，术后脱盲率达96%、脱残率达86%。（与卢维前合作，载于《春城晚报》1997年2月13日）

智力扶贫农民有书读　措施得力立即见成效
建水"万村书库"落户农村

本报讯　自去年12月以来，建水县委、县政府认真实施"万村书库"工程，采取措施广泛动员县属机关企事业单位捐资购买了中宣部选定的100种图书赠送给农村建立图书室。截止2月13日，全县已有40个村公所获得"万村书库"丛书40套计4000册。

为更好地完成农村图书建库工作，该县制定了3条措施：一是县属各单位至少要帮助1—3个村公所建立图书库；二是有扶贫挂钩任务的单位、部门，除帮助建立图书库外，还要结合"村建"来开展文化智力扶贫工作；三是各乡镇要动员组织有经济实力的村公所（办事处）自购图书建书库，若确无能力的，由乡镇自筹资金帮助建立书库。

该县还决定在今年内完成全县140个村公所（办事处）的图书建库工作。另外，县委、县政府还将上述措施和要求纳入1997年度对县属各单位、乡镇工作的目标范围进行考核。（与卢维前合作，载于《春城晚报》1997年2月18日）

245

红河州委决定每年安排精神文明建设费50万元

本报讯　近日，中共红河哈尼族彝族自治州州委作出决定：从今年起，每年由州财政拨出50万元作为精神文明建设专项经费；同时，各市县也要作出相应资金安排，以保证群众性思想道德建设和精神文明创建活动深入持久地开展和落实。

精神文明重在建设，贵在落实。为此，红河州委制定了《红河州社会主义精神文明建设规划》，明确规定：要深入持久地开展群众性创建活动，逐步形成以个旧市为中心、全州其他12个市县城区为重点，以辖区内铁路和公路建设"文明走廊"及边疆县建设"千里边疆文化长廊"为主线，以文明市县和社区为面的"点面结合"、全方位、多层次的共建格局；积极开展创建文明家庭、文明楼院、文明单位、文明一条街、文明社区和文明市民的活动，提高城市整体文明水平，力争到1998年使个旧、开远两市跨入省级文明城市行列；到2000年，80%的县跨入州级文明先进县行列；到2005年，100%的县市建成文明县市。（载于《春城晚报》1997年2月20日）

云南红河与吉林延边
建立友好自治州关系

本报个旧专电 昨日，红河哈尼族彝族自治州与吉林省延边朝鲜族自治州建立友好自治州关系签字仪式在个旧市举行。红河州副州长杨洪与延边州副州长许传秀分别在协议书上签字。从此，两民族自治州将从实际出发，开展全方位、多层次和多种形式的合作与交流，促进两州"两个文明"的建设和各民族的共同发展。（载于《春城晚报》1997年2月20日）

我国首例人工繁殖珍稀动物
白颊长臂猿在个旧饲养成功

本报讯 现年1岁零4个月的白颊长臂猿"公主"在个旧市宝华公园内健康成长。"公主"是我国首例人工繁殖成活并健康成长的白颊长臂猿。

"公主"是由个旧市宝华公园的兽医郑荣洽主持，对"公主"母亲实施人工授精后，于1995年10月1日出生在该公园的。其初生体重约250克，雌性，通体呈黄白色，毛茸茸的非常可爱，工作人员给她取名"公主"。"公主"满月前一直未离开母亲的怀抱。2个月后开始学吃食物，3个月后颤抖着学习攀爬，4个月开始与母亲嬉戏，7个月时长出20枚乳牙。1岁时体重达1500克，全身毛色变黑，长成了一只活泼顽皮的猴儿。"公主"的父母十分宠爱她，常常为溺爱她而发生"争夺战"，把"公主"拉来扯去，和好后又心疼得流泪。为保证"公主"安全健康成长，郑荣洽医生只得忍痛把"公主"与父母隔离饲养，定期让他们相会。

据了解，"公主"的父母于1980年来自云南的勐腊县，当时均不足半岁。（载于《春城晚报》1997年2月23日）

综合执法队活跃街头
建水县城街道整洁通畅

本报讯 自去年1月以来，在古城建水朝阳东路、建中路等交通要道上，一直活跃着一支城市综合执法队。经过一年多努力，建水的市容市貌大为改观，街道变得宽敞、整洁、通畅了。

近年来，建水县政府投巨资改造旧城，过去狭窄、破旧的老街道变成了崭新、宽敞的柏油马路。但因城市监察管理不到位，宽敞的街道上乱摆摊点，乱搭建临时棚架，乱停放马车、牛车、单车、摩托车、汽车，致使交通秩序混乱、路面肮脏不堪、人走车行举步艰难，外地游客和当地居民对此反映强烈。为此，县委、县政府成立了以公安、交通、工商、城建和卫生等部门联合组成的综合执法队伍走街上路，克服重重困难，组织市场搬迁，规范集市交易，拆除有碍市容、市貌的各种临时棚架和悬挂物，禁止乱停车辆。对执意违章、影响交通的"钉子户"则强制拆除。

目前，综合执法队已禁止违章摆摊 7020 起，处罚和取缔违章经营 3327 起，卫生纠察 2231 次，纠处乱停车辆 5000 多起，强制拆除主街道上占道的土筑墙、灶具、棚架等 100 多处。（载于《春城晚报》1997 年 3 月 2 日）

建水坡头乡荣膺"中国民间艺术之乡"称号

本报讯 近日，从文化部传来喜讯：建水县坡头乡被文化部命名为"中国民间艺术之乡"。

坡头乡世居主体民族是哈尼族，也是闻名省内外的哈尼族传统舞蹈——"铓鼓舞"之乡。"铓鼓舞"古朴深沉、矫健刚劲、热情奔放，是哈尼族群众祭祀、栽种、婚丧嫁娶、庆祝丰收等各种聚会时必跳的舞蹈，动作及其表现内容以生产劳动和日常生活情趣为主，可集体围而转圈舞之，也可 1 人或几人在舞圈中率性蹈之，很接地气，深受哈尼族群众的喜爱。

在风景名胜景区建水燕子洞，每天都能观看到哈尼族演员演跳的矫健刚劲的"铓鼓舞"。（载于《春城晚报》1997 年 3 月 4 日）

建水青刀豆出口法国

本报讯 近日，建水县生产的 24 万千克法国优质青刀豆漂洋过海，出口法国。作为农业种植大县出口农产品，在该县是首次。

法国青刀豆是建水县曲江镇与王国食品有限公司合作，首次引种并获得成功。法国青刀豆生长期短、易栽培、成本低、产量高，经济效益可观。去年 7 月，王国公司与曲江镇走"公司+农户"的路子，合作定点生产青刀豆，由王国公司负责提供种苗、技术指导、收购、加工等服务，农户则负责具体的种植和采摘等。

经过大家半年多时间的共同努力，就生产出首批优质青刀豆 24 万千克，其中亩产最高的达 1000 千克、产值 2000 多元。（载于《春城晚报》1997 年 3 月 9 日）

农民买垃圾搞种植
石屏城区垃圾 "俏"

本报讯 就在不少城市被越来越多的垃圾困扰的今天，在小城石屏县，垃圾却成了 "紧俏货"。该县环卫部门将城区生活垃圾变废为宝，卖给当地农户或单位做肥料，既支援了农业生产，又搞好了城市环境卫生，还解决了城市垃圾处理的难题，真是一举多得。

石屏县城区每天约有 2.8 吨、一年约有 1000 多吨的生活垃圾产生。这些污染环境的生活垃圾如何处理？堆放、填埋都需要很多土地和人工，成本太高了。城建环卫部门就鼓励农民使用以垃圾为主的有机肥料种粮、种菜、种果树。一段时间后，农民们尝到了甜头：用垃圾种出的粮食果蔬无污染、味道好，群众争相购买。1995 年 12 月，全国举办柑桔评比大赛，在我省送去参评的 11 个品种中，唯有石屏送展的柑桔是用垃圾有机肥种出的，因各项指标优秀而获得银奖。此后，垃圾在石屏的身价快速攀升，由无偿使用到适当收费，直到每车涨到 50 元还供不应求。许多用户每年都是预交款订购垃圾，但因垃圾有限常常空手而归。而在垃圾场，每天都有耐心排队等候的用户。用户购买垃圾后，自己再进行分类处理，不能使用的废塑料、玻璃、易拉罐等分拣后卖给废品收购站；另将能使用的有机肥配上少量化肥种果、种菜、种粮。目前，石屏的农户和单位承包的荒山已有 1500 多亩使用垃圾做肥料，种植果树 3 万棵。

石屏县城建环卫部门的这一 "绝招"，已在 1992 年、1994 年全省环境卫生工作会上进行了交流。四川、楚雄等地 90 多个单位的 1000 多人次还专程到石屏来学习取经。（载于《春城晚报》1997 年 3 月 18 日）

推行承诺服务 接受用户监督
红河州邮电局开通投诉监督电话

本报讯 红河哈尼族彝族自治州邮电局从 3 月 15 日开始向社会推行承诺服务，并开通了 "180" 投诉监督电话。

该局的承诺包括："文明服务" 3 条、"电信业务" 7 条、"邮政业务" 7 条、"违约责任" 5 条及投诉与监督等。其中 "违约责任" 明确规定：凡不热情接待用户、使用服务禁语与用户发生争吵的，当事人和部门领导向用户当面赔礼道歉，并对当事人处以罚款；凡发生向用户吃拿卡要、敲诈勒索，用户投诉经查证属实的，一次性向用户赔偿 1000 元；市话装机、移机每超过规定限期1天的，付给用户10元；电话障碍查修因局方原因造成阻断通话连续3天以上不足15天的，核减半个月基本月租费，超过15天的核减当月基本月租费；"邮政窗口"承诺服务项目每超过1分钟向用户支付超时费1元；缺报少刊3天内补齐，15天内退款，每超过1天向用户支付超时费10元等。

同时规定：如果用户发现有不按承诺执行的情况，可直接拨打"180"投诉监督电话，投诉中心接到用户投诉后3天内答复用户，10天内处理完毕。（载于《春城晚报》1997年3月23日）

个旧整顿占道经营
马路市场停车场被取缔

本报讯　3月25日以来，位于个旧市中心的和平路上再也见不到往日随处停放、拉客的中巴客车了。曾一度困扰个旧市民的"马路停车场"和"马路市场"被政府逐步清理和取缔。

近年来，个旧市区占道经营情况十分突出，造成人行道人行不了、车行道车难行。其中比较严重的有和平路、永胜街、新街和青年路等。在和平小学大门外的和平路上，每天有近20辆中巴客车停放在此招揽乘客，将仅有6米多宽的路面占去了大半。若再有车来，行人便只能贴车而行，汽车几乎是从人丛中慢慢穿过。遇到孩子们上学、放学时间，人、车拥挤不堪，道路瘫痪，安全隐患极大。在永胜街上，停放了很多130型农用车和东风货车；两边的人行道上，则摆满了商店待售的各种土杂五金商品、饮食摊、果菜摊、台球桌等，人、车、物拥挤、混乱程度比和平路更甚。新街的个体商贩以路为市，占道经营。青年路上的地摊则比比皆是，过往行人只能在地摊间跳来跨去地走路，让人叫苦不迭。

针对这些情况，个旧市政府着手解决还路于民。3月17日至19日，永胜街上停放的130型农用车、货车已被分散引导到市区各停车场停放；而和平路上的中巴客车则于3月25日全部移至"人防地下停车场"停放；新街和青年路也于近期进行了整治，取缔了全部占道经营，还路于民。（载于《春城晚报》1997年3月27日）

建水燕子洞
"仙境龙宫"悬匾成功　攀岩能手技惊游客

本报讯　3月21日，建水县燕子洞第八次钟乳悬匾"仙境龙宫"悬挂

249

成功。而两位徒手攀岩挂匾的能人，更是让游客们惊叹不已。

自 1989 年 3 月 21 日燕子洞举办第一次"迎春燕钟乳悬匾"活动以来，每年的 3 月都有单位或个人前来悬匾。在已悬挂的匾牌中，有孙太初和楚图南的真迹"燕子洞"。今年悬挂的匾牌，是省政协副主席赵廷光所写，挂匾的钟乳石距地面高约 40 米，两位职业攀岩能手朱金祥和赵发明上午 11 时开始徒手攀爬钟乳石岩，11 时 30 分到达石岩顶部，11 时 44 分开始悬挂匾牌，约 12 时顺利悬挂完毕。朱、赵两位师傅惊人的徒手攀岩绝技，博得了上万参观群众阵阵热烈的掌声和惊叹声。（载于《春城晚报》1997 年 3 月 27 日）

中巴车出租车签约经营
个旧收取有偿使用费

本报讯 3 月 14 日，个旧市交通局公布了征收公交中巴车（不含售月票的城市公交车）和出租汽车经营有偿使用费的通知。

通知规定：市区公交中巴车（不含售月票的城市公交车）和出租汽车经营必须"签约经营，有偿使用"。具体是：凡去年 6 月 30 日之前批准营运的市区公交中巴车和出租车经营权有偿使用费为 1.5 万元；去年 6 月 30 日以后批准营运的则按每辆 2 万元和 3 万元交纳。并规定，凡于今年 3 月 25 日以前一次性交清费用的公交中巴车和出租车，每辆只需交纳 1.3 万元。

据介绍，个旧市区公交中巴车和出租车过多，已给交通管理和环境治理带来许多困难；同时，也形成了同行业内的恶性竞争，不利于公共交通事业的良性发展。这次出台的"签约经营，有偿使用"举措，便是政府加强对这类车辆的宏观和总量调控，使之实现可持续、健康有序的发展。

据悉，今后 5 年内个旧城区中巴公交车总量控制在 20 辆左右，出租车控制在 350 辆左右。（载于《春城晚报》1997 年 3 月 30 日）

莘莘学子择业观念更新
大中专生争相投奔锡都环卫部门

本报讯 去年才接纳了 6 名大中专生的个旧市城建局环卫处，今年又被不少毕业生"相中"。目前，环卫处 176 名职工中已有大中专毕业生 20 名，占职工总数的 11%。

近年来，经济待遇的高低与能否发挥个人特长逐渐成为人们择业的主要标准。相对而言，环卫人员社会地位逐步提高，他们辛勤的劳动得到了政府的支持、社会的承认和人们的尊重；经济待遇也不错，工资加上环卫等专业津贴，收入比较稳定，因此颇受大中专毕业生的青睐。而环卫处也在有计划吸纳专业对口的大中专毕业生充实环卫队伍，改变过去环卫人员多数文化程度不高的情况，以适应城市发展带来的环卫监测专业化、清扫机械化的要求和趋势。自1989年以来，环卫处有来自云南大学、重庆建工学院等大中专院校学习生物、建筑、环卫监测等专业的毕业生到此工作。

环卫处对这些大中专毕业生严格要求、爱护培养，先让其到基层各清扫队组从绑扫帚、扫大街、清运垃圾、垃圾检测等工作做起，过体力关和面子关。之后，视工作需要再将他们安排到专业对口的岗位上发挥特长。目前，已有5名大中专毕业生担任了环卫处党政工团的领导职务。（载于《春城晚报》1997年4月1日）

石屏红旗小学不简单
园丁学子居旧庙　仍有凤凰飞出山

本报讯 石屏县红旗小学师生长年在旧庙中教学，教室简陋拥挤，教学条件很差，却取得了令人瞩目的成绩。1970年以来，该县有2名考入清华大学的学生均是这所小学的毕业生。

红旗小学以建于1929年的旧庙为主要校舍，占地面积3335平方米，目前在校学生1043名，是石屏县学生最多而生均占地面积最少的小学。记者在现场看到，在破旧拥挤的教室里，学生课桌第一排紧挨讲台，最后一排则紧贴墙壁，在大柱子后面坐的学生要偏过身子才能看到黑板；室内光线阴暗、地面潮湿。且因无运动场地，上课间操只能分年级、分时间在旧庙殿堂和走廊上进行，体育课则需跑到200多米外的县文化馆运动场去上。

尽管条件如此简陋，红旗小学的师生却靠辛勤努力取得了突出成绩：在全县最早获得"红旗大队"称号；在全县年轻教师参加省、州、县课堂教学竞赛中获得前3名的人次最多；在全县近年小学升初中考试中，考取前5名的人数最多、高分段总人数最多等。

针对红旗小学"软件硬、硬件软"的现状，石屏县委、县政府已投资兴建了一所现代化的"新区小学"，年内即可竣工投入使用。（载于《春城晚报》1997年4月3日）

明确设置时间区域　出台具体管理措施
建水规范户外广告设置

本报讯　最近，建水县市容市貌管理委员会发出《关于加强城区户外广告管理的通告》，对城区户外广告实行全面规范管理。

通告对大型营业性户外广告、大型和小型非营业性户外广告的设置或张贴的范围、时间等均作了严格、明确的规定和要求，主要内容包括：户外广告的制作、登记、审批等由县工商行政管理局负责；广告设置的审批由县市容市貌办公室负责；在交通安全设施、市政设施、国家机关、文物保护单位和名胜景点等地，均不得设置户外广告；广告牌费用的收取，严格按物价局核定的标准执行；大型广告牌等长期户外广告，设置时间为3个月至3年不等；短期广告张贴时间不得超过1个月；广告存在期间如有损坏、变形、落字等情况，广告主要负责及时维修、更换或拆除。（载于《春城晚报》1997年4月13日）

建水林业局开办"改灶节柴"培训班
绿化荒山　从"烧"抓起

本报讯　建水县林业局绿化荒山从节柴抓起，自1991年以来，共开办"改灶节柴"培训班74期。目前，全县已有9.6万户居民和农户拆除"老虎灶"，改用节柴灶，比原来平均节柴33%以上。

几年前，建水广大城乡居民煮饭烧水还在使用传统的"老虎灶"，有的灶膛内可放入直径10多厘米粗的木头，但热效益只有10%。全县仅烧柴一项每年就消耗木材7万多立方米，价值1400多万元。自1991年起，由县林业局组织的"改灶节柴"培训班在城区、各乡镇村公所甚至农户家里巡回开办；林业局还在县机关大院内砌起10多个标准规范的节柴灶，手把手教学员和前来参观的居民、农民学习，指导他们尽快学会支砌、使用发热好、功效高的节柴灶。

目前，全县改灶率已达99.5%，全面节约了74.8%的耗柴。（载于《春城晚报》1997年4月15日）

设计不科学　质量太低劣
红河州一批环保设备"生病"

本报讯　据红河哈尼族彝族自治州环保局的不完全统计，红河州的企业平均每年投资购买环保设备的资金约有 3000~5000 万元，其环保意识很强和环保投入很大！然而，令人很忧虑的是：这些环保设备购买安装后，却没有带来应有的、预期的环保效果！

究其原因，经记者深入采访有关企业和环保部门后得知，这些企业在实际工作中都遇到了以下共同问题：一是这些环保设备质量太低劣；二是设计不科学；三是功能名不符实；四是至少有 35% 的环保设备不能正常使用，有的则是完全没有环保功效。

金平县水泥厂于 1994 年投资 70 多万元购进一套电除尘设备，安装完毕后，到调试时才发现这套设备根本不能除尘。开远糖厂投资 1470 多万元、于 1996 年安装完毕的碱回收设备，因设计不合理而无法正常使用；无奈之下，今年 2 月，该厂只得又投资 2700 多万元来改造这套环保设备。另外，开远小龙潭发电厂的水渣沉淀池、红河州磷肥厂的污水处理设备、开远水泥厂的除尘设备等，也因设计不合理或某些零部件的质量问题而经常"罢工"，影响生产的正常进行。

对此，这些企业的干部职工都对企业未来的发展和自己的"饭碗"忧心忡忡。他们对记者说：一是企业投巨资购买、安装的这些环保设备，绝大多数不能正常使用，这是为什么？二是其价格也很混乱。有些商家或厂家的报价与实际售价，会有百分之三四十之多的差别。三是环保部门来检查工作时，只会一味地要求企业进行停产整顿。停产次数多了，就影响到企业的正常生产和效益。四是希望政府能够对环保设备生产企业和销售商家进行最权威、最规范、最科学、最严格的监督和管理，并对其提出具体、相关的标准和要求，达不到这些标准和要求的环保设备一律禁止出售！同时，把这些标准和要求也宣传到我们企业上，让企业了解和掌握。只有这样，才能确保企业投巨资购买的环保设备能够正常使用并发挥其应有的环保功能和作用！（载于《春城晚报》1997 年 4 月 24 日）

253

责任到乡镇　目标到村寨
建水量化精神文明建设指标

本报讯　3 月 25 日，建水县委领导与全县 17 个乡镇的党委书记在"建水县 1997 年度精神文明建设目标责任书"上签字，掀开了该县加强精神文明建设工作崭新的一页。

该目标责任书内容包括领导落实、工作落实、治安良好和社会进步四大部分。其明确规定：县级每年对乡镇投入的精神文明建设经费人均不少于 1 元；今年内，各乡镇要建成有文化站站址、有专职人员、有经费、有活动内容的文化站；每个自然村必须建一个"万村书库"，定时开放；在乡镇所在地要建一个灯光球场；在行政村要建一个篮球场；每个行政村要建一个卫生美观的公厕；今年内，30%的自然村要建成一个卫生公厕。

同时，明确奖惩：县委、县政府在年底将组织检查考核，总分在 85 分以上的，分别奖励 5000 元、3000 元、2000 元；84~75 分的，不奖不惩；74 分以下的，分别罚款 1000 元和 1500 元；于明年初兑现奖惩。县委还将把考核结果作为考评领导干部政绩及其提拔任用和评比文明乡镇的重要依据。

另外，县委、县政府每年还将安排 10 万元作为精神文明建设工作专项经费。（与卢维前合作，载于《春城晚报》1997 年 4 月 27 日）

为培养"一专多能"复合型人才开绿灯
红河州财校鼓励和帮助学生参加"自考"

本报讯 红河哈尼族彝族自治州财经学校制定措施，积极鼓励和帮助在校就读的中专学生参加"高等教育自学考试"。目前，该校参加"自考"的学生已达 242 人，取得了 50 多门单科合格证书。

随着该校对"一专多能"复合型人才培养步伐的加快，中专、大专两级课程同时学、两种文凭（或学历）同时拿已成为越来越多学生的奋斗目标。为避免学生参加"自考"的盲目性和做无用功，学校从多方面给学生们创造条件：专门设立"自考"机构；为学生集体报名；提供考试信息；发放考试教材、资料；提供辅导场地；利用业余时间，选派有丰富教学经验的教师为学生参加"自考"进行专题辅导。学校还规定：凡"自考"科目与在校所学科目相同的，若"自考"成绩合格，该学科在校可免试。有的学生通过"自考"，一年内就拿到了四门单科合格证书，且在校学科学习成绩也比较优秀。

许多学生认为：参加"自考"可拓宽知识面，提高学习质量，增强自己的综合实力，为今后更好适应社会需要打好基础。而且，学校为他们参加"自考"提供了很好的学习条件和机会，他们会更加努力和珍惜。（与刘杰合作，载于《春城晚报》1997 年 5 月 1 日）

环境保护从企业抓起

红河州关停 465 家污染严重企业

本报讯 红河哈尼族彝族自治州重视环境保护，自去年 9 月以来，果断关停了 465 家污染严重的企业，得到了国家及省环保监察联合检查团的高度评价。

在关停污染严重企业过程中，该州充分利用广播、电视等媒体向全社会进行大张旗鼓地环保宣传，营造舆论环境。同时，深入企业做耐心细致的说服解释工作，动员企业主做好关停准备，到期停产并自行拆除生产设施。对那些擅自继续生产的企业，由联合执法队依法强制拆除。截至 1996 年 11 月底，全州已取缔土法炼锌、炼焦、制革等污染严重的企业 465 家。

4 月 24 日，国家及省环保监察联合检查团来到个旧市，实地检查了沙甸区冲坡哨村取缔土法炼锌等污染企业的情况。随后，又驱车到开远市中和营镇、弥勒县牛背村等地，深入现场，实地检查治理情况。

随后，联合检查团对红河州环保工作取得的阶段性成绩给予高度评价，认为红河州对污染企业的治理力度大、效率高、有成效。同时指出，对那些关系到工农业生产和人民生活等切身利益而暂缓关停的企业，一定要要求其限时整改、达标；对已经取缔的，要坚决防止"死灰复燃"，要"复燃"一个取缔一个，决不姑息；对已经取缔而尚未拆除生产设施的，要监督其坚决拆除。（载于《春城晚报》1997 年 5 月 4 日）

255

卫生成绩与奖金分配挂钩

锡都宝华公园干净迎游人

本报讯 今年 3 月以来，个旧市宝华公园制定一系列措施，狠抓环境卫生管理和草坪绿化，以崭新面貌迎接游人。

宝华公园是依山而建的城市森林公园，占地面积 23 公顷，年游客量约 300 万人次。游客多、面积大、森林密，带来清扫保洁上的困难，公园不卫生，到处有垃圾，游客对此反映强烈。为此，公园规定：自今年 3 月起，配备专人对全园约 10 公里长的游览道路进行每天清扫，全天保洁；节假日和每周一上午为全园干部职工统一打扫卫生时间；制定班组考核指标；将全园划为 6 大片区，分别为 6 个班组的卫生责任区；每周一下午全园统一检查、评分；班组间 1 月评比 1 次，半年进行成绩总评；检查、评比结果与奖金分配挂钩。实施这些措施后，公园昔日纸屑乱飞、垃圾乱堆的状况得到了极大的改善。

4月，公园又组织开展了"铲除杂草、铺种草坪"的劳动竞赛，目前共铺种了5000平方米的草坪；同时配备专人和添置剪草机等设备对草坪进行常规管理。游人们都说：宝华公园变得越来越美了。（载于《春城晚报》1997年5月11日）

占道经营　卫生较差　污染环境
锡都快餐销售问题多

本报讯　最近，记者在锡都街头看到许多出售盒饭的摊点占道经营、卫生状况差、餐后废弃物随意丢弃等问题十分突出，令人忧虑。

据不完全统计，个旧市区现有国营、集体及个体快餐摊点100多家。这些摊点在给锡都市民带来就餐方便的同时，也带来了令人忧虑的问题：一是快餐摊点随意摆放、设置，影响交通安全。据调查，个旧市83%左右的快餐摊点都是沿街经营，哪里热闹就在哪里摆摊，有的甚至摆到机动车道上，安全隐患极大。二是快餐盒饭的卫生状况较差，影响市民健康。快餐摊点多用三轮车拉着卖，车多、人多的热闹之处，往往也是汽车废气、建筑垃圾、灰尘蚊蝇最多的地方，被蚊蝇叮咬、污染物飞落的饭菜吃了易患疾病。三是食物的购买、清洗、烹制加工等过程均无人监管，全靠摊主个人的"良心"和生活习惯，是否达到卫生要求，也无人知晓，消费者吃了若有问题，也不知道去哪里找摊主理论。四是餐后盒筷、剩食到处丢弃，污染环境。

因此，建议政府有关职能部门：一是要尽快制定对快餐盒饭制作、销售、卫生标准等方面的管理规定，对快餐经营者进行规范、有效的管理；二是对占道经营、卫生不达标的摊点坚决予以取缔；三是督促消费者、销售者都自觉维护环境卫生，不乱丢废弃物，减少污染，让快餐盒饭真正方便、卫生、安全。（载于《春城晚报》1997年5月13日）

推出"电影卡"　街天减半价
弥勒电影公司请回观众

本报讯　弥勒县电影公司从4月起推出"电影卡"和"街天减半价"两项措施后，一度冷清的电影院又重新热闹起来。

4月20日，电影公司在城区推出"电影卡"以方便观众。"电影卡"分家庭卡和个人卡两种，价格分别为40元和15元。观众购卡后1个月内，即可观看近 20 部影片，解除了每次看电影都要排队买票的麻烦。这项措施推出后，电影公司的票房收入明显增加。

同时，电影公司还实行了"逢街天、减半价"优惠措施。当地郊区、山区农民赶街天都喜欢进城来赶集，电影票减半价受到了这些经济并不宽裕的农民朋友的极大欢迎。来自弥勒西一乡的李凤仙大妈高兴地说："我进城赶集，是上午卖东西（即自家出产的农副产品），下午看电影。半价电影既少出了钱，又丰富了我们的精神生活。"（载于《春城晚报》1997 年 5 月 18 日）

公路变打麦场害处多多
希望有关部门出面管管

本报讯 时值麦收季节，记者在红河哈尼族彝族自治州采访时发现：境内一些国道、省道沿途乡村的许多农户，纷纷在公路上晒粮、打场。公路变成了打麦场，给过往的驾乘人员及农户自身，都带来了许多安全隐患。

4 月 9 日、17 日、24 日，记者 3 次经过个旧市通往建水县的二级公路倘甸乡路段。在这段不足 8 千米的路上，就看到有 10 多家农户在忙着晒、碾谷子。而在投资 1800 多万元新修建的弥勒县巡（检司）朋（普）新公路上，蚕豆、谷子、麦子几乎晒满了全长 32 千米的道路，许多农户还在公路的急转弯和上下坡处晒粮、打场，没有一点自我保护的安全意识。

在这些公路上晒粮、打场，许多男女老幼随时从公路这边走到那边，频繁往来；在谷堆上的小孩也会突然跑到公路中间玩耍，使行车至此的驾驶人员吓得措手不及。此外，汽车行驶在谷子、麦子、豆子上，极易打滑，造成交通安全事故。另外，一些农户在粮食打收后，剩下的豆秆、麦草、谷壳等遍路丢弃，有的还点火焚烧……给那些本来就是坡大、弯急、路面窄的混凝土乡村公路埋下严重的安全隐患。记者曾问几位农民是否知道国家规定不准在公路上晒粮、打场，得到的回答是："听说过。但我们这里家家都这样做，也没有人来管管嚷。"

记者从交通部门了解到，占用公路晒粮、打场，危害颇多，尤其容易造成交通事故。4 月 8 日中午，国道 323 线建水县陈官镇段就发生一起因农户占道晒粮、打场而导致一辆载客 20 人的中巴客车轮子打滑、与另一辆东风货车相撞、造成 10 多人受伤的事故。

因此，记者呼吁政府有关部门要加强对公路的监督管理力度，杜绝灾祸的发生。（载于《春城晚报》1997 年 5 月 20 日）

个旧"市长接待日"坚持 11 年
4500 人次成为"座上客"

本报讯 个旧市委、市政府自 1986 年实行每月固定两天为接待来访群众的"市长接待日"以来,至今,已有 4500 人次成为书记、市长的"座上客"。市信访办也因工作成绩突出而被评为"云南省先进信访单位"。

每逢月中和月末的那天,个旧市的市委书记或副书记、市长或副市长都要轮流主持这项工作,从不间断。多年来,在个旧,不论集体或个人,如有举报、控告、申诉和提出批评意见建议的,或者群众有困难、有问题的,都可以去找市领导反映。1990 年,市第二汽车公司因效益差而拖欠了部分职工和离退休人员的工资,导致 200 多名职工集体上访,引起市委、市政府的高度重视,市政府及时统筹、安排了社会保障金对他们进行救济。1994 年,市政府又协调市革新矿兼并了市第二汽车公司,彻底解决了该公司职工的生活出路问题。

为提高办事效率,市信访办对每个"接待日"都提前 3 天与上访的群众预约;将每位来访者要反映的具体问题了解后记录在册,并事先提供给主持接待工作的领导;同时,在答复中准备一些相关的政策规定,使来访者心服口服。

多年来,通过"市长接待日",使许多在基层久拖未决的大小问题,最终被敦促改进或得到解决。市信访办的信访结果率均达 95% 以上,得到人民群众的好评。(载于《春城晚报》1997 年 5 月 29 日)

石屏遭特大暴风雨袭击
3 渔民在异龙湖遇难

本报讯 5 月 8 日傍晚,一场罕见的特大暴风雨袭击了石屏县,异龙湖上的 70 多艘渔船被风浪掀翻沉湖,100 多名落水渔民大多得救,但有 3 人不幸遇难。

据了解,当日的石屏,天气异常闷热,乌云压顶,到傍晚 19 时 30 分左右,一场来势凶猛的暴风骤雨夹杂着冰雹袭击了异龙湖。霎时,湖面上的大小渔船都被狂风大浪掀翻入湖,落水的渔民在水中奋力挣扎。陶村乡大水村的李学伟在划船救落水的弟弟李建伟时,被巨浪连船带人掀翻卷入湖中。李建伟在湖水中挣扎时抓到一根竹竿，他将自己绑在竹竿上，在湖水中挣扎到晚上 22 点多，被几位渔民发现后救起，幸免于难。大水村一社的李正文和妻子杨丽英落水后下落不明。暴风雨过后，大水村公所立即组织人员沿湖巡视，救助落水者。9 日和 10 日，李正文、杨丽英及李学伟的尸体先后被打捞起来。

据悉，灾情发生后，石屏县各级党委、政府极为重视，派人慰问，调查灾情，妥善处理善后工作。（载于《春城晚报》1997 年 5 月 29 日）

台胞锡都探亲突发病
医院妙手回春受赞誉

本报讯 前不久，在回锡都探亲期间突发疾病的七旬台湾老人张维川，经个旧市人民医院的精心救治后，已病愈出院。

在离开祖国大陆 40 多年后，张维川老人前不久第一次回大陆探亲。在个旧探亲期间，老人原先患有的前列腺肥大增生发病，于 3 月 12 日被亲友送至市人民医院胸泌科救治。在病床十分紧张情况下，胸泌科仍为老人安排了床位并及时进行诊治。经检查，医院确诊老人患前列腺肥大增生病已 3 年，因小便不畅而导致肾功能衰竭、心脏病等并发症，致老人十分痛苦。在征得老人及其家属同意后，医院决定为老人实施手术治疗。

为确保手术万无一失，胸泌科医护人员进行了充分准备，于 3 月 24 日对老人施行了前列腺肥大增生病灶的摘除手术并获得成功。术后，医护人员继续对老人进行精心医护，还常陪老人聊天，给老人讲解有关医护知识，打消了老人的疑虑，使他树立起战胜疾病的信心。

日前，完全康复的老人已高兴地出院了。为表达感激之情，老人敬送医护人员一副对联："救死扶伤如春风拂面，除疾治病似华佗再世"。（载于《春城晚报》1997 年 6 月 5 日）

259

迟到者　请入席
金平县设"迟到席"扭会风

本报讯 为整顿机关会风的散漫和拖沓，促进机关工作作风转变，自 1996 年 9 月以来，金平苗族瑶族傣族自治县县委、县政府专设"迟到席"给那些"习惯"开会迟到者做"专席"。刚开始时，"迟到席""门庭若市"，如今，已是"门可罗雀"。

"8 点开会 9 点到，10 点开始作报告。"这句顺口溜，曾经是金平县机关开会的写照。去年初，县委、县政府在县电影院召开全县机关干部大会，本应到会 500 多人，可实际参会者还不到一半；而且，参会者还像赶街子一样，想来就来，想走就走，在会场进进出出，煞是自由。这样的会风，引起县委、县政府领导的高度重视，决心扭一扭。在县委主要领导的提议下，在会场为纪律散漫者专设了"迟到席"，对迟到者公开曝光，并用摄像机为迟到者"摄像留影"。此席从设置到年底，共有 100 多人次面红耳赤地坐过此席，其中还有一些各部委办局的领导干部。

如今，"迟到席"已受到冷落。县委有关领导说，自设"迟到席"以来，机关会风大有转变，会议秩序好，收效好，大多数机关工作人员已养成了严肃认真、高效廉洁的工作作风。

编后语:

这个席位，设得好!

"8 点开会 9 点到，10 点开始作报告。"这句我们不愿听到却屡闻不止的顺口溜，从一个侧面反映了一些单位和部门懒散、拖沓的工作作风和现状。金平苗族瑶族傣族自治县的领导，为扭转此风而专设了"迟到席"，让迟到者在众目睽睽之下坐坐"专席"，亮相自省，用心良苦。"迟到席"从初设的"门庭若市"到如今的"门可罗雀"，说明此举的确收到了好效果。

开会迟到者，大都是些无视纪律之人。约束这样的人，实有必要。不然，长此以往，会风拖沓，会议质量难以提高，工作效率低下，就将损害党政机关在老百姓心中的形象，并丧失战斗力!

同时，改变会风，提高会议质量，减少会议次数，让干部们把更多精力和时间放到基层，为群众办更多的实事、解决更多的困难，才会真正赢得群众的信任和赞誉。

金平县这一"小席位发挥大作用"的做法，值得借鉴! (载于《春城晚报》1997 年 6 月 12 日)

建小水窖　设奖学金　修水电站
红河州企业到金平扶贫帮困

本报讯　近日，在红河哈尼族彝族自治州数百家机关企事业单位的资助下，又一批小水窖在金平苗族瑶族傣族自治县建成。据悉，这只是该州机关企事业单位对金平县进行全面扶贫帮困工程中的一项。

金平县是国家级贫困县，集边疆、少数民族、贫困等于一身，经济发展缓慢。今年4月中旬，由该州工业局、州轴承厂等多家单位组成的扶贫帮困考察组，深入到营盘乡实地走访了罗戈塘、太阳寨、水塘3个村公所的部分村寨和苗族农户。边疆民族群众贫穷的生活状况，使考察组坚定了扶贫帮困的决心。

考察组结合实际，制定了扶贫帮困计划并开始实施，主要包括：拨专款10万元，设立全县的"贫困儿童助学奖学金"，用年息每年帮助200名左右的失学儿童重返校园；每年搞一个自然村的饮水工程建设，扶持每家农户建一个小水窖，按照建一个小水窖补助1300元的标准，今年共补助4.3万元，帮助黄泥坡村全部33户农民建起了小水窖，结束了该村村民喝泥巴塘水的历史；拨款3万元给营盘乡政府；帮助梭山河电站进行提质改造、提高其供发电能力等。

目前，这些扶贫帮困计划已逐步实施并取得成效。（载于《春城晚报》1997年6月17日）

红河州坚决取缔非法传销活动
已查处10多个厂家40余种产品

本报讯 近两月来，红河哈尼族彝族自治州工商局采取有力措施，严肃查处了进行非法传销活动的10多个厂家的40余种产品。

近段时间来，红河州各地非法传销活动猖獗，因传销导致亲友、同事反目成仇的事屡有发生。个旧市某厂下岗职工彭某之妻将丈夫准备给婆婆治病的2000多元存款全部投入传销活动，结果不但未发财，反而耽误了婆婆病情的治疗，引起丈夫极度不满，夫妻关系十分紧张。市房管中心两个关系很好的同事，在传销中因利益分配不均而闹翻了脸，严重影响了工作。

鉴于非法传销严重损害了消费者利益，并影响到社会安定，州工商局主动出击，积极查处了10多个违法传销案件，扣押了一批相关产品。同时，在广播、电视、报刊、贴报栏、公共场所等开展大张旗鼓的宣传咨询活动，提醒消费者远离非法传销，不要上当受骗；并设立了投诉举报电话。

据该州工商局有关人员介绍，截至目前，全州尚无一家传销单位或个人到工商局申请报批，因而这些活动都是非法的。现在，红河州各地已发现的非法传销产品有天津的"某狮"高钙奶粉、广东的"某妮雷德"保健品、无中文厂家名称和地址的"某柏健"螺旋藻等40多种产品。工商局还提醒消费者，若发现非法传销，应及时向他们举报，工商部门对此将严查取缔。（载于《春城晚报》1997年6月19日）

个旧宝华公园护林防火较真
43年无重大火灾

本报讯 个旧市宝华公园极为重视护林防火工作，建园43年来，从未发生过重特大火灾，园内数百年的名木古树，得以完好保存。

宝华公园是我省少有的几个城市森林公园之一。在管理中，公园注重培养职工的护林防火意识和技能，多次邀请消防专家到公园培训职工，强化职工护林防火能力。平时，公园安排专人在园内各处巡查，加强对林区的监控；发现游客带着火机、火柴等，由巡查人员暂时收管，游人下山后再予以交还；发现游客抽烟的，督促其在特定区域抽完后把烟头熄灭丢进垃圾桶。此外，公园内还活跃着一支以青壮年职工为主的义务消防队，多年来，不论是否是公园的范围，不论距离远近，只要发生森林火灾，这些队员都会以最快速度赶往火灾现场救火。在入园券上，还设计了以"注意防火""保护野生动物""爱护环境、保护自然"等为主题的5种新颖美观的图案，随时提醒游客注意安全用火、保护森林。

经过园内职工数十年的不懈努力，该公园从未发生过重特大火灾，21公顷的参天大树和万余平方米的绿化草坪长势很好；园内明朝种植的、已有数百年历史的绿萼梅和柏树仍然郁郁葱葱。（载于《春城晚报》1997年6月24日）

赵向东飞车追失主
万元巨款完璧归赵

本报讯 前不久，驻滇某部通讯科参谋赵向东在出差途中捡到万元巨款后飞车追失主40余公里，将巨款完璧归赵，一时成为军中美谈。

4月初的一天，赵向东等人乘车去边防某部工作。途中，他们在个旧市卡房镇的一家饭店吃中饭。正吃饭时，饭店服务员把放在邻桌椅子上的一只黑皮包递过来，并请他们保管好。因赵向东等人没带这样的皮包，于是他们大声询问旁边吃饭的人"是谁的皮包"？可无人认领。为寻找失主线索，赵向东和同行者打开皮包查看。不看则已，一看吓了一跳：皮包内有一大叠崭新、连号的百元钞票，约有 1 万多元，另有相机、机票、购买吉普车的发票等物，从中赵向东知道了失主的单位（金平县职中）、姓名等。

赵向东等人估计失主离去不久，就丢下吃了一半的饭，赶紧上车往金平方向驱车追赶失主。他们估计失主可能是乘坐 1 辆还没有挂牌照的新吉普车，遂特别注意这样的车。在追到黄草坝乡附近的公路上时，终于发现了一辆崭新的、无牌照的、正在行驶的吉普车。赵向东等人连忙拦车追问。果然，车上的两人就是失主——金平县职中的两位领导，但粗心大意的他们居然还没有发现丢了提包钱物，直到赵向东等人陈述了情况，他们才知道自己在卡房吃饭喝酒后遗忘了提包钱物。

赵向东将失主的姓名、钱物数量等一一核实后，才放心地把提包钱物全部交还给了这两位粗心大意的失主。（载于《春城晚报》1997 年 6 月 29 日）

个旧改变方式提高义务植树质量
植树单位挖塘　专业人员栽树

本报讯　"义务植树，种下走路"、"栽树时热闹，管理时冷清，活不活不知道"，这是义务植树中存在多年的"通病"了。然而，个旧市绿化委员会却能够总结教训，改变以往义务植树方式，实施"划片定标准，由义务植树单位挖塘，再由专业绿化队栽树和管理"的方法。实行此法 10 年来，植树达 100 多万株，成活率达 90%。

针对以往义务植树中部分单位人员不懂专业植树、责任心不强、胡乱栽树效果差、成活率低等问题，自 1987 年起，市绿化委员会采取以下方式进行义务植树并有效提高了成活率：一是以用钱代劳方式，对不能上山植树的单位，每人每年收取绿化费 5 元，去年经物价部门批准收取 10 元。二是对有能力上山植树的单位，由专业绿化人员挖好"样板塘"，让其他人员对照挖塘，每单位每人任务为 8 塘；挖完塘，经林业专业人员清点、验收合格后签字，再到绿化委员会登记。三是林业部门对挖好的树塘进行划片承包，由专业绿化人员进行栽苗、施肥、浇水及日常管护等；年底进行验收，成活率达 90%以上的方算合格，达不到标准的不发工钱。

据了解，今年全市按规范要求挖好的树塘已有 6 万多个，绿化委员会收到的绿化费 11 万多元，保证了植树的数量和质量。（载于《春城晚报》1997 年 7 月 6 日）

加强价格管理　查处违法案件
个旧控制物价成效明显

本报讯　近年来，个旧市坚持抓物价控制并取得明显成效。今年以来，全市粮油肉菜等 14 类主要商品物价涨幅一直控制在 7% 以内，使群众直接受惠。

前几年，个旧不少商品价格涨幅高于国家平均指数，群众对此反映强烈。为此，市政府制定了一系列行之有效的控价措施：物价部门加强了对商品价格和经营收费的管理；坚持对粮油等 38 种居民生活必需品价格实行监审制度；对纺织品等 76 种商品价格及时进行监测；取消收费项目 36 个，为企业和个人减轻负担 15 万多元。

物价部门还在人大、工商等多家单位支持下，对乱收费进行突击检查，去年共查处各类价格违法案件 1558 起、查缴违法金额 40 多万元。同时，工商部门还在人民路、新街和永胜街市场设立农产品直销点，农民在此出售的大米、苞谷、野菜、水果等免收工商管理费。今年，新街市场上出售的鲜桃和大米平均每千克 2 元和 2.5 元，同比分别下降 19% 和 22.2%。

此外，市政府每个季度都组织召开物价分析会，总结工作，分析物价变化指数，督促有关部门落实责任，及时解决新问题。（载于《春城晚报》1997年 7 月 10 日）

甩客　拖时　车况差
个旧私营中巴客车问题不少

本报讯　近几个月来，有群众不断向记者反映：从个旧开往蒙自、开远等地的私营中巴客车拖时、甩客、车况差等情况突出，严重影响了乘客正常的工作和生活，并带来不少安全隐患。乘客们希望早日坐上"安全车、放心车"。

记者在采访中发现：这些私营中巴客车经常推迟发车，标明"9 点发车"的车，要在市区主要街道转悠拉客到 10 点才出发；有时几辆车因"人少划不着拉"而将乘客合并到 1 辆车上，致使准载 19 人的客车常常塞到二三十人，严重超载；有时车况不好的车行驶到半路出故障抛锚了，只得把乘客甩在前不挨村后不着店的公路上。

7 月 6 日晚 7 时 40 分，一辆从开远开往个旧、车牌号为"云 G0392X"

的私营中巴客车，在距开远以南约 6 千米处车胎爆裂，司机下车求援无果，只得继续开着车小心磨蹭了两个多小时才到鸡街站，而正常行驶开远到鸡街就是 50 分钟左右。在鸡街站，乘客们纷纷要求司机退还鸡街至个旧的车费，他们打算另乘其他车辆回个旧，但司机却蛮横地拒绝退款。乘客们无奈，只得耐心等待修车。等车修好返回个旧时，原本开远到个旧只需 1 个半小时的时间，却花了 4 个多小时。

采访中，乘客们普遍认为国营客车安全、可靠、准时，但车子太少，坐私营客车是很无奈的事。记者从个旧市汽车客运公司了解到，过去，该公司每天发往开远的客车有 40 多趟；如今，大部分客源被私营客车抢走，现在每天只发 10 多趟。而因同样原因，开远南中客运站则完全停发了至个旧的客车。（载于《春城晚报》1997 年 7 月 15 日）

红河州对文化场所进行消防安全专项治理

本报讯 红河哈尼族彝族自治州文化体育局自 6 月 28 日对全州公共文化娱乐场所和文物保护单位开展消防安全专项治理以来，全州 13 个市县紧张有序地进行工作，目前已初见成效。

265

专项治理工作要求：各市县要对本辖区内的公共娱乐场所和文物保护单位进行深入、细致地摸排和检查，列出具体名单；对存在重大火险隐患的场所和单位要限期进行整改；对根本不具备消防安全条件的公共娱乐场所要坚决查封和取缔；要突出抓好"谁主管、谁负责；谁在岗、谁负责"的落实；要层层签订《消防安全责任书》并照此开展相关工作；要加强宣传教育和培训，对各文化经营单位和经营户个人要普及消防安全知识。

专项治理工作开展以来，全州已对 10 多家公共娱乐场所、4 家文物保护单位进行了检查；州、市县、区乡文体主管部门已层层签订了《消防安全责任书》；消防部门已对近 20 家单位、85 人进行了消防安全知识培训，85 名受训人员考试合格后已上岗。目前，这项工作正在深入进行中。（载于《春城晚报》1997 年 7 月 15 日）

维护交通秩序 打击车匪路霸
红河州公路巡警显神威

本报讯 自 7 月 1 日红河哈尼族彝族自治州 13 个市县统一成立公路巡逻民警队以来，这支队伍在维护交通秩序、打击车匪路霸、救助百姓等方面大显神威，成为犯罪分子的"克星"和百姓的"保护神"。

这支由原红河州交警支队改建而来的公路巡警队伍，既要维护交通秩序，又要负责处置公路上发生的刑事及治安案件以及帮助有困难的群众。上路执法10多天来，他们处理各类交通事故48起，排除路障40处，提交公安局刑警大队路发刑事案件2起，处理肇事逃逸案1起，帮助困难群众做好事数百起。弥勒巡警在公路上执勤时，捡到5万元巨款和1部"大哥大"，他们开车追了10多千米才找到失主并将失物交还。河口巡警上路执勤时，要带上锄头、镰刀、铁铲、药品等物，碰到雨天塌方等紧急情况就立即抢修路面；遇到在路途中生病的人，备用药品就派上了用场。

公路巡逻民警上路执法后，昆（明）河（口）公路石（屏）新（街）段上原来猖獗一时的车匪路霸销声匿迹了。个旧、开远等地的夜行客车司机和乘客告诉记者，过去走夜路经常被拦车打劫，现在好了，拦车打劫的事没有了，大家出行安全了。（载于《春城晚报》1997年7月17日）

为缓解交通压力
个旧"的士"实行单双号行车

本报讯 最近，个旧市出租汽车公司实行按编号进行单、双日出车。此举减少了市区30%的车流量，极大缓解了交通压力，受到群众好评。

个旧自96·8灾后恢复城市道路建设以来，有多条道路在进行重修和扩建，交通压力很大。目前，市区金湖东路、个（旧）-金（平）过境公路已进入全面扩建，车辆通行极为困难；和平路、新冠路、金湖南路已进入紧张的路面修复施工阶段。为此，市区交通拥挤，堵车情况尤为严重。为缓解交通压力，拥有约300辆出租车的市出租汽车公司主动出台这一得力措施，为政府分忧，为群众解难。

据悉，在市出租汽车公司带动下，金湖旅行社等单位的"的士"也开始实施这个办法。（载于《春城晚报》1997年7月20日）

红河州部分县市遭灾
当地政府积极防灾救灾

本报讯 自6月下旬以来，红河哈尼族彝族自治州所辖绿春、金平、个旧、泸西、河口等县市相继遭受洪涝和泥石流灾害，损失惨重。

6月21日开始，绿春县连降暴雨，引发山洪和泥石流，毁坏民房3600

多间，冲毁田地 6500 多亩、灌溉水沟 900 多条，致 3 人死亡、17 头牲畜失踪。

7 月以来，因连日暴雨，金平苗族瑶族傣族自治县 14 个乡 91 个村的大部分地区遭受泥石流和洪涝灾害。截至 7 月 20 日，全县被冲毁农田 5864 亩，被毁坏房屋 500 多间，耕牛被淹死 15 头。此外，还冲毁了大小水沟 281 条、水塘 12 个、养殖鱼塘 10 多亩。在暴雨集中的营盘乡，暴雨掀倒大树压坏民房，致 2 人死亡；另有 3 人被泥石流冲走下落不明。据初步统计，全县受灾直接经济损失 130 万元。

7 月 16 日，个旧市卡房镇发生严重泥石流灾害。因监测和疏散及时，除有 4 人轻伤外，幸无人员死亡。是日夜里 10 点 30 分左右，上万方泥石流从卡房镇上面的山沟里冲向镇政府及附近地区，短时间内冲倒了 20 米的围墙和 3 间房屋；有 21 辆汽车被埋、被淹；有 30 间房屋进泥石泥水；有 500 多米公路被冲断，造成交通中断。灾情发生后，个旧市救援人员第一时间赶到现场开展抢险救灾，2000 多名群众被及时疏散，大部分国家财产被安全转移。

进入 7 月，泸西县的山洪和泥石流已造成 42 个村的 3.2 万人受灾、受困，1.8 万多亩土地被冲毁。

目前，红河州广大干部群众积极投入抢险救灾和生产自救。抗洪防汛部门认真做好灾情隐患的监测、预报和防范；对危险区域内的人员和企业强制迁往安全地带，避免再发生人员伤亡。（载于《春城晚报》1997 年 7 月 24 日）

建设硬件　加强管理
石屏城建步伐加快

本报讯　最近，投资近 900 万元、占地约 50 亩的石屏县的东城和西城两个农贸市场先后竣工投入使用，以往分散在各街道上占地经营的几千个摊点，被统一纳入其中进行规范经营和管理，解决了一直以来城区道路被占道经营带来的交通阻塞、街道脏乱、人难走、车难行等问题。这是石屏县加强城市建设和管理的新举措之一。

近十年来，石屏县科学规划，因地制宜，实施县城新区建设、老区改造。经过努力，新建新区 4.5 平方千米、街道近 4 千米；完成焕文路南、北小区和卫家营小区及西山小区的街道建设；粮贸大楼、金融大楼、综合商场和石屏宾馆等一批重点工程先后竣工投入使用；投资 1315 万元进行自来水技改工程，形成日供水上万吨的能力，结束了石屏人"守着大湖没水喝"的历史；建成3个水冲收费厕所，解决了群众及游客如厕难的问题。此外，对城市道路进行绿化，在焕文路等主要街道种植了天竺桂、小叶榕、梧桐等1200多株绿化树和部分绿地。

在注重"硬件"建设的同时，石屏县也加强"软件"建设：成立了市容综合执法监察队，对市容市貌加强监管；开通定时垃圾车清运垃圾，对垃圾日产日清；将垃圾用于生态农场种植柑桔、板栗等果木，彻底解决了城市垃圾的处理难题。

经过数年努力，如今的石屏县城，高楼拔地而起，街道绿树成荫，公路整洁有序、通行顺畅，城市建设有了长足发展。（载于《春城晚报》1997年7月29日）

实行"两公开一监督"
红河州交警受赞誉

本报讯 6月上旬以来，红河哈尼族彝族自治州公安交警支队出台了为经济建设服务的40条措施及办法，使公安交警为经济建设保驾护航走上了规范化、制度化和常规化的轨道。

40条措施及办法包括对交通实行法制化管理的各个方面，其中特别强调：对违章行为的处理应以教育为主、处罚为辅；实行办证公开、收费公开和群众监督的"两公开一监督"，并设立举报电话和举报箱。目前，按照"40条"要求，执勤民警已佩戴上岗证、协管员佩戴胸卡上岗；支队机关各科室已在各办公室门口明显位置挂出镜框，贴上照片，标明姓名、职务、警号，接受群众的监督；州车管所原来只有1个办牌证的窗口，群众来办事要排队等候很长时间，意见很大，现增加到7个，方便了群众办事，车主和有关单位普遍反映车管所的办事效率提高了、服务态度好了。（载于《春城晚报》1997年7月29日）

建水连续3年被评为"全国双拥模范县"

本报讯 7月25日，建水各族干部群众及驻建部队近千人在县政府礼堂举行热烈隆重的军民庆祝大会，共庆建水县连续3年被民政部、解放军总政治部评选为"全国双拥模范县"。

多年来，建水县各族干部群众与驻建部队坚持开展"拥政爱民、拥军优属"工作，建立了亲如一家的军民关系，使军地合力、军民同心，为军民融合发展作出了重要贡献。

会上，建水县委、县政府和驻建部队联合对该县东坝乡永善村社员张丽华等 10 名"双拥先进个人"、建水锰矿等 100 家"双拥先进集体"、驻滇某部先进集体和个人进行了表彰和奖励。（与卢维前合作,载于《春城晚报》1997 年 8 月 5 日）

云南省珠算三赛事在建水落幕

本报讯 7 月 21 日至 23 日，第四届全国珠算技术比赛云南省赛区暨我省十一届珠算技术比赛、省第二届少数民族珠算技术比赛在建水县举行。

这次比赛共有来自全省各地州和省级系统的 17 个代表队、53 名选手参赛，年龄最小的仅 11 岁、最大的 26 岁。比赛项目有加减算、乘除算、账表算、支票算。

经过紧张角逐，曲靖市、红河州、玉溪市和省建行 4 个代表队分获省第十一届珠算技术比赛前 4 名。省第二届少数民族珠算技术比赛前 3 名为红河州、玉溪市和楚雄州代表队。（与卢维前合作,载于《春城晚报》1997 年 8 月 7 日）

269

建水公路巡警查获一劫车案
劫车者落入法网　被劫者人车无恙

本报讯 7 月 18 日，建水县公安局曲江公路巡逻中队民警在曲江镇查获一起劫车绑架案，4 名犯罪嫌疑人全部落网，被劫司机李祥明及其"的士"安然无恙。

犯罪嫌疑人王某兵、祁某涛、秦某和王某均系湖北钟祥人。7 月 15 日，4 人从钟祥到达个旧。18 日早晨 7 时许，4 人以到建水燕子洞游玩为名，在个旧城里叫了市出租汽车公司"云 G1389X"的黄色夏利出租车，驾驶员李祥明将他们送到燕子洞后，4 人又以这里不好玩为由，叫李祥明继续送他们到建水县城。当汽车行至距建水县城约 10 公里外的五里冲坡处时，4 人劫持了李祥明，打算驾车到玉溪销赃后逃逸。当晚 10 时 20 分许，当车行至省道晋思线 K115 公里+500 米处时，被曲江公路巡逻中队民警看出破绽而落网。

经突审，4 名犯罪嫌疑人对所犯罪事实供认不讳，现已被依法逮捕。目前，案件正在进一步审理中。（与席国强合作,载于《春城晚报》1997 年 8 月 7 日）

房改十年迈出三大步
云锡公司万户职工住上"安居房"

本报讯 8月以来，云锡公司新冠采选厂的60户职工告别了破旧、拥挤的老房子，陆续喜迁到有卧室、厨房、卫生间和阳台的配套的新居。这标志着该公司自实行房改十年来，已有10259户职工住上了设施配套、居住舒适的"安居房"，全司职工住房条件得到根本性的改善。

十年来，云锡公司在生产经营不景气情况下，仍按照国家和省政府有关政策和要求，结合本公司实际，积极稳妥推进住房改革，迈出了可喜的"三大步"：

第一步：1987年，该公司被定为全省住房改革试点之一，在全省率先实施"住房提租补贴"改革。其核心是：将房租从过去的每平方米每月0.05元提高到1.15元，抑制了一些人多处占房、一些人却无房可住的"怪事"；同时，对无房户视不同情况（如工龄、婚姻状况等）给予不同标准的租房补贴。此项改革实施三年，全司就有416户职工主动退出了过剩或超标住房1.2万多平方米，缓解了职工住房极为紧张的局面，为一些结婚多年却仍住集体宿舍的无房户解决了住房困难。

第二步：1991年，该公司开始试行"集资建房"改革。按住房建在市区、郊区和矿山三个等级，分别按建筑造价的45%、40%和35%的比例，向职工集资建新房。该政策实施四年，共回收资金4000多万元，为解决更多职工住上新房、好房，形成住房建设的良性循环奠定了坚实经济基础；并为下一步实施"住房公积金"制度改革积累了宝贵的经验和应吸取的教训。

第三步：1995年，该公司深化住房制度改革，全面实施"住房公积金"制度。为此，共归集住房公积金3000万元并继续进行新房建设，进一步改善和提升了广大职工的住房质量、档次和数量，有的职工在短短几年里多次搬住新房。

其间，为帮助职工解决"贷款买房"难题，该公司还与所在地银行和保险部门联合，实行"向职工提供住房政策性抵押贷款"办法，让困难职工也能通过抵押贷款尽快住上新房。以今年为例，全司职工的买房抵押贷款，已从去年的600万元快速增至1500万元。

十年来，云锡公司不断建立、完善、深化住房体制改革，给全司职工住房带来了翻天覆地的巨变：许多职工搬出了1950年代就建盖、如今已破旧不堪的石头房（即用石头支砌的干打垒房）和"三无房"（即无卫生间、无厨房、无阳台），搬进了设计合理、设施配套、宽敞明亮、居住舒适的新房。

截至目前，全司共新建"安居房"10259套、计64万多平方米；人均住房面积由1986年的5.12平方米提升到目前的7.27平方米；建房总量是实施房改前十年的1.5倍。

更为可喜的是，在郊区工作的矿工们实现了一生希望"工作在矿山、生活在城市"的梦想。云锡老厂、松矿、大屯选厂等郊区厂矿，以集资方式在市区新建了4000多套"安居房"，建成了多个规模化的住宅小区，为广大职工解除了子女入学和生活上的后顾之忧，全司职工的生活质量和工作效率显著提高。（载于《春城晚报》1997年8月21日）

熟悉交通状况 避免人情纠缠
红河州交警坚持交叉执勤

本报讯 8月11日，红河哈尼族彝族自治州交警支队在全州范围内组织的交警交叉执勤工作又开始了。这是该支队自1994年以来，为让所属市县交警大队相互熟悉全州交通情况、避免交警在执法过程中的人情纠缠并严格执法而采取的新举措。

4年来，红河州交警支队每年至少组织两次这样的交叉执勤工作。这次交叉值勤的具体安排是：建水与河口、石屏与屏边、个旧与泸西、弥勒与绿春、蒙自与金平、开远与元阳等地相互交叉。目前，由各市县交警大队领导带队的、3至5人组成的交叉执勤组已经到位，交叉执勤工作顺利开展。

个旧交叉到泸西执勤的交警，查获了当地人张某无证驾车，张某自以为平时与泸西县交警大队的某领导关系不错，便找其说情。这位领导告诉他："我不好去说，我也不会去说。"弥勒县为某副县长开车的驾驶员，因抢超抢会违章，被绿春交叉执勤人员罚款100元，驾驶员请副县长出面说情，欲要回被罚的钱款，同样遭到拒绝。

交警支队要求交叉执勤人员必须按章办事，执勤中坚持杜绝"人情"案；严禁乱设卡、乱收费和乱罚款；并派出督察组巡回检查工作情况。据不完全统计，4年来交叉执勤避免了"人情案"20多起；查处"三乱"现象10多起；各县市交警互相协作、快速处置事故的能力和效率大为提高。（载于《春城晚报》1997年8月26日）

通报责任事故　倡导文明新风
个旧市人民医院自揭"家丑"

本报讯　8月9日，个旧市人民医院对该院涉及医疗、护理、财务、后勤等工作中出现的6起医疗责任事故和违规违章情况进行了通报批评和相关处罚。

被通报批评和处罚的6起责任事故，是自去年底以来陆续发生的。对此，医院本着慎重、全面、清楚、真实的原则进行了认真调查。现根据调查结果和有关规定，分别视其情节轻重对有关责任人进行通报批评和处罚：对其中1起三级医疗技术事故的责任者，予以"1年内不得外出进修学习、扣发1年超时劳务津贴"的处罚；其科室领导承担连带责任，扣发3个月职务津贴。其他5起事故的直接责任者和主管领导，也分别受到400元至50元不等的经济处罚和通报批评。

据了解，过去该医院很少处罚这类未造成严重后果和影响的责任"小事故"，更不会公开进行处理，认为"家丑不可外扬"。如发生"小事故"，有关责任人在科室等小范围内作一些自我检讨和批评就过了，医院不会进行公开处理和抬出来给"外人"看。时间一长，"小事故"越多，患者及其家属对此反映强烈。

为杜绝"小事故"发生，1993年，医院根据国家有关法规并结合本院工作实际，分别制定了医院工作制度和医院工作人员职责等并汇集成册，发给全院职工学习并要求其认真遵守、执行，这其中，就有自揭"家丑"、公开处理"小事故"的具体规定和要求；同时，加强对全院职工的职业道德教育，从院长、书记、各科室负责人到太平间管理员等都职责明确，严格要求其照章工作、照章管理。1995年，医院在处理1起三级医疗技术事故责任人时，还有个别领导出面说情，要求"下不为例，这次就算了"，但医院坚持按有关规定进行了公开处罚和通报批评。

此后，医院对各科室出现的各种问题，不论大小都不捂不盖，公开"曝光"，公正处理。这种自揭"家丑"的管理，使全院各类大小责任事故年年下降，越来越少。同时，患者和家属对该医院的医护质量、信任度和满意度都不断提升。（载于《春城晚报》1997年8月28日）

红河州首例"神经移植重建皮瓣修补手术"
在个旧获得成功

本报讯　近日，红河哈尼族彝族自治州首例"神经移植重建皮瓣修补手术"在个旧市人民医院获得成功。该院医护人员为电击伤患者鲁某成功施行了"左前臂正中神经移植重建皮肤手术"和"腹部皮瓣移植修补手腕皮肤缺损手术"，避免了病人因伤截肢致残，最大程度地保全了病人今后的生活生存能力。

据了解，这是红河州同类病患中首例成功的手术。（载于《春城晚报》1997年8月28日）

避开滑坡　逐步转移
元阳新城建设5年初具规模

本报讯　曾经屡遭山体滑坡侵害的元阳县城，在国务院和地方各级党委、政府的大力关心和支持帮助下，自1992年以来，开始了大规模开辟新区、重建家园的工作。5年来，新城区建设初具规模，取得了可喜的成就。

元阳县老城区位于哀牢山深处的一座山梁子上，依山而建。1988年9月和1989年2月，县城两次发生历史上罕见的特大山体滑坡，造成重大人畜伤亡和房屋被埋，国家和人民生命财产遭受严重损失。事发后，国家和地方各级政府虽然拨巨款进行了抗灾救灾，但滑坡隐患还是随时威胁着县城数万各族人民群众的生命财产安全。为彻底根治这个问题，1990年，经国务院批准，国家计委对元阳县城建设作出明确批复："控制老城，重点治理；开辟新区，逐步转移。"1991年3月，省城乡规划设计院和元阳县新区建设指挥部制定的《元阳县新城区总体规划文本》确定选址新建新区；新区建设范围包括南沙、赛刀等4个村公所，总面积104.5平方千米。1992年，大规模的新区建设和逐步转移工作正式启动。

5年来，元阳新城区建设克服了在资金、人才、设备等方面存在的诸多困难，取得了令人瞩目的成绩。截至目前，新城区建设共投入资金近1.2亿元；修建防洪堤坝2590米、排污沟6340米；城区建成面积8.7平方千米；建成过境公路4.48千米；修建自来水厂1座及其输水管网8000米；建设35KV输电线路1.4千米；建设1000门容量的数字程控电话并投入使用；变电站一期土建工程完工；县行政办公区及公共建筑已完成2.1万多平方米；居民住宅建设完工1.4万多平方米；2460名群众已从老城区滑坡危险地带转移、搬迁到新城区居住和工作。

现在，元阳县除公、检、法等部门未能全部转移外，县委、县政府及其各职能部门和人员均已顺利转移、搬迁到新城区工作和生活。（载于《春城晚

报》1997 年 9 月 4 日)

海鸥首次飞临锡都

本报讯 8 月 30 日上午,数百只美丽的海鸥从天而降,"光临"个旧金湖。这些"小精灵"的到来,为锡都平添了美景和喜气,市民们争相传告和观赏。

当天上午 8 点 30 分左右,记者闻讯赶到金湖边上。只见约一二百只海鸥聚集在金湖上空展翅飞翔,多数海鸥不降落水面,也很少啄食水面上的漂浮物。几位晨练的老人说,海鸥在早上 6 点 30 分左右就来了,现在最多。临近中午时分,海鸥才渐渐飞走。

环保部门认为,近年来,个旧市下大力气治理环境污染取得明显成效,大气环境质量达到国家标准、生态环境改善是海鸥飞临锡都的首要原因。

据悉,自金湖 1954 年形成 43 年来,海鸥是首次"光临"个旧。(载于《春城晚报》1997 年 9 月 4 日)

控制水土流失　兴建排水工程
元阳治理山体滑坡显成效

本报讯 近日,元阳县老城区棚子外地段实施支砌挡墙、建设排水沟等治理滑坡的工作圆满结束。

1988 年至 1989 年间,建在哀牢山深处一座山梁子上的元阳县老城区突发罕见的特大山体滑坡,造成人畜伤亡、房屋被埋,损失惨重。灾后,各级政府在开辟、建设新城区的同时,采取一系列有效措施治理老城区滑坡,确保在老城区居住百姓的安全。治理分 3 期进行,预计总投资近 2000 万元。第一期治理是 1988 年 12 月间,为应急抢救期,投资 502.5 万元治理了一号、五号、九号 3 个滑坡区;并对危及城区安全的 7 条排水沟做了排水治理。第二期治理是 1993 年 12 月至 1996 年 12 月,投入 208 万元重点治理了三号、十八号滑坡区。第三期为续治工程,从 1997 年 1 月至 1998 年雨季前,预计总投资 900 多万元,工程包括支建滑桩柱、支砌挡土墙和修建排水沟 3 项。目前,已投入治理资金 1802.5 万元。

该县自实施滑坡治理工程以来,彻底根治了一号滑坡区,并种植了树草,实施生物治理,消除了水土流失隐患,美化了环境;实施城区排水和防渗补漏工程,扭转了长期以来雨季期间县城排水不畅、洪水污水遍地、甚至淹没低处房屋的局面；几个危害重、威胁大的滑坡山体初步得到有效控制，增强了各族群众的安全感并使之能够安居乐业。（载于《春城晚报》1997年9月7日）

减肥"使你美" 弄假太不美
个旧消费者用法捍权益

本报讯 8月18日，消费者王某从个旧市消费者委员会得到了"使你美"女子减肥带产品的购货退款100元。这100元退款，是由出租柜台、负有连带责任的市民族贸易公司承付的。

去年八九月间，山西华某实业有限公司生产的"使你美"女子减肥带广告在个旧一些媒体上播放后，爱美的中老年妇女纷纷去市民贸公司出租给销售商的柜台上花165元购买该产品并使用。两个多月后，消费者发现上当受骗。购买者王某说，使用该产品后不但没减肥，还导致小便多、小便急、小便黄和心慌心悸。廖某则说，她使用前腰围2.25市尺，使用后反而长至2.4市尺，体重由61千克增至64.5千克。其他消费者也有类似反应。这种欺骗行为，引起消费者的愤慨。他们联名向市消委会投诉，要求商家赔偿损失。但此时，向民贸公司租赁柜台销售"使你美"的人早已不知去向。上当受骗的消费者多次找到民贸公司和市消委会，要求按照《消费者权益保护法》予以解决。

经过艰难协商，市消委会于今年8月4日终于与民贸公司达成调解协议：由民贸公司赔偿消费者连带责任款每条减肥带100元，投诉期至9月30日止，消费者凭市消委会开具的退款通知单和原所购减肥带到民贸公司办理退款。

至此，这起历时半年多的消费者索赔案，终于划上一个不太圆满的句号。（载于《春城晚报》1997年9月11日）

报告振奋人心 盛会描绘宏图
我省各地州市各族人民喜庆党的十五大胜利召开

本报讯 党的十五大在北京胜利召开的实况通过电波飞向三迤大地的时候，我省各地州市一片欢腾。干部群众纷纷表示，决心团结在以江泽民同志为核心的党中央周围，高举邓小平理论伟大旗帜，把建设有中国特色社会主义事业全面推向21世纪。

9 月 12 日，红河哈尼族彝族自治州州府所在地个旧阳光灿烂，彩旗飘扬。上午 9 时，红河州和个旧市统一组织各级领导和机关干部共同观看了十五大开幕式盛况。开幕式刚结束，州级 5 套班子立即召开了气氛热烈的学习讨论会。大家一致认为，大会确定了高举邓小平理论伟大旗帜，把建设有中国特色社会主义事业全面推向 21 世纪的主题。这一主题是时代的要求，是人民的愿望。江泽民同志的报告鼓舞人心，催人奋进。

大理白族自治州彩旗飘扬。大理市委主要领导表示，党的十五大为我们指明了前进的方向，大理市将抓好十五大精神的学习和贯彻落实，真抓实干，艰苦奋斗，实现州委、州政府提出的到 2000 年把大理市建设成有特色的中等规模城市和区域性经济社会发展中心的目标。

党的十四大以来，临沧地区经济社会发展成就喜人。听完江总书记的报告后，临沧地区行署主要领导说："我们加快边疆民族地区脱贫致富奔小康的信心更足了。"临沧边防武警支队领导说："我们要用十五大精神来武装官兵的头脑，在临沧地区近 300 公里的边防线上筑起钢铁长城，为边疆改革开放事业站好岗、放好哨。"

保山城南亚商场服装一条街变成了群众争相收看十五大开幕式转播的"电视街"。今年 52 岁、已有 20 多年党龄的保山地区供销社门卫赵成学说："没有共产党的领导，就没有今天走向富强的新中国。只有跟党走，才能奔向富裕路。"

生活在怒江傈僳族自治州的傈僳族、怒族、独龙族等各民族干部群众或集体收看电视或收听广播，以无比激动的心情喜庆党的盛会。全省 506 个扶贫攻坚乡之一的泸水县大兴乡，派专人录制了一盘录像带和录音带，准备及时译成傈僳语后到各村寨进行宣传。

党的十五大胜利召开，丽江纳西族自治县县城一片欢腾。在古城光义街，20 多位 60 多岁的老人围坐在一起收看电视转播，70 岁的纳西族老人范金海说："近几年我们古城的变化太大了，党的富民政策使我们安居乐业。"

在文山壮族苗族自治州，各族群众争相收看十五大开幕式。从事装潢业的个体户刘明菊对记者说："江总书记在开幕式上作的报告中特别提到将来允许个体私营经济存在，并鼓励个体私营经济健康发展，我们个体户对社会主义、对共产党、对未来充满信心。"

玉溪市大营街过去穷得叮当响。后来，村集体带领大家发展乡镇企业，搞规模化种养和服务业，经济发展很快、很好。去年，全村农村经济总收入

11.6 亿元，农民人均纯收入达 5339 元，成为"云南第一村"。大营街人都说，是党的政策好，才有农民的好日子。

12 日上午，记者通过电话采访了昭通最贫困的大山包乡，乡党委领导说："听了江总书记的报告，增强了我们边远贫困山区脱贫致富的信心。"

这天，楚雄、曲靖、东川、德宏、西双版纳、思茅、迪庆等地州的各级领导干部和各族群众也收听收看了十五大开幕式的盛况。（与各驻站记者合作，载于《春城晚报》1997 年 9 月 14 日）

少数人非法捕猎
个旧难觅海鸥芳踪

本报讯 本报 9 月 4 日报道了海鸥首次"光临"个旧金湖，表明了个旧金湖治理和环境改善的成效。但遗憾的是，连日来又不见了海鸥的踪影。记者在湖边连续守候了几天，却再也见不到海鸥的影子。

海鸥为什么来去匆匆？原来是有人在非法捕猎海鸥！

市城建部门有关人士告诉记者：在海鸥飞临金湖的那几天里，当地有极少数市民用火药枪打死海鸥后，拿回去做自己餐桌上的"佳肴"。某捕猎者还向人炫耀说："这种天上飞、水上游的海鸥肉，味道确实不同一般。"第一次来金湖"做客"的海鸥受到如此致命遭遇，只得纷纷逃离。

采访中，广大市民对这种在光天化日之下滥杀海鸥的饕餮之徒极为愤怒。家住五一路市政府宿舍的王先生说："希望这些捕猎者有点良知，不要再做伤天害理的事。同时，也希望政府有关职能部门加强监管和打击力度，对捕猎者能有震慑和处罚。"（载于《春城晚报》1997 年 9 月 14 日）

参加一线劳动　了解群众呼声
云锡总医院找回好传统

本报讯 9 月 1 日，云锡总医院党群工作部的 4 位领导来到制剂室，参加为期 1 周的一线劳动。这是自今年 7 月以来，云锡公司总医院采取的一项纠正机关干部工作作风的举措。

近年来，"8 点上班 9 点到，2 张报纸 1 杯茶"成了某些机关干部脱离群众、脱离基层的日常工作写照。云锡总医院领导班子决定改变机关干部的这种工作作风，根据制剂室、功能科等一线科室工作多、人手紧、工作苦的实际，特别决定：由机关 7 个科室的干部，轮流到制剂室等一线科室参加撬瓶盖、洗瓶子、消毒等全部工序的生产劳动；同时，把群众的呼声、要求和意见带回来。

自机关干部参加一线劳动以来，干部们及时了解到了广大医护人员和职工的困难和疾苦。内四科的1名护士到制剂室领输液时见到院领导，三言两语就把自己在分房中的不合理待遇汇报了。事后，医院了解其反映的情况属实，就特别责成有关部门予以纠正。

不少机关干部深有体会地说：到一线参加劳动，能及时了解群众的困难和想法，直接解决问题，搞好干群关系；能直接了解真实的医护、后勤保障等各方面工作情况，制定或完善出客观、合理的管理制度，提高管理工作的成效和水平。据了解，该院将根据一线部门的不同需要，继续把这项好工作坚持开展下去。（载于《春城晚报》1997年9月18日）

高举伟大旗帜　建设富强边疆
我省地州各族干部群众欢庆十五大胜利闭幕

本报讯　当中国共产党第十五次全国代表大会胜利闭幕的喜讯传来时，我省地州各族干部群众无不欢欣鼓舞，热烈祝贺具有重大历史意义的十五大胜利闭幕，并用不同方式道出了这一共同心声。

9月18日，十五大闭幕当晚，记者电话采访了在北京的德宏傣族景颇族自治州州政府主要领导。当问及他当选为中共中央候补委员的感想时，这位领导说："我能当选为中央候补委员，是中央对边疆民族地区的重视、关怀和期望。作为边疆民族地区的代表，在思想上和行动上要同党中央保持一致，更加努力地使党的路线、方针、政策在德宏州得到始终如一的贯彻、执行。"十五大代表、中共德宏州委主要领导在电话采访中说："回到德宏州后，我们要认真组织传达、学习、贯彻十五大精神，把党中央作出的战略部署具体化，把邓小平理论和德宏州的实际紧密结合起来，使党的大政方针在德宏州具体化，努力开创德宏州社会主义现代化建设的新局面。"

当电波把党的十五大闭幕和十五届一中全会在京召开的消息传到怒江峡谷时，傈僳族干部、州委副书记、州政协主要领导说："我们坚决拥护以江泽民同志为核心的新的中央领导集体。我们将认真学习和全面贯彻会议精神，更加坚定地维护各民族团结。"州委副书记、普米族干部和某培说："全州干部群众将按照十五大精神，团结奋进，以更大的热情投入到各项建设中，尽快甩掉怒江贫困的帽子。"

在丽江古城，从厂矿车间、大街小巷，到田间院落，十五大胜利闭幕成了这里人们谈论的中心话题。丽江地区行署主要领导说："在跨世纪的关键时刻，十五大给我们绘下了宏伟蓝图，为党的建设指明了方向，为整个社会的发展进步提供了思想理论武器。"丽江纳西族自治县县委领导表示，丽江各族干部群众更加坚定了坚持走中国特色社会主义道路的信心和决心，干部群众将更加紧密地团结在党中央周围，使边疆民族经济更加发展。

19 日上午，党的十五届一中全会选出的新的中央政治局常委与中外记者见面时，大理白族自治州州委、州政府组织新闻、文化、学校、部队、企业等单位的 30 多名领导一同收看电视，并进行了座谈。州政府主要领导说："十五大确立了以经济建设为中心的目标，我们要进一步解放思想，深化政治体制改革，推进经济体制改革，用实际行动贯彻落实十五大所确立的路线、方针和政策。"州委宣传部领导说："全州各族干部要抓好十五大精神的学习、宣传、贯彻、落实，在全州范围内尽快形成'大学习、大解放、大开放、大发展'的局面。"滇西纺织印染厂党委领导代表全厂 4000 多名职工表示：坚决贯彻十五大精神，加大企业改革力度，再创滇纺厂的辉煌。

红河哈尼族彝族自治州 5 套班子的领导纷纷表示，要紧密团结在以江泽民同志为核心的党中央周围，用邓小平理论和十五大精神指导红河州的改革开放和经济发展，不断发挥红河州的诸多优势，譬如继续加大大锡等有色金属的生产和出口、河口国际口岸的建设、哈尼族彝族风情旅游的开发等，同心同德，团结和带领全州各族人民共同创造红河州更加美好、崭新的明天。

保山地区行署主要领导表示，要带领全区各族人民结合自身实际，进一步解放思想、开拓进取，满怀信心迈向 21 世纪。临沧地区行署主要领导表示，新中央领导集体的产生，反映了全国人民的共同心愿，我们一定要结合边疆少数民族贫困地区的实际，认真完成各项工作，让党中央放心，让省委、省政府放心。

连日来，楚雄、曲靖、玉溪、东川、昭通、思茅、西双版纳、文山、迪庆等地州的各族干部群众也纷纷表示，要在党的十五大精神指引下，在十五届中央委员会的领导下，高举邓小平理论伟大旗帜，坚持党的基本路线不动摇，团结一心，艰苦奋斗，把建设有中国特色社会主义伟大事业全面推向 21 世纪，把祖国西南边疆建设得更加繁荣昌盛。（与各驻站记者合作，载于《春城晚报》1997 年 9 月 22 日）

279

门前三包　整治市容
建水城面貌大改观

　　本报讯　最近，建水县临安镇政府与在辖区内的 3368 家机关单位、3902 户居民签订了"爱国卫生'门前三包'责任制合同书"。该合同书明确约定：这些单位和居民全面负责辖区内的 34 条大小街巷的卫生保洁工作。这是建水县整治市容市貌的又一新举措。

　　近年来，建水城市建设发展较快，新建和改扩建了多条上等级的大街。但"沿街为市、占道经营、垃圾乱倒、车子乱停"等不良情况依然存在，影响了城市面貌和群众的出行。1995 年以来，县委、县政府采取了一系列措施进行综合整治：从公安、卫生、城建等部门抽调人员成立"市容市貌整治办公室"，对不良情况进行整治；对困难大的治理项目从资金、人力、政策等方面给予大力支持等。实施这些举措后，建水市容市貌有了很大改观。

　　现在，又在城区实行卫生"门前三包"责任，并与有关单位、居民签订"卫生'门前三包'责任制合同书"，使居民们自觉维护环境卫生的意识增强了，并有了清扫、保洁自己门前卫生的积极性和行动。太史巷街居委会、东正路居委会、卷洞街居委会等纷纷组织居民们突击清扫卫生死角，清除了很多陈年垃圾。鸡市街 16 号大院住的 6 户人家，原来为清扫公共区域而多次闹矛盾，影响了邻里关系。签订合同后，6 家人按值日时间轮流清扫，邻里关系好了，大院也变得清洁整齐了，生活环境也改善了。（载于《春城晚报》1997 年 9 月 28 日）

装饰钟美化锡都街头
个别人毁坏实在不该

　　本报讯　9 月以来，由烟台塔钟厂提供的 32 套美观大方的装饰广告钟陆续在锡都各主要街道"亮相"，美化了锡都大街，方便了群众计时。但近段时间来，一些装饰钟不断被人砸坏。

　　据了解，个旧是我省继昆明之后第二家把装饰钟"请"上大街的城市，这种被誉为"持久钟表"的装饰钟每套价值约 2 万元。这次被毁坏的装饰钟位于荣禄街口，9 月 15 日早晨有人发现时，装饰钟时针停止在 5 时 40 分，钟面上有机玻璃被砸碎，金属钟架被砸得七歪八倒……城建部门闻讯后，当即派人更换了新钟。新街、人民路等地的装饰钟也有不同程度的毁坏。

市城建部门有关人士就此指出：因为有政府和企业大量资金的投入，才能有这些价值不菲的公益设施逐步"走"上锡都街头，既方便了市民，又美化了市容，更是一个城市文明、进步的体现；因此，我们希望人人都要爱护公益设施，这样做就是爱护我们自己的家园。（载于《春城晚报》1997 年 9 月 30 日）

云锡技校跨入"全国重点技校"行列

本报讯 9 月 29 日，云锡公司技工学校喜获由国家劳动部命名的"全国重点技校"称号，由此，该校跨入了全国 4 所"重点技校"行列，也是目前云南省唯一一所"全国重点技校"。

该校成立于 1953 年，数十年来，学校培养了数以万计的采矿、选矿、冶炼、建筑工程、机械制造、化学工业、制药等多个行业的专业技术工人，为云锡公司及云南省工业企业培养输送了大批专业劳动技术高超的工人，为云南省的工业生产和发展作出了重要贡献。（载于《春城晚报》1997 年 10 月 16 日）

281

层层落实　人人造林
建水"珠防工程"使江山如此多娇

本报讯 不久前，建水县"珠江流域防护林体系工程"示范林之一的小关村 1051 亩基地示范林，经红河哈尼族彝族自治州林业局的检测，其树木成活率达 90%以上，被评为"优质示范林"。

建水处于珠江上游的南盘江流域，是国家实施的"珠江流域防护林体系工程"的重点地区之一，按照有关规划和要求，"珠防工程"在该县的总建设面积为 180 万亩。在"珠防工程"实施前，该县境内沿江流域森林覆盖率低，水土流失严重，自然灾害频繁，给国家和人民生命财产带来很多损失。从 1990 年初开始，建水县委、县政府就积极实施国家"珠防工程"建设要求：成立工程建设领导小组，做好前期准备工作；在全县城乡开展声势浩大的宣传工作，营造舆论氛围；实施县、乡、村三级责任制绿化荒山，要求"一任领导绿化一座荒山"；层层种植示范林，让种树的人照标准要求种树，提高种树的成活率，南庄镇的茶庵坡村、西庄镇的小关村及曲江镇、东山坝乡、甸尾乡等多数乡镇都建立了"珠防工程"示范林基地；一级抓一级，一年一考核，年年见成效。由此，在"珠防工程"正式实施之前，该县已完成造林 13 万亩。

目前，该县通过人工造林、封山育林、飞播造林等多种有效方式，使南盘江流域的森林覆盖率达到了 20%，减少了水土流失和自然灾害的发生，相关地区的生态环境也得到较大改善。（载于《春城晚报》1997 年 10 月 26 日）

民族团结　社会稳定　边境安宁　经济繁荣
红河州喜庆 40 周年华诞

本报个旧专电　昨日，红河哈尼族彝族自治州建州 40 周年庆典活动在州府个旧隆重举行。全国人大常委会、国务院、中共云南省委、省人大常委会、省人民政府、省政协、省军区发来了贺电。中共云南省委书记令狐安出席了庆典。国务院有关部委祝贺团、云南省祝贺团以及各省市自治区的宾客和海外朋友，与来自全州 13 个市县的各族各界代表 4000 多人欢聚一堂，共庆这一节日。

282

40 年来，在党和政府的领导下，全州各族人民在 3.29 万平方千米的土地上，用智慧和勤劳创造了前所未有的辉煌业绩。特别是党的十一届三中全会以来，全州综合实力不断增强，人民生活水平显著提高。1996 年，全州国内生产总值 103.1 亿元，职工人均工资 5080 元，农民人均纯收入 1024元；教育、科技、卫生等各项社会事业长足发展，呈现出民族团结、社会稳定、边境安宁、经济繁荣的喜人局面。

当日上午 9 时，庆祝大会在州民族体育馆开始。会上，国务院祝贺团以及省、州有关领导发表了热情洋溢的祝词。随后，当地各族演员共同演出了大型庆典歌舞《红河放歌》，包括《欢乐的红河》《多情的红河》《奔腾的红河》三个乐章，向观众真实再现了在汉代、在神秘的贲古（个旧）之地，我们的古先人就开始开采大锡的辛勤劳作和日常生活；再现了哀牢山深处的美景、壮观的哈尼梯田、欢乐的彝族烟盒舞、奔放的哈尼族铓鼓舞、柔情的傣族篾帽舞等富有浓郁民族特色的歌舞，表现了 40 年来红河各族人民团结奋进、共同创造的辉煌业绩。

红河州歌舞团、个旧市歌舞团、石屏海菜花艺术团、弥勒阿细跳月艺术团、武警红河边防支队等十多个单位、共 1000 多名专业和业余演员技艺精湛、生动感人的表演，博得来宾和观众阵阵热烈的掌声。

庆祝大会在全体演员、来宾和观众同声颂唱《歌唱祖国》的雄壮、激越的歌声中圆满落幕。（载于《春城晚报》1997 年 11 月 19 日）

个旧发现"梦露蝶"

本报讯 10月29日，个旧云锡老厂采选厂职工李建鹏在老厂锡矿矿山室附近的蒿枝丛中，发现了一只色彩绚丽、花纹奇特的蝴蝶。经有关专业人士辨认，这是一只世界名蝶之一的"梦露蝶"。

"梦露蝶"是由云南民族村蝴蝶馆馆长吴云4年前在西双版纳发现并命名的。这种蝴蝶有4片羽翅，每片羽翅上有5个人头像，头像上的鼻子和嘴成O形，斑纹奇特，色彩艳丽。一些个旧市民告诉记者，他们在当地也经常看到这种蝴蝶。

有关专业人士表示："梦露蝶"也是地球生物链上重要的一环，需要人类加以保护；并呼吁广大群众要有保护意识，不要去乱捕捉"梦露蝶"。（载于《春城晚报》1997年11月19日）

个旧一患者胆管结石600多克
医生巧施妙术全部取出

本报讯 前不久，个旧市人民医院成功为患者谭某华取出肝胆管内的600多克结石。据了解，在小小胆管内有如此大量结石的病例，实属罕见。

今年43岁的谭某华患肝胆管结石已有20多年，为此她曾于1987年做了胆囊切除手术。但术后十年来，肝胆管内的结石仍不断增多、增大，致其疼痛不堪，反复发作，极大影响了其正常的工作和生活。至今年8月入院时，谭某华已被疾病折磨得皮包骨头，体重仅有35千克。入院后，院长何南飞亲自为其主刀，用纤维胆道镜配合微型爆破碎石的先进方法，顺利地为患者取出了肝管和胆总管内大小结石共计600多克。术后，谭某华很快康复出院。

为保险起见，医院近日又为康复后的谭某华做了追踪术后造影检查，证明其肝胆管内的结石无一残留，已全部取出。

目前，谭某华恢复很好，体重已增至46千克。记者采访她时，她高兴地说："何院长的医术太高明了！是人民医院和何院长救了我的命。非常感谢他们！"（载于《春城晚报》1997年11月21日）

中保财产公司个旧营业部开办特殊险种
为售出公房系上"安全带"
让购房户住上"放心房"

本报讯 10月30日，个旧市鸡街镇政府已售出的21套公房的漏水屋顶和风化墙面得到了中保财产公司个旧营业部约 8000 元的修缮赔付费。

建房不如租房，租房不如买房。买房被越来越多的城市工薪族认可和接受。但是房子买了，属于购房户共同使用的公共部位如楼梯、下水道、墙面等出了问题谁管？维修费谁来支付？这些担忧制约了广大工薪族购房的积极性，不解除他们的后顾之忧，城市房改难以顺利进行。

为此，1993 年 9 月，市房改办公室与中保财产公司个旧营业部经多次协商后，由该营业部新开设了两个特殊"险种"："售出公房公共部位保修责任保险"和"城乡居民房屋长效还本保险"。具体办法是：市房改办从实际售房款中按约 10% 的比例户均提取 300 元作为售出公房公共部位保修责任的保险金和 200 元的房屋长效还本保险金缴纳到该营业部。而营业部的责任和义务是：负责已售出公房的屋顶、墙面、楼梯、下水道、化粪池等公共部位维修费的支付，具体支付数额，由该营业部根据保险户的维修申请并经核定后立即支付；房屋长效还本保险则是为购房户在遭受地震、水灾等意外事故时，根据实际情况给予相应的赔付。

这两个新险种的开设，打消了广大购房户的顾虑，为他们住上"放心房"系上了"安全带"，有力推动了个旧市房改工作进程。实施 4 年多来，全市已有 1.3 万多套包括市区和郊区、行政和企事业单位在内的市属直管公房售出。同时，该营业部已为市矿管委、市烈军属工厂、市磷化工总厂等 200 多个单位的 300 多户购房户赔付了公共部位维修费计 70 多万元。

去年 11 月上旬，全国房改工作会在天津召开，"个旧售房模式"得到了国务院房改办公室的肯定，并专门编发了 1 期简报介绍"个旧经验"。现在，驻个旧的云锡公司和州属单位的房改工作也在参照"个旧经验"进行。

（载于《个旧报》1997 年 11 月 25 日）

让"云南第一楼"重现昔日风采
建水整修朝阳楼

本报讯 12 月 4 日，"朝阳楼整修开工典礼"暨捐赠仪式在建水县朝阳楼举行。

建水朝阳楼始建于公元 1389 年，至今已有 600 多年历史。朝阳楼建筑雄伟壮观，结构精巧，被誉为"云南第一楼"。建成 600 多年来，曾多次重修。但时至今日，城楼已比较破旧，梁架塌陷，檩糟椽朽，墙体疏松，砖残瓦缺。为重现城楼昔日风采，建水县委、县政府决定按照"不改变文物原状、修旧如旧"的原则对朝阳楼进行全面整修。同时，按安全要求，新安装相应的消防、供电、给排水、避雷器等安全、配套的设施。另外，还将对城楼下的东门花园进行配套整修。

在为朝阳楼整修的捐资倡议书发出仅一个多月，就收到全县 28 个军民单位和数百名群众的捐款计 37.6 万多元。陈官镇的村民包金彩专程从乡下来到县文体局捐款 1000 元；退休干部李满玉从自己不宽裕的退休金中捐出 1000 元；建水籍在州委、州政府工作的干部们也捐了款。

目前，整修工程已经开始。全部工程预计到明年 9 月完工。到时，"雄镇东南"的朝阳楼，当可重现昔日雄伟壮观的风采。（载于《春城晚报》1997 年 12 月 10 日）

死猪肉岂能食用　防疫站监督烧埋

本报讯　11 月 25 日，个旧市卫生防疫站及时销毁了一批即将进入市场的死猪肉，保护了广大消费者的利益。

当日上午 10 时许，市卫生防疫站接到群众举报：在市区江川巷内的操场上，有一批死猪肉正在加工。防疫站立即会同市兽医站赶到现场处置。经查，这 20 多头死猪是个体养猪户石某拉来的。据石某交代，24 日这些猪陆续生病，发生抽搐、口吐白沫等症状，经兽医诊治无效相继死亡。为减少损失，石某于 25 日早上把这些死猪拉到江川巷，打算加工处理后低价出售，被附近群众发现后举报。经检验，这些死猪死因不明，全部不能食用。有关部门依法没收并立即运到垃圾填埋场烧毁填埋。

卫生防疫部门提醒广大消费者和商家，不要买卖、食用死猪或病猪肉，避免引发疾病，造成二次中毒。（载于《春城晚报》1997 年 12 月 14 日）

学习科普知识　敲开致富门路
石屏 20 万农民学会使用科技"金钥匙"

本报讯　近年来，石屏县广大农民学科技、用科技已蔚然成风，已有 20 万农民学会应用科学技术这把"金钥匙"脱贫致富，其中已有 2000 多户 1 万多人摆脱了贫困，1000 多户近万人开始奔向小康。

该县广大干部群众在科技兴县实践中认识到：只有学习、掌握各种科技实用知识并将其运用于工农业生产和经营等实际工作中，才能脱贫致富奔小康。几年来，县科委共组织开展科普讲座 807 次，4.4 万多人次参加；

举办科普展 48 次，1.3 万多人次参观；放映科普录像 339 次，7.7 万多人次观看；印发科普资料 440 篇共 5.5 万多份，编发科普报 18 种 1673 份；出科普宣传栏 717 期；开展科技咨询服务项目 100 多个，无偿咨询 8.5 万多人次。

为把科技知识转化为生产力，该县还举办了各种科学实用技术培训班 2870 期次，培训总人数超过 20 万人次。1992 年以来，还在全县招收了云南省农村致富技术函授大学学员 848 名，现已结业 400 余名，为农村培养了一大批具有农业实用技术系统知识和技能的专业人才。

同时，县科协还把在种养殖、食品加工、建筑施工和产品销售等方面技能好、经营好、效益好的 1640 户"三好"农户，作为科技示范户来培养；通过他们的试验、示范、带动和传授，来推广新技术、新品种、新工艺、新方法和新产品达 250 项，其中包括颇受好评的优质水稻种植试验示范、柑桔等优质水果高产栽培技术以及把稻、鱼、果、菜、猪等进行良性循环种养殖的高效生态立体农业的示范项目等，大大提高了农村和城镇的土地利用率和产出率，使全县耕地亩产值平均可达到 5000 元，远高于仅种养单一农产品的回报。（载于《春城晚报》1997 年 12 月 15 日；载于《红河日报》1997 年 12 月 16 日）

告别垃圾桶　推行袋装化
个旧保洁员上门收垃圾

本报讯　每天清晨，在个旧市金湖西路、工人村等小区，都能见到专职保洁员忙碌的身影，他们把一袋袋垃圾收集后，整齐堆放在垃圾清运点，等待定时定点垃圾车前来运走。昔日沿街堆放的垃圾桶和随风飘飞的垃圾不见了，取而代之的是干净的街道和整洁的住宅小区。

近年来，个旧市在马路、小区等地放置了数百只垃圾桶装垃圾，影响了交通及市容环境，造成了二次污染。为此，市政府决定，从今年 11 月开始，在建设路、中山路等路段和居民区试行垃圾袋装化管理，采取每月每户收取 4 元有偿服务费的方式，由下岗工人任专职保洁员，每天定时上门收集垃圾并清扫公共走道，随后，将垃圾入袋后放在固定的清运地点，由市环卫处集中清运。

取消垃圾桶、推行垃圾袋装化后，许多居民高兴地说：这样做避免了垃圾二次污染，方便了我们，又使公共走廊等卫生死角得到及时清扫，还解决

了部分下岗职工的再就业，真是一举多得的好事。（载于《春城晚报》1997年12月21日）

个旧市人民医院为患者着想
新楼建成不提价　收费标准公开化

本报讯　个旧市人民医院内科新大楼自11月底投入使用后，住院床位的收费不提价，受到广大患者的赞誉和欢迎。

个旧市人民医院原有的几幢住院大楼均为1952年以来陆续建盖，如今已楼房破旧，设施简陋，光线阴暗。为改善患者就医条件，医院多方筹资1600万元建盖了新内科住院大楼，每间病房都配有卫生间，可洗漱、如厕、洗热水澡等。投入使用后，至今已有内科等6个科室的200多名患者住进新楼。不少患者高兴之余，则担心医院的床位收费标准是否会提得过高而加重自己的经济负担。为解除患者的担心，医院明确规定：新楼收费标准仍与老楼一样，一律不提价。医院还在各科室显著位置粘贴各种收费标准，让患者心里也有一本"明白账"。

一位住院的老同志高兴地告诉记者：以前，老住院楼一层楼只有一个厕所，打吊针想上厕所时，只能自己提着吊瓶去；现在的新楼，每个病房都有配套的卫生间，可以洗澡、如厕、洗衣，对我们病人来说真是方便、卫生多了。新楼的设施条件改善了，水、电的消耗增加了，照理应该提点价，但医院没有提，真正是为我们患者着想啊！（载于《春城晚报》1997年12月24日）

287

4000多外来人员与本地居民同时受训
个旧一居委会开办"文明学校"
首批300多人走进课堂

本报讯　12月13日，由个旧市金湖西路居委会成立的红河哈尼族彝族自治州第1所"外来人员、文明居民培训学校"正式开学。来自四川、通海等地在个旧经商、打工的外来人员和当地居民共300多人成为该校第一批受训学员。

近年来，外地到个旧经商、打工的人员与日俱增，给公安户政部门的监控、管理带来不少困难，极少数不法分子乘机作案，影响社会治安和老百姓的平安。为配合公安部门加强对外来人员和当地居民的管理，金湖西路居委会在今年11月成立了"外来人员、文明居民培训学校"，计划分批对辖区内近千名外来人员和 17 个单位的职工以及 3000 余名居民进行集中统一培训，学习内容包括《治安管理处罚条例》《市民卫生公约》《市民守则》及十五大精神等。学校利用晚上和双休日上课，每季度培训一批。授课教师主要由公安政法部门和居委会的领导担任。从昆明到个旧做家具生意的余波说："离开家乡在外，长期不学习，对相关政策只是零散地知道一些。这次参加学习，掌握了不少知识，对我们工作和生活确实帮助很大。"

据悉，目前个旧市委、市政府已正式发出通知，要求市属各局、各居委会都要逐步成立这样的文明学校，培训相关人员，为民分忧，为政府解难。（载于《春城晚报》1997 年 12 月 30 日）

服务　引导　协调　规范
建水文化市场管而不死活而不乱

本报讯　近日，建水县文化体育管理局组织数十家个体户学习十五大精神和文化市场管理、经营的有关政策法规和制度。学法、懂法、守法经营已成为个体户们求得自身生存和发展的自觉需要，因此，他们对每月一次的学习乐此不疲。

288

文化市场的管理历来是个难题。前几年，建水街头非法音像制品泛滥，各类卡拉 OK 厅扰民滋事，广大市民对此反映强烈。今年初，县文体局会同物价、公安、工商等部门对文化娱乐市场进行了整治：根据《建水县歌舞娱乐场所等级标准》对全县 58 家歌舞娱乐场所进行了 4 个等级的评定，对具备经营条件但不够规范的进行了规范，对不具备经营条件的 3 家予以取缔；对经营音像制品的 42 户商家按国家文化、广电部门要求的"一户一证一点"的特殊行业管理原则进行整顿，有效遏制了"黄色水货"的泛滥；对电子游戏机划定了红运商场等 3 个点为经营范围，实行集中管理。

在整治中，县文体局始终为合法经营者提供服务，引导他们学法、懂法、守法经营，并为经营者协调各种关系，得到了广大经营者的信任和称赞。私营老板王某主动从文体局要来经营"一级歌舞厅"的标准和条件并照此进行装修、经营和管理，生意兴隆。在建水二中附近有一家卡拉 OK 厅影响了学校的正常教学工作，县文体局及时去做耐心细致的说服工作，并重新审批给这家经营户新的经营地点，经营者愉快地进行了搬迁。（载于《红河日报》1997 年 12 月 30 日）

专题系列报道：

个旧96·8洪灾后恢复重建系列报道——

编者按：

　　个旧是我国战略物资——大锡的生产基地，被誉为世界"锡都"。1996年七八月间，锡都遭遇百年不遇的洪涝灾害，金湖水漫金山，造成道路被淹、民宅被毁、工厂停产、商店停业，损失十分惨重。

　　灾后，在各级党委政府的大力支持和关心帮助下，在个旧市委、市政府的团结和带领下，全市各族人民以"团结拼搏，迎难而上，敢于争先，真抓实干"的"锡都精神"，攻坚克难，夜以继日，开始了一系列恢复重建新家园的工作……

　　为此，本报特派出记者对个旧96·8灾后恢复重建的有关工作进行及时的、连续性的追踪报道。从今天开始，将逐步登载相关的新闻内容，以飨读者。

个旧96·8洪灾后恢复重建系列报道之一——

个旧市变压器厂受灾职工喜迁新居

　　本报讯　1997年春节前夕，个旧市变压器厂的45户受灾职工喜迁新居。

　　变压器厂位于金湖南岸，是个旧96·8洪灾的重灾单位之一，职工住宅被洪水浸泡，已成危房。为此，个旧市政府为该厂职工协调、购买了45套安居工程住房安置受灾户，并对受灾户所购救灾房给予了一定经济补助。这一举措不仅解决了受灾户的燃眉之急，更体现了党和政府对灾民的深切关怀。（载于《春城晚报》1997年2月6日）

个旧96·8洪灾后恢复重建系列报道之二——

为不让锡都再遭水患
个旧彻底根治金湖

　　本报讯　全长6千米、总投资1100万元的"个旧金湖环湖截污干管工程"已于1996年12月26日破土动工。它标志着预算总投资为2.1亿多元的金湖综合整治工程拉开了序幕。

　　按照省委、省政府和红河哈尼族彝族自治州州委、州政府关于"根治金湖"的指示和要求，个旧市委、市政府提出了"统一规划、综合整治、分期实施、加快步伐"的方针，将金湖综合整治工程分为"防洪排污根治工程"

和"综合开发利用工程"两期、共 8 个子项目分步实施，工程预算总投资为 21378 万元，全部工期将历时 5 年左右完成。

目前，已动工兴建的第一期"防洪排污根治工程"，包括"环湖截污干管工程""自流防洪排污隧洞工程""污水处理厂工程""防洪水源水库工程"和"金湖淤泥疏挖工程" 5 个单项工程，计划总投资 11148 万元。其中："环湖截污干管工程"已动工，预计今年 6 月竣工；到时，市区的生产、生活污水不再流入、污染金湖，而是进入截污干管输送到"污水处理厂"，处理达标后，排入乍甸河、鸡街河等地用于工农业生产，实现废物利用。"自流防洪排污隧洞工程"按照抗 20 年一遇洪水标准设计，全长 4.4 千米，计划今年 4 月开工，明年 10 月竣工；到时，即使遇到特大洪涝灾害，金湖也不会再"水漫金山"。"污水处理厂工程"已开工，明年 12 月竣工后，日处理污水能力将达到 3.5 万立方米。另外，"防洪水源水库工程"、"金湖淤泥疏挖工程"等项目，也将按计划分步实施。

金湖综合整治第二期"综合开发利用工程"，包括"旧城区雨污分流工程""下游河道整治工程""坡背水库建设工程" 3 个子项目，预计总投资 10230 万元左右。待全部工程完工后，金湖将成为真正造福于民的"金湖"。

（载于《春城晚报》1997 年 2 月 20 日）

个旧 96·8 洪灾后恢复重建系列报道之三——

个旧市有关部门通力协作
救灾安居工程明珠小区建设进展顺利

本报讯 个旧市明珠小区第一期工程自 1997 年 2 月 17 日全面动工以来，在当地政府的大力关心支持和有关设计、建筑施工单位的共同努力下，建设进展顺利。

明珠小区是个旧 96·8 洪灾后救灾房及安居工程建设的主要部分，总占地面积 12.5 公顷，分二期实施。第一期建设工程占地 52 亩，包括建救灾房 3 万平方米共 500 套、安居房 2 万平方米共 300 套，配套建设有商店、幼儿园、医院、文化活动中心和市场等，总投资 4500 万元，计划今年 10 月底完工。

为此，市洪灾房屋恢复重建项目组针对该工程时间紧、任务重、难度大等情况，制定并实施了层层负责、层层包干、层层落实的管理办法，使按过去至少需要半年时间才能完成的前期征地、规划、设计和办理有关手续等多项准备工作，实际仅用了 1 个多月就顺利完成并进入施工阶段。

在施工建设中，又遇到了地基回填土厚、土质松散、地下水位高等意外困难，有关领导和单位立即召开施工现场办公会，在充分听取专家、设计和施工人员综合情况汇报、分析后，决定：将原设计方案中的"人工挖孔灌柱桩"改为"沉管灌柱桩"来施工，虽然造价提高了，但能确保施工质量安全，并使工程得以顺利进行。（载于《春城晚报》1997 年 3 月 16 日）

个旧 96·8 洪灾后恢复重建系列报道之四——
"一室四组"各司其职
锡都灾后重建步伐加快

本报讯 由红河哈尼族彝族自治州政府于 1996 年 10 月 7 日成立的"个旧洪灾恢复重建及金湖综合整治指挥部"运作半年来，各项工作做得有声有色、快速高效，确保了个旧市灾后恢复重建及金湖综合整治工作的顺利进行。

该指挥部下设"一室四组"。"一室"为办公室，主要负责协调、处理恢复重建工作中涉及到的各部门工作及其职责的履行、遇到的各种矛盾和困难问题的解决以及相关的日常工作等。"四组"：一是房屋建设项目组，负责灾后房屋的重建、加固和修复，目前，房屋修复工作已基本完成；加固工程正在紧张施工阶段；重建工程已开工建设 6.8 万平方米。二是城市基础设施重建项目组，负责城市基础设施的重建和兴建，目前，已基本完成建设路的重建；金湖东路的拆迁安置工作已近尾声；其他市政设施修复了道路 2 条、供水设施 2 项及园林绿地和金湖公园等 10 余项工程。三是金湖综合整治项目组，负责金湖的综合整治，其中的环湖截污干管工程已开工，其他 7 个子项目正处于紧张的勘测、设计和部分拆迁等前期准备工作阶段。四是计划财务组，负责重建计划、资金的管理，目前，正按照国家有关的规定和要求，对各项资金使用进行有效的计划、监管和审计。（载于《春城晚报》1997 年 3 月 20 日）

291

个旧 96·8 洪灾后恢复重建系列报道之五——
个旧拆迁扩建金湖东路采取特殊政策
谁组织搬迁 谁有开发权

本报讯 个旧市政府采取"谁组织搬迁、谁有开发权"等特殊政策重建、扩建金湖东路。1997 年 3 月 8 日，大规模拆迁、安置工作已正式开始。

金湖东路全长 2367.8 米，是个旧市区南北方向的主干道之一。原道路总宽 18 米，机动车道宽 8 米，96·8 洪灾期间被洪水浸泡两个多月，导致路基塌陷、路面破损严重，已无法正常使用。同时，公路沿线居民住宅和单位用房也受灾严重，多数已成危房。

灾后，政府拨款 1800 万元对金湖东路进行重建、扩建。该工程拆迁、安置工作涉及面广、数量大、单位多、人员杂，包括：七层楼片区被洪水浸泡成危房的 8 幢住宅和 3 幢商业用房共计 1.27 万平方米及其住户 287 户；三家寨片区 22 户农户计 3879 平方米住房；云锡总医院片区 104 户计 9800 多平方米住房。以上涉及的民用住房和商业用房总计有 2.63 万多平方米需要拆迁、重建、安置；另有沿途各种管线的拆除、重建安装等工作需要处置，问题很多，困难很大。

为有效改扩建好金湖东路以及妥善安置好拆迁户，避免影响社会稳定的因素产生，市委、市政府经慎重研究，决定采取"谁组织搬迁、谁有开发权"等鼓励综合开发的特殊政策开展这项工作。

292

目前，负责各片区拆迁、开发、建设、安置等工作的单位分别是：个旧市房地产公司负责七层楼一片，锡城镇房地产公司负责三家寨一片，云锡公司负责云锡总医院和紫竹园小区一片。

据了解，改扩建完成后的金湖东路宽 25 米，其中混合车道宽 15 米、两边人行道宽各 5 米，成为标准、宽敞的城市道路，能极大改善个旧市区的交通条件。（载于《春城日报》1997 年 3 月 25 日）

个旧 96·8 洪灾后恢复重建系列报道之六——

个旧建设路改扩建工程竣工
进入市区道路通畅了

本报讯 1997 年 3 月 30 日，个旧市灾后重建道路之一的建设路改扩建工程顺利竣工，结束了长期以来这条道路交通阻塞的状况。

建设路是进入个旧市区南北向的主干道，南到七层楼，北到八号洞，建于 1950 年代，使用了 40 多年，路面损坏严重，无供排水设施。96·8 洪灾后，损毁更加严重，已无法正常使用。市政府将其列为灾后重建的 3 条主干道之一，于 1996 年 9 月 5 日正式动工扩建，总投资 2000 万元。

竣工后的建设路，全长 2414 米、宽 32 米，有双向 4 车道及人行道，1.5 米宽的绿化带将机动车与非机动车道隔离，保证了进入市区的行人、机动车、非机动车各行其道，畅通无阻。（载于《春城晚报》1997 年 4 月 1 日）

个旧 96·8 洪灾后恢复重建系列报道之七——

道路平　湖水清　市容新
锡都临街建筑物整饰工作启动

本报讯　1997 年 4 月 16 日，个旧市政府召开"迎州庆临街建筑物整饰工作会"，对洪灾后及正在恢复重建中的个旧市区建筑物的整饰工作进行了具体部署和安排。

今年 11 月 18 日，将是红河哈尼族彝族自治州成立 40 周年的喜庆日子，个旧是州府所在地，州、市政府要求各有关单位要以"道路平、湖水清、市容新"来迎接州庆。这次整饰工作的原则是"突出重点，保证一般"，形成"一街一景"。整饰对象是：市区主要街道两侧的建筑物；金湖环湖建筑；金湖东、西、南三路沿街的建筑；人民路、建设路等路段两侧建筑物；相应的交通路牌、环卫设施等；整饰建筑物总面积约 8 万平方米。（载于《春城晚报》1997 年 4 月 27 日）

个旧 96·8 洪灾后恢复重建系列报道之八——

为加快 96·8 灾后重建步伐
个旧首宗国有土地拍卖响槌

本报讯　1997 年 5 月 20 日，个旧市首宗国有土地公开拍卖，市汽车客运站 4.37 亩旧址，被市房地产开发经营公司以 726 万元买定。

此次拍卖活动由市土地管理局批准、云南辰星物业有限拍卖公司主持。参加竞买的有中房个旧公司、市房地产开发公司等 6 家单位，拍卖紧张激烈，竞价不断攀升，最终以 726 万元成交，市房地产开发公司与市土地管理局当场签订了 50 年的土地使用出让合同书并办理了有关法律手续。

据悉，拍卖的这块土地今后的用途，主要是以建设受灾户搬迁安置房为主，兼顾开发、提升这一片区的城市化功能和水平。又因为是个旧首宗国有土地公开拍卖，市委、市政府对此极为重视，对拍卖竞得者进行开发建设给予了相关的优惠政策。（载于《春城晚报》1997 年 6 月 5 日）

293

个旧 96·8 洪灾后恢复重建系列报道之九——

控制水位 疏浚大沟 调运物资
个旧确保金湖安全度汛

本报讯 遭受 96·8 特大洪灾后的个旧市，在 1997 年汛期到来之前，及早采取措施做好防洪工作，确保金湖安全度汛。

去年 8 月，山洪暴雨袭击个旧，使金湖湖水暴涨，淹没个旧城区主要街道和周边房屋达 1 个多月，损失惨重。为吸取教训，个旧市政府在今年汛期到来之前，就及早与拥有金湖管理权的云锡公司协商，共同制定安全度汛计划，提出并实施城市防洪泄洪措施：

一是抓金湖水位的控制，城区几个排洪泵站正在加固维护，力争使排洪能力达到 30 多万立方米；二是抓紧"环湖截污干管工程"的施工建设进度；三是投入 30 万元，对担负着金湖主要泄洪任务的乍甸河、鸡街河、沙甸河及其他排洪大沟进行清淤除障，提高其排洪、泄洪能力，目前，仅鸡街河就清除泥沙 3 万多立方米，河水流量从原来的 1.5 个增加到 5 个；四是供销部门积极组织防汛、抗洪物资，确保汛期物资供应。

但喜中有忧的是，目前金湖的管理和调度权限仍在云锡公司，相关关系至今尚未理顺。个旧市政府对金湖的依法管理、治理、建设和科学利用等尚存在许多困难。（载于《春城晚报》1997 年 6 月 10 日）

个旧 96·8 洪灾后恢复重建系列报道之十——

遭受 96·8 洪灾的个旧市，在省州的关心支持帮助下，正积极开展恢复重建——
锡都"十大工程"绘美景

96·8 洪灾使个旧市区被淹 1 个多月，工农业生产及城市设施严重受损，直接经济损失数亿元。1996 年 10 月，在省、州政府的大力关心、支持和帮助下，个旧开始集中实施了有史以来建设项目最多、工期最紧、为恢复并提升城市功能而进行的综合性的"十大工程"建设。

"十大工程"包括：综合根治金湖总项目之一的环湖截污干管工程、明珠小区救灾安居工程、市客运中心搬迁重建工程、老阴山索道建设工程、个（旧）金（平）过境公路改造工程、人民医院外科住院部大楼建设工程、绿春小学教学楼建设工程、朝阳天桥建设工程、建设路改扩建工程和金湖东路改扩建工程。市政府要求这些工程必须在今年 10 月完成，让锡都以崭新面貌迎接红河哈尼族彝族自治州建州 40 周年大庆。

目前，"十大工程"建设进展顺利：投资 2000 万元的建设路改扩建工程已全部完工，成为第一个画上圆满句号的工程；投资 400 万元的朝阳天桥已建盖到桥面，不日即可竣工；明珠小区一期工程 26 幢房屋基础工程全部完工，已进入承台及上部施工；人民医院 19 层的外科住院部大楼已屋面断水；绿春小学教学楼建设已进入外墙装饰阶段，可在 9 月份新学年开学之际投入使用；老阴山索道工程的安装索道、山顶观景长廊施工在即，计划 10 月 1 日试车运行。

但是，"十大工程"在具体建设中也遇到许多困难：环湖截污干管工程的东、西、南、北 4 线因淤泥深积、软滑等复杂地质情况，导致返工、返时率高，协调各方关系和技术攻关工作仍然艰巨；金湖东路改扩建工程因住户搬迁人多、面广、量大，思想工作难做；个-金过境公路改造施工难度大；市汽车客运中心站施工资金、材料不能按时到位等。

尽管困难重重，但市委、市政府领导仍充满信心地表示：各有关单位和职能部门都在积极组织力量打好这场攻坚战，"十大工程"可按计划完成。据了解，除已完成的建设路改扩建工程外，其余九大工程建设已进入"倒计时"阶段，各有关单位正在抓紧组织力量昼夜施工、辛勤奋战。

市政府领导还欣喜地告诉记者：待各项工程逐步完成时，数百户受灾居民能够搬入明珠小区新居，可极大地改善住房条件；客运中心将结束乘客候车无处去、发车位相互挤占产生纠纷的状况；人民医院外科住院部大楼投入使用，可结束患者原来只能在受灾的危房走廊上放置病床住院治疗的困境；绿春小学的孩子们不用再挤在受灾的危房里提心吊胆的读书和学习；金湖综合整治完成后，金湖及周边将变成一个美丽的城市水上公园；老阴山索道工程为百姓休闲又添了好去处；个-金过境公路将改变公路"瓶颈"对个旧市作为红河经济带中心地位的制约……总之，那时的锡都，将变得比灾前更美好！（载于《春城晚报》1997 年 6 月 26 日）

个旧 96·8 洪灾后恢复重建系列报道之十一——

连日暴雨 个旧金湖环湖截污工程受阻
齐心协力 创造条件战胜困难

本报讯 进入 1997 年 7 月以来，个旧几乎每天都有暴雨，降雨量大幅度增加，使原本就因金湖水位太高而难以施工的环湖截污干管建设工程，面临更多、更大的困难。

7月6日至15日，记者数次冒雨来到金湖环湖截污干管工程施工现场，看到全线已完工的直径1米、长4000多米的截污干管管道，被水淹了三分之二；已砌好的沉沙池、检查井内积满污水和泥沙；东、西两线数百米长的挡墙基础全部被淹没，水面高出基础顶面45厘米，正常的施工被迫停止。

为克服这些困难，红河哈尼族彝族自治州和个旧市有关领导多次亲临现场指导，召开紧急会议研究，在听取各方意见、建议后，及时制定了切实可行的解决措施：一是已加固、维修好的排洪泵站，要抓紧排洪，尽可能将1683.93米的标高水位降至1680米左右，以满足正常施工需要；二是已修建的沉沙池、检查井等，要采取用毛石充填挡墙基础、提高围堰的方法，将湖水相对分隔在外；三是抢时间施工挡墙基础上的游览人行道，人行道修起来，隔断了湖水，自然就不会淹没沉沙池、检查井等设施；四是因施工条件困难，劳动力走失，要及时筹措资金，保证工人当日的工资当日兑现。

市政府有关领导表示，尽管整个工程困难很大，但在省、州政府的重视及有关单位的大力支持和共同努力下，我们有信心、有能力建好这个工程，造福个旧人民。（载于《春城晚报》1997年7月22日）

个旧96·8洪灾后恢复重建系列报道之十二——

监督城建规划 保护市政设施
个旧城建监察"保驾"城市发展

本报讯 1997年10月6日，个旧市城建监察大队在执行公务中，发现地处杨家田水库附近的红河哈尼族彝族自治州供销干校计划新建的房屋将影响到水库坝体的稳固和安全时，果断依法予以制止。

监察大队负责人告诉记者："杨家田水库负责供给个旧市区约20万人口的生活饮用水，决不能有什么闪失。"成立于1985年的城建监察大队，担负着个旧的城建规划、市政设施和园林绿化等方面的监督、监察工作。由于个旧市区面积狭小、城建规划滞后，违法违章建筑较多，开展监察工作十分困难。但规划中队与市规划处不厌其烦，多次主动上门对有关单位和个人进行宣传、解释、引导和说服，使大多数单位和个人都如期办理了规划登记和审批手续。在开通冶炼路和拆除金湖东路压占防洪沟的违章建筑中，监察大队因认真细致、工作到家，一周内即拆除了占道房屋1300平方米、压占防洪沟建筑200多平方米，保障了道路畅通。监察大队还与中房、市房两公司联合，成立了房管监察中队，清理、整顿小区内被占用的绿地；拆除违法搭建房屋、棚户；整顿占道经营摊点，使小区面貌焕然一新。

此外，绿化监察中队和市容监察中队对损坏城市绿化设施及有碍市容市貌的行为予以查处或纠正。很多市民都说：锡都变得干净整齐、出入有序，有城建监察大队的一大份功劳和苦劳。（载于《春城晚报》1997 年 10 月 12 日）

个旧 96·8 洪灾后恢复重建系列报道之十三——

有偿广告　首次登上锡都市政设施

本报讯　1997 年 10 月中旬，个旧新景广告公司出资 60 多万元制作的数十只果皮箱以及由烟台塔钟厂提供的价值 60 多万元的数十套装饰大钟在锡都街头"亮相"。这是个旧市首次有偿转让市政设施上的广告使用权。

近年来，个旧市区各街道设置的 250 只果皮箱因设置时间太长而破旧不堪。但一年多来，个旧市政府忙于灾后恢复重建工作，资金相当困难，无力对其进行更新。为此，市环卫处于今年 4 月与新景广告公司签订了设置果皮箱（附广告牌）的合同，规定：由该公司对市区人民路等 6 条主要大街上的果皮箱逐步作全部更换；每间隔 30—50 米设置一个；箱架由新型不锈钢材制成；该公司拥有箱体上方广告牌 15 年的使用权；果皮箱的日常维修、保洁、保护则由市环卫处负责。同时，市城建局还与烟台塔钟厂签订合同，规定：由塔钟厂提供 32 套不锈钢架的装饰大钟，安置在人民路、中山路和金湖东、西、南三路等主要大街上；而该厂则拥有钟体下方广告牌十年的发行权。

目前，一些企业已购买了果皮箱和装饰大钟广告牌上的广告使用权；各种设计漂亮新颖、内容丰富的商家广告将陆续登场。（载于《春城晚报》1997 年 10 月 21 日）

297

个旧 96·8 洪灾后恢复重建系列报道之十四——

穿衣戴帽　乔装打扮
个旧金湖建成环湖水上公园

本报讯　1997 年 10 月 22 日，总投资约 3000 万元、集治理金湖和休闲娱乐为一体的个旧金湖环湖水上公园建成。昔日淤泥、杂草、乱石遍地的湖堤，如今变成一座杨柳依依、山水景色优美、功能完备的城市公园。

该环湖公园是在治理金湖的环湖截污干管工程上面顺着总长 4200 多米、平均宽度约 10 米的湖堤而修建的，在湖堤边上修建了 4000 多米的天然白色石栏杆，湖堤上铺砌了漂亮的花砖，安装了 220 盏庭院灯，种植了 1.6 万多平方米的绿草坪、数千株高山榕、杨柳和棕榈，安置了健身器材和休闲桌椅供游人健身、休息。

同时，在金湖北面，修建了轮船造型的排污排洪泵站房，甲板、旋转而上的楼梯以及挂在"船"边蓝色的"救生圈"，将泵站房装点成金湖公园中有机融合的美丽风景。在金湖东北面，新建了6亩绿地公园，结束了七层楼一带市民无公园可去的历史。在金湖西面，修建了占地800多平方米，集观景、餐饮、游乐为一体的西码头公园。在金湖东面的游览道上，96·8抗洪纪念碑在建设中。

此外，在金湖水中西南侧还专门保留了一片水中沼泽地，供飞临锡都的海鸥等鸟类栖息，游人可隔水观看海鸥倩影。（载于《春城晚报》1997年10月26日）

个旧96·8洪灾后恢复重建系列报道之十五——

恢复重建梦圆　锡都面貌一新

本报讯　截至1997年11月12日，锡都96·8灾后恢复重建工程大部分告竣。个旧人仅用一年多时间，就实现了"把锡都建设得比灾前更美好"的愿望。

1996年8月，锡都遭遇40年未遇的特大洪灾，造成道路被毁、房屋被淹、工厂停工、农田被冲，数万群众受灾，损失极为惨重。灾后，个旧克服重重困难，开始了举步维艰、重建家园的系列工程建设。

经过社会各界的共同努力和团结拼搏，截至今年10月底，总投资近6000万元、总长10多千米、包括建设路在内的10条国家标准的城市道路以及集商贸、路、桥为一体的朝阳天桥已全部通车；投资1300万元兴建的市汽车客运中心竣工投入使用，日客运量达万余人次；投资1600万元兴建的老阴山索道和山顶观景长廊现开始接待游客；投资7000万元建设的、安置受灾户的明珠小区一期工程顺利完成，首批百余户灾民喜迁新居；作为重灾区之一的市人民医院和绿春小学，分别新建了内科住院部大楼和教学大楼并于11月中旬投入使用；集治理金湖和休闲娱乐为一体的金湖环湖水上公园开始向市民开放。

此外，全市数百幢遭洪水侵袭的房屋及临街建筑物的修复、加固及整饰工程也已全部完工。锡都面貌焕然一新。（载于《春城晚报》1997年11月27日）

个旧 96·8 洪灾后恢复重建系列报道之十六——

锡都人惜别"七层楼"

定向爆破成功　原址将建高楼

本报讯　曾经是红河哈尼族彝族自治州城市标志性建筑的个旧市区的"七层楼",在 1998 年 1 月 20 日凌晨 6 时的定向爆破中彻底消失。前几天就闻讯的数千市民,此时冒着凛冽的寒风早早地赶到附近的"安全地带",向这座历经 40 多年风雨、在锡都人工作和生活中发挥过重要商业作用的"七层楼"依依惜别。

"七层楼"是过去个旧市区的北大门,建于 1950 年代中后期,为当时在个旧云锡公司工作的苏联专家专门设计,其建筑具有俄罗斯风格,总高 7 层,楼顶上建有一个巨大的红色五角星;该楼是当时红河州最高、最好的标志性建筑;也是个旧的商业中心之一,曾为个旧地区经济社会发展作出过重要贡献。这一带也因这座建筑而得名。那时的个旧人,对"七层楼"充满感情,特别是对耸立在楼顶上苏联元素的"红色大五角星"和具有俄罗斯风格的高大的圆拱形门窗,记忆深刻。

然而,随着岁月流逝,"七层楼"已内外破损严重,在 96·8 洪灾中又被洪水长时间浸泡成"危楼",致其无法正常使用。如重新整修,需要投巨资却又不能充分发挥其"黄金地段"的"黄金价值"。经个旧市委、市政府向社会各界多方征求意见和协商后,决定对其进行拆除。楼内 10 多个单位、200 多户在此度过大半生的老居民依依惜别"七层楼"。省鹏程特种爆破工程处成功实施了这次定向爆破。爆破对周围建筑和居民生活均未产生任何不良影响。

据悉,"七层楼"地块已被红河州电信局"相中"。在此废墟上,将建成 1 座高 21 层的电讯枢纽大楼,仍然是能够代表红河州和个旧市城市形象的现代化建筑。(载于《春城晚报》1998 年 2 月 1 日)

个旧 96·8 洪灾后恢复重建系列报道之十七——

个旧做好金湖度汛准备

确保街道不被水淹

本报讯　进入 1998 年 5 月以来,个旧市疏挖金湖淤泥的工程正紧锣密鼓地进行。这既是根治金湖的系统工程之一,更是确保今年金湖安全度汛的举措之一。

今年该市防洪工作的重点是确保金湖和八号洞的调节水池安全度汛。具体措施是：全面整修、疏通城市防洪设施，确保市区几个水库坝塘的安全；杜绝周边尾矿进入金湖淤塞防洪沟道，确保防洪沟道畅通；落实防洪责任制度、值班制度和报告制度，做到任务具体、明确；雨季期间尽量减少金湖的进水量。

"确保雨季房屋不倒不塌，无人员伤亡；确保城市街道畅通，力争城区街道不被水淹。"这是今年个旧市提出的防洪工作目标。（载于《春城晚报》1998年5月28日）

个旧96·8洪灾后恢复重建系列报道之十八——

新旧泵站同"上岗" 布置防洪"责任田" 截污工程显威力
锡都：今年拒绝"96·8"
金湖防洪能力增强 暴雨亦难兴风作浪

本报讯 时隔两年，96·8洪灾给个旧市38万人民造成的劫难仍记忆犹新，洪灾"水漫金山"，致使城市交通阻断，工农业生产和国家人民财产遭受严重损失。而如今面对1998年入夏以来的连绵大雨，人们却看不到一点洪灾的迹象，金湖平静美丽，沿湖边的东、西、南主干道畅通繁华，车水马龙。究其原因，是金湖经过灾后全面、综合的治理，防洪、泄洪能力大为增强。市民们欣慰地说：锡都，告别洪灾了！

四面环山的个旧在经历了那场洪灾后，红河哈尼族彝族自治州政府和个旧市政府对全市的防洪、抗洪工作极为重视，成为州长和市长直管的"领导工程"。据了解，个旧城市防洪有两个重点：一是对金湖水位的控制；二是对尾矿库坝的监控。

市防洪办加强与云锡公司城防办的联系，坚持定期会商制度，经常就防洪工作和措施交换意见并达成共识。市政府和云锡公司还共同投资改造旧泵站，修建新泵站，目前，已建成位于金湖北边和市区北部八号洞的1号、2车新泵站，并投入18台新设备，日提升水能力由原来的17万立方米增至63万立方米。今年初，又检修了全部设备和设施，状态良好，可随时投入运行。

今年4月，市政府向全市18个机关企事业单位下达了《城市防洪目标责任书》，向不同区域的23个单位和部门布置了防洪"责任田"，做到"段段有落实，家家有措施"。自6月1日起，市防洪办安排人员24小时全天候值班，严密监控全市汛情；州长、市长随时了解防洪情况。自7月1日起，市防洪办编发《个旧城市防洪日报》，对日降雨量、金湖水位等进行及时监测和通报，为防洪工作提供科学有效的决策依据。

根治金湖水患的第一期环湖截污干管工程，已于1997年11月竣工投入使用，增强了金湖的排洪、泄洪能力。第二期排洪隧洞工程已于今年4月动工，预计明年5月竣工，在雨季到来前投入使用，届时，金湖的排洪、泄洪能力将更加大为增强。

市防洪办领导告诉记者，在7月1日至9月30日的主汛期内，金湖防洪一刻也不能松懈，常规水位严格控制在1687.5米以下，比全市道路最低点低出0.87米，能切实保证城市道路不被水淹、畅通无阻；如发生单点暴雨使局部被淹，市政公司已组织了专业抢险队伍，保证能随时排除险情。总之，我们的防洪目标是不让96·8洪灾重演，对此我们有信心、也有能力做到。（载于《春城晚报》1998年7月19日）

个旧96·8洪灾后恢复重建系列报道之十九——

路灯彩灯"长夜不眠"
个旧市民一路好走

本报讯 96·8灾后恢复重建后，个旧成为滇南的"不夜城"，3200多盏造型各异的漂亮路灯和5000串"满天星"彩灯，"长夜不眠"地装扮着这个美丽的山水城市，恪尽职守，让市民一路好走。

路灯亮是方便全市老百姓生活的大事。为此，市政府近年来先后投资500多万元，对全市路灯的线路、灯杆和灯具等进行更新换代。属国内领先水平的、节能的金属钠灯，也亮相个旧街头。这些照明度强、节能省电的"光明使者"，合理地分布在全市20条主要街道和30条纵横交错的小街小巷中。同时，在建筑物上实施"夜景灯光工程"；又在金湖南路、中山路等大街的行道树上挂起了5000串彩灯，许多市民举家相约到街上欣赏美丽的夜景。市路灯队加强对路灯和彩灯的管护，工作人员都经过严格的专业培训；每天夜里有专人值班巡查，一旦出现问题24小时内必须解决。投资55万元购买的3辆路灯高空作业车和抢修车，更使路灯队的工作如虎添翼。多年来，全市路灯亮灯率达98%，超过了建设部颁布的95%的标准。

"长明灯"为广大市民提供了安全、良好的行路环境，促进了社会稳定。刚参加完高考的王晓英同学说："我中学上了6年的晚自习，是这明亮的街灯给了我安全感，也免去了父母的接送之苦。"在火车站摆夜市烧烤摊的李萍女士说："每天凌晨收摊回家时，走在静静的街道上，尽管很疲倦了，但是有明亮的路灯照着，让人感到温暖又安全。"(载于《春城晚报》1998年7月26日）

个旧96·8洪灾后恢复重建系列报道之二十——
2000年后锡都啥模样?
个旧完成新世纪城市"形象设计"
城市中心在大屯，鸡街为工业区，发展以工业和旅游业为主

本报讯　在新世纪即将到来之际，个旧作为举世闻名的锡都将是啥模样? 1998年6月底，在昆明评审通过的"个旧城市建设总体规划"为锡都在新世纪的城市建设和发展作了一番"形象设计"。

据了解，21世纪个旧城市发展的模式是由"个旧市区-鸡街镇-大屯镇"组成"三片块状组团式"的结构：城市中心在大屯——同时也是科技工业园；鸡街为工业区，个旧市老城区的工业生产企业将逐步改造、拆并、搬迁到鸡街工业区发展；老城区（即市区）将改变为商贸旅游度假区，同时要加强城市绿化用地和商业用地开发建设。这一发展模式将使个旧市成为昆河经济带和红河经济带的交叉口，形成"个（旧）-开（远）-蒙（自）"城市群的中心城市，并形成50万总人口的城市。

在工业建设上，随着锡资源的匮乏和更替，要变锡冶金"一条腿"走路为冶金、化工、机电、建材、生物制药为主的"多条腿"走路；要吸引外资加快对霞石的开发。在旅游开发上，根据个旧独有的"锡文化"资源——锡的采选冶炼的生产方式方法和工艺、锡工艺品的制作和寸轨小火车等，以及四季如春、最适宜于人居住的气候环境和观赏性很强的高山深谷、热带雨林等，开发出以个旧"锡文化"、"独特山水资源"和"热带雨林"等为核心的有色工矿旅游业。对新、老城区建设，专家建议用"高密度"开发模式，避免大量占用土地。

评审会后，个旧市市长苏维凡充满信心地说："依据这个规划来操作和建设，2000年后的个旧，在红河经济带、昆河经济带以及滇南边境贸易发展中的带动作用，将会进一步凸显出来。同时，'锡都'的知名度也是一个品牌和一笔无形的财富。市委、市政府有信心、有能力团结和带领全市各族人民，把个旧建设成为红河州城市经济和工业发展的'龙头'，建设成为云

南省最大的旅游度假区，建设成为滇南地区经济最强、城市最美、辐射带动作用最大的现代化城市，建设成为我省打开南门、走向亚太的重要通道。"

（载于《春城晚报》1998 年 7 月 31 日）

个旧 96·8 洪灾后恢复重建系列报道之二十一——

个旧云锡总医院受灾户喜迁新居

本报讯 1998 年 11 月中旬以来，在个旧 96·8 洪灾中遭受洪水侵袭的云锡公司总医院的 55 户受灾户，陆续迁入新建成的云锡紫竹园住宅小区 A 组团的新居。另有 89 户集资户同期乔迁。

在洪灾中，位于金湖东路南段的云锡公司总医院职工住宅区遭受洪水侵袭。灾后，云锡公司开始兴建紫竹园小区。按照国家有关房改政策，由各方集资 963.4 万多元，按照安居工程标准建盖了 3 幢总建筑面积为 9595 平方米、可容纳 144 户职工居住的住宅楼。目前，该小区一期工程 A 组团已竣工投入使用。

刚刚迁入新居的受灾户马宁高兴地告诉记者："我们虽然受灾了，但有国家的关心和帮助，我们一家三代五口人终于住上了宽敞明亮、设施配套的新房，圆了几代人安居乐业的好梦想。"（与陈开良合作,载于《春城晚报》1998 年 11 月 23 日）

个旧 96·8 洪灾后恢复重建系列报道之二十二——

个旧 2 万军民义务疏挖金湖淤泥

本报讯 1999 年 3 月 22 日至 28 日，个旧市 2 万多军民开展了义务治理金湖、疏挖底泥的活动。

近年来，由于种种原因，地处个旧市区的金湖湖底淤泥不断增多，金湖库容水量由原设计的 550 万立方米降至目前的不足 389 万立方米，影响排洪能力；并且水质变坏，影响了个旧的环境质量。红河哈尼族彝族自治州政府和个旧市政府对此高度重视，组织州、市机关和云锡公司等企事业单位工作人员、驻个部队、武警官兵、个体私营者以及中小学生约 2 万人次，在金湖东边的抗洪纪念广场、西边的 3 号沉沙池、南边的怀源芳圃等地义务疏挖金湖底泥；附近一些居民闻讯后也自带工具，主动加入到义务劳动的队伍中。这次劳动，共疏挖底泥 4000 多立方米。

红河州、个旧市和云锡公司的领导参加了义务劳动，并就如何更好地治

303

理金湖进行了现场调研。（载于《春城晚报》1999 年 4 月 10 日）

个旧 96·8 洪灾后恢复重建系列报道之二十三——

突出绿色生态主题 提升城市服务功能
个旧实施"十大精品工程"

本报讯 1999 年以来，为不断改善城市生态环境、继续提高城市服务功能，个旧市正在抓紧组织实施生态建设的"十大精品工程"。据悉，这些工程中的大部分目前正在紧张建设中，力争在 2000 年完工，迎接 2001 年个旧建市 50 周年大庆。

"十大精品工程"包括：根据个旧四面环山的特点而实施的阴山、阳山面山绿化工程；在金湖东路沙坝兴建 1 个占地 8.5 万平方米的金湖文化广场；实施以"锡文化"为主题的城市雕塑群工程；实施大桥老城片区改造工程，修建一条现代化的商业仿古步行街；继续实施绿海小区、紫竹园小区等住宅小区建设；兴建红河州邮电大楼工程；兴建四星级宾馆"世纪广场酒店"；兴建人民医院外科大楼和中医院综合医疗大楼；在个旧北大门八号洞处兴建绿地休闲广场；实施省道鸡（街）-那（法）过境公路二期改扩建工程。（载于《春城晚报》1999 年 7 月 27 日）

个旧 96·8 洪灾后恢复重建系列报道之二十四——

锡都长短结合防大汛

本报讯 1999 年盛夏的锡都，在屡遭暴雨袭击之际，个旧市不断加强防洪防汛工作，确保锡都安全度汛。

截至 7 月下旬，全市今年已降暴雨近 700 毫米，占年平均降雨量的 60% 以上。金湖水位标高已达 1688.16 米，超出警戒水位 8.16 米。为此，市防洪防汛部门采取了近期远期、长短结合等措施防洪防汛。

近期措施是：截断市区周围高海拔的矿山、水库排入金湖的水量，实行高水高排、低水快排；将白云水沟的水直接排入乍甸河等地，不再排入金湖；保证金湖泵站全天候正常运行泵水；市防洪办公室每天 24 小时有专人值班，密切监视、上报汛情；组织人员及时清掏、疏通防洪沟道；组织抢险队伍，配足抢险物资，随时待命抢险。

远期措施是：继续加大对城市排水设施的改造、建设力度；继续加快防洪排污隧洞的施工建设进度；依法对全市压在防洪沟盖板上的违章建筑物进行整体拆迁，依法保护排洪设施。

目前，尽管暴雨不断，但锡都的工农业生产和市民的生活均正常进行。采访中，很多市民高兴地说：有了市委、市政府这些年举全力恢复重建，并大力兴建、改善市政设施和综合治理金湖，96·8洪灾不会再有了，我们老百姓也能够安居乐业了！（载于《春城晚报》1999年7月30日）

个旧96·8洪灾后恢复重建系列报道之二十五——

个旧金湖治理进入攻坚阶段

"荷兰手" 露一手

本报讯 2000年5月下旬，由荷兰进口的淤泥挖掘机在个旧市金湖正式下水，开始疏挖湖底淤泥。至此，金湖综合治理已进入攻坚阶段。

金湖蓄水量337万立方米，湖水最深处11米。个旧也由此成为一个"城在山中、湖在城中、依山临水、气候宜人"的美丽城市。但随着生产和生活污水的不断流入，金湖水质不断恶化。96·8洪灾后，市委、市政府提出了"综合治理，造福人民"的目标，并请有关专家制定了综合、彻底根治金湖的科学方案。据此，经过几年的不懈努力，目前，环湖截污干管和排洪泄洪隧洞工程已基本完成，污水处理厂也即将动工兴建。这次淤泥疏挖工程预计投资800万元，疏挖淤泥50万立方米，将在今年10月结束。

届时，破坏金湖景观及污染水质的淤泥、杂物将被清除，金湖蓄水量将大大增加，水质将得到较大改善，金湖将变成一个湖水清、景色美的城市水上公园。（载于《春城晚报》2000年6月7日）

305

个旧96·8洪灾后恢复重建系列报道之二十六——

红河州政府领导视察个旧城建工作时要求

围绕"锡都"品牌和数字化网络作好城建文章

本报讯 2000年7月24日，红河州政府领导视察个旧城建工作并给予很高评价。同时要求：个旧城建工作一定要围绕"锡都"这一品牌和数字化网络建设作好文章。

当日一早，州政府领导在市长苏维凡及州、市城建部门人员陪同下，来到治理金湖的配套工程——污水处理厂建设工地视察。随后，视察组一行又先后到州电讯大楼、湖滨广场、金湖底泥疏挖、世纪广场宾馆、绿海小区等建设工程施工现场视察。之后，又到即将开工建设的金湖文化广场、胜利路改造工程现场视察。视察中，每到一处，州政府领导都仔细、认真地听取工程技术人员介绍工程建设设计、施工进度、质量监理等情况，并不时提出一些相关问题。

下午，苏维凡汇报了个旧发展的"三大目标"及建设精品城市的打算、正在做的工作以及建市50周年"市庆"筹备情况。个旧精品城市建设提出了"八大系统工程"设想，即："一湖、两山、三入口、四公园、五通道、六小区、七广场、八街道"，这些工作有的已开始做，有的即将做。州政府领导边听边做详细记录。

听完汇报后，州政府领导认为，个旧提出"三大目标"的发展思路符合个旧的发展实际，与全州协调发展的目标一致，应进一步完善措施和抓紧实施。关于建设精品城市的设想，思路很好，个旧城市发展历史悠久，积累了丰富而宝贵的城市发展内涵和管理水平，有闻名全国的冶金人才技术和文教卫生优势，有独特的山水地貌和气候优势，现在的关键是实施。

在实施中，应注意几方面的问题：一是要打"锡都"品牌，营造"锡文化"氛围。譬如：个旧的城市雕塑、开发以"锡文化"为主的采选冶的工业旅游等，都有许多文章可作。二是要建设高速信息网络。作为一个有潜力、有发展前景的精品城市，如果没有自己的数字化信息网络，就难以与世界沟通，难以让锡都走向世界，这件事要统筹规划，长期发展。三是要加强城市建设整体规划。要突出建筑风格的个性化，坚决制止"克隆"，对空间景观和色彩等形象的设计，要做到科学、合理和协调。四是精品城市的建设要成为全社会的共同行为和责任。五是要进一步加强教育、科技、卫生的发展。

州政府领导还对个旧今后工农业产业的布局和发展提出了很好的意见和建议。（载于《个旧报》2000年7月21日）

个旧96·8洪灾后恢复重建系列报道之二十七——

金湖治理已取得决定性胜利

本报讯 2000年8月6日，红河州委视察组到个旧视察了金湖综合整治工作后认为：金湖综合整治已取得了决定性胜利，消除了个旧人民的心头大患。

当日上午，在个旧市有关领导陪同下，州委视察组来到金湖南岸的怀源芳圃视察环湖截污工程。视察组领导走到水边，捧起湖中的水看看、闻闻后说："水质变清了。"随后，视察组领导沿环湖游览道步行，仔细、认真地查看了环湖截污工程的一个个沉沙池、检查井和截污管道。来到西码头，视察组领导问在湖边垂钓的一位老人："老人家，能钓到鱼吗？金湖水清不清？"老人说："能钓到。过去湖水脏得很，环湖周围都是泥巴路。后来政府治理金湖，现在湖水清了，环湖周围又修起游览道，铺上漂亮的地砖，老百姓路也好走了，金湖的环境也比过去整洁漂亮了。"

随后，视察组一行来到金湖北岸负责排洪的启闭机房、正在金湖中疏挖淤泥的挖泥船上、排放淤泥的老鹰嘴凹潭、污水处理厂施工现场等地视察。每到一处，视察组领导都仔细询问工程建设的有关情况。

之后，视察组领导听取了个旧市市长苏维凡对金湖综合整治情况的详细汇报。金湖综合整治是以排洪治污为重点，包括环湖截污工程、排洪排污隧洞工程、污水处理厂工程、金湖淤泥疏挖工程、城市（包括金湖）补给水工程、市区雨污分流系统工程、下游河道整治工程、坡背水库建设工程共8个项目。分两期实施。第一期环湖截污、排洪排污隧洞工程已完成，污水处理、淤泥疏挖和城市补给水工程正在建设中。第二期3个项目正在进行规划、立项、报批等前期工作。

苏维凡说，在对金湖进行综合整治等"硬件"建设的同时，市政府还加强了"软件"建设。譬如：从法规层面制定了《个旧金湖管理条例》，今后，市政府可随时依法依规对金湖进行有效的监督、管理和建设；取缔了环湖周边建筑物上的防盗笼、乱搭乱建的棚架等；实施了装饰环湖建筑、安装灯光、环湖绿化、景观设计等美化环境综合治理工程，提升、美化金湖周边的软环境，将金湖建成了一个美丽的城市旅游风景区。

听取汇报后，视察组领导说，今天看了金湖综合整治情况后很高兴，金湖治理已取得了决定性胜利，效果非常好。今年夏天的强降雨量已超过96·8洪灾时，但灾情没有重现，人民安居乐业，就得益于这几年来对金湖进行的综合整治，这在个旧的发展史上意义重大。对正在实施的工程要抓紧抓好。对金湖整治第二期工程要尽快做好前期工作，认真组织实施。总之，要通过综合整治，彻底根治金湖，造福锡都人民。（载于《个旧报》2000年8月11日）

结束语：

个旧96·8洪灾后恢复重建工作系列新闻报道到这里结束了。

自1997年2月至2000年8月，历时3年多，读者跟随着记者的脚步，记者跟随着恢复重建的步伐，随时了解、跟进、采访、撰写、报道了恢复重建的一系列新闻共计27篇，从一件件事、一篇篇稿件中，全景式展现了个旧市委、市政府在恢复重建时决策上的长远眼光、布局上的全局意识、实施中的"大手笔"和实用、高效的多项重大工程的建设；全面展现了个旧各族人民面对困难不低头、不畏惧，用"团结拼搏、迎难而上、敢于争先、真抓实干"的"锡都精神"凝聚人心，鼓舞士气，踏实干事；全方位展示了灾后恢复重建各项重大工程的建设和实施，及其给个旧各族人民带来的美好生活、给个旧经济社会发展带来的翻天覆地的巨变……

3 年多来，有很多读者致信、致电本报，从各级领导到普通百姓，表达他们在读到这些来自最基层一线的新闻报道时的感动、感谢、感恩。特别是那些夜以继日奋战在恢复重建第一线、辛苦努力的建设者们，他们一再表示：一家省级报纸能够持续数年关注、见证、记录、报道和宣传他们的工作，这是对他们工作的另一种信任和赞誉，让他们倍感无上光荣和自豪！

这，其实也是本报"是老百姓的报纸"的又一次成功实践。

这组报道，还让新闻宣传正能量的力量更集中地得以展示：一是真实、全面记录了个旧灾后恢复重建的历程；二是本报因此得到了更多读者的信任和喜爱；三是磨炼和提高了我们采编队伍的素质和能力，使之与新闻共同成长；四是希望能把恢复重建中的好做法、好经验譬如"锡都精神"等正能量传递、分享给更多的人们。

这，就是我们数年坚持做这组新闻系列报道的初衷和目的所在。

真诚感谢读者的信任和陪伴！

编者　作者

1998 年：

拒还贷款　房屋抵债

建水法院首举拍卖槌

屏边茶厂获赔 4 万多元

本报讯　最近，建水县法院首次依法公开拍卖了被执行人杜某娟的房屋，申请执行人屏边苗族自治县茶厂获得拍卖所得款 4.45 万元。这次拍卖，改变了长期以来法院只是将查封或扣押的财产作价给权利人、而有的财产对权利人作用不大、未能很好地保护权利人权益的做法，此举是一次成功的尝试。

此次拍卖的标的物是建水县关帝庙街 5 号附 1 号一所 34.9 平方米的土平房。房主杜某娟原为该县临安镇综合商店负责人。1994 年 1 月，杜与其前夫的合伙人朱某贤向屏边县茶厂购买了价值 10 万余元的茶叶。此后就长期拖欠货款。屏边县茶厂多次追索无果，遂向建水县法院起诉、索赔。

经该县法院和红河哈尼族彝族自治州中级法院两审判决：由建水县临安镇综合商店和朱某贤等义务人赔还所欠货款。判决书生效后，义务人拒不履行。建水县法院根据屏边县茶厂的执行申请，依法查封了杜的房屋并发布公开拍卖公告。短期内就有 23 人报名竞买，最后以 4.45 万元成交。（载于《春城晚报》1998 年 1 月 5 日）

告别"摇把子" 架起"信息桥"
建水盘江乡开通程控电话

本报讯 最近，全国贫困攻坚乡之一的建水县盘江乡开通了程控电话，结束了乡属村公所与外界隔绝、乡政府仅靠两台"摇把子"与外界联系的历史。

盘江乡是建水县最边远的一个乡，距县城 100 多千米。过去，全乡仅有乡政府 1950 年代就安装使用的两部手摇电话与县城保持联系。每次打电话都要大声喊叫对方才能听得到。一遇风雨天电话就断线，全乡与外界便无法联系。县委、县政府有事要通知乡上，只能靠邮局投寄书面通知，常常是收到通知时事情已经过去。实在有紧急和重要的事时，县里只能派出专车在坎坷、崎岖的盘山公路上来回奔跑 200 多千米，花去一整天的时间才能把情况送到。

为改变这个落后状况，今年，该乡党委、政府多方筹资 198 万元在全乡所属的 7 个村公所建成开通了程控电话；当地经济条件较好的居民和农民闻讯后也争先恐后地交钱安装电话。

目前，盘江乡已安装电话近 150 部，乡党委、政府的办事效率大大提高，乡里群众与外界的联系也方便、快捷多了。（载于《春城晚报》1998 年 1 月 22 日）

个旧市政设施屡遭破坏
管理要加强 查处应及时

本报讯 个旧市在恢复重建中投巨资兴建的各种市政设施方便了群众，

美化了城市，增强了城市服务功能。但令人痛心的是这些市政设施近来却屡遭人为破坏。记者采访发现，其原因是少数人素质低下，公德心差，以此为乐寻开心。

记者在采访中观察和了解到，个旧市区荣禄街口的广告塔钟、中山路上的庭院式路灯、金湖公园环湖白海棠石砌栏杆及造型新颖的灯光广告牌等设施，均有多处被人砸坏。金湖南路口团市委设置的"青年文明号示范街"告示牌外壳被人砸坏后露出箱体中的日光灯管。一位老大妈告诉记者："前几天看到有人在砸广告箱上的玻璃取乐，我上前劝说和制止他们，这些人还骂我多管闲事。我赶紧跑去拨'110'报警，他们就跑了。还有，我听着这些人说话都是外地口音，不是个旧本地人。"

对此，希望政府有关职能部门加强管理，及时制止、查处这些破坏行为；公开设立举报电话，便于群众举报；鼓励市民积极参与，共同管理好我们美丽的家园。（载于《春城晚报》1998年2月8日）

锡都读者俱乐部引导读者
读好买好用好书籍

310

本报讯 1月17日，"锡都读者俱乐部"会员代表近百人云集个旧市图书馆，欢庆俱乐部周岁生日。一年来，该俱乐部为锡都群众"读好书、买好书、用好书"开辟了一片安静的乐园。

去年初，红河哈尼族彝族自治州新华书店、个旧市图书馆联合成立了这个全州首家群众性读书活动组织。该俱乐部积极引导读者读、买健康向上的好书，并多次组织各界各年龄层次的"读友"共同品读好书、交流读书经验；组织会员撰写了数十篇读书评论在报纸杂志上发表。此外，俱乐部还把"读好书、买好书、用好书"活动开展到农村。去年夏天，俱乐部在大屯、卡房等乡镇开展"学科学、用科学、奔致富"读书演讲比赛活动，许多农民会员用亲身经历说明了读好书、用好书带着他们致富奔小康的实例和故事。同时，会员还可凭会员证到新华书店购书时享受特价优惠，到图书馆借书时可"同时借3本书"。

仅一年时间，俱乐部由成立时的60多人发展到200多人。州新华书店对会员购书优惠让利1万多元；并在书店门市新设租书店方便读者租借。俱乐部为会员办理优惠租书证、购书卡数百个。（载于《春城晚报》1998年2月9日）

执法机关有错必纠
个旧首例公检机关刑事赔偿案审结
张某弓被错捕关押获赔偿

本报讯 最近，个旧市检察院审结了该市首例执法机关刑事错案赔偿案，由市公安局和检察院共同对刑事赔偿请示人张某弓赔礼道歉并支付1496.88元的赔偿金。

1997年1月30日8时许，个旧红寨至鸡街交界处发生了一起交通肇事案，受害者当场死亡，肇事者逃逸。2月3日，开远个体运输户张某弓被视为此案涉嫌人而被公安机关传讯并扣押其驾驶的东风货车。5月27日，公安机关提请检察机关审查批捕。检察机关于6月17日作出批捕决定。

在预审中，因所取证据不能证实张某弓有作案时间，公安机关遂于9月12日将其释放。张某弓于10月25日委托昆明市永明律师事务所律师向市检察院提出错案关押其89天、要求给予刑事赔偿等申请。

市检察机关依法受理了此案，并认真审查，识别证据，反复调查核实，确认了张某弓的申请合理合法。根据《中华人民共和国国家赔偿法》相关规定，作出如下决定：羁押张某弓89天是错误的，按1996年全国职工年平均6200元工资的标准，支付赔偿金1496.88元；对被扣押的东风货车由公安机关负责返还；负有共同赔偿义务的市公安局、市检察院两机关向张某弓当面赔礼道歉。

赔偿案审结后，手捧《刑事赔偿决定书》的张某弓再三感谢检察机关严格执法、有错必纠，维护了公民的合法权益。（载于《春城晚报》1998年2月10日）

311

重视舆论监督 美化旅游环境
个旧"梳洗"老阴山风景区

本报讯 1月初，个旧市老阴山风景区专职"保洁队"正式上岗了。

去年12月23日，本报刊登了《勿让风景区变成垃圾场》的读者来信后，立即引起了个旧市政府的高度重视，分管城建的副市长当即召集城建、风景旅游管理等有关部门对治理该风景区的环境问题制定了5项措施：由负责该景点经营管理的市恒源房地产开发公司组织力量突击清扫景区垃圾；在游客集中的地方安放垃圾桶；建1个垃圾处理房，及时、统一清运垃圾；成立专职保洁队清扫景区；采取各种形式加大宣传力度，教育游客自觉维护环境卫生。随后，恒源公司迅速组织员工突击清扫景区垃圾，定点安放了 12 个垃圾桶，成立了专职"保洁队"随时维护环境卫生。

1 月 15 日，当记者来到老阴山风景区实地采访时，看到整顿后的景区景色秀丽、干净整洁、面貌一新。（载于《春城晚报》1998 年 2 月 12 日）

云锡总医院巧取患者多囊肾
此巨型肾重达 3.5 千克

本报讯 经个旧云锡总医院医护人员的精心救治，折磨徐某某多年的、体内重达 3.5 千克的巨型多囊肾被成功取出，徐某某于 1 月 26 日康复出院。

今年 27 岁的徐某某，系云锡机械厂职工。几年前发现身体不适，四处求医无果。去年 12 月 30 日病情加重后入该院治疗。经检查，诊断为巨型多囊肾，若不及时手术，将危及生命。医院经过周密准备，1 月 7 日，由副主任医师旦恩福主刀，与其他医护人员一道成功为患者施行了手术。术后，在医护人员的精心治疗、护理下，仅 19 天徐某某就病愈出院。

据了解，在人体内生长如此巨型的多囊肾，实属罕见。（载于《春城晚报》1998 年 2 月 15 日）

乐做"啄木鸟" 甘当"马前卒"
红河州积极开展监察纠风工作

本报讯 1997 年 12 月 12 日，红河哈尼族彝族自治州中级人民法院依法审理了红河州弥勒拖白煤矿原矿长王某平重大贪污受贿案。

近年来，红河州党委、政府极为重视执法监察与纠风工作，设立了执法监察室，配备了专职干部，安排了专项经费。目前，已开展执法监察 107 项，查出违纪金额 958 万余元，挽回经济损失 439 万余元；发现案件线索 126 件，查出企业违法违纪案件 70 件，处理 53 人；查处乱收费、乱摊派、乱罚款金额 41 万余元，减轻企业负担 31 万余元；清理预算外违纪金额 926.8 万余元；查处医药回扣案 16 件计 240 万余元；取消或降低中小学乱收费项目 64 个，减轻学生负担 129.2 万元，并查出违规收费 10.1 万元；清理、取消农民负担项目 37 个，查处违纪金额 67.6 万元，减轻农民负担 22.4 万元；取消乱设站卡 11 个，整顿规范站卡 16 个。

纪检、监察部门还积极参与各级党委、政府的廉政建设工作，提出各种合理化建议 103 件，被采纳 69 件；协助各级党委、政府建章立制 17 件，推

广先进典型 4 个。（载于《春城晚报》1998 年 2 月 15 日）

屏边建成我国最大黑熊养殖基地
年可繁殖七八十头　成活率达 80%
3 代 800 只黑熊同堂嬉戏

本报讯　最近，记者从有关部门获悉：经过科技人员十多年的不懈努力，红河哈尼族彝族自治州屏边苗族自治县黑熊养殖基地人工繁殖的黑熊现在已进入第三代，繁殖黑熊总数已达 800 头，成为目前我国最大的黑熊人工养殖基地。

屏边黑熊养殖基地自 1985 年开始探索人工繁殖、饲养黑熊工作，但屡遭挫折和失败。对此，有关科技人员不畏难、不气馁，经过不懈的努力，到 1993 年才繁殖成功。1995 年开始规模化繁殖、饲养。

该基地的养殖场依山而建，占地约 2 公顷，黑熊基本生活在山石草树的自然环境中。每年，科技人员都选择强壮的公熊与母熊自然交配，怀胎 9 月的母熊最多时一次可产下 3 头小熊，比野生的产仔率还高。为提高小熊的成活率，增强其体质，科技人员还为它们特别制定了科学的配方和饮食。

目前，该基地每年可繁殖 70 至 80 头黑熊，成活率达 80% 以上，而野生黑熊的成活率仅到 20% 左右。此项养殖技术荣获云南省"科学技术进步三等奖"。（载于《春城晚报》1998 年 2 月 18 日）

313

为荒山绿化挥锄　为农民致富洒汗
屏边机关干部闲暇开荒忙

本报讯　最近，共青团屏边苗族自治县委与农民联营开发荒山种植的 30 多亩土豆收获完毕并全部销往文山等地。

自 1995 年以来，屏边县委、县政府解放思想，摒弃"机关干部开发荒山荒坡是不务正业、影响党政机关形象"的旧观念，鼓励机关干部在干好本职工作的前提下，利用闲暇时间积极参与开发、绿化荒山荒坡，带领广大农民走上致富路。

屏边县地处北回归线以南，海拔高差大，雨量充沛，土地资源和气候资源丰富，可开发利用的荒山荒坡达 50 多万亩。然而，由于贫困和知识缺乏，农民对土地的资金投入和利用科技知识开发都不足，使荒山荒坡沉睡多年。对此，县委、县政府在制定一系列优惠政策吸引外地资金和人才来开发的同时，更新观念，鼓励当地机关干部利用节假日向荒山荒坡进军，与农民联营，共同建立、开发以种养殖业为主的基地，先后种植了杉树、核桃、草果、八角等 20 多种经济林果木。目前，全县已开发荒山荒坡 10 多万亩，森林覆盖率达 35%。

机关干部掌握的农业科技知识较丰富全面，与外界联系多，眼界开阔，信息量大，有比较稳定的经济收入，而这些恰恰是当地农民最缺乏的。所以，机关干部捏着笔杆扛锄杆，带领广大农民学习农科技术和管理技术，了解项目发展的市场前景，并帮助农民们与山外的许多商家、企业挂上钩，让农民们及时知道这些商家和企业所需要的产品，进而进行定点、定品种的种植或生产，解除了农民怕费力种养殖出来的产品卖不出去的后顾之忧。在干部们的带领和培养下，更有不少"有冲气"的农民勇敢地走出大山，直接投身商海赚钱。

白云村公所的李明福承包 50 亩荒山荒坡种植荔枝、八角、甘蔗等经济作物，他告诉记者："是县上与我合伙的干部帮我牵上了建水、开远的线，又教我科学种植方法，还出钱买肥料、农药给我，收了产品后我运出去卖掉。虽然辛苦些，但是赚头很大。"（与柏斌合作,载于《春城晚报》1998 年 2 月 20 日）

借鸡生蛋　借蛋孵鸡
红河州市场建设另辟蹊径

本报讯　不久前，建水县两农民个体户自筹资金 380 多万元建成的狗街农副产品综合市场正式开业。这是红河哈尼族彝族自治州实施"借鸡生蛋"、"让你发财，让我发展"战略、大搞市场建设的又一成功尝试。

近年来，随着经济快速发展，人们对规范市场的需求越来越大。为搞好市场的"硬件"建设，红河州各级工商管理部门改变过去仅由政府投资建设的单一模式，转变观念，多渠道吸引企业、个体户等参与投资建设市场，多渠道融资拓宽了市场建设的路子。其中，企业投资建设市场的总额就高达 8344 万元，占全年市场建设总投资的 94.8%。个旧市齿轮厂投资 220 万元改造旧厂房，建成了"南天商贸城"专营工矿配件；红河州物资公司投资 550 万元建成了"开远滇南生产资料市场"等专业市场。同时，有实力的个体工商户投资建设市场也迈出了可喜的第一步。

截至 1997 年底，全州市场建设总投资达 8800 万元，共新建、改建楼层、室内、棚顶、露天等各类市场 11 个计 7.2 万平方米，为繁荣经济、改善人民生活作出了贡献。（载于《春城晚报》1988 年 2 月 22 日）

石屏异龙湖污染治理迫在眉睫

本报讯 近日，记者到石屏县采访，不少当地群众干部向记者反映：近年来，异龙湖的污染十分严重，水质变浓、变绿、变臭，许多过去在湖水里自然生长的海菜、菱角等已不见踪影。希望政府能尽快治理异龙湖，还大家一个湖水清、质量好的异龙湖。

据了解，异龙湖是全国少有的几个高原淡水湖泊之一，被当地人誉为"母亲湖"。近年来，因大量在湖中设置网箱养鱼、大量投放人工养鱼饲料而导致湖水富营养化，使水体受到严重污染。另外，围湖造田又占去异龙湖 10 多平方千米，使湖水自我净化能力降低。同时，游览船上餐厅的洗刷污水全部倒入湖中；更有不自觉的人把塑料袋、易拉罐、果皮纸屑等垃圾随手丢入湖中，更加速了湖水水质的恶化。当地群众干部强烈吁请政府加强监管，并尽快科学规划和治理异龙湖，以造福当代和子孙后代。（载于《春城晚报》1988 年 2 月 22 日）

315

有人专干缺德事
蒙自行道树几度补栽屡被毁

本报讯 近来，蒙自县开发区内国家投巨资兴建的 55 米宽的天马路和银河路上移栽的许多名贵树木屡屡被毁，令人痛心。

自 1996 年这两条大街建成以来，县绿化部门投入大量人力、物力、财力，在马路隔离绿化带上移栽了南洋杉、棕榈树等名贵树木。可在随后的一年多时间里，天马路上的几十棵南洋杉被腰斩；银河路上的棕榈树几度被毁几度补栽，前几天又有 87 棵树被砍倒，一些没有被砍倒的树干上也伤痕累累。对此，广大市民希望有关执法部门加强监督和管理，对故意毁坏树木者严惩不贷。

编后语:

除了教育 还应重罚

蒙自等地城区绿化树木的不幸遭遇，不仅让绿化工人难过，更让市民气愤。

近几年来，全省各地城市建设的规模及各种基础设施的建设一年一个样，极大改善和提升了人民群众的生活环境和质量，令人欣慰。

但与"硬件"建设相形见绌的，是人的文明素质在有的地方和有的人身上则表现得与物质文明格格不入。损害绿化树木就是破坏美景和精神文明建设，政府有关职能部门应加大监管、处罚力度，对这样的缺德者，抓住后，除了教育，还应该重罚！（载于《春城晚报》1998年2月23日）

屏边新现邮电所承包带来新变化
客户信件报刊不再丢失

本报讯　每天上午，屏边苗族自治县新现乡邮电所承包发行业务的罗正昌总是背着沉重的邮包，走村串寨，把各村公所（办事处）的信件和征订的书报刊及时送到客户手中。一些客户高兴地说："自从邮电所实行承包责任制后，我们的信件报刊再没有丢失过了。"

新现乡地处山区，交通不便。过去，邮电所未实行承包制时，大量的信件、邮包、报纸杂志仅靠1名邮递员跋山涉水地投送，一些重要信件常常不能及时送到，有的信件甚至被遗失。为此，不少群众对邮电所的意见很大。1996年5月，在县邮电局的支持下，新现乡邮电所在全县邮电行业首家实行业务承包。该所根据全乡的发行、储蓄、封发、营业4个业务专柜的工作量，制定了奖惩分明的承包责任制。仅1周内，就有4名有胆识的工作人员走上了承包岗位。他们各司其职，工作井然有序，改变了过去那种邮电所内挤满了来办事的人、工作人员却手忙脚乱、疲于应付的状况。承包储蓄业务的贺梅说，承包后大家责任心强了，工作效率高了，吵人烦人的事少了，工作也正常化了。罗正昌则说，群众需要读书读报和信件投送，我辛苦一些也要努力干好发行工作。

实行业务承包后，新现乡邮电所连续两年被上级有关部门评为先进集体，成为全县邮电行业中的佼佼者。（载于《春城晚报》1998年2月24日）

中国越南开通"河口-老街"口岸公路客运

本报讯　2月18日，我国云南省河口瑶族自治县至越南老街省老街市口岸公路客运正式开通。这是中越两国继滇越铁路客货联运开通后的又一喜事，将大大方便和促进两国的民众交往和经贸往来。（载于《春城晚报》1998年2月27日）

316

红河州命名一批爱国主义教育基地

本报讯 日前，红河哈尼族彝族自治州命名了一批爱国主义教育基地，并要求全州各机关企事业单位特别是各中小学校要认真组织开展爱国主义教育活动。

这批爱国主义教育基地是：个旧市博物馆、开远市窄轨铁路历史陈列馆、蒙自县烈士陵园、蒙自县查尼皮村中共云南省第一次代表大会会址、建水县建民中学、弥勒县熊庆来故居、泸西县革命历史文物陈列馆、屏边县烈士陵园和金平县烈士陵园。（载于《春城晚报》1998 年 3 月 1 日）

稍不顺心就辱骂殴打
李某国虐待父母被判刑

本报讯 长期虐待亲生父母的建水县陈官镇村民李某国，近日被建水县法院以虐待罪判处有期徒刑 2 年，其妻谭某犯虐待罪但免予刑事处分。两人同时还被判处赔偿其母伤后医疗费 1600 元。

今年 70 岁的李恩唐、谭秀英夫妇与儿子李某国、儿媳谭某在一起生活。但儿子、儿媳把年迈的父母视为"累赘"，稍不顺心就恶语相骂，甚至大打出手。一次，夫妇俩竟操起扁担、钢筋将老母打伤，又手提尖刀一路追杀，幸得村里人出面制止，老母才捡回一条性命。院里有口水井，李某国夫妇不让老人打水用，迫使老人舍近求远，抖手抖脚地外出挑水。瘫痪在床的老父经常被夫妇俩反锁在屋里，不许老母进去照顾，使老父挨饿受冻。

对李某国的恶行，妻子谭某不仅不规劝，反而煽风点火、推波助澜。不堪忍受的老夫妇终于将逆子恶媳告上法院。（载于《春城晚报》1998 年 3 月 16 日）

村干部失踪两年　原是贪色送命

本报讯 日前，经过蒙自县公安民警 20 天紧张深入地调查取证，该县老寨乡阿尾村村民周某生、周某林、黄某对两年前杀害鸣鹫乡大凹子村村干部陶某理的事实供认不讳。陶某理神秘失踪两年一案，终于真相大白。

自 1993 年起，陶某理利用职务之便，经常对本村村民周某生之妻黄某施以小恩小惠进而勾搭成奸。为避开陶的纠缠，周某生举家迁往 10 多千米外的老寨乡阿尾村居住。但陶仍然追到阿尾村找黄私会，两人还商定了私奔的时间。周某生之弟周某林偶然得知此事后告诉了哥哥。周某生即向黄某发出了通牒，要黄某诱杀陶后夫妻过安生日子。

1996 年 1 月 15 日，黄在老寨乡找到陶，两人相约到老熊塘红石岩山洞过夜。当日傍晚，早有准备的周氏兄弟将前来赴约的陶打死在山洞里，然后焚尸灭迹。陶从此神秘失踪，亲友到处寻找未果。直到两年后，即今年 1 月 6 日，两个牧童放牛到此才发现了山洞里的白骨。县公安局接报后立即组成专案组奔赴当地深入调查。在当地群众的积极配合下，20 天后 3 名犯罪嫌疑人被捕获归案。

目前，此案正在进一步审理中。（载于《春城晚报》1998 年 3 月 19 日）

弥勒两农妇赴京参加"3·15"晚会

本报讯 在"3·15"国际消费者权益日到来之际，弥勒县弥东乡清红村的农妇袁某芬和王某英应中央电视台邀请，于 3 月 13 日乘机前往北京，参加央视举办的"3·15"国际消费者权益日专题晚会。

今年 45 岁的袁某芬于 1996 年 10 月在弥勒县城一外地人开的小五金店花 300 元购买到 1 台无任何商标、无生产厂家标识、无质量设计要求的"简易切猪食机"。同年 11 月 25 日早上 7 点多，袁某芬在使用该机时被切断左手 4 个手指，花去 2400 多元医治，而仅剩的 1 个小指也无使用功能。同村 60 岁的王某英，也因购买、使用同一类型的机器而被切掉了右手的 3 个手指。两人均造成终身残疾。事发后，销售者已不知去向。

央视记者闻讯，不辞辛劳来到该村现场采访了两位受害者，并邀请她们去北京参加"3·15"专题晚会，现身说法，向全国人民曝光不合格产品给消费者带来的极大危害。（载于《红河报》1998 年 3 月 19 日）

废旧编织袋残存有毒物
十余卸货人发生砷中毒
呼吁有关部门加强监管和群众增强自我保护意识

本报讯 1 月 14 日，蒙自县城东郊田房村十余名为某私营业主蔡某从货车上卸下 3 万条废旧编织袋的村民发生轻度砷中毒，后经医院抢救全部脱离危险。

当日，蔡某把从某厂廉价收购的印着"氧化锌"字样、残存着黑色粉末的编织袋子拉回村里请人卸货。短时间后，一些卸货人相继出现头疼、头昏、全身无力、腹部不适、手足麻木、皮肤上有灰黑色斑块的症状。大家到医院就医后，经检查诊断为轻度砷中毒。事发后不久，蔡某也主动到卫生、环保部门报告了此事。有关部门迅速调查并妥善处理了编织袋和堆放地。

通过此事，广大群众希望政府有关部门要加强对冶炼化工等单位含有有毒、有害物质废旧物品的监管，监督他们依法依规、按要求和渠道处置有关废旧物品；同时卫生等部门也提醒广大群众增强自我保护意识，对废旧物品的利用应小心谨慎。（载于《春城晚报》1998 年 3 月 25 日）

一直牢记周恩来总理的嘱托——
云锡公司总医院为征服癌症作贡献

本报讯 3 月 5 日，在周恩来总理诞辰百年之际，云锡公司总医院召开隆重纪念会，深情缅怀周总理对个旧锡矿工人的亲切关怀，为继续落实周总理生前提出的"一定要做好个旧锡矿工人的肺癌防治"的指示再作新贡献。

1975 年 2 月 5 日，重病中的周总理在手术刚结束、还躺在手术台上，就把中国医学科学院肿瘤医院的党委书记李冰叫到身旁，指示李冰："要尽快到云南个旧去，一定要解决锡矿工人肺癌发病的问题，做好锡矿工人的肺癌防治……"一国总理，在病重时还牵挂着个旧普通锡矿工人的肺癌防治……在场的医护人员无不为之动容。

李冰迅速组建专家组，并于 2 月中旬率队赶赴云南个旧云锡公司开展工作。在工作过程中，李冰书记多次告诉大家：周总理一直关心和牵挂着个旧锡矿工人的职业病防治，多次对治疗锡矿工人癌症提出要求、作出安排和布置……尤其是说到周总理躺在手术台上的指示时，李冰书记几度哽咽……

在各有关部门大力支持下，以极高的效率，于 1 个月后的 3 月 9 日，在云锡公司总医院（当时叫"云锡职工医院"）就成立了肿瘤科。之后，国家卫生部等部门直接选派全国知名的肿瘤专家到该院，系统地培训肿瘤诊治专业人员；深入百里矿山、工厂调查癌症情况；分批组织全公司工人、干部进行全面体检和筛查；开展癌症防治的学术研讨；把国内外治疗癌症的最新医疗设备、药品、技术方法和科研成果，源源不断输送到云锡总医院，大大提高了该院治疗癌症病人的能力、水平和治愈率，挽救了不少癌症患者的生命。

319

截至目前，该院共举办了肿瘤诊疗的各类培训班 48 次，培训 1662 人次，送到北京、上海等地进修学习 100 多人次，出国参加专业研讨会 50 多人次，形成了包括主任医师、主管护师、主管技师等高中初级职称在内的 120 多人的业务精、作风硬、效率高的肿瘤防治的专业技术队伍。

同时，为更好、更专业地防治锡矿工人的职业病，该院在建立肿瘤科的基础上，又新建立了病理科、放射科、核医学免疫科和劳动防护研究所，建成了集职业病防护、普查预防、病因流行病学和诊断治疗为一体的、国内职业病防治的、一流的科研医疗防治机构；并在对肺癌的预防、诊断、治愈率提高的基础上，发展到了对头部、颈部、腹部、胸部、妇科等多个部位肿瘤的成功诊治。

多年来，该院共收治了昆明、文山、思茅等外地以及红河州本地慕名前来诊治的各类患者 1 万多人次，成为患者信赖的好医院。（载于《红河日报》1998 年 3 月 27 日）

个旧遭冰雹暴雨袭击

本报讯 4 月 10 日下午，个旧地区突遭冰雹暴雨袭击，时间约 40 分钟。这场冰雹给农作物造成的损失正在进一步调查中。

当日下午 4 时 50 分许，个旧辖区突然乌云密布，风雨大作，随即冰雹满天，建筑物上的玻璃被打得噼啪乱响。冰雹和暴雨持续到 5 时 30 分结束。据气象部门介绍，此次降暴雨 14.6 毫米，强度为大阵雨；最大冰雹直径 13 毫米，平均每个重约 13 克，是罕见的大冰雹。造成冰雹、暴雨的直接原因是近日冷热空气运动频繁。

冰雹、暴雨使市区永胜街积水，但很快退尽。历年被暴雨所淹的金湖西路中段、金湖南路、金湖东路等地，此次皆因金湖综合整治后防洪、泄洪能力提高而安然无恙。（载于《春城晚报》1998 年 4 月 12 日）

哑炮危险，让我去排！
某部连长刘光春壮烈牺牲

本报讯 3 月 28 日，在广西-昆明-成都光缆工程建设工地，为排除哑炮对施工战友的生命威胁，驻滇某部连长刘光春壮烈牺牲。

广-昆-成光缆工程是我国"九五"期间实施的信息建设重点工程。驻滇某部九连承担了建水过境段李浩寨地段 7.5 千米的铺设施工任务。九连官兵在刘光春的带领下，顶烈日，战酷暑，快速推进工程建设进度，仅用20天时间就基本挖通了光缆沟。3月28日下午，在冷水沟地段现场指挥的刘光春看到沟底有一块大石头凸出，不符合质量标准，便亲自点炮炸顽石，不料其中有一哑炮，副班长徐海亮、战士郭松提出去排除哑炮，刘光春却果决地说："危险！我去！"在排除哑炮过程中，刘光春不幸壮烈牺牲。

刘光春生前曾被评为"优秀共产党员""标兵连长"，其所在九连在集团军荣立过二等功。在这次光缆工程施工中因成绩突出而受到上级表扬。

连日来，闻知此讯的建水县干部群众以唁电、亲临慰问等形式对刘光春的牺牲表示哀悼。建水县委、县政府听到噩耗后立即派出人员和车辆协助部队处理善后工作，并对刘光春生前所在部队进行慰问。县邮电局代表省、州邮电部门送去1.6万元慰问金。刘光春生前所在部队官兵则表示要化悲痛为力量，保质保量，按时完成光缆施工这项艰巨的任务。（载于《春城晚报》1998年4月13日）

准载2.5吨的车拉了4吨
个旧"难民车"超载严重
乘客安全难保障　希望政府来管管

321

本报讯　4月6日晚8时50分，从个旧市客运中心开往昆明的国营夜班卧铺客车准时发车，车上只有六七成乘客。而当晚9点，从永胜街发出的个旧-昆明的个体户经营的夜班车上，则挤满了50人，比准载的20人超出了1倍多，超载严重，安全隐患极大。

记者在现场看到，这种被当地人称为"难民车"的所谓"客车"，是车主用蓝箭130货车自行改装为卧铺车的，车身基本是密封式的，只在车厢两侧分别设有20厘米见方的4扇小窗户。透过窗户，可以看到车内昏暗的灯光照着挤挤挨挨的上下铺，铺上是污黑的卧具，有的乘客已躺在铺上等待发车了。看着超载严重的130货车，记者问一位40多岁的男乘客："车上坐这么多人，你不怕路途上不安全吗？"男乘客说："坐多少回了，都没事。"一位女乘客说："只是车上太闷了，一般都要睡50人。进货回来时又经常超载，准拉2.5吨的车经常要拉到4吨多。""那你为什么还坐呢？""便宜。我们生意人要算成本啊。"

据了解，每天从个旧-昆明的夜班车约有20趟，国营车和个体车各占一半，国营车票价一个单边是50元，坐来回可优惠到70元；而个体车坐来回票价仅为 50 元。为此，许多到昆明进货的个体户就挤上了这种被称为"难民车"的货车。

9 时 40 分，一辆刚从昆明返回的"难民车"进站，记者看到车厢顶上用绳索捆着的货物堆了有 1 米多高。

超载、超高、安全隐患大和不卫生是个体夜班车存在的最突出问题。希望有关部门对此加强治理。（载于《春城晚报》1998 年 4 月 21 日）

建水绵羊冲水库建设传捷报

本报讯 日前，紧张奋战在建水县绵羊冲水库建设工地上的建设者们，迎来了工程开工周年纪念。

建水大坝子历史上因严重缺水而取名"建水"，表达着人民的心愿和企盼。中华人民共和国成立后，国家曾投资建设了几个中小型水库，缓解了缺水的困境。但随着经济发展和人民生活水平提高，被誉为"生命之源"的水的奇缺，已成为制约全县经济社会发展的"瓶颈"。

为此，县委、县政府多方筹资建设绵羊冲水库，其预计总投资 1.18 亿元，设计蓄水量为 1605 万立方米，是建水历史上最大型的人工水库。工程开工至今，经过建设者们的日夜奋战，目前已开挖土石方近 40 万立方米，回填土方 27 万多立方米，完成了西输水隧洞、副坝和非常溢洪道等工程，其中"大坝右肩防渗墙工程"被评为"优良工程"。

该工程预计 4 年完成。届时，将可新增灌溉土地面积 3.47 万亩；改善原有土地灌溉面积 6700 亩；还可灌溉库区周围 3.5 万亩历史上饱受干旱之苦的"雷响田"，使之变为良田；同时，年可供给农村城市饮用水 120 万立方米，可使水库周围的 10 余万村民和 5 万头牲畜及部分城市居民吃水难的问题得以根本解决。

另外，围绕水库周边，还可开发、建设风景旅游区和农家乐，为当地农民致富开拓另一条新路。（载于《春城晚报》1998 年 4 月 24 日）

个旧图书馆　周日闭门休
1 周开门 4 天半

本报讯 最近，有读者向记者反映，个旧市图书馆 1 周只开门 4 天半，周日、周一休息，有读者周日休息想去看书而不能，希望记者能帮助呼吁一下。

据了解，该馆是一个老图书馆，藏书比较丰富，约有 30.5 万册，可同时接待读者 300 人。4 月 18 日，记者在图书馆综合阅览室看到，40 多个读者在静静地读书看报。工作人员告诉记者，读者中中学生和老同志居多，和过去相比，现在的读者少了很多，有时就只有几个人。记者采访了一位正在看报的老同志和一名中学生。老人说，现在我省许多图书馆都实行全天开馆，而市图书馆每周只开放 4 天半，这对读者确有不便。中学生说，我们平时都要上课，只有周六、周日才有时间来图书馆看书，但周日闭馆就看不成了，我们希望图书馆能天天开放。

记者采访了图书馆负责人。她说，实行双休日制度后，我们原计划周六、周日都开馆，但由于馆里人手少、经费紧和读者稀落，加之部分职工家里的老人和孩子都需要照顾，所以周末就只开放了一天。现在我们知道读者的需求了，我们计划从 5 月开始实行双休日开馆，为读者提供更加方便和充裕的阅读时间。（载于《春城晚报》1998 年 4 月 26 日）

为下岗职工重铸"饭碗"
个旧市人民医院安置 21 人再就业

323

本报讯 个旧市人民医院为政府分忧、为下岗工人解难，在短期内已安置了 21 名下岗工人再就业。

该医院属国家三级乙等医院。在安置下岗工人再就业中，在门卫、电梯、卫生清扫、制剂等十多个岗位上安排了从云锡公司和个旧市所属十多家企业下岗的 21 名工人，其中女工 14 人，他们中年龄最大的 51 岁、最小的 25 岁；再就业后视不同岗位、工作时间和效率，每人月工资从 170 元到 465 元不等。37 岁的送饭员刘素珍夫妇下岗 1 年多，双方老人均无业，12 岁的女儿读书学费靠姐姐资助，生活极为困难。去年 10 月刘素珍来医院上班了，她说："很感谢医院给了我这个工作，我一定好好干，我很珍惜这次就业机会。"

据医院有关管理人员介绍，这批下岗工人工作踏实、积极肯干，多数人也很珍惜这份工作。医院同时表示：清洁工岗位上仍然缺人，希望更多的下岗人员能转变观念来从事这项工作。（载于《春城晚报》1998 年 4 月 27 日）

为你服务不推诿
个旧市人民医院推行"第一责任人"制度

本报讯 4 月上旬，个旧市人民医院心内科正式向患者推出"便民服务卡"并承诺实行"第一责任人"制度，善始善终地为患者服务。该制度的实施，使医院变被动服务为主动服务。这一举措，受到患者的欢迎和称赞。

这张印制精美、携带方便的"便民服务卡"，标明了心内科的专业特色、急救联系电话及便民服务的具体内容：上门接患者入院、协助联系本院各种病症诊疗事宜等。为把服务落到实处，该科还制定了"第一责任人"制度，即第一个接到患者电话或接待患者的医务人员为"第一责任人"，他（她）必须善始善终地协调、联系相关医护人员为患者完成相关服务。

冲着"第一责任人"的承诺，连日来，许多患者专程到该院索要"便民服务卡"。目前，该卡已发送千余张。（载于《春城晚报》1998 年 5 月 1 日）

扭你耳朵　断你大腿
恶母长期虐待亲生子
王某被判刑 2 年

本报讯　4 月 21 日，个旧市人民法院以虐待罪依法判处长期虐待亲生儿子的王某有期徒刑 2 年。

1992 年，23 岁的王某未婚生下儿子张某。张某 1 岁时生父因犯盗窃罪入狱。不久，无业的王某结婚并于 1994 年又生下一女孩。从此，小张某的厄运就开始了：王某夫妻俩对他非打即骂。1995 年初，张某的姑妈张然去看望张某时，发现孩子的耳朵被扭烂、指甲被打断，头部和身上有许多新旧伤痕，非常可怜。张然便带张某到医院治疗，法医鉴定为轻伤甲级。

为此，张然找到居委会、妇联和法院做王某的思想工作，要她善待亲生儿子。同时，张然承担了张某的生活费并按月付给王某。同年 10 月，小张某的大腿又被亲娘打断了。姑妈张然又花数千元治好了孩子的腿伤。幼小的孩子饱受折磨，瘦得皮包骨头。张某 80 多岁的祖奶奶看到重孙子如此遭罪，就把张某接回昆明老家自己带。今年 3 月，老人因病住院。无奈，张然只得把孩子接回个旧交给王某，让她暂时领一段时间。然而仅仅 10 天，王某又把张某送到张然家，声称她没有工作，不领这个孩子。3 月 26 日，无奈的张然走进法院，为小张某讨个公道。

个旧市法院少年法庭在认真调查取证后审理了此案，并依法对王某进行了判决。（载于《春城晚报》1998 年 5 月 4 日）

毒鼠强又"吃人"了!
个旧两女童险丧命

本报讯 经个旧市人民医院儿科医护人员全力抢救,因误食毒鼠强在死亡线上挣扎了4天的肖氏姐妹俩日前终于挣脱了死神的"召唤",转危为安。但主管医生说:姐姐肖某可能留下终身残疾。

4月23日傍晚,从四川自贡到个旧打工的肖某钢、郑某芳夫妇,发现4岁和3岁的两个女儿误吃了下午刚买回家的毒鼠强。夫妇俩急忙将姐妹俩送到个旧市人民医院抢救。次日,小女儿脱离危险;大女儿因中毒太深,抢救中多次发生抽搐、口吐白沫、深度昏迷等危险情况。经医护人员昼夜不停地抢救,使其终于脱险。

肖氏夫妇告诉记者,毒鼠强是他们在市区七层楼市场一个专门卖种子的老妇的摊子上买的,每袋3角,他们买了3袋。鼠药是用花花绿绿的塑胶纸包装。两女童误以为是零食就自己拿了吃,大约吃了一袋的十分之一。几天来,看着生命垂危的女儿,夫妇俩以泪洗面。

据儿科的陈医生介绍,从姐妹俩的中毒症状上看,估计毒鼠强中含有氟乙酰胺剧毒药品。而且这是该院最近以来抢救的第三起鼠药中毒的病患了。

（载于《春城晚报》1998年5月7日）

个旧市人民医院考核领导业绩
请群众"亮"分

本报讯 最近,在对领导干部的业绩考核中,个旧市人民医院出台了一项新举措:领导称职与否,请群众用无记名投票的方式来评判。

4月2日,在个旧市人民医院召开的职工代表大会上增加了一项历次职代会都没有的新内容:以无记名投票方式,民主测评医院党政领导。首先,由该院各位党政领导分别作述职报告;然后,由103名职工代表从"德、能、勤、绩"4方面共24项内容,对这些领导本年度的工作作客观测评打分;大家再以无记名方式投票;投票结束后,由民主评议小组统计分数并作出综合评价。测评结果,有的领导获"优秀",有的是"称职"。

对于公开以无记名投票方式来测评、考核领导干部业绩这一做法,该院何南飞院长认为:医院第一次用这种全新的办法对领导干部进行测评和考核,能够把领导干部置于职工群众的公开监督之下;能够让领导干部随时认清自己的职责和位置;并知道自己的不足,在以后的工作中不断加以改进;

使之成为真正优秀或合格称职的"人民公仆"。(载于《春城晚报》1998 年 5 月 15 日)

红河州首家仓储式商场开业

本报讯 4 月 10 日，红河哈尼族彝族自治州首家仓储式商场——云锡物资储运公司商场在个旧开业。

该商场是云锡公司利用原来所属的新冠选厂和物资储运公司的生产车间改建而成，总占地面积 1 万多平方米，包括位于城南的新冠储运商场和城北的七层楼储运商场，经营日杂、副食、服装、家电等 4 大类 3700 多个品种的商品，安排了云锡公司下岗人员 100 多人重新实现再就业。(载于《春城晚报》1998 年 5 月 22 日)

个旧 BP 机乱显陌生电话 受扰机主苦不堪言
当地邮局称：电脑软件出了故障

本报讯 5 月 30 日下午 5 时许，个旧云锡技工学校李女士的 BP 机上接

到一个 1390873273X 的手机号，她立即回复这个号码，但连拨数次都是"你所呼叫的用户正在通话，请稍后再拨"的电脑答音。随后，212625X、564285X、916000X 等座机以及"138"数字起头的手机等当地和外地号码相继出现，李女士多次回复后均是同样的电脑答音。截止 6 月 1 日 8 点，李女士已收到 20 多个这样的电话，但令人奇怪的是每次回复均是同样的电脑答音，没有一次接通。李女士说："我被传呼机上的电话搞得精神非常紧张，到底是哪个环节上出问题了？"

据了解，这段时间里，不少传呼机用户也有此类莫名其妙的遭遇。云锡建安总公司的刘先生说："从昨天下午到现在，我被这些陌生的电话干扰得不得安宁。一开始是在家里回，但对方都是'正在通话'。我以为是家里的电话坏了，就跑到街上的公用电话亭去回。每次传呼机一响，我就从家里跑出来回电话，但是 25 个电话号码一个都没有回通。有时不想回了，但又怕影响了工作。虽然没有打通电话，但电话亭先后收了我 10 多元的手续费。"

6 月 1 日上午，记者采访了红河哈尼族彝族自治州邮电局移动分机机房。有关人员称：出现这些情况，是由于电脑软件系统发生了故障；但具体是什么故障，目前还不清楚，我们正采取措施在系统上跟踪调查。(载于《春城晚报》1998 年 6 月 5 日)

个旧解放村
公厕只 1 个　居民"方便"难

本报讯　最近，居住在个旧市解放村片区的不少居民向记者反映：这个片区现在只有 1 个公厕，导致居民"方便"很难，希望有关部门能够帮居民们解决这个难题。

据了解，该片区居住着云锡新冠选厂、云锡党校等单位住户 1000 余户，这里的住房大多没有卫生间。片区里原来有 3 个公厕，但不知为什么拆除了 2 个。现在，这里的居民要"方便"就得跑很远的路到唯一的那个公厕去。而且，每天早晨，公厕门前都会排起"长龙"。居民们希望有关部门能够急群众所急，解群众所难，尽快解决该片区居民"方便"难的问题。（载于《春城晚报》1998 年 6 月 28 日）

云南省首家有色金属交易所在个旧成立

本报讯　6 月 2 日，云南省首家有色金属交易所在个旧挂牌成立。

个旧是以生产锡、铜、铅等有色金属为主的老工业城市，但多年来当地一直没有专门的有色金属交易平台，出口的有色金属主要依靠香港、伦敦等地的有色金属交易所进行交易。此次成立的个旧有色金属交易所是由个旧市物资总公司投资 140 万元建成，将按照国际有色金属交易规则和惯例运作，为当地与国际国内有色金属高效、顺畅的交易架起桥梁。（载于《春城晚报》1998 年 7 月 2 日）

327

取缔网箱养鱼　绿化沿湖区域
石屏根治异龙湖
湖水能见度从 0.29 米提高到 1 米

本报讯　6 月 17 日，当荷兰环保专家博斯特再次来到石屏县异龙湖考察时，对当地政府在短时间内根治异龙湖取得的显著成效给予高度评价："异龙湖的水质比 1 年前我来的时候好多了，湖水能见度提高了，湖面和周边的景观也美丽了。"

异龙湖被誉为我省 9 大"高原淡水湖明珠"之一，是红河哈尼族彝族自治州境内最大的天然淡水湖泊。自 1980 年代以来，当地为发展湖区经济，提高农民收入，鼓励湖区农民在湖里进行网箱养鱼，最多时沿湖的鱼箱达

4000多个。网箱养鱼虽然增加了农民收入，但大量残存的人工饲料及垃圾淤积湖内，使湖水呈现重度富营养化，水质变坏，由原先的三类水质下降到五类水质，整个异龙湖水变得深绿黏稠，散发出阵阵腥臭味，许多相关的水生物已无法自然生长，濒临灭绝。如果再不加以治理，异龙湖的自然生态平衡将被长期破坏，这个养育了一方人民的"母亲湖"将会变成一个"垃圾湖""有害湖"。

为彻底根治异龙湖，1994年，红河州制定了《异龙湖管理条例》，石屏县异龙湖管理局也随之成立，并大刀阔斧地开展了根治异龙湖的行动：取缔、清除了湖内全部4002个网箱、1.2万多米围栏、1万多棵木桩和竹竿；禁止围湖造田；禁止擅自入湖修建水上设施及种植水生物等；停止沿湖面山的挖沙、采石、采矿等活动；加强沿湖径流区域的绿化造林，封山育林2.5万亩，造林13.25万亩，保护了沿湖周围的水土和自然景观，使泥沙土石不再流入异龙湖。

目前，异龙湖治理已初见成效。（与卫汉骞合作，载于《春城晚报》1998年7月14日）

石屏公路运输经营权出租私人
50辆"面的"开始营运

本报讯 6月26日，由私人投资购买的50辆崭新"面的"开始在石屏县城及宝秀等乡镇正式上岗营运。这是该县尝试以"私人投资交通工具，公司出租公路运输经营权"的办法来改善全县交通经营环境的新举措。

为满足广大城乡居民日益增长的交通需要，石屏县运输公司从实际出发，出台了"出租公路运输经营权"的办法，在全县进行公开招租。经综合考评后，50名符合条件的个体营运户成为首批承租人。营运户承租后，公司对他们实行统一办证、统一调度、统一停放、统一收费、统一上保险、定期检测维修等规范的全面管理，并在出租费、养路费和工商行政管理费等的征收上提供优惠。50名营运户还在车辆保险、现场施救、安全防范等方面享有与公司正式职工同样的权利、待遇和责任。

目前，公交"面的"已在石屏城区范围内设立了16个站点，并统一制作了规范的站牌，极大方便了老百姓的出行。（载于《春城晚报》1998年7月17日）

连日暴雨 致一民房倒塌
个旧一居民户婆孙两人当场罹难

本报讯 进入主汛期以来，个旧市连降暴雨，使一老式民房突然倒塌，致婆孙两人当场罹难。

7月9日18时20分许，在多天连降暴雨后，个旧市胜利路84号的1幢三层楼房的屋顶及山墙突然内陷倒塌，正在一楼家中看电视的七旬老人王某和其13岁的外孙甘某被落下的山墙及木板埋住。接报后的110巡警及房管部门立即赶到现场实施救助。但不幸的是婆孙两人已当场遇难。

事发后，房管部门迅速采取紧急措施，将该幢楼房内的另外18户住户搬迁到招待所暂住，并抓紧时间对该幢楼房进行了彻底维修。据房管部门介绍：该幢房屋是公租房，为老式木结构建筑，墙体外部用青砖砌成，内部用土基筑成，已有80多年历史，曾做过多次维修。（载于《春城晚报》1998年7月31日）

个旧贾沙这匹母马好了得 一胎产下"龙凤子"
两匹小骡子已能上山吃草

本报讯 个旧市贾沙乡石洞坝村村民王武顺饲养的一匹母马一胎生下一公一母两匹骡子，在当地被传为奇闻。

5月1日，王武顺家那匹身体健壮、年龄8岁的白色母马顺利生产了。在产下一匹幼仔后，王武顺发现母马的肚子里好像还有一个，就帮助母马生产，居然又产下一匹，王武顺一看，还是一公一母两匹小骡子。王武顺90多岁的老奶奶说，从没听说过一马产双胎的奇事，我活了这么大，以前也从没亲眼见过。当地村民闻讯后纷纷赶来观看。

据个旧市畜牧兽医站田光寿副站长介绍，母马这种未经人工授精而是自然受孕后一胎产双子的情况非常罕见，而且还是"龙凤胎"更是奇事，我所知道的畜牧兽医专业的有关资料也从未见记载。至于原因，还有待进一步探究。

目前，这对"龙凤子"已能跟着马妈妈上山吃草了，生长情况很好。（载于《春城晚报》1998年8月7日）

缺德人拧断话线盗走话筒烙坏屏幕
个旧10余部IC卡电话"残废"

本报讯 7月25日，安装于个旧市金湖西路中段的一部IC卡电话话筒被人盗走。至此，亮相锡都街头 1 年多的百部 IC 卡电话，已有十余部遭到人为毁坏而不能正常使用。

去年 5 月以来，红河哈尼族彝族自治州邮电局投入巨资，陆续在个旧的机关、学校、街头安装了百部 IC 卡电话。由于收费便宜、拨打方便，IC 卡电话被锡都市民誉为"平民手机"。然而，近段时间来，这些 IC 卡电话不断遭到各种人为毁坏：小指粗的话筒金属线被拧断、剪断；话筒被盗走；显示屏被烙坏；话亭被砸毁等。记者在金湖西路上看到，这里的十部 IC 卡话机中就有五部因被损毁而不能使用。

据该州邮电局的专业人士介绍：IC 卡电话的生产、制造比较特殊，损坏后修理起来十分麻烦，且有些配件靠进口，有时厂家也没有。因此，他们呼吁广大市民积极参与监督，发现毁坏者立即拨打举报电话。同时，邮电部门也组织力量加强了夜间巡逻，对故意毁坏者将严肃查处。（载于《春城晚报》1998 年 8 月 7 日）

灯亮一盏　光洒一片
全省首家私营企业党支部"照亮"人心

本报讯　近日，从贵州来个旧开源实业有限责任公司打工 6 年的贡发斌非常高兴地告诉记者："没想到我这个打工仔也能加入党组织，成了一名预备党员。这是我原来连做梦都不敢想的事。"

作为私营企业的开源公司，自 1990 年以来，根据公司发展需要，招聘了一批退休的专业技术人员来工作。这些被聘人员中有十多人是党员，党组织关系在原单位，每次过组织生活和交党费时，都要乘车回到外地的原单位去，十分不便。这些老党员们非常希望在该公司能成立一个党支部，便于公司管理他们。公司经理张建祥得知这一情况后，就积极向有市里有关部门汇报和反映，并请求成立党支部。张建祥的请求得到了上级党委的积极支持和大力帮助，并指导和协助该公司做好成立党支部的筹备工作。

经过充分准备，1995 年 6 月 28 日，开源实业有限责任公司党支部正式成立，成为个旧市首家成立党支部的私营企业。而据来自组织部门的消息：这也是云南省首家成立党支部的私营企业。

党支部成立后，认真按照党组织的有关规定开展各项工作：全体党员每月学习 1 次，每月开支委会 1 至 2 次，党员过组织生活或上党课 1 至 2 次；并按时交纳党费。每年"五一"劳动节和"七一"建党节等节日，党支部就组织开展丰富多彩的纪念活动。党支部成立后，不仅管理好了外聘的老党员，还根据党章要求和公司发展需要，积极培养和考察年轻的招聘工人，对优秀的、条件成熟的就发展为党员。

经过几年发展，党组织已培养了一批生产技术好、政治素质高的党员队伍，成为公司生产经营工作中的有生力量。（载于《春城晚报》1998 年 8 月 11 日）

滇川黔桂彝学联谊会第三次会议
暨'99 红河哈尼族"矻扎扎节"彝族"火把节"在个旧举行

本报讯 8 月 4 日至 5 日，滇川黔桂彝学联谊会第三次会议暨'99 红河哈尼族"矻扎扎节"彝族"火把节"在红河州州府个旧隆重举行。云南省委、省民委有关领导发来贺电。德高望重的著名彝族老作家李乔也莅临"一会两节"。

滇川黔桂彝学联谊会是各地彝学组织轮流承办的、研究彝族历史文化的学术交流活动。此次召开的第三次会议，有来自中国社会科学院、中央民族大学和云南、四川、贵州、广西 4 省区有关单位及其 9 个地州市、29 个市县的 300 多名专家学者、领导干部、民族工作者参加。红河州委、州政府领导到会祝贺。州政协副主席、红河州彝学学会会长张伟向来宾作了红河州彝学学会成立 10 年来工作情况的报告。

这次会议以邓小平理论和马克思主义民族观为指导，以交流彝学学会研究成果，增强地区之间的相互了解、交流、合作，促进民族之间的团结、繁荣、进步为宗旨，共同研究、探讨民族发展的大计。

红河州彝学学会成立 10 年来，坚持把改革开放和现代化建设重大理论和实践问题作为主攻方向，积极探索彝族地区经济、政治、文化发展的规律，鼓励会员深入基层，结合工作实际，撰写了一批学术专著和文章。截至目前，已出版《彝族研究文丛》3 部、专著 19 部；待出版专著 17 部；会员在各种刊物上发表论文 280 多篇，有 12 篇获州级以上奖励。为党委、政府的有关工作决策提供了翔实依据，为宣传红河州作出了贡献。

这次联谊会收到学术论文 74 篇，巴莫尔哈等 12 位专家在会上作了学术交流发言。

8 月 5 日，喜逢红河哈尼族"矻扎扎节"和彝族"火把节"，出席这次联谊会的全体代表喜气洋洋地参加了节日活动。

下午两点，身着多姿多彩民族节日盛装的各族群众近 5000 人云集州民族体育馆，观看了州歌舞团和元阳、绿春等市县演出队表演的民族歌舞。红河县的彝族舞蹈《乐作舞》将演出推向高潮，全场观众起立，跟着演员，和着舞蹈节拍一起唱起歌、鼓起掌、跳起舞，演出在全场欢乐的气氛中结束。

随后，各民族演出队走上个旧街头进行沿街文艺展演，数万市民踊跃沿路观看，喜庆祥和的气氛洋溢在锡都的大街小巷。

晚上，州民族体育馆前的露天广场上人山人海，几大堆篝火在熊熊燃烧，各民族同胞们围着篝火尽情地欢歌起舞，这里成了歌的天堂、舞的海洋。在外地来宾下榻的州国税局培训中心，"听到烟盒响，脚杆就发痒"的人们，又自发地跳起烟盒舞来，许多过路的群众也忍不住脚痒，纷纷加入进来，跳得满脸放光，十分开心。

本世纪最后一次滇川黔桂彝学联谊会和红河州哈尼族"矻扎扎节"、彝族"火把节"在热烈隆重、欢乐祥和的氛围中圆满落幕。（载于《彝族文学报》1998 年 8 月第 22 期）

建水县城好景观　万千雨燕来"度假"

本报讯　近段时间来，每当夜幕降临，在建水县城大街小巷的房檐、屋顶、窗户、电线上，就会有数以万计的大白腰雨燕飞来栖息，或叽叽喳喳，或呢喃燕语，场面颇为壮观。

这些燕子羽毛整体呈黑色，但在腰部有一道十分显眼的白色羽毛，"大白腰雨燕"由此得名。黄昏时分，是这些燕子飞临县城的固定时间。飞来的雨燕或三五成群在"唱歌"，或数十只围在一起"跳舞"，一直要热闹到子夜时分。入夜后，它们彼此间隔一定距离蹲在屋檐下或电线上睡觉。天蒙蒙亮，它们又欢叫着飞向四面八方。据老建水人讲，从古到今，每年的这段时间都有白腰雨燕飞来，但这两年燕子的数量增多了，尤其是今年"燕窝节"期间，估计有几万只燕子飞临建水城。在北正街和东门花园等花草树木繁茂的地方，雨燕集聚得最多，并常常飞到公园的草地上和长廊里，与和气的人们玩乐，啄食他们喂的食物，甚至在他们的手掌、肩上、头上跳来跳去，一幅人与鸟儿和乐相处的动人场景。

据了解，雨燕的增多，是因为当地生态环境的改善。近年来，该县环保部门严格把关，把污染环境的企业建在城外并加强监管和治理，使县城的大气环境质量有了很大提升，故而引得万千雨燕来"度假"。（载于《春城晚报》1998 年 8 月 25 日）

古城古乐翻新声
建水"洞经音乐"醉游人

本报讯 8月7日，"建水古城洞经音乐协会"的100多名乐师在著名景区"朱家花园"为来自法国、北京等地的海内外宾客演奏了《千秋岁》等10多首古色古香的、正宗的"洞经"古乐名曲。

"建水洞经古乐"是建水籍翰林出身的、官居左都御史的付为柱从京都告老还乡时带回建水的。自清代起，开始在东坝乡老娘山庙等庙宇和民间传诵演唱，后广为流传到石屏、通海等地。"建水洞经古乐"既非戏曲，也非歌曲，开始时纯属宫廷典乐，但在后来长期的民间演奏和诵唱中，融合进一些优秀的民间音乐和诵唱方法以及生活内容等元素，形成了"边演奏边诵唱边说讲，曲调和说讲内容亦庄亦谐"的独特风格，使演诵者和倾听者都能知情达意、陶情悦耳，百姓十分喜爱，故流传更加广泛。

中华人民共和国成立后，当地人一直传诵演唱。"文革"中，被当作"四旧"而禁止。改革开放后，当地政府认为这些是中华传统文化中的精华，应该积极鼓励恢复。1985年，由当地"洞经老人"陈怀本牵头，在文化部门的大力支持和帮助下，"建水洞经音乐协会"正式成立，100多位年逾古稀的"洞经老人"废寝忘食，靠着惊人的记忆力，认真细致地回忆、整理、记录出以《金刚经》为主要内容的13个古乐曲目，并使用传统乐器瑶琴、低音胡、南胡、木鱼、古筝以及当地民间乐器三弦琴、唢呐、鼓、镲、铛等20多种乐器共同演奏"洞经古乐"。演诵时，表演者身穿深蓝色长袍，头戴古雅玄帽，足蹬剪刀口布鞋和白色棉袜，古色庄重，气势恢宏；诵唱时，曲调抑扬顿挫，内容古朴高雅，成为古城一绝，吸引了众多中外宾客观看。

目前，该协会已应邀为中外宾客进行了数十场专门演出并广受赞誉。(载于《春城晚报》1998年8月26日)

金湖觅食　宝华筑巢
数千池鹭飞临锡都
个旧2公园已采取保护措施

本报讯 连日来，数千只外貌既像海鸥、又似白鹭鸶的鸟飞临个旧的金湖等地"度假"。据工作人员从湖中沼泽地捡到的两只死鸟的解剖情况来看，有关动物专家证实：它们的身份是"池鹭"。

进入9月以来，个旧金湖的沼泽地中和宝华公园的百年古树上，陆续飞来了一种尖嘴、长脖子、长细腿但体形又极像海鸥的"无名"鸟，并在此觅食和栖息。市民和市领导都非常关心这些远方来的"稀客"，有关部门派出专人喂饲和观察。9月3日，苏维凡市长亲率城建、环保等部门的人员到湖中沼泽地考察，并组织投放面包等食物。根据动物专家对两只已死的鸟的解剖表明：其体重为480克和505克，身长50厘米，是属鹭科中的池鹭。据有关资料显示，池鹭生活在长江以南，喜欢在茂盛的大树上筑巢栖息，觅食则在沼泽、田边、湖泊中。与此同时，红河哈尼族彝族自治州林业局有关专业人士的调查结果也证明该鸟为池鹭。

据悉，池鹭是首次飞临锡都。环保部门专家介绍，个旧金湖近年来治理成效显著，水质变好、环境变美、气候适宜是池鹭飞临锡都的首要原因。目前，金湖公园和宝华公园每天都组织专人投放食物，并加强巡逻和保护，让这些小"精灵"们在此安心"度假"。（载于《春城晚报》1998年9月11日）

个旧取消 18 项收费

公布首批"减负"项目 另降低 5 项收费标准

本报讯 9月8日，《个旧市人民政府关于取消不合理收费项目的决定（第一批）》正式实施。

该市首批取消的收费项目有：城建部门的村镇规划建设管理费、施工行业管理费、临时建筑规划管理费、建设项目划定红线手续费、档案整理装帧费、基建施工用水办证管理费共6项；工商部门的私营企业管理费、废金属市场管理费共2项；交通部门的营业性道路运输驾驶员上岗培训费、汽车维修行业管理费共2项；土地部门的土地权属变更费；劳动部门的施工企业使用临时工管理费；民政部门的社会团体年检费；卫生防疫部门的培训费；公安部门的办证押金；计划委员会的农转非管理费、投资许可证工本费共2项；经济贸易委员会的投资许可证工本费。这10个行业取消的收费项目共计18项。

同时，该"决定"还降低了乡镇企业管理费、公路运输管理费、工程预算定额编制管理费、取水许可证费以及饭店污水、废气排污费共计5项的收费标准。（载于《春城晚报》1998年9月18日）

疑心兄长害己 行凶又劫人质

犯罪嫌疑人被抓 被劫持儿童获救

本报讯 9月5日，建水县发生一起故意杀人后又劫持人质的恶性案件。

经公安机关艰苦努力，在案发仅9小时后，人质被成功解救，犯罪嫌疑人万某强被抓获。

当日早上6时许，面甸乡河边寨22岁的村民万某强洗脸时发现其已在厨房做饭的二哥万某彬瞪了自己一眼。万某强联想到自己半年来浑身无力却又查不出病因，顿时起了疑心，认为是两个亲哥哥要害死他，继而霸占家产，不如自己先下手为强。万某强就突然抓起菜刀向毫无防备的二哥砍去，受伤的万某彬拼命奔逃，丧失理智的万某强紧追到村口的菜地里残忍地将亲哥哥杀死。万某强70多岁的老奶奶闻讯赶来劝阻，却被他劈成重伤。随后，丧心病狂的万某强又窜至大哥家，将年仅6岁的侄子和5岁的侄女劫持到自己家里后紧闭大门。

案发后，县、乡有关领导和公安民警立即赶到现场，并与万某强对话，展开法律和心理攻势。期间，一名人质机灵地爬上房顶后被民警顺利解救。此后，万某强扬言要杀害另一名人质。在有关人员反复进行的强大心理攻势下，万某强精神彻底崩溃，于下午6时许放下菜刀，放出了另一名人质。

目前，万某强已被刑拘，案件正在进一步审理中。（载于《春城晚报》1998年9月18日）

发挥先锋模范作用
红河州新华书店共产党员挂牌上岗

本报讯 近来，细心的读者发现，在红河哈尼族彝族自治州，有一群胸前佩戴着"共产党员×××"标志牌的图书征订员不辞辛苦，上门服务，为读者征订图书。不少读者说：我们选订这些图书，认的就是他们胸前"共产党员"的这块牌子。这些把精神食粮送入千家万户的征订员们，都是红河州新华书店的党员。

近年来，各地新华书店在众多个体书店的冲击下经营日趋困难。为求生存、求发展，红河州新华书店向员工提出对外要"改变官商作风、勇闯商海市场"，对内要"内强素质、加强管理"的要求。为此，该书店自1996年11月1日起实行"共产党员挂牌上岗"制度，让党员公开接受群众和顾客的监督，并激发党员在工作中的模范带头作用。共产党员李美英在劳动强度最大的仓库管理岗位上一干就是10年。后来她身体有病，组织上多次提出给她调换工作岗位，但她总是说："我是共产党员，只要还能坚持，我不应该把又苦又累的工作再推给别人。"

在全体共产党员的带动下，书店的经营作风明显转变，经济效益和社会效益同步增长。门市部主任、共产党员吴金英坚持上门服务搞征订，去年她个人征订图书达 6 万元，成为"图书征订大王"。采访中，一位"老书店"告诉记者：共产党员挂牌上岗后，带动了全体员工服务态度的转变，个别店员出现不负责任的情况时，顾客就愿意找挂着"共产党员"牌子的员工解决。

许多读者都说，我们非常信任挂着"共产党员"这块牌子的员工。从昆明到个旧出差的谢明先生说："昆明的书店都没有这样做，个旧在这方面做得很好。走进书店，看见这些挂着'共产党员'牌子的工作人员，就让人安心、放心。"（载于《春城晚报》1998 年 9 月 20 日）

石屏实施"红烛工程"
"红烛"照亮山村教师

本报讯 8 月 19 日，由石屏县教委组织实施的"红烛工程"师范培训班经过两个月的学习培训后圆满结束。182 名山村民办教师经考试合格后已转为公办教师。另有 350 名山村公办教师参加了"提高班"的培训。

今年 4 月，石屏县被省政府"红烛工程"办公室列为首批"红烛工程"项目示范县之一。县教委对全县在山区和农村乡镇从事教育工作的民办和公办教师情况进行全面调查、统计后，着手实施"红烛工程"计划：对民办教师进行转正培训，之后参加统一考试，考试合格者转为公办教师；对公办教师进行晋级晋职的专业"提高培训"；自 7 月 1 日起，对民办教师每人每月增发 10 元生活补贴；设立"民办教师福利基金"，奖励工作成绩突出的民办教师等。

目前，该县"红烛工程"第一批基金 42420 元已到位。其他相关工作正在积极组织开展中。（载于《春城晚报》1998 年 9 月 28 日）

红河州帮困有新法
领导干部结"穷亲"

本报专讯 今日，弥勒县火炮厂下岗女工赵某仙一家意外又惊喜地迎来了红河哈尼族彝族自治州州委组织部的领导。原来，组织部的领导是走"穷亲戚"来了。

赵某仙的丈夫长期病休，三个孩子有两个是智障者，生活极为困难。在州总工会帮助下，组织部领导此前刚与赵家结成了帮困的"穷亲戚"。今天，他们就给赵家送来 100 斤大米、10 斤香油及丝绵被、毛毯和现金 200 元等。这无疑是雪中送炭。

近年来,红河州的下岗职工增多。为帮助下岗职工渡过难关,红河州党委、政府发起"领导干部与困难职工结穷亲"活动,州级机关 80 多名处级以上领导干部分别与州内 35 家困难企业的 80 多名困难职工结成了"帮扶对子",并开展了以下工作:努力保证困难职工的基本生活;帮助他们解决再就业、子女就学等实际困难;做好困难职工的思想工作,帮他们转变观念、树立信心、自立自强,尽快找到新的工作,早日摆脱贫困。(载于《春城晚报》1998 年 9 月 29 日)

车祸突发　观者抢货
过路司机救人仍一死一伤

本报讯　9 月 28 日,个旧市某单位一辆蓝箭货车在开远小哨水库路段发生车祸。一些围观人员不但见死不救,还争抢车上货物。一名过路的中巴车司机见状立即停车救人。但仍有一名伤员因窒息时间过长而抢救无效死亡。

当日上午,这辆货车载着 32 只空塑料桶去开远拉硫酸,因大雨致道路泥滑,货车行至小哨水库路段时不慎冲入水库中。事发后,受伤司机挣扎着从进水的驾驶室爬出,向公路上过往的车辆和行人求救,但数辆车都呼啸而过。居住在附近的一些围观者则忙着去争抢塑料桶,有的还为抢桶争吵直至大打出手,完全置受伤司机和水中的一名受伤者于不顾。

这时,车牌为云 G23956 的一辆中巴客车司机路过,见状立即停车救人,他和几个乘客用手机向开远交警报案、通知受伤司机单位;接着,他们又跳入水中救起另一名受伤者。当交警和救护车赶到现场时,这些救人的好心人已悄然离去。

后经多番打听,停车救人的是开远运输贸易公司的陶宝飞、段有林、王立伟和个旧市外贸公司的李滇生。经了解,陶宝飞他们救起的另一名受伤者因窒息时间过长而抢救无效死亡,医生说如果能早一点救起来,可能还有救。车祸司机有幸脱险。(载于《春城晚报》1998 年 10 月 6 日)

特大冰雹袭击元阳
百万斤稻谷被毁　幸无人员伤亡

本报讯　9 月 10 日,红河州元阳县部分乡镇突遭特大冰雹袭击,造成

130 万千克稻谷被毁。幸无人员伤亡。

当日凌晨 4 时许，元阳县的新街、嘎娘、牛角寨、俄扎 4 个乡镇的部分地区突降特大冰雹。由于时值深夜，农户未能采取任何措施。降雹持续了 2.5 个小时之久，致使许多农田及其大量收割在即的稻谷被毁。据统计，这场冰雹共造成 5000 多亩稻田受灾，其中 2500 多亩绝收，损失稻谷 130 万千克。灾害殃及 15 个村公所 1456 户农户，其中绝收 1256 户、涉及 6315 人。灾情发生后，当地党委、政府立即组织抢险救灾，派出救灾工作组到灾区查看灾情、慰问灾民；并积极发动灾民抢种小麦、豌豆、蚕豆等农作物，以弥补损失。

目前，部分小春用种已发放到灾民手中，各项救灾工作正有条不紊地抓紧进行。（载于《春城晚报》1998 年 10 月 15 日）

一段婚外情　要人一条命

本报讯　近日，开远市乐百道办事处东山庄村民李某花夫妇用 14 筒炸药残忍杀人案成功告破。

现年 32 岁的李某花多年来与同村 41 岁的林某有不正当关系。其夫王某发现后，为断两人奸情，王某软硬兼施，逼骗妻子同意合伙杀死林某。8 月 23 日晚 9 时许，李某花以与林某约会为名，将蒙在鼓里的林某骗至开远泸江桥头以南的河边，让林某喝下了事先由李某花放了 30 颗安定片的二锅头酒和矿泉水。待林某昏迷后，王、李夫妇立即用电线和编织袋等物将林某的四肢捆绑住，并在其腰部捆绑上 14 筒炸药和半块 TNT 烈性炸药，点燃后将林某推进河中。看着林某在河中被烈性炸药炸得支离破碎后，两人才离开。8 月 28 日，路人在江边发现了一节人腿后随即报案。公安机关立案侦查并快速破案。王、李两人被抓捕归案。

目前，此案正在进一步审理中。（载于《春城晚报》1998 年 10 月 23 日）

绿春县人民法院
整顿队伍动真格见实效

本报讯　日前，一位当事人给绿春县人民法院民事庭副庭长周某生送来了甲级红河烟等礼品，请周副庭长在办案时"多多关照"。周某生当即拒收礼品并对送礼人进行了批评教育。这位当事人只得尴尬地收回礼品，并不无佩服地说："人民法院的队伍教育整顿，看来是动真格的了！"

今年 4 月以来，绿春县人民法院积极开展队伍教育整顿工作：组织学习，自纠自查，切实整改；向社会打开教育整顿大门，挂出闲置多年的"举报箱"，贴出举报公告，发出征求意见书，查找干警中的违法违纪线索；废止原来的《办案经费承包规定》，明令不准拉赞助款；建章立制，建立《绿春县人民法院干警违法违纪追究制度》《错案追究制度》等多项制度并严格执行。

经过教育整顿，全体干警工作作风大为转变。前不久，农民李波才上诉牛孔乡政府土地纠纷案，李波才非常担心自己虽然有理但"民告官"恐难赢，遂悄悄来到行政庭杨庭长家里送上 500 元"小意思"，希望杨庭长帮忙。杨庭长当即拒收并批评了李波才，可他还是硬留下钱走了。第二天，杨庭长将钱如数交到法院政工科，政工科又退还给李波才。不久，法院经审理对该案作出了"撤销牛孔乡政府处理意见的判决"，还给了李波才公正。

据不完全统计，自开展队伍教育整顿以来，全院干警多次拒吃请、拒收烟酒等礼品价值上千元，拒收红包 5 次，形成了"公正、讲理、文明、廉洁"的办案作风，广大群众高兴地说："法院拒'吃请'，办案又公正，真正是人民的法官了。"(载于《春城晚报》1998 年 10 月 25 日)

红河州首家国有企业出售
管理者买下红河电线厂

本报讯 9 月 17 日，在红河电线厂建厂 29 周年之际，该厂原主要管理者一举将其买下，使之成为私营企业。该厂也因此成为红河哈尼族彝族自治州首家出售的国有企业。同时，像这样定价、定向、整体出售的国有企业，在我省机电行业中尚属首家。

近年来，在激烈的市场竞争中红河电线厂已负债 4100 多万元。1995年，州政府将其列为全州国有企业改制的 10 家试点单位之一。经过 3 年多的反复调研和论证，根据该厂实际，制定了以"定价、定向、整体出售"为标准的产权出售方案。

经评估，该厂有总资产 5189.8 万余元，总负债 4107.7 万余元。按出售合同规定：总资产可扣除总负债；购买方必须负责该企业 151 名离退休职工的安置费 452 万余元、负责 456 名在职职工的安置费 397 万余元等。总出售价扣除以上费用并按一次性付款优惠 30%的规定，原管理者最终以 32 万余元买下了该厂。从此，该厂就变为纯粹的私营企业。(载于《春城晚报》1998年11月4日)

红河州"反贪第一案"结案
功臣钻"钱眼"进牢狱
王某平被判刑 15 年

本报讯 曾被定为红河哈尼族彝族自治州"反贪第一案"的弥勒拖白煤矿原矿长兼党委书记王某平受贿、贪污一案，经过 1 年多的艰苦调查取证和审理后，于日前由州中级人民法院依法作出判决：以犯受贿罪、贪污罪对王某平执行有期徒刑 15 年；19.1 万多元赃款依法予以没收上缴国库。

今年 45 岁的王某平，1976 年毕业于省煤炭技校，分配到州属企业弥勒拖白煤矿工作后，曾用所学知识为煤矿的技术革新、勘探矿源等生产经营工作作出过积极贡献。在党组织的培养教育下，1991 年、1994 年他先后挑起了矿长和党委书记的重担。刚开始，王某平仍能以务实谦虚、开拓创新的行动抓生产经营工作，使 1992 年成为该煤矿建矿以来生产经营和经济效益最好的一年。

然而，在取得出色成绩后，王某平开始居功自傲，声称自己是煤矿的"大功臣"，并认为党政职务一身兼是"千载难逢"的捞钱机会。所以，他开始不分对象、不择手段地捞钱。不论公事私事，要找他办事，一定要先给"好处"，否则就办不成。"好处费"少则几百元、多则几万元，他都一律照收。短短几年间，他就 60 多次收受和索要现金 16.1 万多元。同时，他还利用职务之便贪污公款 3 万元。

红河州中级人民法院在周密调查取证后对该案进行了公开审理，并依法作出了判决。（载于《春城晚报》1998 年 11 月 9 日）

长期低价 供水企业入不敷出 设施滞后 市民用水受到影响
锡都自来水提价了
水价调整后，自来水公司将逐步改善一批供水设施

本报讯 连日来，"自来水提价了"的消息牵动着锡都 30 多万市民的心，成为人们街头巷尾谈论最多的话题。水，为何提价？提价后对老百姓的生活有何影响？对供水企业今后的发展影响如何？围绕这些话题，记者于日前采访了个旧市自来水公司、市物价局及部分市民。

采访中，有关人士告诉记者：个旧市是全国 108 个严重缺水的城市之一，市区居民生活用自来水所需水源平时主要依靠个旧白云山林系水利工程提供，旱季还需依靠云锡公司供水厂电力提水补充，故运行维护成本较高。

340

而与之不配套的是：长期以来，"福利型"自来水的低价政策，使供水企业在生产中的耗费不能通过收入得到合理弥补，导致其长期亏损运行。

尤其是近年来，随着城市建设快速发展、住宅小区增多和城市人口增加，自来水使用量剧增，虽然政府投入了大量资金建设、改造和提升自来水供水设施，但供水企业长期亏损形成的恶性循环依然突出，已经影响到供水企业的生存、进而影响到整个城市将来的正常发展。譬如：供水企业无能力对有病害、有险情的水库、水沟进行除险加固和改造；无能力改变自备水源的不足；无能力改变老旧的供水设施，致其建设严重滞后，管网陈旧老化；由此导致珍贵的水漏失严重，如从白云山林区到市区66.9千米长的供水干管中，依然有一部分是1953年和1965年就安装、使用至今的老旧管子，在输送水源中漏失严重，导致旱季水压低时常常断水。

为此，市自来水公司和市物价局根据财政部、建设部《关于城市供水当前产业政策实施办法》及《云南省水利工程收费标准和管理办法》等有关法规政策，召开"水价决策听证会"，听取了社会各界代表的意见和建议。

在此基础上，结合个旧实际，制定了调整水价的规定：自今年10月1日开始，生活用水和建筑施工用水分别由每吨0.83元和1.50元调整为1.10元和1.90元；工业和商业用水每吨由1.13元调整为1.40元；对困难户及下岗职工从事经营活动需新增用水的，在水价上给予适当优惠；对五保户、鳏寡孤独等特困人员，免收水费。

采访中，家住永胜街的马萍大妈告诉记者，水提价后她家每月多支出3元到5元的水费，能够承受。而家住上河路的五保户李凤仙老人则享受免收水费待遇。

据悉，水价调整后，市自来水公司本着"取之于民，用之于民"原则，在3到5年内逐步改善个旧的供水系统和设施，提高档次和效率，尽快形成"以水养水，服务人民"的良性供水循环系统，为个旧建设精品城市奠定坚实基础。（载于《春城晚报》1998年11月18日）

341

这些粗制滥造、胡乱吹嘘、叙述肉麻的广告正雪片般飞进锡都市民的家门、信箱、车筐……

非法广告让人烦
当地工商部门已对此加大治理力度

本报讯 近段时间来，各类非法广告骚扰得锡都市民苦不堪言：这些粗制滥造、内容低俗甚至淫秽的广告正在雪片般地飞进市民的家门、信箱、自行车框，甚至你走在路上都有人拦住你硬塞一份在你手中……

11月23日，记者在工人村居民小区采访时看到，楼道、小区步行道上散乱放着不少广告。一位老大妈扯下塞在自家门缝上的某"壮阳片"广告，指着上面那些"刺激"的画面和"肉麻"的描述气愤地说："那些人到处乱塞，防不胜防，家里上中学的孙子也拿一份在看。这些乌七八糟的东西害人哪！"一名中年妇女也说："这些所谓的药根本就没有什么效果。"

日前，记者带着收集到的广告走访了个旧市工商局商标广告科。据该科负责人介绍，按国家有关规定，只有具备相关手续并在工商部门申请登记、许可发布的广告，原则上是合法的。该科负责人在认真、仔细看了记者收集并提供的7份广告后，他明确地说："这些都是非法广告。"该科负责人接着找到了这些广告在该科登记的、相应的《印刷品广告发布申请表》。那么，这些已经过工商部门登记审核、同意发布的合法广告，又是如何变成了非法广告的呢？

据介绍，任何广告主发布的广告"样品"，都必须与申请表同时报送到工商局商标广告科审批。该科根据《广告法》等有关法律法规进行审核、删改，广告主只能按照审核、同意过的广告进行印刷、发布；否则即为非法广告。记者将审核备案、同意发布的广告，与在外散发的广告仔细对比后发现：被该部门在审核时删除的、许多不健康或不合法的广告内容，广告主仍原封不动地印刷出来并对外散发。

另外，记者和该负责人在对这些涉及性病、壮阳、减肥、美容等方面的非法广告仔细鉴别后发现：西安某公司的"壮阳片"广告上仍有许多淫秽内容和以某先生名义写的服药后的"肉麻"描述；同时，这些广告无一例外地"保证有效率"达到多少多少；并以北京等地所谓"专家"和各地患者的名义及"形象"来吹嘘药品的功效如何神奇……这些内容均与《广告法》等有关规定相违背。该科和工商局有关负责人表示：对这些不按规定发布的非法广告要一家一家立案并进行严肃查处，还市民一个洁净的生活空间。

据悉，目前工商部门已购买了1套商标广告监测管理电脑系统对该项工作进行严格监督；同时配置了人、财、物力，开始对非法广告进行"一查二收三处罚"的治理。（载于《春城晚报》1998年12月2日）

百年企业迈新步
云南锡业股份有限公司创立

本报讯 经省工商局等有关部门批准，11月27日，"云南锡业股份有限公司"在昆明高新技术开发区正式登记注册。这标志着已有百余年历史的国有特大型企业——云南锡业公司迈出了现代企业制度改革的新步伐。

作为"云南锡业股份有限公司"主要发起人的云南锡业公司，其前身为1883年清政府成立的、官商合办的、以官股为主体的个旧厂务招商局。经过100多年、特别是中华人民共和国成立后的高速发展，至今，该公司的锡产量已分别占全国和世界的40%和20%左右，成为我国最大的锡生产及出口基地。其主导产品"云锡牌"精锡、焊锡是国优产品。精锡还在英国伦敦金属交易所注册了"YT"商标，是出口免检产品和国际知名品牌。云南锡业公司所在地个旧市，也因此成为世界著名的"锡都"。

"云南锡业股份有限公司"由云南锡业公司、个旧锡资工业公司、个旧锡都有色金属加工厂、个旧聚源工矿公司和个旧银冠锡工艺美术厂共同创立。（载于《春城晚报》1998年12月11日）

完美再现宋朝斗拱回廊式建筑原貌
700年指林寺整修一新

本报讯 12月17日，省级文物保护单位——红河哈尼族彝族自治州建水县的指林寺"整修"告竣。本着对文物"修旧如旧"的原则，经过加固、修缮、彩绘等"打整"后，该寺面貌焕然一新：其始建之初的宋朝建筑风貌——斗拱回廊式建筑原貌，被恢复得惟妙惟肖。

在滇南历史上，素有"先有指林寺，后有临安城"之说。始建于1296年的指林寺，在经历了700多年的风风雨雨后，如今已破败不堪，但其高大雄伟的斗拱回廊式木结构建筑风格，以及原建筑没有使用1颗铁钉、全靠木头榫卯相扣而建成的木结构寺庙，仍然具有较高的建筑、宗教、美学等历史研究价值和观赏价值。

为此，指林寺所在地建水县委党校多渠道筹资40多万元，于今年6月22日动工对其进行整体修缮：将清朝初年维修时补筑在寺庙四周、如今已破败不堪的土基墙全部拆除，恢复其"石栏望柱"的高雅原貌；按照其原貌、原材料及其规格尺寸，用石料加固寺庙的石脚；寺庙内外的地板全部用青色方砖重新铺砌；对整座木结构建筑进行专业的彩绘；对寺庙前的高大石牌坊进行修缮等。

据专家介绍，整个指林寺的原建筑没使用 1 颗铁钉，全靠木头榫卯相扣而建成了高大的、斗拱回廊式的木结构建筑，其建筑难度非常大。其高超的建筑技艺曾吸引了意大利、法国等许多国家的建筑学家前来建水考察并广受赞誉。（载于《春城晚报》1998 年 12 月 24 日）

建水发生一奇事——
牯牛耍性挑死主人
"闯祸"牛逃逸投水自尽 另 4 头牛跟随逃散

本报讯 前不久，在建水县南庄镇发生了一件奇事：当地一农户饲养的 1 头牯牛，在挑死主人后投水"自尽"。

11 月 30 日上午 8 时许，家住南庄镇绵羊村 4 社的六旬老汉何新荣像往常一样，将家里养着的 1 头牯牛从牛厩中牵出来准备拴在大门口的树上。就在他弯腰拴绳子时，这头牯牛却突然把尖利的牛角刺进何新荣的腹部后挑起何就跑。过路的村民见状大呼"救人！"牛厩里另外 4 头牛闻声后立即冲出牛厩，追着这头闯祸的牯牛向村外跑去。村人忙用扁担、锄头追打牛群。半路上，牯牛将何新荣甩下。牛群奔跑到 1 千多米远的村外公路上时，5 头牛突然停住，折转身，并排站在公路上不动了，静静地看着追打它们的村民。村民们拿不准牛们要怎么办，不敢轻举妄动，遂停止了追击。一些村民赶紧将肠子已流出体外的何新荣迅速送往县城医院抢救。当晚，何因抢救无效死亡。

据何家人介绍，"闯祸"的这头牯牛自幼都不听话，何新荣常常鞭打它，有时甚至把它拴在树上猛抽一顿。事发头天，何新荣又狠狠地鞭打过这头牯牛。

令人惊奇的是，事发第二天一早，何家人在距村子 2 千多米远的 1 个大水塘里找到了"闯祸"牯牛的尸体。据了解，并没有人杀死它。村民们推测说，它知道自己"闯祸"了，就投水"自尽"了。另外 3 头牛何家人几天后陆续在山上找到，还有 1 头至今下落不明。（载于《春城晚报》1998 年 12 月 24 日）

欠债两年 拒不偿还
法院执行 看你还赖
谷某国终于赔了 5000 元

本报讯 一起拖欠两年之久的医疗费赔偿案，日前在建水县人民法院的强制执行下得以解决，被拖欠人杨某终于拿到了 5000 元赔偿款。

1996 年 9 月 19 日，蒙自县农民杨某乘微型车经过 323 国道个旧沙甸段时，被驾驶手扶拖拉机路经此地的建水县东坝乡中所十社村民谷某国撞伤。经有关部门鉴定，杨某为十级伤残，并认定谷负事故全部责任。同年 10 月 18 日，经交警部门调解，谷同意赔偿杨医疗费等计 7170.96 元，谷当场付给杨 2000 余元并写了 5000 元的欠条给杨。但在此后 1 年多时间里，杨多次催要欠款而谷均以种种借口搪塞。万般无奈下，杨于去年 5 月向法院起诉谷。同年 7 月，法院判决谷赔偿杨 5000 元。但谷仍一直拖欠。

今年 11 月 3 日，法院依法对谷某国强制执行，将谷家 4 头肥猪变卖得款 3200 元加上谷还的 1800 元计 5000 元赔偿给杨某。（载于《春城晚报》1998 年 12 月 26 日）

345

中国越南国际汽车运输线开通

本报专讯 昨日，中国云南省金平苗族瑶族傣族自治县金水河镇–越南莱州省封土县三塘镇的国际汽车运输线正式开通。中越边境各族群众万余人在金水河口岸举行了热烈隆重的庆祝活动。

省人民政府有关领导到会祝贺并致辞。他说，改革开放 20 年来，云南从封闭落后迅速走向开放发展，由对外开放的末端变为前沿。越南社会主义共和国与我国云南省山水相连，两国人民有着友好交往的传统友谊。中—越国际汽车运输线的开通，对促进两国人民的传统友谊，促进两国边境地区的经贸合作和经济社会发展，将产生积极作用和深远影响。

据介绍，金水河口岸国际汽车运输线是我省继河口口岸、天保口岸之后开通的第 3 条国际汽车运输线，全长 81 千米，其中中方境内的 38 千米已修建为国家 4 级柏油路。（载于《云南日报》《春城晚报》1998 年 12 月 27 日）

建水投巨资为名胜古迹"穿衣整容"
朝阳楼等已竣工 朱家花园等在紧张修缮中

本报讯 自 1997 年以来，国家历史文化名城——建水县举全县之力，为辖区内的国家级和省级文物进行大规模的保护性修缮。目前，朝阳楼等一批名胜古迹已"整修"告竣。

在对名胜古迹的整修过程中，建水县坚持按照国家对文物修缮要求其"修旧如旧"等原则进行。12月中旬，始建于1389年的省级文物保护单位朝阳楼，投资111.9万元、历时1年修缮完毕：红墙黄瓦，整饰一新；城楼上的木雕门窗，雕镂精巧，生动细腻；高悬在城门楼上的老牌匾"雄镇东南"依然刚劲有力；已在历史风雨中屹立了609年的"朝阳楼"雄风依旧。

对省级文物保护单位文庙中的学海的清淤换水已结束，维修路面、路灯和绿化等正在紧张进行中，整个工程预计投资10余万元。省级文物保护单位指林寺已修缮完毕，其宋朝的斗拱飞檐、回廊式建筑原貌被恢复得栩栩如生。

位于坡头乡的全国重点文物保护单位纳楼长官司署已于11月10日正式动工修缮。该建筑群始建于清光绪三十三年（1907年），占地2.8万多平方米，建筑面积2951平方米，是纳楼茶甸长官司副长官普氏的衙门，是彝族土司集衙门办公功能和家族生活功能于一体的大型建筑群，有三进四合院及其大小房屋70多间，建筑风格融汇了彝族、汉族和哈尼族等民族建筑文化特点，是研究"土司制度"的"活标本"，预计投资60万元修缮并于明年4月完工。

被定为'99昆明世博会精品旅游工程的朱家花园，以"恢复朱家花园民居建筑、园林景观为主，并展现明清建水汉文化民俗生活和风情"为思路，预计总投资8310万元，将对宗祠、吊脚楼、跑马转角楼、卧房、客厅、闺房（绣楼）、戏园子、回廊、照壁等古建筑群以及花园、荷池、假山、园中道路等园林进行全面、彻底地修缮，预计明年4月完工。

据有关部门介绍，在这次大规模的名胜古迹修缮中，都增加了消防安全、供排水、电力以及防盗设施，为这些大规模的、古老珍贵的木结构建筑群增强了保护功能以及对外服务功能。（载于《春城晚报》1998年12月28日）

鸟语花香伴学子
建水三中绿化面积达9成

本报讯 树下刻苦读书的学子，林间飞来跳去的松鼠，翠皮鸟们叽叽喳喳的叫声，一静一动，无声有声，其乐融融。这是让初到建水三中校园的人们看到的、令人讶异和惊喜的一幕。

省二级一等完中——建水三中位于曲江镇慈云山麓，得天独厚的茂盛山林和丰富的水土资源加上学校得力的保护措施，滋养了校园内大片的板栗树林、百余年的老榕树、攀枝花树、棕榈树、莱阳松以及大面积的花草绿地，各种树木就有数万棵，使占地 18 公顷的校园绿化率达 90%，多次被评为省、州、县的"绿化先进单位"。

多年来，该校成立了专职绿化小组负责这项工作，并且每年都要投入数万元置换新树种和绿化坡地。（载于《春城晚报》1998 年 12 月 31 日）

专题系列报道：

红河州"查处盗版教辅书"系列报道之一——

一本不足百页的教辅书，错漏却有百余处。但因经受不住高额回扣的诱惑，红河州有的学校和个人却胆大妄为，硬是让大量的——

盗版教辅书侵袭小学生
此事已引起当地党委政府高度重视，联合调查组正在深入调查中

近段时间来，记者在红河哈尼族彝族自治州一些县市小学校发现了大量的盗版教辅书……

与此同时，不少小学生的家长也找到记者，忧心忡忡地说："我们发现了孩子们正在使用这些错漏百出的盗版书。这些书是我们交钱给学校，由学校统一购买后发给孩子们使用的。对此我们很困惑：学校是教书育人的地方，怎么会买这些盗版书来给学生使用？这不是在害孩子吗？请求记者帮我们呼吁政府赶紧查处这个事情，救救我们的孩子!"同时，学生家长还提供了十多册这些书给记者。

带着这些问题，记者到红河州工商局进行了采访。

听记者说明来意后，州工商局的有关人士说："我们也发现了这个事情，正要会同社会文化管理、公安和各级教委等部门组成联合调查组调查此事。"

随即，记者进行了跟踪采访。

在州工商局经济检查管理站，记者把学生家长提供的十多册书拿出来，经工作人员认真鉴别后，他确定地说："这些都是盗版书。"之后，工作人员又向记者提供了盗版和正版的《小学语文（数学）同步单元练习册——第一册》各1册，记者跟随工作人员，对正版书与盗版书一一作了仔细对比后发现：若仅看封面，几乎没有差异。

但认真翻看书里的内容，却发现：盗版书的编者、出版者、封面均是仿冒正版书；无印刷册数、时间和字数；无邮编、厂址和电话；盗版书均只有

5 至 76 页，而正版书均为 1 至 82 页；盗版书封底的防伪商标识别码粗糙模糊；盗版书《语文》《数学》每套零售价 10.80 元，正版书为 11.80 元；盗版书将正版书上的人像是女孩的变为男孩、是长发的变为短发，动物图画中是小猫的变为小狗；盗版书的字迹和图画模糊粗糙；盗版书的拼音字母字体极小，拼音和文字错漏百出，如第 13 页上"xi（洗）"图的拼音印成"ju（锯）"，而"ju（锯）"图的拼音却印成"xi（洗）"……经粗略统计，盗版的《语文同步练习册——第一册》仅错漏就有百余处。

据介绍，工作人员提供的这 2 册盗版书，是从建水县查获后取来的样本。记者随即赶到建水县教委采访某负责人，他说他不太清楚这件事，并说工作忙，拒绝接受记者的采访。

记者随后从红河州文化体育局了解到，8 月中旬，该局在接到群众多次举报后引起了重视。8 月下旬，州文体局会同建水县文体、工商、公安及新华书店组成联合调查组，深入到建水所属的面甸、南庄、曲江、李浩寨、东山等乡镇进行调查。

据查，面甸乡学区教委购买了一外省人直接来推销的、盗版的、小学 1 至 6 年级的《语文》和《数学》同步练习册 13806 册，付书款 2 万元后得 40% 的高额回扣共计 8000 元。南庄镇学区教委所属的"园丁书店"，去年曾因销售盗版教辅书被有关部门冻结了 10 万元的售书款；今年，该书店不仅继续在本学区销售盗版教辅书，还由沈某、陈某出面向县内的 16 个乡镇学区推销这些盗版书：曲江镇学区教委向沈、陈两人订购了 2652 册盗版书，付款 15837.40 元，得 11% 的回扣 1742.10 元。李浩寨乡学区教委直接向一外省人购买盗版教辅书 3572 册，已付款给外省人 17520.10 元，按 40% 的比例得回扣 7985 元。与外省人直接订购的东山乡学区教委经讨价还价，标价 10.80 元 1 套的盗版书外省人仅以每套 5.50 元的价格卖给该学区教委，该教委又以每套 8 元的价格卖给学生。

令人意外的是，联合调查组来调查时，东山乡学区教委负责人还说："盗版书与正版书相比，价格确实很低，在很大程度上减轻了学生的经济负担，很划算用。"

西庄、东坝、南庄等乡镇学区教委在联合调查组到来时，有关人员闻风而全部"有事外出"。但调查组在一些老师的办公室和学生手里查到了盗版书。

据有关部门掌握的情况，目前建水县 17 个乡镇中，只有较为贫困、边远的岔科乡是直接从新华书店订购的正版教辅书；其余 16 个乡镇均有盗版教辅书流入小学生手中，目前仅在 5 个乡镇就查获了 32856 册盗版书。

然而，更加令人忧虑的是在该州的石屏、泸西、弥勒、蒙自、个旧等县市均发现了大量的盗版教辅书。据该州联合调查组最保守的估计，目前流入红河州 13 个县市小学生书包的盗版教辅书至少在 10 万册。

采访中，社会各界有识之士均认为，盗版教辅书流入学校，危害是极其严重的：首先是误人子弟，把错误的知识教给孩子们，这是最不能容忍的；其次是严重扰乱了正常的教育、教学秩序；再次是相关人员收受回扣、非法牟利，在师生中和社会上造成极其恶劣的影响；第四是使国家税收严重流失等。所以，强烈希望政府严查！

所幸的是，该州联合调查组表示：尽管查处工作面临种种阻力和困难，但他们一查到底的决心和行动不变。

据悉，这一严重事件，已经引起红河州党委、政府的高度重视。（载于《春城晚报》1998 年 10 月 4 日）

红河州"查处盗版教辅书"系列报道之二——

让盗版教辅书远离校园
红河州严肃查处盗版教辅书

本报讯　本报于 10 月 4 日刊登了《盗版教辅书侵袭小学生》一文后，引起了红河哈尼族彝族自治州党委、政府的高度重视。连日来，该州以及各县市的有关职能部门已就此事展开了严肃查处工作。

10 月 9 日，红河州专门召开查处盗版教材和教辅书专题会议。州文体局、州教委、州工商局及州新华书店等有关单位参会。会议就"严肃查处盗版教材和教辅书"形成的《会议纪要》要求：全州各县市及有关部门应加强管理和监督，切实保障中小学教学用书质量；由州教委全面负责对全州教材和教辅书书目的审定工作；州教委审定书目后及时送交州新华书店，由新华书店统一负责征订、发行工作；未经州教委审定的教材和教辅书，不得向学校发行，杜绝盗版书籍流入学校；对建水县南庄镇教委等单位和个人征订、发行盗版教辅书的问题，要依法严肃查处。

10 月 14 日，该州有关职能部门已到建水等地开展查处工作。（载于《春城晚报》1998 年 10 月 23 日）

红河州"查处盗版教辅书"系列报道之三——

堵住盗版教辅书黑渠
红河州规范教学用书征订发行

本报讯 连日来，红河哈尼族彝族自治州教委、文化、工商等有关职能部门对盗版教辅书流入学校进行了严肃查处。同时，为堵源截流，11月24日，该州召开了"全州教材教辅读物征订发行工作电视会议"，将全州中小学教学用书的征订发行工作纳入依法运行轨道。

会上，该州有关部门对前一阶段全州查处盗版教辅读物的工作进行了总结和通报。同时，通报了州人民政府制定的《红河州中小学教学用书审查选用管理暂行规定》，要求：今后全州中小学教学用书均由州教委统一审定书目后送交州新华书店统一征订发行；其他任何单位和个人不得从事中小学教学用书的征订发行；全州各级新华书店要确保中小学教学用书的及时征订发行，确保学校师生教育教学工作的正常进行。（载于《春城晚报》1998年12月1日）

1999年：

个旧明珠小区
商贸中心"姗姗来迟" 万余居民生活不便

本报讯 个旧市明珠小区没有农贸市场，给万余居民生活带来不便。最近，记者从有关部门获悉，这种现状将很快结束。

据个旧市城建局领导介绍，明珠小区作为我省住宅示范小区之一，在规划设计中就已辟出2000多平方米土地建设小区商贸中心，预计投资380万元。但由于政府资金困难，同时考虑到小区建设征用了鄢棚办事处的土地，故将商贸中心的建设施工任务交给了鄢棚办事处。城建局则从规划、设计、施工质量、监理及进度等方面予以监督和保证。鄢棚办事处也在抓紧组织施工。目前，商贸中心土建工程已完成，但因资金及施工力量等原因，后期的内装修、管道安装等工程未按时完成，影响了已入住小区的874户群众及附近云锡储运公司、市肉联加工厂等单位共约1万余居民的居家生活。

该领导表示，城建局已竭力敦促鄢棚办事处等有关单位克服一切困难，抓紧建设，力争让商贸中心尽快投入使用，以解决小区及其附近居民"买菜购物难"的问题。（载于《春城晚报》1999年1月6日）

建水发现大规模元明时期火葬墓群
遗址面积 3 万多平方米　出土了大量文物

　　本报讯　日前，在古城建水县发现了一处我国元明时期的、大规模的火葬墓群遗址。据省考古研究所的专家现场勘察后认为：该火葬墓群遗址面积大，出土文物种类丰富、数量众多，是我国目前发现的同类遗址中规模最大的一处。

　　该遗址位于建水县城东北 3 千米处的临安镇苏家坡村，估计总面积达 3 万多平方米。目前，该遗址已出土了各类青花瓷罐、碗盘、陶罐、梵文砖、贝币、刻纹铜币等随葬品。专家认为，该遗址集中反映了我国古代西南地区各民族的火葬习俗。

　　据悉，建水县委、县政府已采取全面、周密的措施对该遗址实施保护。

（载于《春城晚报》1999 年 1 月 7 日）

恋爱不成竟起歹心　十余次投毒害死 6 人
侯应祥被刑拘

　　本报讯　一起历时半年多、投毒十余次、毒死了包括亲生父亲和恋人等 6 人在内的谋杀案于近日在建水县成功告破。犯罪嫌疑人侯应祥被刑拘。

351

　　去年 5 月 31 日，建水县盘江乡复兴村 62 岁的老妇周玉英高高兴兴地款待了从弥勒专程来看望自己的女婿李建明。孰料当晚，李建明喝了岳母泡的药酒后口吐白沫、全身抽搐，经抢救无效死亡。令人意外的是，时隔不久的 7 月 17 日，周玉英的二儿子邱卜良又发生了同样的中毒症状后，经抢救无效死亡。7 月 20 日晚，周玉英拿出菠萝罐头给回来奔丧的几个儿女吃。几分钟后，吃过菠萝的周玉英以及大儿子邱卜荣、大女儿邱凤仙、小女儿邱凤玲和小儿媳杨美玲先后发生中毒症状，经乡卫生院全力抢救后几人均脱险。但周玉英在第二天却突然病重死亡。8 月 23 日，邱卜荣与妹妹邱凤玲又再次中毒并惨死。

　　该案引起了当地警方的高度重视。经过建水、弥勒两地警方艰苦细致的侦察后成功告破。原来，屡屡投毒害人的是邱家的隔壁邻居侯应祥。侯与邱凤玲恋爱两年，但两人的恋情一直遭到有结怨的双方父母的强烈反对。侯应祥便伺机报复，用从地摊上买来的剧毒鼠药残忍地将自己的亲生老父毒死后，又屡屡在邱家的药酒、开水、罐头等食物中投毒，凶残地毒死了包括自己恋人在内的邱家 5 人。

目前,此案正在进一步审理中。(与王林青合作,载于《春城晚报》1999 年 1 月 9 日)

白沙冲饮水工程竣工　金平居民饮水不再难

本报讯　新年前夕,金平苗族瑶族傣族自治县白沙冲饮水工程竣工,该县新建的金沙住宅小区的数千居民喝上了卫生甘甜的自来水。至此,金平县城居民数十年缺水的历史画上了句号。

金平县是国家级贫困县。境内虽有藤条江、金沙河等多条河流和丰富的地下地表水资源,但因经济发育程度低,城市供水设施建设滞后,只有医院等少数单位有自来水。每到旱季或停电,全城居民就无水可喝,金平县城就成了名副其实的"干城"。干渴的人们只得男女老少齐上阵,挑桶抬盆,拥到县城外的小河里去排队打水,河水的卫生也不能保证。

为解决吃水难题,在国家有关部门大力支持和帮助下,1990 年该县投资 25 万元建成了日供水量 3000 吨的自来水供水设施。去年,又投资 135 万元完成了白沙冲饮水工程,新建了现代化的自来水生产车间和全封闭的清水生产池,为新建的金沙小区居民和部分老城区居民铺设供水管道 3000 多米。目前,自来水厂日供水量达 4500 吨,解决了城区人口的饮水问题,使人均日消耗卫生合格的自来水达到了国家有关部门规定的 200 升的标准。

据悉,该县下一步还将投资 120 万元对老城区陈旧滴漏的供水管网进行改造。(载于《春城晚报》1999 年 1 月 10 日)

城里亲人下乡来

红河州 63 名村建队员奔赴边疆 6 县工作

本报讯　1 月 5 日,红河哈尼族彝族自治州第 5 批村建工作队的 63 名队员奔赴绿春、红河、元阳等边疆 6 县,开始了为期 10 个月的村建工作。

在红河州所辖 13 个市县中,就有国家级贫困县 7 个。为实现省委、省政府要求的在 2000 年基本解决贫困人口温饱的目标,红河州自 1995 年以来,从州委办等数十个单位和部门,抽调得力精干的人员组成扶贫工作队奔赴金平、河口和屏边等 6 个贫困县的数百个乡村开展村建工作。工作队所到之处,以"建设一个好班子,找准一条好路子"为目标,以农村基层组织建设为核心,以带领当地各族群众学科学、奔致富为中心来开展工作。

正在菜地里收获冬早蔬菜青辣椒、苦瓜等反季节蔬菜的金平苗族瑶族傣族自治县勐拉乡的农民李波白，边忙碌着边告诉记者："过去，一到冬天，我们就闲着玩，认不得要干点什么，田地也放荒了。是城里来的工作队，教会了我们用科学方法种植反季节冬早蔬菜，又带着我们出去找销路，像亲人一样实心实意地带领我们脱贫致富奔好日子。你看，现在昆明、通海来的货车就停在地边等着我上货呢。今年冬天，看来又是一个丰收的季节。"（载于《春城晚报》1999 年 1 月 15 日）

方便车辆出入国门
中国越南开通金-马汽车通行管理口岸

本报讯 1998 年 12 月 26 日，中国云南省金水河口岸-越南莱州省马鹿塘口岸正式开通国际汽车运输线。红河哈尼族彝族自治州公安局车辆管理所金水河口岸车辆管理分所随之成立，正式开办出入境机动车及驾驶员管理业务。

据了解，凡从金平苗族瑶族傣族自治县境内的国家一类口岸——金水河口岸入出境的外国籍机动车和驾驶员，必须到金水河口岸车辆管理分所进行登记，并申请办理相关手续后，方准在我国道路上行驶。对出境的我国机动车及驾驶员，必须登记核发《中华人民共和国机动车临时出境行驶卡》和《中华人民共和国机动车驾驶员临时出境驾驶卡》后，方准出境。（载于《春城晚报》1999 年 1 月 23 日）

353

倾听意见 排忧解难
云锡公司设立"群众接待日"

本报讯 1 月 11 日下午 2 点，云锡公司一位副经理准时来到公司信访接待科，接待了来自公司所属老厂锡矿等厂矿单位的 20 多名上访职工。

自 1998 年 12 月开始，云锡公司新一届领导班子为更好地为广大职工群众排忧解难、释疑解惑，公司党委决定：将每周一下午定为"来访群众接待日"，由公司 8 位党政工领导轮流接待来访群众。接待中，公司领导认真、耐心地听取来访职工群众反映的困难和问题，对符合政策、公司又有能力办理的事，就及时给予办理；对与现行政策不符合或公司不能给予解决的问题，就耐心进行说服、解释和疏导。

一位离休干部的遗孀在已有配套住房的情况下，还要求所在单位再单独重新分配 1 套住房给她，接待的领导耐心地向她宣传、解释了国家的住房政

策，使她心悦诚服地离开。（载于《春城晚报》1999 年 1 月 29 日）

个旧屡屡发生玩具气枪伤人事件
又一中学生眼睛被打伤
学校呼吁：有关部门应加强对玩具的管理

本报讯 近日，个旧云锡一中的一名中学生在与同学玩耍时，被气弹枪击伤左眼，目前正在医院接受治疗。

1 月 14 日中午，云锡一中学生徐某与同学杨某在宿舍里玩气弹枪。打闹中，杨某枪里的塑料子弹射中了徐某的左眼。学校闻讯后，立即将徐某送到云锡总医院五官科医治。经医护人员全力救治，总算保住了徐某的左眼。但医生说，一段时间内，徐某的左眼视力会受到影响。

据了解，玩具气弹枪在个旧已造成多起少年儿童眼、耳、鼻、嘴、脸颊、头部等器官的伤害，其中一起还造成一名儿童右眼失明。一位校长告诉记者，对于气弹枪这类易发生意外的玩具，学校没收了不少，但总有一些不懂事的孩子私下玩耍。

另一所中学的校长认为，玩具品种丰富，无疑是开启了孩子们的智力；但气弹枪这类玩具害处多于益处，强烈希望政府有关部门坚决取缔，不要让它们流入社会，否则，极易让孩子们的身体受到伤害甚至造成终身残疾；同时引发家庭矛盾和社会矛盾；对此，学校很难做工作。（载于《春城晚报》1999 年 2 月 7 日）

石屏居民争睹"名人"
万余人参观书画联展

本报讯 1 月 22 日，由山水相连的石屏、通海两县首次联合举办的"中国名人书画篆刻精品展"圆满结束了在石屏的展览之后移展通海县。

这次富有特色的书画篆刻精品展是由石屏县政协、县文体局与通海县文化旅游局、县文联联合举办的。经过精心挑选，组办单位将珍藏于两县文物管理所内包括国家二级、三级馆藏文物在内的 136 幅书画和篆刻精品隆重推出。这些书画精品不仅有袁嘉谷、康有为、于右任、黎元洪、尹壮图等近现代名人的真迹，还有石屏县退休教师袁祯祥用毛笔手抄的、重达 24 千克的《三国演义》等平民百姓的"墨宝"。本土作家高春林、卫汉骞激动地告诉记者：“能够近距离地观赏这些精品书画和篆刻作品，真是人生莫大的享受。”

在短短 1 周内，仅有 2 万多城市人口的石屏县城内，就有约 1.5 万人次观看了这次联展，盛况空前。（载于《春城晚报》1999 年 3 月 1 日）

一些缺德人伸黑手搞破坏
红河州 IC 卡电话再遭毁

本报讯 日前，记者从红河哈尼族彝族自治州电信局得知：分布在全州 13 个市县的 667 部 IC 卡电话，在近半年时间里大部分惨遭人为毁坏，已有不少话机因“受伤致残”而“下岗”。

据了解，红河州自 1997 年 5 月在个旧市试点安装了首批 IC 卡电话后，极大方便了广大市民的通信需求，被老百姓亲切地称为“平民手机”。那时，百部话机伫立街头巷尾，随时迎候市民的拨打，基本上没有人为毁坏的情况。为此，电信部门又充满信心地先后投资 1000 多万元，在全州 13 个市县大规模设置了 IC 卡电话，地处边疆贫困地区的金平、绿春、红河、元阳等县城，也见到了 IC 卡电话亮丽的“身影”。

然而，自 1998 年下半年以来，伫立街头的 IC 卡电话不断遭到人为毁坏：有机玻璃罩被砸坏，电话机支架被砍弯，手柄被扭断，连接手柄与机身的金属绳被砍断，数字键上被糊满香口胶、口痰等污物，有人甚至将点燃的鞭炮塞进读卡机内炸坏机身……仅 1998 年 12 月 20 日至 21 日，位于个旧市金湖西路上的 10 余部 IC 卡电话的手柄就被砍断，在人行道和金湖水面上，都有被随手丢弃的话机手柄。今年春节期间，蒙自县的 47 部话机又有 20 部被鞭炮炸烂而“瘫痪”。与此同时，开远市的 20 余部话机也难逃厄运。倒是石屏、金平等贫困地区的话机安然无恙。

在采访中，很多市民气愤地告诉记者：毁坏 IC 卡电话的，多数都是操着外地口音的“老表”，我们见到了制止他们，反而被他们辱骂和威胁，时间长了，我们也不敢管了。希望公安等执法部门能出面管管。

州电信局市场营销部的负责人痛心地告诉记者：去年 12 月间，他们订购的 10 多万元的 IC 卡话机修复配件还没到货，原来毁坏的话机还未及修理；今年春节期间再遭毁坏的话机，又得要再订购 10 多万元的配件；仅 3 个月时间，公司为维修话机配件就多支出了 20 多万元；加上每部话机近 3 万元的投资，局里原计划 5 年收回投资成本的打算，可能要 10 年或更长时间才能完成。

对话机无端遭到毁坏，这位负责人表示：这极大影响了老百姓正常的通信需求；对此，电信部门将给 IC 卡电话安装防盗系统，加强监控；并加强与公安等执法部门的通力合作，对破坏分子予以严厉制裁；希望全社会都要爱护 IC 卡电话，并对其破坏行为进行制止、监督和举报。（载于《春城晚报》1999 年 3 月 16 日）

紫竹园小区居民想不通
费用已交三个月　电话一直通不了

本报讯　近日，个旧市紫竹园小区的居民多次向记者反映，他们安装电话的初装费已交给电信局三个多月了，但一直没有人来安装电话，他们就此曾多次向电信等有关部门反映，但仍无济于事。

据了解，紫竹园小区是我省经济适用住房建设试点小区之一，首批已入住 288 户。带着住户的疑问，记者采访了红河哈尼族彝族自治州电信局市场营销部紫竹园小区电缆工程的负责人。他说，该小区电话未能及时安装的主要原因，是在通往紫竹园小区的云锡总医院路段上，有 1 幢旧房被医院拆除后打算建盖新门诊部大楼，但目前一直没有盖，用围墙围着，致使这里老路不能再用，但新路路面又没有形成，所以现在无法挖沟铺排电缆线。同时紫竹园小区是云锡公司统一规划建设的小区，通信线路的安装也要服从他们的统一要求和安排。目前，小区内的缆线系统已做完，外部道路通往电信局的线路图纸已全部准备就绪，只等新道路形成后，我们就可接排缆线。当记者问大约需要多长时间时，该负责人表示可能需要半个月至 1 个月时间。

而云锡总医院的有关领导告诉记者，总医院正在拆旧房和修路都是事实，但他们不知道自己拆房、修路怎么会影响到电信局的工作；而且，也从没有人与他们联系、沟通过此事。不过，这位领导表示可以主动和电信局联系，争取修路和排缆同时进行，避免新路修好后再挖电缆沟造成的重复施工和浪费，同时也争取尽快让小区居民通上电话。（载于《春城晚报》1999 年 3 月 17 日）

蒙自长桥海里海鸥乐

本报讯　3 月 8 日，记者在蒙自县长桥海里意外发现了数百只体形比红嘴鸥大的白海鸥，它们悠闲地在水面上飞来飞去，鸥声阵阵。湖边村民杨卫忠告诉记者，过去，长桥海里的水又绿又脏又臭，已经好多年没有海鸥来了，现在政府治理污染后，从去年冬天开始，又有几千只白海鸥飞来这里过冬了。

据了解，总面积 10.8 平方千米的长桥海是我省 9 个高原淡水湖泊之一。多年来，由于沿湖周围群众的生活污水和部分小企业的生产污水源源不断地排入湖中，使水质受到严重污染。去年，县水电水利部门采取汛期过后关闸、不让污水流入湖区的强制措施治理污染。仅 1 年多时间，湖水就逐渐变清，水质得以改善。在长桥海绝迹 10 多年的白海鸥又飞回来过冬了。（载于《春城晚报》1999 年 3 月 17 日）

个旧一猫头鹰"落户"居民家
在阳台上做窝又产蛋

本报讯 2 月 27 日，在个旧市发生了一件奇事：1 只猫头鹰飞到一户居民家中的阳台上做窝并产下 3 枚鹰蛋。随后，猫头鹰寸步不离地孵着鹰蛋至今。

当日下午 4 点左右，家住绿春巷的尹晓冬家的阳台边的花槽中，飞来一只猫头鹰在此做窝。此后几天，猫头鹰陆续产下 3 枚鹰蛋并开始孵化。据尹家人介绍，这只猫头鹰白天基本不出去，晚上会出去几次，但几分钟后就飞回来。尹家人每天会放一些煮熟的鸡蛋或猪肉在它旁边给它吃。开始时，猫头鹰只是看看，不吃。后来吃东西了，但有人看它时它不吃，没人时就吃得干干净净。

记者在现场看到，尹家的花槽宽约 50 厘米、长数米，花槽内长满茂盛的君子兰，猫头鹰就躲在 1 棵君子兰下面，见有人看着它，它下意识地往后缩了缩身子，露出了肚子下面孵着的、鸡蛋般大小的鹰蛋。

仅隔着玻璃窗，尹家人每天在厨房里走来走去，炒菜做饭；有时还到阳台上晾衣、打扫卫生。据专业人士讲，人与猫头鹰近距离和睦共处，实为奇闻。（载于《春城晚报》1999 年 3 月 19 日）

碧水涟漪景色美
蒙自"南湖碧水工程"完工

本报讯 近日，蒙自县老百姓极为关心的"南湖碧水工程"顺利完成。完工后的南湖，湖水清澈，波光潋滟，受到人们的称赞。

近年来，位于蒙自县城区的南湖，由于种种原因，导致湖水被严重污染，湖面漂满垃圾，湖水又脏又臭。为还百姓一个水清、景美的南湖，县委、县政府于去年开始实施"南湖碧水工程"：取缔网箱养鱼千余箱；疏挖清运淤泥 1.3 万多立方米；修建围堤 1332 米；两次置换湖水 60 万立方米；拆除违章电杆 12 棵；沿湖边上种植绿草鲜花 432 平方米。

在进行"硬件"建设的同时，县政府还加强"软件"建设，成立城市监察大队进行常规管护；设立了市容监督员；实行"门前卫生三包制"等，使整个南湖公园的软硬件环境大为改观。（载于《春城晚报》1999 年 3 月 22 日）

地下艰辛施工 5 年　创下 3 项世界第一
我省重点工程蒙自五里冲水库建设第 1 期工程竣工
该水库为目前我国岩溶地区建成的第 1 座超深水库

本报讯　我省重点工程——蒙自县五里冲水库，经过 5 年的建设和 3 年的蓄水检验，在通过专家审评组及主管部门的技术验收后，被评为"优良工程"，并于 3 月 8 日上午 10 点在水库西岸正式剪彩通水。

来参加评审验收的中国科学院院士谭靖夷先生称："五里冲水库是利用岩溶天然盲谷建成的 1 个无地面大坝的中型水库，90% 以上的施工工程都是在地下实施完成。这项工程的顺利建成，在设计和施工中创造了 3 项世界第一：

"一是用高压灌浆形成 1 道高达 260 米、长 1330 米的悬挂式防渗帷幕；二是在地下溶洞里建成了高 105 米、长 50 米的钢混防渗墙；三是采用多排孔升压灌浆法将松散熔岩塌体建成了高 85 米、长 50 米的稳固防渗体。

"因此，五里冲水库的建成，为我国培养了一批能够在复杂岩溶地区从事水利工程建设的优秀技术人才和专业施工能力过硬的施工队伍；并为我国滇、桂、川、黔、皖、鄂、湘等广大岩溶地区的治水脱贫闯出了一条新路，积累了十分宝贵、可资借鉴、学习和运用的成功经验。"

五里冲水库自 1991 年 10 月开工建设以来，遇到了地下大水洞、岩溶松散塌体等一系列复杂、罕见的地质情况，极大地增加了技术要求和施工难度，曾一度影响了施工进度。为确保水库安全、高效地建成，由国内知名水利专家组成的专家组，根据实际情况和需要，不断地修改原设计方案；在国内首家采用了"堵、灌、截"相结合修建地下大坝的创新方法；施工上，选择了中国水利水电基础工程局等多家全国最优秀的专业施工队伍来施工；并实行严格的工程监理制度，确保了水库建设的顺利进行。

该水库建设为第 1 期工程，投资 1.87 亿元，库容 8000 万立方米。下一步，还将有与水库相配套的库区开发和建设的相关工程要做。该水库建成后，可新增灌溉农田 7000 公顷；改善原有灌溉面积 1500 多公顷；提供城市居民用水及工业生产用水 1210 万立方米；使历史上严重缺水的蒙自"大干坝"得以碧水绕田间，城乡群众也不再为吃水发愁。（载于《春城晚报》1999年 3 月 23 日）

小机器显大神威
个旧市人民医院使用胃肠吻合器治疗直肠癌获成功

本报讯 近日，个旧市人民医院普外科医护人员使用先进医疗器械——胃肠吻合器为一患者成功施行了直肠癌手术治疗。

该院历来重视对高科技医疗器械等"硬件"的投入，近年来已投入数千万元购买了生化分析仪、CT 等先进医疗设备。去年底，又购买了美国生产的治疗直肠癌较为先进的胃肠吻合器投入使用。在薛伟、阎冲等专家的精心组织和带领下，该科在去年 12 月成功为一名 66 岁的老年患者施行直肠癌手术治疗并获得成功。今年 3 月中旬，该科又使用该设备为一名 60 岁患者施行了同样的手术也获成功，这名患者高兴地告诉记者："得了癌症后我很悲观，到人民医院就诊后，没想到这里还有这么先进的医疗设备和医术这么精湛、服务这么好的医护人员，是他们给了我第二次生命，我很感谢他们!"

据了解，使用胃肠吻合器进行手术治疗，与传统手术相比，能使手术时间缩短近 1 个小时，病人流血少、痛苦少；同时，还能使手术吻合口标准化，安全性高，避免了术中、术后的一些并发症，病人康复快。（载于《个旧报》1999 年 3 月 23 日）

灯光璀璨迎游人
蒙自"南湖夜景灯光工程"竣工

本报讯 3 月 17 日，总投资 230 万元的蒙自南湖"夜景灯光工程"全面竣工。1 万多盏款式各异、新颖奇特的彩灯，将夜晚的南湖公园装扮得格外亮丽多彩。

过去，每到夜晚，美丽的南湖公园就漆黑一片，游人寥寥无几。偶有游人来玩，只得"摸黑"走路。省电力公司得知后，就拨出 230 万元支援蒙自县建设南湖"夜景灯光工程"。承建该工程的蒙自华光有限公司，在 3400 米长的环湖路上安装了 302 盏不锈钢杆的庭院灯；在湖中景点菘岛、览胜楼、瀛洲亭及南、北大门等建筑物上安装了 1 万盏五彩缤纷的进口彩灯；在玉带

359

桥、长虹卧波桥两侧安装了 160 套防雨壁灯及数公里长的电子移动塑管灯；另有 139 套投光灯、15 套草坪灯及 10 套花卉射灯分别投照在建筑物、花卉和草坪上，使富有特色的建筑物和美丽的花草更加光彩夺目。一位老大妈高兴地说："黑暗了多年的南湖公园，今天终于变亮、变好看了。我们老百姓晚上也有个休闲玩乐的好地方了。"

为保证"夜景灯光工程"常亮不灭，蒙自县电力公司新增加了 7 台变压器以保证供电系统的正常供电。（载于《春城晚报》1999 年 3 月 26 日）

城市雕塑：你叫什么名字？

本报讯 在一座美丽的城市里，建造一些寓意深远、雕刻精美、造型独特的城市雕塑，能为这座城市增光添彩。但令人意外的是：这些雕塑都没有名字，当地居民和外来游客在惊叹这些精美雕塑的同时，都在互相探问它们叫什么名字？是什么含义？在滇南古城蒙自，就出现了这种令人尴尬的事情。

近年来，有 600 多年历史的蒙自县投巨资在城市主干道及风景区修建了不少各具特色的城市雕塑，除位于天马路与银河路交叉环岛上气势雄伟的"天马腾飞"雕塑有名字外，其他的都没有名字：位于蒙自南大门昆河公路边上、基座是"M"形、上面用 60 块青红铜砖雕塑了人物，只有其基座上有含义说明的文字而无名字；南湖西路与南湖北路交叉路上，有 1 座四面是拱形门框、中间有一本打开的厚书的雕塑也没有名字，当地人只得戏称它为"两本书"；南湖北路"大清邮政总局"遗址处，1996 年修建了 1 座蒙自开邮百年纪念雕塑，这是 1 个赤足、头戴草帽、肩挑邮包、胸前挂个"邮"字的大清邮差人物塑像，基座上有说明文字，但仍没有名字。其他地方的雕塑也是同样，不一而足。

记者对此进行采访时，该县建设局一位副局长说：这些城市雕塑在设计时都是有名字的，比如邮政的那个叫"大清邮差出班"，"两本书"的那个叫"科技兴蒙"，但在制作时有个小小的疏忽：没有把这些雕塑的名字同时做上；另外，有些雕塑是做了名字的，但字体又太艺术化，一些老百姓看不懂，给人们造成了误解。（载于《春城晚报》1999 年 3 月 28 日）

石屏喜获"名城"殊荣

本报讯 日前，省政府正式命名石屏县及其所辖宝秀镇的郑营村为省级

"历史文化名城"和"历史文化名村"称号。

据了解，石屏县是以"历史文化名人辈出"、郑营村是以"我省四合院民居建筑群博物馆"而分别获此殊荣的。而仅有 3000 人口的郑营村，山清水秀，诗书传家，民风淳朴，一村之内就有陈氏宗祠、郑氏宗祠、陈氏民居群 3 个省级文物保护单位，是我国近现代著名实业家陈鹤亭先生的"衣胞"之地。陈鹤亭曾到日本考察学习，后出任个旧锡务公司总理和个碧铁路股份公司总理以及蒙自道尹，在 1910 年代主持修建了我国第一条具有完全主权的民营铁路——个（旧）碧（色寨）石（屏）铁路，为我国现代锡工业及滇南地区经济社会的发展作出过重要贡献。

据悉，郑营村也是目前全省唯一获得"历史文化名村"称号的乡村。（载于《春城晚报》1999 年 4 月 4 日）

不文明者屡伸黑手
蒙自市政设施被毁严重
有关部门应加强监管处罚

本报讯 近日，记者到蒙自县采访时看到：该县投巨资兴建的许多漂亮、实用、便捷的市政设施被人为毁坏，令人惨不忍睹！

蒙自县环南湖四周的球形庭院灯是"南湖夜景灯光工程"的主要组成部分，为市民的安全出行和游玩提供了极大便利。然而，记者在环湖西路、南路、北路上看到，有近 30 盏庭院灯被砸坏，只剩下孤零零的灯杆。环湖周围和湖中菘岛上的绿地、鲜花被践踏，树木被拦腰砍断。天马路上的果皮箱被扳倒砸坏，而箱子上方就是写有"提高文明素质，争做文明市民"的宣传牌。位于天马路、银河路、环城北路等路段上的 18 部 IC 卡电话，有的听筒被扭断，有的显示屏和读卡器被烧毁，有的话机架被砍弯，有的糊满口痰、口香糖胶泥等污物，让人十分恶心。

据了解，为创建全省甲级卫生县城，蒙自县在财力十分紧张的情况下，仍多渠道筹资建设市政设施，提升城市为民服务的多种功能。但是，由于极少数不文明者的肆意破坏，这些市政设施还未很好地发挥作用就"夭折"了，影响了广大市民的生活，损害了群众的利益和蒙自县的整体形象。

采访中，许多市民不约而同地对记者说：强烈希望政府有关职能部门在加强宣传教育的同时，还应加大城建监察和执法力度，对查有实据的破坏者予以重处重罚；公开设立举报电话，将破坏者置于公众的监督之下。（载于《春城晚报》

361

1999 年 4 月 14 日）

红河州严查十起职务犯罪大要案
让贪赃枉法者无处藏身

本报讯 近年来，红河哈尼族彝族自治州检察机关对全州有影响的十大职务犯罪案件进行了严厉查处。3 月 23 日，州检察机关向社会公布了这批案件的查处情况。

一年来，红河州加大反腐力度，对党政机关、行政执法机关、司法机关和经济管理部门这"三机关一部门"中发现的个别领导或工作人员的贪污、受贿、渎职、侵权等违法行为进行了严厉查处。

这次公布的案件是：蒙自电力公司电力服务队原经理毛某芝等 4 人合伙贪污公款 59.3 万多元案；元阳县计委原主任朱某富挪用 117.9 万多元公款案；金平苗族瑶族傣族自治县勐拉乡地税所原干部王某勇贪污 14.9 万元公款及私藏弹药案；元阳县委组织部组织科原科长马某光挪用党费 8.63 万余元案；中国农业银行河口县支行发行柜原出纳员韦某芬挪用公款 29842 美元、人民币 19.48 万元案；建水县曲江镇原党委副书记兼派出所所长王某东、原指导员赵某堂刑讯逼供案；河口瑶族自治县原县委副书记许某破坏选举案等十起大要案。

据介绍，在这十起大要案中，有三起法院已作出一审判决，有六起检察机关已提起公诉，有一起正在查处中。（载于《春城晚报》1999 年 4 月 15 日）

个旧市人民医院防腐出"硬招"
盖大楼先签订"廉政协议"

本报讯 近日，个旧市人民医院、个旧市建安公司建工处与个旧市人民检察院共同签订了该市第 1 份《建设工程廉政协议书》。

个旧市人民医院在即将投资 3000 万元建盖外科大楼时，为避免"大楼上马、干部落马"的悲剧，就主动与检察院联系共建"反腐防腐防线"，成立了由检察院、医院和施工单位建工处及其驻工地代表共同组成的"廉政共建"领导小组；并共同签订了这份《廉政协议书》，规定：在工程施工质量、施工进度、资金用途、干部廉洁等方面，领导小组将随时、随地进行监督检查；工程甲方人员不得利用职权向乙方索要或收受贿赂；禁止挪用或侵吞工程款等。

362

协议还规定：若有违反协议行为并经立案查处的，乙方有权从甲方获得被索贿数额的 1 至 3 倍的赔偿；若乙方有向甲方行贿行为并经查处的，将对乙方处以 10 万元以内罚款直至中止合同的处罚。（载于《春城晚报》1999 年 4 月 21 日）

一楼的两家饭店煤烟油烟天天起，二楼的住户李家度日如年。他们多次交涉，但问题一直未得根本解决。无奈之下——

居民状告饭店主

个旧市人民法院已受理此案

本报讯 4 月 12 日，个旧市居民李某、季某美夫妇将两家长期制造"烟雾"、影响了其正常生活的饭店业主告上了个旧市人民法院。

据了解，1996 年 6 月，李某夫妇搬进了位于个旧市朝阳南区 2 幢 1 单元 202 号的新居。1998 年 5 月，姜某保、姜某珍两人分别在李某新居的楼下开设了"金桥餐厅"和"天桥饮食店"两家饭店。由于两饭店主在开业前均未安装油烟排放处理装置，导致用火时的煤烟和炒菜时的油烟都直接扩散到李某家中，致使李家室内空气受到严重污染，阳台上栽种的盆花先后枯死，衣物无法晾晒。同时，季某美本来患有心肌缺血症，长期在刺鼻的、被煤烟油烟污染的环境中生活，导致了其病情加重。

此前，李某夫妇曾多次向两饭店主提出改进油烟排放的意见，并多次向环保、卫生防疫等部门反映。但直到今年 3 月 26 日，两饭店主才对排烟设施作了简单改进，但未根本解决问题，浓烟仍飘进李某家中，影响了其正常生活。因此，李某夫妇向法院提起诉讼，要求两被告彻底改进煤油烟排放处理装置；赔偿原告健康、精神损失费 1 万元。

目前，法院已正式受理此案。（载于《春城晚报》1999 年 4 月 22 日）

蒙自加大城市监管力度

拔出"钉子户" 取缔马路市场

本报讯 近段时间来，到蒙自的外地人惊喜地发现：这里沿街为市、又脏又乱的马路市场和车、马、人塞成一团的拥挤不堪的场面不见了，取而代之的是宽敞的马路、整洁的路面和人、车各行其道的有序景象。

历史上，蒙自县城有沿街为市的习惯。随着城市发展和人口增加，沿街为市、占道经营造成交通堵塞和不少安全事故，尤其是星期天，大街小巷挤满了随地摆摊的人、板车和箩筐等，绿化树上被随意拴满了马匹、牛羊，城区交通基本瘫痪。

自去年 10 月以来，县城建局监察大队结合创建全省甲级卫生县城要求，开展了取缔马路市场的工作。开始时，一些经营者对此不理解，工作难度很大。一次，监察队员在三义街对占道经营的个体户采取强行拆除措施时，被当事人用刀架在脖子上进行威胁。执法中，有的队员及其家属被无端辱骂、威胁，少数人还扬言要报复。镇署街原来是烧烤一条街，架子、遮阳篷、烧烤摊、桌子、凳子堵死整条路，污水脏物遍地，监察队员来了摊主收摊，走了又摆出来。队员们不厌其烦，多次去做耐心细致的说服劝解工作并加大执法力度，最后圆满解决。

另外，监察大队白天是监察队，晚上是修路队。队员们利用晚上休息时间，投入人力和材料对那些被搞坏的路面、人行道、花坛等进行修补，对被偷走的沟盖板他们想办法找来盖上。

现在，当地老百姓和外地游客都说："蒙自的路好走了，车好开了，像个城市的样子了。"（载于《春城晚报》1999 年 4 月 23 日）

364

蒙自 2.3 万盆珍贵名菊将"亮相"世博会

本报讯 日前，记者从蒙自县花卉协会了解到，在今年昆明世博会期间，蒙自将有 2.3 万盆珍贵名菊在世博会的中国馆和云南馆中"亮相"。

蒙自是有名的"菊花之乡"，这里的乡村农家和城市居民都素有种养菊花的传统和喜好。菊花色彩斑斓，花貌变幻多姿，非常好看；又有清凉解毒的药用功效，具有很高的观赏和药用价值。多年来，蒙自人经过不断探索，培植出了珍贵的"玉黄袍""红衣金绣""粉丝头""金龙探爪""朱光墨演"等稀有、名贵的菊花精品；并开发出"菊花过桥米线""菊花粉蒸肉""菊花炖鸡蛋"等颇负盛名的地方名特美食。每年秋季，蒙自都要举行规模盛大的菊花展，来自个旧、文山、昆明等地的菊花爱好者云集于此，切磋技艺，交流经验，展示精品，共赏秋菊神韵。

据了解，这次送展的菊花有 53 个品种，除"玉黄袍"等 5 个已培育出的珍稀品种外，还有"白牡丹菊""金背牡丹菊"等 10 多个珍稀品种已开始培育。10 月 3 日前，须完成培植并在世博园布展。10 月 7 日，将正式开展并参加世博会期间在此举办的"中国菊花展评赛"。（载于《春城晚报》1999 年 4 月 27 日）

个旧紫竹园小区通电话了

本报讯 4月15日，个旧市紫竹园小区的居民高兴地打电话告诉记者：紫竹园小区终于通电话了，谢谢记者帮我们的呼吁！

本报3月17日以《紫竹园小区居民想不通，费用已交三个月，电话一直通不了》为题，报道了紫竹园小区通电话难的问题，引起了红河哈尼族彝族自治州电信局和云锡公司总医院的重视。两单位多次沟通协商，就造成电话未及时开通的具体原因进行分析，理清了各自的工作及职责。随后，两单位也同时抓紧了各自相关工作的进度。到4月15日下午，该小区居民的电话已全部开通。（载于《春城晚报》1999年4月28日）

吞入钢板受活罪 手术取出保性命
包某作践自己竟是怕去戒毒

本报讯 4月20日，吞食1条钢板9天、导致生命垂危的包某，在云锡总医院医护人员的精心救治下，终于康复出院。

今年23岁的包某在父母离异后随父亲生活，后染上毒瘾。前不久，包父要送他去强制戒毒，他不从，遂吞下1条长7厘米、宽2厘米的钢板想自尽。被儿子伤透了心的包父一怒之下，干脆不送他去就医。

其母得知后，于4月2日将其送到医院救治。进医院时，已是包某吞食钢板后的第9天，生命垂危。医生当即为他施行手术。当医生打开包某腹腔时，发现钢板已将其肠子刺穿后进入腹腔中去了，腹腔内满是粪便和血液，包某生命危在旦夕。医护人员迅速采取紧急措施进行抢救，并成功实施了手术。

术后，经医护人员的精心治疗，包某终于康复出院。（载于《春城晚报》1999年4月29日）

国企要有"明白账"
红河州国有企业推行厂务公开

本报讯 近日，中共红河哈尼族彝族自治州纪委、州委组织部、州经贸委等8家单位联合发出《关于在全州国有企业实行厂务公开制度的意见》，并要求全州所属国有企业认真贯彻执行。

该意见对国有企业厂务公开的指导思想、应遵循的原则、主要途径和形式、基本程序和时间以及组织实施的具体内容和措施都作了明确规定。其

365

中，厂务公开的内容有：企业发展的规划、计划和目标；企业的生产经营状况；企业改革的重大事项；涉及职工切身利益的重大事项；业务招待费使用情况；领导干部个人廉洁自律情况；推行平等协商、签订集体合同制度以及集体合同履约、检查、报告制度的建立及执行情况；职代会每年评议领导干部的情况；上级要求或企业确定的其他需公开的事项等。

推行厂务公开制度，使国有企业有了一盘"明白账"，可以加强对国有企业的民主管理和监督，受到职工群众的欢迎。（载于《春城晚报》1999 年 5月 1 日）

个旧私企老板学法律
70 多家企业主参加培训

本报讯 4 月 22 日，个旧市 70 多家私营企业的大小老板们暂时放下手头繁忙的工作，自觉走进学堂学习法律法规知识。

近年来，随着非公经济快速发展，个旧市个体私营企业主不断增多。在相关的经济工作中，他们对有关的法律法规知识比较欠缺，影响了企业的进一步发展，他们就渴望尽快"补上这一课"，做懂法、依法、守法经营的企业家和个体户。应这个要求，个旧市工商局和司法局联合，特别举办了这个培训班，为这些老板们开设"小灶"，讲授《中华人民共和国公司法》《中华人民共和国经济合同法》《中华人民共和国劳动合同法》《中华人民共和国会计法》《中华人民共和国消费者权益保护法》等 8 种法律法规。

个旧市万通客运有限责任公司经理李某鑫告诉记者："我虽然当老板时间不算短了，但系统学习经济方面的法律法规还是第一次。只有知法、懂法，才能依法、守法。只有依法、守法经营，才能办好企业，求得生存和发展。"（载于《春城晚报》1999 年 5 月 2 日）

涉嫌抢劫，怎能交了罚款走人？
蒙自检察官杨某国私放嫌疑人受处分

本报讯 日前，中共蒙自县直属机关纪委和蒙自县人民检察院联合，对县检察院审查起诉科原科长杨某国执法失职行为进行了查处。

据了解，1997 年 2 月至 1998 年 2 月，杨某国在担任审查起诉科科长职务期间，在受理白某等 5 人抢劫、盗窃案件过程中，杨某国擅自改变集体决定，将已构成犯罪的白某等 3 人每人收取 4000 元罚款后释放。不久，在受理涉嫌盗窃罪的李某案中，杨某国又故技重演，未经审理及请示有关部门，擅自向李某收取 1 万元罚款后将其释放。

蒙自县直属机关纪委和县检察院获悉此事后，经周密调查，认定了杨某国的执法失职行为。县检察院依据有关法律法规并报经县人大常委会通过，免去杨某国检察员、检察委员会委员、审查起诉科科长职务；并予以其行政记大过处分。县直属机关党委也予以杨某国留党察看 1 年的处分。（载于《春城晚报》1999 年 5 月 7 日）

欠国家的钱想赖？没门！
红河州法院曝光一批赖账者

本报讯 4 月 22 日，红河哈尼族彝族自治州中级人民法院在个旧市首次举行公开集中执行大会，对长期拖欠中国农业银行个旧市支行贷款的 14 家企业及其法人进行公开曝光。

据悉，这次公开执行的总金额达 888 万多元。在执行大会上，州中级人民法院要求：被执行的单位和个人须在 5 天以内到法院执行庭如实申报单位和个人的所有财产；并在 20 天内自动履行已发生法律效力的有关判决、裁定和调解书确定的义务；对不如实申报、隐匿财产的，经查证属实，将以妨碍执行论处，依法予以制裁；对逾期不履行法律义务或有能力履行而拒不履行的，将视情节轻重依法强制执行或追究有关责任人的法律责任；对执行中查封、扣押、冻结的被执行人的财产，依法公开进行拍卖和变卖。

同时，法院还公开设立了举报信箱和举报电话。执行大会上，不少被执行人当场表态，尽快按照法院的要求履行自己的义务。（载于《春城晚报》1999 年 5 月 8 日）

云锡总医院创造了医学奇迹
小肠只剩 30 厘米 一患者依然存活

本报讯 一名肠子被切除 95% 以上的患者，在云锡总医院医护人员的精心救治下，目前已逐渐恢复了生活自理能力。此举被有关专家称为医学奇迹。

今年 52 岁的李某某是云锡研究设计院的职工。去年 7 月，他患肠系膜上动脉栓塞导致小肠广泛坏死，被家人送到云锡总医院时已处于中毒性休克状态，生命垂危。外二科医护人员在征得其家属同意后，立即为李某某施行了急救手术。当打开其腹腔后，医护人员都大吃一惊：其长约 650 厘米的肠

367

子，已坏死了600多厘米，且完全变黑腐烂。为挽救患者生命，医护人员果断将其腐烂的肠子全部切除，保存了仅有的30厘米完好肠子。

术后，患者虽然保住了性命，但消化功能几乎全部丧失。为此，专家们专门为其配制了3升袋装高营养素并采取间隙性静脉输液等特殊方法进行医治。医护人员也给予他特别精心的医护。之后，李某某病情慢慢好转，消化功能也慢慢恢复，身体也随之逐渐康复。

据了解，正常人肠子被切除仅剩下30厘米还得以存活并基本恢复生活自理能力的，在医学上实属罕见。（载于《春城晚报》1999年5月16日）

被患者投诉：待岗
云锡总医院两名职工未尽职守被待岗

本报讯 日前，云锡总医院发出通报：对两名受到患者投诉的职工予以待岗1个月的处理。

自今年4月1日起，《云锡公司总医院一次性投诉待岗试行办法》正式实施。自此，"医护人员不好好工作就待岗"已不是一句空话。

该办法规定：凡职业道德差，语言不文明，对病人生、冷、硬、顶、推、拖，与病人及家属发生争吵的；以医技或以权谋私，收受病人及家属钱物，主动接受吃请的；在业务往来中收受"回扣"、受贿等查有证据的；违反工作制度，不按医疗护理操作规程和有关规定进行服务，影响治疗和抢救的；弄虚作假，出具假证明、假报告等造成后果的；私自向病人出售药品和其他物品的；不遵守劳动纪律，无故迟到、早退、脱岗产生消极影响或造成后果的；在职职工擅自从事第二职业，损害医院利益，动用医院设备、器材、医疗服务器械等为个人谋私利的；机关后勤人员办事拖拉扯皮，服务不到位，损害患者利益或对科室工作造成重大影响的。

凡出现以上问题之一而被患者或其他人员一次性投诉并经查实者，即以待岗论处。待岗期限最少1个月，期间仍在本部门上班，每月发200元待岗工资，其他各种津贴和奖金一律停发。1个月后，视其表现转为重新上岗或下岗。若年度内受到两次待岗处理者，则予以下岗待业处理。为便于实施，医院在党委工作部设立了行风整顿办公室，并公布了2446613的投诉电话。

4月8日，该院内一科护士张某上夜班，对一名患者家属向其反映病人病情危重时，张某仅将体温表交给患者家属拿去测体温，后又未及时去病房观察患者病情，也未及时请求值班医生处理。当夜病人病情危重。为此，家属向院方提出了投诉。4月17日中午，该院总务科电梯工代某在上班时，因无故脱岗30分钟，也被有关人员投诉。

云锡总医院对这两起投诉极为重视，院行风建设领导小组专门对此进行了深入调查，确定投诉属实。按照医院"实行一次性投诉待岗"的有关规定，决定予以张某和代某自5月1日至5月31日待岗1个月的处理并通报全院。（载于《春城晚报》1999年5月24日）

环卫不吃"大锅饭" 锡都街头更干净

本报讯 自今年5月以来，个旧市环境卫生管理处实施分路段承包清扫保洁后，锡都的大街小巷更加整洁亮丽了。

个旧曾荣获"国家卫生城市"等多项殊荣。为使环境卫生管理和清扫保洁工作更上一层楼，市环卫处将全市7条主要大街及其部分岔街小巷发包给下属的清扫队，清扫队又将其分段承包到下属的7个小组。这7个小组每天清晨8点前清扫1次大街。8点后至天黑前进行全天候巡回保洁，要求做到"五无五净"：无乱丢垃圾、无果皮纸屑和其他废物、无砖头土石、无污泥积水、无杂草痰涕；路面净、落水口净、街沿石边角净、绿化带和树穴净、果皮箱及其周围净。对未能做到"五无五净"以及无故旷工、迟到的，分别予以罚款5元至150元不等、撤换责任人直至待岗的处罚。（载于《春城晚报》1999年5月25日）

红河州公审百余桩大案
"百案开庭审判活动"拉开序幕

本报讯 5月20日，红河哈尼族彝族自治州中级人民法院及全州所辖13个市县的两级人民法院统一开展的"百案开庭审判活动"正式拉开序幕。

红河州两级人民法院"百案开庭审判活动"将按照"六个公开"的要求进行，即争点公开、举证公开、质证公开、辩论公开、评判公开和宣判公开。活动中，各审判法庭还特别为人大代表、政协委员、群众代表和新闻记者预留了旁听、监督和记者席位，以增强审判工作的透明度，自觉接受社会的监督。

据悉，此次审判活动为期10天，将对全州105件刑事、民事、行政、经济等各类重特大案件进行公开审理。（载于《春城晚报》1999年5月27日）

屏边春夏季节
山花野菜香喷喷

本报讯 春夏时节，来到屏边苗族自治县的人们，可以品尝到数十种味道、形状、名称和色彩都稀奇古怪的野花、野菜、野果和野根茎，大饱口福和眼福。

屏边县有国家级自然保护区——大围山森林公园；同时，城里、乡下都有茂盛的森林、良好的水土和温润的气候，为山花野菜的生长提供了天然的、多样性的好环境。每到春夏季节，城里、乡下的集市上，都可以看到山里人在卖刚刚采摘来的新鲜山花野菜。山花有：玉荷花、苦刺花、棠梨花、鸡屎臭药花、雀梅刺花、芭蕉花、西花、金雀花、石榴花、臭刺麻花等；野菜有抽筋菜、绿蕨菜、蕨蕨菜、苦马菜、水芹菜、鸡脚菜、刺头包菜、儿菜、草果芽、丕菜根、茴香根、芹菜根、臭菜、苔菜、苦果等；野果有黄泡、白泡、紫泡、橄榄、酸汤果等，数不胜数。

在市场上，看着这些你从没见过、也没听过的山花野菜野果，你会满脑子凌乱，一头雾水，无从下手。这时，热心的卖菜大妈就会絮絮叨叨地告诉你，这叫什么菜，要怎么做、怎么吃，比如：金雀花煎鸡蛋，而且要煎香一点才最好吃；芭蕉花要剁碎，用小米辣爆炒后是最好的下饭菜；苦马菜煮汤或剁细炒饭吃，有清凉、消炎、解毒的作用；酸汤果是洗净后直接蘸盐巴辣子面吃，酸辣咸香得很；黄泡、白泡和紫泡洗洗干净就可以吃等等，不一而足。

这些山花野菜野果都是天然野生的绿色食品，具有多种药用价值，而且只有在春夏季节才有，许多外地人这时只要来到屏边，都会买上一些带走。而当地老百姓也因售卖山花野菜野果而增加了收入。（载于《春城晚报》1999 年 5 月 31 日）

云锡总医院复核医师"资格"
7 名医生丢了处方权

本报讯 截至 5 月 31 日，云锡总医院对全院医师资格复核工作全部结束，对 7 名无国家教委承认的正规学历和医疗职称的医生取消了处方权。

为加强医疗管理，保证医疗质量及用药安全，云锡总医院根据国家医疗管理有关要求，自 5 月 1 日起，开展了对执业医师资格的复核工作。对符合《中华人民共和国职业医师法》及相关行业法律法规的各级医师 162 名核准了处方权、92 名核准了报告权、6 名从事卫生防疫和计划生育工作的核准了有局限处方权，而对 7 名不符合要求的医生则取消了其处方权。

医院强调：按有关规定，无处方权和报告权的医生不能在相关岗位上岗；其所作的处方和报告一律视为无效。（载于《春城晚报》1999 年 6 月 11 日）

河口海关走私犯罪侦查支局成立

本报专讯 今日上午 9 时，中华人民共和国河口海关走私犯罪侦查支局在红河哈尼族彝族自治州境内的国家级口岸——河口海关成立。

新组建的河口海关走私犯罪侦查支局隶属于昆明海关党组和昆明海关走私犯罪侦查分局。这支新组建的国家缉私警察队伍，由海关和公安进行双重垂直领导，以海关领导为主；实行"联合缉私、统一处理、综合治理"的反走私斗争新体制。（载于《春城晚报》1999 年 6 月 14 日）

城乡姐妹"手拉手"
蒙自妇女结对扶贫有声有色

本报讯 近年来，蒙自县各级妇联积极开展城乡妇女姐妹"手拉手"结对扶贫活动，不少农村妇女在城里姐妹的帮扶下走上脱贫致富路。

蒙自所属的水田、老寨、西北勒 3 个乡是省级贫困乡。县检察院妇女委员会与水田乡六家村的妇女结对后，女检察官们经常抽时间下乡了解农村姐妹们的情况。当得知六家村的妇女们需要科学种植、养殖、法律等方面的书籍后，女检察官们立即买了 200 多册有关书籍送去。

县粮食局女职工们在单位效益不好的情况下，仍然捐出 280 元和一些学习用具给结对子的西北勒乡的姐妹们送去。县妇联还拿出 3000 元作为循环扶贫资金帮助西北勒的 5 名壮族妇女养殖山羊。

截至目前，全县已有 35 个单位的妇委会与农村的妇女代表小组结对子，14 个乡镇的 112 名妇联主席或妇女主任与 189 户贫困户进行了结对子帮扶。（载于《春城晚报》1999 年 6 月 16 日）

给付赡养费太少　七旬妪告亲生子

本报讯 5 月 25 日，蒙自县人民法院依法判决一起亲生母亲状告子女要求给付赡养费的案件。

今年 79 岁的阮氏定有 5 个子女，丈夫病故后，她一直与小儿子生活在一起。在外地工作的小女儿也时常寄钱或买东西给母亲，无业的大女儿照顾着母亲的生活起居。长子和次子曾分别每月给母亲 30 元生活费，但老人嫌少不要，他们就干脆不给了。老人一怒之下，将亲生儿子告上法庭。

法院审理后作出如下判决：阮氏定仍然与小儿子一起生活；5 个子女每人每月给付老人 60 元生活费到老人过世时止；老人生病住院的医疗费及归世时的丧葬费由 5 个子女平均负担。（载于《春城晚报》1999 年 6 月 18 日）

锡都学子好福气　校园周边少污染

本报讯　在高考即将来临之际，记者暗访了个旧市区几所中学及周边环境，没有发现有游戏机室和娱乐场所等影响师生正常教学和身心健康的经营项目。

6 月 9 日上午，记者来到个旧二中暗访，在学校大门附近看了几圈，都没有见到有游戏机室和沿街摆卖的小食摊。下午，记者来到位于五一路南段的个旧一中。五一路南段是市区黄金地段。下午 5 点，下课铃响后，记者见到行色匆匆的学生们陆续走出校门，许多学生没有逗留，直接就回家了。有几个学生告诉记者，过去，学校门口的人行道上摆满了小食摊，影响行走，后来进行了治理，现在情况很好。

记者就校园周围有无污染一事采访了有关部门。文化、工商部门有关负责人表示：他们在审批特殊的文化经营娱乐项目时，都要对经营地点和方式进行严格把关，凡学校所在地及其附近一律不予审批。（载于《春城晚报》1999年 6 月 20 日）

电杆突然倒地　祖孙无辜丧命

本报讯　日前，在河口瑶族自治县桥头乡发生了一件意外事：1 棵电杆突然倒在水田里，致使坐在田埂上的祖孙两人无辜丧命。

据当地村民介绍，6 月 3 日下午，桥头乡东瓜林村公所岩头社村 76 岁的村民熊某珍背着自己 4 岁的孙子在村外的田埂上坐着看人们拔秧。约 3 点钟，1 棵栽在水田里的木头电杆突然倒在离祖孙两人不远的地方，坐在田埂边上的熊某珍大叫了一声便倒在田埂上。在田里干活的人们闻声赶过来看时，祖孙两人已死亡。一村民刚伸手去拉她俩，立即触电。

经仔细查看，原来是因木电杆的根部已糟朽而倒塌，带电的电线漂在水面上，坐在田埂上的熊某珍双脚落在水里，导致触电，祖孙两人同时丧命。

目前，此事正在进一步处理中。（载于《春城晚报》1999 年 6 月 24 日）

租辆车子"过把瘾"
开远汽车租赁行方便广大"无车族"

本报讯 不久前，开远市政协的何先生到汽车租赁行包租了 1 辆"昌河"面包车到宜良去接岳母和孩子。回来后，他高兴地告诉记者："租车太方便了！1 天的包租费总共才 144 元，如果去坐高快客车，这点钱不仅不够来回的车费，也没有自己租车开车那么方便。汽车租赁市场的发展潜力是非常大的。"

汽车租赁行业的产生和发展，是变传统的一人养车为当今时尚的众人养车和开车。前不久成立的开远市汽车租赁行，是红河州首家推出汽车租赁服务的单位。租赁行投资数百万元购进了普通型和豪华型桑塔纳、马自达、丰田、双龙等 18 辆高中档的轿车和面包车用于租赁。租赁条件是：客户要具有相应的驾驶执照和驾驶能力，并能提供相应的押金、使用费和身份证，就可以把汽车开去"过把瘾"了。若客户无驾驶能力，租赁行配备有专职驾驶人员帮客户驾驶，费用另收。租赁行除购买了机动车交强险、车辆财产保险外，还为客户投保了乘客险、盗抢险、不计免赔险等多种保险。目前，租赁行生意不错，已被不少客户租车驾驶到中甸、下关、思茅、景洪、文山、河口等地。

租赁行经理告诉记者，汽车租赁业务的开展，为驾车人免去了购车、养车的诸多不便；租赁业务也将在不断运作中积累经验；今后，会将租赁业务逐步开展到其他市县，实现异地交接车，以方便更多的老百姓租车开车。（载于《春城晚报》1999 年 6 月 28 日）

这 3 个女人"胃口"好大　一口吞下 40 万
徐某等 3 人贪污公费医疗款被判刑

本报讯 日前，红河哈尼族彝族自治州人民法院依法对徐某、梁某珍、廖某云 3 人合伙贪污公费医疗款近 40 万元案作出判决。曾在红河州轰动一时的"河口 3 个女人贪污大案"至此画上了句号。

今年 37 岁的徐某，是河口瑶族自治县卫生局公医股原出纳兼会计。今年 34 岁的梁某珍，是该县人民医院原收费员和核算员。今年 39 岁的廖某云，是该县卫生局公医股原会计。1996 年 2 月至 1997 年 8 月间，3 人利用职务之便，采取虚列、虚开医疗费收据等手段，到县卫生局公医股报销得款后进行私吞，单独或合伙贪污公医款计39.34万多元。其中，徐某单独贪污85893.93元，与梁、廖2人合伙贪污后分得赃款19.772万多元；梁某珍单独贪污25193.55元，另与徐某合伙贪污后分得72515元；廖某云与徐某合伙贪污后分得12080元，接受徐某的贿赂1万元。

1996年6月初，徐某单独伪造梁某珍的笔迹虚列住院费进行报销的事被廖某云发现并指出时，徐某立即给廖某云送去1万元堵住她的口，廖某云收下。

1996年下半年，国家大规模开展打击经济领域犯罪的工作。9月，3人因惧怕，先后向有关单位主动交代了犯罪事实，亲朋好友也变卖家产凑钱为她们退赃，徐某退回224264.54元，梁某珍退回117270元，廖某云退回22080元。

法院经审理后认为，3人单独或合伙贪污公款，均构成贪污罪；徐某向他人行贿，还构成行贿罪；廖某云收受他人财物，还构成受贿罪。鉴于3人在案发前均主动投案自首，并积极退赃，故依法判决如下：徐某犯贪污罪和行贿罪，分别判处有期徒刑8年和1年，决定执行有期徒刑8年，所欠赃款49352.24元继续追缴；梁某珍犯贪污罪，判处有期徒刑3年，多交的13064.54元退还本人；廖某云犯贪污罪和受贿罪，判处有期徒刑3年、缓刑4年。（载于《春城晚报》1999年6月28日）

不名毛虫肆虐　千顷林田遭殃
河口县桥头农民祈盼专家尽快帮解难题

本报讯　近段时间来，一种不名毛虫在河口瑶族自治县桥头乡肆虐，千顷森林和农作物深受其害。

据桥头乡政府领导介绍，不名虫灾已发生过多次，1997年4月首次发生，但当时只是小范围，农民打了"乐果"等农药后，疫情有所控制。1998年四五月间再次爆发，疫情范围扩大，中寨、老湾山村、东瓜岭、下湾子、河竹箐等多个村公所的数千亩森林受灾。今年四五月间，这种不名毛虫又再次肆虐。目前，已有1260多公顷森林、2000多亩苞谷和茶叶等农作物深受其害。

记者在受灾现场看到：满山遍野高大的松树、杉树等树木的树叶全部被不名毛虫吃光，只剩下光秃秃的树杆、树枝；附近田间已长到一人多高的苞谷，只剩下光杆在风中摇动；对面山上大片的茶树也只剩下光秃秃的枝杈。记者观察到，这些光树干、苞谷秆上都爬满了蠕动的毛虫，虫体长约2厘米，大的有4至5厘米，呈灰黑色。

当地一位老农民告诉记者，他们从来没有遇到过这样厉害的、会吃树叶的毛虫，当地人也不知道叫什么名字。去年，曾经请省林科院的专家来考察鉴定，他们取走了样品，但到现在还没有结果。

据了解，在施用农药无效的情况下，乡政府只得组织村民每天晚上在山上田间点起火把，用大锅煮起开水，把这些毛虫的蛹吸引来烧死或煮死。乡领导非常忧虑地告诉记者：这是没有办法的办法，希望能把损失减少到最低程度，但收效甚微；照这样下去，已脱贫的农民又会"返贫"，没有脱贫的更是雪上加霜。

不少闻讯赶来的村民团团围住记者，恳求记者帮他们呼吁，请求省里有关专家能尽快到桥头乡来实地考察，早日帮助农民解决这个难题。（载于《春城晚报》1999年7月8日）

为向外公外婆逼要吸毒的钱
外孙凶残举屠刀
梁某被逮捕

375

本报讯 6月9日，个旧一青年为逼要吸毒的钱，竟残忍地将常年抚育自己的外公外婆杀死在家中。

今年22岁的犯罪嫌疑人梁某，由年迈的外婆和残疾的外公一手领大，倍受两位老人的宠爱。1997年，梁某染上毒瘾。为了吸毒，他先是向父母和亲朋好友伸手要钱。后来要不到了，便将家中的影碟机、彩色电视机等偷出去变卖后吸毒。6月9日上午8时许，毒瘾大发的梁某来到宝华小区外公外婆的住处，向两位老人逼要吸毒的钱，遭到老人的拒绝。纠缠了一会儿，老人仍然不给，失去理智的梁某竟然掏出1把甩刀，抓住外婆就刺。外公见状，赶紧拄着拐杖过来阻止，疯狂的梁某又挥刀刺向外公。受伤的外婆挣扎着爬到门口并打开了防盗门呼救。丧尽天良的梁某竟然拖回外婆，将两个年迈的老人杀死，又从惨死的老人身上搜走了仅有的300多元钱。随后，梁某居然若无其事地走了。

老人的邻居发现异常后报案。个旧警方迅速侦破了此案。6月23日，梁某被逮捕。目前，此案正在进一步审理中。（载于《春城晚报》1999年7月21日）

屏边实施"绿色工程"
千顷林果秋色引游人

本报讯 屏边苗族自治县实施"绿色工程"两年来，已种植了1000公顷经济林果木，在增加收入、改善生态环境的同时，观光旅游也吸引了大批外地游客，带动了当地旅游业的发展。

屏边属国家级贫困县，全县8个乡镇中有4个省级贫困攻坚乡、2个州级贫困攻坚乡。"绿色工程"是省委、省政府提出的在贫困山区种植并大力发展经济林果、以解决贫困人口的温饱而实施的基础工程之一。自实施该工程以来，屏边县本着规模化、高标准的原则，采取了林粮、林烟、林荞、林药混作间种的方法，解决了农林争地的矛盾。同时，在继续种植核桃、八角、草果等传统经济作物的同时，又新种植了棕榈、龙眼、板栗、花椒、梨、桑树等附加值高的经济林木。

目前，"绿色工程"已投资167.21万元，千顷经济林木长势喜人，极大地改善了屏边的生态环境，泥石流等自然灾害大幅度减少。同时，已形成了较有特色的生态旅游链，带动了当地经济发展和农民致富。（载于《春城晚报》1999年7月23日）

乍甸农场建成滇南最大规模奶牛养殖场
个旧百姓喝上"放心奶"

本报讯 日前，个旧市国营乍甸农场投资450万元建设的牛奶深加工车间竣工投入使用，锡都百姓喝上了"放心奶"。

成立于1953年的乍甸农场，拥有800多亩土地，种植蔬菜和养殖奶牛。最初仅养有本地奶牛19头，日产鲜奶30多千克，无法满足个旧市民的喝奶需求，曾经出现过"产妇写条子请求市长特批买鲜奶"的"笑话"。还有，那时农场采用传统的手工挤奶，再把牛奶煮熟，工作人员用三轮车拉着走街串巷用计量筒售卖，百姓称为"散装牛奶"，品质很好，但易受污染。

在市场经济大潮中，乍甸农场却因生产和经营不对路而导致连年亏损。为此，农场决定大力发展养殖业。在争取到省、州、市政府资金和政策上的支持后，农场建盖了规模化、现代化的"牛公馆"，对奶牛采取相对封闭的饲养和管理；购买了300多头荷兰优质奶牛精心饲养；牛舍外圈围了1500平方米的牛运动场，每天定时放牛出来运动；农场的800亩土地种植着苞谷、胡萝卜、象草等饲料并且一律不施化肥，全部采用牛粪等农家肥种植；建起专门的车间科学贮藏青饲料；奶牛的饮用水是从深井中打出的矿泉水；牛舍有专人清扫并每天消毒；投资建设了"消毒牛奶"包装生产线，生产的鲜奶按国际标准每袋灌装225磅。经红河哈尼族彝族自治州产品质量监督检验所等专业部门检验，是符合国家标准的合格产品。另外，农场还走"公司+农户"路子，带动当地农户养牛千余头。农场还定期培训职工和农民的养殖、兽医技能，并实行收入与效益挂钩的管理和考核机制。

此次建成投入使用的牛奶深加工车间建筑面积1232平方米，可生产鲜奶、炼乳、酸奶、果奶、雪糕、冰激凌等系列乳制品，产品附加值增加；农场日加工鲜奶能力也由7吨增加到30吨。这些乳制品的生产填补了红河州的空白；扩大了当地养牛农户的养殖规模，带动了农户脱贫致富步伐；也为农场在日趋激烈的市场竞争中增加了抗风险能力。

经过不断努力，目前该农场已成为滇南地区规模最大的奶牛养殖场和乳制品加工基地，可年产鲜奶等系列乳制品2400多吨。当地百姓结束了喝牛奶要找市长"批条子"的尴尬；同时，产品还远销到开远、建水、文山等地，深受百姓欢迎。（载于《春城晚报》1999年7月23日）

徒手攀岩采燕窝　民族歌舞醉游人　商品交易更红火
建水举办"燕窝节"

本报专讯　今日，本世纪最后一届"燕窝节"在国家历史文化名城——建水县举行，来自海内外的1万多名游客在燕子洞风景旅游区与当地各族群众共度传统佳节"燕窝节"。

燕子洞旅游风景区位于建水县城东30千米处，为大型天然石钟乳溶洞，洞中有洞，洞中有河，别有洞天；洞内有很多大型的石钟乳，色彩丰富，形状各异，巧夺天工；洞内还有几处高阔宽敞、平整凉爽的场地，供游人休息和观看民族歌舞演出；燕子洞被誉为"亚洲第一溶洞"。每年冬季，数以万计的白腰雨燕都要飞临溶洞内筑巢过冬，"燕子洞"也因此而得名。因为飞来过冬的燕子很多，洞内还出产一种珍稀补品——燕窝，但都分散在那些悬崖峭壁的石钟乳缝中，采摘时很困难，也很危险。

据当地文献记载，自清代起，每年8月到10月间，洞内的悬崖峭壁里都可以采摘到珍贵的燕窝，当地善于徒手攀岩的村民都会冒险爬上几十米高的、陡峭的岩壁洞顶里采拿燕窝，曾有人因采摘燕窝而从数十米高的悬崖峭壁上摔下而死。但采摘燕窝的习俗一直延续至今，并形成了当地传统节日

"燕窝节"。

当日上午 10 时，赵发明等 10 位勇敢的攀岩高手从容自如地在悬崖峭壁间来回攀岩，既采摘了燕窝，又表演了惊险的"采燕窝"节目，令在地面上仰头观看的 1 万多名观众发出阵阵惊呼声和惊叹声。

与此同时，县城内还举办了"燕窝节"商品交易会，来自越南、昆明、玉溪等地以及本地的 900 多户客商云集在北正街进行交易，生意十分红火。

今年"燕窝节"与往届不同的是，除了采摘燕窝、举办商品交易会外，还组织了坡头、普雄、盘江等少数民族乡镇的哈尼族、彝族等 5 支乡土歌舞队，在交易会的广场、体育馆和燕子洞内外的大小广场等地，与广大游客共舞铓鼓舞、栽秧舞、烟盒舞等乡土歌舞，增加"燕窝节"的民族文化含量。同时，建水洞经古乐队在朱家花园水上戏台也献演了原汁原味的洞经古乐曲诵唱。

几天来，整个建水古城沉浸在欢乐、祥和的节日气氛中。（载于《春城晚报》1999 年 8 月 8 日）

外间未见人影　里间几多儿童
开远竟有人如此经营电子游戏室

本报讯　近日，记者在开远采访时发现：位于灵泉西路上的某电玩中心大厅空无一人，但却有热闹的人声和游戏机声音传出。记者进入游戏室，发现电玩中心是里外两个套间，外间无人无机，而里间却热闹得很，有许多孩子玩得正高兴。

走进游戏室拐个弯，就进了里间，喧哗声就从这里传出。记者看到，10 多台游戏机前挤满了七八岁的孩子，有的正聚精会神玩游戏；有的玩过后已没钱了，还眼巴巴地站在旁边看着，过"干瘾"，舍不得离开。

记者问其中一个孩子来这里玩家长知道不知道，影响不影响功课。这个孩子说："家长当然不知道，我们是偷偷跑出来玩的。现在放假了，先玩游戏，作业晚几天做也无所谓。"当记者拿出相机要拍照时，孩子们惊慌地四散逃走。（载于《春城晚报》1999 年 8 月 12 日）

建水朱家花园"书香浓"
2000 多幅书画迎客来

本报讯　在最近修竣的昆明世博会精品旅游工程之一的建水县朱家花园

里，2000 多幅风格各异的书法、绘画、楹联，将这座具有“西南大观园”美誉的中式园林建筑群，装点得满园书香。

这些书法、绘画、楹联，遍布在整个园林建筑群的照壁、屋檐板、墙壁、门楣、门框、窗框、柱子、绣楼、灯笼等物品以及走廊的栏杆上；内容有描写自然风光、修身养性、齐家治国等，多为古代的名人佳作，如：有清末状元袁嘉谷、清代“四大书家”之一的王文治等名家的木刻楹联。在水上戏台的木墙壁上，写有《窦娥冤》《牡丹亭》《西厢记》《红楼梦》等中国传统名著中非常精彩的片段和诗词。在观赏厅的后墙上，则用书法写满了洋洋洒洒数千字的《朱子家训》。在梅馆、兰庭、竹园、菊苑 4 个院落，也分别在墙壁、木墙板、门框、柱子等处画上或刻上了以梅、兰、竹、菊为主题的中国画及其相关的诗词、楹联等，品位十分高雅。

几名来自法国的游客，非常仔细、认真地欣赏了这些遍布在各种建筑物上精美绝伦的书法、绘画、篆刻的楹联等作品后，兴奋又羡慕地对记者说：“西方的绘画是画在画框里，再挂到墙上。而中国的绘画、书法、楹联是画在、刻在居住的建筑物上，随时随地都可以观看、欣赏、陶冶人，你们中国人真是太奢侈了！当然，如果没有这几千幅书法、字画、楹联的装点，朱家花园就没有这么高雅的品位和灵气了。”（载于《春城晚报》1999 年 8 月 19 日）

379

红河州仍有“白色污染”
要根治关键在堵源截流

本报讯 国家对泡沫塑料快餐饭盒等“白色污染”问题曾作出加强治理、禁止使用等明确规定。然而，当记者在红河哈尼族彝族自治州采访时发现：泡沫塑料快餐饭盒仍在普遍使用。

8 月 13 日，记者在开远市“快餐一条街”北正街看到，所有餐馆都在使用泡沫塑料快餐饭盒。对如何认识这是“白色污染”的问题，不少顾客说：“我们就是图使用方便，只要卫生就行。至于店家，他提供什么样的盛饭工具我们就用什么。”8 月 15 日，记者来到个旧市和平路上，见到这里的快餐店都在使用泡沫塑料饭盒。而在新街和解放村市场的 20 多家餐馆里，绝大多数使用的都是泡沫塑料饭盒。一餐馆的老板娘告诉记者：“现在本地还没有其他可以代替的饭盒，只有塑料泡沫饭盒又便宜又方便，不用这个用什么？”

对此，红河州环保局污染治理科的负责人说，红河州作为边疆和民族地区，目前要完全杜绝使用塑料饭盒还比较困难；现在全州各市县都是环卫部门用填埋方法在处理这些"白色污染"。

有关业内人士认为：要根治"白色污染"，关键在于工商、环保、经贸等相关部门不要各吹各打、各念各的经；而要统一认识，相互协作，下决心联合出手，堵源截流，对其生产、流通、销售、使用等各个环节进行强有力的综合治理，才会有成效。（载于《春城晚报》1999 年 8 月 30 日）

5 名"老外"蒙自师专求学
红河州迎来首批留学生

本报讯　9 月 13 日上午，从红河州蒙自高等师范专科学校的留学生教室里，不时传出了阵阵如泣如诉的二胡声、低沉苍凉的巴乌声、欢快悠扬的葫芦笙声、有节奏的弹烟盒脆响声……原来，这是师专外语系的老师们在用民族音乐演奏来给洋学生们"讲解"少数民族的婚丧嫁娶、家族祭祀以及春种秋收的劳动生活等民风习俗，洋学生们听得如醉如痴。

半年前，美国人罗伯特夫妇、温克夫妇等 5 名学者从互联网上得知蒙自师专对外招生及所开设课程等信息后，立即与师专取得联系，希望来这里学习。不久后的金秋时节，师专迎来了首批外国留学生。

这些具有硕士、博士研究生学历的洋学生们，不远万里，专程来到这里，潜心学习红河州少数民族的语言、中西传统文化比较、汉语、书法、民族音乐和舞蹈等内容。师专也派出最优秀的教师，采用英、汉双语为留学生们授课，很受他们的欢迎。

见到记者来采访，罗伯特非常高兴，用刚学会的汉语说："在这里学习的内容很丰富，学到了很多不一样的知识。这里的气候很好，四季如春。这里的食物很多、很好吃，我们过去都没有见过，这是'美丽的食品'（美食）。"（载于《春城晚报》1999 年 9 月 22 日）

爱心不忘老功臣
红河州各界开展捐助活动

本报讯　近日，75 岁高龄的建水县南庄镇中寨村的退伍老兵戴红有，离开住了几十年的破旧不堪的土坯房，喜气洋洋地搬进了驻地官兵特别为他建盖的新瓦房。看着这宽敞明亮的新房，戴红有激动地说："感谢党和政府还记挂着我们这些退伍老兵。感谢解放军为我盖了这么好的房子。"

今年，红河哈尼族彝族自治州组织开展了"爱心献功臣"活动，对全州住房难、就医难、生活难的革命烈士家属、革命伤残军人和在乡老复员军人进行实实在在的帮困和扶贫。全州 13 个市县为这些"老功臣"先后开展了捐款、建房、发放困难补助金等活动。活动中，蒙自军分区全体官兵捐款 2.3 万元。9 月 16 日，在个旧州政府礼堂内举办的"红河州爱心献功臣"文艺晚会上，再次掀起了捐赠高潮，州属单位、驻地部队等 122 个集体和上千个人捐款共计 127.9 万元。

截止目前，全州已收到社会各界捐款 185.1 万元、政府拨款 88.4 万元；已为 190 户住房难的烈属、伤残军人和老复员军人新建或购买了新房；为 98 名医疗困难者减免了 7 万多元医疗费；下一步，还将对生活困难者发放补助金。（载于《春城晚报》1999 年 10 月 12 日）

个旧取缔马路市场
青年路　好走了

本报讯　9 月 28 日，随着一阵"轰隆隆"的响声，个旧市青年路上 88 间占道经营的临时危房被强制拆除。至此，一直以"路难行"出名的个旧市青年路，好走了！

地处个旧市中心的青年路，长不过 500 米，但商贾云集，又没有规范的农贸市场，不少经营者就将售货摊子摆到马路上经营。另外，人行道上又搭建了许多临时房子出租。无奈，众多行人只得在拥挤的地摊夹缝中艰难穿行。加之，这些临时房子都是压盖在防洪沟和下水道上，给清淤、防洪工作带来极大困难。故每到雨季，这里就成了出名的"水城"，行人们只能在齐膝深的水中行走，摆摊的只能用背篓背着东西叫卖。

此事被市民反映到有关新闻媒体后，引起市委、市政府的高度重视。经多方协调，由有关单位投资兴建了青年路农贸市场；随即，在城建、公安等有关部门的积极努力下，近千户占道经营的临时商铺被强制拆除；在此经营的商家则搬进了新建的宽敞明亮、管理规范的青年路农贸市场内经营。

青年路，终于还路于民了。（载于《春城晚报》1999 年 10 月 15 日）

大家齐动手
锡都变成"大花园"

本报讯　10 月 10 日，从北京来个旧出差的刘爱民先生一到锡都就惊喜地发现：在北方已是萧瑟秋冬之际，地处西南边陲的锡都却依然气候宜人；特别是在街头、公园、机关、学校、居民楼阳台上无数蓬勃开放的鲜花绿草，更让刘先生惊奇得连声赞叹："真没想到，冬天的锡都，依然像个夏天的大花园一样美丽多姿，让人陶醉。"

地处北回归线的个旧，年平均气温 16.2℃，有四季种植花草的天然优势。近年来，个旧在投资种植行道树、绿化公共绿地的同时，各单位还投资培植了各种漂亮的奇花异草摆放在街道、公园、机关、学校、宾馆、商场等公共场地，绿化、美化了大家的工作和生活环境。

在金湖公园抗洪纪念广场、金湖东西两路、宝华公园、红河州委州政府大院、个旧市委市政府大院、云锡公司机关大院、人民小学、个旧宾馆等机关、学校和单位，都可以看到名贵的粉牡丹、撒金菊、汉宫秋菊、青头柏、天麦冬、百日草、多色月季、珠光墨影菊等数百种、数十万盆的鲜花盆景在争奇斗艳、竞相开放。古老的锡都，也因此而变得更加靓丽迷人。（载于《春城晚报》1999 年 10 月 18 日）

"锡业股份"在深圳上网发行

本报讯　10 月 11 日，经中国证监会批准，云南锡业股份有限公司 13 亿股 A 股在深圳证券交易所正式上网发行。

云南锡业股份有限公司是目前我国最大的锡生产、出口基地，拥有享誉世界的、在伦敦金属交易所注册的"YT"精锡驰名品牌、精锡免检产品以及领先世界的锡选矿和冶炼技术。这次，被誉为"中国锡业第一股"的"锡业股份"以上网发行的方式发行，总股本 35790.40 万股，流通股 1.3 亿股，每股发行价人民币 6 元。

据来自深交所的消息，"锡业股份"发行当天，股民们踊跃争购。（载于《春城晚报》1999 年 10 月 25 日）

荒山绿了　景色美了　公路塌方少了
鸡-个公路"绿色通道"令人舒畅

本报讯　最近，人们惊喜地发现，在鸡街-个旧的公路上，原来光秃秃的荒山不见了，取而代之的是满山遍野郁郁葱葱的绿草树木。

自 1997 年来，个旧市制定了山区综合开发、调整农业经济种植结构与水土流失防治相结合的绿化原则，并随之启动了对鸡-个公路沿线进行绿化的"绿色通道"工程。该工程所需经费由市政府投入，采取由乡镇政府、私营企业和个体户分别承包等多种方式植树种草，林业站则进行专业指导和监督，对种植存活率达到95%以上的才予以验收。

目前，该工程在30多千米长的公路沿线上已种植了墨西哥柏、车桑子、桉树、竹子等经济林木以及保持水土的黑麦草等，种植面积达4000公顷，投入资金460多万元。

在公路上跑运输的个体老板马学林告诉记者："栽树种草后，荒山绿了，景色美了，关键是公路上的塌方少了，过路的人、车比过去安全多了，人的心情也好了。"（载于《春城晚报》1999年10月26日）

蓄意杀死久病妻
建水曲江镇原纪委书记陈某顺被判死刑

本报讯 9月13日，红河哈尼族彝族自治州中级人民法院依法对蓄意谋杀生病妻子的建水县曲江镇原纪委书记陈某顺判处死刑。

今年49岁的陈某顺，曾任曲江镇副镇长、纪委书记。今年3月28日，陈妻王某喝下熬好的中药后出现不适，送医院抢救无效死亡。公安机关接报后，立即进行调查，发现死者中毒现象明显，技术检验后确知王某死于剧毒鼠药。经周密调查，终于揭开了真相：杀害王某的正是其夫陈某顺。

去年底，王某被确诊为晚期肝癌。为治妻病，夫妻俩耗尽了所有积蓄并欠下外债。为此，两人经常争吵。陈某顺看到王某对前妻留下的两个孩子不闻不问，还要求卖掉现有住房为她治病，遂对王某起了杀心。

今年3月27日，陈乘妻子外出，将1瓶预先买来的剧毒鼠药倒进妻子熬中药的药罐里。晚上，妻子回来后，陈就去守自家开的公用电话亭。不久，有人来叫陈，说王某叫他赶紧回家。陈某顺回到家中，看到被毒性发作折磨得死去活来的妻子，并不立即送她去医院抢救，而是以找衣服鞋子为借口，故意拖延时间。同时，他又伺机摸进厨房，将药罐里的药渣倒掉并用清水冲洗干净药罐。之后，才把妻子送到医院抢救，但为时已晚。（与王林青合作，载于《春城晚报》1999年10月31日）

赠阅杂志无端积压　金平两邮政所受罚

本报讯 近日，因为金平苗族瑶族傣族自治县者米和马鞍底两所小学订阅的1999年《小学教学研究》一直没有按时收到，县邮政局对有关责任人进行

383

了处罚。

去年 10 月，个旧市人民小学出资征订了《小学教学研究》分别赠给者米和马鞍底两所小学。然而，直到今年 10 月，这两所小学都未能收到赠阅的杂志，遂向有关部门反映。县邮政局调查后查明，由于是异地征订赠阅，者米和马鞍底两家营业所没有征订存根联，营业所在收到杂志后误认为是县局错发，就未投递；也未主动向县局或学校询问了解有关情况，造成两所小学收不到杂志和杂志积压。

县邮政局立即对此事进行了处理：扣发两家营业所营业员上半年奖金；责令两家营业所立即投送全部积压的杂志；由营业员向用户赔礼道歉，保证今后不再发生此类事件；若用户要求赔偿经济损失，则无条件按赔偿标准给予赔偿，费用由相关营业员全部承担。（载于《春城晚报》1999 年 11 月 3 日）

投资 2200 万　交易品种多
建水建成红河州最大 "花园市场"

本报讯　10 月 15 日，地处建水县城零公里处的、目前红河哈尼族彝族自治州境内规模最大的 "农产品批发市场" 正式投入使用。该市场内还种植有 1.2 万平方米的花草树木对商场进行绿化，由此也成为全州目前最大的 "花园市场"。

该农产品批发市场由官厅乡乡镇企业融资兴建，该乡目前还有 4 个州级贫困村公所，全乡经济发展在建水属中下水平。但为了自身发展需要，也为了改变城区市场拥挤、占道经营致使交通堵塞、城市脏乱差的状况，该乡乡镇企业投资 2200 万元，征地 3.74 万平方米，建起了这座规模大、设施全、绿化好、管理规范的市场。

建成后的市场，集蔬菜、建材、副食、灯具、餐饮、娱乐等综合批发、分类经营为一体，有铺面 200 多间，有宽敞明亮的蔬菜交易大棚和建材交易大厅，有宽敞、整洁、通畅的人行和车行通道，可同时容纳 4000 人进行交易，改变了传统市场混乱肮脏、拥挤不堪的面貌。（载于《春城晚报》1999 年 11 月 5 日）

单位拿到拖欠款　老妇拿到赡养费
建水强制执行显威力

本报讯　10 月 18 日，在建水县人民法院开展的 "百日执法会战" 中，利民乡和盘江乡的两家农村信用社终于拿到了有关单位长期拖欠的 20 多万元贷款。

自 1993 年以来，建水县人民法院判决生效了一批借款合同案、行政案、民事伤害赔偿案。但在这些生效案件中，有些一直得不到合法执行，被执行人借故拖欠，到今年 9 月上旬，已有总标的为 2659.66 万元的 939 件案子成为难"啃"的"老骨头"案。

为此，县法院自 9 月 10 日至 12 月 20 日组织开展了为期 3 个月的"百日执行会战"。会战中，法院以公告、通知的形式，分批分期"曝光"被执行人名单及所欠款项；对被执行人可供执行而故意隐匿财产进行举报的人员，给予物质奖励；对抗拒、阻碍、干预法院执行，或者拒不执行法院生效裁决的，依法追究刑事责任。某农场长期拖欠银行贷款 40 万元不还，法院依法强行收回农场后重新公开招租，为银行挽回了经济损失。曲江镇 1 位长期得不到子女赡养的老妇，也高兴地拿到了赡养费。

目前，全县已执行案件 247 件，完成涉案标的 333.02 万元。还有一批案件正在执行中。（载于《春城晚报》1999 年 11 月 7 日）

"收班车"提价是"宰客"
此类现象当"刹车"
红河州物价部门表示将予以清理

本报讯 10 月 18 日晚 8 时 40 分，1 辆蒙自县汽车经贸公司的中巴客车从蒙自开往个旧，途经鸡街站时记者上车，买票时发现 3 元每人的票价提到了 4 元。当记者问为什么提价时，驾驶员说："收班车要提价。你坐就坐，不坐就算。"

"收班车"就应该提价吗？据了解，类似"收班车"提价的情况并不是个别的。10 月 6 日晚，记者从开远南客运站乘"收班车"回个旧，发现原价 5.5 元 1 张的票提到 7 元。当时，许多乘客质问驾驶员怎么随便提价，驾驶员说："收班车要提价。"来到鸡街时有乘客上车，驾驶员硬收每人 5 元。天已黑，乘客只得接受。

据不少乘客反映："收班车"提价，在个旧、蒙自、开远、泸西、弥勒、屏边、河口等地都不同程度地存在。为此，记者采访了红河哈尼族彝族自治州物价局和州交通局等部门。相关部门负责人都明确表示：客运票价全省统一按有关规定执行，任何车站和个人均不能擅自提价。

交通部门负责人还表示：考虑到多种因素，过去曾允许在春节等旅客运输高峰期内，票价最多可上浮原票价的 30%；但没有"收班车"提价的规定。物价检查部门指出：票价的高低是按营运里程、客车档次来确定，与发车班次尤其是"收班车"毫无关系；若擅自以种种名义提价的，即可视为"宰客"，属违法行为，应予以清理和整顿。（载于《春城晚报》1999 年 11 月 14 日）

城市"牛皮癣"沉渣泛起
"性病"治疗名不符实

本报讯 近年来，个旧市的一些偏僻街道、住宅小区及不收费的公厕内，"性病"广告仍然纷纷登场，其内容低俗、黄色，而夸大其词的宣传，更是与治疗效果名不符实。

在冶炼路沿街电杆上、居民住宅的阳台下及墙脚，都贴上了"一针见效，包治淋病"等广告。工人村小区的不少公厕从外墙到内墙，均糊满了治疗"性病"的小广告。为了解真实情况，记者照着一份广告上提供的地址前去佯装看病，一名自称是医生的中年男子马上推销他的"祖传秘方有奇效，3000 元包治好"。按另一份广告上提供的地址，在永胜街偏僻的 1 间出租房内，记者见到了"张医生"。狭小拥挤的房间肮脏凌乱，灯光昏暗，床上的行李和旁边的沙发脏到已经看不出本来的颜色。"张医生"显得十分精明冷静。他自称是贵州人，用的药都是进口的，价钱从二三十元到三四百元一针不等，收费方式有"包治"和"实治实收"两种。"张医生"说："如果经济不宽裕，还是选择'包治'划得着。"

采访中，1 名女患者告诉记者，她照某广告提供的信息来到农贸市场内一家治疗性病的门诊就医，医生说她的性病"很严重"，必须用激光治疗，1 次收费 500 元，她已做了 5 次，还不见好。她忧虑地说："花了钱不说，关键是病治不好，时间拖长了会引发其他病，给我带来很大痛苦。"（载于《春城晚报》1999 年 11 月 21 日）

豆腐飘香迎客来
石屏举办"第二届豆腐节"

本报讯 11 月 28 日，5 年一届的"中国云南石屏第二届豆腐节"隆重开幕。

石屏以文献名邦和豆腐闻名，并于 1994 年成功举办了"第一届豆腐节"。今年，县委、县政府又举全力举办"第二届豆腐节"。当天下午，当地各族群众与来自越南、老挝、缅甸、昆明、楚雄、玉溪等地的中外宾客数万人云集在体育馆，观看了来自全县 12 个乡镇各族农民文艺队表演的彝族烟盒舞、响杆舞、毛驴舞和哈尼族铓鼓舞等奇异、精彩的民间文艺节目。之后，14 辆造型新颖漂亮的彩车和演出队进行了沿街展演。

"豆腐节"期间，组委会还组织宾客们参观了优质柑橘示范园、郑营省级历史文化名村、袁嘉谷故居、焕文公园、秀山景区、豆制品生产线等；还举行了"明珠璀璨，豆腐飘香"篝火晚会、"豆腐长龙宴"、商品展销、经贸洽谈、集邮摄影书画展、项目参观考察、异龙湖上赛龙舟等丰富多彩的系列活动。

截至目前，已有 8 家单位与石屏县有关单位签订了招商引资投资项目意向书，项目金额近 4000 万元。（载于《春城晚报》1999 年 11 月 30 日）

荒山和湖水综合治理
石屏异龙湖将变生态湖

本报讯 11 月上旬，石屏县综合整治异龙湖的首期工程——底泥疏挖工程正式开工。

异龙湖是我省著名的 9 大高原淡水湖泊之一。近年来，由于在湖中大规模网箱养鱼和生产、生活污水流入等原因，造成湖内水质严重恶化，湖水变绿变臭、湖底淤泥增多、湖容严重降低，异龙湖变成了"臭水湖"。

在上级党委、政府大力支持帮助下，县委、县政府痛下决心，以"生态湖"标准，对异龙湖进行了综合整治：取缔全部网箱养鱼；禁止在湖中使用机油船污染湖水；修建截污沟和污水处理厂以截断污染源；疏挖底泥，置换水质并扩容；进行生态治理等。这次负责底泥疏挖工程的是海军某部，采用 GPS 全球卫星导航定位系统进行勘测定位，以疏浚吹填方法进行施工；计划疏挖面积 6000 平方米、疏挖底泥 900 万立方米；挖出的底泥输送到湖区周围的山上、田间，成为种植果蔬树草等的绿色肥料。该工程预计明年 1 月完工。

底泥疏挖工程结束后，还将对异龙湖进行综合生态治理：分期分批在湖中种植莲花、海菜、草芽、菱角、茭瓜、芦苇等水生植物，进一步改善水质；在沿湖周围山区、丘陵地带种植果树林木以保持水土；并最终达到山林草木水土综合治理、使异龙湖成为"生态湖"的目标。（载于《春城晚报》1999 年 12 月 2 日）

387

文化名人在此"聚会" 再现文化名邦风采

石屏从海内外征集的珍贵文史资料让各地宾客大开眼界

本报讯 11月28日，来自北京的游客王国生夫妇在游览了石屏县的焕文公园后，激动地告诉记者："以前只是听说过石屏出人才，但具体出了些什么人才并不知道。现在，焕文公园把这些历史文化名人的事迹材料都集中在这里展示、展览，我们才知道了石屏真是个了不起的地方。"

焕文公园是'99昆明世界园艺博览会建设的25个精品旅游项目之一，占地4.2万平方米，主要由状元楼、文献楼、焕文塔、碑廊、钟楼、鼓楼、观景台、果园、绿地和花园等组成。

为增加其历史文化含量，石屏县计划在焕文公园展出石屏历史上产生的77名翰林和进士以及近现代石屏籍名人的相关资料，县文史资料征集办公室于今年6月在《云南日报》《春城晚报》上刊登了征集文史资料的启事。随后，有78人从海内外陆续寄回各类文史资料，包括：专著108本，照片88幅，族谱2本等共计321件；另有各种诗词、曲艺、书法、绘画作品千余篇（幅）。其中，有的名人后裔也无偿捐赠了一批珍贵文物，如：清代著名书法家陈履和的书法真迹1件、清末状元袁嘉谷主编的《石屏县志》1套（5册）和书法拓片4帖等。

随后，在状元楼、文献楼、碑廊里，集中展出了石屏百余名历史文化名人的事迹和作品。在状元楼，集中展出了反映清末经济特科状元袁嘉谷生平事迹的画卷27幅及袁嘉谷主编的《石屏县志》等许多丰富、珍贵的史料。在文献楼和碑廊，展出有石屏明、清时期所出的77名翰林和进士及当时享有盛名的书画家如陈履和、教育家如袁嘉谷等名人的画像和相关史料；展出了近现代出自石屏的部分专家、学者、实业家以及革命烈士的图片和事迹；展出了明、清至今相关名人的书画500余件。

很多参观者都说：这些名人事迹及其名物荟萃于此，真是令人大开眼界、大饱眼福。（载于《春城晚报》1999年12月15日）

个旧农村"两个文明"建设迈大步

已有"十星级"文明户132户

本报讯 今年以来，个旧市农村积极开展"两个文明"建设，其中的重要载体——"十星级"文明户创建活动，目前已在鸡街、大屯、黄草坝和蔓耗等乡镇创建了 132 户"星级"文明户，农村"两个文明"建设迈出大步。

"十星"即：五爱星、法纪星、致富星、计生星、科技星、文教星、团结星、新风星、义务星和卫生星，"每一星"都制定了具体的标准和要求，从爱党爱国、遵纪守法、科学致富、文化教育、责任义务、邻里团结、家庭和睦、文明卫生等十个方面来开展农村"两个文明"建设，是个旧市近年来开展社会主义新农村建设的创新发明和有效载体。

自今年 8 月以来，个旧在鸡街镇兴业二村、大屯镇汗泥村、黄草坝乡黄木树新村和蔓耗镇马堵山村开展试点工作。在市精神文明建设指导委员会、司法、计生、教育、卫生、扶贫等有关部门和乡镇及其广大农民的共同努力和积极参与下，"创星"活动开展得如火如荼、有声有色，农民们参与的积极性非常高，行动力很强。

"创星"的办法和程序是：村民们先认真学习并掌握相关标准和要求；之后，对照每"星"的标准和要求，逐家逐户逐项进行评议；再后，张榜公布评议结果；最后，再由村民们公开投票选举出"星级文明户"。目前，兴业二村评出十星级 1 户、八星级 2 户、七星级 1 户、六星级 21 户；汗泥村评出十星级 31 户、九星级 19 户、八星级 1 户；黄木树新村评出十星级 2 户、九星级 2 户、八星级 4 户；马堵山村评出九星级 1 户、八星级 11 户、七星级 7 户、六星级 13 户。

这次"创星"活动与以往不同的是：被评到的"星级户"不是固定不变的，而是根据星级户今后各项工作的进步或退步而进行相应的"加星"或"减星"直至"无星"，因此，在广大村民中形成了"比学赶帮超，争做星级户"的良好风气。

12 月 6 日，市委有关领导及市教委、市卫生局和鸡街镇的党政领导，参加了鸡街镇兴业二村"星级户"的挂牌仪式。市委领导发表了热情洋溢的讲话。他首先感谢兴业二村为全市的"两个文明"建设开了好头，做了好的示范；感谢各有关部门对"创星"工作的大力支持，使这项工作取得了显著成绩。

对今后的工作，市委领导要求：一是要抓好试点，树好典型；二是要加强指导，更上层次；三是要规范操作，突出质量；四是要跟踪考核，加强监督；五是要加强协作，统一行动；六是要制定中长期规划，力争把我市建成全省"创星"工作先进单位；七是各单位要继续高度重视，加强领导，扎实开展工作；八是要总结经验，查缺补漏，完善工作；九是要重视宣传和发动，但不要包办代替；十是在有条件的乡镇，可对"星级户"进行适当奖励；十一是社会各界也要大力支持，使这项工作在我市开展得更加扎实有效。

会后，市委领导为李莲英、骆绍昌、田绍辉等"星级户"挂牌。（载于《个旧报》1999 年 12 月 17 日）

建水指林寺
600 年古壁画显露"真容"

本报讯　前不久，建水县委党校对其校址所在地指林寺进行修缮时，意外发现了寺内墙壁上有三幅被砂灰覆盖着的大型无名壁画：一幅彩色的，两幅黑白的。经有关专家考证，这三幅壁画大约创作于 1403 年至 1424 年之间的明朝永乐年间，距今已有近 600 年历史。

始建于 1296 年的指林寺，以宋朝的斗拱式木结构建筑风格而闻名，为省级文物保护单位。去年，县委党校多方筹资 40 多万元对指林寺进行大规模维修。维修中意外发现，在寺内西墙距地面约 4 米高的地方，有三幅用厚厚砂灰覆盖着的大型壁画。经文管人员小心翼翼地剥离，三幅壁画方显露出其"真容"：中间一幅为彩色壁画，上有 32 个大小不等的观音坐像，人物造型丰满，形象栩栩如生，虽历经数百年但色彩依然艳丽；左、右两幅均为黑白色，有观音像、人物和孔雀。

对此，县博物馆会同省里有关专家进行认真考证后推断出了作画时间。同时推测：彩色壁画应为《南地观音佛会图》，完成在先；两幅黑白壁画应分别为《供养礼佛图》和《孔雀明王法会图》，是因故未能完成的作品；至于未能完成的原因及为何用厚厚的砂灰覆盖、是在何时覆盖等问题，专家们正在作进一步的考证。

为更好地保护这些珍宝，专家们采用先进技术将已松动的两幅黑白壁画连墙体整体取下后保存在县博物馆。（载于《春城晚报》1999 年 12 月 23 日）

红河州首个"省校科技合作项目"启航
清华大学与个旧一企业"联姻"
新型鸿康贝氏体钢"分娩"成功

本报讯　清华大学与个旧市矿机总厂试制成功的"新型鸿康贝氏体钢耐磨钢球及铸件"，日前在矿机总厂试制成功并投入批量生产，成为全省第一

390

批启动的 14 个"省校科技合作"首批告捷的项目之一，也是目前全省唯一一个由地州承担开发生产的科技合作项目。

自 1993 年以来，个旧市矿机总厂先后投资 3200 万元开发在国际同行业中具有领先水平的贝氏体钢系列产品，但因种种原因一直未能生产出合格产品。

今年 2 月，省委、省政府领导率团去清华大学考察，省校双方签订了全面合作意向协议。4 月初，清华大学校长王大中教授率 50 余位专家教授到云南实地考察洽谈，并签订了首批 14 个科技合作项目，"新型鸿康贝氏体钢耐磨钢球及铸件"项目列入其中。

由此，矿机总厂就得以名正言顺地把"新型鸿康贝氏体钢"的发明人、清华大学教授方鸿生这尊"真身"请到厂里来亲自传授，实地指导，解决了不少困扰生产的关键性和技术性难题。在工作中，方教授也和工人们一样，穿着劳动布工作服和翻毛皮鞋，戴着安全帽，在车间、在高温火炉前和工人们一起工作，观察、记录不同的形态和数据，与工人们一起铲煤进炉子，手把手教会工人们相关的操作技术，经常是灰头土脸的。工人们都说："方教授没有一点架子，教会了我们很多新技术，和我们工人一样辛苦勤恳地工作。"在大家的共同努力下，历经几年"难产"的"贝氏体钢"终于成功"分娩"。

391

以方鸿生教授为首发明的"新型鸿康贝氏体钢"曾获得 3 项美国和中国的专利、1 项澳大利亚和新西兰的专利，在国际学术界和钢材制造业界享有很高声誉，并保持了我国在该领域的国际领先地位。该产品强度和硬度高，塑韧性好，综合机械性能优异，成本较低，可广泛运用于矿山机械、兵器制造、铁道建设等领域。

据了解，矿机总厂开发生产的贝钢钢球、贝钢衬板、贝钢齿板等产品及其生产规模，在西南地区当属首家，预测该系列产品市场前景广阔。（载于《春城晚报》1999 年 12 月 28 日）

李兴旺在个旧市瓷器厂制鞋总厂调研时强调指出——

制定战略规划是企业发展的关键

本报讯 制定中长期规划是企业生存和发展的关键，并据此来优化配置人、财、物资源，以求得企业的生存、发展和职工生活的不断提高。12 月 22 日，红河州委常委、个旧市委书记李兴旺及市体改办、财政局等部门领导前往个旧市瓷器厂和制鞋总厂调研时，李兴旺提出了这一要求。

在瓷器厂和制鞋总厂，调研组听取了厂领导及中层干部的详细工作汇报。李兴旺对这两家国有企业 40 多年来为国家发展和老百姓生活作出的积极贡献给予充分肯定。同时强调指出：在新世纪到来之际，企业以什么样的精神状态迈入新世纪，这是很关键的问题。为此，李兴旺要求瓷器厂做好以下工作：一是要学习和贯彻中央十五届四中全会精神，按省、州、市委要求在全体职工中开展解放思想大讨论，结合厂内实际尽快转变思维方式；二是要调整产品结构，开发新产品，开拓新市场；三是要加强成本核算；四是要制订发展规划，否则企业的人才培养、资金筹措、产品生产和市场开拓等都将是盲目的，最终就影响到企业和职工的生存，对此班子内要做个分工，抓好这项工作。在制鞋总厂，李兴旺要求：要对产品的主要消费群体重新进行定位，生产出适销对路的产品，这样才会有效益；要全力以赴，抓住机遇，乘势而上；市委、市政府相信企业能发挥优势，冲出低谷，求得发展。

就两家企业的改制问题，调研组还进行了深入调研。（载于《个旧报》1999年 12 月 28 日）

392

专题系列报道：

首届"红河·中国越南边境民族文化旅游节"系列报道编前语：

1999 年 6 月 16 日至 18 日，首届"红河·中国越南边境民族文化旅游节"将在中国云南省红河州河口县举办。本报特派出记者，从旅游节的筹备、组织、举办等全程进行及时的追踪报道，以飨读者。

首届"红河·中国越南边境民族文化旅游节"系列报道之一——
展示中越民族文化
"红河·中越边境民族文化旅游节"将举办

本报讯 5 月 30 日，"红河·中越边境民族文化旅游节"中方组委会在红河哈尼族彝族自治州河口瑶族自治县召开，为这一红河州历史上规模最大的国际盛会作周密安排。

为配合'99 昆明世界园艺博览会的举办，经省人民政府批准，由省旅游局、红河州人民政府、越南老街省人民委员会主办，红河州文体局、州旅游局、州外事办和河口县人民政府承办的这一旅游盛会，将于 6 月 16 日至 18

日在河口举办。

组委会对整个旅游节举办的形式、规模、对外宣传、特邀宾客、日程安排、安全保卫及经费预算等相关事项进行了全面、认真、细致的研究和商讨。随后，组委会人员对节日期间文艺游演的路线、室内外演出场地、招商引资洽谈会地点、旅游商贸街的设置等进行了实地踏勘。

据了解，旅游节期间，将举行新闻发布会、大型文艺演出、各类形式的座谈会、招商引资洽谈会、项目考察等丰富多彩的活动。届时，越南的老街省、山罗市、江河省、安沛省、谅山省、河内市和海防市的7家文艺团队，中国的红河州歌舞团、屏边县文工队和苗族芦笙队、金平县文工队和瑶族文艺方队及舞狮队、石屏县彝族烟盒舞队和女子舞龙队、弥勒县阿细跳月大三弦队和女子唢呐队、建水县哈尼族铓鼓舞队、文山州麻栗坡县文工队等12家中方文艺团队，两国共计19家文艺团队的600名各族演员将联袂演出，尽情展示两国各族人民奇异绚丽、丰富多彩、美不胜收的民族歌舞、民族风情和民俗文化。

组委会还决定，为切实保证举办好这次国际盛会，州人民政府实行"督办人员负责制"，从现在开始紧锣密鼓地进入冲刺阶段，将一个热烈隆重、开放有序、交流合作、高效节俭地展示中越两国人民文化的祥和节日，呈现给中外宾客。（载于《春城晚报》1999年6月10日，有删节；载于《红河日报》1999年6月2日）

首届"红河·中国越南边境民族文化旅游节"系列报道之二——

600名中越演员联袂登台　奇特的异国风情向你招手
相约河口　全新感受

本报专讯　6月16日至18日，是中国和越南两国在中国河口联合举办"红河·中越边境民族文化旅游节"的大喜日子。

节日期间，在观赏了600名中越两国演员尽情展示的、精彩纷呈的民族歌舞和民俗风情后，您还可以去参加惊险刺激的国际界河漂流、感受具有异国情调的跨国旅游、观赏亚热带烂漫温馨的自然风光、品尝当地少数民族和越南各具特色的风味小吃等好玩、好吃、长见识又锻炼人的系列活动。

河口县地处东经103°24′、北纬22°30′，海拔最高处2363米、最低处76.4米，是典型的从高寒到亚热带的立体气候，盛产香蕉、芒果、菠萝、荔枝等热带水果及橡胶等经济作物。河口与越南山水相连，国境线长193千米，交通上可直达越南老街省的有中越铁路、中越公路大桥及红河水路。

世代居住在这里的瑶族、傣族、壮族等 26 个少数民族，各具浓郁的民族风情和风俗，如瑶族的"盘王节"、傣族的"泼水节"、苗族的"踩花山"、壮族的"唱山歌"等。同时，历史上形成的与越南人民传统而频繁的民间贸易和友好往来，造就了这座西南边境城市集商、奇、险、特、幽、秀为一体，富有烂漫温馨、旖旎多彩的亚热带原始森林风光和婀娜多姿的异国风情；西南对外开放前沿的国际商贸城地位，又形成了河口独特的雄伟边关、南溪河与红河交汇处的云、贵、川 3 省海拔最低点等一系列独特的旅游风景线。

近年来，河口边境贸易发展迅速，国内外商贾云集在此进行跨国贸易。河口的旅游业更是蓬勃发展，有国际旅行社 1 家、涉外宾馆饭店 11 家、旅馆招待所 20 家，已接待海内外游客 110 多万人次，组织出境旅游 100 多万人次。

此次盛会包括了丰富的内容：开幕式、新闻发布会、中越两国 600 名演员进行 14 场文艺节目大展演、中越两国各类形式的经贸座谈会、商贸旅游及招商引资洽谈会等。

来到河口，您还要亲口品尝皮脆肉嫩、色艳味美、香喷喷的烤乳猪；具有独特风味、酸辣开胃的越南小卷粉和油炸春卷；粗大壮实的瑶族肉粽粑粑和五彩纷呈的花米饭；傣族酸甜适口的菠萝饭和清香的竹筒饭；能强身祛病的雌雄蛤蚧酒、竹鸡、花脸狗等本地的野味系列美食。

这里还有界河漂流，影片《高山下的花环》就是在这个景区拍摄的。漂流时，游客穿上救生衣，系好安全带，坐上漂流艇，在专业漂流人员带领下，从牛郎滩起漂，顺南溪河、红河而下，途经 50 多个急流险滩，两岸、两国的亚热带原始森林风光、怪石沙滩、连绵起伏的对峙群山、独特的民族村寨等奇异美丽风光，均可尽收眼底。（载于《春城晚报》1999 年 6 月 14 日）

首届"红河·中国越南边境民族文化旅游节"系列报道之三——
"中越边境民族文化旅游节"今日开幕

本报专讯　今天，为期 3 天的"红河·中越边境民族文化旅游节"在红河哈尼族彝族自治州河口瑶族自治县拉开序幕。

上午 9 时，数万名中外来宾和当地各族群众云集在人民广场，参加热烈隆重的开幕式。中越双方的有关领导到会祝贺并发表了热情洋溢的讲话，他们一致认为：中越传统友谊源远流长，近年来中越跨国经贸活动发展迅速；这次文化旅游节的举办，将进一步推动两国跨国经贸活动的快速发展，不断增进两国人民的传统友谊，使两国人民受益。

随后，中国红河州歌舞团等12个文艺团队、越南河内市等7个文艺团队联袂登台，现场展演了20多个内容丰富、多姿多彩的民族文艺节目。开幕式结束后，600名中越两国演员在人民路、滨河路等大街上边舞边行，为当地老百姓进行了精彩的、大规模的文艺巡游展演。

整个旅游节活动以中越两国各族人民各具特色、奇异绚丽、美不胜收的文艺展演为主；期间，穿插政务会谈、商务洽谈、招商引资、物资交流、旅游促销等活动。（载于《春城晚报》1999年6月16日）

首届"红河·中国越南边境民族文化旅游节"系列报道之四——

增进友谊合作　共商发展大计
红河州党政领导与越南老街省领导举行会谈

本报专讯　昨日下午3点半，红河哈尼族彝族自治州党政领导与越南老街省领导在河口宾馆举行了会谈。5点半，会谈在亲切友好的气氛中结束。

出席会谈的中方领导有红河州委、州政府有关领导；越方有越南老街省人民委员会有关领导。会谈由州委领导主持。州政府领导首先向老街省领导介绍了我州近年来社会经济发展和对外开放情况。接着，双方就文化交流、旅游发展、经贸合作、口岸管理等进行了交流与磋商。双方还对不断加强交流、增进友谊合作、发挥国际口岸优势、促进经贸发展等达成了共识。

参加会谈的还有红河州外事办、州旅游局、州贸易局、州交通局、河口县等有关领导及中越多家新闻单位记者。（载于《红河日报》1999年6月17日）

首届"红河·中国越南边境民族文化旅游节"系列报道之五——

大红灯笼高高挂
300个灯笼数千彩灯扮靓河口

本报专讯　每当夜幕降临，悬挂在河口瑶族自治县大街小巷的大红灯笼和彩灯，将这座充满异国风情的边城装扮得靓丽多姿，分外妖娆。

为迎接中越边境民族文化旅游节，河口县城建局筹资制作了300个巨大的红灯笼和数千串彩灯，悬挂在人民路、滨河路等路段，为这座亚热带边城平添了许多节日喜庆气氛。（载于《春城晚报》1999年6月24日）

首届"红河·中国越南边境民族文化旅游节"系列报道之六——

旅游节上"拍客"多

中越60多家新闻单位"炒"河口

本报专讯 6月16日,在"红河·中越边境民族文化旅游节"开幕式上,数百部摄像机和照相机占据了开幕式广场上的各个有利位置,"拍客"们从各个角度,不停地抢拍着开幕式的精彩盛况。

据悉,参加这次旅游节采访报道的有:中国的中央电视台、上海电视台、浙江电视台、云南电视台、《云南日报》、《春城晚报》、《红河日报》以及越南的中央电视台、老街电视台等60多家中越新闻单位,他们在旅游节期间将全方位采访报道节庆盛况。

随后,这些"拍客"还把镜头对准了中越民俗文化、民族风情、亚热带森林风光、国际界河漂流、跨国旅游、名特美食、奇异亮丽的民族服饰等,向海内外推介中越民族文化。

旅游节还让摄影爱好者们过足了"拍瘾"。1名个旧的机关干部告诉记者,他是专程自费从个旧赶到河口来拍摄旅游节盛况的。河口法院的王先生说,节日期间,他们一家人已经拍摄了4卷胶卷,估计还会再拍。"佳艺"冲扩部的老板乐呵呵地说:"这几天生意太好了,我每天都要忙到凌晨三四点才能休息,但是有钱赚,再忙也乐意啊。"(载于《春城晚报》1999年6月25日)

首届"红河·中国越南边境民族文化旅游节"系列报道之七——

中越旅游促销经贸洽谈很热闹

本报专讯 6月16日,在"红河·中越边境民族文化旅游节"上,中越旅游促销和经贸洽谈交易剪彩仪式在河口瑶族自治县边境商城举行。来自中越双方的60多家企业汇集河口,进行物资交流、招商引资项目洽谈及商品展销等活动。另有中国的25家、越南的6家旅行社在此联合布展,促销跨国旅游。(载于《春城晚报》1999年6月25日)

2000年:

李兴旺到个旧市建安公司调研时要求——

改革一定要加大力度

本报讯 面对激烈的市场竞争,一定要加大改革力度和速度,才能求得企业的生存和发展。这是日前红河州委常委、个旧市委书记李兴旺到市建安公司调研时提出的要求。

现有 447 名在册职工、1012 名离退休职工的市建安公司，是具有国家二级资质的建筑企业，为个旧的经济建设作出过重要贡献，特别是在 96·8 灾后恢复重建工作中的突出贡献为个旧老百姓所称道。目前，公司因为包袱沉重而带来了一系列问题和困难，发展举步艰难。

因此，对该公司今后的工作，李兴旺要求：一是要转变观念，加大改革的力度和速度，不完善的东西可以在改革实践中逐步完善；二是不仅要保住而且要擦亮国家"二级资质"这块品牌，这是公司的无形资产，要学会用这块牌子去扶持下属二级单位；三是要结合改革，盘活资产，多渠道减人增效；四是要解放思想，开拓市场，树立形象；五是要编制一个可行性发展规划，对企业的未来发展要做到心中有数。（载于《个旧报》2000 年 1 月 4 日）

"房霸"张开贪婪口　侵吞房租 16 万
崔某被判刑 15 年

本报讯　近日，红河哈尼族彝族自治州中级人民法院依法对侵占 16 万元房租的崔某判处 15 年有期徒刑。

崔某原是个旧市金湖房地产经营公司的总经理助理、办公室主任和房管所所长"三职一身兼"的"女强人"。1987 年 12 月 15 日、1992 年 6 月至 1999 年 5 月，崔某利用职务之便，在收缴公房租金中，违反有关规定，不仅擅自提高房租费，而且直接向业务单位市房管局劳动服务公司、市供销社、市建安建材经营部、市饮食三店等 7 家单位收取房租和联营费 71 次共计人民币 16 万余元后私吞。收费中，有的单位交费慢了一点，或不按崔某擅自提高的房租交费，崔某就以"收回租房""取消联营""提高租金"等相威胁，有关单位无可奈何，只得按她的要求乖乖交费。当地群众都叫她"女房霸"。

事发后，公检法机关依法对此案进行了调查取证和公开审理，并于近日审结了此案。（载于《春城晚报》2000 年 1 月 5 日）

地界之争引起纠纷
3 人被判刑　受害人获赔 10 余万元

本报讯　近日，建水县法院以"破坏集体生产罪"分别判处建水县官厅乡年少村村民董某昌、李某明和普某林有期徒刑 3 年、缓刑 3 年；同时，董、李、普 3 人及有关人员赔偿受害人李某发 10 万余元的经济损失费。

1995 年，元阳县马街乡六蓬村村民李某发承包了与建水接壤的该村的白石岩坡脚的部分荒地种植香蕉等经济作物。两年后，李某发又在承包地附近栽香蕉 7500 棵。一段时间后，与之邻近的建水县官厅乡年少村村民看到丰收在望的果实后，认为李某发新栽的香蕉地应属于年少村，为此，双方多次发生争执或交涉，但均无果。

1999 年 3 月 15 日，董某昌、李某明等纠集 70 多名年少村村民来到李某发的香蕉地里，乱砍香蕉，烧毁工棚，造成 1 人被烧伤、5000 余棵香蕉报废的严重后果。事发后，李某发将董某昌、李某明等数十人告上法庭。法院经审理后，依法对此案作出了判决。（载于《春城晚报》2000 年 1 月 9 日）

站内不发车　站外有堵卡　乘客无人管
开远旅客　有家难回
元旦有大批旅客受困于个旧客运中心站内

本报讯　1 月 1 日，个旧市客运中心站发生了发往开远的客车空停着、而乘客却无车乘坐的怪事。

当天中午约 12 点，乘客安锦明等 3 人到个旧市客运中心站购买了个旧至开远的车票后上车等候，不久却被人赶下车，有人叫他们到票房退票。退票后，他们又多次到票房问什么时候有发往开远的客车，售票人员都回答"不知道"。等他们第 5 次去问时，售票员干脆站起来摔门而去。他们有急事要赶回开远，大家就分头在车站里找车，找来找去，得知应发往开远的客车一律不走。

看到他们十分着急的样子，有人悄悄指点他们到站外往北 100 多米远的公路边上等着，可能会有车。安锦明就来到公路边上等，他的朋友在车站内等，看哪边会先有发往开远的客车，就先坐哪边的。但是，一直都没有。

直到下午 5 点多，好不容易看见 1 辆开远拉客来个旧后要返回的客车，安锦明他们赶紧拦下，恳求师傅拉他们去开远。这位师傅说："我们是开远户头的客车，个旧不准我们拉个旧的乘客去开远。如果你们要坐我的车，就只有'打的'到八号洞加油站出去 100 米的地方，我在那里等你们。"安锦明他们很奇怪，问："为什么这里不能上车？"这位师傅说："八号洞加油站那里还有 1 个检查站要查我们的车，如果查到我们开远户头的车拉个旧到开远的乘客，我们就要受到重罚。"安锦明他们无奈，只得求这个师傅在那里等他们，他们则立即"打的"前往。来到目的地，"的钱"付了12元，而个旧到开远的车票只需要8元。

安锦明他们从中午到下午，折腾了大半天，到傍晚7点多时，总算坐上了去开远的客车。但客车师傅又在这里等了半个多小时，等与安锦明他们一样"打的"到这里上车的乘客，共有20多人。

在车上，据一些乘客讲，目前滞留在个旧客运中心站的开远乘客，大约还有上百人。（载于《春城晚报》2000年1月16日）

红河州开展春节送温暖慰问活动

本报讯 在新千年春节即将到来之际，红河哈尼族彝族自治州在13个市县开展了对特困企业、城乡特困人员和离退休老干部等进行的"送温暖"慰问活动，已有省委、省政府、省总工会、省建设厅等省级单位和州、市、县领导组成的数百个慰问组，深入到全州各地进行慰问，把党和政府的亲切关怀和问候送到基层。

1月19日，个旧市气温骤降，市级4套班子的领导一行10余人冒着寒风细雨，来到市制鞋总厂特困职工王飞琼、王云、普庆珠、陈剑峰家里问寒问暖，并鼓励他们自强自立、克服困难，与企业共渡难关。慰问组给困难职工们送来了大米、油和慰问金，并给他们拜个早年。特困职工们说，感谢党和政府的关心帮助，我们一定会自立自强，克服困难，重新找到工作。

1月27日，个旧4套班子组成的慰问团分别对红河州州属单位和全市社会各界的困难群众和离退休老干部等继续开展慰问活动。

当日上午，市领导一行首先来到市政府宿舍大院，分别看望了个旧一中原老校长、80高龄的王华，原老市长王介，原科委主任张嘉等7位老同志。市领导对老同志们为革命出生入死和为个旧的建设发展作出的巨大贡献表示钦佩和赞扬，并对老同志们在离休后仍一如既往地关心、支持市委、市政府的工作和个旧的发展表示衷心感谢。对老同志们普遍关心的医疗费等问题，市领导再三表示，不管目前有多少困难，首先要保证老同志的待遇，让老同志这些人民的功臣愉快地安享晚年。市领导还与老同志们亲切地聊家事，话家常。市教委原党委书记李靖珠老人还把自己的新诗作《金湖颂》送给市委领导一行。老同志们对组织上的关心表示衷心感谢，并称赞这一届市级领导班子团结向上，锐意进取，有思路，有魄力，带领全市各族人民建设出了1

399

个美好的新锡都，对此，老同志们甚感欣慰。

接着，市领导一行又来到人民医院，看望、慰问了正在医院卧床治疗的87岁的老红军胡振余、州属单位正在住院治疗的离退休老同志、家庭困难的患者和中学生患者等共50多人。市领导们逐一来到患者床前，嘘寒问暖，并送上慰问金和糖果等慰问品，市领导们祝这些患者春节快乐，早日康复。随后，市领导一行又来到医护人员工作室，与大家一一握手问候，并感谢医护人员为患者的康复所付出的辛勤工作；同时祝医护人员工作顺利，合家幸福。

与此同时，开远、蒙自、弥勒、建水等12个县市组成的数百个慰问组先后深入到全州的矿山工厂、乡镇农村等地慰问困难企业、困难职工以及生活困难的村民、老村干部和复退转军人等。截至目前，全州已看望和慰问了450多个特困企业的6500多户特困职工、1000多户生活困难的农村人员以及800多名相关人员。

据悉，由州、市两级政府多方筹资、拨款150多万元开展的这次春节慰问活动，将持续到1月31日。（载于《春城晚报》2000年1月26日，有删节；载于《个旧报》2000年2月1日）

水果产业与旅游产业"联姻"催生"生态游"
冬季 到石屏来摘果

本报讯 寒冷的冬天，到石屏来玩什么？

钻进茂盛的橘子林，摘下金黄的大橘子，靠着橘子树悠闲地品尝，多么惬意。这是该县根据当地实际开发出水果产业与旅游产业"联姻"的"生态旅游业"，被外地游客亲切地称为"农家乐"。

石屏县气候温和，风光旖旎，丰富的自然景观、具有田园风光的数万公顷果园以及丰富的人文景观资源，吸引了大批海内外游客。近年来，石屏根据立体气候特点，种植发展了适合温带、亚热带生长的各种时鲜水果。目前，已种植核桃1万多公顷、大杨梅2000多公顷、柑橘2000多公顷以及水蜜桃、李子、梨、苹果等数千公顷。春天，可以到石屏来摘花，即把各种果树上长得不太好的、多余的花摘下来，通过洗、煮、泡、淘、炒等加工程序后，就可成为餐桌上的各种美食；夏天，可以来摘大杨梅、水蜜桃、李子；秋天，可以来摘梨、苹果、核桃；冬天，可以来摘柑橘……

一年四季水果飘香不断，不仅增加了农民收入，更带动了旅游业发展。
（载于《春城晚报》2000年2月4日）

个旧下雪了

本报讯 1月30日傍晚，已经17年没见过纷飞大雪的个旧市民惊喜地看见：昨天还花红柳绿的锡都，今天已被纷纷扬扬的雪花装扮成了银装素裹的世界。

市民们翻出了多年未穿的冬衣，"全副武装"后，亲朋好友相约着来到公园、广场、屋顶上打雪战、堆雪人。雪地里到处可以听到人们开心的笑声，看到孩子们活泼可爱的身影。许多市民还争相在雪地中合影留念。

据气象部门称，1983年个旧市曾下过一场大雪，但没有今年这么大。这次连续24小时降雪，已使积雪深达135毫米。

降雪后，有关部门正在组织防寒防冻工作。（载于《春城晚报》2000年2月12日）

个旧召开第五批村建工作总结大会
第六批工作队员已奔赴各乡镇工作

本报讯 2月17日，个旧市第五批村建工作总结表彰暨第六批村建工作动员大会在市政府召开。市委、市人大、市政府有关领导及各乡镇（区）党委书记、工作队员80余人参会。

会上，市委领导对第五批村建工作作了全面总结。

自1999年1月以来，个旧市从各单位抽调了47名队员到卡房、贾沙、保和等8个乡镇的10个村公所（办事处）开展村建工作。市委未派工作队的乡镇，也在市村建工作领导小组的领导下，按照乡镇党委"六个好"和村级组织建设"五个好"的目标以及"巩固、完善、提高"的原则，制定了相应措施，开展了相关工作，并纳入全市村建工作统一管理、统一部署、统一标准、统一检查验收和总结表彰。

结合个旧农业农村工作实际，第五批村建工作重点抓了以下工作：

一是认真组织学习法律法规和有关政策。各乡镇充分利用闭路电视、广播、标语、黑板报、会议、文艺演出等各种形式，向农村广大干部群众进行思想发动和政策宣传。认真组织大家学习贯彻党的十五届三中全会精神，使大家知道我国农业和农村跨世纪发展的目标及党和国家农业农村工作的各项方针政策。认真学习贯彻《村民委员会组织法》，加快农村基层民主政治建设进程。

二是开展"党员干部结对扶贫工程"并初见成效，为农民群众办了大量的实事好事，进一步密切了党群干群关系。据不完全统计，全市已有1000多名党员干部和群众采取不同方式与贫困农户结对扶贫，集体和个人捐资达32万元，捐衣裤3500多套，捐水泥55吨、化肥27吨，送课桌椅100多套等，使250户贫困农户1000余人脱贫。

三是农村基层组织建设进一步加强，党团员队伍不断发展壮大。发展农村党员107名、团员157名，这些党团员已成为带领广大农民勤劳致富的带头人。

四是积极开展乡镇党委"六个好"、村党总支（支部）"五个好"创建活动，使乡镇机关和村公所干部工作态度更认真，工作作风更深入，服务意识更强，为老百姓办的实事好事更多。

五是"村务公开、民主管理"制度正在稳步推进。本着"慎重、稳妥、实效"原则，在取得经验的基础上，逐步在全市推开。

六是以治理乡镇"脏、乱、差"为突破口，积极开展"文明村镇"和"十星级文明户"创建活动并取得显著成效。

七是顺利完成了第二轮土地延包工作，维护了农民利益和农村社会稳定。

八是加强了工作队自身建设，工作队员得到锻炼，综合素质和能力不断提高。

总之，村建工作推动了全市社会经济及农业农村工作的全面发展，1999年，全市农村经济总收入实现29.2亿元，同比增长11.29%；农民人均纯收入1934元，同比增长5.91%；粮食总产量6642.6万吨，同比增加了183.61万吨。

会上，市委对第五批村建工作的先进单位和个人进行了表彰奖励。荣获"先进党委"的是大屯镇和倘甸乡党委；荣获"先进工作队"的是贾沙乡、卡房镇工作队和市村建工作办公室；荣获"先进工作组"的是斐贾村、头道水村和他白村的3个工作组；荣获"优秀工作队员"称号的是刘伟等17名工作队员。

随后，市委和市人大领导对第六批村建工作队如何开展工作提出了具体明确的要求及殷切希望。第五、六两批工作队员代表也在会上作了交流和表态发言。

次日一早，第六批村建工作队队员奔赴各乡镇开展工作。（载于《个旧报》2000年2月22日）

个旧全面"减负" 让学生拥有快乐

本报讯 最近，个旧市某群众团体举办的"假期小记者培训班"开班仅一天就被市教委查处停办了。

为切实贯彻国家教委关于减轻中小学生过重负担的精神，个旧市教委于1月11日发出紧急通知，要求全市各小学的期末考试只考语文和数学。1月20日，市教委又下发《关于减轻中小学生过重负担的十条意见》，对中小学开设的课程、教材的使用、教辅读物的选用、家庭作业的布置、中小学生在校的时间等，均作了详细而明确的规定。其中尤其强调：学校和教师不得以任何形式，组织中小学生统一购买教材以外的辅导读物、图书、音像制品、报刊、学具和学生用品；不得组织节假日上课、补课；取消期中考试和平时考试；小学毕业生成绩评定取消百分制，实行等级制；免试就近升入初中等。

寒假中，市教委还对各单位举办的各种中小学生培训班进行了大检查，对文化补习培训班一律予以取缔。同时布置全市教师学习"减负"意见，对照检查，有问题的尽快改进。开学后，市教委还将对全市中小学执行"减负"情况进行全面检查。（载于《春城晚报》2000年3月1日）

403

个旧一些小学校作业本不该强卖强买

本报讯 近段时间来，记者不断接到个旧一些小学生家长的反映，他们说：个旧一些小学校强卖很多作业本给学生，学生用不完，造成浪费，也让孩子养成浪费东西的毛病，希望政府对学校加强管理，不要再出现这种情况。

为此，记者深入到一些小学校进行采访。在五一路某小学，一位事先多次打电话给记者反映此事的学生家长接受了采访。她情绪激动地说："每个学期我们都会收到学校统一油印的通知，通知上把上一次已缴纳的教科书费、作业本费列表结算，超支部分补交。同时，通知上又把下学期教科书费和作业本费列出数目后要家长预交。前几天开学时，学校发的教材有《语文》《数学》《思想品德》《卫生与保健》《小学生词语手册》和《写字》共6本，但统一强卖给我们的各种作业本、练习本就有80多本。我孩子现在读4年级，几年来我们用不完的新作业本已有300多本堆在那里了。剩下的新作业本太多，有的孩子就很浪费，作业本写了一两页就不要了；有的干脆撕新作业本去折纸飞机、纸块玩，搞卫生时撕去擦玻璃……我们一再教育孩子不要浪费，孩子无所谓地说反正新本子有的是，不用白不用。"

在金湖西路某小学，当谈到这个话题时，许多学生家长围住记者七嘴八舌地反映情况。1位男性家长说："这个事有好几年了。现在我孩子读6年级，家里堆了四五百本新作业本，扔了是浪费，不扔堆在那里依然是另一种浪费。"另1位女性家长说："过去我们读书时学校根本不兴强卖作业本给学生，学生自己用多少买多少。这个事我们也多次向学校反映过，但没有任何改变，希望政府能来管管。"

据了解，同样情况在个旧其他中小学校也存在。家长迫切希望政府能来管管这事，让学校停止这种做法；同时学校和家庭一起培养孩子勤俭节约的好品德和好习惯。（载于《春城晚报》2000年3月4日，有删节；载于《个旧报》2000年3月6日）

红河州委领导到个旧企业调研时强调——

企业要用市场经济的办法加快发展

本报讯 3月2日，红河州委领导到个旧市制药厂、生物制药厂、阳光

工业公司、安云大麻纺织有限公司等企业进行调研。

当天上午，州委领导一行来到市制药厂，视察了该厂的综合制剂车间、检验大楼等。随后，州委领导认真听取了该厂工作情况的汇报。该厂现有56个产品，年产值900多万元。其中，"香果健消片"是全国独家生产的产品；"虎力散"和"血竭"的散剂及胶囊获得"国家中药保护品种证书"；另有"十滴水""清肺抑火片"等产品也有很好的市场。目前，企业面临的最大困难是：缺乏技改资金，因为"大输液"生产线必须在今年6月前要按照国家GMP的认证规定进行技术改造，否则将被取缔。然而，面对技改所需的3000万元资金，企业困难重重。

州委领导说，今天来是为了调查研究。没想到这个厂里有这么多的好品牌、好药品以及这么好的市场和效益，前景很乐观。对于目前的困难，希望你们转变观念，按照市场经济的办法来解决，如果仍用过去计划经济的观念和办法，路只会越走越窄、越走越难。现在，一些效益好的大企业在对外扩张，寻找新的经济增长点和好项目，你们有项目无钱，他们有钱无项目，你们看看是否能找到这样的企业来合作。总之，要转变观念，确定好的发展思路和方法；要积极开展技术创新，市场经济的发展过程就是技术创新的过程；对厂里的困难，市里也要积极给予帮助和指导。

之后，州委领导一行来到市生物制药厂调研。该厂的"拳头产品"是治疗心血管病的绿色药品"灯盏细辛"系列产品和治疗癌症的"卡铂""顺铂"等。在参观了生产车间和听取汇报后，州委领导说，州委提出要把我州建设成为"绿色经济强州"的目标，其中就要把制药资源的开发和利用作为重点来抓。你们厂的产品资源丰富，有广阔的市场，又与清华大学等科研单位联合开发新药。现在发展的关键是要上规模，要花大力气做好市场营销，要在媒体上做好宣传，多好的产品不宣传出去就不会有市场。希望你们鼓足干劲，加快步伐，把制药业搞成一个大产业。

下午，州委领导一行来到阳光工业公司调研。作为我市第1家改制的企业，该公司在1993年就改为股份合作制企业并取得较好业绩。然而，随着发展，一些弊端也显现出来，形成了产权股权平均化的新"大锅饭"，企业要求进一步改制。对此，州委领导说，一切本着有利于企业发展的要求来做，由市体改委具体指导你们工作。

随后，州委领导一行又马不停蹄来到安云大麻纺织有限公司调研。该公司是原云南苎麻纺织厂，1996年12月因负债太高而破产。破产后，于1999年11月进行资产重组成为现在的安云公司，主产品是苎麻和大麻天然纺织品，销售到台湾等地区，但因生产规模太小，产值和利润不高。州委领导亲临各生产车间参观和听取汇报后说，资产重组后仅3个月的运作，效益就不错，我们感到非常欣慰；同时，这是个新单位，你们要加强管理，苦练内功，特别是对质量、成本和生产秩序的管理要加强；要注意开拓市场，天然苎麻制作的衬衣、凉席、枕套、民族包等在国外也会有市场。总之，希望你们以崭新的精神和行动去重树新形象，企业才会有新发展。（载于《个旧报》2000年3月6日）

牵手两年未能"有喜"
大象夫妻被迫"离婚"

本报讯 在个旧市宝华公园与大象先生盈宝共同生活了两年却未能怀孕的大象夫人莫坡，于日前被昆明圆通山动物园工作人员接回圆通山。临行前，这对恩爱的大象夫妻依依惜别。

生活在圆通山动物园的莫坡，于1998年5月被送到个旧，与大象先生盈宝喜结良缘。刚来时，莫坡小姐不适应新环境，整天耍脾气、闹别扭，甚至不吃不喝，这可急坏了大象先生盈宝和饲养人员。善解人意的盈宝积极配合饲养员，对莫坡小姐关怀备至，呵护有加。一段时间后，莫坡小姐变得温顺听话了。不久，这对大象夫妻就形影相随，开始了甜蜜恩爱的夫妻生活……

离别当天，工作人员用甘蔗哄着、用铁链子拴着脚才把莫坡哄出大象馆。好不容易来到汽车前，莫坡就是不上汽车，任工作人员又哄又打。而被关在馆舍里的大象先生盈宝，更是急得在栏杆里团团打转转，一见到人就不停地点头、摇摆大耳朵、抬鼻子敬礼，脸上挂满泪珠……

据了解，圆通山动物园将为莫坡重新寻找一位新丈夫。（载于《春城晚报》2000年3月9日）

抓小春　打基础　抓物资　保供应
个旧抓紧春耕备耕工作

本报讯　个旧在今年初遭受严重雪灾霜冻后，目前正在抓紧春耕备耕的各项工作，力争在霜冻雪灾之年依然能夺取粮食丰收。

个旧辖区人多耕地少，粮经争地矛盾突出。今年，结合市委、市政府农业产业结构调整的部署，春耕备耕工作主要是抓小春、打基础，小春抓不好，全年就被动。去年8月，市政府在卡房镇召开会议，对今年小春生产及冬季农业开发工作提前作了全面安排和布置。

今年初，各乡镇按照市政府下达的指标，结合当地实际迅速组织实施：一是抓物资，保供应。目前，已就位杂交水稻种子72万吨、杂交玉米种子10万吨；完成小春积肥2120万吨；翻犁稻田36095亩、旱地45236亩。二是抓农田水利基本建设，确保农业生产用水充裕。至去年底，已新建田间沟渠7条共2800米，工程开挖土方4863立方米；全市蓄水量达5088万立方米。三是立报项目，争取外来投资。根据上级有关精神，编制了24个重大项目的立项报告呈报红河州政府，包括花卉、牛奶、优质米产业化、药材种植及加工、肉兔基地建设等。

目前，全市已种植小春作物67879亩，其中小麦30035亩、蚕豆6422亩、豌豆8661亩、玉米1866亩、薯类1309亩、大豆1004亩、荞905亩、油菜500亩以及冬早蔬菜17177亩。（载于《个旧报》2000年3月17日）

个旧综合执法为农业发展"保驾护航"

本报讯　近年来，个旧市不断加强对农业农村的综合执法工作，使这项政策性强、涉及面广、工作难度大的工作真正做到护农、惠农、哺农，为农业发展"保驾护航"。

农业综合执法包括动植物检验检疫、种子管理、农业污染管理、渔政管理、法制宣传、农机监督管理、土地承包管理等多方面，市农牧局狠抓这些工作，取得了显著成效：

协同市技监局、工商局，依照《动物防疫法》，把好活畜、鲜肉检疫关，检疫上市活猪 11 万头，检出病畜 236 头并按规定进行了处理。依照《种子管理条例》，对全市销售"两杂"种子和蔬菜种子的 33 个摊点进行检查，防止假劣种子坑农害农。依照《环保法》，与市环保局依法查处农业污染事故17件，调解处理赔偿金额 61.6 万元；另查处农业自身污染案件两起。依照《渔业法》，取缔了大屯海 3000 亩网箱养鱼；处理了两起电鱼、炸鱼违法行为。

加强法制宣传和培训，发放《云南省农机监督管理条例》3000 册，提高农机使用人员的能力和素质，将事故隐患消灭在萌芽状态。与乡镇协作，严格把关，对所有农用车辆进行检查监督，清理无牌无证车辆，办证 1000 车次。审验了执法人员和执法证件的合法性。

在第二轮土地承包中，全市有 3.9 万农户签订了土地延包合同，占应签合同户的 98.2%，承包耕地 174 万亩。根据国务院为农民"减负"要求，对 12 个乡镇进行全面检查，全市农村提留统筹费 310 万元，占农民人均纯收入的 1.3%，均未超过 5%的规定。（载于《个旧报》2000 年 3 月 24 日）

"减负"减掉教辅书　组织好书"喂"孩子
红河州校园书市受青睐

本报讯　3 月 23 日，红河哈尼族彝族自治州新华书店门市部销售的《彩色黑板报精品》《钢铁是怎样炼成的》等图书脱销，书店迅速组织货源补上，但销售势头仍然不减，出现了近年来少有的图书热销情况。工作人员说：这是学生"减负"带来的新气象。

其实，学生"减负"后，学校在书店征订的教辅读物急剧下降。书店迅速组织全体职工学习国家教育改革精神，统一思想，认真分析，认为学生"减负"和教辅读物减少后，将给孩子们留出更多时间，优秀的课外读物将会备受欢迎。书店就迅速组织货源上架。果然，《水浒》《三国演义》等中国传统名著和一些世界名著开始热销。

书店又趁热打铁，主动与各中小学校联系，到学校开展"校园书市"服务活动，仅在人民小学半天的"书市"活动中，就以 8.5 折优惠价售出各类图书 1400 多册。同时，书店还到各个学校征求师生们的意见，力求所进图书能够最大限度满足他们的需要。

据了解，"减负"不是不让孩子们读书，而是为了让孩子们读更多、更好的书。现在，作业少了，许多家长都带着孩子们光顾久违了的书店，为孩子们选购自然科技、书法、绘画等方面的书籍。其中，160 元 1 套的《中国少儿百科全书》、中国四大古典名著等都是孩子们首选的图书。

在机关工作的高秀说："'减负'后，孩子们的时间多了，但他们不知道要干什么，我们家长要学会引导孩子，要多买些好书教孩子们读，要避免'男孩守着游戏机、女孩守着电视机'，让孩子们读些好书，总比守着这些'机'强。书店的好书很多，基本上能满足我们的需要。"（载于《春城晚报》2000 年 3 月 31 日）

个旧水龙井收费站仍有汽车强冲卡

本报讯 4 月 16 日一早，在《云南省人民政府关于规范车辆通行费有关问题的通知》执行的第一天，记者来到开远高管段个旧市水龙井收费站现场采访。

在收费站，记者看到来往的车辆井然有序，一些过去免交费但现在按新规定须交费的车辆，都自觉停车、交费、过路。工作人员在认真收费的同时，还将该通知的宣传材料主动发放给驾驶员并进行宣传。然而，约 11 点 40 分许，1 辆银灰色、车牌号为云 O/G022X 的三菱越野车不交费强行冲卡，1 辆紧随其后的轿车也强行冲卡。因车速太快，工作人员只记下了三菱越野车的车牌号。

据悉，当天该收费站共收缴了工商、税务、环保等单位的免费通行证 5 个。过去不收费、但按新规定应该收费的"云 G99"牌照车辆，今天有 20 多辆车次经过并全部按规定交纳了过路费。（载于《春城晚报》2000 年 4 月 23 日）

个旧召开劳模先进代表座谈会

本报讯 4 月 28 日，个旧市庆"五一"职工劳模先进代表座谈会在市总工会召开。座谈会气氛热烈，市委副书记、常务副市长李润权等领导与来自全市各条战线的 40 多名劳模先进代表进行了座谈。

全国"五一劳动奖章"获得者、省劳模、革新矿工人杨炳和，省劳模、云锡老厂锡矿工人陆忠祥等代表全市劳模在座谈会上先后发言。大家交流经验，畅谈理想，表示决不辜负党和人民的培养和厚望，在各自的工作岗位上要不断努力，继续发挥模范带头作用和表率作用，创造新的业绩。

李润权与劳模们亲切座谈，对他们的工作精神和业绩给予很高评价。他说，在我们工人的节日到来之际，我谨代表市委、市政府对全市劳模及工人同志们表示节日的慰问和衷心的感谢！并祝你们身体健康，工作顺利，阖家幸福！

李润权同时强调，劳模是国家的宝贵财富，也是单位、个人和家庭的无上光荣，在全市人民心中永远有着崇高的位置，你们要永远珍惜这个荣誉。劳模们杰出的工作和突出的贡献，带动了一个岗位、一个企业的发展，我市近年来工业生产总值和地方财政收入呈增长势头，是与你们的默默奉献和认真工作分不开的。此前，我市还召开了 1999 年度职工社会主义劳动竞赛表彰会，有工作实绩突出的 17 家单位和 39 名个人受到表彰。今后，希望你们继续努力，加强学习，不断提高自身素质和工作能力，在新形势下不断体现出自己的社会价值和先进性，为我市社会经济发展继续作出新的更大贡献。
（载于《个旧报》2000 年 5 月 2 日）

优势互补　共谋发展
个旧市汽车客运经贸公司与汽车运输公司"联姻"

本报讯　4 月 21 日，个旧市汽车客运经贸总公司与汽车运输公司正式合并。

该两家公司同属于市交通局管辖下的国有企业。此次合并，本着双方自愿、平等协商、优势互补、共求发展的原则，在市政府的大力关心支持下实现合并。合并后，客运经贸总公司负责运输公司全部债权、债务和职工安置及享有相关权利。

红河州和个旧市有关领导到会祝贺。市长李润权在会上讲话。他要求两家公司合并后，全司干部职工要团结一致，共同努力，深化企业内部改革，强化管理，把公司建设发展成为全市国企改革的榜样。（载于《个旧报》2000 年 5 月 2 日）

就实施农业产业结构调整情况
苏维凡一行到保和乡现场办公

本报讯　5 月 15 日，个旧市市长苏维凡及市财政、水电、农牧、交通、城建等部门有关领导一行 10 余人到保和乡进行现场办公。

当日上午，苏维凡一行直接来到该乡木花果村，向村民了解情况。看到村民们用上水窖，苏市长非常高兴，亲自搬开几户村民家的水窖盖子，一一查看储水情况。村民们都争先恐后地说，是政府出钱帮我们修了水窖，让我们有了干净的水喝，不用再像以前那样去喝泥巴塘里的水了。苏维凡又走进 1 户李姓村民家，了解李家种植粮食和经济作物的情况。老李说，我们家种着苞谷和烤烟，只要没有灾害，收成还是不错的。

随后，苏维凡一行来到正在热火朝天建设中的甘蔗种植新区。苏市长问 1 位老农："老哥，你家种甘蔗没有？"老农说："种了，种了 6 亩多。"苏市长又问："是种苞谷收入多还是种甘蔗收入多？"老农高兴地说："当然是种甘蔗多，1 亩甘蔗最少可以收入 1000 元，苞谷只收得 200 多元。我们新寨村的 61 户村民全部种上甘蔗了，还种了一些花生、香蕉。"当老农得知与他聊天的是苏市长时，激动得拉住苏市长的手不放，要请苏市长去他家吃饭喝酒。经了解，这位老农是新寨村的老党员、老村委，名叫沈家伟。

离开新寨村，苏维凡一行又驱车来到冷墩。冷墩是个（旧）冷（墩）公路的终点站，又是个旧辐射河口县、金平县、元阳县的"金三角"区。现场查看后，苏市长要求保和乡要尽快做出冷墩发展的规划方案。经过白拉租村，苏市长来到地头，与一个正在挖地的中年汉子交谈，当得知他家栽了桔子、板栗、梨、竹子、粮食和烤烟时，苏市长非常高兴。

下午，苏维凡一行听取了保和乡领导的工作汇报。其中，重点汇报了农业产业结构调整情况，乡党委政府提出了"稳粮抓经调结构，修水挖路打基础，兴科重教促后劲，立足冷墩搞开发"的发展思路并正组织实施："稳粮"即继续种植杂交水稻和苞谷，保证农民的吃饭问题；"抓经"即结合"三区四带"特点搞相应的经济作物种植，"三区"即高寒山区、半山区和坝区，"四带"即根据"三区"不同的气候和地理环境分别开发种植烤烟带、甘蔗带、林果带和特种药材带。

目前，"三区四带"已种植烤烟 1400 亩、甘蔗 1500 亩、兰竹 1000 亩、优质雪花梨 500 亩、板栗 400 亩。另外，泡核桃、甜酸角、脆皮柿、冬桃等经济附加值高的优质水果已育苗，预计分别可种植 100 亩，甜酸角可达到 1000 亩。灯盏花、马蹄香、大草乌等特种中药材已进行试种育苗，预计可种植 2000 亩。

在听取汇报后，苏维凡高兴地说：今天是先走田间地头访农户，再听取工作汇报；得知你们粮经比例调整力度大，数字实在；原来我非常担心山区乡镇的结构调整困难太大，现在看到你们不怕困难，思路变了，行动快了，有成效了，这很好。对下一步的工作，你们要尽快抓好"三个重点"和"一条线"。"三个重点"即：一是已投入200万元建设的三岔河水库，要尽快发挥其功能和作用，这是保和乡农民脱贫的关键；二是对三岔河水库周边如何发展，要尽快拿出一个方案；三是近抓粮烟、远抓林果发展的规划和措施，也要尽快拿出。"一条线"即个冷公路沿线下一步如何发展也要拿出规划。总之，发展规划很重要，有了规划才会有明确的目标和奋斗的动力。

苏维凡及有关部门还对保和乡目前面临的困难和需要解决的问题进行了安排部署。（载于《个旧报》2000年5月26日）

副省长陈勋儒到个旧调研

本报讯 5月27日，副省长陈勋儒及省建设厅、省扶贫办、省计委和省公路局的有关领导到个旧调研。

刚到大屯，陈副省长一行在市委副书记、常务副市长李润权陪同下，来到大屯商住小区听取了大屯小城镇建设情况汇报。随后，陈副省长一行不辞辛苦，马不停蹄地深入到田间地头和生产一线，亲临大屯科技工业园施工工地、锡都花卉总公司生产基地、鸡街火车站、鸡街峡鱼塘水厂、国营乍甸农场、金湖污水处理厂、市人民医院外科大楼建设工地现场考察并听取相关情况汇报。

在科技工业园，陈副省长仔细观看了彩色规划总图后，关心地询问是否规划了污水排放及处理、电讯电缆等配套设施，工程技术人员告诉他都规划在内了，陈副省长听后很高兴。在花卉生产基地，他说这里有气候、土地、水利、交通等多种优势，希望你们继续做好一些必要的工作，包括购买高新技术和国内外市场的开拓等。在鸡街火车站，陈副省长认真观看了作为文物保护起来的寸轨小火车头，并饶有兴致地登上小火车厢查看。在乍甸农场，陈副省长来到清洁整齐的牛舍参观后，又深入到养奶牛的农户家考察，详细询问了农户家的养牛数、产奶量和收入情况，当得知他们月收入有五六千元时，陈副省长非常高兴，鼓励农民要积极和农场合作，继续走好"公司+农户"这条致富路。

之后，陈副省长一行还冒雨考察了污水处理厂和市人民医院外科住院大楼施工现场，详细询问了金湖综合治理和人民医院发展情况，在对这些工作

给予很好评价的同时，也对今后工作提出了意见和要求。(载于《个旧报》2000年6月2日)

实施素质教育另辟蹊径
个旧市市长当老师们的"老师"

本报讯 实施素质教育，丰富孩子们的第二课堂，必须是在丰富教师的第二课堂的基础上进行。为此，个旧市市长苏维凡于6月3日亲自为市区各中小学校的书记、校长、教务主任、大队辅导员共80余人作了全市重点工程建设情况的通报。

苏维凡说，让孩子们了解国情、州情、市情，是对孩子们实施素质教育的重要方面，要抓实抓好。为此，首先是老师们对这些情况也要有更多的关注和了解，同时也希望通过这些渠道和形式加强政府与老百姓之间的沟通与交流。接着，苏维凡在会上向老师们详细通报了个旧市为迎接建市50周年、建设精品旅游城市而实施的"十大工程"建设情况：

一是鸡（街）石（屏）公路建设工程。这是红河州一条战略性通道，总投资预计30至40亿元，将建成40米宽的国家一级公路。到时，个旧至昆明的时间将由现在的4小时缩短为2.5小时。二是污水处理厂建设工程。这是金湖综合整治中最后一个重要工程，总投资近3000万元。建成后，全市污水不再流入金湖，而是在此进行处理后达到国家工农业生产用水标准后排放到乍甸、大屯等地再利用。三是市区北大门窗口绿化工程。在北大门八号洞建设绿化带和休闲小广场。四是对阴山和阳山进行面山绿化。该工程可提升个旧生态环境和旅游景观水平。五是个（旧）冷（墩）公路建设工程。预计投资3亿元，是个旧辐射金平、河口等边疆6县及越南的国际公路干线，正在紧张施工中。六是金湖文化广场建设工程。在金湖东路中段老阴山脚下修建一个8万平方米的文化广场，建设有市青少年宫、太极图案的大型休闲广场和大片的花草树木绿地，是个旧的"城市客厅"。七是建设锡博物馆和图书馆。提升个旧的文化水平，展示其深厚的锡文化底蕴。八是市人民医院外科大楼建设工程。总投资3500万元，建成后将成为滇南地区一流的医院，目前已完成2000多万元的工程量。九是建设个旧首个四星级酒店金湖苑酒店（即现在的世纪广场酒店。作者注）。该工程建成后将更好地改善个旧旅游接待大环境，提升个旧住宿接待档次和精品城市品位。十是在金湖文化广场边上建设一个民族风情园。

会后，市政府领导亲率老师们到各重点工程建设现场进行参观考察。看到家乡日新月异的变化，老师们倍受鼓舞，纷纷表示要组织学生来参观学习，培养孩子们热爱家乡、热爱祖国的优良品德。（载于《春城晚报》2000 年 6 月 9 日）

实施老工业城市科学提升改造
个旧与昆明理工大学"携手"唱"大戏"

本报讯 日前，《个旧市人民政府与昆明理工大学科技合作协议》签字仪式在个旧举行。这标志着个旧市作为老工业城市的提升改造和发展，由过去"见子打子的散打式"正式步入系统化、科学化、规模化、特色化的轨道。

个旧是一个具有 2000 多年开采有色金属历史的多金属矿区。新中国成立后，发展成为全国最大的锡工业生产和出口基地。近年来，市委、市政府结合老工矿城市实际，提出了"立足有色，超越有色；立足老城，超越老城"的发展战略，以"富民、强镇、兴市"为重点，力争在 5 年时间实现 3 个目标：利用具有国际领先水平的有色金属冶炼技术，在大屯科技工业园区建成全省最大的有色金属冶炼中心；利用当地极为丰富的绿色生物药材资源，如灯盏花、木薯、大黄藤、马蹄香、龙血树、大草乌等，将生物制药业培植成为新的支柱产业；结合个旧山中抱城、城中拥湖、气候四季如春和悠久的"锡文化"历史等特点，将个旧建设成为全省一流的精品城市。随后，再用 10 到 15 年时间，将个旧建设成为昆河经济带上充满生机与活力、高度开放的经济区域。

为此，个旧的提升改造和发展，必须进行科学、系统的统筹规划并引入相关高新技术。经多方调研和考证，个旧市选中了与昆明理工大学合作。

该大学是目前我省办学规模、科研教学和科研运用实力等都较为雄厚的理工类大学，历史上，一直与个旧有着工业生产、科学技术应用和人才培养等多方面关系密切的合作，对个旧"市情"比较熟悉。对这次开展的全方位合作，市校双方都高度重视，进行了认真准备和详细磋商，本着"优势互补、互惠互利、讲求实效、共同发展"的原则，充分发挥昆明理工大学在高新技术研究、采选冶等专业技术和多学科、多层次人才培养等方面的优势，从地质、采矿、选矿、冶金、材料、机械、化工、建材、环保、人才培养等 9 大领域计 26 个项目上进行科技合作，旨在利用高新技术改造传统产业，

413

加快个旧高新技术产业的培育和发展，为锡都这座享有盛誉的老工业城市的提升改造和可持续发展注入新的活力。（载于《春城晚报》2000 年 6 月 28 日）

杨树文调研贾沙乡丫洒底热泉开发

本报讯 7 月 3 日，个旧市副市长杨树文率旅游、交通、土地、城建、卫生防疫及部分有意到此投资的老板到贾沙乡，就丫洒底（即现在的丫沙底。作者注）热泉开发利用进行专门调研。

当天，杨树文一行先到个（旧）冷（墩）公路及独亭街老公路改造现场进行视察。随后，又来到热泉开发区建设选址处实地考察。之后，杨树文一行冒着酷热，爬坡下坎，在山间陡峭崎岖的小路上走了 1 个多小时后，来到了热泉出水口处查看相关情况。

据了解，丫洒底热泉的开发和利用价值，已经云南地质工程勘察院作出可行性研究报告。该报告从自然背景、水文地质环境、热泉的医疗价值和引水可行性研究、开发区饮用水等多方面对热泉开发利用进行了全面勘察、检测、研究和阐述。报告认为：该热泉为隆起地带地下热水，属隆起断裂型地热资源，含有偏硅酸、氟、氡、硫、碘、锌等多种对人体有益和必需的矿物质，已达到医疗矿泉水标准，主要用于运动器官、循环系统、神经系统、外科等疾病的医疗保健，能祛湿温热、排毒养颜，对风湿病、冠心病、高血压、美容护肤等均有显著疗效。

在取得翔实考察调研资料后，7 月 5 日，杨树文组织召开了有关部门和企业参加的调研办公会，从交通、规划、基建、卫生防疫、投资经营等方面进行了全面磋商和研究。

在充分听取大家的意见后，杨树文作了总结并提出工作要求：一是对丫洒底热泉的开发应尽快进入实质性招商开发阶段。通过现场考察，大家思想统一了，一致认为开发时机已成熟，条件已具备，应尽快开发。二是开发的总体思路是政策导向、社会引资、市场运作和公司管理相结合。三是开发的定位是建成以休闲、娱乐、疗养、度假为主的旅游区。四是开发中要依法建设和管理，要规划先行，照章申报。五是各有关部门要通力协作，互相支持，加快对热泉的开发建设步伐。六是开发建设和环境保护要同步进行，林业部门对开发区周边的森林及灌木丛林植被等一定要管理好、养护好、看守好，要派专职护林员进行管护；建好后的旅游区内也要搞好绿化和管护。（载于《个旧报》2000 年 7 月 11 日）

红河州第五次人口普查户口整顿试点工作在个旧启动

本报讯　7月11日，红河州第五次人口普查户口整顿试点工作正式开始。个旧市胜利路派出所辖区被列为试点单位。

此次人口普查试点工作分准备工作、入户调查、验收总结3个阶段进行。其目的和任务是：依照户籍管理法规，结合户籍日常管理工作，以试点所在地派出所责任区的民警和调查员为主，社区、民政等相关人员参与，查清试点区域内常住人口和人户分离人员基本情况；查清漏报、漏登、不按规定注销常住户口人员底数；查清外来暂住人口底数，为第五次全国人口普查登记提供翔实资料。

作为全州试点的胜利路派出所辖区，分为文庙普查区、锡行普查区和宝华普查区。普查人员分12个组进区入户，开展登记工作，计划到7月16日结束。

当日上午，红河州第五次人口普查办公室还召开了试点工作培训会。州公安局、州统计局及来自全州13个市县负责人口普查工作的100多人参训。

（载于《个旧报》2000年7月18日）

415

红河州首家"民选村官"走马上任

本报讯　8月18日，红河州首家"民选村官"的试点村——个旧市倘甸乡甸尾村首个村民自己选出的村民委员会正式挂牌成立，"民选村官"们走马上任。这标志着红河州和个旧市实施《中华人民共和国村民委员会组织法》迈出了实质性步伐。红河州人大、个旧市人大和市政府有关领导到会祝贺。

作为红河州"村官民选"的试点，甸尾村的选举工作得到了州、市党委、人大、政府等各级各部门的亲切关怀和大力支持。经过两次选举，刘春华当选为村委会党总支书记兼主任，罗玉贵、罗增学、白忠林当选为委员，任期3年。

会上，州人大领导发表了热情洋溢的讲话。市政府领导在祝贺新当选"村官"班子后提出殷切希望：一是希望"村官"们要认真履行好职责，当群众满意的"村官"；二是要有公心，不贪不占，要能吃苦；三是要注意学习农业科技和经济知识，成为带领百姓致富的"领头羊"；四是各级组织要继续关心和支持帮助新"村官"，让他们健康成长；五是村民们要支持新"村官"的工作，人心齐，泰山移，众人拾柴火焰高，这样才能把大家的事办好。随后，市人大领导对新"村官"及各村民小组长、村民代表进行了"村民自治知识培训"。

会后，州、市领导为村委会授牌。（载于《个旧报》2000 年 8 月 25 日）

在省第 4 届城运会上
个旧体育健儿获 4 金 5 银

本报讯 8 月 9 日，全省第 4 届城市运动会在大理落幕。个旧市体育健儿获得 4 块金牌、5 块银牌和 8 块铜牌，载誉归来。

由省体委主办、大理市承办的这次运动会，于 8 月 4 日开幕。来自全省 28 个县市区代表队的 1056 名运动员参加了 9 个项目的比赛，个旧有 60 名运动员参加了游泳、田径、摔跤、武术 4 项比赛。比赛中，队员们发扬吃苦耐劳、顽强拼搏的精神，取得了较好成绩：王孟渝取得了蛙泳 200 米、100 米和 50 米 3 项比赛的 3 块金牌；张建安取得了男子 63 千克级自由式摔跤金牌；王威取得了男子跳高银牌；吴健取得了男子赛跑 400 米银牌；王云龙取得了男子 69 千克级自由式摔跤银牌；王学保取得了男子 46 千克级自由式摔跤银牌。

同时，个旧运动员取得的团体分项的名次分别是：男子自由式摔跤团体第 1 名，男子武术团体第 4 名，男子田径团体第 6 名，女子游泳团体第 7 名。个旧代表队以团体总分 228 分的成绩名列团体第 7 名，进入了前 8 名。
（载于《个旧报》2000 年 9 月 1 日）

个旧私营企业凤鸣冶金化工厂成立党支部

本报讯 经过个旧市委和有关单位共同努力，8 月 23 日，个旧市私营企业凤鸣冶金化工厂党支部成立。市委领导及市委组织部、远帆集团等多家单位到会祝贺。

凤鸣冶金化工厂的前身是国有企业"个旧市化工一厂"，有职工 160 多人，主要生产锡、铅、铜、锌，为个旧的发展作出过贡献。1990 年开始，企业的生产经营遇到困难。1997 年，企业已负债累累。同年 9 月，按照法定程序，经市法院批准该厂破产。1 年多后，私营企业家张维福购买该厂并投入资金恢复生产。

化工一厂破产前，设有党总支 1 个，有党员 30 多名（包括化工研究所党员在内）。由于破产时清算组收回了所有印鉴，并要求任何人不得以化工一厂名义再进行活动，因此，党组织也没有再进行过活动。党员无人管理，党费无法缴纳，但留在厂内的16名党员无一人提出退党申请。

今年4月，市委领导到凤鸣冶金化工厂调研，对该厂党组织的恢复、组建作出明确指示，要求迅速组建党组织。此后，市委组织部、远帆集团党委多次深入该厂，征求意见，召开座谈会，了解职工思想状况，不论是党员还是普通职工，大家都说，企业的性质虽然变了，但是党组织和工会组织不能散，我们迫切要求恢复建立党组织、工会组织和共青团组织，这是我们职工的家，我们有什么困难，才有反映的地方。

厂长张维福对此也非常理解和支持，他说：没有党的好政策，就没有我张维福的今天；而且，共产党领导的国家，不论企业性质属哪一类，都应该有党的组织领导着我们私企走正道；否则，企业主就会"吹乌灯，走黑路"，所以我希望尽快把党组织恢复建立起来，并带着我们同心协力地工作，才能把工厂干好。经过认真筹备，召开党员大会，无记名投票选举产生了党支部委员会、支委和支部书记。

市委领导在会上讲话。他说：首先祝贺该厂党支部的成立。今后，全市各级党的组织部门要切实加强对非公企业党建工作的领导，对有一定规模、生产经营相对稳定、发展前景好、有合适的党组织负责人选、党员骨干相对稳定的私营企业，都要帮助他们建立党的组织，指导他们正常开展党的工作；对暂不具备条件的私企，可采取"派驻、推荐、转移、联合"等方式，帮助私企尽快建立健全党的组织并开展正常的工作。（载于《个旧报》2000年9月5日）

美国哈伦篮球队锡都行

本报讯 8月27日，红河州民族体育馆内彩旗飘扬，热情的个旧球迷迎来了美国哈伦篮球表演赛的球员们。

当晚，能容纳约5000人的体育馆内座无虚席，连过道上也挤满了热情的观众。8点，由云南日报编委、春城晚报常务副总编王明达宣布表演赛开始。个旧市政府领导致欢迎词。

随后，在主持人介绍下，美国哈伦篮球表演赛的16名球员跑步上场与观众见面，他们有的挥手，有的鞠躬，1名头戴红色尖帽的球员又是扭屁股、又是做鬼脸，引得全场观众哈哈大笑，场内气氛一下子活跃起来。

承办单位个旧市金陵有色金属有限责任公司董事长为表演赛开球。表演赛由哈伦队与明星队对赛。比赛一开始，哈伦队球员就一个精彩的带球上篮，抓着篮圈把球硬生生地塞进篮网，观众立即报以热烈掌声。过去只在电视和碟片上欣赏过闻名世界的美国篮球赛，今天，锡都观众终于身临其境地感受到它们的魅力了。由于是表演赛，球员们边比赛边做出一些花样翻新的动作，加上解说员幽默生动的解说，常常引来观众的掌声和哄堂大笑，场上既有比赛的激烈，又有表演的轻松和精彩。球队休息时，那位活跃的"红尖帽"邀请1位小观众上场，和他一同表演用屁股顶球、肩背滑球、投篮等滑稽动作。

随后，个旧天马篮球队与哈伦队进行友谊赛，两个队投进的每一个球，都赢得观众热烈的掌声。友谊赛结束后，哈伦队球员邀请一些小观众上场一起为大家表演了一些滑稽幽默的"小品"。

表演赛结束后，前来观看的州、市领导与球员们合影。接着，热情的球迷跑上场请球员在自己的衣服和书上签名并合影。（载于《个旧报》2000年9月5日）

个旧市关工委探望失足少年

本报讯　在中秋佳节即将到来之际，9月6日，个旧市关心下一代工作委员会一行20余人，风尘仆仆地来到位于昆明安宁的省少年犯管教所，探望在这里接受管教的个旧籍失足少年，为这些孩子们送去关怀、温暖和希望。

当日，市关工委主任陈惠川率领由法院、司法、宣传、教委、妇联等有关部门组成的慰问组来到省少年犯管教所，在听取管教民警介绍情况后得知，目前，在这里接受管教的个旧籍失足少年有85人，因改造得好，已有69人被记功、26人被减刑；前几年，个旧籍的失足少年有100多人，近年来呈减少趋势。关工委委员们听后非常欣慰。

随后，关工委一行与个旧籍的85名失足少年进行了座谈。陈惠川说，关工委是代表个旧的38万父老乡亲到这里来的，一是对这里的民警同志们特殊而辛勤的工作表示深深的敬意和由衷的感谢；二是专门来看望你们这些失足的孩子们，人犯错误不可怕，可怕的是不思悔改，你们犯了错，只要好好接受管理和教育后改正了，就都是好孩子，所以，特别希望你们经过改造后能够痛改前非、重新做人，有像春天一样光明的前途。

座谈会上，失足少年像见到亲人一样，纷纷请家乡来人记下自己和家长的姓名和家庭地址，请他们回到个旧后转告自己的父母家人，自己一定好好改造，重新做人，争取早日出狱，做一个对社会有用的人。关工委还给孩子们送去了中秋节的月饼和水果。（载于《个旧报》2000年9月15日）

个旧举行国庆招待会
各界人士欢聚一堂

本报讯 9月29日下午，个旧市委、市政府举行国庆招待会。红河州、云锡公司、驻个部队、武警部队、市委、市人大、市政府、市政协、市级原老领导、老红军、各民主党派及各部委办局乡镇区处领导300余人欢聚一堂。

市委副书记、常务副市长李润权主持招待会。市委书记、市长苏维凡发表了热情洋溢的讲话。他说，值此国庆佳节，我谨代表市委、市人大、市政府、市政协，向今天莅临招待会的各位领导、各位来宾和同志们，向辛勤奋战在全市各条战线上的广大干部、职工和各族群众，向多年来关心、支持我市经济社会事业发展的省、州党委、政府及社会各界人士、驻个部队、武警官兵致以节日的问候、深深的感谢和崇高的敬意！苏维凡在回顾了共和国51年的风雨历程后说，伴随着祖国前进步伐，锡都经济和社会事业也是硕果满枝，尤其是改革开放20多年来，各项工作取得的成就为世人所瞩目。今年1至8月，我市经济社会发展的各项主要指标，经过全市各族人民的共同努力，又保持了稳定增长的良好势头。

苏维凡最后说，站在新世纪的门槛，我们重任在肩，挑战与机遇同在，困难与希望并存，我们将认真学习实践"三个代表"重要思想，以对人民极端负责的态度和对工作极端认真的精神，抓好政策、措施和各项具体工作的落实，扎实推进"一二三"工作思路。我们坚信，在省、州党委、政府的领导下，在市委的带领下，依靠和发挥全市各族人民的创造性、积极性，经过艰苦不懈的努力和奋斗，我们的目标一定会实现，锡都的明天一定会更加美好。（载于《个旧报》2000年10月3日）

武警云南总队后勤建设现场观摩会在个旧召开

本报讯 10月8日，武警云南总队后勤建设现场观摩会在个旧召开。武警云南总队及所属地州市支队的领导，个旧市委书记、市长苏维凡等有关领导参会，并现场观摩了武警个旧市中队后勤建设工作。

苏维凡首先代表个旧市38万各族人民对来自全省各地州市武警部队的

领导和与会代表表示热烈欢迎，对武警个旧中队这支有着光荣革命传统并荣获省级"文明单位"的队伍给予赞誉。苏维凡接着介绍了个旧经济社会发展的主要情况及奋斗目标；他并欢迎广大武警官兵到个旧观光旅游。

现场观摩会上，武警个旧中队交流了在军事训练、营区建设、农副业生产等方面的好做法和好经验。该中队驻守在个旧市的老阴山，这里山高雾大，公路陡峭，中队迁入时，这里荆棘丛生、乱石林立。全队官兵凭着艰苦创业、吃苦耐劳的精神，开山挖石，搬土造地，在乱石坡上开垦出了14.8亩山地，建起了钢架塑料大棚和果园，种植了韭菜、茄子、辣椒、番茄等10多个品种的蔬菜和桃子、李子、梨等水果；还修起猪圈、鸡舍、兔场和鸭圈等养殖家禽。

"家业"建起来后，关键是要管理好、有效益。该中队首先选配好种植员和饲养员，把勤劳踏实、心细能吃苦、有一定种养殖基础的战士选到这些岗位上工作；其次把种养人员送到州农科所进行专业培训，提高种养殖技术；第三是通过警民共建形式，与市养殖场挂钩，签订帮扶协议，请养殖场的专业人员手把手地教队上的相关人员，提高他们的种养殖技术和能力；第四是做好种养有关材料的储存保管工作，减少浪费，降低成本。

通过艰苦创业，不仅改善、美化了营区环境，更大大增强了中队的后勤保障供给能力，改善了官兵们的生活，使中队肉菜自给率达到100%，官兵们的伙食更加丰富，标准定量已超过上级规定的标准。中队还把创收所得款用来购买书籍、改造营房、完善训练场地和训练设施等，使当初荒凉的山坡变成了"猪满圈，菜满园，鸡鸭成群；春有花，夏有叶，秋有果，冬有青，菜果满园"的好地方；中队也把"苦日子"变甜了，把"穷日子"过富了，把"紧日子"过好了。后勤保障能力的提高，更好地促进了中队的军事训练和官兵们专业本领的不断提高。

会上，武警红河支队也介绍了该支队生活服务中心建设发展的做法和经验。有关领导对以上工作取得的成果和经验给予充分肯定。随后，与会者参观了个旧中队的后勤建设现场和营区风貌。（载于《个旧报》2000年10月13日）

省人大到个旧检查残疾人工作

本报讯 日前，省人大检查组一行7人到个旧检查残疾人工作开展情况。红河州人大、州残联和个旧市委书记、市长苏维凡及市残联等有关领导参加汇报会。

会上，个旧副市长卢雨能作了个旧市残疾人工作情况汇报。市残联领导汇报了《云南省残疾人事业行政执法监督检查考评表》中个旧市具体的考评内容及自评得分情况。州残联认为，个旧作为老工业城市，包袱重，残疾人多，占全省残疾人比例的 1%，但个旧的残疾人工作依然取得了突出成绩，州残联的考评得分为 97.5 分。省残联理事长对个旧的残疾人工作给予充分肯定并提出殷切希望。

在听取汇报后，检查组认为，个旧市 5 套班子对残疾人工作相当重视，做了大量工作，成绩相当突出：首先，是组织建设有机构、有人员、有编制，保证了工作的正常开展；其次，是有政策保障，保持并发扬光大了个旧扶残助残的优良传统；第三，是康复工作做得好，白内障摘除、肢残视力矫正、精神病防治、康复训练等完成情况大大超过了任务指标，为残疾人就业和生活自理提供了基础保证；第四，是教育工作做得好，残疾儿童不仅能接受正常的教育，还减免了其全部杂费；第五，是残疾人安置就业工作做得好，为国家减轻了负担。

检查组同时指出：市残联的工作也开展得有声有色，情况清楚，任务明确，执行有力；社会发动做得好，全社会扶残助残参与率高，既让残疾人感受到了政府的关怀和帮助，又激发了他们自尊、自立、自强的精神，这是宝贵的精神财富；今后，希望个旧的残疾人工作更上一层楼，继续在全州起到示范和榜样的作用。（载于《个旧报》2000 年 10 月 20 日）

个旧市"村改"工作进入关键阶段
张勇要求必须严格依法搞好"村改"选举

本报讯 10 月 13 日，个旧市召开"村委会改革选举工作汇报会"。市委常委、组织部长张勇及来自全市有关单位的"村改"工作人员 40 余人参会。

会上，涉及"村改"工作的 10 个乡镇的工作人员先后汇报了各自的工作情况、存在问题及改进意见建议。听取汇报后，张勇作了讲话。他说，我市"村改"工作自 9 月 18 日在全市 10 个乡镇全面铺开后，经过各方努力，现已完成党总支换届、推选成立选举委员会、选举村民小组长及村民代表、提名初步候选人等工作，目前，正进入选举村民委员会的关键阶段。前一阶段的工作可概括为：领导重视；认识到位；步骤稳妥；进展顺利。

对下一阶段工作，张勇要求：一是要进一步加强宣传工作。在前一阶段

421

工作中，全市各乡镇共张贴宣传标语、发放宣传材料 3 万多份，出黑板报 363 期，出简报 70 多期，播放录音录像 5264 场次，召开会议 1680 场次，培训人员 3.4 万多人次；下一步，还要加强法律宣传，大幅度提高广大群众的民主意识和参与意识，保证选举工作中的"两个过半"及 95% 以上的参投率。二是要加强学习，严格依法办事。对出现的问题要积极、妥善、快速地解决；要加强请示汇报，"村改"工作法律性很强，要牢固树立依法办事观念，以"三个法"为行动的指针和检验工作的标准；在各个阶段，要把相应的文件、资料、选票、会议决定等收集、整理、归档，经得起检查和检验。三是要加强协调配合，做好服务工作。纵向的协调配合，是市"村改"领导小组与市"村改"办之间、市"村改"办与乡镇"村改"办之间、乡镇"村改"办与办事处"村改"指导组之间的协调配合；横向的，是市派指导组与乡镇党委、"村改"办之间、指导组与当地村委会党总支、选委会之间，都要做好协调配合。四是要"两手抓"：一手抓"村改"、一手抓经济，全力保稳定。

市人大就有关法律问题为与会者作了解答。（载于《个旧报》2000 年 10 月 20 日）

个旧一中业余党校结硕果
500 名学生参加学习　21 名优秀学生入党

本报讯　日前，个旧一中高三（二）班班长、年仅 18 岁的张睿同学迎来了自己政治生命的春天：在经过该校"业余党校"培训学习和党组织的严格考察培养后，他光荣地加入了中国共产党。与他同时加入党组织的还有高三（四）班班长张莹和高三（六）班学习委员驼俊。

对青少年学生进行政治思想和道德教育，在个旧有着良好的光荣传统。1950 年代，个旧一中、二中就先后成立了"业余党校"的前身——"党章学习小组"，并慎重培养发展了少数品学兼优的学生党员，在学生中树立了正确的政治导向和人生理想。

1992 年，个旧一中在上级党组织的关心支持下，在原"党章学习小组"基础上成立了"个旧一中青少年业余党校"。党校针对高中学生思想实际，组织学习马列主义、毛泽东思想、邓小平理论及党章、党史；组织学生参加社会实践活动，与部队、厂矿、农村等挂钩，与驻大屯的武警某部、红河边防某部、金平县边防某部、卡房九中、乍甸镇小甸头村等单位建立了一批实施思想政治教育的"社会实践基地",定期组织学生走向社会,了解国情和市情、民情和社情,接受全面教育。

参加党校学习的学生,大多数是三好学生、优秀学生干部,先后有500多名学生参加了学习培训和社会实践活动,有210多人向党组织递交了入党申请书。这些学生在班级中发挥了先锋模范作用,成为学生的表率,为广大师生所赞誉,并先后有21人光荣加入了中国共产党。

这些学生党员全部都考入重点大学。在大学里,他们都是学生骨干,有的还担任了班级党支部书记。学生党员张梅考入广东中山医科大学后,先后担任了学生会女生部长、学生会主席、学校团委书记等职务。1996年,张梅同学被评为"全国优秀学生干部"。学生党员李明、戴丹丹考入大学后,在学校荣获"品学兼优奖",所在学校中国科技大学、华南理工大学向个旧一中发来贺电。

作为上级主管部门的市教委党委,给予了业余党校更多的关心、支持和指导,帮助制定学习计划、培训内容,党委书记还亲自为学生上党课。经过多年发展和总结推广经验,全市现已有一中、二中、第一职业中学和成人教育中心中专部等4所中学成立了业余党校。经过业余党校培训的学生,德、智、体全面发展,品学兼优,成为广大学生学习的榜样。(载于《云南教育报》2000年11月2日)

个旧市第五次人口普查工作正式启动

本报讯 11月1日清晨,个旧大屯镇人口普查员李新梅去到龙井村村委会村民周忠祥家进行人口普查登记,共有4口人的周家成为该镇首家(编号001号)进行人口普查登记的村民。这也标志着个旧市第五次人口普查工作正式启动。

大屯镇是个旧市人口最多的乡镇,约有10多万名户籍人口;也是省、州、市属企业最多的乡镇。连日来,全镇第五次人口普查工作正按照市人普办的安排部署有条不紊地进行。此前,全镇有63名普查指导员参加了全市的人普工作业务培训会并取得合格证。接着,大屯镇先后举办了两期普查员培训班,对9个办事处、街道居委会、镇人普办工作人员及辖区内厂矿普查区的普查人员共340多人进行培训并取得合格资格。之后,各小区普查员进村进厂进矿,逐家逐户逐人进行认真、细致地摸底、调查、登记,对出现的问题及时解决或纠正。

423

同时，全镇人口普查宣传月的活动也开展得有声有色：镇人普办将"人普一堂课"教材分发到辖区内的3所中学、9所小学的184个教学班（点），让班主任向学生及其家长进行人普宣传；还组织了70多人的"大屯镇第五次人口普查文艺宣传队"，深入到辖区的工厂矿山、农村集市、汽车站、农贸市场、电影院甚至市区的怀源芳圃公园、州政府门口等地，以群众喜闻乐见的快板书、三句半、歌舞等形式，宣传人口普查的内容和意义；并散发宣传材料7000多份，促进了人口普查工作的开展。（载于《个旧报》2000年11月3日）

个旧市"民选村官"已全部选出
苏维凡要求做好检查验收工作

本报讯　截至11月2日，个旧市参加"村改"的10个乡镇的72个行政村，已全部民主选举产生了新的村民委员会。11月6日，市委召开村级体制改革工作会。市委书记、市长苏维凡，市人大等有关领导及各乡镇党委书记60人参会。

424

会上，有关领导传达了省委在思茅召开的有思茅、临沧、西双版纳和红河参加的滇南4地州"村改"工作会议精神。各乡镇党委书记汇报了各自"村改"工作进展情况。全市"村改"工作于9月18日全面铺开，经过大家共同努力和广大村民积极参与，全市72个行政村顺利选举产生了新的村委会领导班子。

在认真听取汇报后，苏维凡对全市"村改"工作给予充分肯定。他说，在市委正确领导下，市、乡及有关部门抽调大量人力、物力投入"村改"工作；并严把政策法律关、工作程序关、操作有效关，以高度责任感创造性地开展工作，保证了"村改"工作顺利进行；同时，实现了书记抓"村改"、乡镇长抓经济"两不误"，体现出乡镇党政领导班子坚强的战斗力。

对下一步的检查验收和总结工作，苏维凡要求：一是要认真总结经验，充分认识"村改"工作的重要性；二是要进一步加强调研和指导，转换工作方式，争取工作主动；三是要搞好新当选村官的培训，帮助他们学法知法懂政策，学会管理乡村和当家理财；四是要严格执行政策，落实好村官待遇；五是要加强村级制度建设，全面落实"四个民主"；六是要认真处理好村级历史遗留问题，确保农村社会稳定；七是要以"村改"为契机，深入开展农村群众性法制教育，提高农民群众的法律意识；八是要坚持"村改"、经济

"两手抓、两不误",保证今年农村各项经济社会工作及其指标顺利完成。(载于《个旧报》2000年11月10日)

个旧市委发布公告
面向个旧地区公开选拔团市委领导

本报讯 11月14日,个旧市委召开团市委领导干部"一推双考一选"动员大会。市委副书记、常务副市长李润权,市委常委、组织部长张勇,红河州、个旧市、云锡公司团委和部分单位的团委书记、共青团员100多人参会。

李润权作动员讲话。他说,为认真贯彻十五大精神和"三个代表"重要思想,推进干部选拔任用制度改革,加大公开选拔、培养干部工作力度,进一步拓宽选人、用人渠道,广开进贤之路,形成优秀人才脱颖而出、富有生机与活力的用人机制,市委决定,采用公开推荐与考试、考核、选举相结合的方式,面向个旧地区(含省、州驻个单位)公开选拔团市委正副职领导干部,其中团市委书记1名、副书记2名。为此,要充分认识"一推双考一选"工作的重要性,增强责任心和使命感,顺应市场经济下用人制度改革要求,在党管干部前提下,坚持公开、平等、竞争、择优原则,把德才兼备、适合做共青团工作的优秀青年干部选拔到团市委领导岗位上来,为实现我市跨世纪宏伟目标艰苦创业、开拓进取、建功成才。要加强宣传工作,积极鼓励符合条件的青年参与竞争。要处理好局部与全局关系,强化社会各界的公开监督工作。要加强领导,确保这项工作顺利进行。

市委组织部领导对"一推双考一选"工作作了具体部署和说明。(载于《个旧报》2000年11月17日)

425

20年不间断绿化
云锡松矿成了"花果山"

本报讯 位于个旧市大屯镇甲介山的云锡松矿20年来坚持绿化荒山,将一片片荒无人烟的光山秃岭,变成了如今美丽的"花果山"。

为矿山生产发展及改善矿工生活的需要,1980年,云锡松矿生活区从大梨花山搬迁到了甲介山。那时的甲介山,经过数十年的地面冲塌(即用高压水枪冲刷土壤采矿),已经变成荒山秃岭,土地干枯,河流干涸,到处是裸露的嶙峋怪石,生态环境很差。

松矿的生活区搬到这里后,从1982年开始,矿上就成立了专职绿化队,开始了有计划、有步骤的绿化工作。多年来，绿化队已在矿机关、生活区及其周围荒山上种植了香樟、天竺桂、柏树、黄槐、桉树、橡皮树等多种树种。由于管护得法，这些当年种下的小树苗，如今已长成了郁郁葱葱、枝繁叶茂的大树。绿化队还培育了三角梅、桂花、米兰、紫薇等50多个品种的盆花36万盆装点矿区。修建了甲介山果园，种植了葡萄、杏子、石榴、李子、桔子等果树2000多棵，每到收获季节，满园瓜果飘香，美化了家园，改善了职工生活，增加了收入。在绿化队带动下，矿区职工栽花种草已蔚然成风，家属区职工们自行培育的盆花就有3000多盆。

多年来，云锡松矿绿化队培育各种树苗54万株，植树36万棵，栽花种草无数，极大地改善了矿区生态环境，并多次获得省级、国家级"花园式工厂（矿山）"的殊荣。（载于《春城晚报》2000年11月23日）

在首届中国民交会上
个旧交易成果颇丰
签约11个　可引进资金12亿元

本报讯　12月8日，在昆明国贸中心举行的首届中国民营企业交易会上，个旧市交易成果颇丰：正式签署了滇南温州商贸城建设等3个协议，引进资金1.06亿元；意向性签署了个旧-大屯公路隧道建设等8个协议，涉及资金11亿元。

为组织参加好这次民交会，市政府成立了强有力的领导班子，市贸易局和市经委积极筹办，全市共有33家企业组团参加，居红河州首位。

12月8日上午，民交会开幕式结束后，州委、州政府有关领导来到红河展团个旧展区参观。州领导一行认真观看并询问了个旧参展企业情况。在锡工艺品展台前，州领导希望个旧的工艺师们多学习其他工艺品厂家的有益经验，突破锡工艺品实用性太强而艺术性不足的局限，开发出艺术性更强、市场更看好、更能体现"锡文化"工艺特色的锡工艺品。

下午3点，在首届民交会云南省集中签约项目签字仪式上，市委副书记、代市长李润权代表市政府与温州环宇隧道工程有限公司签署了个旧-大屯公路隧道建设意向性协议。个屯公路隧道东起市区明珠雕塑附近，西至大屯镇阿所寨村附近，总长8.665千米，其中隧道长3.665千米，明线路5千米，概算总投资3.78亿元。协议规定：依照谁投资、谁受益原则，由环宇公司按照国家公路建设有关法规和有利于地方交通事业发展原则，自行投资、自行设计、自行施工、自行管理。

个旧还与温州瓯海房屋开发总公司签署了滇南温州商贸城建设的正式协议。该商贸城拟建在七层楼联合仓库原址，预计建筑面积 4 万平方米、投资 6000 万元，要建成全省一流的小商品批发市场，也是由瓯海公司按照"四自原则"实施项目建设。据了解，温州方是看好由个冷公路通往东南亚这块大市场而下决心投资的。

签字仪式结束后，李润权一行来到个旧展区看望参展企业工作人员，在认真观看了各企业参展工作后给予肯定并提出了相关工作要求。

在接受记者采访时，李润权说，通过这次参展，充分展示了个旧改革开放以来取得的巨大成就和个旧企业的风采；表明了个旧加大对外开放的力度和深度；表明了个旧在跨行业、跨所有制、跨地区发展上取得的显著成效；对外宣传了个旧，树立了锡都开放的新形象；为企业提供了走向全国、走向世界的良好机遇。（载于《个旧报》2000 年 12 月 12 日）

专题系列报道：

2000 年个旧市开展"三讲"教育活动系列报道之一——

认真学习　交流经验　提高认识
个旧市"三讲"教育第一阶段结束

本报讯　3 月 14 日，个旧市参加"三讲"教育的市委、市人大、市政府、市政协及市纪委、市法院、市检察院、市委组织部、市委宣传部、市公安局领导班子通过 4 天集中学习后进行了大会交流发言。红河州委"三讲"巡视组到会指导。

会议由红河州委常委、市委书记李兴旺主持。4 天来，参加"三讲"教育的领导集中精力，以自学和集体讨论等多种方式，认真攻读了毛泽东同志的《实践论》《矛盾论》《整顿党的作风》、邓小平同志的《解放思想，实事求是，团结一致向前看》《一靠理想二靠纪律才能团结起来》、江泽民同志的《领导干部一定要讲政治》《在学习邓小平理论工作会议上的讲话》《中共中央关于加强党的建设几个重大问题的决定》等我党在不同时期关于加强党的建设的理论文章。之后，在交流会上，市委副书记、常务副市长李润权等领导分别结合工作实际，深入交流了学习心得体会：一是必须树立马列主义的世界观和人生观；二是以实事求是、存在什么问题就解决什么问题的态度进行"三讲"教育；三是要把开展"三讲"教育同推动当前经济社会发展工作紧密结合，做到"两促进、两不误"。

会上，李兴旺对教育学习阶段进行了小结，至此，第一阶段结束。接着，李兴旺对第二阶段"自我剖析，听取意见"工作进行了部署及转段动员。

州委巡视组对下一步工作提出具体要求。（载于《个旧报》2000年3月17日）

2000年个旧市开展"三讲"教育活动系列报道之二——

听取群众意见　做到边整边改
个旧市领导深入基层调研

本报讯　个旧市"三讲"教育活动进入第二阶段以来，参加活动的市级领导不仅认真写出解剖材料，而且虚心接受群众意见，迅速深入全市乡镇农村和厂矿企业，开展边整边改调研活动。

3月23日，红河州委巡视组，州委常委、市委书记李兴旺等领导深入鸡街镇、沙甸区进行调研。在鸡街镇，李兴旺一行听取了工作汇报。之后，李兴旺说，鸡街镇"一点连四县市"（即连接个旧、开远、蒙自和建水），区位优势非常好，制订的发展目标要长短结合、注重实效。在具体实施中，一是要搞好服务，市属不少企业都在鸡街区域内，在搞城镇建设时要把企业规划在内，相互支持，共同发展；二是建设项目要抓精抓好，条件成熟的有色金属原料交易市场和汽车交易市场可以先上，建材市场可以作为后续产业在条件成熟时再搞。

在沙甸区调研并听取汇报后，李兴旺高兴地说，我注意到今天的区领导全部是年轻干部，这表明区委、区政府在培养年轻人上是花了心血、是放手培养的；年轻人要勤奋工作，积极实践，虚心向老同志学习，要学会做人、做官、做事；区委、区政府工作扎实，领导班子有水平，领导人民群众脱贫致富奔小康，很有成效；社会治安综合治理取得了突出成绩；希望今后开展思想政治工作的力度再大一些。我相信通过大家共同努力，沙甸一定会以崭新面貌展示在世人面前。

李兴旺一行还视察了鸡街城镇建设现场并亲切看望了驻沙甸工作队的同志。

自3月20日以来，市级4套班子的领导苏维凡、李润权等也分别率队，先后奔赴全市各乡镇和企业进行了边整边改调研活动。（载于《个旧报》2000年3月28日）

2000 年个旧市开展"三讲"教育活动系列报道之三——

个旧市召开"三讲"教育第二阶段大会
听取意见 自我剖析 民主评议

本报讯 4 月 4 日,个旧市召开"三讲"教育"自我剖析、听取意见和民主评议"大会。市委、市人大、市政府、市政协领导班子及调研员、助理调研员,市属各乡镇区处、各部委办局党政正职,各民主党派、工商联、各人民团体正职,市属事业单位党政正职及离退休老领导 175 人参会。红河州委巡视组到会指导。

个旧自 3 月 5 日开展"三讲"教育活动以来,在市委领导下,在州委巡视组的指导帮助下,市级 4 套班子及 6 个部门领导班子进行的"三讲"教育,严格按中央精神,认真抓好"思想发动,学习提高"阶段工作,自学必读篇目和文件,进行集中封闭学习,每位领导干部撰写了 5000 字的体会文章。3 月 14 日,活动转入"自我剖析、听取意见和民主评议"阶段。为此,市委召开了这次大会。

会议由市委副书记、市长苏维凡主持。红河州委常委、市委书记李兴旺讲话。他说,全市的"三讲"教育工作有几个特点:一是市委高度重视,广大群众积极支持;二是州委巡视组帮助有力,指导工作认真具体;三是班子成员态度端正,效果明显;四是征求意见和自我剖析涉及到思想政治建设、党风廉政建设、社会经济发展等多方面,真正做到了结合工作实际、触及思想灵魂。李兴旺还阐述了民主评议和测评的意义和要求。州委巡视组在会上作了工作指示。会后,全体与会人员立即认真评读了领导班子及成员的自我剖析材料,并填写了征求意见表。

又讯 4 月 5 日下午,上述参会人员对领导班子成员就"满意、基本满意、不满意"3 档进行了无记名签注意见。

随着这一阶段工作的结束,下一步将转入"交流思想、开展批评"阶段。
(载于《个旧报》2000 年 4 月 11 日)

2000 年个旧市开展"三讲"教育活动系列报道之四——

认真交流思想 开展批评与自我批评
个旧市"三讲"教育顺利进入第三阶段

本报讯 4 月 11 日,个旧市召开"三讲"教育第二阶段总结暨转入第三阶段"交流思想、开展批评"动员大会。市委、市人大、市政府、市政协及市纪委、市法院、市检察院、市委组织部、市委宣传部、市公安局领导班子及有关单位领导参会。红河州委巡视组到会指导。

会议由市委副书记、市长苏维凡主持。红河州委常委、市委书记李兴旺对全市"三讲"教育第二阶段"自我剖析、听取意见、民主评议"工作进行了认真回顾和总结。他说，全市"三讲"教育自3月14日进入第二阶段以来，积极开展了以下工作：一是周密部署，反复进行思想发动；二是广泛听取群众意见，深入开展批评与自我批评并进行自我剖析；三是充分发扬民主，认真开展民主评议和民主测评；四是坚持边整边改，以"三讲"教育促进社会经济发展。

李兴旺接着对第三阶段工作作了动员并提出要求：一是要继续抓好理论学习，打牢批评与自我批评的思想基础；二是要通过开展广泛的交心、谈心活动，营造批评和自我批评的良好氛围；三是要务必紧扣主题，以讲政治为核心，开好民主生活会；四是要认真坚持边整边改，解决好群众关心、反映突出的问题。

州委巡视组对个旧市"三讲"教育第二阶段的工作给予充分肯定，对第三阶段的工作作了动员和指示。

会后，市委立即召开了"三讲"教育领导小组工作会，进一步细化了第三阶段工作的日程、方案和要求并下发执行。（载于《个旧报》2000年4月14日）

2000年个旧市开展"三讲"教育活动系列报道之五——
个旧市召开领导班子民主生活会情况通报会

本报讯 4月25日，个旧市召开"三讲"教育市级领导班子民主生活会情况通报会。省委督导组和红河州委巡视组到会指导。

红河州委常委、市委书记李兴旺和市委副书记、市长苏维凡分别在会上作了《中共个旧市委班子"三讲"教育民主生活会情况通报》《个旧市政府班子民主生活会情况通报》，对召开民主生活会的主要情况作了全面介绍和基本评价。市人大党组和市政协党组民主生活会情况打印成文下发。市人大、市政协主要领导列席会议。

会后，151名与会人员分7个组对情况通报内容进行了认真讨论。（载于《个旧报》2000年4月28日）

2000 年个旧市开展"三讲"教育活动系列报道之六——

认真整改　巩固成果
个旧市"三讲"教育进入第四阶段

本报讯　4 月 26 日，个旧市召开"三讲"教育第三阶段"交流思想、开展批评、民主评议"小结暨转入"认真整改，巩固成果"第四阶段动员大会。市委、市人大、市政府、市政协及市纪委、市法院、市检察院、市委组织部、市委宣传部、市公安局领导班子和调研员、助理调研员等有关人员共 80 余人参会。红河州委巡视组到会指导。

会议由市委副书记、市长苏维凡主持。苏维凡首先传达了省、州《关于认真组织县（市）领导干部深入基层、深入群众的通知》精神。

红河州委常委、市委书记李兴旺对第三阶段工作作了小结。之后，李兴旺对第四阶段工作作了动员并提出要求：一是要紧紧抓住讲政治这个核心，明确整改的主要任务。要务虚与务实结合，抓好思想政治上的整改和提高。二是要科学制定整改方案，狠抓整改落实。要明确责任，突出重点，保证质量；要统筹安排，分步实施，狠抓落实；要走群众路线，坚持开门搞整改。三是要正确掌握有关政策，把"三讲"教育与对干部考察及班子建设结合起来，要立足于教育和提高。四是要建章立制，巩固成果，做好总结。要针对活动中查摆出来的问题，从制度上查找原因和漏洞，建立健全切实可行的制度。五是要继续认真开展领导干部深入基层、深入群众活动，坚持理论联系实际，克服官僚主义，转变工作作风，直接听取群众呼声，切实解决实际问题，提高领导干部思想素质和领导水平。六是要把解放思想、转变观念与抓紧实施西部大开发战略结合起来。

州委巡视组要求：一是要充分认识整改工作的重要性；二是各套班子要认真研究好整改方案；三是整改工作必须走群众路线。（载于《个旧报》2000 年 4 月 28 日）

2000 年个旧市开展"三讲"教育活动系列报道之七——

个旧市"三讲"教育边整边改又一新举措
向老干部通报社会经济发展情况

本报讯　在"三讲"教育中，个旧市领导班子虚心听取群众意见并及时加强整改。针对提出的相关意见，4 月 30 日，市委在会议室向老干部通报了全市社会经济发展情况。原市级领导王介等 40 多名离退休老领导兴致勃勃地听取了情况通报。

会上，市委副书记、市长苏维凡向老同志们详细通报了个旧市一季度经济运行、基础设施建设、50年"市庆"筹备工作、个开蒙群落城市建设与西部大开发的联系等4个方面的情况。

个旧市一季度经济运行情况开局良好，工业经济增长较快，增幅达29.9%，在红河州乃至全省市县中名列前茅，受到省政府表扬。经济运行情况开局良好的主要原因：

一是各级党委、政府对国有企业的改革、改制做了许多扎实有效的基础工作，为企业注入了新的发展活力。二是有色金属产品市场价格有所回升。三是有色金属生产实现了"两头在外"：生产原料在外地购买，生产产品销往国外、省外，充分发挥了个旧的高技术冶炼优势，提升了个旧锡品牌的价值。四是个旧市的外贸出口情况运行良好，一季度外贸出口量占全州的80%。五是农业方面"减粮扩经抓收入"的产业结构调整已经启动，山区开发主要以发展林果为主；坝区发展则呈现出"多元化"势头，譬如：乍甸镇建设万亩无公害蔬菜基地，倘甸乡发展"农家乐"观光农业，大屯镇和乍甸农场以"公司+农户"形式分别发展鸵鸟、野鸡等特种养殖和鲜奶制品等。六是第三产业发展在财政收入中的比例逐步增长。七是个旧市的基础设施建设成绩显著，从1995年至今，总计已投资5.56亿元，其中投资千万元以上的工程就有15项。譬如：发挥个旧辐射带动功能作用的个（旧）冷（墩）、鸡（街）石（屏）等公路正在紧张建设中。提高个旧城市综合功能及品位的金湖综合治理、普洒河引水工程、四星级宾馆世纪广场酒店等工程也正在紧张有序建设中。

当然，全市经济发展目前也面临一些困难，主要是工业企业的流动资金相当困难、有色金属价格没有完全回升等。政府采取的措施主要是继续搞好改组改制、加大科技投入和招商引资等。

明年1月是个旧建市50周年。市里将举办"市庆"活动，其目的是向人们展示个旧50年来特别是改革开放以来取得的巨大成就和作为"锡都"为国家作出的重要贡献，让世人进一步了解个旧，让个旧继续走向世界。

个开蒙群落城市发展与西部大开发有着紧密联系，个旧要抓住这个机遇并结合自己的实际，以科技教育为切入点，在发展建材、化工、轻工、机电、食品加工和旅游业等新产业的同时，更要继续发挥个旧传统优势，将个旧建设成为全省最大的冶炼中心、最大的生物资源开发加工基地和一流的精品城市，以实现"双立双超"战略，最终实现个旧的可持续发展。

在认真听取情况通报后，老同志们备受鼓舞，踊跃发言，对取得的成绩给予充分肯定，对市青少年宫的建设等工作提出了实在而宝贵的意见和建议。

苏维凡感谢老同志们对个旧发展的关心和支持，并表示将定期增加向老同志们通报工作情况的次数，及时征求老同志们的意见和建议，请老同志们继续为个旧的发展献计献策。（载于《个旧报》2000年5月9日）

2000年个旧市开展"三讲"教育活动系列报道之八——

个旧市召开"三讲"教育总结大会

本报讯 5月8日，个旧市召开"三讲"教育活动总结大会，对"三讲"教育工作进行了全面总结。全市各级各有关部门共350人参会。红河州委巡视组到会指导。

市委副书记、市长苏维凡主持会议。红河州委常委、市委书记李兴旺在会上总结了"三讲"教育工作。他说，按照中央和省、州党委关于开展"讲学习、讲政治、讲正气"教育要求，自今年3月5日开始，个旧市市级4套班子、6个单位的领导班子开展了"三讲"教育工作。在州委巡视组精心指导和帮助下，在全市广大党员干部群众关心支持下，"三讲"教育取得了明显成效，先后开展了"思想发动，学习提高""自我剖析，听取意见，民主评议""交流思想，开展批评""认真整改，巩固成果"4个阶段的工作。其主要做法：一是充分准备，精心部署。二是加强领导，反复动员。三是通过坚持开门整风，严于自我剖析，广泛交心谈心，开了一次高质量的民主生活会。四是针对查摆出来的突出问题制定了整改措施并进行认真整改。

在各领导班子查摆出来的突出问题中，主要有：一是理论学习不够全面系统，缺乏刻苦钻研精神。二是结合个旧实际，创造性地贯彻党的路线、方针、政策还有差距。三是在坚持民主集中制原则上，发扬民主不充分。四是"两手抓、两手都要硬"的思想树得不牢，精神文明和民主法制建设还有"软"的问题存在。五是工作作风不够深入，实践全心全意为人民服务宗旨尚须加强等。

针对这些问题，各领导班子认真剖析了原因和危害，并分别研究、制定了整改方案和措施：一是要切实加强政治理论和业务知识学习，不断提高班子及其成员的思想政治素质和驾驭全局工作的能力。二是要认真实践全心全意为人民服务宗旨，切实转变工作作风。三是要解放思想，转变观念，抓住

433

西部大开发历史性机遇，全面推进我市的改革和发展。四是要贯彻从严治党方针，加强新时期党的建设、干部队伍建设和党风廉政建设。五是要坚持"两手抓、两手都要硬"，切实加强精神文明和民主法制建设。

李兴旺强调，经过大家的不懈努力，"三讲"教育取得了明显成效：一是各领导班子和领导干部进一步深化了对开展"三讲"教育重要意义的认识。二是进一步加强了理论武装，提高了政治素质。三是受到了一次深刻的党性党风教育，提高了改造主观世界的自觉性。四是开展了积极健康的思想斗争，增强了班子团结。五是正确处理了"三讲"教育与当前工作的关系，推动了各项工作的落实。六是达到了政治上有明显进步、思想上有明显提高、作风上有明显转变、纪律上有明显增强的目标和要求。

对下一步工作，李兴旺要求：一是要巩固"三讲"教育成果，狠抓整改落实。二是要认真组织好"三讲"教育"回头看"活动。三是要以"三讲"为动力，全面完成今年的各项工作任务。

李兴旺还向精心指导和帮助个旧"三讲"教育工作的红河州委巡视组全体同志表示诚挚的敬意；向提出意见建议的干部群众、离退休老同志和民主党派、无党派人士及在活动中认真工作的全体同志表示衷心感谢。

州委巡视组领导在会上发表了重要讲话，对个旧市"三讲"教育工作和所取得的成绩给予高度评价。他最后说，"三讲"教育时间是有限的，但"三讲"任务是长期的，相信个旧市的党员干部和群众在市委、市政府领导下，将精神成果转变为物质成果，全面完成今年各项经济社会任务，迎接锡都新的辉煌。（载于《个旧报》2000年5月12日）

2000年个旧市开展"三讲"教育活动系列报道之九——

认真学习　联系实际　互相交流
个旧召开"三讲"教育"回头看"会议

本报讯　11月30日，个旧市委召开"三讲"教育"回头看"学习交流会。市委、市人大、市政府、市政协及市纪委、市法院、市检察院、市委组织部、市委宣传部、市公安局领导班子成员参会。

市委有关领导主持会议。他说，个旧"三讲"教育"回头看"活动自11月21日开始以来，各级领导班子采取自学和集中学习相结合的方式，重点学习了江泽民同志"三个代表"重要思想，提高了认识，统一了思想，把总结过去、规划未来的工作提高到了一个新水平。学习并讨论了江泽民同志在高州市"三讲"教育会议上的重要讲话,在广东、上海考察工作期间关于加强党的建设的重要论述,在中央思想政治工作会议上的重要讲话,以及在长春主持召开东北三省党的建设和"十五"期间经济社会发展座谈会上的重要讲话。学习了尉健行同志在云南考察期间讲话要点及中纪委、中组部、中宣部关于《利用胡长清、成克杰等重大典型案件在党内开展警示教育的意见》,学习了省委六届十次全会《以"三个代表"重要思想为指导,全面加强党的建设》报告、党的十五届五中全会公报和《中共中央关于制定国民经济和社会发展第十个五年计划的建议》。通过学习,各领导班子充分认识到治国必先治党、治党务必从严的重大意义,增强了坚持从严治党的自觉性和坚定性。

会上,市委、市人大、市政府、市政协有关领导结合工作实际先后作了交流发言。有关人员对"市庆"筹备情况进行了通报。(载于《个旧报》2000年12月5日)

专题系列报道:

2000—2001年个旧市庆祝建市50周年系列活动报道编者按:

2001年1月1日,是个旧市建市50周年的大喜日子。

为全面展示和科学介绍个旧的历史、现在和未来,特别是集中展示改革开放以来经济社会各项事业全面发展取得的巨大成就,个旧市委、市政府决定举办以"喜庆、祥和、新颖、节俭"为原则、以"全面展示成就,科学把握现在,大胆开创未来"为主题的系列庆祝活动。

市庆活动的组织和筹备工作在2000年就开始了。为此,本报特派记者对相关工作进行及时、快速的追踪报道,以飨读者。

2000—2001年个旧市庆祝建市50周年系列活动报道之一——

个旧举行"市庆"百日倒计时揭牌仪式

本报讯 2000年9月22日上午,个旧市在怀源芳圃举行"市庆"百日倒计时揭牌仪式。红河哈尼族彝族自治州、个旧市、云锡公司和驻个武警部队领导及全市各族各界群众万余人参加活动。

仪式上,市委副书记、常务副市长李润权发表了热情洋溢的讲话。随后,州人大、州政府有关领导,市委、市人大、市政府、市政协、云锡公司和原市长王介等领导为倒计时牌揭牌。同时,2001只和平鸽飞上蓝天。接着,团市委领导带领统一着装的全体青年志愿者庄重宣誓:"无私奉献,服务社会；为市庆站好岗，为锡都添光彩"。市委领导为志愿者们鸣枪发令后，2001名志愿者举着"志愿者"的红旗开始了环湖出征活动。随后，"锡都明天更美好"万人签名活动开始，参加领导及各族各界群众踊跃签名留念。市艺术团为人们演出了精彩文艺节目。（载于《春城晚报》2000年9月26日）

2000—2001年个旧市庆祝建市50周年系列活动报道之二——

走进50年　拥抱新世纪

——个旧庆祝建市50周年系列活动前瞻

2000年9月22日早晨，阳光熹微，和风轻拂。个旧市怀源芳圃，人头攒动，笑语鲜花，不是节日，胜似节日。当2001只和平鸽拍着翅膀欢快地飞上蓝天，当参会领导隆重揭开"市庆百日倒计时牌"时，近了，近了，那个光辉的纪念日，离我们越来越近了……

2001年1月1日，是个旧市38万各族人民期盼已久的吉祥喜庆的双喜日子。这一天，个旧不仅将迎来新世纪的第一缕曙光，更将迎来举世闻名的锡都——个旧建市50周年的生日！

50年来，特别是改革开放20年来，在各级党委、政府领导下，个旧市各族人民自力更生，艰苦创业，开拓进取，奋力拼搏，克服种种困难，取得了社会稳定、经济繁荣、民族团结、人民安居乐业，教育、科技、文化、卫生等各项事业全面进步的骄人成就。

回望50年，成就辉煌喜人；拥抱新世纪，任务更加艰巨。为全面展示和科学介绍个旧的历史、现在和未来，特别是展示改革开放以来各项事业全面发展取得的巨大成就，让世界了解锡都，让锡都继续走向世界，个旧市委、市政府决定举办以"喜庆、祥和、新颖、节俭"为原则的系列庆祝活动。

活动的主题是：全面展示成就，科学把握现在，大胆开创未来。

活动的目的是：热情讴歌个旧各条战线的先进典型；大力宣传全市各族人民正在进行的改革开放的伟大实践；系统展现个旧"锡文化"的深厚底蕴和独特魅力；科学介绍新世纪建设新锡都的新思路、新蓝图和新行动；充分展示个旧对外开放的新形象，继续扩大锡都的知名度；激发全市各族人民爱我中华、建我锡都的热情和干劲；让锡都人民自豪地告诉世界：在新世纪里，这片热土上的人们，将用智慧和勤劳及其行动创造新的辉煌业绩，拥抱个旧更加美好的明天！

"市庆"系列活动安排如下：

436

1.9月22日，举行"百日倒计时揭牌"仪式，正式拉开"市庆"活动序幕。

2.举办"锡都50年成就展"大型活动，主要内容包括：

锡光耀眼——个旧有色金属工业的回眸与展望：悠久的历史，丰富的资源，装备和规模，技术，人才，工艺，品牌以及发展前景；

绿色希望——个旧生物产业加工基地建设前瞻：个旧独特的地形地貌和立体气候，丰富的生物资源和珍稀动植物物种，芦笋、优质米滇屯502、竹子产业、乳制品等在内的农业特色产业，制药，红河大屯科技工业园区规划、建设及前景展望；

漫步锡都——个旧精品城市的建设：市区模型，大屯、鸡街组团式城市规划，交通、通信、城市用水、环保等基础设施，一流的教育、卫生、科技、体育等文化设施，城市卫生、管理、服务和文明建设以及小城镇建设取得的重要成果等。

3.举办经贸展及经贸洽谈活动。选择一些好的项目在经贸展及洽谈会上"亮相"，并争取洽谈成功几个项目。

4.举行"迎市庆、跨世纪"大游行活动。2000年12月31日晚上，由彩车开路，有军乐红旗方队、领导干部方队、春蕾方队、云锡工人方队、农家乐灯笼方队、白衣天使方队、烟盒舞表演方队、私营企业家组成的光彩之星方队、化装舞方队、民族服装表演方队和世纪龙方队等13支方队共3000多人组成的游行队伍，沿金湖东路、南路、西路举行庆祝大游行。晚上12点，燃放焰火。

5.编辑出版集中反映个旧"两个文明"建设成就的《个旧建市50周年锡都文学作品集》，包括小说篇、散文报告文学篇和诗歌篇。

6.在《个旧报》上开辟"锡都50年"有奖征文活动。

7.举办建市50周年"爱我锡都"知识竞赛。

8.发行建市50周年系列邮品。

9.举办"锡都跨世纪一日"摄影比赛。

10.举办建市50周年书法美术摄影展。

11.举办"大家乐"游园、猜灯谜等活动。

12.举办"锡都形象大使——金湖小姐"评选大赛。

13.2001年1月1日上午9时，在红河州民族体育馆举行建市50周年庆祝大会。

14.举办以"爱我锡都"为主题的、丰富多彩的各类文艺演出活动:

在个旧市体育馆举行"爱我锡都"歌咏演唱晚会;

2001年1月1日上午,在红河州民族体育馆举办"市庆"开幕式大型文艺演出《锡都之光》;

在市人民影剧院举行农村农民文艺调演、市职工文艺调演、京剧票友联谊演唱、云锡公司工人艺术团调演,市园丁艺术团、市群艺馆及老"市宣"队员也参加演出;

期间,一些民间演出队还将在怀源芳圃、文化宫、宝华公园等地进行广场文艺演出。

15.举办形式多样、内容丰富、充满活力的体育比赛活动:

邀请外地团队在金湖上举行龙舟大赛;

邀请广东专业团队在金湖上进行滑水表演;

举行环金湖长跑比赛;

举办太极拳、武术和拔河比赛;

举行登老阴山比赛。

16.对市区主干道进行绿化和美化。将金湖东路、西路、南路和建设路各装饰为"绿化一条街",悬挂花篮,摆放鲜花。

438

17.市容市貌处将对锡都进行一番"梳妆打扮":

对市区主要街道临街建筑物立面进行清洗和粉饰;

对全市路灯设施、环卫设施、交通设施等进行清洗和翻新。

18.实施"灯光工程"。在金湖西岸、金湖东路、州政府等地实施灯光工程,亮化美化锡都,让锡都的夜晚更加亮丽迷人。

19.2001年1月1日晚上8点,在金湖东路商贸城举行"锡都之夜"篝火晚会,来自老厂镇的彝族簸箕弦队、卡房镇的彝族竹竿舞队、锡城镇的彝族烟盒舞队将与来宾和市民们在此狂欢。

20.2001年1月2日上午10点,由2000人组成的大型武术队和烟盒舞队,将在4千多米长的金湖环湖游览道上同时表演武术和烟盒舞。

21.2001年1月1日至3日晚上8点,在小花园放映通宵露天电影,锡都观众久违了的《锡城的故事》《侦察兵》等4部老电影将在这里与观众见面。(载于《个旧报》2000年9月29日;载于《春城晚报》2000年12月26日,有删节)

2000—2001 年个旧市庆祝建市 50 周年系列活动报道之三——

个旧召开"市庆"筹备情况通报会

本报讯 2000 年 9 月 27 日，个旧市委办公室召开"市庆"筹备情况通报会，对"市庆"筹备工作的进展情况作了通报、安排和部署。

市委常委、市委办公室主任向劲涛主持会议。会议通报了"市庆"筹备工作的进展情况、存在的困难和问题、"市庆"期间的活动安排以及对下一步工作的要求和部署，来自全市各有关单位 50 多人参会。

会上还通报了由个旧设计、制作的"市庆"纪念礼品——"锡制小烟筒"被国家列入收藏珍品名录的情况，该锡制小烟筒是由个旧本地锡工艺品设计人员全程设计和制作，凝聚和体现了个旧锡工业特色和当地少数民族风情。

（载于《个旧报》2000 年 10 月 3 日）

2000—2001 年个旧市庆祝建市 50 周年系列活动报道之四——

我为"市庆"添光彩

——个旧迎"市庆"市民、领导访谈录

个旧建市 50 周年的日子一天天临近了，作为市民，如何为家乡 50 年大庆努力工作、增光添彩？"市庆"期间如何做到热情好客、举止文明？近日，记者就全市各行各业建设者积极投身"市庆"的工作进行了采访。

当一个热情文明的市民

谈到"市庆"，云锡机械有限责任公司退休职工许义群老人告诉记者：我在个旧生活了 50 多年，参与了新中国成立后蒸蒸日上的锡都经济建设，见证了 50 年来个旧发生的翻天覆地的变化，我们老百姓的日子是越来越好了。现在，听说迎"市庆"的"十大工程"正在紧张建设中，到时候，个旧将会变得更加美丽。我们作为市民，要举止文明，不随地吐痰丢垃圾，不在公共场所吵闹，爱护公共设施和花草树木；要热情好客，热心助人，衣着整洁漂亮，给外地宾客留下美好印象。

强素质 树形象 保平安

近段时间来，个旧市公安局全力以赴，开展了"抓基础，反盗抢，破大案，保稳定"的为期 3 个月的专项整治工作，确保"市庆"期间全市的安全稳定。

局领导告诉记者，社会治安及安全保卫工作是百姓关心、政府关注、涉及千家万户的大事，我们已制定并采取了相关措施：一是局领导分片挂钩，带领局机关全体民警深入到基层派出所，组织基层民警开展"防火、防盗、

防抢、防爆"的"四防"安全检查。二是强化对流动人口的管理。于9月15日、21日两次集中清查了全市"三无"人员数百人。下一步，配合人口普查工作，将对全市约5.8万名暂住人口重新进行清理和登记，坚持以"谁用人谁管理，谁租房谁负责"的原则管理外来人员。三是加强对刑事案件打击力度。将社会影响大、危害大的20件"积案"实行局领导挂牌监督侦办；将刑事案件细化和分解，力争多破案、快破案。四是继续开展对娱乐场所的整治，查禁黄赌毒等社会丑恶现象，收容一批吸毒人员进行强制戒毒。五是继续加强对社会恶势力的打击力度，有效维护社会秩序，确保社会平安。

抓好软硬件建设　确保交通安全

为迎"市庆"，作为保障交通安全的市交警大队高度重视，认真工作。

大队领导告诉记者，为进一步优化市区交通环境，交警大队加强了以下工作：一是加强队伍建设。全大队已对在职在岗的70多名民警（包括今年转业、分配的人员在内）和考核称职的47名协管员全部进行了轮训；严格警容风纪，执行"三礼"制度；贯彻军事化管理，强化队伍组织纪律性；加强队伍业务建设，提高整体执法水平。二是加强交通管理力度，优化交通环境。深入开展实施"城市文明畅通工程"，加大对"严管示范街"管理力度；对客运车辆进行综合治理，规范出租车、公交车、通勤车停车秩序；坚决取缔客货混装超载车辆；完善租赁汽车行业管理，重点加强对出租车的管理；取缔微型车沿街揽客。三是加强硬件建设，在原有交通设施基础上，将翻新、漆化标线约1.2万平方米，油漆行人护栏400米、隔离墩200米、信号灯杆15棵，更换标志牌26块、增设9块，维修信号灯5座。通过这些建设，不断提高锡都交警整体执法水平和能力，为确保"市庆"交通安全作出贡献。

宁愿一人脏　换来万人洁

担负着"城市美容师"重任的市环境卫生管理处，是如何开展工作的？

环卫处领导说：首先是认识到位。环卫工作对内是涉及千家万户的服务，对外是关系锡都城市形象和文明程度的大事，所以，全处职工都以饱满的工作热情、积极认真的态度、真抓实干的精神对待工作。其次是组织到位。成立了以党政工领导及各科室班组负责人参加的工作小组，深入第一线，与环卫工人一道参与保洁、监查工作。第三是措施到位。"市庆"前将完成一批包括公厕、垃圾桶等在内的环卫设施的维修或更新；节日期间所需材料工具已全部到位；要求各专业队组日扫日清，垃圾全部运走；要保证每天2次大清扫和全天候保洁。总之，我们以迎接全省甲级卫生城市检查为起点，再通过 11 月 18 日的州庆 "大练兵"，一定使锡都的卫生不愧为 "全国卫生城市" 和 "全省甲级卫生城市" 的光荣称号，为外地宾客和各族群众展示一个天蓝、人美、城市整洁的锡都好形象。（载于《个旧报》2000 年 10 月 31 日）

2000—2001 年个旧市庆祝建市 50 周年系列活动报道之五——

心系 "市庆" 工程

2000 年 11 月 7 日，个旧市委书记、市长苏维凡一行先后来到通宝门至青杉里路段、老阴山景区道路、金湖治理现场、湖滨广场等迎 "市庆" 工程建设工地进行视察。

当日下午，苏维凡一行沿通宝门一路步行到青杉里，视察了正在施工中的通青路。这条路原先全部是石头土路，为改善城市交通道路状况、方便广大市民行走而进行改造。苏维凡边走边不时蹲下来认真查看施工质量，并嘱咐施工单位一定要保证工程质量。

随后，苏维凡一行又来到金湖湖水入水口处查看水量、水质，当看到有 1 股污水流入湖里时，苏维凡当即责成有关人员要尽快查清并处理好此事。他语重心长地说："个旧人民对金湖有着特殊的感情，我们要像爱护自己的眼睛一样爱护金湖，政府花这么多钱治理金湖，好不容易才使湖水变清了、水质改善了。老百姓不会允许任何玷污金湖的行为再发生。"

在老阴山景区道路施工现场，苏维凡仔细查看了路基、路面后再三叮嘱有关人员："施工既要保证进度，更要保证质量和安全。修好这条路，再开起公交车，老百姓尤其是老年人上老阴山玩，就方便多了。"

回到市区，天已经黑了。苏维凡仍然沿着环湖公园，一路走一路查看了金湖北面的水质、正在紧张修建中的湖滨广场、环湖建筑的墙立面装饰工程。湖滨广场上标准的网球场、门球场、绿地已完工，富有欧式风格的休闲茶吧的墙面装饰已基本完成。

湖滨广场上淡黄色的建筑、葱绿的草地、清新的空气、初上的华灯和朦胧的夜色，让人禁不住赞叹：个旧，是越来越美了！（载于《个旧报》2000 年 11 月 17 日）

2000—2001 年个旧市庆祝建市 50 周年系列活动报道之六——

"锡都形象大使之夜" 大型晚会落幕

本报讯 2000 年 12 月 1 日晚，"锡都形象大使之夜" 绿海杯 "金湖小

441

姐"决赛暨颁奖晚会在个旧红河州民族体育馆圆满结束。

当晚，能容纳 4000 多人的体育馆内座无虚席，连加设的座位和过道上都挤满了热情的观众。前不久，"金湖小姐"竞选经过紧张的初赛、复赛、半决赛后，从参赛的 500 名选手中选出了 52 名佳丽。今晚，她们将在这里参加决赛。

晚会由香港主持人李道洪、云南电视台主持人张齐、云南省话剧团副团长侯锐、个旧电视台主持人陶红艳联袂主持。

晚上 8 点半，个旧市委书记、市长苏维凡宣布"金湖小姐"决赛及颁奖晚会开始。之后，52 名佳丽身着妩媚的泳装、多姿多彩的民族系列服饰和雍容华贵的晚装依次登场。她们优雅的风度和精湛的表演，赢得观众阵阵热烈的掌声。经过紧张角逐，谢娜、王黎黎、刘燕分获冠、亚、季军。车晓云、王涛、黄黎维、赵繁、张银、黄丽、杨梅、肖莹分别获得"新闻小姐""网络小姐""友谊小姐""最上镜小姐""微笑小姐""台步小姐""语言小姐"和"形体小姐"称号。省新闻出版局和市委、市政府的领导分别为获奖人员颁奖。

随后，"青春美少女"演唱队 5 名女孩踏着欢快的节拍为观众表演了热烈的劲歌劲舞。香港著名演员郑少秋身着漂亮的红风衣登台为观众演唱的《楚留香》等保留节目，将晚会气氛推向高潮。

据了解，"金湖小姐"评选在个旧尚属首次。这 52 名佳丽将在建市 50 周年系列活动中出任"锡都形象大使"，全面参加"市庆"的工作和活动。

（载于《春城晚报》2000 年 12 月 8 日）

2000—2001 年个旧市庆祝建市 50 周年系列活动报道之七——

技改闯新路　辉煌在前头
——个旧鸡街冶炼厂完成"造血"技改工程向"市庆"献礼

日前，个旧市鸡街冶炼厂"锌冶炼系统技术改造工程"一次性试车成功。至此，该技改工程实现了当年改造、当年完工、当年见效的高目标。由此，该厂电锌年生产能力由 1.2 万吨增加到 2 万吨，为国有企业脱困打下坚实基础，也向建市 50 周年献上了一份厚礼。

始建于 1958 年的鸡街冶炼厂，为个旧市属国有企业，经过 40 多年奋斗，现已发展成为一个综合性有色冶金大二型国有企业，拥有铅冶炼、锌冶炼、锡冶炼和综合利用 4 大生产系统，是我省百户工业骨干企业、出口创汇和商品质量先进单位。电锌是该厂"拳头"产品之一，1988 年生产规模为 7300 吨，经 2 次技改后实现年产 1.2 万吨生产能力。目前，由于市场看好和价格较高，锌产品供不应求。

为扩大生产规模、提高产品质量，在各级各有关部门大力关心支持下，该厂于 2000 年 4 月开始实施技改工程。全厂干部职工发扬自力更生、艰苦奋斗精神，从设计、施工到试车，基本都是厂内工程技术人员和工人自己完成，节约了上百万元的设计费和施工费。

此次技改引用了国内最先进的"流态化浸出技术"。同时，自力更生，艰苦奋斗，节约了大量人力、物力和财力，譬如：原技术产 1.2 万吨产品需 500 人，新技术产 2 万吨仅需 620 人；投资近 30 万元进口 1 台高效换热器，代替了需 160 万元建设的 8 吨锅炉；引进国内先进箱式压滤机、增加水洗工艺等；利用闲置厂房和设备参与技改，闲置的硅整流器、开关柜等都被派上用场；职工生产制作了"冷制作件"等大批零配件，又比购买节约了不少资金；工程投产后，大幅度提高了回收率和实收率，4 道工艺分别可提高 1 至 2 个百分点；人工工资和电耗也将大幅度降低。

这次技改的成功，还将为明年新增生产更优质的 0 号锌作准备。0 号锌的生产，将填补我省该产品空白。同时，也为该厂扩产年 3 万吨锌奠定坚实基础。（载于《个旧报》2000 年 12 月 19 日、《红河日报》2001 年 1 月 4 日）

443

2000—2001 年个旧市庆祝建市 50 周年系列活动报道之八——
个旧市庆"压轴戏"——
《锡都之光》排练进入"冲刺"

本报讯 2000 年 12 月 17 日下午，个旧建市 50 周年大型文艺节目《锡都之光》在市风雨馆进行了彩排。至此，《锡都之光》排练已进入"冲刺"阶段。

《锡都之光》是建市 50 周年庆祝大会上的"重头戏"，全部演员 1400 人，全场节目 70 分钟，内容包括"锡山传奇""锡花灿烂"和"锡都之光"三部分。节目以大型舞蹈和大型合唱组成，以史诗般的艺术手法，再现了个旧 2000 多年来开采、使用大锡的光辉历程和建市 50 年来取得的辉煌成就以及对美好未来的展望。

这是一台由红河州人自己创作、自己编导、自己演出的大型文艺节目，从今年 4 月开始创作，九易其稿。市群艺馆副研究员孔宪明、馆长文世坤担任文字创作，市艺术团作曲家崔炳南担任作曲，红河州歌舞团副团长、国家一级编导王佳敏担任舞蹈编导和总编导。节目开头扣人心弦，中间跌宕起伏，结尾振奋人心，是个旧有史以来创作、演出的第一台大型综合文艺节目，形式热烈欢快，内容深厚凝重。

参加这次演出的演员来自红河州、个旧市、云锡公司、个旧供电局和驻个武警部队等20多个单位，有干部、工人、学生、武警战士及州、市艺术团的专业演员，分别在市风雨馆、州歌舞团排练厅排练。12月5日开始，全体演员集中封闭排练，每天上午8点排练到晚上10点。许多演员生病也坚持排练。有的武警战士高烧40度，打完吊针后又坚持排练。王佳敏更是以身作则，推辞了省里邀请去做的许多工作，全身心投入，常常累得饭都不想吃。她说，我是个旧市民，能为"市庆"做些工作，我非常高兴，我们一定会尽力做好，一定要搞出一台高水平、高质量的文艺节目。据了解，相关领导和人员也在现场办公，及时发现问题及时解决。

据悉，彩排非常顺利。之后，24日晚将在州民族体育馆与全体背景演员进行联排和合成。25、26日进行灯光音响装台布置。27日再合成一次。28日领导审看。29日为全市人民进行专场演出。2001年1月1日上午，在建市50周年庆祝大会上，将正式与来宾和观众见面。（载于《春城晚报》2000年12月22日）

2000—2001年个旧市庆祝建市50周年系列活动报道之九——

个旧22项"市庆"工程如期竣工
红河州个旧市领导剪彩

本报讯 2000年12月29日上午，个旧阳光明媚，位于金湖西北岸的湖滨广场上人头攒动，乐曲悠扬，"个旧建市50周年工程竣工典礼"正在这里举行。

9时30分，典礼开始。出席典礼的有红河州委、州人大、州政府、个旧市级5套班子、云锡公司和个旧供电局的领导以及各行各业的劳模和热心的市民万余人。

典礼上，个旧市委书记苏维凡发表了热情洋溢的讲话。他说，今年初，市委、市政府拟定了个旧城市建设的"十大工程"。一年来，在省、州党委、政府和有关部门的大力关心支持帮助下，全市人民解放思想，更新观念，艰苦奋斗，多方筹措资金进行建设。现在，经过大家的共同努力和辛勤劳动，

"十大工程"和原来正在建设的相关工程共达 22 项已如期圆满完成，市委、市政府向全市人民承诺的在"市庆"到来之时，实现"湖水清、道路平、灯光亮、市容新"的目标已基本实现。这些工程的竣工，标志着锡都的城市建设驶上了高速发展的快车道，使新世纪到来之际的锡都，更新、更亮、更美了。

州委领导在典礼上讲话并充分肯定了个旧市在经济社会发展及城市建设上取得的巨大成就。随后，出席典礼的领导为竣工工程剪彩，并兴致勃勃地参观了花园般美丽的湖滨广场。（载于《个旧报》2001 年 1 月 2 日）

2000—2001 年个旧市庆祝建市 50 周年系列活动报道之十——

继往开来　再创辉煌
个旧隆重举行建市 50 周年庆祝大会
省委常委、常务副省长牛绍尧等领导出席

本报专电　新世纪的第一天，举世闻名的锡都个旧，迎来了建市 50 周年华诞。

2001 年 1 月 1 日上午，锡都晴空万里，阳光灿烂。红河哈尼族彝族自治州民族体育馆广场上万紫千红、花团锦簇，万余盆奇花异卉把这里装扮得艳丽多姿。广场上空，彩旗飘扬，5 个巨大的红色气球拖着长长的彩带，彩带上"阔步迈向新世纪，锡都明天更美好"等标语分外耀眼醒目。个旧市委书记苏维凡率市级 5 套班子的领导，喜气洋洋地站在大门口夹道欢迎尊贵的宾客。驻个旧某部武警部队军乐队演奏着欢快的迎宾曲，和平小学的孩子们笑脸纯真，手举鲜花和气球夹道欢迎来宾。

省委常委、常务副省长牛绍尧和省政协、省纪委、省委组织部、省武警总队等有关领导，红河州委、州人大、州政府、州政协等州级领导，个旧籍足坛名宿、中国国家男子足球队领队马克坚，友好城市代表，个旧市 5 套班子领导，云锡公司、个旧供电局领导等与各族各界群众 4000 余人欢聚在州民族体育馆，隆重庆祝个旧建市 50 周年华诞。

上午 9 时，庆祝大会正式开始。市委书记苏维凡主持。全体人员起立，奏《国歌》，鸣礼炮。

市委副书记、代市长李润权发表了热情洋溢的讲话。他回顾了个旧建市 50 年来取得的辉煌成就，展望了锡都美好的前景。50 年，个旧沧海变桑田，旧貌换新颜。在各级党委、政府领导下，个旧人民在 1587 平方千米的土地上

艰苦奋斗、顽强拼搏，克服了种种困难，在较短时间内，把一个满目疮痍、土法采冶、生产力低下、交通闭塞的旧矿区，建设成为一个拥有先进技术和设备的全国最大的锡工业生产基地和闻名世界的锡都。并且，较早地建成了以有色冶金为主，集化工、机电、轻纺、建材、食品、制药等门类齐全的工业体系，成为云南省重要的工业城市和红河州政治、经济、文化的中心。

党的十一届三中全会以来，特别是近5年来，在我国全面建设社会主义市场经济新的历史时期，个旧人民发扬"团结拼搏，迎难而上，敢于争先，真抓实干"的锡都精神，开始了充满艰难险阻的新的创业。个旧作为一个老工业城市，面对在长期计划经济体制下形成的深层次矛盾和复杂困难，市委、市政府以邓小平理论为指导，坚持"一个中心，两个基本点"，团结和带领全市38万各族人民解放思想，更新观念，不断深化国有企业改革，推进技术进步，扩大对外开放，积极调整所有制结构和产业产品结构，基本完成了国有企业3年改革脱困任务，逐步实现了计划经济体制向市场经济体制的转变，初步建立起以公有制为主体、多种所有制成分共同发展的经济新格局，进一步解放和发展了生产力，实现了国民经济持续稳定增长和社会政治稳定，全市综合实力不断增强，人民生活水平显著提高。2000年，全市实现国内生产总值25.6亿元，实现财税总收入3.7亿元，城镇居民人均可支配收入和农民人均纯收入分别达到5520元和2010元。教育、科技、卫生、城市建设等各项社会事业有了长足发展，呈现出民族团结、社会稳定、经济繁荣、人民安居乐业的喜人局面。

红河州委领导代表州委、州政府对个旧建市50周年表示祝贺并作了讲话。

省委常委、常务副省长牛绍尧代表省委、省政府向个旧建市50周年表示热烈祝贺并作重要讲话。他说，个旧建市50年来，全市人民在党的领导下，在建设有中国特色社会主义道路上，为红河州和全省经济发展，为我国社会主义建设事业作出了巨大贡献。在新世纪到来之际，市委确定了"抓住老工业城市提升改造这一突破点；认真实施'立足有色、超越有色，立足老城、超越老城'两个战略；努力把个旧建设成为云南省最大的有色金属冶炼中心、重要的生物资源加工基地、一流的精品城市"的"一二三"工作思路。这个思路，符合国家西部大开发以及云南省建设绿色经济强省、民族文化旅游大省和东南亚国际大通道的宏伟战略，符合红河州的发展大局。希望全市各族人民加强团结，发扬成绩，再接再厉，进一步发挥自身优势，再创锡都新的辉煌，为全州、全省的发展作出新的贡献。

会后，1400名各族演员演出了大型歌舞《锡都之光》，用史诗般的艺术手法，向观众展示了远古锡山孕育出的有色金属工业文明和铜俑灯"书写"的2000多年历史的厚重的"锡文化"以及建市50年来锡都发生的沧桑历史巨变。整场演出创意独特，内容气势恢宏，表演精湛，服饰精美，艺术性强。精彩的表演赢得观众阵阵热烈的掌声。

庆祝大会在演员和数千观众同声大合唱《中国锡都》的洪亮歌声中圆满落幕。（载于《春城晚报》2001年1月2日,有删节;载于《个旧报》2001年1月2日）

2000—2001年个旧市庆祝建市50周年系列活动报道之十一——

牛绍尧慰问个旧困难企业和职工

本报讯 在新世纪到来的第一天和建市50周年的喜庆日子里，各级领导依然牵挂着个旧市的困难企业和困难职工。省委常委、常务副省长牛绍尧，省委组织部、省经贸委及红河州、个旧市有关领导到个旧市慰问了困难企业和困难职工，给他们送去了党和政府的关怀和温暖。

2001年1月1日下午，牛绍尧和有关领导一行，先后来到市灯泡厂下岗职工钟家兴、市制鞋总厂下岗职工肖志平家里慰问并送来了慰问金和慰问品。在钟家兴家里，牛绍尧详细询问了他的家庭情况。当得知钟家兴下岗后每月领着最低生活保障补贴、自己又在外面打工时，牛绍尧很高兴，连说改变观念好，观念变了，再就业机会就多了，体现个人价值和改善生活的机会也就多了。牛绍尧还指示在场的州、市领导在开展社区服务、创造再就业机会时，一定要优先安排下岗职工再就业。牛绍尧一再强调，各级党委、政府和工会要关心下岗职工的生活，要积极帮助他们解决实际困难。钟家兴有修理家用电器的技术和手艺，牛绍尧鼓励他发挥自己一技之长，争取有更多收入。牛绍尧希望下岗职工要相信党和政府一定会解决好他们的困难。

随后，牛绍尧又亲自来到家住抬锡巷38号的肖志平家慰问。当看到肖志平一家还住在破旧拥挤的百年老房子中时，牛绍尧希望市政府加快对老城区改造步伐，让老百姓早日住上"放心房"。苏维凡说，这项工作正在抓紧实施，市政府正在建设绿海小区，这是为解决老城区居民住房难而兴建的安居工程，建成后将低价出售或廉租给这些低收入居民居住。

之后，牛绍尧一行又来到市制鞋总厂慰问。该厂曾是滇南地区轻工行业的"一枝花"，更是个旧轻工企业的"龙头老大"，产品曾出口东南亚地区，

447

市场份额和生产规模在西南地区曾名列前茅。近年来，由于种种原因，该厂已负债生产和经营。牛绍尧一行了解情况后，认为该厂产品款式、花色、质地都不错，但型号太窄，不符合现在人们喜欢穿宽松休闲舒适鞋的需要。厂领导说已拿出技改方案，但因资金困难还没有实施。牛绍尧当即表示由省经贸委支持一部分。牛绍尧希望该厂抓紧时间完成技改工程，开发出适销对路的新产品，重振制鞋厂昔日辉煌。

牛绍尧一行还到正在建设中的绿海小区工地、已竣工的湖滨广场等地视察，并认为个旧城市建设搞得很好、很有成效。（载于《个旧报》2001 年 1 月 9 日）

2000—2001 年个旧市庆祝建市 50 周年系列活动报道之十二——

市庆搭台　经贸唱戏
个旧签订一批经贸合作项目协议

本报讯　2001 年 1 月 10 日，从"个旧市庆经贸洽谈会及项目签字仪式"上传来好消息：全市有多家单位与外来客商签订了 11 个合作项目协议，涉及资金近 6 亿元，其中正式到位资金近 2 亿元。

"借市庆东风，扬经贸之帆"是这次经贸洽谈会的特点。此次签订的合作项目有：市塑料厂与广东汕头金明塑胶设备有限公司合作开发"多层共挤、高效节能塑料瓶"技改项目，总投资 300 万元。市自立矿冶厂与杭州亚通电子有限公司签订了 1000 吨精锡和焊锡销售合同，价值 3000 万元；又与江苏丹徒中信有色金属公司签订了 400 吨精锡销售合同，金额 1600 万元；同时与无锡群力有色金属材料厂签订了 700 吨精锡和焊锡销售合同，价值 2500 万元。市安云大麻纺织有限公司与台湾省彰化永弘实业公司签订了 512 吨苎麻纱销售合同，金额 1800 万元；同时与昆明宏通工贸有限公司签订了供应 3000 吨棉纱的销售合同，金额 1000 万元。绿海公司与重庆陈川粤集团签订了经营大酒店合同，投资 500 万元。市鸡街化肥厂与越南林涛公司签订了 4000 吨磷铵销售合同，金额 500 万元。市政府与温州环宇隧道工程有限公司签订了个屯公路隧道建设合同。市贸易局与温州鸥海房屋开发总公司签订了滇南小商品批发市场建设征地合同，金额 1700 万元；与昆明市温州总商会签订了滇南小商品批发市场建设经营项目、投资 4300 万元的合同。

据了解，这次经贸洽谈会取得了突出成绩，是个旧历史上在本地举办的规模最大、成交数额最多、成效最好的一次经贸活动。市政府领导在接受记者采访时高兴地表示：外地客商看好个旧市场，愿意到这里投资，表明个旧的软硬环境都有了很大变化；今后，我们要继续解放思想，以更加开明务实、积极高效的工作，服务基层和企业，筑巢引凤，让更多的投资者愿意到个旧发展。（载于《个旧报》2001年1月12日）

2000—2001年个旧市庆祝建市50周年系列活动报道之十三——

云锡建设广场落成

本报讯　2000年12月30日，个旧"市庆"又一份献礼工程——云锡公司建设广场竣工投入使用。红河州、个旧市、云锡公司的领导及来宾300多人参加竣工典礼。

建设广场位于市区金湖西路318号，是云锡建安总公司所在地，由云锡房地产开发公司开发、云锡设计院设计、云锡建安总公司施工建设。工程于1999年12月开工，建设用地3.6亩，建筑面积1.45万平方米，楼高12层，总投资1836万元。目前，中国平安保险公司、红河州规模最大的建材市场、国泰君安证券等单位和商家已落户于此。

竣工典礼上，云锡公司、云锡建安总公司有关领导和个旧市委书记苏维凡先后发表了热情洋溢的讲话。苏维凡说，建设广场以及一批经济适用住房的开发和建设，改善了个旧市民的居住环境，提高了他们的生活质量，提升了个旧的城市建设水平，云锡建安总公司的工作为个旧市民的安居乐业、为个旧市的经济社会发展作出了积极贡献，我代表市委、市政府感谢你们！

剪彩后，领导和来宾们兴致勃勃地参观了建设广场。（载于《个旧报》2001年1月12日）

449

2000—2001年个旧市庆祝建市50周年系列活动报道之十四——

个旧"市庆"成就展参观火爆
锡都百姓喜看家乡巨变

本报讯　连日来，个旧的许多群众携家带口，来到市工人文化宫参观建市50周年成就展，展览大厅门庭若市，出现了多年未见的火爆景象。

这次展览由"市庆"办和市委宣传部负责筹划和制作，内容包括"锡光耀眼""绿色希望""漫步锡都"三部分。展览以图片、实物、文字、沙盘模型、人员讲解等多种形式，集中展示了个旧建市50年来经济社会发展取得的巨大成就以及未来锡都发展的美好蓝图。

据了解，展览自 2000 年 12 月 30 日开展以来，展厅里每天都人来人往，观者如潮，上至省、州、市领导，下至普通百姓；还有古稀老人和牙牙学语的孩童；更有在山区农村寨子的农民朋友也远道赶来参观。展厅里，经常能看到相约而来的朋友、执手而来的祖孙三代。有的人甚至来看了多次，不少参观者还在自己喜欢的展览内容前摄影留念。

在展厅里，退休老工人王毕生高兴地对记者说："家乡的巨变我们在平时的生活、工作中就有了切身感受，但是像这样集中展示给大家看还是第一次，让我们全面地知道家乡的巨大变化。希望以后能多举办这样的展览，这也是对我们进行爱国主义教育、让我们热爱家乡的好阵地和好方法。"（载于《个旧报》2001 年 1 月 16 日）

2000—2001 年个旧市庆祝建市 50 周年系列活动报道之十五——

政府开明　商机很多　城市很美
——外地投资者眼中的个旧

个旧建市 50 周年庆祝活动已圆满落幕，而个旧的招商引资却正如旭日东升。一批批合作项目协议的签订，标志着个旧这个地处西南、边疆、民族地区的老工业城市开始主动出击，掀起自己的盖头去看世界；同时，更主动请别人走进个旧，共同参与锡都的建设和发展。

那么，走进个旧的投资者们是怎样看待锡都的呢？

温州环宇隧道工程有限公司经理卢立整与个旧市人民政府签订了个旧至大屯公路隧道建设项目，预计总投资 3.8 亿元。这是我市的第一个"四自项目"，即投资方在遵守国家和地方法律法规前提下，由其自带资金、自行设计、自行施工、自行管理。对此，卢立整说，通过昆明温州总商会的牵线搭桥后，我们多次到个旧进行实地考察。考察后，我们认为：首先，是当地政府的领导极为开明，服务意识很强，这是我们愿意来投资的重要原因。其次，是这里在不发达的同时，也蕴藏着许多商机。比如，公路等基础设施建设与发达地区相比确实有很大差距，个旧、开远、蒙自要建成一个城市群，没有现代化的高等级公路连接，也很困难。而这些差距，也就是我们的机遇。我们做过详细、科学测算：照 3 个城市现在的发展速度，公路隧道建好后，按车流量计算，我们用 7 到 10 年时间就可收回全部投资。第三，是个旧这个城市很美。我走过很多地方，但像个旧这样气候好、城市干净、景色好、适宜人居住、市民素质高的城市，并不多见。我们考察回去后，专门向温州市政府进行了汇报，温州市政府非常重视，专门派了一位副市长前来个旧考察。最后我们决定投资干这个工程。目前，工程已进入前期准备阶段，我们希望尽早实施，尽快见效益，时间就是金钱嘛。总之，个旧确实是一个蕴藏着无限商机的地方，来投资能做到"双赢"：我们发财，个旧发展，对此我们充满信心。

温州鸥海房屋开发总公司个旧公司经理黄永建这次签约的项目是投资1700万元征收个旧市原联合仓库的土地后进行商场和房地产开发。开发时，由昆明温州总商会投资4300万元建成滇南地区最大的小商品批发市场。在接受记者采访时，黄永建有很多感慨。他说："很多年前我来过个旧，想来投资，但实地考察后我就没有信心了，只得走了。实施西部大开发后，当地政府的思想观念、工作作风和工作效率变化都非常大，再加上我们公司自身发展的需要，所以，我们再次踏上个旧的这块热土。"

黄永建接着说："现在的个旧变了，领导开明了，作风务实了，做事效率高了，市场活跃了，城市变美了，所以我们决定来投资了。我们即将开发的土地有32亩，目前只是个旧的二类地段，但是周边已有较好的商业氛围。开发后，我们将在这里建造一个比昆明螺蛳湾商场档次更高、规模更大的小商品批发市场，立足滇南，辐射周边，尤其是辐射越南等东南亚地区的边境贸易。现在，越南南方的西贡已有温州人在那里建设了'温州城'，而在越南北方因为许多条件不成熟我们没法去投资。因此，我们希望在条件比较好的个旧建成批发市场后，能南北衔接，实现小商品批发进入越南进而辐射东南亚的战略目标。

"另外，在投资的同时，我们还要把温州的理念、开发和经营管理的模式等带过来。小商品批发市场的下部分为大型商场，高层则建设个旧地区档次最高、格局最新的现代化商住楼。这样开发后，目前的二类地段将会大大升值。当地政府也非常支持我们的工作，我们对个旧的投资环境和将来的回报充满了信心。"（载于《个旧报》2001年1月16日）

2000—2001年个旧市庆祝建市50周年系列活动报道之十六——

温州人乘"商机"进军锡都

"哪里有市场，哪里就有温州人。"2001年10月30日下午，锡都迎来了温州市企业家考察团一行30多人。

虽然在个旧考察的时间很短暂，但个旧给温州企业家们留下了美好的印

451

象，他们都不约而同地说："来到个旧，有两个想不到，一是想不到在边疆民族地区，还会藏有这么一座现代化的美丽城市；二是想不到个旧的市民素质会这么高！"此次温州企业家到个旧的目的，一是考察在个旧投资异地置业的环境；二是参加个旧滇南温州商贸城的展销洽谈会；三是了解中越边境贸易地区的市场行情、投资环境和开发前景等。

在市政府举行的座谈会上，市政府领导及市贸易、工商、城建等部门的领导向企业家们介绍了个旧的发展情况和未来前景。之后，企业家们围着个旧的微缩景观模型认真观看，大家兴致很高，不断地问这问那，从招商引资政策到具体实施，从城市建设到公路交通，从百姓生活到风土民情，从外地投资者的就医到孩子的就学等，都一一进行详细了解。

考察团成员、做建材生意的王先生一到个旧，就在滇南温州商贸城的售楼部订购了1套面积最大的住宅。对滇南的建材市场，王先生也特别关心，询问了不少情况。做首饰生意的陈女士，一语道出了个旧温州商贸城与其他地方商贸城的不同："一般的市场商铺只租不卖，而且经营权最多五六年一轮，算下来房租就很高了。个旧的滇南温州商贸城不仅可以购买、拥有全产权，而且还有优惠政策，确实划得来。"而在昆明螺蛳湾做皮革生意的赵先生坦率地说："我看中的是商城辐射越南乃至东南亚地区的区位优势。"

当温州企业家们得知市政府正在筹划实施"个旧与河口对越南国际贸易保税通道"政策时更是欢欣鼓舞、倍加期待。王先生赞叹道："个旧确实是蕴藏着很多商机的发财宝地。"（载于《春城晚报》2001年11月5日）

2001年：

把科技文化卫生送到农村去
个旧市"三下乡"活动如火如荼

本报讯　1月14日上午8：30，个旧市新世纪首次科技、文化、卫生"三下乡"活动在市政府大门口举行了简朴、隆重的出征仪式。市委、市政府有关领导及来自全市有关单位的150多名"三下乡"队员参加出征仪式。

仪式上，市委领导作了动员讲话。他说，开展科技、文化、卫生"三下乡"活动，是为了把党和政府的关心送到农村去，把先进的文化知识送到农村去，带动农村"两个文明"建设和发展。因此，在活动中要重视"三个结合"：一是把集中统一行动与平时经常下乡相结合；二是把"三下乡"活动与乡镇党委、政府的中心工作相结合，针对农村产业结构调整，把农民所需要的实用科技知识和技能带下去，应注重对口和实用，如倘甸乡开展的番茄制种、引种法国青刀豆等，都需要相应的知识和技能，要把这些教给农民；三是把"三下乡"活动与转变干部工作作风相结合，使这个活动开展得扎实有效。

市政府领导说，"三下乡"活动表明了市委、市政府为农民服务的决心。去年，我市被评为"全国先进文化市"，今年将继续加大投入，巩固成果，为我市在工农业尤其是在农业上与外界的联合打下基础，用实际行动来贯彻党中央"三个代表"的要求。

随后，有关领导分头率领队员们奔赴贾沙、保和、倘甸等乡镇进行慰问演出。

记者跟随赴贾沙乡的队伍，乘车沿着崎岖山路来到贾沙。今天是街子天，街上人头攒动，热闹非凡。"三下乡"队员们刚把书籍、农技资料摆好，农民朋友们就迫不及待地围上来索要材料，咨询情况，还有的在购买书籍和籽种。乡政府操场上，市艺术团和李政歌舞班带来的15个歌舞节目，吸引得人们里三层外三层观看，连操场边的楼梯和高台上都挤满了热情的观众。炎炎烈日下，演员们依然认真演出，精彩的表演，不时赢得观众们热烈的掌声。

这次"三下乡"活动，红河州新华书店捐赠了价值6500元的农村实用科技图书，农、林、卫生等部门散发了相关学习宣传材料2万多份，市诗书画协会赠写春联600多副，市图书馆带来图书330多册供群众阅读，卫生部门为群众义诊数百人次。（载于《个旧报》2001年1月19日）

个旧举行迎春茶话会
各界人士300多人欢聚一堂

本报讯 1月18日下午，个旧市委、市政府在政府会议厅举行迎春茶话会。

出席茶话会的有红河州委、州人大、州政府、州政协和云锡公司、个旧供电局、金融、保险、邮政等驻个旧的省、州单位代表，驻个旧人民解放军、武警部队首长、市级领导、离退休老领导、市属各单位主要领导，各民主党派、工商联、无党派人士、归侨、侨眷、劳模等各族各界代表，市属重点企业领导共300余人。

　　市委副书记、代市长李润权主持茶话会。市委书记苏维凡在会上发表了热情洋溢的新春祝词。

　　在向社会各界致以新春祝贺和节日问候之后，苏维凡回顾了去年个旧市经济社会发展情况。他说，2000年是实施"九五"计划的最后一年，个旧的"九五"是一个成绩显著的"九五"，变化巨大的"九五"。"九五"以来，在党中央和省、州党委、政府领导下，个旧市委、市政府团结和带领全市各族人民，坚持以经济建设为中心，较好地完成了"九五"计划的各项任务，经济建设和社会各项事业取得新的可喜成绩：国民经济持续、稳定、健康发展，主要经济指标完成情况较好，经济实力进一步增强，并稳居红河州各县市前列；经济结构调整取得初步成效，个体私营经济蓬勃发展，一、二、三产业结构趋向合理，农业经济作物在农作物中的比例有较大幅度上升；国有企业改革取得重大进展；住房制度、社会养老保险制度等改革稳步推进；市场机制在配置资源中的基础作用日趋明显；投资力度不断加大，道路、交通、水利等基础设施得到较大改善；城市建设力度加大，实施并完成了22项市政建设工程，实现了"道路平、灯光美、湖水清、市容新"的目标；科技、教育、文化、卫生等各项社会事业全面进步；农村扶贫攻坚任务圆满完成，人民生活水平接近小康；对外开放格局逐步形成；现代化建设的第二步战略目标基本实现。

　　苏维凡说，过去的一年，我们在市级领导班子和领导干部中开展了"讲学习，讲政治，讲正气"的"三讲"教育活动；在全市上下开展了学习江泽民同志"三个代表"重要思想教育活动；深入开展了以"调整结构、开拓市场、搞活流通"为主题的"解放思想大讨论"，深化了对市情的认识，转变了机关作风。市委、市政府认真贯彻省政府红河现场办公会精神，并结合国家西部大开发和全省发展战略，制定和实施了符合个旧发展实际的"一二三"工作思路。全市还成功举办了庆祝建市50周年系列活动，达到了内增合力、外树形象的目的。

　　苏维凡最后说，回首昨天，我们已经做了许多值得肯定的事。面对明天，我们还有很多事要做。面对新的机遇和挑战，我们要坚持以加快发展为主题，以经济结构战略性调整为主线，以改革开放和科技进步为动力，以提高人民物质文化生活水平为根本出发点，促进全市经济持续、快速、健康发展和社会全面进步，推动人民生活水平再上新台阶。

　　州委领导代表州委、州人大、州政府和州政协在新春佳节到来之际，向

454

全市人民问好。他在简要回顾了去年全州经济社会发展所取得的成绩之后，对个旧经济社会发展所取得的突出成绩给予充分肯定，并对个旧成功举办庆祝建市50周年系列活动表示祝贺。

茶话会上，市艺术团演员为来宾们表演了歌舞、小品、相声等精彩文艺节目。（载于《个旧报》2001年1月23日）

李润权视察白云山林场时要求——

要严防死守 确保林区安全

本报讯 2月23日，个旧市委副书记、代市长李润权到白云山林场视察护林防火工作时强调：全场职工要高度重视，严防死守，确保林区不发生火灾。

始建于1957年的白云山林场，经过40多年艰苦创业，现已人工植树造林11万亩，森林覆盖率达64%，是目前全省规模最大的人工造林区，已成为个旧最主要的水源涵养林和环境保护林，对保障个旧的生产生活用水和改善生态环境发挥着举足轻重的作用。今年以来，因霜冻造成林区植被大量枯死致使火灾隐患增大，加上风高物燥，防火形势极为严峻，为此，林场已提前进入护林防火戒严期。

李润权一到林场，就爬高山、下陡坡，在崎岖难行的山路上一直走到林区腹地葫芦地、丁字防火带、小尖山、林场育苗苗圃等地，详细了解森林分布情况，认真检查火灾隐患、防火设施和森林病虫害防治等措施的落实情况。

在听取工作汇报后，李润权说，根据今年严峻的防火形势，林场提前进入戒严防火期，表明林业局和林场的工作是积极主动、富有成效的；目前的首要任务是严防死守，确保不发生大的火险；同时，思想上要高度重视，责任上要分工明确，并且要积极行动，每个片区责任要落实到人，对进山人员宁严勿松，依法办事；林业局机关人员也要定岗、定职、定责，保证和一线人员一起抓好这项工作。（载于《个旧报》2001年3月2日）

6年村建结硕果 两个文明获丰收
个旧召开村建工作总结表彰大会

本报讯 3月2日，个旧市在市政府会议厅召开第6批农村基层组织建设工作总结表彰大会。红河州委常委、市委书记苏维凡等有关领导和人员80

455

余人参会。

市委组织部领导对第 6 批村建工作情况作了说明。

苏维凡以《认真学习贯彻"三个代表"重要思想，不断加强我市农村基层组织建设》为题，对全市 6 年来开展村建工作进行了全面回顾和认真总结。1995 年以来，按照中央和省、州统一部署安排，市委先后从党政机关、企事业单位抽调 491 人到乡镇开展村建工作。6 年来，按照"突出重点、分类指导、整体推进"原则，扎实认真开展村建工作，取得了显著成绩：

一是思想宣传教育得到加强。全市各乡镇村建工作队通过各种宣传形式，认真学习、宣传、贯彻十五大及十五届三中全会精神，不断提高广大干部群众对农业基础地位和农业农村工作重要性的认识。

二是组织建设跃上新台阶。按照"德才兼备"原则，把思想政治素质好、热心为群众服务、能带领群众发展农村经济的同志选拔到领导岗位上。

三是形成了较为完备的农村基层组织体系。以乡镇党委建设"六个好"、村党支部建设"五个好"和创建农村基层组织建设先进市为目标，扎实工作，形成了有利于基层党组织开展工作并发挥作用的农村基层组织体系。

四是促进了农业农村经济全面发展。工作队协助乡镇党委、政府明晰工作思路，制定规划，选准项目，组织实施，促进了农业农村经济全面发展和农民收入增加。

五是精神文明建设硕果累累。组织开展了文明乡镇、文明村、"十星级文明户"创建活动，创建面达 85% 以上，在农村倡导了文明、进步的工作和生活新风尚。

六是培养了优秀干部队伍。全方位、多层次、多渠道对农村基层干部进行政治理论、管理知识、农科知识和农业技能等的培训，有效提高了农村干部队伍的理论素质和管理、驾驭经济工作的能力。

七是把村建工作作为锻炼培养机关干部大舞台。通过村建工作，使一大批年轻、有文化、事业心和责任心强、有发展潜力的干部脱颖而出，被选拔到领导岗位上。

八是作风建设成效突出，为农民群众办了大量的好事、实事并受到称赞。工作队员和机关党员干部深入农村，为群众解决了大量生产和生活困难。据不完全统计，6 年来，为农村群众协调资金和物资折合人民币 123 万元，个人捐款 1.2 万元，建立"万村书库"76 个，建设水窖 1295 个和沼气池 517 个，新修公路 60 千米，解决人畜饮水项目 40 个，建设"希望小学"

4 所。

九是建立健全工作制度。建立健全和完善党委议事规则、党内民主监督机制，推行政务、村务公开，不断促进农村党风廉政建设。

苏维凡还总结了开展村建工作的体会；并强调今后应着力抓好的工作：一是要把"三学"活动与抓好基层组织建设经常性工作有机结合，量化考核标准，强化考核措施；二是要加强领导和督促检查，继续探索新形势下加强农村基层组织建设的新理念和新方法，并总结新经验，为进一步做好农业农村工作提供坚强有力的思想保证和组织保证。

会上，有关领导还宣布了在村建工作中受到省、州、市表彰的先进集体和个人，与会领导分别为他们颁奖。（载于《个旧报》2001 年 3 月 9 日）

个旧投资百万治理乍甸河

本报讯 2 月 24 日，记者在个旧市乍甸镇治理乍甸河现场看到：施工人员有的在支砌河堤挡墙，有的在河道上疏浚泥沙，施工正在紧张有序进行。

总长 6 千米的乍甸河，承担着市区排洪防洪、减灾除涝重任。但近年来乍甸河有的地段泥沙淤积，河堤倒塌，涝灾不断，影响了市区排洪除涝及沿河两岸农田的正常耕种。为此，红河州和个旧市水电局及镇政府共同出资100 万元治理乍甸河。工程于 2000 年 12 月开工，目前已完成工程量的三分之一，预计今年雨季来临前可完工。工程竣工后，乍甸河的防洪减灾和除涝功能能将大大增强。

附近农户告诉记者：乍甸河两岸土地肥沃，但过去经常受灾，我们不敢栽种经济价值高的作物，乍甸河修好后，我们就可以放心搭起塑料大棚，种植经济价值高的珍稀蔬菜了。（载于《春城晚报》2001 年 3 月 20 日）

崇尚科学 抵制邪教
个旧举行揭批"法轮功"演讲报告会

本报讯 3 月 17 日，个旧市在红河州民族体育馆举行"崇尚科学，抵制邪教"演讲报告会，省精神文明办领导率报告团作了精彩演讲。市委、市政府有关领导及全市各族各界代表 4000 人参加报告会。

报告会以报告者们亲身经历的、无可辩驳的事实，控诉和揭批了"法轮功"反人类、反社会的邪教本质。他们入情入理、以理服人、以情动人的精彩演讲，常常被全场观众的掌声打断，尤其是陈某艳作为一个母亲声泪俱下

457

的控诉，感染了观众，大家为她当初的迷途而痛惜，更为她如今的新生而欣慰。云南大学学者所作的《警醒与反思》，从心理学、生理学、社会学等方面，科学揭批出"法轮功"的邪教本质，以理服人。

会后，机关干部刘女士、工人王先生在接受记者采访时都说：今天的报告会，让我们对"法轮功"的邪教本质有了更深刻的认识，我们只有远离邪教、抵制邪教，才能有美好的生活。

又　讯　3月3日，个旧和平小学全校师生及部分家长1900多人举行了"校园拒绝邪教"誓师大会。师生们表示，一定要认真教书，努力学习，崇尚科学，反对邪教，拒绝"法轮功"。老师们一致表示，要让孩子和校园远离邪教，让孩子们健康成长。（载于《个旧报》2001年3月20日）

爱情信使盘活水头土地　五颜六色挤进城市门窗
乍甸玫瑰俏　惹得农民笑
红河州首家玫瑰鲜切花种植基地在个旧建成

本报讯　迎着阳春三月明媚的春风，个旧市乍甸镇农民种植的玫瑰鲜切花精品"巨型玫瑰""红衣主教"走向昆明、重庆等大城市，装点人们美好的生活。

2000年初，个旧市提出"围绕市场调结构，减粮扩经抓收入"的农业产业结构调整方针，全市各乡镇结合实际开展工作。乍甸镇水头村村民在市科委和镇政府的资金和技术帮助下，投资7万元于去年底用塑料大棚种植了精品玫瑰。这些玫瑰生产周期短、见效快，种植90天就可采摘；花型硕大，造型别致，花瓣达十几层之多；色彩艳丽奇特，呈现出高雅、极少见的白色或乳白色，是玫瑰中的精品。

目前，水头村已种植巨型玫瑰30亩，成为红河州种植玫瑰鲜切花规模最大的基地。由于是"订单"种植，玫瑰花一采摘下来就被商家买走，现货供不应求，销售收入已近万元。

水头村小组副组长那光学高兴地告诉记者："过去大家都有顾虑，种鲜花投资大，技术要求高，管理费时间、费力气，怕种不好亏本。现在大家尝到了甜头，种花的积极性很高；还有我们最想得到的是技术和销售上的服务。今后，我们还要引进品质更好的新品种，扩大种植面积，提高种植技术，种出更多、更好的花；我们还要学会打开更大的市场，让花卖得更好的价钱，更快致富奔小康。"（载于《春城晚报》2001年3月30日）

红河州举办
中国·红河哈尼梯田风光民俗风情国际摄影大赛

本报讯 3 月 19 日，中国·红河哈尼梯田风光民俗风情国际摄影大赛在红河哈尼族彝族自治州州府个旧开幕。

中国军事科学院摄影家邵华，中国文联副主席、中国摄影家协会党组书记、毛泽东主席生前专职摄影师吕厚民，《中国摄影报》社社长、总编朱宪民及来自全国 17 个省市自治区的摄影家 70 多人应邀参加这次活动。

哈尼梯田是红河州哈尼族聚居区特有的、传统的、依山而开垦的、梯台式农耕水田，自古有"山有多高，水有多高"的乡谚；同时也包括了由此而衍生出的相关的民族民俗风情景观；是哈尼人民世世代代改造自然、为求得生存和发展而创造的奇迹；更是其独特的物质和精神生活的重要"载体"之一；目前正在申报"世界自然文化遗产"。

这次活动由红河州文联和元阳县人民政府组织举办，意在通过摄影将这一美丽独特的自然景观、丰富的人文内涵、多姿多彩的民俗风情及壮观的哈尼梯田推向全国，推向世界。活动为期 1 周，摄影家们将对个旧的"锡文化"和城市景观、建水县的燕子洞和朱家花园、红河县甲寅乡的哈尼梯田和长街宴民俗、元阳县的哈尼梯田和民俗风情等进行实地拍摄。随后，在元阳南沙举行颁奖仪式。

当日下午，州委、州政府、州政协和个旧市委、市政府有关领导在个旧宾馆会见了邵华摄影家一行。州委领导向宾客们介绍了红河州经济社会发展情况。会见后，宾主合影留念。（载于《春城晚报》2001 年 3 月 30 日）

个旧"十五"蓝图已绘好

本报讯 在刚刚结束的个旧市第十三届人民代表大会第四次会议上，个旧的人民代表们以对党和人民高度负责的精神，为个旧市"十五"计划的发展绘就出了一幅美好的蓝图。

个旧"十五"期间经济社会发展总的奋斗目标包括：

经济调控主要预期目标是：全市国内生产总值年均增长 7.5%左右；三次产业增加值比例日趋协调；全社会固定资产投资年均增长 11%左右；城镇登记失业率控制在 3.5%以内；地方财政收入年均增长 6.5%左右。

人民生活主要预期目标是：到 2005 年，城镇居民人均年可支配收入达到 7250 元；农民人均年纯收入达到 2600 元；城镇居民人均住宅建筑面积增加到 25 平方米左右；人口自然增长率控制在 4‰左右。

个旧"十五"期间国民经济和社会发展的主要任务是：

——以农民增收和发展特色农业、提高农业现代化水平为重点，大力培植能够充分利用资源优势和实现规模化、产业化生产的支柱产业；以市场为导向，进一步调整种养殖业结构，发展农产品销售中介机构；完善农业社会化服务体系。

——以建成云南省最大的有色金属冶炼中心为目标，开展新区找矿工作，稳定矿山生产能力；发展"原料购买在外、产品销售在外"这"两头在外"，不断完善冶炼手段，扩大冶炼规模，提高冶炼水平；依靠科技进步和技术创新，发展有色金属产品深加工，开发有色金属和稀贵金属新材料；加快霞石开发步伐，利用霞石资源和外地资源积极发展铝业；进一步加强厂校厂院合作，依靠科技创新和省内外优势企业，走冶金与化工结合发展的路子。

——把个旧建成云南省重要的制药业基地。以现有两个制药企业为基础，内引外联，大力发展制药业特别是中药制药；延长产业链，带动中药制药原料基地建设；结合云南建成亚洲最大的花卉生产基地，发展花卉产业；发展蔬菜、竹制品、绿色食品等资源配套产业。把制药业和食品加工业培育发展成为个旧新的支柱产业。

——把个旧建设成为云南省生态型山水精品城市。利用个旧独特的气候和地理环境，统一规划，合理布局，因地制宜，综合开发，配套建设，把个旧建设成为具有一流的教育设施、一流的文化设施、一流的城市环境、一流的空气质量和一流的市民素质，社会治安良好、人民安居乐业的生态型精品城市。

——积极推进科技进步和创新；全面推进素质教育，深化教育改革，优化教育资源；加大环境保护和治理力度；建立完善的社会保障制度；建设现代化的通信网络。（载于《个旧报》2001 年 3 月 30 日）

李树基率专家组到白云山考察
个旧霞石将出国招商引资

本报讯 3 月 27 日，由省人大原副主任李树基率领的专家组在个旧市市长李润权陪同下，到个旧市白云山霞石矿区进行实地考察，为省政府组织的出国招商引资作更充分的准备。

据悉，今年 4 月，省政府将组团到美国、加拿大招商引资，我省工业口将有个旧白云山霞石、兰坪铅锌矿等项目参加招商引资洽谈。多年来，个旧对霞石开发的前期准备做了大量充分的基础性的工作，得到有关专家和领导的肯定。

当日上午，李树基一行来到白云山大风丫口后就弃车步行，沿着崎岖、陡峭的山间小路，深入到勘查现场，进行取样、拍照、观察、记录等工作。

随后，李树基一行来到白云山林场场部，听取了工作汇报。之后，李树基说，白云山林系是保证个旧长期拥有优质水源的水源林，是个旧的"绿色宝石"，在开发霞石和保证林场生存的同时，要确保森林面积和森林的正常生长发育；要请专家来帮助制定科学的林业发展规划；在保证水源林的同时，建议能否开发小部分风景林，建 1 个森林公园，因为这里生长的黄杜鹃和白杜鹃比较少见，有很好的旅游观赏价值；结合地广树多的实际，可发展养蜂，可种植灵芝、木耳等山货。总之，发展旅游业和种养殖业，两者相辅相成，就能为林场的可持续发展打下坚实基础。（载于《个旧报》2001 年 4 月 3 日）

个旧沙甸人捐资百万助教育

本报讯　日前，从个旧市沙甸区传来好消息：截至今年 3 月，沙甸区社会各界捐资助学金额已达 161.62 万元，成为目前全省社会捐资助学金额最多的乡镇。

沙甸区现有 3637 户 1.3 万多人，历史上就有捐资办学的好传统。100 多年前，沙甸的实业家白亮诚先生就捐资兴办了鱼峰小学、鱼峰中学和中阿养正学校，传授传统文化和近代科技知识，学生人数达 400 多人。抗战时期，西南联大教授夏康农、郑炳壁曾应邀到鱼峰中学执教。沙甸先后培养出著名学者马坚、张子仁、林兴华、林仲明等。

改革开放以来，勤劳智慧的沙甸人民乘着党的富民政策的春风，在商业、交通运输、有色金属采选冶等各行各业大显身手，创造了可观的财富，不少群众率先进入了小康生活行列。同时，沙甸人民致富不忘教育，他们认为只有教育才能提高全民族的素质和培养人们立足社会的本领及能力，才能为社会创造更多财富，大家的生活也才会更加富裕、文明。因此，沙甸区近年来兴起了社会各界捐资助学的热潮，譬如：王某霞和马某芝等各捐资 20 万元给鱼峰小学和新沙甸小学。与此同时，各级党委、政府也极为重视对沙甸教育的投入，在确保发放教职工工资和学校各种日常开支的基础上，又先后投资 1800 多万元建盖了 8 所中小学的教学楼、实验楼、教师宿舍楼及购置各类教学设施设备。

政府的重视和投入及社会各界的捐资助教，使沙甸区的教育锦上添花，成为有史以来最好的时期，教育教学水平跃上了新台阶：全区适龄少儿 3238 名已全部入学，入学率 100%，且全部是就近入学；提前普及了九年义务教育；中小学全科合格率达 100%；各类成绩在全市郊区学校中名列前茅；一些学生在省、州、市组织的各类学习竞赛活动中频频获奖；杜绝了学生重大违法违纪情况。

另外，多年来沙甸区为省重点中学输送了不少优秀学生，如今已有留学英国、美国的博士生 3 人，在国内有关大学深造的数百人。（载于《春城晚报》2001 年 4 月 3 日，有删节；载于《个旧报》2001 年 4 月 6 日）

李润权到贾沙乡丫洒底现场办公时强调——
温泉开发与生态保护要同时并举

本报讯 3 月 30 日，个旧市市长李润权、红河州和个旧市交通、旅游等有关部门领导到贾沙乡就丫洒底（即现在的丫沙底。作者注）温泉开发进行现场办公。

据了解，经有关专家勘测评定，丫洒底温泉有很高的药疗价值，市政府和贾沙乡正在积极开发这一"躲在深山人未识"的宝藏，实施温泉度假区建设。该项目规划为 2 期工程，第一期是通路、通电、通水建设，第二期是在独亭街建设温泉度假区。目前，通路建设已完成从个冷公路通往独亭街的毛路，公路涵洞等排水系统正在紧张施工中；通电工程也进展顺利。

当日下午，李润权一行乘车到独亭街下车后，就沿着泥泞、崎岖、陡峭的山路，爬坡下坎，走了 3 个多小时，才来到温泉和冷泉的出水口进行实地考察。

考察结束后，在听取州交通局领导的建议和有关部门情况汇报后，对下一步的工作，李润权要求：一是交通部门和施工单位要密切配合，抓紧道路施工，要赶在雨季到来之前完工；二是贾沙乡要与林业局签订使用沼气、保护森林、禁止乱砍滥伐的合同并按合同要求保护好森林。

李润权特别强调：白云山林系是个旧人民的"母亲林"，贾沙林区是白云山林系的重要组成部分，所以，在开发温泉的同时，要严禁毁林开荒、盗

462

砍盗伐，乡党委政府一定要抓好这项工作，要与有关农户签订协议，加强监管和处罚。同时，外地的温泉不少，但像个旧这种在温泉周围有大片保存完好的森林植被的并不多见，这是丫洒底温泉的"亮点"和特色，必须很好地保护。总之，要做到开发建设和生态保护有机结合，要把绿色生态做成丫洒底温泉度假区的特色和品牌。

就公路建设资金困难等问题，李润权还进行了协调和安排。（载于《个旧报》2001年4月6日）

苏维凡到个旧困难企业调研时强调——

解决根本问题与发扬"硬汉子"精神
"两把钥匙"都不能丢

本报讯 4月3日，红河州委常委、个旧市委书记苏维凡到市属国有困难企业磷化工总厂、氮肥厂、矿机总厂调研时强调指出：困难企业要冲出困境，必须依靠"解决根本问题和发扬敢于拼搏的'硬汉子'精神"这"两把钥匙"，如果缺了哪一条，企业脱困都是纸上谈兵。

磷化工总厂去年因价格大战亏损数百万元，导致资金困难、生产大面积停产，多数工人放假并每月只领取156元生活费。今年3月，该厂改革管理体制：7个厂领导以风险抵押方式分块承包、自主经营，变过去只由厂长1人承担风险困难为7人共同分担；4个主产品生产车间实行分级管理、分灶吃饭、降低成本；资金困难，就在职工中集资后开工生产；之后，放假的职工大部分都回厂上班；大家非常珍惜这来之不易的工作，积极性很高，责任心很强。改革仅1个月，几个主产品就扭亏为盈。该厂下一步的打算是：利用闲置设备开发钾钙肥，现已生产了数百吨免费送给农民施用，效果反馈很好。

随后，苏维凡一行顶着骄阳来到钙镁磷高炉车间等生产现场查看。他亲切地问工人黄云红1个月能拿多少钱？黄云红高兴地说："有400多元，比放假时的100多元强多了。"苏维凡听了非常高兴，鼓励黄云红一定要好好干。

在听取工作汇报和查看生产情况后，苏维凡说，近年来磷化工总厂都在困境中挣扎，但是干部职工没有灰心丧气，而是千方百计想办法、求生存，这是一种摧不倒的"硬汉子"精神，有了这种精神就有了士气，就能够团结和带领全厂干部职工积极想办法，就能够赢得社会各界的积极支持。国有企业的症结是历史包袱沉重，市委、市政府也在不遗余力地想办法解决这个问题。这个问题解决好了，企业才能轻装上阵。

463

之后，苏维凡一行又来到市氮肥厂调研。该厂因种种原因也面临着许多困难。前不久，由市化肥厂租赁该厂后组织恢复生产经营。苏维凡特意召集党员干部和职工代表开了一个座谈会，听取大家对开展工作的意见和建议。合成车间职工常凯元等人提出了对厂里的设备应进行一次大修、厂里应恢复正常的党组织生活、要加强对干部职工的学习教育以鼓舞士气等不少好的意见和建议。苏维凡对此给予高度评价。同时他要求：党组织要充分发挥领导核心作用，尤其是在企业困难的时候，一定要把全厂干部职工团结起来，凝聚大家的智慧和力量，以积极态度对待和解决厂里的困难；要转变观念，学会站在企业长远发展的高度来看待问题和解决问题；要学会算好企业生存发展的大账。

当日，苏维凡一行还到市矿机总厂进行调研，针对该厂实际提出了"抢合同、抓市场"的要求。（载于《个旧报》2001 年 4 月 13 日）

今年高考有重大变化
八旬老人也可进考场上大学

本报讯　近日，在全省招生工作会议上出台了一项新规定：今年高考，报考者的年龄和婚否不再受到限制，只要愿意并具有等同于高中毕业的学历，即使是八旬老人，也可像中学毕业生一样去报考正规大学。

过去，我国的高考对报考者的年龄和婚否均有限制，一般为 25 岁以下、未婚。因种种原因超过 25 岁或已婚的人们，就不能参加全国高考而被拒绝在正规大学的校门之外。这些人要想获得大学学历或第二学历，就只能参加自考、电大等的学习，虽也能取得大学学历，但不少人还是为不能成为全日制大学生而遗憾终生。这次重大变化，就能为这些人们圆这个"大学梦"。

今年高考的变化还有：只要具有与高中同等学历的毕业生，如职高、中专、成人高中毕业学历的均可报考；而在往年，只有应届和往届高中毕业生才能报考。此外，还有招生计划人数增加等变化。

据了解，这些重大变化，均表明了我国合理配置和优化教育资源、重视人的继续教育和终身教育、能为更多的人们提供接受最新科技文化知识教育的机遇等发展趋势。

据介绍，个旧市素有重视教育的好传统，目前，仍有数万名已经工作的在职人员在各类成人教育学校求学。今年高考的这些重大变化，将为更多人圆一个"大学梦"。

据专业人士预测，我市今年 25 至 30 多岁的报考者会多一些，50 多岁的报考者也会有，但人数不会多。（载于《个旧报》2001 年 4 月 27 日）

白云山林场长短结合以副养林
锡都"绿色宝石"展新颜

本报讯 春夏之际，种植在个旧市白云山林区果园中的数百亩大杨梅、鲁沙梨、竹子等经济林果生机勃勃，长势喜人。看着这些浸透了自己辛勤汗水的林果，林场的职工们笑了。这是白云山林场在国家"断奶"之后，勇闯市场经济大潮结出的第一批"果实"，为保护白云山林场这颗"绿色宝石"开拓出了另一片崭新天地。

始建于 1957 年 3 月的白云山林场，经过 40 多年艰苦创业，共种植人工林 11 万亩，是目前云南省规模最大的人工造林区。林场包括白云山、卡房、火谷都和大水沟 4 个林区，森林覆盖率 64%，活立木蓄积量 22 万立方米，成为集中分布于元江水系一级支流的重要水源涵养区，每年为个旧提供数百万吨水源，占全市生产生活用水的 70% 以上。林场还是个旧地区的天然绿色屏障，所辖的拉车坡、小尖山、戏台山、野鸡坡、青龙山、蜈蚣山、九道湾等面山森林紧紧围绕着市区，对这座以重工业生产闻名的城市的污染防治、空气净化和环境美化，都发挥着极其重要的作用，被国家环保专家誉为"锡都的绿色宝石"。

为更好地发挥以副养林作用，实现可持续发展，1984 年市政府对林场实行财政包干，以后逐年"断奶"。林场开始是靠抚育、间伐小径材林和开展木材综合利用维持生存；并挤出资金投资"养林"：育苗种树，修建林区公路和防火线等，改善基础设施。1993 年以后，因木材市场疲软和可伐林减少，林场开始出现亏损。在国家实施天然林保护工程后，林场处境更加困难：一边是不得砍伐林木以维持生存，一边是又肩负着保护水源森林和改善生态环境的重任。

怎样化解采伐与培育、利用与保护、生存与发展的多重矛盾？

经过痛苦的思索和抉择，林场开始实施更深层次的改革：按照"精简、高效、协调"原则，在 2000 年初进行了人事制度和机构改革，拆并了两个科室，让 7 名机关工作人员到生产一线工作；实行干部聘任制，能者上，庸者下；健全和完善多种形式的承包责任制，加强对生产建设项目的管理；调

465

整林木结构，扩大周期短、见效快、效益好的竹子等经济林木的种植；启动白云山果园建设工程，种植了蜜桃、黄梨、大杨梅、鲁沙梨等果树共 220 多亩；修建了配套的沼气池和小水力发电站，降低支出成本；发展养殖业，圈出小片林地放养了大批土鸡和蜜蜂，土鸡还未出栏，就被加工斗姆阁卤鸡的商家全部订走；开展了门市租赁、木材购销和加工等多种经营。目前，在副业生产经营上的从业人员已达 24 人，占全场职工总数的 30.4%，不但养活了全场职工，还可投入资金继续发展林业种植和管护。

白云山林场在国家"断奶"后，勇闯市场经济大潮，在历史性变革中，探索出了避危兴林、以短养长、长短结合、以副养林、相互促进、共同发展的成功之路。（载于《春城晚报》2001 年 5 月 1 日）

李润权到乡镇调研时要求——

要确保完成春播春种任务

本报讯 春播春种是年年都要唱的"四季歌"，因为关系到全年的吃饭问题。今年，个旧市的春播春种情况任何？4 月下旬以来，市委副书记、市长李润权和副市长卢雨能先后深入到大屯、倘甸等乡镇进行调研。

4 月 26 日，李润权一行来到大屯镇团结村的田间地头，查看蔬菜、烤烟长势，了解和询问农民在生产中遇到的困难和问题。在团山村烟叶漂浮育秧塑料大棚基地，李润权询问正在这里给秧苗剪枝的一对农民夫妇："是过去的旱地育秧好还是现在的水中漂浮育秧好？"这对夫妇高兴地说："当然是现在的水中漂浮育秧好，秧苗生长快，抗病力强，只是成本和技术要求高些，但有政府和烟草公司的帮助和扶持，我们有信心干好。"

一路上，李润权了解到，大屯镇的粮经比例已由去年的 59:41 调整到 52:48。下一步，该镇打算在粮食生产上继续种植市场上"抢手"的云灰 290、滇屯 502 香米及糯谷等优质香稻谷。在经济作物生产中，继续发展蔬菜、烤烟、水果、花卉、养鱼等。目前，优质水果种植已发展到 840 亩。当前农业生产所需的化肥、农药、籽种等物资基本备足。

4 月 29 日，李润权一行又深入到倘甸乡调研。据了解，该乡小春已收获了 90%，大春已栽种 30%。今年产业结构调整后，该乡经济作物以杂交苞谷制种、番茄制种和种植法国青刀豆为主。青刀豆去年刚起步种植，是王国饮料公司的订单农业产品。为给农民做示范，乡政府投资搞了 300 亩示范基地。在基地现场，李润权看到秧苗已种下，现代化的喷灌技术在电脑统一控制下定时、定量进行灌溉。李润权走到地头，蹲下仔细查看秧苗长势，发现土有点干，就立即对乡干部和农户说："这几天天干雨水少，要及时浇灌。"

调研后，李润权要求：一是各乡镇要高度重视，抢节令按时、按量完成春播春种工作；二是要做好防灾抗灾工作；三是要在培育、开拓市场上下功夫，否则，农产品种出来了，市场培育不起来，农产品卖不掉，农民就见不到实在的效益，也就达不到产业结构调整的目的，所以对此要高度重视；四是要搞好对农民的服务，及时解决他们生产中遇到的各种困难和问题。（载于《个旧报》2001 年 5 月 8 日）

个旧1至4月国民经济稳步发展

本报讯 今年 1 至 4 月，在个旧市委、市政府领导下，全市各族干部群众认真贯彻市委提出的"一二三"工作思路，积极努力，团结干事，使全市国民经济在新世纪第一春就开局良好，各项工作保持了稳步发展态势，财税收入保持了两位数增长。

国民经济稳步增长。1—4 月，全市完成国内生产总值现价 8.5 亿元，同比增长 7.8%（按可比价计算，下同），增速加快。其中：第一产业增加值为 0.44 亿元，同比增长 6.2%；第二产业增加值为 4.76 亿元，同比增长 9.5%；第三产业增加值为 3.30 亿元，同比增长 7.6%。

农村经济结构调整步伐加快。全市农业生产按照市委提出的"围绕市场调结构，放开手脚抓收入"的总体思路，进一步加大了粮经比例调整力度。小春粮食种植面积同比减少 18.85%，经济作物和其他农作物种植面积同比增长 18.97%，夏收农作物种植结构粮经比例由上年的 63.8:36.2 调整到今年的 54.6:45.4。

工业生产快速增长。1—4 月，全市工业企业累计完成工业总产值 16.41 亿元，同比增长 18.62%。其中：国有工业完成 9.81 亿元，同比增长 4.7%；集体工业完成 3.5 亿元，同比增长 20.1%；个私工业完成 3.1 亿元，同比增长 71.4%，个私经济已成为拉动全市工业经济快速发展的重要力量。

固定资产投资持续增长。1—4 月，全市完成固定资产投资 1.94 亿元，同比增长 13.81%。其中：基本建设投资累计完成 0.98 亿元，同比增长 11.94%；更新改造投资完成 0.43 亿元；房地产开发投资完成 0.53 亿元。固定资产投资的总体特点：一是工业投资继续大幅度增长；二是更新改造投资增长幅度领先；三是房地产投资处于低迷态势，但房地产销售活跃；四是投资结构明显改善；五是国有单位投资比重继续上升。

消费品市场平稳增长。全市在物价走低情况下，自去年年初以来，国有及国有控股、集体及股份合作的社会消费品零售总额首次出现正增长，1—4月，累计完成社会消费品零售总额 2.54 亿元，同比增长 9.94%。

财政税收快速增长。由于政府税收征管力度加大，税务部门认真落实组织收入的各项措施，房产税、个人所得税、土地使用税、营业税等同比有所增长，1—4月，各项税收达 1.43 亿元，同比增长 25.8%。地方财政收入 0.65 亿元，收支运行情况良好。金融运行平稳，促进了全市国民经济持续健康发展。

职工工资水平继续提高。全市 1—4 月末地区在岗职工 7.81 万人，人均月平均工资 675.09 元，同比增长 7.16%。

在经济运行总体良好的同时，也存在一些问题，主要是：由于锡金属产品价格下跌，产销率有所下降，辖区外贸进出口同比有所下降，导致工业经济形势较为严峻。（载于《个旧报》2001 年 5 月 18 日）

实施素质教育落在实处
云锡二中"特长生"扬起风帆

本报讯 日前，从北京传来好消息：云锡二中初三（四）班学生杜雯的美术作品《母子情》和初二（六）班佟梅的素描《静物》，在中华全国世界语协会、中国报道杂志社联合举办的"第二届绿星国际少儿美术书法大赛"中，在海内外 7.4 万件参赛作品中脱颖而出，分别荣获优秀奖。这是云锡二中多年来实施素质教育、培养"特长生"结出的又一串丰硕果实。

在全面推进素质教育过程中，云锡二中探索并确立了一条"合格+特长"的路子，将其作为培养学生的目标。具体做法是：端正认识，制定培养规划；措施有力，重在实效；普及与提高、课内与课外、校内与校外活动相结合；组织活动、组织竞赛与提高素质、升学考试多角度、全方位相结合。

另外，要求学生在按质按量完成教学大纲规定的各门功课学习的同时，学校还开设美术、书法、摄影、计算机、器乐演奏、唱歌、跳舞、体操、技巧等多种特长课程，培养学生的特长和技能，使大批"特长生"脱颖而出。学校韵律操代表队曾荣获"全省中学生韵律操比赛"第 1 名。学校技巧队 5 次代表红河州参加全省大赛，3 次荣获团体冠军；并代表云南省参加全国比赛荣获团体第 3 名；仅技巧队在国家级、省级大赛中，就夺得单项金牌 81

块、银牌 32 块、铜牌 25 块，培养了国家一级运动员 7 人。另有不少学生的美术、书法、摄影作品在各类活动中也频频获奖。

同时，学校还制定了"特长生"评选制度和评选条件，建立"特长生"档案，颁发"特长生"证书。这些"特长生"在将来的升学、就业中，将具有更多、更大的优势和发展空间。（载于《个旧报》2001 年 6 月 8 日）

个旧市传染病院
在全市首家实行药品公开招标采购

本报讯 近日，个旧市传染病院在全市首家实行药品公开招标采购，改变了过去的"暗箱操作"，让病人用上了既合格又便宜的"放心药"。

2000 年，该院前任院长因药品"回扣"等经济问题"落马"，市卫生局及时调整了院领导班子。新班子上任后，对医院进行了一系列改革，其中最重要、也是职工反映最强烈的问题就是药品采购的"暗箱操作"问题，改革中，医院实行了药品公开招标采购。具体办法是：医院药事委员会提出需要购买药品的采购《招标书》，包括品名、规格、剂量、产地、厂家等，提供给由省药品监督管理局认定的、具有"药品经营许可证""卫生许可证""税务登记证"、有一定实力的供货商；之后，要求供货商的投标书剔除"回扣"部分，按照明码实价提供给医院药事委员会；委员会经多方对比后，最后确定购买的药品和供货商。

实行药品公开招标采购后，院领导和临床医生都从人情游说"买药"和"回扣"的"陷阱"中解脱出来，清清白白做人，认认真真看病。而药价的降低，患者是最大受益者。

该院领导认为：院领导不是采购员，而应该是"领头羊"和监督员，在带领全院职工不断拓展业务、为人民健康提供优质服务的同时，也应让医院得到发展壮大。（载于《个旧报》2001 年 6 月 22 日）

回顾历史　展望未来
个旧隆重纪念中国共产党成立 80 周年

本报讯 7 月 1 日下午，个旧市在市政府会议厅召开纪念中国共产党成立 80 周年大会，全市干部群众 400 余人汇聚一堂，隆重纪念这个特殊的节日。

市委副书记、市长李润权主持大会。红河州委常委、市委书记苏维凡发表了重要讲话。他首先代表市委，向受省、州、市党委表彰的先进党组织、优秀党务工作者和优秀共产党员表示热烈祝贺，向奋战在全市各条战线的14000多名党员表示节日的问候。

苏维凡接着回顾了我党80年来在新民主主义革命和社会主义建设中走过的曲折道路和光辉历程，回顾了在党的英明领导下锡都50年的沧桑巨变。他说，80年来，在以毛泽东、邓小平、江泽民同志为核心的三代中央集体领导下，我们党领导全国各族人民经受了各种惊涛骇浪的考验，战胜了无数艰难险阻，推翻了压在中国人民头上的"三座大山"，把1个倍受帝国主义列强欺凌、贫穷落后的旧中国，变成了独立自主、繁荣昌盛的社会主义新中国。没有共产党，就没有新中国，只有社会主义才能救中国，这是历史的昭示和必然结论。

党的十五届五中全会提出了新世纪中国的第一个五年发展的宏伟蓝图，结合全省、全州的发展大局，市委提出了切合个旧发展实际的"一二三"工作思路。要实现上述目标，关键在于坚持和加强党的领导，进一步把党建设好。首先，要进一步加强党的思想建设，坚定不移用邓小平理论武装全党。其次，要进一步加强党的组织建设，把党建设成为坚强的领导核心。第三，要进一步加强党的作风建设，密切联系群众。第四，要坚持从严治党，进一步抓好党风廉政建设。

苏维凡最后说，21世纪的航船已经起锚，让我们更加紧密地团结在以江泽民同志为核心的党中央周围，高举邓小平理论伟大旗帜，坚持党的基本路线，按照"三个代表"重要思想要求，进一步解放思想、更新观念，发扬"团结拼搏，迎难而上，敢于争先，真抓实干"的"锡都精神"，用我们的勤劳、智慧和汗水去开创锡都更加美好的未来。

市委有关领导宣读了受省、州、市党委表彰的先进党组织、优秀共产党员和优秀党务工作者名单。市化肥厂党委荣获省委表彰的"先进党组织"称号，市人民医院党委书记、院长何南飞荣获省委表彰的"优秀共产党员"称号。苏维凡等领导为获奖单位和个人颁奖。

纪念大会在庄严雄壮的《国际歌》歌声中圆满结束。(载于《个旧报》2001年7月4日)

个旧市市长与矿工同瞻"查尼皮"

本报讯 在党的80岁生日到来之际，个旧市委副书记、市长李润权以一个普通党员身份，随同市促进矿业有限责任公司的全体党员来到位于蒙自县查尼皮村的省"一大"会址，共同缅怀革命先烈的光辉业绩。

7月1日一早，李润权和85名矿工党员、入党积极分子冒雨来到查尼皮，一起瞻仰了省"一大"会址。1928年10月13日至14日，中共云南省"一大"在蒙自县查尼皮村举行，大会通过了《中国共产党云南第一次代表大会决议案》，该《决议案》由《云南现状与党的任务决议案》《组织任务决议案》《职工运动决议案》《农民运动决议案》组成，内容包括了党在云南的基本任务、工作方针和工作方法；同时，也体现了中共云南地方组织在严酷的革命斗争实践中，结合云南工作实际思考问题和进行斗争的探索精神。会址上，两间茅草房，房内一张小矮桌、几条歪脚凳、一盘土炕、一个土灶、一个火塘，这样艰苦的环境和条件，映照出革命先辈们为追求人生理想和信仰而经历的艰难困苦和不屈不挠的斗争精神。

参观完毕，全体党员聚集在陈列室外的广场上，公司党委宣读了表彰2000年度"两先两优"的决定，对模范贯彻党的各项方针政策、在企业改革脱困及生产经营中作出突出贡献的先进党支部和先进党小组、优秀共产党员和优秀党务工作者进行了表彰。李润权为受表彰的单位和人员颁奖。

李润权说："今天我们到省'一大'会址瞻仰和学习，共同缅怀革命先烈的丰功伟绩，希望同志们继续发挥基层党组织的战斗堡垒作用，继续发挥共产党员先进分子和'领头羊'的作用，为实现市委提出的'一二三'工作思路扎实工作。只有我们共产党员冲锋在前，才能带领广大干部职工克服困难，为矿山和锡都更加美好的明天而努力奋斗。"（载于《个旧报》2001年7月4日）

医保改革：为患者系上"安全带"

本报讯　7月1日，个旧市城镇职工医疗保险制度改革正式启动。

在6月29日召开的实施动员大会上，市委副书记、市长李润权作了动员讲话。他说，经过3年的认真准备、集思广益、多方征求意见和多次修改，个旧市城镇职工基本医疗保险改革将正式实施。

为此，李润权要求：一是要从讲政治的高度来认识这项工作的重要性，这是社会保障工作的重要部分，更是治国安邦的重要方面，关系到改革稳定大局。二是要以对人民、对历史高度负责的精神，努力工作，做到形成稳定的筹资渠道和覆盖全体职工，以低廉的收费、优质的服务，满足人民群众的就医需要。三是要做好基础性工作，使群众利益和改革工作兼顾进行。四是各有关部门要加强协作，先易后难，循序渐进，确保医保改革顺利进行。五是医疗机构要识大体、顾大局，认真配合有关部门做好工作；对群众要做好耐心细致的解释说服工作，杜绝小病大医、一人住院全家吃药，真正实现小病小医、大病大医、病有所医。六是要建立健全规章制度，医疗保险基金管理中心要管理好大家的"救命钱"，自觉接受监督和审计。总之，医保改革是要为人民群众提供快捷、方便、高效、优质的医疗卫生服务。

会上，市医保中心负责人分别与定点医院和定点药店代表签订了协议书。市医药有限责任公司负责人在会上郑重承诺：保证安全，规范服务，提高质量。有关领导对定点医疗机构和药店进行了授牌。

红河州政府有关领导出席会议并讲话。他说，实施城镇职工基本医疗保险制度改革，标志着全州社会保障体系初步建立并不断完善，体现了社会经济中公平和效益兼顾原则，有利于推进其他相关改革。（载于《个旧报》2001年7月6日）

个旧首批医保定点单位"亮相"

本报讯 为配合个旧市城镇职工基本医疗保险制度改革，全市首批医疗保险定点医院和药店于7月1日正式"上岗"。

结合这次医保改革，有关部门对全市卫生行政部门批准认可的医疗机构、零售药店进行了资格审查。经过红河州和个旧市劳动部门审批的首批定点医疗机构有20家：市人民医院、州（市）中医院、市传染病医院、云锡总医院、州和市妇幼保健院、鸡街医院、大屯卫生院、锡城镇卫生院、倘甸卫生院、乍甸卫生院、老厂医院、卡房医院、黄草坝卫生院、贾沙卫生院、保和卫生院、蔓耗卫生院、308队卫生所、沙甸卫生院和云锡老厂职工医院。

零售药店有7家：康庄药房、大桥药店、健民药店、天君阁药房、锡都药店、卡房药店、大屯欣兴药店。（载于《个旧报》2001年7月6日）

个旧卡房发生特大山体滑坡
李润权现场部署抢险防范工作
因防范及时 幸未造成人员伤亡

本报讯 7月1日23时许，个旧市卡房镇东瓜林村发生大面积山体滑坡，20多万方泥石流倾泻而下，冲毁了云锡公司卡房采选厂东瓜林坑的生产设施和公路，生产被迫停止，直接经济损失 170 多万元。但因灾前防范工作做得好，幸未造成人员伤亡。

据了解，山体滑坡处位于东瓜林坑口南部，为东西走向的老熊洞冲断裂带，曾于 1975 年 6 月 19 日、1996 年 6 月 29 日两次发生大面积山体滑坡。今年 5 月进入雨季以来，该滑坡裂缝加大。市政府和云锡公司防患于未然，请省地质勘察院提前介入，和市安全委员会现场踏勘并提出防范意见，卡房镇政府和云锡卡房采选厂随即按照防范意见和要求，加强了对现场的观测和监控，并做好了相关的防范工作。

到 6 月中旬，随着山体裂缝加剧，有关单位快速联合行动，迅速采取紧急措施，及时组织撤出、疏散了东瓜林坑及其附近小选厂的劳务工及其家属 200 余人。

7 月 1 日 14 时，现场发生小范围滑坡；20 时，滚石加剧；23 时许，特大山体泥石流滑坡发生，造成东瓜林坑的材料房、檩木房、加工房、数十米高的井巷启动架、附近的高压输电线路、挡土墙等设施全部被毁坏，卡房镇至新山村的公路也被拦腰冲断。

灾害发生后，市委副书记、市长李润权和云锡公司有关领导连夜冒雨赶到滑坡现场外围，认真查看灾情，了解相关情况。

随后，李润权一行来到云锡卡房采选厂，听取该厂和卡房镇等单位对灾情和及时采取相关措施的详细汇报，他们同时强调：山体泥石流还在移动中，还有再次滑坡的预兆，必须继续及时采取有效措施进行防范。

李润权说："由于监控和防范措施及时、有力，特大山体滑坡泥石流没有造成人员伤亡，这是了不起的成绩，经验值得认真总结。"

对下一步抢险和防范工作，李润权指示：一是卡房镇和云锡卡房采选厂要加强力量，继续做好现场观测和监控工作。二是要特别加强警戒，对滑坡现场及附近危险区域，严禁过往行人和生产工作人员进入；附近小选厂的人员要无条件撤离；警戒区内的坑口要全部封掉。三是人员撤离、通电、警戒区的警戒等具体工作，各有关部门要迅速拿出切实可行的方案并及时组织实施。四是由市交通局牵头，卡房镇、云锡卡房采选厂协助，尽快组织现场踏勘并抢修出一条卡房镇到新山村的公路，要兼顾到新山村民与东瓜林坑的生产和生活，否则，路不通，新山村民千余人就会被困在村子里，生活、生产怎么办？所以这个事要立即做。五是由市水电局牵头，云锡公司安全处和卡房镇协助，立即勘查附近的山水流向，对有隐患的水流拿出改流意见。六是

473

加强报告制度，市安委会必须 24 小时有专人值班，要及时报告有关情况。七是及时组织上报材料，由市计委牵头，卡房镇、云锡卡房采选厂和云锡公司配合，共同统一口径、统一上报材料，争取省、州党委和政府的支持和帮助。

会后，各有关单位迅速按要求开展工作。目前，各项工作正在紧张有序进行中。

另据悉，省、州有关专家和领导知悉此灾害事件后，对个旧市提前采取的预防、监测、紧急撤离人员等有力措施以及无人员伤亡的成绩给予很高评价，一致认为：在如此大规模的山体泥石流滑坡灾难中，个旧的企业和地方均没有人员伤亡，这在全省乃至全国都是个了不起的经验！希望个旧认真总结这些好做法和好经验上报，对今后工作中遇到的类似情况会有很好的预防、借鉴和指导作用。（载于《春城晚报》2001 年 7 月 11 日,有删节;载于《个旧报》2001 年 7 月 11 日）

申奥成功　锡都雨夜之乐

本报讯　7 月 13 日晚北京时间 10:08，伴随着国际奥委会主席萨马兰奇宣布 2008 年奥运会的主办城市是中国北京时，围在电视机前的亿万中国人瞬间沸腾了。

当晚，本是个平常的周末。但因为申奥的决定时刻就在今晚，晚饭后，锡都的观众都不约而同地把电视频道对准了 CCTV-1，急切地等待着那个时刻的到来。记者在金湖西路和金湖南路上看到，雨中的街道上行人十分稀少，但路边的商店和住宅里传出的电视声音，都是 CCTV-1。在金湖南路长虹彩电专卖店和中山路、人民路等地的彩电商店中，大小电视屏幕都聚焦在 CCTV-1，商店里围满了人群，大家边看边议论。

随着萨马兰奇宣布的话音刚落，电视机前的人们高兴得边叫边跳。看着电视上不断打出的"我们赢了"的红色大字，人民路 1 家彩电专卖店的老板激动得热泪盈眶，他告诉记者，他是个铁杆球迷，平时他们 9 点半就打烊关门了，今天因为申奥，晚饭后就有许多人围在这里看电视，他干脆就不关门了，和大家一起看。在场的刘先生看到这个消息，高兴得拉过妻子就亲。当记者离开时，电视上《奥林匹克情》的大型文艺联欢晚会刚刚开始。记者冒雨一路走来，看到许多大小商店里依然围满了激动的观众。

一位出租车司机告诉记者：举办奥运会，是中国人这些年来的梦想，就在投票时，我还担心着是否能选中北京；主办奥运会，是中国发展的又一次

重要机遇。(载于《个旧报》2001 年 7 月 16 日)

个旧牛坝荒尾矿库治理后已大变样

本报讯 7 月 16 日,个旧市市长李润权率有关部门领导来到牛坝荒尾矿库,对这里实施的安全防范、环保治理等工作进行实地视察。记者随同前往,看到了治理后的牛坝荒尾矿库已经大变样。

该尾矿库被列为云南省的 10 大安全隐患之一,也被喻为"顶在个旧人头上的一盆浆",曾一度被不法分子私挖滥采,形成许多大小不一、深浅不等的采矿洞穴,对尾矿库的安全造成极大威胁。今年 4 月 6 日,市安全工作委员会联合云锡公司及有关部门对这些非法矿洞进行了爆破和封堵治理。之后,市领导又多次到现场查看。随即,市政府制定并实施了相关防范及处理措施。

据悉,市政府已拨款 10 多万元用于对尾矿库的日常巡查、管理和绿化,譬如:在尾矿库周围警戒区内设置警戒桩、警戒标识、警戒标牌等;安排专职人员 24 小时值班、巡查;安装电子监控设施进行全天候监控;种植绿草、树木等;从而使牛坝荒尾矿库安然无恙。

记者在现场看到,昔日千疮百孔、满地红土的尾矿库已经不见了,取而代之的是绿草茵茵的山坡山地。牛坝荒尾矿库已经恢复了往日的安全、宁静和秀丽。(载于《个旧报》2001 年 7 月 16 日)

475

锡价下跌 企业困难
苏维凡到企业调研并要求——
要以科技创新实现二次创业

本报讯 近来,受国际锡价下跌影响,个旧市部分有色冶炼企业遇到很多困难。红河州委常委、市委书记苏维凡到企业调研时指出:企业要以科技创新实现二次创业和腾飞。

7 月 12 日,苏维凡及州、市有关金融部门和乡镇领导一行,来到私营企业自立冶炼厂和凤鸣冶炼厂调研。苏维凡一行分别听取两位厂长今年以来各厂生产经营情况的汇报。因国际锡价下跌,自立冶炼厂 1 至 6 月已亏损 160 多万元。面对困难,厂里采取了部分生产车间停产、研制开发"四九锡"、利用综合回收提炼稀有金属铋和铟等有力措施,力争将亏损降到最低。凤鸣冶炼厂也遇到同样困难并采取了相关有效措施。

在听取汇报后,苏维凡说,面对困难,要沉着应对,增强信心,市委、市政府始终和大家站在一起，共想对策，共渡难关；要发扬艰苦奋斗、勤俭节约精神，加强内部管理，力争挖潜增效；要加强学习，熟悉相关政策、法律法规，用足用好这些政策。另外，就道路运输收费、税收、科技创新、资金解困等问题，苏维凡等领导还为企业提出了建议、设想和思路。

苏维凡最后强调：通过这次市场冲击，要认识到企业的科技创新迫在眉睫，要依靠科技进步，在产品深加工上作文章、下功夫，以科技创新增强竞争实力，实现企业从量变到质变的飞跃，使企业力争成为我市科技创新、实现二次创业的"领头羊"。(载于《个旧报》2001 年 7 月 18 日)

苏维凡在视察绿化工作时要求——

让锡都早日绿起来

本报讯 7 月 18 日，红河州委常委、个旧市委书记苏维凡率市林业局、财政局、城建局、物价局及乍甸镇、鸡街镇、倘甸乡、锡城镇等单位领导视察了我市的"珠江防护林工程""鸡个公路绿色通道建设"等绿化工程建设情况。

据了解，个旧市是国家实施"珠江防护林工程"建设所涉及的地区之一。为此，近年来全市造林建设步伐加快、力度加大，是新中国成立以来林业建设投入最大、造林面积最多、工作最扎实、生态建设成效最显著的时期。目前，个旧的"珠防工程"已造林 2 万多亩，仅燕塘坡一带就种植了速生林美荷杨 8000 多亩，较好地改善了这一地区的生态环境。

当日上午，苏维凡一行驱车来到乍甸镇与鸡街镇交界处的燕塘坡"珠防工程"现场视察。苏维凡一行爬上陡峭的山坡，来到种植的树林中查看，苏维凡不时蹲在树下，认真查看树木种植、生长和管护的情况，并不时提出一些问题。

随后，苏维凡一行认真听取了相关部门对植树造林等工作情况的汇报。

对下一步的工作，苏维凡要求：第一，要进一步加大投入力度。没有投入就没有发展，要做到以林养水、以水养林、以水养城，才能发展，水是城市的生命之源。第二，要加强管护。三分种，七分养，树易栽难管，要扎扎实实管护起来，管护不好就是对人、财、物的巨大浪费，是做无用功；如果目前困难太大，宁可暂时少栽一点，也要栽活、管好。管护费可从以水养林和财政划拨等渠道筹集。第三，要抓好以下"6 个管护重点"：一是"个冷公路绿色通道"，由林业局负责，锡城、贾沙、保和 3 个乡镇协助，尽快组建管护队伍，制定措施、明确责任并上报市里，批复后立即实施。二是"鸡个公路绿色通道"要继续管护好，队伍不能散。三是乍甸和鸡街等乡镇共同协商，划建一块牧场给农民放牧，这样既能保证农民发展畜牧业的经济利益，又能保证"珠防工程林"不被毁坏。四是八号洞的面山绿化，锡城镇与林业局要共同管护好。五是老阳山的林地和苗圃，由林业局交给城建局管护，城建局要把它作为个旧的一个景点来科学规划，继续保持并发挥好其"锡都绿肺"的功能。六是老阴山的绿化由城建局负责，尽快找出适合种植的树种进行种植；对云锡公司所辖的老阴山的绿化，市林业局要加强计划指导和责任落实。第四，要加强宣传，用粘贴宣传材料、广播、墙报等多种方式宣传到农户，增强农户保护树种和森林的环保意识和行动。第五，要依法严惩毁坏山林的行为。林业、森警等要严加管护，对毁坏山林行为要严惩不贷，决不姑息。第六，退耕还林要按照国家有关政策组织实施。

苏维凡最后说：近年来，我市植树造林积极性高、投入大、效果好，取得了种、管、养、护的不少成功经验，得到社会各界的肯定和赞誉。但是，我们应该戒骄戒躁，特别是林业部门要勇于探索，敢闯敢试，继续在科学造林和管养管护上狠下功夫，不断提高水平和能力，比如在研究速生快长树种时，也要慎重地放宽视野，科学地选择、种植能够相互适合、兼收并容的多样性树种进行种植，避免物种的单一性，形成物种的多样性，只有相生相交，才能形成好的"生物链"，树木的生长和生存才能得到保证和保护，最终才能保障个旧市生态环境的不断改善。（载于《个旧报》2001年7月20日）

省交通厅领导视察个冷公路受灾情况

本报讯 7月24日，省交通厅领导到红河州视察公路灾情，并重点视察了个（旧）冷（墩）公路受灾情况。红河州、个旧市有关领导一同视察。

由于今年雨季雨量集中，红河州不少公路路段被冲毁。在个冷公路第四标段、回头弯等多处路段，山体大面积滑坡，数十万立方米的山石泥沙将已经修好的路基、路段全部冲毁，堆积的山石泥沙比原路面高出10多米，且随时可能继续发生新的泥石流垮塌，故灾情严重。在省道鸡（街）那（发）公路沿线，有数百处路段被冲毁，但在交通公路职工的快速抢修下，已能基本通车。

视察后，省交通厅领导要求：要迅速加强抢修，立足保安全、保畅通；为长治久安，必须加紧生态保护工作，公路沿线要坚持搞好环境保护。州领

导对做好抗灾救灾和环境保护工作也提出了相关要求。（载于《个旧报》2001年7月27日）

深入学习"七一"讲话
实施好"一二三"工作思路
——苏维凡纵谈学习体会

本报讯 在全国上下掀起学习江泽民总书记"七一"重要讲话高潮之际，个旧市委结合实际开展学习活动，更加坚定了实施改造和提升个旧老工业城市综合实力并求得生存和发展的"一二三"工作思路的信心和决心，并付诸实际行动。为此，记者专访了红河州委常委、市委书记苏维凡。

苏维凡说，认真学习《讲话》，能够指导我们进一步加强基层党的建设。近年来，在经济建设中如何继续发挥党组织的作用，是一个严峻的问题。国有企业改制后，怎样继续发挥党组织的领导核心作用为经济建设服务？民营企业怎样加强党组织建设？农村实行村级体制改革后村民自治，党组织应该怎样继续发挥作用？如何按照党纪法规来加强党的领导？最终如何处理好这几者之间的关系？……这些，都是摆在各级党组织和党务工作者面前最紧迫和最重要的工作和任务，江总书记的《讲话》，全面回答了这些问题。过去是没有共产党就没有新中国，现在依然是没有共产党就没有现代化的新中国。

结合《讲话》对个旧今后发展的指导意义，苏维凡说：个旧作为一个老工业城市，最困难的时候当数"九五"期间，企业体制不顺、技术落后、设备老化、管理不善、产品陈旧、亏损严重、包袱沉重、资源枯竭等老工业城市所具有的深层次矛盾，都在这时集中表现、爆发出来了。个旧向何处去？闻名世界的锡都还能继续生存吗？还能继续寻找到发展经济的各种新的项目吗？还能够继续寻找到发展新经济有力的"支撑点"吗？还能继续在市场经济的大潮中再创辉煌吗？

面对种种困难、困境和问题，市委、市政府长期深入到基层厂矿农村调研，了解基层最真实、最困难的情况，掌握人民群众最直接、最迫切的想法和需要。之后，苦苦思考，在思考中探索，在探索中实践，在实践中总结，在总结中提高。经过不断努力，在各级党委、政府的大力支持和关心帮助下，市委、市政府结合个旧实际，以继承和创新的精神，提出了符合个旧发展实际的"一二三"工作思路，并勇于付诸实践和行动。在这个战略实践中，使个旧得到较快、较好地发展。目前，个旧经济发展已逐步走出低谷。

苏维凡最后说，"九五"期间，面对老工业城市深层次的巨大矛盾和重重困难，个旧依然做到了民族团结、社会稳定、经济逐步繁荣、社会事业不断发展、人民群众安居乐业。这其中，就体现出个旧各级党组织在关键时刻凝聚人心、克服困难、驾驭复杂局势的领导核心作用和掌控全局的能力。在实施新的发展战略中，各级党组织又团结和带领各族人民艰苦创业，发展经济和社会事业。这些出色的工作，证明了个旧市委领导下的各级党组织能够紧紧抓住经济建设这个中心不放松，充分发挥党组织的领导核心作用和共产党员的先锋模范带头作用，并以此来凝聚人心，努力工作，为建设锡都更美好明天而不懈奋斗。（载于《个旧报》2001 年 8 月 8 日）

个旧鸡街镇冒出新鲜事
老板盖房　政府设计

本报讯　私人建房，自古都是个人出钱请人规划和设计。可是在个旧市鸡街镇，最近就出了个新鲜事：老板建房，政府设计，且不收一分一文的设计费。

原来，作为滇南交通枢纽和物流重镇的鸡街镇，是全省小城镇建设试点之一。2000 年，该镇以拍卖土地方式筹资 400 万元修建了宽 20 米、长 310 米的东风大街，大街东与鸡个公路连接，西接老城区，是横贯鸡街镇的重要道路。大街两侧的 20 亩土地，被众商家看好，在修路前，就被 38 户老板全部买走。

如今，宽敞的公路修好了，绿化树种上了，老板们也要在公路两边盖新房子了。可房子怎么盖？盖成什么结构、款式和色彩？当多数老板拿出各自出钱请人设计的方案来看时，连他们自己都皱起了眉头，异口同声地连说：太难看了！

原来，这些设计图纸上的房子，结构各种各样，从一层到六层楼的都有；样式千奇百怪，有中式瓦顶的，有西式圆顶的，或不西不中的；在色彩上也是各吹各打，花花绿绿，土得掉渣。老板们都说：要是照这些"土老帽"的设计盖成真的房子，那就太丢我们鸡街人的脸喽！不但影响了老板和商家的形象，更是对不起这条美丽的大街，更不用说要想提升这个"黄金地段"的品位、价值和符合个旧精品城市建设的要求了。

为此，这 38 个老板颇伤脑筋。镇政府和市城建局得知他们的困难后，立即商量为老板们建房进行统一的规划和设计。总的要求是：这些建筑既要

479

洋气、大气、有个性；但又不能各自为政、各吹各打，要形成相对协调和统一的特色和风格；还要有齐全的商业用房的功能。

就这样，个旧市城建局在红河州首开先河，免费对房屋建设进行统一规划、统一设计、统一监理，以确保建筑的质量、安全和完备的功能以及风格的协调统一。统一设计的建筑群是：大街两侧各建盖 8 幢 3 层色彩明丽、风格典雅的欧式建筑；各建筑内功能完备，有商铺、卧室、卫生间、厨房等；各幢建筑间有绿地、花坛、停车场等配套设施。

当老板们拿到这些大气、漂亮、功能全的设计图纸后，笑得合不拢嘴，立马着手盖房子了。（载于《春城晚报》2001 年 8 月 27 日）

锡都抢滩高新技术市场
圣比和下出"金蛋"钴酸锂

本报讯 10 月 12 日，从北京传来好消息：个旧圣比和实业有限责任公司生产的锂离子电池正极材料钴酸锂送日本等国外权威机构检测后认定：产品质量稳定，各项性能指标均达到或超过国外同类产品。

钴酸锂是手机、手提电脑等高科技产品所必需的能源供给材料，是国家重点扶持、发展的新能源、新材料产业，目前国内所需全部依靠进口，国外厂家如比利时的 5 矿公司的钴酸锂占据中国 80% 的市场，其余分别是日本、美国和韩国公司占据。随着高级家用电器的广泛运用和普及，钴酸锂的需求越来越大。

2000 年初，个旧市新建矿业有限责任公司、市冶金研究所与北京矿冶研究院合作，成立了圣比和实业有限责任公司开发钴酸锂，预计总投资 5500 万元，由新建矿业公司投入主要资金。该项目在张平伟和夏永姚两位博士指导下，经过 1 年工业化试验，在产业化生产上做了许多扎实的基础工作，取得了大量宝贵的科学数据和工程设计依据。今年 4 月，产业化发展条件已成熟，开始了生产线的设计和建设。圣比和公司租用了原市灯泡厂做厂房并进行合理改造和装修。

目前，年产 20 吨钴酸锂的中试设备已建成并投入生产。年产 200 吨的生产设备和测试仪器的订购等扩大再生产的各项工作，正在紧锣密鼓进行中，预计今年底可投入生产。（载于《春城晚报》2001 年 10 月 17 日）

望"入世"快"接轨"

个旧民企推"国标"

本报讯 10 月 12 日，记者到民营企业个旧乘风电冶厂采访。一进大门，就看到生产车间的黑板上写满了"ISO9000"国际质量体系认证标准（以下简称"国标"）的基本知识。经采访得知，该厂已为推行"国标"做了许多工作。

"ISO9000"是国际标准化组织质量体系的简称，是生产和服务的质量保证模式。个旧作为老工业城市，工业生产及产品出口与"国标"有着更多、更直接、更紧密的联系。乘风电冶厂作为我市有色金属的出口企业，于今年 5 月开始进行"国标"认证工作。该厂先后请州商检局的专业老师到厂里上课 10 多次；对全厂 340 多名职工进行全员培训并考试合格；之后，在生产经营中推行"国标"体系并不断完善。9 月底，国家质量体系认证评审中心对该厂实施"国标"认证工作进行了全面检查、评审并予以通过。评审组对该厂的"推标"工作给予很高评价。

实施"国标"后，该厂职工整体素质提高了，生产和经营及其管理规范了，工作程序清楚了，产品质量提高了，生产成本降低了。该厂负责人深有感触地说："我国即将加入世贸组织，民营企业也要尽快与国际标准接轨。否则，工厂以后就很难实现可持续发展了。"（载于《个旧报》2001 年10 月 17 日）

481

红河州领导会见越南客人时说——
红河州将建成连接东南亚的国际大通道

本报讯 10 月 24 日，红河州领导在个旧十号楼宾馆会见了到红河州考察的越南老街省老街市党政代表团一行。

红河州领导首先代表州委、州政府对越南老街市党政代表团到我州考察表示热烈欢迎。他接着向客人简要介绍了我州近年来社会经济快速发展概况。他说，中国河口和越南老街是两国重要的通商口岸，中方正在建设中的个（旧）冷（墩）公路、鸡（街）石（屏）公路、建（水）通（海）公路等高等级公路竣工后，从河口去往省城昆明将更加快速通畅，红河州也将成为中国西南地区通往东南亚地区的国际大通道。他又说，中越双方有合作的良好愿望和基础，发展上有互补性；今后，双方还应该有更多的经贸团体进行互访，增进了解，寻求机会，进行合作。

老街市代表团团长也介绍了老街近年来发展概况，并表达了希望双方进

行多方面合作的良好愿望。（载于《个旧报》2001 年 10 月 29 日）

越南老街代表团访问个旧
表达了开展项目合作及开辟旅游线路的愿望

本报讯 10 月 25 日，越南老街省老街市党政代表团到个旧考察。市委、市政府及市计委、经贸委、城建和有关乡镇的领导陪同考察。

市领导向越南客人介绍了个旧悠久的历史及当前在城市、交通、乡镇企业发展等各方面情况。老街市代表团对个旧的公路建设、居民小区建设、环境卫生管理、城市垃圾及污水处理等情况非常感兴趣，详细询问了这些方面的工作。有关部门领导对此给予了解答。

结合双方优势，老街市代表团建议：一是个旧的太阳能设备、环保降解塑料、矿石加工、木材加工等项目双方可以进行洽谈、合作；二是可以开辟老街–河口–个旧的商贸旅游线路，发展跨国旅游；三是双方可以联合在老街市建设宾馆；四是可以把个旧的过桥米线引进到越南，因为过桥米线很受越南老百姓的喜爱。他们还邀请个旧党政代表团到老街市考察访问，加强交流，增进了解，争取合作。

482

市领导代表市委、市政府愉快地接受了邀请，并表示要尽快组团访问，同时希望双方的合作有实质性进展。

随后，老街市代表团到倘甸龙园水上游乐城、农家乐景区、斑锡工艺品厂、明珠小区、正在建设中的滇南温州商贸城工地、塑料厂、绿海小区等地进行了实地考察。（载于《个旧报》2001 年 10 月 29 日）

实施技改 力保"名牌"
个旧两家制药厂向"GMP"冲刺

本报讯 近段时间来，已有数十年生产历史的个旧市制药厂和个旧生物药业有限公司正在为最后半年时间内能够通过"GMP"质量管理认证发起冲刺。

"GMP"是我国药品生产质量管理规范的简称。根据《中华人民共和国药品管理法》及国家药品监督管理总局质量管理认证要求，药品生产企业必须获得质量管理认证后，方能取得药品生产资格。个旧这两家药厂通过认证的最后期限是明年 6 月，到时，若未能完成质量管理认证者，将被淘汰出局，随之，所生产的"龙血竭胶囊""香果健消片""虎力散""灯盏细辛"等荣获过"国家中药保护品种"药品的生产资格也将被取消。为此，两家药厂经多方努力和艰难工作，分别投巨资组织实施了"GMP"技术改造工作。

市制药厂技改总投资约 1452 万元，今年 8 月开工建设，预计明年 4 月建成并通过认证。目前，该厂已完成综合制剂生产线第一期技改项目，第二期及配套设施技改正在紧张进行中。技改完成后，该厂的大输液生产能力可由现在的年产 600 万瓶提高到 800 万瓶，不仅可以满足已开拓的红河、西双版纳、文山、玉溪、思茅等地市场，还可打入昆明、楚雄等地市场。

生物药业有限公司的技改工程已动工，各项工作正在紧张有序进行中。

（载于《个旧报》2001 年 10 月 31 日）

个旧市塑料厂
环保降解塑料成"新宠"

本报讯 近段时间来，个旧市塑料厂与西安交通大学合作开发的环保降解塑料少量投放市场后，立即成为塑料制品市场的"新宠"。

这种环保降解塑料与传统的塑料相比，具有可降解、无污染、成本较低等优势，解决了多年来塑料制品污染环境的世界性难题。该降解塑料由 10 多种原材料构成，其主要原料可在云南就地取材，大大降低了生产成本，比一般塑料制品价格还低，投放市场后效益不错，已开始稳步占领市场。

据了解，由于塑料制品涵盖工农业生产和人们的日常生活，不同的用途对塑料降解的要求也不同，比如：农用地膜必须在使用期满 3 个月后降解；而生活用手提袋则要求在使用期满 1 个月后降解；所以生产技术难度较大，要求较高。但该厂克服种种困难，进行了成功开发。同时，该厂正在开发适合于彩电、冰箱、汽车工业等行业使用的降解塑料，使之尽快形成 6 个不同功用的降解塑料系列产品，以满足不同行业和层次的需要。（载于《春城晚报》2001 年 11 月 17 日）

个旧生物药业有限公司
"灯盏细辛"登"金榜"

本报讯 在国家计委刚刚下发的《关于进一步开展西部高技术产业化示范工程项目可行性研究的通知》中，个旧生物药业有限公司的"脑卒中特效天然药物灯盏细辛人工种植及制剂产品产业化项目"被列为国家西部高技术产业化示范工程。我省同时被列入此示范工程的还有永胜映华植业（集团）

483

有限公司等 3 家企业。

该项目的实施，由个旧生物药业有限公司与中国科学院昆明植物研究所、云南施普瑞生物工程有限公司共同承担，建设资金以企业自筹和贷款为主，国家、省、州、市给予一定的配套扶持。建设内容及规模是：在个旧和玉溪，按"GMP"标准，分别建立药材种植培育基地各 100 亩、示范种植基地各 2000 亩、带动两地农户种植药材各 1 万亩；在个旧生物药业有限公司建设 12 万平方米符合相关标准和要求的生产、检测等配套车间。

该项目预计总投资 8117.26 万元，投资回收期为 5 年半（包括建设期 3 年在内）；项目建成投产后，预计可年产灯盏细辛注射液 7200 万支、灯盏细辛片 3 亿片、灯盏细辛胶囊 1 亿粒；预计年产值可达 3.066 亿元、年销售收入 2.62 亿元、年上缴各种税收 4818 万元。

该项目的实施，还可改变目前国内灯盏细辛资源枯竭和全国 30 多家制药企业低水平、重复性、分散型、低效益的生产和经营的混乱状态，集中打造和生产出具备国际标准、具有国际竞争力的治疗心脑血管疾病的安全高效的"绿色药品"。同时，还将带动个旧乃至红河州天然药物的科学开发、有效利用、生产制造和技术升级。（载于《春城晚报》2001 年 11 月 2 日）

484

"呼唤"绿色
个旧老厂镇将"复垦矿区"

本报讯 日前，记者在个旧市老厂镇采访时获悉：镇党委、政府已经将"复垦矿区"纳入全镇"十五"期间发展的工作目标。

据了解，作为有色金属开采的重要基地，个旧过去多年一直采用高压水枪冲刷地表土壤以进行采矿，这样的"水采法"可降低生产成本。但是"水采"之后，土壤流失，剩下的百里矿区怪石嶙峋、寸草不生、满目荒凉。水土不存，何谈好生态？为改善该地区的生态环境，镇党委、政府在制定"十五"规划时，就提出了"确保稳定，打牢基础，复垦矿区，发展六业"的目标，把"复垦矿区"作为一项重要的工作来抓。

目前，老厂镇已开始着手"复垦矿区"的前期工作：进行调研；摸清家底；尽快拿出复垦规划报批、立项。如果复垦计划能够实施，镇政府将逐步对 3 万亩采空区进行复垦和绿化。（载于《春城晚报》2001 年 11 月 19 日）

红河州货币化分房制度改革在个旧拉开序幕

本报讯 12月14日下午，红河哈尼族彝族自治州货币化分房制度改革动员大会在个旧红河州政府礼堂举行。此举拉开了红河州货币化分房制度改革序幕。

州政府领导，个旧市委副书记、市长李润权分别在会上作了重要讲话。州政府领导作了《进一步深化住房制度改革，全面实施货币化分房新机制》的讲话，对红河州房改13年来的工作作了全面总结，对这次深化住房货币化制度改革工作提出了要求。

李润权在会上作了《深化住房制度改革，加快住房建设步伐》的讲话，主要包括：

个旧市实施货币化分房的指导思想是：在国家政策指导下，结合我市具体实际，因地制宜，使住房这个大商品逐步实现市场化、社会化、货币化的运行机制，不断满足城镇居民日益增长的住房需求。

目标是：停止住房实物分配，加快实现住房商品化；完善住房公积金制度；建立职工住房补贴制度；逐步实行住房货币化分配，建立和完善适应社会主义市场经济体制的住房制度；坚持国家、单位和个人合理负担；坚持"新房新制度，老房老办法"、平稳过渡、综合配套的原则。

主要内容是：自2002年1月1日起，对从未参加过福利性实物分房的职工实行一次性补贴；对已经参加过福利分房但住房面积未达到规定标准的，实行差额补贴；提高租金，发放住房补贴，未发住房补贴的职工住房租金暂时不提高，经济困难者仍然可以住政府廉租房；规范和完善住房公积金制度；建立新的住房供应体系；发展相关产业，促进住宅业健康发展。

李润权最后要求：一是要提高认识，加强领导，切实做好这项工作；二是要切实抓好住房补贴资金的落实和发放工作；三是要加大宣传力度，做到家喻户晓、人人皆知；四是要加强各部门之间的协调配合，提高工作效率；五是要严肃房改纪律，加强监督监察，依法依规稳步推进我市住房制度改革。（载于《个旧报》2001年12月17日）

深入基层了解情况 为科学决策打好基础
红河州委调研组到个旧调研

本报讯 12月19日至21日，红河州委调研组到个旧调研。州委常委、个旧市委书记苏维凡，市长李润权等有关领导一同进行调研。

当天上午，州委调研组一行来到个（旧）冷（墩）公路施工现场，详细了解个冷公路建设进展情况。目前，个冷公路隧道离全程贯通还有 97 米，计划春节前可贯通。调研组领导说："个冷公路的贯通是全州人民盼望已久的事，希望各单位各部门齐心协力，早日修通。"

随后，调研组一行又来到安云大麻纺织有限公司、锡工艺美术厂、促进矿业公司等企业调研。每到一地，他们都深入到施工现场或生产一线，与工人和企业家交谈，了解生产经营实际情况。之后，调研组认为，破产重组后的安云公司，经过各方努力已经求得了生存，但是要继续深化改革，使企业真正成为市场竞争的主体，实现可持续发展。对锡工艺美术厂，调研组希望提高工艺水平，增加花色品种，做成真正的工艺品而不是实用品。在促进矿业公司，调研组指出，在今年锡价下跌的形势下，公司挖掘内部潜力，渡过了难关，希望全矿职工团结一心，克服困难，求得更大更好的发展。

随后，调研组听取了苏维凡对全市今年工作总结和明年工作打算的情况汇报。今年，全市国内生产总值预计完成 26 亿元（为预计数，下同），同比增长 3.5%。其中：第一产业完成 2.4 亿元，同比增长 4.5%；第二产业完成 14.3 亿元，同比只增长 1%；第三产业完成 9.3 亿元，同比增长 7.2%。完成财政总收入 3.96 亿元，同比增长 6%。

州委领导说，这次州委组成 6 个组到全州各市县进行调研，旨在传达学习党的十五届六中全会精神和省第七次党代会精神；督促检查今年工作的落实情况；总结各地经验；考虑明年的工作安排。调研组认为，面对自然灾害、有色金属价格下跌、政策调整等严峻形势，个旧今年还取得 GDP 增长 3.5% 的好成绩，确实不容易。

对个旧明年的工作，调研组要求：要认清形势，统一思想，坚定信心，振奋精神，转变作风，狠抓落实；要突出重点，扎实工作，围绕个开蒙城市群的建设，扎扎实实打基础；要调整产业结构特色，培育壮大支柱产业，包括有色冶金、生物制药、高新技术产业、服务行业等；特别是要突破体制性机制的障碍。调研组还对个旧深化矿业改革、科技工业园建设、融资体制改革、税收政策、项目的前期工作等提出了宝贵意见。（载于《个旧报》2001 年 12 月 24 日）

个旧鸡街莲花池捞出大鲶鱼

本报讯 日前，位于个旧市鸡街镇龙潭村的莲花池里，捞出 1 条重达 19.3 公斤的巨大鲶鱼，引来了周围众多群众的围观。

据承包莲花池的马老板介绍，占地 600 多亩的莲花池，是龙潭村的龙潭水聚集而成。10 多年前，马老板将一批每条 1 千克左右的鲶鱼放进莲花池饲养。后来，又相继投放了鳞鱼、鲫鱼、罗非鱼等。由于水质好、水量大，莲花池里基本不投放人工饲料，附近又没有工业污染，因此，莲花池里的鱼类生长得很快、很好。如今，一二十千克一条的鳞鱼很多。

这次，马老板无意间捕捞到的这条鲶鱼，长 1.2 米，胸围最粗处 60 厘米。据当地老辈人讲，在个旧自然生长的鲶鱼非常少见，而这么大的鲶鱼还从来没有见过。（载于《春城晚报》2001 年 12 月 31 日）

专题系列报道：

2001 年个旧市开展"三个代表"学习教育活动系列报道之一——

苏维凡要求"三个代表"学习教育活动
突出重点 注重实效

本报讯 1 月 31 日下午，个旧市委召开"三个代表"学习教育活动（以下简称"三学"活动）工作会，对开展"三学"教育工作进行了部署和安排。市委书记苏维凡等领导到会。红河州"三学"活动指导组在会上提出要求。

据了解，"三学"活动分为学习培训、对照检查、整改提高 3 个阶段进行。目前，全市已有 385 人参加了第一阶段的学习培训。苏维凡在会上要求：一是开展"三学"活动虽然时间紧、任务重，但领导小组要加强指导，分头下乡，对挂钩的乡镇开展工作情况进行检查和落实，同时将乡镇好的经验和做法带上来总结推广；二是要突出重点，抓出特点；三是要加大宣传力度，电视、报刊、广播、黑板报、宣传橱窗等宣传媒体上都要有"三学"不同阶段的情况报道，让群众了解学习的成果；四是要争取省、州党委、政府的支持，有关部门要及时将情况上报；五是要注重整改措施和效果，各乡镇要结合实际，拿出群众满意的东西来，有实效，不走过场；六是各领导小组要做到"两手抓"，一手抓本职工作，一手抓"三学"活动，并且"两手"都要抓好。

另据悉：次日一早，苏维凡就率队奔赴乍甸、鸡街、沙甸等乡镇去调研和指导"三学"活动及有关工作。（载于《个旧报》2001 年 2 月 2 日）

2001年个旧市开展"三个代表"学习教育活动系列报道之二——

访农户 看"三学"

本报讯 2月22日，红河州委领导深入到个旧市鸡街镇和沙甸区检查指导"三个代表"学习教育活动后，对个旧市开展"三学"活动给农村带来的巨大变化、取得的显著成效和工作经验给予充分肯定。

当日上午，州委常委、市委书记苏维凡等领导来到鸡街镇检查工作。在听取鸡街镇对基本镇情、"三学"活动开展情况的汇报后，苏维凡详细询问了鸡街小城镇建设情况，认真查看了建设规划图，详细了解该镇富有特色的番茄制种、玉米制种、米线卷粉豆腐等食品加工、土地拍卖等情况。

下午，苏维凡一行来到沙甸区检查指导工作。沙甸区在"三学"活动中提出了"三看三想"的工作思路：回顾历史看沙甸，想想沙甸发展靠什么；走出沙甸看沙甸，想想沙甸现在缺什么；展望未来看沙甸，想想沙甸应该干什么。这些富有创新的提法和做法，受到苏维凡的高度赞扬。

据了解，个旧的"三学"教育活动有以下特点：一是进展顺利，取得了明显成效。二是精心组织，周密部署，学习培训搞得扎实。三是以学促干，边学、边整、边改。四是有的认识和经验总结已经很有高度了，比如：抓"三学"是抓农村工作的纲，是解决农村工作的法宝，是解决重点、难点、热点问题的"金钥匙"；沙甸的"三想三看"既总结过去、也展望了未来。

对下一步工作，苏维凡要求：一是要把"三学"活动看作是自我完善、自我提高的需要；二是要理论联系实际，确保取得实际成效；三是要对照检查，定下全市、全镇的发展思路。有关领导还就鸡街和沙甸的发展提出了很好的意见和建议。

之后，苏维凡一行深入到鸡街新建的东风东路、鸡街火车站、红塘子水库、小石岩后山的小流域治理世纪园基地、加工豆腐的鸡街村三组组长范永进家、加工干米线的高伟英家以及沙甸的贫困户马恩强等多家农户家进行走访和调研。每到一处，有关领导都要详细询问他们的生产生活情况。当看到高伟英家因为加工干米线而盖起了宽敞漂亮、装修豪华的三层楼新房，并雇用了不少临时工时，苏维凡高兴地鼓励她说："你要好好干，争取扩大生产规模，干得越大越好，这样大家的日子才会越来越富裕，这才符合'三个代表'的要求。"

州、市领导深入农村农户家进行走访和调研，这也是按照"三学"活动第二阶段"对照检查、进村入户"要求而组织开展的实际行动。（载于《个旧报》2001年3月2日）

2001 年个旧市开展"三个代表"学习教育活动系列报道之三——

边整边改　注重实效
个旧"三学"教育活动顺利进入第三阶段

本报讯　3 月 2 日，个旧市"三个代表"学习教育活动第二阶段"对照检查、进村入户"阶段圆满结束并顺利进入第三阶段。市委举行专题会议，红河州委常委、市委书记苏维凡等领导，红河州委指导组、市级有关部门共 200 多人参会。

市委组织部领导主持会议。他首先对全市第二阶段"三学"活动进行总结。这一阶段重点抓了两个工作：一是以座谈会、进村入户、个别谈话等形式，广泛征求了意见，有的放矢地写好了对照检查材料；二是开好了民主生活会，增加了班子的凝聚力和战斗力，达到了加强团结、推进工作的目的。目前，各乡镇（区）共召开各类座谈会 247 次，组织 48 个小组进村入户征求意见 1766 人次。针对征求的意见，各乡镇班子和个人对照检查，认真分析，加强交流，并提出了整改措施。

会上，苏维凡对开展第三阶段工作提出具体要求：一是在对照检查基础上，认真整改，着力提高，要突出办实事、求实效；二是认真归纳分析，突出重点，制定扎实有效的整改方案，做到有的放矢，解决实际问题；三是明确整改责任，把责任落实到部门、人员，避免走过场；四是要扎实工作，点面结合，学用结合，注重实效；五是要做好总结工作，突出个旧全市的整体性特点和经验，把工作中发现的问题、采取的措施、取得的成效、总结的经验、今后的要求等进行全面总结。

州委指导组对上一阶段工作给予充分肯定，对下一阶段工作提出要求。

（载于《个旧报》2001 年 3 月 6 日）

2001 年个旧市开展"三个代表"学习教育活动系列报道之四——

省委"三学"活动指导组到个旧检查工作

本报讯　3 月 6 日，省委"三学"教育活动指导组到个旧检查学习教育情况。指导组一行 6 人分 3 个组深入到大屯、沙甸等 12 个乡镇区进行检查指导。

当日上午，省委指导组一组深入到大屯镇、鸡街镇检查、指导工作。在认真听取两镇对基本镇情、"三学"活动情况详细汇报后，指导组认为，两镇的"三学"活动抓得紧、抓得实，有 3 条经验值得总结和推广：一是领导班子有高度的自觉性，有良好的思想境界和精神状态投入"三学"，而不是走过场应付了事；二是边学、边思、边改、边干实事，发扬民主作风，走群众路线，人代会期间发征求意见表、进村入户了解情况等，找准了热点、难点问题并及时进行解决，达到了受教育的是干部、得实惠的是群众的目的；三是各级领导都做到了"四个到位"：认识到位、领导到位、指导到位、工作到位，譬如"三学"期间，州、市领导多次深入到乡镇农户家开展走访调研等工作，体现了各级党委、政府坚定的政治性和把握大局的敏锐性。

对下一阶段的整改工作，省委指导组要求：一是要结合大屯镇"红河个旧科技工业园"建设、鸡街交通枢纽建设等实际，就如何发挥其在个旧乃至红河州经济社会发展中的战略地位和作用，应有更深入、更全面的认识和打算；二是要对整改内容、方案等作进一步完善。

省委指导组一行还深入到大屯镇新瓦房村的农户何忠来、普维兴、汤宝顺、高国栋、丁继昌家里了解他们的生产生活情况。当看到农户们因干种养殖、采矿、选矿等工作而盖起崭新、气派的洋楼并安居乐业时，指导组非常欣慰。（载于《个旧报》2001 年 3 月 9 日）

490

2001 年个旧市开展"三个代表"学习教育活动系列报道之五——

联系实际学　学了干实事
省委指导组充分肯定个旧"三学"成效和经验

本报讯　3 月 8 日，个旧市"三学"教育活动经验交流现场会在乍甸镇举行。省委和红河州委"三学"指导组，州委常委、市委书记苏维凡和市、乡各有关领导参加了经验交流会。

会上，乍甸、沙甸、大屯、贾沙和倘甸等乡镇区先后进行了"三学"活动经验交流发言。乍甸镇在改善农村基础设施建设、沙甸区在"三想三看"、大屯镇在"九多九少"等方面都取得了显著的成绩，总结了很好的经验。

会后，全体与会人员深入到松树脑村、水头村等村小组考察"三学"活动给农民和农村带来的重大变化。在松树脑村种桔子致富大户毛正祥家漂亮的三层洋楼和宽敞的大院子里，省委指导组在观看了他家的沼气能源、太阳能沐浴、水冲卫生间等整洁、便捷的生活设施后，忍不住赞叹说："你们住的房子比城里人的好多了。"当得知毛正祥家的年收入有五六万元时，指导组领导非常高兴，鼓励他说："继续好好干，奔更加富裕文明的好日子。"指导组领导还兴致勃勃地来到毛正祥家硕果累累的桔子园里与他合影留念。

之后，与会人员又来到松树脑村投资 10 多万元建盖的解决了该村人畜饮水的工程施工现场和水头村的玫瑰花卉、芦笋、奶牛等种养殖基地及福家营村正在施工的村内道路现场等地视察。

随后，指导组召开会议。苏维凡汇报了个旧市开展"三学"活动工作情况：一是市委高度重视，行动迅速，精心组织，把"三学"作为农业农村工作的"牛鼻子"来抓并已见实效。二是注重效果，抓好学习培训，已发放 500 册学习材料，组织 600 多人进行学习。三是内容丰富，形式多样，注重创新，联系实际，学出特点。四是坚持标准，认真对照检查，听取意见广泛，查找问题准确，对照检查材料深刻，交心谈心深入，民主生活会质量高，群众评议比较好。五是边查边改，取信于民。

对下一步整改工作，苏维凡说：一是分析问题要准。要抓住主要问题的重要方面来整改。二是制定措施要实。要以发展为主线，措施要具体，要有针对性、可行性，要让群众看得见，既要为群众办好事、办实事，更要办大事、办难事，要迎难而上，要有学法、有看法、有办法。三是采取行动要快。不能光说不动，练嘴皮子，要责任、时间、目的、措施以及监督办法都落实到部门和个人。四是总结工作要突出特点和经验。总之，开展"三学"活动的目的，就是要提高各级干部的服务意识和服务重点，就是要摸准农业产业结构调整的路子，促进农民增收和农村发展，使家家户户的农民在政府的有效服务中尝到甜头、得到实惠。

省委指导组对个旧市"三学"教育活动给予了很高评价。指导组认为，几天来，指导组深入到个旧的乡镇农村，亲眼看到个旧"三学"活动在解决思想问题与实际问题、在理论与实际结合、在找准问题和解决问题上下真功夫、有真实效：一是学有收获，思想认识有提高。在活动中，能认真联系本地、本人实际，使受教育对象思想认识有了很大提高。二是边学、边思、边整、边改已见成效。在活动中，为群众办实事、办好事，解决了群众行路难、吃水难等问题，并帮助群众种养殖适销对路的农副产品等，都做得很好。三是理清了发展思路，转变了工作作风。个旧是个老工业城市，面临的困难和问题很多，你们能结合实际，思想解放，理清发展思路，这个经验很好，值得认真总结。四是个旧的"三学"经验很有创新意识、超前意识和求真务实的成效，希望认真总结，值得在全州推广。另外，对今后工作，指导组从整改的意义、认识、内容和方法上作了详细指导。

491

州委指导组对个旧"三学"活动给予很高评价并提出工作要求。（载于《个旧报》2001 年 3 月 20 日）

2001 年个旧市开展"三个代表"学习教育活动系列报道之六——

个旧召开部门开展"三学"活动动员大会

苏维凡作动员讲话

本报讯 3 月 4 日，个旧市在市影剧院召开全市各部门开展"三学"活动动员大会。市级 5 套班子和市属各单位领导及干部 1022 人参会。红河州委指导组到会指导。

会议由市委副书记、市长李润权主持。州委常委、市委书记苏维凡作动员讲话。苏维凡首先对全市农村开展"三学"活动作了简要回顾。他说，自今年 1 月 11 日开始，全市 12 个乡（镇）开展了"三学"活动，已有 390 名乡（镇）机关干部按照学习培训、对照检查、整改提高三个阶段要求开展工作并取得初步成效：一是广大农村干部深化了对"三个代表"重要思想的认识和理解，增强了学习自觉性。二是干部作风明显转变，进一步密切了党群干群关系，以学促干，促进了农村各项工作发展。三是取得了一些宝贵经验。譬如：加强领导是搞好"三学"活动的保证；省、州指导组的大力帮助是前提；群众参与、关心和支持是基础；学习教育活动对象认识到位、态度端正是关键；坚持理论联系实际、学以致用是根本。

对此次在全市各部门开展"三学"活动，苏维凡要求：一是要统一思想，进一步提高各部门对开展"三学"活动必要性和重要性的认识，增强责任感和紧迫感。二是要落实"代表中国社会先进生产力发展"要求，推动全市工农业生产和农村经济结构战略性调整，巩固和加强农业基础地位。三是要落实"代表先进文化前进方向和代表最广大人民根本利益"要求，加强干部队伍思想作风建设，增强凝聚力和战斗力。四是要认真学习，全面领会中央和省委精神，切实抓好学习教育活动。五是要正确把握原则，做到四个"相结合"：学习教育与当前工作相结合，正面教育与自我教育相结合，从实际出发与分类指导相结合，标本兼治与上下互动相结合。

州委指导组对个旧各部门开展"三学"活动提出了要求。（载于《个旧报》2001 年 4 月 10 日）

492

2001 年个旧市开展"三个代表"学习教育活动系列报道之七——

个旧市传染病院开展"三学"教育落在实处
为患者动真情办实事

本报讯　日前，个旧市传染病院在个旧医疗系统首开先河，实施了"病人选医生心贴心服务"。这是该院在开展"三学"教育活动中实施的又一为民、便民举措。

在"三学"教育活动中，市传染病院结合实际，不仅开展了形式多样的学习教育活动，更把为群众办实事、办好事落实在行动上。譬如：开展了"病人选医生心贴心服务"，医院将各科室医护人员的学历、专长等制作成专栏，摆放在大厅，让病人一入院就对医护人员情况一目了然，在就医时进行选择。再如：为培养年轻医护人员尽快成长，实施"以老带新"和一定的综合搭配，使医护人员的竞争意识和服务意识不断增强，医疗质量明显提高。还有，该院地处市郊，为方便病人就医，医院承诺 24 小时有救护车接送病人；若救护车不在医院，市区患者可"打的"入院后报账。另外，投资 4 万元建起太阳能供水设施，全天候供应热水，极大改善了病人住宿条件；实行住院费用"一日清单制"，让病人每天都对自己的治疗费用一目了然，使医院清白收费、患者放心治病；改进营养食堂工作，降低成本，增加花色品种和营养食品供应，让病人吃上营养可口、价格合理的饭菜；每天发送 4 趟客车，往返市区接送患者及其家属。

这些举措，方便了患者，提高了就医服务质量，得到群众的称赞。（载于《个旧报》2001 年 6 月 1 日）

2001 年个旧市开展"三个代表"学习教育活动系列报道之八——

个旧市化肥厂
率先在青年团员中开展"三学"教育活动

本报讯　作为共青团红河州委和个旧市委在个旧开展"三学"教育活动的首批五家试点单位之一的个旧市化肥厂，于日前在青年团员中开展了"三学"教育活动。

在新的历史条件下，青年团员更应该加强学习。为此，共青团云南省委自 5 月下旬开始组织青年团员开展"三学"教育活动。本着"试点先行，总结经验，逐步推开"的原则，个旧市的个旧一中、市化肥厂等五家单位成为在全州青年团员中开展"三学"活动的首批试点单位。"三学"教育活动分学习动员、对照检查、民主评议和整改提高 4 个阶段进行，预计到今年底结束。

目前，该厂的青年团员利用工余时间认真组织学习教育活动的相关书籍和材料，活动正在顺利开展中。（载于《个旧报》2001 年 6 月 8 日）

专题系列报道：

2001 年"个旧市城市社区体制改革"系列报道之一——

个旧城市社区体制改革正式启动

本报讯　6 月 4 日，个旧市召开城市社区体制改革动员大会。市人大、市政府和市政协有关领导及民政、城区办等有关单位和人员参会。

市政府有关领导对城市社区体制改革有关情况作了全面而详细的动员和说明。

这次社区体制改革的目的是：以发展社区服务为龙头，以提高社区居民生活质量和加强社区精神文明建设为宗旨，改革城市的基层管理体制，重组社区运行机制，强化社区功能；加强城市基层政权和群众性自治组织建设，扩大基层民主，密切党群关系；维护社会政治稳定，促进城市经济和社会协调发展。

改革的原则是：服务居民，资源共享，责权统一，管理有序，居民自治，循序渐进。

改革的范围是：以市区为主的国家机关、社会团体、部队、企事业单位、学校、街道等所辖的城镇人口居住地。

改革的内容是：建立城市社区新体制，合理划定社区，进行机构设置；新体制下社区的责权包括社区管理权、协管权、监督权和社区的责任。

改革的过程是：改革分三个阶段进行。第一阶段是组织准备、宣传发动阶段。第二阶段是选举阶段，即成立社区党总支，召开社区居民动员大会，选举社区成员代表会议的代表，在选举日确定 5 天前公布正式候选人名单，并召开社区成员代表大会，选举产生社区居委会主任、副主任、委员等。第三阶段是总结验收、建章立制阶段。

市政府领导说，社区体制改革是一项十分重要的工作，涉及到千家万户，各级各部门要高度重视，在思想上提高认识，在行动上全力支持，确保这项工作顺利完成，营造出"我为社区服务，社区为我服务"的社会氛围。

对下一步工作，市人大领导从法制角度强调：一是改革方案要完善；二是各项工作要依法，要规范；三是要广泛宣传，发动广大市民积极参与；四是领导小组要做好辖区内各单位、各部门的协调、管理工作；五是要始终注意改革要与本地经济社会发展实际相结合、要与精品城市建设相结合。

会后，个旧市城市社区体制改革领导小组还发出了《关于公开招选个旧市社区居委会干部的通告》。（载于《个旧报》2001 年 6 月 8 日）

2001 年"个旧市城市社区体制改革"系列报道之二——

个旧新社区划分方案出台

全市分为 30 个新社区

本报讯 为配合城市社区体制改革前进步伐，《个旧市新社区划分方案》于近日正式出台。

个旧市原有 24 个居委会，由市城区办管辖，但红河州委和州政府、云锡公司、个旧供电局等省、州属单位所辖社区未在此范围内。按照国家社区体制改革要求，本着"服务居民、资源共享、责权统一、管理有序、居民自治、循序渐进"的原则，应将市区住户全部纳入新社区进行全面、统一的管理。

为此，共设置有 30 个新社区，即：青杉里社区、宝华社区、胜利社区、文锡社区、民权社区、上河社区、永胜社区、绿海社区、和平社区、青年社区、州政府社区、五一社区、紫竹园社区、金湖南社区、新街社区、新冠社区、供电局社区、云锡建安社区、云锡炼厂社区、云锡机厂社区、金湖西社区、金湖东社区、云锡供水厂社区、云锡机关社区、三〇八队社区、建设社区、明珠社区、云锡储运社区、茶山果站社区、个旧选厂社区。其中，绿海社区和茶山果站社区因正在建设中，还未正常运行。（载于《个旧报》2001 年 6 月 8 日）

2001 年"个旧市城市社区体制改革"系列报道之三——

个旧举办社区体制改革培训班

本报讯 为保证城市社区体制改革顺利进行，个旧市于 6 月 5 日到 6 日举办培训班，对全市新成立社区的负责人，原 24 个居委会的总支书记、主任、副主任及云锡公司家属委员会人员等共 300 多人进行了专题培训。

市委领导在开班仪式上作了工作指导性发言。市委组织部、市民政局和市城区办有关领导分别授课，讲授了民政部《关于在全国推进城市社区建设的意见》、社区党组织建设的有关问题、社区居委会干部选举操作规程、社区体制改革中应注意的问题、新社区划分方案、社区居委会选举办法等相关

政策和要求，为全市社区体制改革顺利开展奠定了重要而坚实的基础。（载于《个旧报》2001年6月12日）

2001年"个旧市城市社区体制改革"系列报道之四——

居委会干部：也要择优招聘

（新闻特写）

6月14日上午，个旧市居委会干部公开招聘考试在云锡党校举行。全市536名报考者参加考试，竞争168个社区干部的职位。

当日一早，尽管考试时间是8:30，但许多考生早早地就来到考场。8:10，监考人员宣布考场纪律。8:30，考试正式开始。考生们埋头答题，态度认真，15个考场里鸦雀无声，只听到"沙沙沙"的写字声。市委副书记、市长李润权等市级领导亲临考场，视察这次考试。

为不影响考生考试，细心的李市长提议市领导不要集中视察，而是分别到各考场看。李市长来到设在7楼的总支书记职位考场内，轻移脚步，边走边看，时而静静地驻足在一些考生的桌前，观察考生答题情况；时而抬头看看整个考场的情况。视察结束后，市领导对这次考试的精心组织和安排给予了充分肯定。

据了解，在这次报考的536名考生中，大专以上学历148人，占27.61%；中专学历102人，占19.03%；高中职高学历286人，占53.36%；其中，年龄最大的50岁，最小的19岁。与过去的居委会干部相比，知识化、年轻化特点突出。

李市长在接受记者采访时说："省委、省政府把个旧定为全省城市社区体制改革的5个试点城市之一，表明省委、省政府对个旧社区建设高度关心和重视。这次面向社会公开招聘、择优录用社区居委会干部，是为了选拔出综合素质、管理水平和工作能力都较高、较强的干部来担任居委会的领导工作，为居民提供规范化、全方位的服务，更好地适应城市社区发展后在治安、环境、教育、物业管理、服务等各方面出现的新需要，适应社区建设繁杂工作和重要责任的新需要，进而提高城市管理的效率和水平。总之，通过社区这个城市最小细胞的优化建设，实现个旧城市综合管理水平的全面进步和管理能力的全面提升，为建设全省一流精品城市作出积极贡献。"（载于《个旧报》2001年6月19日）

2001年"个旧市城市社区体制改革"系列报道之五——

高祖兴到个旧调研城市社区体制改革工作

本报讯 6月24日，省民政厅厅长高祖兴到个旧调研城市社区改革工作情况。红河州委常委、市委书记苏维凡，市人大、市政府有关领导参加工作调研。

市民政局领导详细汇报了全市城市社区体制改革工作的进展情况。他说，通过宣传发动、组织实施，目前工作已进入居委会干部竞选阶段。个旧市开展这项工作的体会是：市委、市政府高度重视；组织了一批精干队伍开展工作；广大人民群众给予充分理解和支持。

有关领导认为个旧的这项工作有几个创新特点：一是社区党总支书记实行公开择优招聘；二是把云锡公司、个旧供电局等省、州属企业的社区首次纳入市政府统一管理；三是市人大从依法改革角度给予了极大支持。

苏维凡说，个旧是个老工业城市，社区建设是精神文明建设中的大事，社区体制改革要结合建设精品城市一起抓，为此，市委、市政府非常重视这项工作，做好宣传动员，取得了全社会的理解和支持；把好人才关，使居委会干部素质越来越高；制定相关管理措施，规范工作；搞好具体指导；特别注意了社区建设与城市建设、与驻个省、州单位的紧密关系。

之后，高祖兴深入到云锡机关社区、供电局社区调研。所到之处，看到了社区的许多新变化，高祖兴非常高兴。他说：个旧作为全省5家社区体制改革的试点，开展工作做到了领导重视、准备充分；指导有力、务实周密；组织有序、进展顺利；选拔出了政治强、年轻化、高学历的年富力强的居委会干部；这些都是个旧富有创新的做法，希望认真总结，争取在全省社区体制改革工作会上作经验交流。

高祖兴还要求：对退岗居委会干部的待遇、居委会的办公用房、将来运转的经费等改革中出现的实际问题，个旧要尽快拿出1整套方案上报，由上级统一商定解决。（载于《个旧报》2001年6月29日）

2001年"个旧市城市社区体制改革"系列报道之六——

居委会干部 为何"抢手"？

（新闻分析）

连日来，省、州各级各类媒体竞相报道、宣传个旧城市社区体制改革的各类新闻。其中，最令人关注的"新闻中的新闻"，就是居委会干部的公开择优招聘考试，居然有 530 多人报名参加。由此，可以看出居委会干部的"抢手"！

这个数字，足以爆出个旧市乃至红河州的众多第一：居委会干部第一次面向社会公开择优招聘；报名和参加考试的人数第一多，是计划录用的 3 倍；高学历人数第一多，大中专以上学历的占了近 50%；年轻人第一多，20~30 岁的年轻人占 60%；一些干了几十年的"老居委"第一次坐进正规考场，接受别人的挑战……

过去，一直被人认为是婆婆妈妈、毫无个人前途和"价值"可言的居委会工作，如今何以变得"吃香"和"抢手"了呢？

究其原因，主要有四：

一是就业观念的普遍转变。过去，人们认为只有国企、政府机关、事业单位才是"铁饭碗"，非此不进。对居委会之类的工作，是不屑一顾的。而现在，随着国企深化改革和减人增效，进国企也很难了。而进政府机关和事业单位，也要参加难度更大、门槛更高的选拔考试。所以，年轻人就业压力越来越大，能找到工作已经很不容易。

二是承受能力的普遍增强。随着市场经济不断确立，人们学会了抓住机遇，乘势而上。市场经济的法则就是竞争，就是优胜劣汰。在就业形势较为严峻的今天，只要有机会，就应该努力去争取一份工作并干好。

三是社区工作开始能体现个人的社会价值和能力了。随着城市社区建设快速发展，社区的各种功能日趋丰富和完善，在社区工作，能够越来越充分地体现出个人的创造智慧、管理水平和行动能力，总之，能够体现出个人在社会中的价值。

四是居委会干部的经济待遇提高了。过去，居委会干部的工资低，"几十元、几十年"一贯制。这次改革，按照国家有关精神，居委会总支书记和主任月工资提高到 500 元，其他成员略少一点。毋庸讳言，工资待遇的提高，也是吸引人们加入其中的一个重要因素。（载于《个旧报》2001 年 7 月 9 日）

2001 年"个旧市城市社区体制改革"系列报道之七——

当个居民的好"管家"

——个旧市城市社区体制改革后社区工作扫描

个旧市城市社区体制改革经过 1 个多月的紧张工作，本着"公开、公平、公正"竞争的原则，经过笔试、面试、竞选演讲、选举等紧张"角逐"，到 7 月 5 日，全市除绿海社区和茶山果站社区因居民还未入住等原因未能选出社区工作班子外，其余 28 个社区党总支和居委会班子已经全部选出。在广大市民和领导们的热切期盼中，168 名居委会干部走马上任了。

现在，这些社区新"管家"们在想什么？在做什么？社区在他们的"笔下"会被"描绘"成什么样子？他们工作中遇到的困难、问题和挑战是什么？他们还需要社会、单位、政府和居民哪些方面的理解、支持和帮助……

带着这些社会各界都最关心、最在乎、最迫切需要知道的共同问题，记者连日来深入到各社区，走家串户，进行了专题采访。

朝气蓬勃新"管家"

连日来，记者走访了云锡储运社区、三〇八队社区、胜利社区等多个社区。所到之处，见到的社区干部大多是朝气蓬勃的年轻人，他们都有几个共同特点：一是年轻。总支书记中年龄最小的是青杉里社区党总支书记丁华东，今年 25 岁；居委会主任最小的是云锡储运社区的余玲玲，今年 22 岁；委员中最小的是胜利社区的黄薇，今年 19 岁，刚从红河州农校作物栽培专业毕业。二是文化程度高。168 名社区干部中，有大中专学历的 52 人、高中学历的 80 人。三是政治素质好。有党员 46 人、团员 33 人。

让我们先来认识几位新"管家"，从他们身上，可以感受到许多宝贵的东西，可以对社区的未来充满期待：

丁华东，男，青杉里社区党总支书记，是这次招聘的社区党总支书记中最年轻的一位。从空军退伍后，丁华东在外打工。后来亲戚朋友筹资买了 1 辆中巴客车给他跑个旧至开远的客运线路。起早贪黑地奔忙，他每月能有 1500 元的纯收入。考取社区总支书记职位后，他把中巴客车卖了，不给自己留后路，为的是专心一意地搞好社区工作。当记者问他为什么放着高收入的工作不干，而选择工作繁忙、琐碎、收入又相对较低的社区工作时，丁华东说："人不应该仅仅为钱活着。在部队时我们就有一句话：时刻准备着，为祖国和人民献出自己的一切。社区工作是上为国分忧、下为民解难的工作。我希望通过自己的努力，把党的声音传达给老百姓，把老百姓的要求反映给政府。现在有不少人精神非常空虚，精神文明建设非常重要。在这个位置上，我有机会、有能力为社区精神文明建设尽自己的一份力。所以，我选择了这个工作。"

余玲玲，女，22 岁，云锡储运社区主任，红河州财校财会专业毕业。

余玲玲年纪不大，但干过的工作不少：当过幼儿教师，卖过手机，在婚纱影楼和信息台打过工，社会阅历不浅。她认为社区的工作很有挑战性，虽然繁忙、琐碎，但接触的人多，工作的面广，能够锻炼个人的意志，提高工作的能力。她非常自信地说："社区工作能充分体现自己的个人价值，值得干。"

黄薇，女，19岁，胜利社区文体委员，是这次招聘人员中年龄最小的，她还在学校实习时就参加了社区干部招聘的报名、考试并顺利过关，7月份从学校毕业就到社区工作了。黄薇的选择，表明了当今年轻人一种崭新的择业观念。

踌躇满志绘"蓝图"

那么，这些新"管家"们上任后，到底在做些什么工作呢？

作为上级领导机关的城区办党委和城区办，在全体社区干部就位后，立即对他们进行了各种岗前培训，为他们出谋划策，并提出工作要求：一是要理顺关系，明确职责。二是要深入社区，摸清情况，包括本社区有多少居民人数、多少党团员、多少困难家庭及吸毒劳释等需重点关注的人员。三是尽快成立社区工作网络，包括有议事、治安、卫生、计生、老年、妇幼、职介等相关工作的委员会；再在各居民区尽快设立居民小组长或幢长、片长，这样才能有效开展工作。

7月13日，记者来到三〇八队社区采访。虽然社区班子上任才10多天，但在三〇八队的大力支持下，社区机关已有了数十平方米的办公室，桌椅、柜子等办公设施已就位。三〇八队还发挥专长，专门为居委会制作和提供了所辖社区的地域平面图和居民住宅平面图。这在全市尚属首家。有了这些地图，为社区干部尽快熟悉情况、积极开展工作奠定了基础。

现在，该社区新班子与老班子的交接工作已顺利完成；社区党总支已明确了分工，确定了职责。该社区有离退休党员近300人，党总支下设4个党支部、19个党小组，4个总支委员分别兼任4个支部书记。7月2日，党总支就及时组织全体离退休党员学习了江泽民总书记的"七一"讲话并进行了讨论。

对于新社区的工作，三〇八队原居委会的老同志非常支持。他们带着新班子的同志深入社区，摸底调查，熟悉情况，对每家每户进行登记；新干部们已参与了调解居民纠纷、开展社区知识宣传、计生等工作。而对治安、卫生、物业管理等工作，老居委会的同志说："工作条件成熟一项就移交一项；条件暂时不成熟的，就新老同志一起干，直到新干部认为可以接手了，我们再移交。"

该社区党总支书记王萍，今年45岁，是个老"三〇八"了，工人出身，从事过党务工作。下岗后，经营电话亭和承包公厕，收入不错。而总支书记的职位每月仅有500元工资，比自己干收入减少了一半。但她为何放弃高收入来报考社区干部？王萍用朴实的话告诉记者："干了多年的党务工作，对此很有感情。而且社区工作又是新事物，很有挑战性。丈夫又非常支持我。所以我就来干了。"

该社区主任李满梅是学经济管理的，她说："社区服务和经济发展密切相关，我能够学有所用。我们现在是先熟悉情况，再把工作顺利接手。虽然目前困难很多，但我们有信心干好。我们打算在打好基础的前提下，结合社区实际，制定一些发展目标，选准1到2个项目开展工作，比如搞家政服务、办托老所等，既能解决社区居民的生活困难，又能有一定的创收，使社区工作形成良性发展。"

而胜利社区的干部上任后，"火着枪响"，根据居民反映强烈的月牙井周围环境不卫生的问题，已开始着手整治：多渠道筹资改造月牙井的顶棚、支砌了挡墙，保证了水井的卫生。同时，对辖区通宝巷5号、青年路148号和152号等木结构老房子内的用电隐患进行了及时处理。黄薇委员感慨地说："在社区工作要学习的东西太多了，但首先要学会做人。社区的居民都很好，尤其是那些当组长的老大妈们，没有报酬也照样干得认真和热心，是我们学习的榜样。文化体育是社区精神文明建设的重要组成部分。我要好好干，干出好成绩。"

云锡储运社区尽管面临的困难很多，但主任余玲玲已经有了不少打算：该社区空房子较多，离市中心较远，社区内还没有鲜花店、照相馆、书报亭等与居民生活密切相关的服务设施，社区可在这里开展这些服务。他们还打算建一个老年人康乐室和青少年趣味园以及中年人的健身舞厅，让居民们有一个健身玩乐的好去处。

任重道远共"期待"

个旧城市社区体制改革后，社区干部在具备了高学历、年轻化、政治强等有别于老居委会干部优势的同时，毋庸讳言，社区工作的开展，还面临着许多困难和问题，需要社会各界的大力支持和关心帮助；同时，更需要社区干部不断提高自身的综合素质和工作能力。具体是：

——需要驻社区单位的大力支持。社区工作本来就是为社区居民服务的，过去，居民们大多数是依靠所在单位提供所需的物业、卫生、治安、求职等一切服务的。如今，新社区成立了，是为适应城市发展、减轻企业机关单位的社会负担、让社区切实担负起管理社会的责任，使企业机关单位能解除后顾之忧，轻装上阵，干好各自的工作。

但记者在采访中发现：一些企业单位还不知道社区是干什么的，或知道了也认为社区干的事我们自己已经干着了，所以对社区的工作很不支持。云锡储运社区居委会的办公室如今还在1间大会议室内，城区办制作、下发的各类工作职责牌匾，只能悄悄躺在墙角。紧挨会议室的隔壁，1间云锡储运公司的办公室门上，还挂满了计生、安全、退管、卫生、物业管理等一连串的牌子。其实，这些工作都是可以移交给社区来干的。类似云锡储运社区的这些问题，在不少社区都存在。

——需要社区居民的理解和协助。社区工作其实就是为居民服务的，只有居民积极配合，社区工作才能顺利开展并取得成效。可在有的社区，一些居民对社区的工作基本上是袖手旁观。这给社区工作的开展带来很大困难。

——社区干部有工作热情，但多数缺乏社区工作经验，缺乏工作的主动性和积极性，缺乏工作计划和打算。为此，需要干部们发扬认真负责、艰苦奋斗、吃苦耐劳的精神，多深入社区摸底调查，尽快了解、熟悉本社区的情况；之后，结合实际，制定出社区管理和发展建设所需要的、切实可行的规划和打算并付诸行动。

同时，由于社区干部多数不住在所工作的社区，所以对本社区情况不熟悉，许多人又从来没干过社区工作，因此开展工作的难度很大。采访中，记者还发现一些社区干部工作主动性和积极性不够，习惯坐在办公室等居民找上门来；工作上见子打子。在谈到如何开展工作时，多数干部只说得出"摸底调查、熟悉情况"；而对社区下一步的工作，基本上没有总体规划，也很少有实在的计划和措施，更不知道要干些什么工作。

——社区干部需要抓紧学习，尽快熟悉党和国家的有关法律法规以及省、州、市制定的相关工作的方针、政策，提高作为一个社区管理者的政策水平和执行能力，这是搞好社区工作的必要基础和必备条件。否则，居民有困难、有问题找到社区干部帮助解决时，干部们也不知道要怎么办。当然，城区办已注意到了这个问题，并打算举办培训班对社区干部进行相关法规和政策培训。

——社区干部要把社区工作当作一项"事业"来干。采访中发现，一些干部是抱着"找个工作、有碗饭吃"的心理走上这个岗位的——当然，有这种心理并没有错，但作为一个社区的"管家"和"领头羊"，仅有"吃饭"的心态和要求是不够的；而且，多数人还抱着"在这个岗位上熬几年，也许可以转为国家正式干部"的期盼；至于如何创造性地开展工作、在工作中实现个人价值、真正为居民及社区的管理和建设踏踏实实地做些事等方面，他们考虑得并不多，做得也不好。

——社区新干部要向"老居委"学习他们"干实事、能吃苦和讲奉献"的工作精神。对此，新干部们应该认真、努力地向那些"老居委"们学习和看齐。五一社区原居委会干部谭红英，17 岁跨入居委会工作的行列，在这个平凡而繁琐的工作岗位上，奉献了自己的青春和热情，如今已经 47 岁了，是该社区的人民代表，多年来因工作成绩突出，曾被公安部授予"优秀治保主任"称号。这次，谭红英也参加了招聘考试，虽然年纪较大，但她克服困难，认真准备，过关斩将，笔试、面试均已顺利过关，但最后却因综合成绩仅差 0.5 分而落选了。

对谭红英而言，社区工作已经不再是她谋生的手段了。从 17 岁开始干这个工作起，她和其他"老居委"一样，一直都没有工资，每月只有 10 多元的补贴，后来逐渐提高到几十元，但不管多少，她从来都没有计较过。她只知道，社区的居民们需要她，她也离不开他们——30 年的风雨，30 年的心血，社区工作已经是融入了谭红英精神生命和肉体生命的一种信念和牵挂。她就想在这个平凡、清贫的岗位上，为需要她的居民们干一辈子。

然而，面对公平、公正、公开的招考结果，她不得不忍痛离开了自己钟爱的社区工作。记者在这里特意写到谭红英，是希望那些自己选择并有幸跨入这个行列的社区干部们，能够珍惜人生的"每一次"——毕竟，新干部们现在的工作条件、社会环境、经济待遇等，都比过去的"老居委"们要好得多了，珍惜并运用好这些优势，以义无反顾的气概和创造性的工作，在自己选择的人生道路上，作一次无悔无怨的拼搏！

是的，社区工作确实是一个新生事物，没有现成的路可以照走，也没有现成的模式可以照搬，面临的困难和问题也会很多。但是，各级党委、政府已经在想各种办法为社区工作提供人、财、物上的保障和支持。譬如办公地点难的问题，市政府已同云锡公司等有关企业和单位进行协商，统一解决，克服这个困难指日可待。同时，困难和问题也正是机遇和挑战，关键在于我

503

们的社区干部能否变困难为机遇，创造性地开展工作，充分调动社会各方面的力量为社区居民和社区建设服务，把社区——这个我们共同的家园建设得更加美好！

有了这些努力，我们有理由相信："社区"这个城市的"细胞"建设好了，作为闻名世界的锡都，不是更加美丽繁荣了吗？把锡都建设成为精品城市的梦想，还会远吗？

我们更有理由相信：个旧这个有着2000多年工业文明史的城市，这个曾经为世界和中国锡工业文明作出过杰出贡献的城市，这个在市场经济的大潮中曾经一度"触礁"的城市，必将以"坚韧不拔、包容创新"的"锡文化"精神、以"团结拼搏，迎难而上，敢于争先，真抓实干"的"锡都精神"，为自己的发展、为人类文明的进步而奋发努力，必将重新拓展出一片红彤彤的艳阳天！

个旧社区的新"管家"们：锡都的45万父老乡亲期待着你们！各级党委、政府期待着你们！（载于《个旧报》2001年7月18日）

504 2002年：

"十五"开局第1年
锡都打了漂亮战

本报讯 2001年，个旧经济发展遭遇巨大困难，但经受住了严峻考验，各项工作完成情况较好，特别是国内生产总值完成26.44亿元，同比增长3.6%。

在农业工作上，个旧坚持"减粮扩经抓收入"，大力发展"特色农业"和"订单农业"，以优质稻米、花卉、甘蔗、烤烟、经济果木、药材种植等为重点，进行农业产业结构调整，全年粮食同比减少6.5%，蔬菜、水果、乳类同比分别增长11%、7.8%、6%，农村经济总收入同比增长4.5%。

在工业工作上，个旧依靠高新技术改造传统产业，按"稳锡、增铅、扩锌、抓铜、上铝"思路，一些工业项目建设取得新进展。全年完成工业总产值39亿元，同比增长1%。制药业从2001年起被列为产业结构调整重点。红河大屯科技工业园基础设施建设已投资1360余万元。市制药厂和生物药业有限公司的GMP改造进展顺利，生物药业有限公司的"灯盏细辛"系列药品开发项目被列为国家高新技术产业化示范项目。乍甸农场乳业在原有基础上又投资 850 万元进行技术改造和新产品开发。

在商贸流通业和旅游业方面，全年社会消费品零售总额突破 9 亿元，同比增长 7%，市场销售稳中转旺；旅游业开发取得新进展，建成乍甸合田民俗村、丫洒底温泉"三通"工程等，全年接待游客 18 万多人次，旅游总收入 5042 万元。

在生态环境建设方面，实施了"珠江防护林植树""市区阴山阳山面山绿化""鸡个公路绿色通道植树"等工程，共植树造林 31900 亩，造林面积和成活率均创历史最高水平。金湖综合治理、市区禁用燃煤、取缔土法炼锌等，使个旧空气质量大为改善，达到国家二级标准。

在科技进步方面，以新材料开发、出口创汇、科技示范为重点，共投资 7000 多万元，培植了一批科技含量高、综合效益好的项目，有 4 项达到省内领先。

在经济体制改革方面，对 84 家国有企业实施了改制改革。进行了住房货币化制度改革。实施了城镇职工医疗保险、养老保险、失业保险、最低生活保障等社会保障措施。同时，在行政执法机关推行了"执法责任制改革"。

在经济和生态建设取得较大成就的同时，个旧的教育、文化、卫生、体育等社会事业也有新进步，全市呈现出社会稳定、民族团结、人民安居乐业和国泰民安的繁荣景象。（载于《个旧报》2002 年 1 月 2 日）

505

广告市场良莠不齐
锡都工商"下药"医"水肿"

本报讯 近日，个旧市工商局对存在问题较多的迪星广告装潢公司等单位作出限期整改、对未正常开展业务的环境艺术开发公司等单位作出责令注销的决定。

近年来，锡都广告经营市场发展迅速，但存在着资质不一、违法经营、监管不力等问题。譬如：广大市民对本地电视上一天到晚滚动播出的、声嘶力竭的、随意夸大其词、声称可以"包治"性病、性功能不强甚至带有淫秽色情内容的电视广告，以及街头违法发布的淫秽印刷品广告等情况，反映尤为强烈。

为此，市工商局提前开始了广告年检工作，对全市广告经营进行全面检查，对违法药品的印刷品广告进行查禁，对医疗广告进行清理，对涉及的重点单位进行整顿，从源头预防虚假广告的产生。

为标本兼治，工商部门又召开了有广告经营单位和药品代理商等参加的药品广告整治工作会，宣传法律法规，增强广告经营者和药品代理商的自律意识。其中，对为违规药品代理商提供销售柜台的市百货总公司发出限期整改通知书，公司经理接到通知书后亲自到柜台上清理，对继续发布违法广告者一律退租。

同时，检查了市某医学会门诊部等 6 家医疗机构及某电视台等两家媒体，对违反《广告法》的沈某擅自经营广告案、市某医学会门诊部擅自发布广告案等 6 个案件进行了立案查处。

另外，强制拆除了违规发布的 80 平方米的大型户外广告牌 1 块，收缴违法广告印刷品 12 万份。（载于《春城晚报》2002 年 1 月 11 日）

个旧安云麻纺公司迎来破产后的新生

本报讯 日前，记者到个旧安云大麻纺织有限公司采访，见到了破产重组后获得新生的安云麻纺蒸蒸日上的生产景象：

走进生产车间，见到正在运转的隆隆作响的机器、在纺织机前穿梭忙碌的工人、从机器上源源不断下线的苎麻纺织品……一切都显得紧张、繁忙而有序。

在该公司经销科，记者见到了泰国商人云惠正在这里洽谈生意。云惠精干，能讲一口流利的汉语。记者与云惠交谈得知，她是该公司的老客户了。每年，她都要往返中国和泰国，把中国的纺织品运到泰国销售。她说："安云的产品质量好，价格合适，我希望把这个市场做大做好。"

看着这些令人振奋的景象，谁能想到两年前的安云，竟然是一家破产企业呢？

1999 年 10 月，原个旧市苎麻厂破产后重新组建为安云大麻纺织有限公司。在市场调查中，安云人得知外国人非常喜欢用纯植物纺织而成、不加任何添加剂的绿色环保纺织品，而这些恰恰是安云产品的强项和优势。公司迅速组织生产和外销，产品投放市场后立即销售一空。公司抓住这一机遇，在恢复苎麻产品生产的同时，还改进技术，增加了大麻、亚麻、纯棉等布料的生产，并开发了相应的服装、凉席和环保用品。这些产品一面市，立即受到外国人的青睐。

如今，安云生产的苎麻纱、大麻布、亚麻棉布、纯棉纱及相关的服装产品已出口到澳大利亚、美国、法国、德国、泰国、日本、韩国等国家。安云

506

麻纺在短短两年时间里已冲出困境，走出低谷，养活了在册的 218 名职工和 130 名临时工，还完成了销售收入 1425 万元、利税 111 万元。（载于《春城晚报报》2002 年 1 月 16 日）

锡都捧回中国人居环境范例大奖

本报讯 近日，闻名世界的锡都个旧，因其在城市园林绿化和生态建设方面取得的突出成绩，被国家建设部授予"中国人居环境范例奖"，成为目前云南省唯一获此殊荣的城市，而全国获得该奖的仅有 28 个城市。

个旧是一个以有色金属采选冶生产为主的老工业城市，过去，天黑、地黑、气黑、水黑"四黑"突出，大气环境污染严重，城市设施建设滞后。96·8 洪灾后，市委、市政府采取"政府组织、企业实施、社会参与"的办法，实施了一系列城市基础设施的改造和建设工程：对金湖实施环湖截污、底泥疏挖等综合整治工程；禁止使用燃煤，改用炊用电等清洁能源；对工业污染进行达标排放治理；禁止噪声污染，创建环境噪声达标区 6.52 平方千米。同时，进行生态环境建设，针对个旧立体型山水城市的自然特点，启动了对阴山和阳山的面山绿化工程，在金湖公园、八号洞等地新建城市园林绿化地等。

507

如今，地处北回归线、年平均气温在 16.2℃的个旧，已成为一个气候宜人、山绿水清、人美路净，最适宜于人居住的现代化的精品城市。（载于《云南日报》《春城晚报》2002 年 1 月 22 日）

个旧采取积极措施
确保国际通道个冷公路早日通车

本报讯 自国际通道个旧—冷墩公路开工建设以来，个旧市政府积极采取一系列有效措施，确保个冷公路早日建成通车。

全长 35.53 千米的个冷公路，预计总投资 4.5 亿元，建为国家二级公路，是个旧市通往元阳、红河、绿春、屏边、河口、金平等边疆 6 县的快速通道；又是通往国家级口岸河口，经越南后连接南亚、东南亚的国际通道；也是红河哈尼族彝族自治州公路建设史上跨世纪的工程。自 1997 年 10 月 18 日开工建设以来，个旧市政府采取一系列积极有效的措施，全力配合州公路建设指挥部做了大量工作，譬如：工程线内线外共占用耕地 2450 亩，市政府承担了全部征地拆迁费 1130 万元；抽调工程技术和管理人员参与工程的建设和管理；为配合个冷公路的合理使用，市政府重新调整了城市建设规划，投资 600 万元，实施仙人洞土石回填工程，既解决了隧道施工排土难的问题，又改良和新增加了可供城市建设使用的土地；新建隧道口至绿海小区 2 千米柏油公路，方便了群众到绿海小区购房居住；建成了个冷公路连接保和乡和贾沙乡 30 千米公路工程，更好发挥了个冷公路的辐射带动作用。

目前，整个工程大约 33 千米的地面线路路基工程已完成，正在进行沥青路面铺设。另外，工程中还有 2364 米的公路隧道施工，因地质情况复杂，施工难度较大，现已进入到最后 30 米的攻坚时刻。施工人员正在不分昼夜、轮流加班加点地工作，力争在春节前使隧道全线贯通。

记者在施工现场看到，隧道总高约 7 米，已完成了隧道上方仰拱和两边墙面的水泥浇灌，路面基础已做完，整个公路隧道已成雏形。来到隧道攻坚 30 米施工现场，在明亮的施工灯照耀下，"全副武装"的施工人员有的正站在凌乱的土石堆上打炮眼，有的正在把已炸出的泥石装车运走，整个施工现场紧张忙碌而有序。

红河哈尼族彝族自治州公路建设指挥部副指挥长李润生告诉记者："个冷公路隧道是从东、西两端同时施工的。现在，越是进入攻坚阶段，越要稳扎稳打，小心谨慎；对复杂的地质情况要超前探测，提前采取预防措施；在施工现场要小进尺、强衬砌，确保施工质量和安全。对隧道贯通后的工作，还要铺设沥青路面和装修洞面，还有安装机电设施、通风设备、消防设施、照明灯等很多后期工作。但是，请全州人民放心，施工和建设单位都将竭尽全力，确保大家盼望已久的个冷公路早日建成通车。"（载于《春城晚报》2002 年 1 月 30 日）

锡都下岗职工经商再"减负"

本报讯 近日，个旧市对下岗职工经商再就业的一些收费项目进行了减免，为全市下岗职工再就业创造了更好的环境和条件。

这次为下岗职工从事个体经营活动免收的费用有：工商行政管理部门原规定收取的执照框费、个体工商户管理费、集贸市场管理费、个体工商户登记费及有关各种证书费；劳动和社会保障部门及所属的职业介绍机构原规定分别收取的劳动合同签证费、个人求职服务费、职业介绍成功服务费；国税和地税部门原规定收取的税务登记证全套工本费、税务磁卡工本费，税务发票领购簿实行免费发放；卫生防疫部门原规定收取的卫生许可证和健康合格证工本费；市政工程行政主管部门原规定收取的城市道路占用费、经营性占道费、经营性临街雨篷收费。同时，取消各部门所有越权制定的收费。

对下岗职工的技能培训及职业技能资格鉴定收费，劳动和社会保障部门所属的培训站点和鉴定部门均酌情予以减收。(载于《春城晚报》2002 年 10 月 2 日)

锡都　打造昆河公路绿色家园

本报讯　近日，个旧市实施的"昆明—河口公路绿色通道建设工程"正式启动。

昆河公路从北进入个旧后，在个旧辖区的昆河公路路段涉及到鸡街、倘甸、保和、贾沙等 10 个乡镇。近年来，为保护我们的绿色家园，个旧市加大了对昆河公路沿线造林绿化的进程，森林覆盖率提高到 30.2%，公路沿线环境面貌有了较大改善。为建设更美好的家园，红河哈尼族彝族自治州州委、州政府提出了"建设昆河线绿色通道"的发展战略。

为切实实施这一战略，个旧市专门制定了《昆河公路绿色通道建设工程规划实施意见》。

该项目的指导思想是：以绿为主，以经促绿，多林并举，造管结合。

项目规划原则是：坚持生态环境与经济发展相结合；坚持造林、封山、管理相结合；坚持区域治理与退耕还林相结合；坚持区域治理与管防护林工程相结合；坚持绿化与美化相结合；坚持因地制宜与适地适树种植相结合；坚持集中连片与统一规划相结合；坚持政府扶持与发展社会林业相结合。

项目实施目标是：生态效益、经济效益和社会效益同步发展。生态效益是：项目建成 8 年后，将增加有林地面积 209296 亩，建设区域森林覆盖率达到 96% 以上，涉及乡镇的森林覆盖率由 26.2% 增加至 39.3%。经济效益是：项目建成 10 年后，预计经济林果产量达 72 万吨、产值达 14512.9 万元。社会效益是：项目的实施，共需投入劳动用工 65.4 万个，有助于增加农村劳动力就业机会，解决农村剩余劳力的出路问题，促进农村经济发展。

项目实施范围是：昆河公路在个旧辖区所涉及的沙甸、鸡街、大屯、倘甸、乍甸、锡城、保和、贾沙、卡房、蔓耗 10 个乡镇区；另有白云山林场和云锡公司两家国有单位。

项目建设总规模是：实施植树造林和封山育林等共计 266259.4 亩，其中人工植树造林 179665.4 亩，占总规模的 67.5%；封山育林 6127.2 亩，占 2.3%；现有林管护 80466.8 亩，占 30.2%。在人工植树造林中，面山绿化 172658.4 亩，绿化带 6288.3 亩，绿化行 718.7 亩；其中，防护林 136691.3 亩、特用林 6691.8 亩、经济林 36282.3 亩。

整个项目实施年限为 5 年，预计总投资 1895.8 万元。

该项目工程建设有几个"特点"：一是实施"科技兴林"，引进、推广、使用林业科技成果和先进技术进行植树造林。二是动员社会力量参与，把承包、租赁、"四荒"拍卖等方式方法引入项目建设。三是建立奖惩制度，把建设任务作为涉及区域内乡镇领导的一项重要考核指标纳入政绩考核和年终考核。（载于《春城晚报》2002 年 10 月 8 日）

专题系列报道：

2002 年个旧市"两会"系列报道之一——

参政议政　建言献策　共商"个事"
个旧市政协八届五次会议开幕

本报讯　3 月 25 日上午，政协个旧市第八届委员会第五次会议在市政协开幕。

省政协、红河州政协相关领导，红河州委常委、个旧市委书记苏维凡，市委副书记、市长李润权，市委、市人大、市政府领导，市人民法院和市人民检察院主要领导及云锡集团公司有关领导应邀出席会议并在主席台就座。

市政协主席张俊等出席会议并在主席台就座。

市政协八届委员 197 人，因病因事请假 30 人，出席本次大会的 167 人。

张俊主持大会。会议首先通过了会议议程。张俊宣布大会正式开幕，全体起立，奏《国歌》。

苏维凡在会上作了《坚定信心，与时俱进，加快发展》的重要讲话。他指出：2001 年，市委、市政府团结和带领全市各族人民克服了种种困难，实现了"九五"开局第一年良好的发展势头。他希望政协委员们认清形势，坚定对个旧发展的信心，围绕中心，突出重点，认真履行职能，把这次大会开成一个民主、求实、团结、鼓劲的大会。苏维凡并祝大会圆满成功。

会上，州政协相关领导发表了热情洋溢的讲话。他对会议的召开表示祝贺；对市政协及各位委员的工作提出了殷切希望和要求。

会议听取市政协有关领导作的《个旧市政协第八届委员会常务委员会工

作报告》《个旧市政协第八届委员会常务委员会关于提案工作情况的报告》，听取市政府领导作的《个旧市人民政府关于办理政协八届四次会议以来委员提案情况的报告》。

下午，市领导参加各界别委员分组审议常委会工作报告和提案工作情况报告会议，认真听取委员们的意见和建议。（载于《个旧报》2002年3月27日）

2002年个旧市"两会"系列报道之二——
坚定信心　与时俱进　扎实工作
苏维凡在"两会"上作重要讲话

本报讯　3月25日和26日，个旧市政协八届五次会议和市人大十三届五次会议先后召开。

红河州委常委、个旧市委书记苏维凡在"两会"上作了重要讲话。他说：人大、政协"两会"的召开，是我市政治与民主生活中的一件大事。过去的一年，是个旧经济发展中困难最多、最大的一年，也是取得可喜成绩的一年。个旧这个老工业城市目前还处于经济转型时期，机遇与挑战并存，困难与希望同在。只有充分认清形势，才能坚定对个旧发展的信心，才能合理提出今年发展的目标和措施。

在"人代"会上，苏维凡从国际国内形势的角度，分析了我市今年面临的机遇和挑战，并指出围绕"一二三"工作思路，以作风建设促进各项决策落实，要认真贯彻好省委提出的"三十五"字工作方针。他强调，人大工作要以"三个代表"重要思想为指导，才能真正发挥国家权力机关的作用。他要求与会代表要认真负责，审议好会议文件，统一思想认识，做好补选工作；要加强组织纪律性，树立好会风，把这次大会开成统一全市人民思想、动员和团结全市各族人民为振兴个旧而努力奋斗的大会。

在"政协"会上，苏维凡指出：要牢牢把握正确的政治方向，切实履行好政协基本职能，突出团结、民主两个主题，进一步推进政协工作规范化建设。他殷切希望政协要在一些党委关注、政府重视、群众关心的问题上进行调查研究，出实招，进净言，以高度的政治责任感，切实履行政治协商、民主监督、参政议政的光荣使命，扎实工作，把全市改革开放和社会主义现代化建设事业推向前进，以优异成绩迎接党的十六大胜利召开。（载于《个旧报》2002年3月27日）

511

2002 年个旧市"两会"系列报道之三——

苏维凡希望民主党派要不断加强自身建设

本报讯 3 月 27 日下午，红河州委常委、个旧市委书记苏维凡来到市政协会议分组讨论第二组的讨论会场，参加了委员们的讨论活动，并对委员们提出殷切希望。

王跃龄、马夏林等委员先后发言，马昌扬委员则宣读了洋洋数千言的"提案"。苏维凡边听边认真做记录。委员们发言完后，苏维凡就委员们提出的税收增幅、后续发展项目、医保、国企改革、政府改进服务、科技进步、个旧一中教师队伍建设、印楝项目实施等情况一一作了回答和说明。

随后，苏维凡说，"入世"后，民主党派的工作要加强而不是削弱，因此民主党派自身也要重视研究和改进工作；要注意补充新鲜血液，重视对年轻干部的培养；要注意加强自身建设，不断提高综合素质；要认真学习"三个代表"重要思想，做有水平、有觉悟、有责任感的委员；要学点现代科技知识、"入世"知识等；要注意调查研究，深入基层，眼睛向下，了解情况。总之，综合素质提高了，参政议政的意识才能增强、能力和水平才能提高。（载于《个旧报》2002 年 3 月 29 日）

512

2002 年个旧市"两会"系列报道之四——

政协委员要增强使命感和责任感
——个旧市政协八届五次会议侧记

今年是本届政协委员任期的最后一年，在 3 月 25 日召开的市政协八届五次会议上，委员们纷纷表示：要继续增强使命感和责任感，站好最后一班岗，继续为锡都的发展献计出力。

严官保委员认为：市委书记苏维凡的讲话，分析问题和困难都十分中肯和客观，更强调了克服困难必须有的信心和勇气。因为个旧人是靠着信心和实干，克服重重困难，才取得今天的成绩，所以我们在增强参政议政的使命感和责任感的同时，首先是要增强信心和勇气。

刘天福委员则畅谈了自己的肺腑之言：一是"入世"后，个旧的锡价完全依靠国际市场价格来决定，故而个旧发展的困难是显而易见的。要克服这些困难，我们民主党派义不容辞，我们要出主意、想办法，与共产党和人民群众同呼吸、共命运。二是在解放思想上，领导干部要率先垂范，因为决策者和管理者思想解放的程度和具体行动，会影响到人民群众的思想和行动进而影响到一个地区的发展。三是医保改革是好事，但在具体操作中老百姓不满意，为什么？问题出在哪里？建议组织委员们进行专题调研，找出问题，提供给市政府做决策参考。

张玲委员认为：个旧如何找到符合自己实际的替代产业，要有战略眼光，仅靠小打小闹难有成就。委员中就有不少各行各业的专家，大家应该多出主意、想办法。

陈帮久委员也认为：政协人才济济，各类人才应该充分发挥自己的潜力和智能，为家乡的发展出力。

任阳明委员和饶淑英委员认为：应该加大对贫困山区的扶贫力度和对基础教育的投入力度；同时，精品城市建设要注意保护生态。（载于《个旧报》2002年3月29日）

2002 年个旧市 "两会" 系列报道之五——

王跃龄委员：会议应开得更实更活

如何开好一年一次的政协会？使会议开得更有实效、更生动活泼？

王跃龄委员认为：政协会年年开、形式都相同，有些委员成了 "开幕时报个到、闭幕时吃顿饭、平时不到会、更不写提案" 的 "老油条"。

究其原因，除了委员自身需要不断提高素质以外，会议本身也存在一些弊端：一是形式古板、繁琐，对人难有吸引力；二是一些委员担任领导职务，工作确实繁忙。为此，建议改进的对策：一是改变一些会议的形式，把会议开得更短、更有实效、更生动活泼些；二是下届委员在人民团体、民主党派中选举产生的比例应适当提高，使那些当选的委员能够真正做到在其位、谋其政、担其职、尽其责，充分发挥好政协委员参政议政的作用。（载于《个旧报》2002年3月29日）

2002 年个旧市 "两会" 系列报道之六——

刘天福委员：更新择业观念 实现自食其力

来自个旧市中医院的刘天福委员对个旧市的失业情况深感忧虑。

刘天福认为：作为一个老工业城市，个旧的下岗职工较多；同时，年轻人的就业压力也很大。但在实际就业和再就业过程中，许多人没有转变就业观念，对工作挑三拣四、斤斤计较，嫌这个苦累，嫌那个钱少，很多工作都不愿意干。特别是一些大中专毕业生及其父母，找工作时高不成、低不就，有些父母甚至说："现在大家都是一个孩子，我们又不是养不起他，好不容易读了个大专中专，还让他去干那些农民工干的工作，又辛苦累人，又没有面子。"

这就导致了在个旧有一个很奇怪的现象：一边是个旧本地户口的无业人员难以找到工作，只能靠低保或救济度日；一边是个旧的企业中有大量的工作岗位上严重缺人，譬如建筑、矿山井下采矿等行业，因为缺人，这些企业不得不聘用着大量的外来农民工工作。其实，这些行业虽然辛苦一些，但收入也不算低，如一个采矿工的月工资也有 800 至 1000 元。

对此，刘天福忧心忡忡地表示：对那些 20 多岁的待业青年，家长宁可闲养在家，也不让他们去干这些工作，年轻人自己也不愿意去干。这至少折射出几个不容忽视、应该引起人们警醒的共同的社会问题：一是不管是下岗职工还是年轻人的择业观念，都应该尽快改变；二是一个正常人在能养活自己的基础上，还应该为实现自己的个人价值和社会价值而努力奋斗；三是只有这样才能做到自食其力，不拖社会发展和家庭生活的后腿。否则，长此以往，将对整个社会和个人的发展产生很多严重的恶果。（载于《个旧报》2002年 3 月 29 日）

2002 年个旧市"两会"系列报道之七——

一份特殊的礼物

（新闻特写）

3 月 27 日上午 11 点，在个旧市政协会议室出现了一幕感人的场景：一位女"警花"手捧鲜红的投票箱，郑重地收下了委员们送上的一份特殊"礼物"。

原来，这是个旧市公安局组织的请政协委员和人大代表对公安工作和民警工作进行的测评。这份《云南省县级公安机关工作与警民关系测评表》，从工作作风、工作效率、服务态度等多方面进行测评，市公安局在"两会"期间把测评表发到每个委员和代表手中，请大家对公安工作和警民关系进行测评。刚填写完测评表的马夏林委员说："我们是第二次填写这个测评表了。去年'两会'期间，公安局就发这个表测评相关工作了，一些委员提出了很尖锐的意见，公安局对此进行了整改，很有成效。委员们都说，测评与不测评，就是不一样。"

市公安局领导动情地说："这份测评表是'两会'代表和委员们为我们公安工作送上的一份特殊礼物，它鼓励我们继续发扬好的方面，鞭策我们改正错误，让我们为全市经济社会发展保驾护航，多作贡献。"（载于《个旧报》2002年3月29日）

专题系列报道：

2002年"个旧市深化国有企业改革"调研系列报道之一——

为国企改革"把脉"

本报讯 4月16日上午，红河州委常委、个旧市委书记苏维凡率调研组来到鸡街冶炼厂调研时，就开门见山地对厂长周正猛等企业领导说："今年是我市的'国有企业改革年'，按省委要求，我市将成为全省深化国有企业改革的试点城市。为会好诊、把好脉，我们今天专门来听听企业领导和职工的想法，了解存在的困难和问题。"

为切实贯彻省委深化国有企业改革的精神，4月16日至18日，由市委书记苏维凡、市长李润权、副市长段国平分别率领的3个调研组先后深入到个旧市的36家国有企业进行调研。记者跟随第一调研组，先后来到鸡街冶炼厂、江水地砖厂、乍甸农场等企业进行采访。每到一处，苏维凡一行都详细听取企业党政工负责人的工作汇报，从人员、资产、生产经营、存在困难问题、改革打算等全方位地了解、掌握情况。苏维凡等领导边听边记，非常认真，并不时提问；还根据了解、掌握的情况，为企业算细账、理思路，并针对不同的企业提出相应的改革意见和要求。

苏维凡强调：改革是为了企业的长远发展和职工的切身利益，早改比晚改好，企业党政工领导一定要做好职工的思想政治工作，确保改革顺利进行。（载于《个旧报》2002年4月19日）

515

2002年"个旧市深化国有企业改革"调研系列报道之二——

"国退民进"求发展

本报讯 近日，红河州委常委、个旧市委书记苏维凡针对全市深化国企改革提出要求说："深化国企改革要从我市实际出发，走'国退民进'的路子，即国有资本要大幅度退出、民营资本要大幅度进入企业。企业要争取一些有实力的民营资本进来参与生产经营管理和发展。'国退民进'后，政府就从企业的生产经营管理中退出，更好地履行管理社会、服务企业的职能。"

市鸡街冶炼厂由于体制不顺、社会负担重、原材料市场不畅等诸多原因，企业生产经营步履艰难。对此，苏维凡在调研时指出：鸡冶要脱胎换骨，必须彻底改制，大踏步推进"国退民进"，只有抓住机遇打好改革攻坚战，放下包袱、重组资产、切块搞活，才能求得生存和发展。

在市化肥厂，苏维凡指出：该厂当前既要抓紧时间进行改制，扶持民营，收购国有，让国有资本尽快退出；又要稳定人心、稳住市场、稳定生产、稳定社会各方面的关系。

市粮食购销有限公司在承担着军供、储备、救灾救济等政策性供粮任务的同时，大胆闯市场，向市场要效益，仅去年就收购、加工滇屯 502 等优质香稻米 2400 万千克，销售 1733 万千克。对这家承担着政策性供粮任务的特殊单位，苏维凡说："你们要两条腿走路，一条腿是保证政策性任务的完成；另一条腿是要勇闯市场，求生存、求发展，对你们的要求是收缩国有、放开民营。"

大屯养猪场曾是全州农业科技示范基地，对该单位的改革，苏维凡要求：改制势在必行，但改制后既要盘活企业，又要保证继续发挥供应优质种猪的社会公益功能，总之，是要求生存、求发展。（载于《个旧报》2002 年 5 月 9 日）

2003—2004 年：

个旧市财政局首家实行竞争上岗

本报讯 3 月 19 日，个旧市财政局在全市国家机关中首家实行竞争上岗、双向选择的人事制度改革。

为改变人浮于事、效率低下、推诿塞责的工作现状，培养高素质的财政干部队伍，形成有利于优秀人才脱颖而出的竞争机制，促进勤政、廉政建设，个旧市财政局实施了这一改革。改革的内容包括：指导思想、目标、基本原则、组织领导、实施范围、工作程序、相关要求以及人员管理等。改革的范围是：局机关、票据管理中心、会计核算中心和政府采购中心科以下职务的全体工作人员。竞争上岗的程序是：公布职位及职数、公开报名、资格审查、竞岗演讲、民主测评、组织考察、任前公示、组织决定等。

竞岗完成后，对未能竞聘上岗的工作人员实行待岗。待岗期间，由组织安排其他临时性的工作和学习培训；不得享受职工工资以外的待遇。待岗期满后，根据本人工作、学习情况，经群众评议、组织考核合格后确定岗位。考核不合格者，限期 6 个月内调离财政系统；调离期满仍未调离者，办理辞退手续。（载于《春城晚报》2004 年 3 月 6 日）

个旧农村签订《家庭赡养协议书》

本报讯 日前，个旧市在红河哈尼族彝族自治州首家推行"农村家庭赡养协议"并签订相关的协议书。

据了解，个旧市目前 60 岁以上的老年人占总人口的 13.48%，其中又有 60.7%生活在农村。在农村社会养老保障体系尚未健全的情况下，家庭养老和小辈赡养长辈仍然是农村老人主要的养老途径。但因种种原因，农村家庭对老人的赡养经常会发生矛盾和纠纷，致使一些农村老人得不到赡养、基本生活得不到保障。为此，个旧市政府特别制定了农村家庭赡养的具体要求、措施、标准并要求相关人员签订协议、履行义务，确保农村老人的基本生活有保障。

市政府制定的相关措施和要求是：有利于发挥养老作用、代际关系和谐、农村社会稳定和经济发展；符合老年人的经济供养、生活照料、精神慰藉等多方面的需要；保障老年人的吃、穿、住、医、用、葬等；在赡养标准上，要符合其家庭经济条件和赡养人的承受能力，确保老年人生活不低于其家庭成员的平均水平。

同时，要求在签订赡养协议书前要做好老年人和赡养人及相关人员的思想工作；签订赡养协议书的重点是家庭矛盾突出、纠纷较多、赡养责任不落实的家庭。赡养协议书由各村委会负责组织签订和监督执行。（载于《春城晚报》2004 年 4 月 16 日）

个旧在红河州首家开通"校校通"教育城域网

本报讯 日前，个旧市在红河哈尼族彝族自治州首家开通了"校校通"教育城域网。省、州、市有关领导参加了开通仪式。城域网开通后，工作人员随即为与会者讲解并演示了城域网模块功能及开网情况。

为实现教育信息化，不断提高个旧教育的实力和水平，个旧市制定了《个旧市现代教育技术"十五"规划》，其中之一是要求在 2004 年建成一个连接个旧市城乡学校的教育城域信息网络，实现"校校通"，共享网上教育

517

资源。但由于教育城域网建设在当地尚无先例可鉴，且个旧市城乡学校分布较广，故实施起来困难重重。

为此，个旧市积极努力，本着充分利用现有设备、合理配置网络结构、预留扩充和选择标准的开放性的网络技术等基本原则，对所要达到的整体目标、投入、效果、业务整合等进行了分析和规划，制定了相关方案和措施。之后，市政府共投入1728万多元，通过增置计算机、升级硬件、增加信息节点、改善网络宽带等方式，使各学校的计算机硬件及网络设施进一步完善，达到了"校校通"软件平台的运行要求；购置了计算机2764台，使生、机比例达到18:1；建设多媒体教室30个、校园网20个、数据托管学校22所；购买"校校通"软件253套；对教育局机关局域网络和计算机等硬件设施进行了升级完善；按照全市"校校通"建设的目标及要求，市教育局完成了500人次的系统管理人员、部门主管人员的一级培训和教师的二级培训；建成后的"校校通"城域网覆盖了全市城乡的18所普通中学、19所小学、市成人教育中心和市高级职业中学。

目前，开通后的城域网，使全市教育系统基础信息规范及标准编码工作已经完成；全市5.4万名师生基础数据已经建库和建模；城域网内各单位、各模块进行了联机试运行，运行状态良好。

"校校通"工程的实施，实现了个旧市教育系统网络互连、平台间数据交流和教育教学资源共享；实现了信息化的教育、教学和管理；实现了信息技术和各学科的整合；提升了全市现代化教育的能力、质量和水平，为个旧市的教育开拓了更加广阔的新天地。（载于《春城晚报》2004年4月26日，有删节；载于《个旧报》2004年5月9日）

辑四　有感而发·新闻言论
（1999—2002 年）

蚯蚓·垃圾·精品城市

据《中国环境报》载：北京市环境部门已开始大面积使用小蚯蚓处理城市生活垃圾，1 吨小蚯蚓 1 天可吃掉 1 吨生活垃圾。一个三口之家 1 天的生活垃圾，50 到 100 条蚯蚓就能将其全部"消灭"。况且，被蚯蚓吃过的垃圾，已变成了富含有机腐殖质酸的高级有机肥料，可在农业生产中广泛使用，随之可减少化肥的使用及其对环境和农产品的污染和危害。

闻此消息，不禁喜极。

随着我国经济快速发展、人民生活水平不断提高，各种垃圾也不断增多，成为困扰城市发展、影响环境生态的一大"肿瘤"。一些城市建设得花团锦簇、秀美无比。可是一到城郊的垃圾山上就奇臭刺鼻，肮脏的塑料垃圾袋到处乱飞。而若改为垃圾填埋，不仅占用大量宝贵土地，还污染了地下水资源。

垃圾处理的好办法和出路在哪里？

联合国著名环境问题专家斯蒂夫认为：在自然界中，万事万物是一个循环状的圈，这个圈是一个生物链，这个链上的任何一节都不能"脱轨"，否则，大自然就会对人类进行惩罚。人类经过探索和研究，学会了用蚯蚓吃垃圾来有效处理垃圾难题，这无疑是这个生物链上的重要一环。据报载，2000 年悉尼奥运会，奥运村的生活垃圾就全靠 160 万条蚯蚓的"消化"而处理了。

由此，又想到那个被誉为"锡都"的城市。

平心而论，这个有 40 多万人口的城市是建设得越来越美了：依山，临水，天蓝，山绿，水清，路平，灯亮。

然而，你若来到距市区北端 2 千米外的山坳里，见到的却是另一番景象：这里有座垃圾山，垃圾越堆越多，范围越来越大，肮脏的塑料袋到处乱飞……据来自当地环卫部门的不完全统计，全市每天产生的生活垃圾多达百余吨，处理的方法依然是堆放或简单地填埋。

这"垃圾山"的难题如何解决？

当地环卫部门是否可以学学北京同行的高招？

当地政府已响亮地提出：要把这里建设成为集居住、休闲、度假、旅游为一体的"精品城市"。但是，垃圾处理问题若不尽快、尽好地解决，必将成为困扰"精品城市"建设的新问题。而且，随着小城镇建设步伐加快、城镇人口增多，垃圾也将成正比增加。故而，对垃圾进行长效治理已刻不容缓。（载于《个旧报》1999 年 8 月 5 日）

"请愿书"与转变观念

近日，闻知某市某乡干部群众联名上书市领导，请求将原定放在该乡、后又因故改放在某镇的一个大型工业建设项目"拿回来"。

原来，在去年，一家实力雄厚的省属企业决定在某市投巨资兴建一个前景非常好的工业项目，选中了某乡的一片荒山作为厂址。在征地时，这家企业按照国家有关规定并适当提高标准给予相关村民补偿。

谁知，有少数村民提出了许多苛刻条件，其中特别是征地补偿标准大大超过国家的相关规定，他们认为这家企业有的是钱，不要白不要，所以就狮子口大开；并扬言，如果不满足这些条件，这家企业在这里就别想征到半分地。

这家企业很着急，去村民家里做了许多工作，又适当提高了补偿标准，但仍然做不通。市、乡两级领导得知情况后，也亲自出面，多次去对这些村民做耐心细致的说服解释工作，但依然做不通。

无奈，这家企业只得另觅佳地。他们重新选定了相邻某镇的一个地点。这个镇的村民和领导闻讯后，非常欢迎这家企业到他们那里去投资搞项目建设，并提供各种便利，1周内就办妥了各种手续。这家企业也就趁热打铁，立即在此开工建设。

这一"推"、一"接"，反映出这两个乡镇的一些村民在思想观念上的巨大反差。

"推"，是传统的"敲竹杠"的老观念在作祟。不错，土地是农民的命根子，但对这片荒山而言，如果不有效地开发利用，它就永远只是一片没有任何增值价值的荒山而已。

"接"，则表明了一种可贵的新观念：不求所有，但求所在。为啥？因为企业在此投资建设工业项目，一是将来的税收为当地财政增加了收入；二是几百个在企业工作的职工及其家庭人员在这里日常生活的消费，就是一个很大的市场，将带动当地农产品和服务业的发展，当地农民的收入也就自然而然地增加；三是企业先进的工业文明理念的带入、渗透与融合，对当地人们思想观念和经济发展都会产生巨大而长远的影响……

但是，如此一件好事，一些村民为啥就不接受呢？原来，这些村民只盯着眼前利益，想这家企业有的是钱，就"瞎子打老婆——打着一回是一回"。不曾想，这一"打"，却把"财神爷"给"打"跑了。

当然，可喜的是这些村民通过这件事后已经醒悟，后悔自己一锄头要挖个井的主观想法并不好，也不切合实际。所以，又联名写了"请愿书"，请求市领导帮助他们把这家企业"请"回来……虽然，现在这已是不可能的事，但"请愿书"至少也从另一个方面证明：村民们从这场"得而复失"的折腾中，悟到了许多弥足珍贵的东西……

然而，机遇并不是随时都有，人生能经得起几次"痛失"？（载于《红河日报》1999年9月16日）

赞"家丑"外扬

近日，个旧市人民医院对该院涉及医疗、护理、财务、后勤服务等工作中出现的6起责任差错进行了通报批评和处理。同时，对其中5起直接责任人的主管领导也进行了连带责任处理。

"家丑"也敢外扬，是人民医院的特别之处。是的，不暴露问题不等于没有问题。但有了问题而不去正视它、解决它，问题就会越积越多，全心全意为患者服务就会成为一纸空谈。只有对暴露出的问题进行果断、快速的处理和解决，才能使医院管理逐步走向制度化、规范化和科学化。该院这次通报的6起责任差错虽然都没有导致严重后果，但是防患于未然，目的是使全院职工都增强责任心和行动力，把责任事故和损失减少到最低限度。

而更难得的是，医院借此次"家丑"外扬的机会，还查找出全院工作中存在的一些隐患。譬如：少数同志服务态度差，对病人冷、硬、顶、推、拖，影响了广大医务工作者的形象；少数人服务艺术较差，缺乏自我保护措施和预见性，盲目自信，不按照规章制度和操作流程办事，容易发生问题；诊疗过程中，存在多收或少收费的现象。对此，该院也采取了相关措施进行规范，如：对今年以来没有出现这类问题的耳鼻喉科和老干部科给予表扬，对其他出现这类问题的科室进行公开批评。

在探索社会主义市场经济过程中，各行各业都是"摸着石头过河"，都会走一些弯路，市人民医院也不例外。但可喜的是，该院在不断的"阵痛"中，已总结出许多有效、有益的经验并提升为各种规章制度，实现了制度化、常态化的管理，使该院的医疗技术服务水平和能力实现了质的飞跃，医院及医护人员在老百姓心中的形象也大为改观。（载于《个旧报》1999年12月11日）

有感于"曝光台"

近日，偶然读到个旧市人民医院的内部媒体《人医通讯》，被上面一个叫"曝光台"的小栏目所吸引。栏目里先后登载了该院每月和全年工作考核的情况。在通报成绩的同时，更多的是通报存在的问题，诸如：病历记录不及时、导医工作主动性差、保卫工作时有脱岗现象、少数科室医疗纠纷发生率高、对病人态度简单粗暴等。

乍一看，这些多数都是鸡毛蒜皮的小事，是否有点小题大作？而且，听说这份小报除本院职工看外，还送到上级部门和友邻单位进行交流。

与同僚谈起这事，大家都不免杞人忧天：难道该院的领导们就不怕"家丑"外扬？并且，医院的领导就管这些"小事"？

一日，遇到人民医院的何南飞院长，忍不住把这些疑问说与他听。他听后坦然一笑，问："你说是'家丑不可外扬'重要还是病人的生命重要？""当然是病人的生命重要！""那么，这些小家丑如果不治理好，日积月累，说不定哪天就会酿出人命关天的大事来。"

对啊！

然而，"报喜不报忧"是现在不少单位总结、考核工作的捷径。报忧丢人，报喜光彩，考核也不会得罪人，落得个上下皆大欢喜。何乐不为？

报喜固然无错。但对"忧"，就可以视而不见、忽略不计甚至听之任之了吗？

君不见，报纸电视上近来时有矿井坍塌、轮船倾覆、商场着火等不少灾难性报道，人、财、物等损失极为惨重！

难道，在这些人命关天的大事故发生之前，就没有一些"预兆"？比如：像"家丑"一类的"小事"……

有，肯定是有的。只不过这些问题都被那些喜欢报喜不报忧的人给一层层地捂住了。小洞不补，大洞吃苦。这不，他们捂住了"小小的家丑"，却造成了以别人生命为代价的灾难性事故。

想到此，禁不住为人民医院领导班子的责任和胸怀而感佩！

但愿，在我们的工作中能多一些敢于不捂"家丑"、积极治理"家丑"的人。（载于《个旧报》2001 年 6 月 1 日）

523

为营造良好的投资环境喝彩

近段时间来，个旧的主流媒体上出现了中共个旧市委、市人民政府引人注目的宣言：“投资者的成功就是我们的成功，投资者的失败也是我们的失败”、“没有招商引资的大突破，就没有个旧经济的大发展”。

在前不久召开的全市经济工作会上，市委书记苏维凡强调：要把营造招商引资的好环境作为个旧发展的大事来抓紧抓好。市长李润权更是提出了极为务实的做法：建立“项目联系制”和“项目责任制”，要求从市级领导到部门领导到办事人员，都必须切实履行这些职责。

我们不禁为这种实实在在的做法而击掌，而喝彩!

喝彩一：为个旧市委、市政府的勇气和魄力。“没有招商引资的大突破，就没有个旧经济的大发展。”市委、市政府已经超越“有色金属”“中国锡都”这些孤芳自赏的“小我”意识，把个旧经济发展融入到中国经济甚至是世界经济发展的大格局之中。这种气魄，是个旧经济和社会事业发展的灵魂。

喝彩二：为个旧人思想意识的大转变。招商引资是个老话题了。过去，个旧人一直以个旧是中国的锡都而自豪着、骄傲着，也一直靠着锡和其他有色金属吃饭——且吃得也不错。自改革开放以来，全国各地如火如荼的招商引资潮流和行动，好像并未更深地触动到自我感觉良好的个旧人——没有招商引资，我们不也靠着“有色金属”这个“铁饭碗”而衣食无忧吗?

然而，随着社会主义市场经济的逐步建立和国企改革的不断深化，随着中国加入WTO，仅仅依靠“有色金属”，个旧人或许可以吃饱饭，但是要奔小康就很难了。所以，只有招商引资培植新产业，才能求得新发展。个旧人，终于冲出自我封闭的圆圈，主动打开大门，勇敢地接纳外面既精彩亦凶险的世界。

喝彩三：为营造良好的投资环境的实际行动。没有投资环境的切实改善，招商引资和发展都是空说空想。因此，1990年代后期，市委、市政府富有预见性地提出了个旧要“立足有色，超越有色”的发展思路。

“有色”，是个旧的传统优势和特长，要生存，要吃饭，现在还必须依靠“有色”；甚至，在今后“超越有色”所需的一些资金、技术、人才等综合实力上，都必须依靠“有色”来积累、来支撑。所以，“立足有色”是基础。

在实现“立足有色”的基础上，才能“超越有色”。而要“超越有色”，就必须培育新的支柱产业。个旧作为一个老工业城市，历史遗留问题多，社会负担重。培育新产业的钱从哪里来? 最好的办法就是吸引外资来投入。

　　外资来投入了，如何才能扎根、开花、结果？这就必须营造良好的投资环境。在这点上，个旧过去做了许多工作，但这次建立各级领导和工作人员的"项目联系制"和"项目责任制"，在个旧历史上却是首开先河，是实打实的行动，责任到人，制度管人，奖罚分明，毫不含糊。只有这样，才能实现个旧经济社会的快速发展。

　　我们相信，有了这种魄力、这种思路和这些行动，锡都的明天将会更加辉煌和美好。（载于《红河日报》2002 年 9 月 7 日）

辑五　理性光辉·新闻论文
（2000—2002 年）

试论党报新闻工作者的政治思想素质

新闻工作的性质，决定了新闻工作同政治的密切联系。任何一家媒体的新闻宣传服务，都体现着一定的政治倾向，这是马克思主义新闻学的基本观点。西方政治家和新闻机构虽然也在表面上标榜着"民主、人权、自由"，但在具体新闻工作中，他们的思想意识和实际行动，都证明了新闻舆论的政治倾向性及其为一定的党派和集团利益服务的特性。

我国对新闻工作的政治要求是非常鲜明的，它必须要在中国共产党的领导下，为社会主义服务，为人民服务；必须体现"三个代表"重要思想；必须服从全党、全国工作的大局。所以，作为一个党报新闻工作者，从事的是政治性很强、影响人们思想意识和价值判断的职业，因此，应该学会从本质的、科学的含义上去理解政治并自觉地讲政治。为此，必须不断地努力提高自己的政治思想素质。

那么，党报新闻工作者的政治思想素质是什么呢？

首先，要有坚定正确的政治信仰、政治方向和政治立场。这是党报新闻工作者政治素质的核心，要抓住这个核心，不断提高自己的综合素质，因为它决定着我们新闻工作者的全部工作实践，决定着我们手中的这支笔为谁写、写什么、怎样写。

马克思列宁主义、毛泽东思想、邓小平理论和"三个代表"重要思想，是我党的指导思想和理论基础，更是我们新闻工作行动的指南。学习和掌握这些理论，才能具有坚定正确的政治信仰、政治方向和政治立场，才能在实际工作中有坚定、正确的理想信念；才能把国家利益和人民利益放在第一位，自觉地为国家和人民的利益而工作；才能胸怀全局，目光远大；才能不怕困难，不受干扰，在大是大非面前旗帜鲜明地为社会主义事业大声疾呼、大力宣传。

同时，对我们所写的任何一篇文章，都要有一个衡量的标准——这就是它的社会效果是否有利于党、国家和人民的根本利益。这个标准体现和渗透在包括选题、采访、写作内容、版面安排、标题制作、语言运用等具体的工作中。

其次，要有敏锐的判断是非的能力。只有有了正确的政治立场，才会有敏锐的判断是非的能力，才会对各种新出现、新发生的事情的政治属性、政治倾向、政治后果或政治意义作出迅速而准确的判断，并进而确定这件事情是否有意义、是否需要报道和应该怎样报道。总之，党报记者要时刻想到自

527

己手中这支笔的分量，写出的文章要对社会、对人民、对国家负责，要经得起社会实践和读者的检验。

第三，要有较高的政治理论修养。政治素质包括正确的理论修养，这是政治素质的基础和前提。一个党报新闻工作者的政治素质高不高，正确的理论修养起着很大作用。党报新闻工作者的政治不是朴素的、自发的、盲目的政治，而是要懂得正确的、科学的政治理论并以此指导自己的行动，这样才能使自己的政治信仰坚定不移和行动不偏离正确轨道，经得起任何风浪的考验。

同时，如果缺乏正确的理论修养，对辩证唯物主义和历史唯物主义的世界观和方法论了解不多，对科学社会主义理论及其修养的重要性认识不足，不注意学习和养成，以为新闻工作就是见子打子、见什么写什么，那么，我们的思想和行动就难免主观、偏激、狭隘，只见树木不见森林，缺乏全局观念，看不到长远，只会就事论事，那水平和能力就很难提高，就很难有好的发展。这是影响新闻工作者健康成长、走向成熟的致命弱点。

第四，要有优良的思想作风和工作作风。这就是要深入实际，要到基层一线和艰苦环境中去了解实情、采访到第一手材料，这样才能炼思想、炼作风、炼能力。思想作风与政治素质有密切的关系，它是体现政治方向的一个重要因素，也是个人政治方向外在的、经常的、具体的体现。如果工作不扎实，采访不深入，不掌握第一手材料，就会在文章中出现虚假、浮夸等情况，也就抓不住问题的本质，写不出有分量的文章，甚至搞成假新闻。

近些年，进报社工作的人员大都是从学校毕业的学生，他们普遍学历较高，思想活跃，但缺乏在基层工作的锻炼，缺乏对实际工作的了解，缺乏对民生情况的掌握，缺乏对中国国情客观、辩证的研判，缺乏实际工作的行动能力，看问题、写报道多流于肤浅、片面、就事论事，甚至分不清是非轻重，做不到辩证、客观、全面、符合实际情况。针对这一实际，应该采取组织年轻记者深入基层采访、轮流蹲点等方法和措施，在急、难、险、重的报道工作中培养、磨炼出记者和编辑优良的思想作风和工作作风，为更好地开展新闻工作打好坚实基础。

第五，要善于总结经验和教训。不论是成功经验或失败教训，都是在工作和学习中不断探索、行动、磨砺、总结和积累而得来，对此都应及时进行分析和总结，才能在今后的工作中举一反三、由此及彼、由表及里，发扬经验、避免教训，工作才能越做越好，路才会越走越宽。

第六，要学会辩证、客观地把握好新闻的真实性——即新闻必须是真实的，但真实的不一定就是新闻。

譬如：一次，某记者采访了某市经济工作会，有关领导和职能部门对全市一些长期亏损的国有中小型企业的改革提出了一些初步的设想或建议。事后，该记者就将这些只是设想或建议的内容写进了经济工作会议的新闻中并在该报头版头条的显要位置刊登出来。有关企业的职工和家属读到这期报纸后，就误认为这是政府的决策和要实施的措施，这让他们非常不满。他们就拿着这期报纸不断到市委、市政府上访，并有一些过激的话语和行动，给当地党委、政府的工作造成了很大的被动和负面影响。

当报社对该记者进行帮助教育时，她仍然固执、偏狭地说：新闻要求真实，而我写的都是真实的，那些开会的人确实是说了这些话的，我怎么就不能写？你们不让我写就是压制民主、否认真实。

在这里，该记者简单、机械地把"新闻的真实性"等同于"真实的就是新闻"，把还未实施的设想、意见建议等主观想法与实际实施的措施、行动相混淆，误导了民众，引起了人们思想的混乱，甚至成为社会不稳定的导火索。此时，一个记者的政治敏锐性、鉴别力和理论修养就显得非常重要了。对还没有成为事实的事件是否报道、怎样报道，或对已成为事实的事件又该怎样写、怎样报道等，都在检验和考量着一个党报记者的综合素质和水平能力。

总之，在新的历史时期，要继续坚持继承和发扬党的优良作风和老一辈新闻工作者创建的优良传统：深入实际和基层一线，密切联系群众；遵守职业道德和操守，遵守政治宣传纪律；既敢于坚持自己的正确意见，又勇于改正自己的错误；在实践中"养成"，在"养成"中提高。久而久之，一个党报新闻工作者就能在实际工作的磨炼中，变得思想坚定而成熟、行动果敢而高效、所写新闻真实而深刻，成为勇于为社会主义新闻事业贡献自己聪明才智的优秀新闻人才。（本文荣获 2000 年全国大中城市新闻论文征文活动二等奖。）

"锡文化"：个旧建设精品旅游城市的灵魂

作为举世闻名的锡都，个旧提出了"建设精品旅游城市"的目标。根据个旧独有的锡工业城市及其衍生而来的"锡文化"特点，其"建设精品旅游城市"的灵魂和关键是：保存并系统开发"锡文化"。

综观西安、丽江、大理等许多"旅游热"的地方，都因开发出了独具特色的"那一个"而"游"久不衰。个旧的看家本领，则是开采了2000多年大锡的历史、并由此衍生而出的举世闻名的"锡都"及其"锡文化"。这是世界上任何一个地方都无法取代、也无法"克隆"出来的无价之宝。

然而，随着历史发展、社会变迁，现在，这些无价之宝有的已经消失，有的散落在各行各业或者民间。那么，如何把灿烂、悠久的"锡文化"系统、全面地研究、开发并集中展示在世人面前？这就需要建设一个"个旧锡文化区"，为集中展示"锡文化"创造有形载体。"锡文化区"的建设应包括"软件"和"硬件"两部分。

一、"锡文化区""软件"建设的主要内容包括：

第一，编撰一套《锡文化系列丛书》，制作一套"锡文化音像制品"。

组织一批有一定文字功力、比较了解个旧历史现状、老中青结合的队伍来整理和发掘个旧的"锡文化"历史、民间传说等，编写出一套"锡文化系列丛书"，可包括《锡都史话》《美丽传说》《绚丽画卷》等。

制作一套包括碟片、录音磁带和录像带在内的"锡文化音像制品"，满足游客不同消费层次和求知、收藏的需要。

第二，集中组织一批考古专业人员对个旧出土的"锡文物"及其遗址进行整理和发掘。

据了解，因经费困难，1980年代以来个旧出土的许多珍贵文物到现在还未能全面修复，不少文物还堆在仓库里"睡觉"。一些研究和发掘价值很高的古遗址也未能发掘。如果要下决心向世人推出"锡都"和"锡文化"，则对"锡文物"的发掘、修复、整理并作出系统的文字和图片说明，不仅是必须的，而且是刻不容缓的。如果缺少这一项的工作，"锡文化区"的"软件"建设将大为逊色。

第三，组织专业人员设计、生产以"锡文物"为主题的系列旅游商品。

前些年，个旧出土了"铜俑灯""铜三羊盒""铜甑子""冶炼炉""坩埚"等珍贵文物，可以这些文物为原形，由专业人员设计、用斑锡生产出类似的、比较精致小巧的锡工艺品并附有相关文字说明，让旅游者既长知识，又能购买、带走这些商品，让其成为宣传"锡文化"的流动的活广告。

二、"锡文化区""硬件"建设内容较多，主要包括：建设一座"锡博物馆"、一条"锡文化"商贸街、一家"锡文化宾馆"及一个"锡文化"居民住宅小区四部分。此处重点阐述。

第一，建设一座大型的"锡博物馆"，将古今大锡生产过程集中地、有对比地、立体地、全面地展示出来。内容主要有：

1.锡的采矿馆。可以顺老阳山坡而建，挖一些当年的砂丁采矿时"麻蛇蜕皮""苍蝇搓脚""鹞子翻身"的小矿洞在里面，再用泥塑塑砂丁采矿的场景。

2.锡的选矿馆。建一套古老的土法选矿系统，包括泥浆槽、匀分槽、圆槽及人工推磨粉碎矿石的巨大石磨（云庙院内还有一个珍贵的原物可以用）等。再建一套当今最先进的机械选矿设施。两套设施，可尽展古今选矿之变迁。

3.锡的冶炼馆。可设在现成的冶炼遗址"宝丰隆"内，只需对"宝丰隆"进行一些加固维修，再适当配一些过去和现在的冶炼设施作对比。

4.锡的成品馆。陈列锡锭、锡丝等各种锡成品及其功用的文字说明。

5.锡工艺品加工馆。主要加工各种锡工艺品，开展游客"自助"加工业务，游客可在工艺师指导下，现场买坯料，自己动手加工成喜爱的锡工艺品带走。

6.将现有的锡金属交易所搬迁到这里办公。

7."锡文物"展览馆。这是比较重要的一部分，要办成个旧2000多年"锡文化"历史发展的精彩"回放"和"缩影"。主要应包括如下内容：

——集中展示古老的"锡文物"，提升该小区的历史价值、人文价值和文化宣传功能。

这些年来，个旧先后发现了贾沙乡的阿邦古文化遗址、倘甸乡的标杆坡新石器时代遗址和石榴坝春秋战国墓葬、卡房镇的黑蚂井东汉墓葬和冲子坡古冶炼遗址等不少珍贵遗址。

在这些遗址中，发掘出了数以千计的珍贵文物。其中，阿邦古文化遗址出土的人牙和人头盖骨化石距今3万至5万年；黑蚂井出土的胡人"铜俑灯"为稀世国宝；东汉冶炼遗址出土的冶炼炉、坩埚、烧炭窑、炼渣等最能代表"锡文物"的珍贵价值，要重点推出。

——集中展示近现代史上个旧锡矿业快速发展的历史，证明个旧历史上就是一个锡矿业发达、对外开放的地区。譬如：

个旧蔓耗镇，历史上就是西南地区以红河水路通往东南亚的水上交通枢纽。

1915年4月，全国第一条民营铁路个旧–碧色寨–石屏铁路动工修建。

1913年春，个旧锡务公司向德国购置的50余万银元的洗选、动力等机械设备安装完毕并投入生产，开创了云南冶金史上工业机械化生产的先河。由此，也使个旧成为云南近代工业的发轫之地。

而1972年至1985年间，云锡公司与英国巴特莱公司签订了《巴特莱公司购买云锡公司漆面摇床销售合同》等4项协议，使云锡重力选矿设备首次进入国际市场，标志着个旧锡金属生产技术由输入转变为输出。

——集中展示历史上国内外著名人士与个旧的交往联系，证明个旧是一个蕴藏着丰富人文历史价值的人杰地灵之地。譬如：

近现代著名的实业家陈鹤亭、缪云台和名人楚图南等曾在个旧工作和生活，为个旧锡业、铁路业等实业的发展作出过重要贡献。

中共云南省委工人运动的领导人李鑫、杜涛等曾多次到个旧矿山组织、开展工人运动并为此英勇牺牲。

著名进步人士李公朴抗战时曾应邀到个旧讲学。

著名彝族作家李乔1930年代初期曾到个旧矿山当砂丁。后来，李乔到了上海，将个旧砂丁的悲惨遭遇告诉了很多文友，包括著名作家巴金。1932年10月，巴金写出反映个旧矿工悲惨生活的中篇小说《砂丁》并由上海开明书店出版。1958年初夏，巴金又到个旧深入生活，之后发表了散文《个旧的春天》《忆个旧》等多篇有关个旧的文章。

作家王梅定编剧了反映个旧矿工革命斗争和建设新个旧的电影《锡城的故事》。

著名作家丁玲、白桦、蹇先艾、茹志鹃、杨沫、刘心武、苏策、王安忆等于1983年3月曾到个旧讲学。

国家领导人朱德、方毅等曾到个旧视察并题词。

个旧一中培养出一批在国内外各行业有影响的各类专家、学者和领导。因其教学成绩特别显著，于1963年和1979年两次被评为"全国先进单位"而受到国务院的两次特别表彰和嘉奖。这在全国都不多见。

以上种种，都可用文字、图片、实物等方式在这里集中展现。

总之，"锡文物"展览馆要以实物、文字、图片、音像制品等多种方式来集中展示个旧2000多年来经济和文化发展的历史。因为这些历史都是由开采大锡的物质文明而衍生出来的精神文明。而这些文明都是人类灿烂文化中最可宝贵的、不可或缺和不能复制的、后人对此应有所了解和传承的文明。

第二，建设一条有一定规模和档次的"锡文化"商贸街，集中制作、展示和销售"锡文化"旅游商品。

这些旅游商品包括古今各种锡铜工艺制品的仿制品、"锡文化"的文字和音像制品、锡都独有的名特优美食新产品等。譬如:稀世国宝"铜俑灯""铜提梁壶""铜镜""铜三羊盒""铜甑底""铜奁"、青花瓶、装大锡的坩埚等,都可以仿造出比原物小、精致、方便携带和摆设的工艺品,让游客来到个旧不仅能参观游玩,还能带走"锡文化"的一段历史和传说。天长日久,个旧的对外宣传就能像滚雪球般越滚越大。

商贸街上还应搞一些个旧独有的名特美食店,经营富有个旧特色的"糯苞谷"和"荞"食品系列,包括汤圆、粑粑、米线、卷粉、荞饭、苞谷饭以及水泡梨、清真食品牛肉干巴和油淋鸭等。

第三, 建设一家"锡文化"主题宾馆。

该宾馆的建筑格局、风格、装修装饰等均可把"锡文化"的内容融于其中,将其建成一个散发着古色古香气息、能让游客受到"锡文化"之熏陶并发出思古之幽情的好住处,让游客来到小区内就能得到吃喝玩乐住全方位方便快捷的服务。

第四,建设一个"锡文化"主题的居民住宅小区。

这既能缓解个旧市区极为紧张的建设用地,又可有效降低政府对这片老区改造的投入费用,还方便了周围居民进入小区开展服务业以增加再就业机会和收入,一举多得。

第五,对"锡文化区"的建设,可将"宝丰隆"锡冶炼遗址、云庙、双眼井、月牙井、大桥商业区等现在还有的原址和原物规划在内,一并开发使用。这样既可增加历史的厚重感,又可节约投资。

另外,对"锡文化区"的建筑风格,建议仿照过去的宝丰隆、锡行街、抬锡巷等地中西合璧风格的建筑来建设,但要有防火防盗和给排水的设施以及使用现代建筑材料等。

总之,开发、建设"锡文化旅游业",应该综合考虑、科学规划、分步实施,不能急于求成。要通过长期努力,将其建设成一个既能充分、全面地展示出对于今人来说遥远、陌生而又灿烂、神秘的古代"锡文化";又能对其内容和形式不断地进行补充、调整和完善,以昭示出现代"锡文明"的先进性、丰富性、包容性和可持续发展性(这包括了生产工艺、技术、人才、管理等),更包括了这一地区的人们在精神意识上能够海纳百川、创新笃行、不断追求进步的大家风范。

533

如此，"锡文化区"的建设才能够成为带动个旧"锡文化旅游业"发展的"龙头"，也才能够继续发挥出其历史的、现实的和未来发展的巨大作用，并彰显出其重要意义——而这些，也正是"锡文化旅游"有别于其他旅游的灵魂。（载于《个旧报》2000年5月12日，荣获个旧市"锡文化研究讨论"征文一等奖。）

美轮美奂锡文化
——个旧锡文化略述

英国《简明不列颠百科全书》第三卷记载："个旧，中国云南省第二大城市，著名的锡都。"

巍巍哀牢山，滚滚红河水，锡都个旧，像一颗璀璨的明珠镶嵌在祖国西南边陲的红土高原上。

《汉书·地理志》记载："武帝改滇王国，中有贲古县，其北采山出锡，西羊山出银，南山出锡。"清朝顾祖禹所著的《读史方舆纪要》考证，古时的"贲古"，即今天的云南省红河哈尼族彝族自治州境内的个旧市和蒙自县一带。

自1982年以来，个旧先后发现和发掘出大批"锡文物"，考古硕果累累。

1982年，文物考古工作者在贾沙乡阿邦村发现了古文化遗址。1992年，又在该遗址上出土了人牙化石4枚和人头盖骨化石。经专家考证，这些化石距今约3万至5万年。

1987年，在倘甸乡石榴坝村发掘的24座春秋战国墓葬出土的大量青铜器，表明了个旧矿业开发历史悠久的足迹：公元前5世纪，个旧的先民不仅已开始冶炼铜、锡，而且已掌握了制作铜锡合金——青铜的高超技艺。

1993年，在倘甸乡标杆坡村发现的新石器时代遗址出土的石斧、石锛和大量陶片，证明了我们的祖先在五六千年前就在个旧这块土地上繁衍生息。

1993年，在卡房镇冲子坡发现了东汉时期的古冶炼遗址。1989年至1995年间，在该镇黑蚂井村发现了东汉墓葬15座并进行了3次抢救性发掘。

1995年，在大屯镇王林寨村发现了元明墓葬。

卡房镇冲子坡的东汉古冶炼遗址，是云南省迄今为止所发现的、年代最早的古冶炼遗址，发掘出冶炼炉和烧炭窑，冶炼炉有炉水出口、通风口、烟囱道、支砌炉子的土基、炼渣等遗物，是研究古代铜、锡冶炼方式方法的重大发现，也是研究"锡文化"和锡工业文明发展的重要佐证。黑蚂井东汉墓葬遗址的发现及其文物的出土，对研究滇南历史特别是东汉王朝对云南统治的历史有极大意义。因而，冲子坡古冶炼遗址和黑蚂井古墓葬遗址被列为云南省近年来重大的考古发现之一。

上述各类遗址共出土了各类"锡文物"器件 3000 多件，大部分为上乘的青铜工艺美术品，具有独特而高超的青铜制作技艺、工艺水平和审美价值。其中，在黑蚂井东汉墓葬中出土的"跪俑铜俑灯"被文物专家鉴定为"稀世国宝"，送北京参加全国文物精华展并被故宫博物院收藏。该灯是人物造型的青铜油灯，高 42 厘米，宽 48 厘米，重 6.3 千克；人物造型双脚跪地，头顶一盏大灯，两臂左右伸开上曲，两手掌内各持一盏小灯，呈对称状，若杂耍者，又似宫廷仆役，整个形体虽为跪"十字"状，但其身体及四肢呈现出强健的体魄和肌肉；人物高鼻大眼，头缠少数民族头饰，形象生动，表情怡然自得；整个铜俑灯线条粗犷，造型古朴生动。

其他出土的文物，如"铜镜""铜提梁壶""铜三羊盒""铜甑底"等，均做工细致，工艺精美，造型别具一格；尤其是作为礼器的圆形"铜三羊盒"，圆浑古拙，顶盖上匍匐着 3 只小羊，精细生动，与铜盒浑然天成，形成了造型与体积上的协调美和对称美。

这些"锡文物"的发掘和研究，一步步揭开了尘封的历史岁月，拉开了厚重的历史帷幕，证明了个旧悠久的锡工业文明史及其相关的青铜文明史，并向世人展示出一个美轮美奂、独特无双、神奇无比的"锡文化"。同时，也证明了个旧是早期人类活动的重要地区之一。

历史的车轮滚滚向前。个旧现在也还留存有一些与"锡文化"相对应的历史文物，譬如：建筑方面的有云庙、宝华寺、凌云阁、宝丰隆炉坊等；其他方面的有悬挂于宝华寺内的明朝的大铜钟，存放于宝华寺内、原先用于碾矿的直径 2 米的巨大的石碾子，还有接装精矿的大石缸子等。这些留存的历史文物与出土的"锡文物"一脉相承，交相辉映，成为个旧历史悠久、"锡文化"灿烂的灵魂和精粹。

党的十五大以来，在江泽民同志"三个代表"重要思想学习教育活动中，中共个旧市委、市人民政府结合实际学，学了干工作。

近年来，作为一个资源型的老工业城市，个旧在面临经济体制转轨、产

535

业结构调整、产品升级换代、国际锡金属生产竞争日趋激烈的"阵痛"中，应如何开发新产品、打造新品牌、发展新经济增长点，已迫在眉睫。

结合个旧作为锡都的实际，也为更好体现"代表先进文化前进方向"的精神，市委、市政府提出了"打造锡文化品牌，建设山水精品城市"的目标；多次召集科技、文化、考古、经济等各界人士座谈交流，听取意见建议；聘请省社科院专家和学者对"锡文化"进行详细考察、认真论证、客观总结、准确定位并运用于发展个旧的实际工作中。

专家们一致认为，"锡文化"具有以下特点：

一是历史悠久。出土的人牙化石、人头盖骨和古冶炼遗址等均表明：个旧是早期人类活动的重要地区之一；也是人类冶炼铜锡合金——青铜器的重要地区之一，至今已有 2500 多年历史。

二是内涵丰富，表现形式独特。"锡文化"不像一些民族服饰、生活习俗、风土人情等那么直观和易于留存。但是，它的表现形式至少包含了物质和精神两个方面。

物质形式上：它包含了从古到今大锡的各种采选冶等设备和技术，如当今世界上最领先的机械结晶等冶炼技术；包含了出土的各类文物；包含了当今生产出的各类锡金属产品等。

精神形式上：它包含了因从事大锡生产而产生、形成和造就的"锡文化"独有的人文精神——包容创新、坚韧不拔、积极进取。

三是"锡文化"代表了一种先进的工业文明。不论是 2000 多年前的铜锡合金——青铜的冶炼技术，还是近现代学习和引进西方先进股份制管理方式和机械化开采冶炼技术，以及中国历史上第一条由当地乡绅厂商投资修建的具有中国人完全产权的个（旧）碧（色寨）石（屏）铁路，甚至是 1980 年代云锡公司发明独创的具有世界先进水平的机械结晶机等多项技术，都有力地证明了这一点。

因此，研究和开发"锡文化"并进行科学、合理的运用，可助推个旧经济社会实现可持续发展：

一是开发以"锡文化"为核心的、独特的工业旅游业，扩大并实现"超越有色"的发展战略及其范围。譬如：建设一座锡博物馆，将古往今来锡的采选冶技术及其设施浓缩在此，便于人们认识、了解养育了人类的"锡文化"；展示发掘出土的锡文物；保护好与"锡文化"相关的建筑等。

二是继承和发扬先进的"锡文化"的优秀精神，并用这种精神教育子孙后代爱国家爱个旧，凝聚人心，努力工作，不断创造新的业绩。

三是发扬"锡都精神"，实施"一二三"工作思路，实现个旧跨越式发展的目标。"锡都精神"即：团结拼搏，迎难而上，敢于争先，真抓实干。市委、市政府提出的"十五"计划就是实施"一二三"工作思路：抓住个旧老工业城市提升改造这"一个突破点"，实施"立足有色，超越有色；立足老城，超越老城"这两大战略；努力实现跨世纪发展的"三大目标"——把个旧建设成云南省最大的有色金属冶炼中心、云南省重要的生物资源加工基地和云南省一流的精品城市。

当前，在"三个代表"重要思想指引下，个旧市委、市政府正在团结和带领全市各族人民克服重重困难，开拓创新，努力工作，让千年锡都焕发出蓬勃的生机与活力，共同创造个旧更加辉煌美好的明天。（本文被红河州选送参加 2001 年中宣部、文化部组织的"代表先进文化的前进方向"征文活动，并荣获二等奖。）

新闻策划：党报宣传重要的制胜之道
——《个旧报》策划"个旧建市 50 周年"系列报道的启示

537

近年来，随着读者需求的多元化和新闻媒体竞争的加剧，报纸、电视、广播、杂志等都把加强"新闻策划"作为提高新闻报道质量、扩大新闻宣传影响力的重要抓手。而处于其中的各级党报，在保持其方向性、权威性、指导性和服务性的同时，也在通过新闻策划、改版、扩版、开办系列专版或专题、扩大新闻的内容和范围等大幅度的改革，多刊登老百姓关心的、"接地气"的新闻，丰富了报纸的宣传内容，扩大了信息量；同时，也设计出了时尚、有亲和力和视觉吸引力的版式，改变了党报原来古板说教、内容单调、给人高高在上的感觉，拉近了党报与老百姓的距离，受到了广大读者的普遍欢迎。

这无疑是值得肯定和倡导的，这也是党报改革的大方向。

最近，中共个旧市委机关报——《个旧报》为配合个旧建市 50 周年庆祝活动而组织策划的系列新闻报道，就是党报新闻宣传中超前、灵活运用"新闻策划"而取得的又一成功"范例"。

一、新闻策划的背景

2001 年 1 月 1 日，是举世闻名的锡都个旧建市 50 周年的大喜日子。个旧市委、市政府本着"喜庆、祥和、隆重、简朴"的原则举行了一系列庆祝活动。作为个旧市委机关报和当地主流媒体的《个旧报》，为配合这个工作，在一年多时间里，先后采写、刊登了有关市庆活动的大量新闻宣传报道，在展示成就、凝聚人心、鼓舞士气、不断进步等方面都取得了显著的社会效果，广受读者好评。

二、新闻策划的具体情况

根据个旧市委、市政府的安排和要求，市委宣传部和个旧报社经过认真准备和策划后，就开始组织实施这一工作。主要分为两个阶段：

第一阶段：自1999年年底开始，就在《个旧报》上登载迎接、筹备市庆相关工作的系列报道，包括大量的时政新闻、个旧的历史和现状等文章和图片。

期间，开辟了多个专栏，譬如："个旧回眸"专栏登载了在中华人民共和国成立前个旧落后的经济社会情况、老百姓贫穷困苦的生活以及被日军飞机轰炸后个旧的惨状等文图；"个旧掌故"专栏登载了个旧独有的"锡文化"方面的文图，如个碧石铁路的建设、云庙的变迁、宝丰隆炼锡炉的兴衰等；"个旧城建"专栏登载了近年来个旧城市建设取得的巨大成就的系列文图；"个旧教育"专栏登载了个旧被誉为"彩云之南教育城"的系列文图；其他还有"个旧卫生""个旧林业"等专栏也刊登了许多相关文图。总之，整个市庆系列报道的文图登载历经一年有余，时间跨度较长，登载的内容丰富而全面，经常是报纸一到报摊上就被读者抢购一空，得到了广大读者的好评。

第二阶段：是专题策划在市庆期间出版的两期彩报。这两期彩报影响最大，让海内外来宾及当地读者好评如潮，将《个旧报》市庆系列活动的宣传和影响推向了一个新的高度。

这两期彩报共出版28版，采用进口铜版纸印刷。具体内容如下：

第一期：

第1版：以《中国锡都》为头版头条，带出了市庆前紧张筹备的重要新闻。

第2—4版：以《我市建市50周年经济和社会发展成就》为题，用表格、图片、文字等多种形式，一目了然地对比、展示出个旧50年发展取得的巨大成就和沧桑巨变。

第5—6版：登载了引起社会广泛关注的首届锡都"金湖小姐"决赛的大幅、多幅彩色新闻图片，形成了新潮前卫、高雅优美、旖旎多彩的视觉冲击力，但没有出格的内容，很好地把握住了党报应有的政治要求、尺度和品位。老百姓评价说：这改变了党报过去那种沉重严肃、高高在上、拒人千里的"老感觉"，让党报接近我们的生活了，我们也爱读这份报纸了。

第7—12版：登载的是文化品位高雅、围绕庆祝建市主题而创作的散文、诗词、书法绘画和摄影图片。

第二期：

第1—2版：为要闻版，主要登载市庆开幕式、领导讲话、贺信、贺电等时效性很强的重要新闻文图和《锡都：你好!》的社论。

第3—16版：登载了展示城市建设新成就的22项城建工程的《市庆工程集锦》、展示个旧锡工业特色的《全省最大的有色金属冶炼中心展望》、展示个旧林业建设成就的《绿色锡都》、展示个旧科技创新行业发展的《红河个旧科技工业园》、展示锡都特色农业的《贾沙——黄金道上闪亮的明珠》、展示全国最大的锡生产基地——云锡公司风采的《迈向21世纪的云南锡业》等。这些专版和内容集中展示了个旧的特色和亮点，涵盖了各行各业50年发展取得的巨大成就和沧桑巨变。

海内外来宾对这两期彩报给予很高评价。他们都说：一报在手，纵览锡都；但更令人想不到的是一个县级市的党报竟然办得这么有水平、有特色、有品位，而且印刷得这么精美；由此可见，个旧的经济发展是很好的，个旧人的文化底蕴是深厚的、工作能力是很强的、综合素质是比较高的。

个旧市民也争相购买和收藏这两期彩报，一时间洛阳纸贵。谈论这两期彩报也成为大家见面时争相谈论的话题。

这是"新闻策划"让党报走下"神坛"、成为雅俗共赏特别是老百姓喜欢读的党报的一次成功实践。

三、这次成功实践表明了新闻策划在党报宣传工作中具有重要的地位和作用

其一，具有导向性、权威性和指导性。

党报与生活类报刊最大的区别就在于：党报新闻对各行各业的实际工作和整个社会的风尚都能够起到导向作用、权威作用和指导作用，能够对那些似是而非的问题或传言进行正本清源，倡导积极健康、蓬勃向上的社会新风尚，让更多的人们从善如流，从而在全社会形成积极健康、昂扬向上、朝气蓬勃、正能量满满的社会风气。

其二，具有服务性、知识性和可读性。

党报的专题或专版策划，改变了往日那种严肃的、拒人于千里之外的说

539

教"面孔"，在导向性、权威性与服务性、可读性之间找到了一种契合点，即在党委政府中心工作的宣传与普通百姓的阅读需求之间架起了一座相互沟通、了解和理解的桥梁——这也是党报改革的重要要求。《个旧报》市庆策划报道的成功实践证明了这种改革的可行性及其显著成效。

其三，具有丰富的信息量和突出的宣传效果。

《个旧报》市庆系列报道历经一年有余，开辟了很多专栏，登载了大量文图，涉及各行各业的现实和历史，内容丰富而全面。许多读者看后都感慨地说：作为一个个旧人，对家乡的过去了解不多，对家乡的现在了解也不全面；但是，这次通过《个旧报》我们了解了家乡的巨大变化，了解了我们今天生活的美好和富裕并深知这种幸福生活的来之不易；这让我们更加热爱自己的家乡，并愿意为她变得更美好而不断努力工作和奋斗。

能达到这样的宣传效果，也就达到了党报新闻策划的目的了。

四、《个旧报》成功的新闻策划及其宣传报道的启示

第一，选题是新闻策划的核心，故而首先必须要确定好的选题，而且要把选题放在党委政府和人民群众共同关心的现实问题上，并在两者之间找到"共振点"，做到彼此需要、认同和喜欢，最终达到党报宣传、教育、引导群众而群众也认可的效果和目的。

新闻策划的选题选得好，既能及时配合党委政府的中心工作，又能顺应广大人民群众的愿望和要求；既能沟通政府与群众之间的联系，又能激发和调动社会各方的积极性干好工作；既能把握宣传的最佳时机，又符合了专题和专版的定位。否则，在选题时缺乏对时代精神、社会主流、党委政府决策、群众意愿等重要情况的了解和掌握，缺乏对现实情况、读者需要的理性分析、判断、选择和定位，则实施起来就会使所策划报道的内容或者不客观，或者不深刻，或者不周全，效果就会大打折扣，甚至是南辕北辙、事与愿违。

《个旧报》在围绕整个市庆的宣传工作上，市委宣传部和报社在一年多前就制定了市庆宣传工作的方案（其中就包括选题），并照此组织采编工作。当然，在具体实施中会根据实际工作的变化和需要对相关选题进行适当调整和不断充实完善。

而围绕市庆期间这两期彩报的采编和出版，报社在半年前就开始对各版面的内容选择、版式设计等进行具体的策划和安排了，原则是：展示成就，突出特色，兼顾各界，图文并茂，可读性强。结果证明，根据这些原则来确

540

定的相关选题及其采写报道的内容，得到了社会各界和广大读者的赞誉。

第二，新闻策划要充分调动社会各方面的积极性和创造性，形成优质、高效的合力，才能很好地完成新闻策划的工作。

新闻策划是一项系统性和创造性很强的工作，涉及到各行各业以及相关领导、记者、编辑、印刷、读者等诸多方面，是一项综合开拓新闻资源、使其达到高效配置的集体性、创造性的工作，故而形成一个好的策划需要集思广益，而要将其很好地表现出来则更需要群策群力。

因此，作为新闻策划组织者、指挥者和实施者的报社相关领导层，在组织制定出可实施的策划方案后，就要及时组织、安排相关采编人员开展采编工作；就要随时了解、掌握采编工作的进展情况；就要对涉及的各行各业，各相关领导、记者、编辑、印刷、读者等各方关系进行及时、必要、高效的沟通与协调；就要对采编人员在工作中遇到的、不是自身能力能够解决的各种困难问题及时给予帮助和解决；就要对策划实施过程中不恰当、不适应的安排和计划进行必要的调整、修正和完善；就要随时跟进策划实施的进度、效果并进行必要的监督……总之，报社相关领导层要随时掌握整个策划实施的总体方向、工作进度、困难问题等，并必须对此做到心中有数和有应对的措施，才能对整体工作做到掌控全局、游刃有余、确保成效。

而对策划具体的实施者——采编人员，则要求做到：一是平时要加强学习，认真学习和领会党和国家的理论、路线、方针和政策，吃透相关精神，有较高的政治素质和判断能力。二是要坚持深入实际工作进行调查研究，及时了解人民群众的呼声和愿望。三是能够根据策划的选题要求进行相关采访，并善于在各方之间的结合点上定基调、作文章，最后把要宣传的内容能够明白无误地写出来。四是要能够吃苦，记者要能到处钻头觅缝地进行采访，这样才能得到第一手材料并写出优质的稿件；而编辑则必须用心地修改和编辑稿子，必须花心思设计出符合选题要求、大气大方、有视觉吸引力的版式。总之，只有采编合力才能做出好的报纸。

第三，新闻策划在内容采写和版式设计上都要有创意和吸引力，让读者一看到报纸就有一种必要读之而后快的欲望，读者就会认真阅读，甚至爱不释手。

新闻策划不是一般意义上的设计和安排，而是一项既能够表达出客观新闻事实、又能够体现出主观能动性和创造性的综合工作，可采取主题专版、版块集纳、系列追踪、对比报道、正反结合等方式，做到多角度、多层次、

541

多侧面地宣传报道，达到高出一筹、别出心裁的效果。同时，读者的阅读需求和品位也在不断变化，在策划和采编过程中还应更多地站在读者的立场上，想读者之所想，行读者之所思，更好地面向和服务读者，让党报真正为群众所喜闻乐见。

同时，好的主题需要有恰当的形式来表现，根据报纸的优势，可利用先进的排版方法，做到图文并茂、疏密相间、彩素相配，让版面产生强烈的视觉冲击力和感染力。

第四，党报新闻策划是党报面临激烈市场竞争的主动调整，也是积极参与社会生活的主动反映。

党报新闻策划的价值在于对具有强大新闻价值的新闻事实的主动选择和宣传，其目的是要把这些新闻事实及其价值最大限度地记录和展示出来，达到指导工作、教育读者、鼓舞群众、凝聚人心、引导社会好风气的综合目的。

第五，要学会综合运用不同的新闻策划方法，不断提高党报新闻宣传的社会效果。

新闻策划的方式方法有多种，包括总体策划、阶段性策划、局部策划、专题策划等。对重大事件的报道，尤其离不开精心策划。对同一个地方、同一个事件或同一个典型进行报道，党报均可各展其技，做到出手不凡、技高一筹、富有成效。

第六，要善于不断总结经验和教训，并形成新闻策划的长效机制。

作为当地主流媒体的《个旧报》，通过这次成功的新闻策划工作后，认真总结，理性研判，精准遴选，初步制定出实施新闻策划工作的相关的规章制度和要求，从导向、管理和激励等方面鼓励相关的新闻策划工作，并使之逐步制度化、规范化和常态化，不断激发出采编人员的积极性和创造精神，为办好、办活党报尽职尽责，并力争出好成绩、出大成果。

综上所述，只要党报工作者在坚持四项基本原则的前提下能够开拓创新、奋发努力、积极认真地抓好新闻策划工作，那么，在党报宣传的内容和形式的创新上、在改变群众对党报敬而远之的传统心理和习惯上等诸多方面，都有较大的拓展潜力和空间，都可以大有作为。这就是《个旧报》这次成功的党报新闻策划和宣传带给我们的有益启示。（本文荣获2001年全国大中城市新闻论文征文一等奖。）

辑六 域外拾英·其他文章
（1988–2022 年）

（一）小说类：

"穿山甲"与"三毛"

一

汽车发动了。

天，仍然一片漆黑，大雨如注。

小林说："爸，你快回去吧！"

老父亲佝偻着身子站在大雨中，裤腿已经湿透。每次，小林休假结束要乘早班车赶回矿山去上班时，父母都极不放心，父亲总是要把小林送到汽车站，看着小林上车才放心。

相送的总是父母。

二

从食堂打饭出来，小林路遇挚友的丈夫，照例寒暄几句后，他笨拙地侧开熊一般的身躯，对身后的一个青年介绍说："这位是小林老师，刚从大学分来，'三毛式'的才女，令人喜欢又让人懊恼。"又面向小林说："这位是蒙昆，我的老同学，搞井巷建筑的，早想介绍你们认识。今天巧了，碰上了……"

小林随意一瞟：中等个子，五官端正，但一张白皙的奶油脸上有淡红的腼腆。小林轻蔑地扭开了脸。

"你好！小林老师。本人身份：一只'穿山甲'。"

"你好。"小林礼貌地点点头，转身走了。忍不住又回头看了一眼"穿山甲"——只是一眼。

小林在砖头样的词典里找到"穿山甲"：一种哺乳类动物；全身有角质鳞甲，无牙齿，爪锐利，善掘土，以穿山打地洞为能；鳞片中医可入药，有止血、消肿、催乳等作用。

哦，还挺能的。

几天后，蒙昆和他的朋友一同来访。小林客气、礼貌地应酬了去。

又几天后，蒙昆一人来，提了一串粗铁丝做的衣架给小林。他第一次来时，看到小林的干湿衣服一溜地挂在一根长铁丝上。

小林拒绝了——清高的、书生气十足的干脆。

蒙昆诚恳地说："你要觉得不好，我重新做几个来。"

小林说："不用。其实没有衣架，我依然过得舒服。真不用了，谢谢你。"

蒙昆没有带走衣架。

蒙昆常来。

从交谈中，小林才知道"井巷建筑"是指专门在地下修筑竖井与平巷、为采矿工人安全采矿做开路先锋的工作。地下有石、有土、有水、有泥，地质情况复杂，有很多难以预料的隐患，在施工中常常塌方。这是个艰苦、危险、还要懂建筑施工专业技术的工作。

而更多时候，小林会在备课之余，随着深情悠长的《蓝色探戈》旋律的呼唤，随着三毛，"神游"在《温柔的夜》《撒哈拉的故事》《哭泣的骆驼》……的异域故事中悲悲喜喜，全然忘了蒙昆在一边。

那曲《玉米棒子》，西班牙的，感伤中带着挣扎，三毛的大胡子荷西不就是西班牙人？噢，我的玉米棒子我的西班牙我的……大胡子！

一次，蒙昆居然说："三毛算什么？你可以做大毛、二毛，比她强。"

小林睃他一眼：奉承！那么容易？你懂什么？逻辑头脑的工科生。

不过，应该宽容人家，客人嘛。

545

三

前段时间，母亲来信告诉小林："你调工回城里的事，现在有些成问题。我跑了几趟组织部，他们说已经知道我们家的实际困难了，但是大学毕业生到基层矿山工作锻炼是规定，至少要锻炼一年以上，所以现在还不能解决。静儿，我们再耐心等等吧！组织上也有他们的难处。"信末照例是说：他们在城里一切都好，叫小林好好工作，不要担心他们……

泪眼迷濛中，小林眼前出现了患冠心病、糖尿病多年的老母亲每天提着一兜菜爬5楼时的艰难，佝偻着腰的老父亲每次抬着3个蜂窝煤球一级级艰难爬楼梯的情景……

哦，小女不孝。爹娘，原谅女儿！

这段时间，小林过得比较平静。母亲没有来信，不知——也不想去知道那遥遥无期的调令何时来。再有，偶尔注意听听蒙昆娓娓道来的"穿山甲"生活，也蛮有味道、蛮刺激的。

周末下午，小林去机关澡堂洗澡。

"请问哪位同志的盆，请拉开我接点水。"小林抬着盆站在矮矮的水龙头旁边说。没人答应，小林又问了一遍，依然如故。看着水龙头下的大盆里已经接满了热水并且哗哗地往外淌了，小林只好撑着自己的脸盆去水龙头下接水……

突然，一股猛力，把小林像弹簧似地向右边推摔了出去……

等小林清醒过来，抬头一看：两柱白腿，大象腿一般粗，冒着热气，岔开站在小林眼前；再往上看，一个十分肥胖、神色凶悍、一脸紫光的妇人，一手叉着腰，一手指着小林，在气势汹汹地、哇啦哇啦地骂着脏话……

小林被吓得目瞪口呆，不知自己哪里做错了，也不会去与悍妇对骂。

旁边的人们扶起了被吓呆的小林，一个大姐用手不断抹去小林雪白光滑躯体上糊满的青苔等污物；有人拉开了悍妇。一个悄声在小林耳边响起："别惹她，这是矿上出名的母老虎。她经常一个人霸着冷水、热水两个水龙头，水接满了也不让别人接，她在的地方，别人都躲得远远的。你是不知道吧？"小林说："我不知道啊。我只是想接点水……"

小林十分委屈和愤懑。

不知为什么，第二天，"母老虎在洗澡室打女大学生"的消息传遍了整个矿山……

小林的很多同事闻讯后都到宿舍来看望、安慰她。直到晚上 8 点多，人们才陆续走了。

蒙昆来了，看着靠在椅子上一脸委屈与孤苦无助的小林，不知道说什么好。

小林知道自己就是一个书呆子，不善于与人打交道；也不愿诉说自己的委屈与愤懑。看看蒙昆，又盯着窗外黑洞洞的大山发呆。

蒙昆终于说话了："小林，别难过了。今后与矿山的人相处，我想是不是可以这样：我们都是外地人，要入乡随俗，不懂的可以向当地人打听。我们尽量避免这类麻烦事的纠缠，多留点精力和时间干工作。反正在小事上，我们得让且让……"

"我只是心里难受……那个人，有什么事不能好好说吗？什么都不说就出手打人，太过分了……"小林书呆得连"母老虎"几个字都说不出口。

蒙昆说："她的这个外号，足以证明这个人的一切。"

其实，小林是在纯粹精神世界中遨游太久的女孩，常常带着太多的空想和浪漫。应付现实生活比较笨拙，常常搞得自己很被动。

四

后来的日子，蒙昆对小林在教学、为人处事等方面，经常从极为实际的角度出主意、想办法。小林悟性不差，不断修正自己。在实际生活中，蒙昆教"三毛式"的才女避免了不少麻烦。

蒙昆也经常和小林聊起他们的工作。

井巷队的工作就是修建地下坑道，就像在修地下长城，工作辛苦、艰难而危险。所以，一线的工人们常常抱怨说：干部八小时，地面办公室，舒服得很；我们八小时，地下搬大石，累得跟狗一样，回到宿舍只会睡觉打鼾……

时间长了，施工进度和工作效率都受到影响。

蒙昆是分管生产的副队长，得想办法解决工人们抱怨的问题。否则，施工进度若非因客观原因而被拖延，甲方和总公司两边都不好交代。

蒙昆绞尽脑汁考虑要怎么解决这个问题。他先是到迎头上，跟着工人们一起干活，轮流着干了早班、中班、夜班"三班倒"之后，知道了工人们每天干 8 小时的重体力劳动，确实非常辛苦，很多人累得连话都懒得说，每天就是：起床—下坑上班—下班回地面—洗澡—吃饭—睡觉—起床……工作单调，辛苦劳碌，周而复始，循环往复。一些年轻人都累得老气横秋，连谈恋爱的心情和时间都没有。同时，蒙昆也多方听取了工人们对改进工作的想法和意见。接着，他认真查阅和学习了有关中央精神和劳动纪律管理等方面的规定。

之后，蒙昆向队长提出自己的想法：能否将工时制由"三班制"改为"四班制"？即由原来每天有三班人工作、每班人工作八小时，改为每天有四班人工作、每班人工作六小时；工人总数不增不减；每天要完成的工作计划和进度也不增不减；这样工人们能得到更多的休息时间，体力也容易恢复；这样工人们的抱怨情绪会少一些，工作效率可能会提高一些。

队长听后吓了一跳，坚决说："不行！你这不是乱搞吗？八小时工作制是中央规定的，是我们国家几十年来一直实行的工作制度。这是我们几个队领导随便就能改变的吗？蒙昆，你虽是年轻人，但是胆子也太大了。还有，如果搞了有什么问题，总公司追究下来，责任谁担？"

蒙昆听后，心里想：队长是搞技术出身的，又是自己专业上的师傅，也许他是对的，也就没再说什么。

又过了一段时间，工人们的抱怨情绪越来越大，到处发牢骚说：狗累了还得歇歇气，我们苦得连喘气的时间都没有，累成个奄皮狗……

关键是工程施工进度越来越慢、工作效率越来越低。照这样下去，根本不能按照原来甲、乙双方签订的时间要求干完工程。

甲方——老厂锡矿也很着急！他们是云锡公司的主力矿山，被戏称为云锡公司的"大儿子"。如果这个井巷施工建设工程不能按期完成，将产生连锁反应，影响到下一步一连串的采矿、选矿、冶炼等工作环节，最终影响到中国大锡的出口、创汇和全省冶金系统的工作效率和经济效益。

为此，甲方追了蒙昆他们施工队很多次，要求他们加快施工进度，必须按期完工。甲方领导也到迎头上去调研了好几次，说你们乙方有什么困难和问题要赶紧说，大家一起商量解决。

施工队的几个领导被甲方狗撵麂子——追得到处跑、到处"救火"。

几个队领导就商量：每天只留一人在队部值班，其余的都跟随几个班次去迎头上工作，其实就是去"督工"。

但是，施工工效仍然没有明显起色。

几个队领导在迎头上连续干下来，终于知道：不是工人们怕苦怕累、哼得叫得，而确实是迎头上的意外情况比如大小塌方之类太多，塌方后一切都得重新来干，工人们虽然拼死拼活地干，但是工作量增加和劳动强度太大导致了施工进度慢和效率低。而几个队领导干下一段时间来，都累成了"耷皮狗"……

后来，甲方下了最后"通牒"：如果再不能按照要求提高工效、不能按期完工，就撤换施工队。

这下，施工队几个队领导终于坐不住了。他们队在总公司历来是专啃"硬骨头"的、响当当的"红旗施工队"。多年来，他们队转战昆明、晋宁、个旧、东川、大姚等地，凡是云南冶金系统大型的井巷施工建设工程，他们都参加过，并且都一直是"红旗"不倒。现在，因为工效太慢，甲方提出要撤换施工队，果真那样，施工队这两百多号人的饭碗保不住不说，"红旗施工队"更是颜面尽失，今后，在冶金建筑系统还怎么立足？

蒙昆更是着急：自己还年轻，如果不赶紧解决问题、提高工效，这里可能是自己职业生涯的"滑铁卢"，不甘心！

几个队领导一起商量对策，大家都说了各自的想法。最后，大家一致的意见是：采用蒙昆提出的"四班工作制"，这样相对来说见效快、风险小；如果有什么闪失，责任大家共同承担；书记要负责做好职工的思想工作；分管生产的副队长蒙昆主抓这项工作，其他人协同配合，一定要干出成效来。

实施"四班工作制"后，工人们能休息的时间多了，身体也没过去那么累了，也觉得这样比较公平了。于是，积极性提高了，干劲倍增。

结果，迎头上的施工进度平均每天比原来的"三班工作制"提高了20%~30%——在保证质量和安全的前提下。

蒙昆特别高兴，欢呼着向小林比划着、讲述着，孩子一般。

小林提醒他："不能只求进度，要特别注意复杂地质情况引发的塌方和返工……"

"尽量避免。总之，我也很小心，现在我每天都带着地质、设计、施工等相关技术员到各个迎头上和大家一起干活，便于及时发现和处理问题，好在很多隐患都及时发现、处理了。"蒙昆说。

"哎？你们打报告给总公司了吗？"小林也变了，变得头脑周密、现实了许多——不管这成绩有多大点，都应该谢谢蒙昆。

"昨天刚写好。我把产生'四班工作制'的主客观原因、实施过程和实施效果都详细写进了报告。因为这是先斩后奏，现在我们几个队领导心里也直打鼓。远在楚雄的总公司可能也听说了，但是还没有正式向我们询问、调查；可能他们也要先看看我们实施的成效如何、也正在等着我们正式向上报告。我们是想最少运行1个月周期，效果和存在的问题也基本上能显现出来。这时再向总公司报告，我们心里也比较有底。"蒙昆说。

小林说："如果成效确实好，总公司可能会同意并批准你们的报告。下一步，可能要你们形成可行的、正式的规章制度，这样才能在今后的工作中很好地实施和执行，工作效率和效益也才会更高、更好。"

蒙昆笑了："不错！你成熟了。我这段时间每天都去跟班作业，已经全面掌握了相关的情况，好的就不说了。对存在的问题、困难和需要制定或者完善的规章制度，我心里是比较有底了。今天，我把写的报告带来了——放心，不涉及'保密'内容。希望在报告的结构啊、语言文字啊等等的，还请小林老师迷途点津。"

小林说："什么时候要？"

蒙昆说："越快越好。"

小林笑笑，不置可否。

蒙昆赶紧一鞠躬："在下听凭小林老师的点拨。"

小林的舍友小刘大叫："笨蛋。照老谱来：大白兔奶糖、荔枝罐头。"

小林对蒙昆说："别听她的。她眼大肚小。"

小刘说："小林，就算也为我们庆贺一下啊。蒙昆你是不知道，我们期末考试结束了，我和小林搭档的两个班，语文和数学考试成绩比过去大大进步了，学校表扬我们俩了。学生们也爱听我们的课，说我们讲的课生动活泼、好听易懂。同事们也说，年轻老师思想活跃，又是科班出身，水平真是不一样。你说这不值得庆贺吗？"

蒙昆也高兴地说："值得，值得。"就哼着歌，出门去了。

其实是小刘嘴馋，小林挖了她一眼，她却只管自个儿哈哈地乐。

小林开始被蒙昆他们脚踏实地、丰富多彩的"穿山甲"生活吸引住了。也开始被他实实在在地干专业、实实在在地待人、也实实在在地以牙还牙的性格抓住了。还有，他的幽默风趣也让人愉快。

"我没有犯法。为了工作，我是在行使副队长的职责。何况，这个'四班制'的效果还令大家满意呢。"这是蒙昆在与一个中年男人的对话。"你有牢骚，可以发发。但是，如果影响了工作，我的师傅同志，我照样行使副队长的职权啊。"蒙昆微笑着，语气平稳。

小林撞见了这一幕，饱了一次眼福。

师傅走后，蒙昆告诉小林："这是我刚参加工作在生产一线锻炼时带我的师傅；师傅经验丰富，工作上也是一把好手，是一个生产组的组长；但他一有不合心的事就牢骚很多，做事看菜下饭，工人们也很容易受他的影响。这次'四班制'一开始就是他叫得最多，要求整。现在实施了，他又提出要增加工资。我答复他说：大家要先干好工作，增加工资首先是要有经济效益；还有，'四班制'最少要实施 1 个月周期后，才能进行最基本的成本核算；之后，也才能知道是否能增加工资；如能增加，应该增加多少、怎样增加；还有，要怎么做才能不违反国家有关增加工资的规定……总之，一切都要等成本核算出来后才能进行全盘考虑，之后，也才能拿出分配方案并上报总公司批准同意后才能实施。而这些都需要时间。

"师傅听后，就不高兴了，数落了我一顿。又说如果不增加工资，他们组就全体请假休息。我一听急了，就对师傅说了那通话。唉，我还得再去找师傅，再好好做做他的思想工作。现在施工进度刚有点起色，千万不能因为这事又受到影响。"

难怪甲方的矿长说蒙昆"是只善用技巧的'穿山甲'"。

小林渐渐抹去蒙昆那种奶油和腼腆在自己心里留下的不舒服感。

蒙昆为小林准备了一套下井穿戴的劳动布工作服和安全帽，连同防尘口罩、煤石灯和帆布手套。只要小林有时间、蒙昆那边也方便时，小林就会全副武装之后，随着蒙昆的引领，坐上使人有失重感的铁罐笼下井，去灯火通亮的人字巷道，去爬半步一级的石梯（一般是五百多级一串）；下到 700 多米深的采矿区，看到工人们一身红泥和着汗水在拼命工作，他们热得只穿了裤衩，露着非常漂亮、有力的腱肌……

一次，在施工现场遇到塌方，蒙昆带着小林和工人们一起参加抢险，大家把那些死重的石块稀泥一锄头一锄头地挖进粪箕，又一粪箕一粪箕地抬起来倒进矿车运出去。若是巨大的石块，就同时需要几个男人喊着统一口令才能抬起来丢进矿车。

经过几小时争分夺秒的奋战，迎头上的施工面终于清理出来了，蒙昆和大家正站在那里商量着下一步的工作，突然，一阵阵叽哩噶咋的乱响声传来，蒙昆的师傅一愣，随即大叫："又塌方了快上车快开车……"边说边抓住身边的小林和另外几个人立马跳到矿车外下面有手腕宽的钢铁踏杆上，又叫小林双手紧紧抓住矿车边不能松手。开矿车的师傅反应极快，边立即开车边不断和车上的人一起大声叫着："塌方了，快跳上车……"附近巷道里工作面上的人们听到喊声就飞快跑向矿车并身手敏捷地跳到踏杆上；接着人们大声互相提醒着，不断地、小心翼翼地挪动着自己的身体，有的爬到矿车里的泥石上或空隙处，双手抓紧矿车边；有的跳进空着的矿车里并尽量人挤人，以腾出有限的空间可以多容纳那些沿途上车的人……就这样，矿车一路上人一路呼啸着向外奔去，大家身后是不断传来的轰隆隆轰隆隆的闷响声……

不知过了多久，当矿车沿着轨道跑到灯火通明的人字巷口时，开车师傅觉得安全了才停下车。明亮的灯光下，矿车里的泥石上、矿车两边的踏杆上和空矿车里都挤满了刚逃出来的人们，大家惊魂未定，满脸满手满身都是红泥脏水。蒙昆的师傅立即集合队伍清点人数，万幸的是工作面上的人全都跑出来了，没有人员伤亡。大家在庆幸之余，不免又叹着气说："这几天又白干了，又得从头来了……"

这一刻，小林顿悟：这些隐藏在大山深处籍籍无名的劳动者们，吃苦耐劳，勇于担当，甘于奉献，坚韧不拔；推而广之，在中国的各行各业，就有着无数这样的劳动者，而他们就是支撑起中国的脊梁！三毛你固然拥有自己的沙漠故事，而我不也拥有这些家国脊梁——"穿山甲"工作和生活的故事么？他们的辛勤劳动和付出创造了民众的幸福生活和国家更富强的未来，所以他们的工作和行动是更加必须的、崇高的和有意义的！而自己须要做的就是去了解、记录这些美好的人和事！

这段时间，小林用课余时间随着蒙昆下坑上井的奔波和采访，忙得够呛。

好久没有看《哭泣的骆驼》们了。《蓝色探戈》倒是常常听——在晚上洗漱上床的那小段时间。

小林终于明白：蒙昆是要把自己的心从那个缥缈的撒哈拉大沙漠中拉回到这个大山里来，拉入地底下。

小林几乎遗忘了沙漠。

小林怪蒙昆夺走了自己心中的"三毛"——并且居然能够夺走。小林心里一种巨大的失落感和背叛感排遣不去。

但是，玉米棒子、西班牙、大胡子怎么也搬不开。小林努力接受现实：只要魂儿能够回归到这青青的大山里来，就不错了。

但常常一想到蒙昆的奶油和腼腆，不舒服感就涌来。

毕竟，大胡子的魅力太棒了。

五

右脸颊被撞得生疼，是客车在陡坡上急拐弯并倾斜 20 度有余。

小林揉着疼处，又迷糊过去。

小林还没向父母说自己与蒙昆的来往。当然，蒙昆也还没向小林正式"表白"。

父母一直不希望她在矿山"处理"这事，否则调工更加困难。

可如果、如果蒙昆真是"荷西"——大山里的"荷西"，小林你如何放得下他独自奔回城里？如何放得下这些埋藏着"金子"的大山……

小林爱父母！也爱"荷西"，爱大山！

反正吧，到时候如果蒙昆正式"表白"了，自己再努力去做父母的工作。他们是爱女儿的！

小林倦了。每次与父母相见，说话都说得很晚，间或到凌晨四五点才休息。今天是早班车，迷糊中被母亲告诉的时间惊黄了脸，来不及洗漱，提起父母准备好的大包小包的吃的用的，和父亲直奔车站……

在乘客的吵嚷声中，小林无奈地醒来。

车到终点站了。

归拢大包小包，小林坐在位子上，看着拥挤的出口，摆出一副超之泰然的神态。

人少了，小林负重慢慢地走到车门口。

一抬头，一张熟悉的奶油脸，是蒙昆。

小林抬头四顾，为他的到来找依据。

"你来车站？有事？"小林故作镇定，先声逼人。

蒙昆笑笑，无言。拿过小林身上大包小包的东西，说："你父母又给你带了这么多好吃的东西来，我可以沾点光吗？"

蒙昆一身坑服，衣裤很多地方都是潮湿的并且糊满了红泥。

小林看着他，不动。

蒙昆说："我刚从井下上来。昨晚迎头上又塌方了，现在我们已经处理好了。我俩先走，路上再告诉你，有好消息。"

两人爬着那串依山坡修建的石梯。小林数过，有278级。

小林默然，既欣慰又不快。他们认识几个月了，蒙昆是第一次来车站接自己。矿山上的规矩：到车站相接相送的年轻异性熟人，只有恋人才有这个殊荣。现在，虽然小林心里已不像原来那样排斥蒙昆，但还是不想急于得到这种殊荣。

蒙昆说："今天上午九点半左右，有一次机会去看采矿区的工人搭架子的施工……"

"方框法？用橡木搭起架子进去采矿的那种？"

"是的，橡木架子搭好后就要使用很多年，一般也很难遇到。我们今天有一处在进行这种施工，我带你去看看。今早你没课，下午有一二节课。时间不多，我们得抓紧，要不你下午上课会迟到。"

"呜呼！"

莫名的不快，悄悄溜到九霄云外。

蒙昆在走廊上等着。

小林在宿舍里麻利地换上那套专用的坑服和翻毛皮鞋，抓起眼镜盒、安全帽、煤石灯和手套蹦出门外。

蒙昆问："带纸笔了吗？"

"不要，光看还忙不过来。再说井下捏着纸笔的那副馊酸样，工人们见了会讨厌。"

"你能记住？"

小林一时无语。

"好了，人的，你记；物的，我记，回来我画图给你看。我们开路。"

他们走出宿舍楼。小林脱下眼镜，盘上长发，戴上安全帽并拉得很低：路遇熟人，也不易认出自己，可免去许多猜疑、解释和麻烦。每次下坑，小林都是这副打扮，直到坐进罐笼，响起轰隆隆的声音，小林才悄悄地、小心地摸索着掏出眼镜戴上——虽然眼前是黑乎乎的。

蒙昆每次看到小林这样，总是笑笑，也不说什么。现在，他心情很好。他从小林急匆匆的大踏步里看到了她"三毛式"的豪气。

蒙昆说："《雨季不再来》我读了，我也喜欢荷西和三毛，尽管我没有荷西的大胡子。"

"你能做大山里的'荷西'么？"小林心里说。

蒙昆看着小林，读懂了她眼里的话。

两人来到坑口办公室，小林见到了蒙昆的领导——井巷队队长老王。老王对蒙昆说："总公司派劳资处处长来了，刚到一会儿，现在宿舍休息。他们带来了总公司的批复，我刚刚看了。总公司肯定了我们实施'四班制'的做法，同意我们继续实施；同时，要求我们要好好总结经验，尽快形成比较完善、成熟的规章制度上报；劳资处处长从楚雄亲自来到我们这里，也是要实地看看我们搞的效果如何，之后把总的情况带回去向总公司汇报。总公司研究后，如果认为可行，打算在全公司推广。我们要准备一下，明天上午召开职工大会，处长要传达总公司的批复。处长还说你们年轻人就是有胆识、有魄力，也有能力，值得好好培养。"

蒙昆听了很高兴，对王队长说："这下我们都可以放心、放胆地干了。现在，我先带着小林老师去井下看看那个'方框法'的施工情况。回来我就去准备明天开会的事。"

蒙昆带着小林坐罐笼下井，去到"方框法"的施工现场，深入了解有关的情况。小林用心记下了那些生龙活虎的人们拼命工作的感人场景……

从井下回到地面，蒙昆要送小林回学校。小林说："不用送了，你事情多，赶快去处理。我自己回去就行。"

蒙昆不放心地说："我还是送你回去吧。路有点远，现在又是上班时间，路上人少，不安全的……"

小林挥挥手说："大男人家，怎么啰哩啰嗦的？工作要紧，快回去上班吧。"

"那我下班后去看你。"蒙昆说。

小林一个人走在寂静的矿山公路上。

四野青青，人心愉然、柔然。

矿山的濛淞雨，细细的、柔柔的，若有若无，飘飘扬扬；白雾，在小林身边轻盈地飘来、飘去……

　　小林一阵感动：大山的胸怀是如父亲般严峻、富于责任感的；又是如母亲般宽厚、柔情的。

　　先前，自己怎么就没有感受到这样的魅力呢?!（载于《云锡文艺》1988年第1期）

（二）诗歌类：

风　筝

一

那根结实的风筝线
还牢牢揣在手心
可风筝已不见了踪影
是否
已迷失在城市高楼狭窄的天空里

还记得那些擦肩而过的日子吗
早已彼此相慕
却并不刻意相求
自尊
把我们包裹得很严实

还记得那个相遇的日子吗
虽然目光紧紧相握
可我们胆小得连手都不敢轻碰
怕碰坏那个相互珍藏的好梦

还记得那些开心的日子吗
身为公家人
大家都忙碌
深海一样的感觉

只能跟着细细的电话线走

已经相约
不跨越不该跨越的巅峰
不走进不该走进的麦地
不伤害不应伤害的家园
"柏拉图"式的精神之花
就是彼此庄重的承诺
我们因此活得
充实而自信
坦诚而幸福

二

没有联系的日子
有多久了
"柏拉图"园中的花儿
仍然蓬勃地开着
但少了许多艳丽

没有听你低回的倾诉
有多久了
你曾说自己是被放飞高空的风筝
很累很想回家
可是身不由己
但不论飞多高多远
风筝线都揣在你手里

想放掉手里的风筝线
有多久了
风筝固然美丽
风筝的天空也辽阔深邃
线还拉在手里
而风筝已不知漂泊何方

1998 年 10 月

尼格之魂

——感悟个旧尼格温泉的文化建设

千百年前
这里就有一眼蓝色温泉
被崇山峻岭包裹
被太阳月亮滋养
被轻雨漫雾氤氲
被隐秘山道相通

惊人的胜景
都须经过艰苦跋涉
在崎岖陡峭的险路上
在被颠簸得五脏六腑都要倒出来时
突然　　就到了

此时才能享受
一天的艳阳
一地的翠绿
一山的水声
一潭的蓝色
喘口气
定定神
款款地曼妙舒展地
飘浮到蓝色温泉中去

尼格温泉神奇美丽
却缺少文字记录
她的历史人们只能猜测想象

557

硬件建设是显性文明
彰显了现实的存在
使人知道这个存在的广度
软件建设是隐性文明
理清了历史的脉络
使人理解这个存在的深度
硬件软件
广度深度
是一个群体高质量生存的支撑
能知道发生过熙熙攘攘的辉煌
能知道他们的前世今生和未来

如果显性文明和隐性文明衰落
就会掩盖了曾经的风华和繁荣
就会模糊了未来的憧憬和繁盛

尼格人已深知要避免这种衰落
必得记录和保存自己的文明
必得留存其历史性和多元性
切不可削足适履
避免因追求过度有序而走向无序
因规整文明而损伤文明

尼格远离城市
尼格人磕磕绊绊地活着
但仍然一路顽强抗争而来
硬是与雨雪风霜和清风明月为伴
把一切的一切
都化成了风骨

尼格已以他的神奇告诉世人
这里

有比常识更长的历史

有比传说更多的传奇

有比记录更大的辉煌

尼格将以他坚韧的奋斗向世人证明

这里

还会有比历史更长的历史

有比传说更多的传奇

有比繁荣更大的辉煌

（载于《个旧文学》2007 年秋季刊）

小品尼格
——尼格园林温泉写意

早晨

有晨曦跟着

有薄雾照着

有绿草伴着

在氤氲温泉中泡着

枕着水中巨石

双脚拍起雪白浪花

中午

有蓝天跟着

有艳阳照着

有火红野蜂蜜花伴着

在蓝色温泉中泡着

躺着水中巨石

任君逍遥

夜晚

有明月跟着

559

有星星照着
有蒲扇般的美人蕉掩着
有温润柔泉抚着
倚着水中巨石
悄悄话呢喃

2007 年 11 月

在路上

在路上
有文学相伴
每日奔波劳碌
就不会那么疲惫

在路上
人潮汹汹
拥挤碰撞
若能彼此轻让
这世界会多一些美好

在路上
有多少偶然的相遇
就有多少必然的错过
这世界日益浮躁癫狂

在路上
那个执着于文学和历史的女公务员
每到夜晚
就是一个纯粹女人
不用奔波纷繁俗务
不用摸爬滚打江湖
在子夜孤灯下

可以静静捧读
信仰　支撑她的精神根基
历史　安宁她的流浪灵魂
文学　润养她的浮躁家园

在路上
面对太多诱惑
信仰　文学和历史
使人学会敬畏守规矩
学会取舍和感恩
学会宽厚处世
有时容易
有时不容易

在路上
面对种种诱惑
设有限度的欲望
做有限度的欣赏
若能捡拾几颗珠玑
证明往日时光
就是幸运

在路上
时间改变了容颜
自然力改变了外观
却改变不了生命力的顽强与张扬
宁静致远
贴近大地的飞翔
依然让人魂牵梦漾

在路上
黄昏悄悄来临
眺望远方

每座驿站
传来余音
前几十年都是乘风破浪
后几十年只是水痕在船尾聚散
若仍能打湿存在的浪花
就是奇迹

2007 年 12 月

致女友
——赠友人《千年一叹》

"一"最小
"一"其实也最大
"一叹"对"千年"
包含了多少对衰落文明
难以言说的慨叹与殇怀

掩卷而思
为中华文明的绵延赓续
和对中华民族的滋养润泽
而庆幸而骄傲而自豪

也因此
我们修炼成
对于工作很衷情
对于外表很时尚
对于情爱很传统
对于长幼很孝悌
懂得爱与被爱
懂得舍与被舍
让优秀男人和女人
读不够

捧不完的
好女人

2008 年 1 月

大女子

——致云南第一位女共产党员吴澄①

云南的第一位女共产党员
是你
创办云南第一份妇女刊物《女声》的
是你
与战友李国柱生死相恋的
是你
为爱情而孕育了珍贵小生命的
是你
怀着即将降生的孩子
与李国柱大义凛然共赴刑场的
仍然是你

做个慈爱幸福的母亲
是每个女人一生的期盼
做个相夫教子的贤妻
是每个女人一直的向往

可是
国破山河碎
民穷国运衰
哪里
能有一方做贤妻良母的净土
哪里
又能有一串过富足生活的铜钱
相信

563

当你在狱中饱受酷刑之后
抚摩着腹中躁动的小生命时
这个美好的理想
都不曾泯灭

所以
你从省城花花世界一个娇滴滴的小姐
变成　云南第一个中共党组织——云南特别支部书记
变成　在白色恐怖下唯一一个在家主持工作的省特委委员
变成　靠一双脚板走到蒙自查尼皮②闹革命的女人
变成　从容组织主持了省"一大"在查尼皮召开的女人
变成　一个对理想信仰忠诚不渝的女人
变成　一个对敌人的利诱、威逼和酷刑不屑一顾的女人
变成　一个坚贞不屈的女人
变成　一个视死如归的女人

你　经受了多少灵与肉的炼狱
你　不及许多女政治家出名
但是你
坚定地追求过
无悔地付出过
坚强地承受过
在信仰、理想、革命最需要时
你陪着自己的革命伴侣
怀着即将出世的孩子
一家三口
义无反顾
同赴刑场
用 30 年短暂生命
为信仰、为理想、为追求、为忠诚
诠释了一个坚定共产主义战士生命的意义

很自责

一直不知道你

直到 70多年后的一天

才在云南蒙自查尼皮这个偏僻的彝家小山村

找到你

一位鼻梁挺直嘴角刚毅眼神柔和的漂亮的女共产党员

如此舍生取义的

大女子

今天的人们

惟有敬仰和追随

注释：

①吴澄（1900—1930），女，云南昆明人。1924年参加革命。1926年加入中国共产党，是云南省第一个女共产党员，曾任云南省第一个中共党组织——云南特别支部书记。1930年12月，因叛徒出卖，与同为革命战友的丈夫李国柱同时被捕入狱。在狱中，吴澄以怀孕之身，受尽敌人酷刑拷打而坚贞不屈。同年12月31日，吴澄和李国柱及未出生的孩子昂首走向刑场，英勇就义。

②查尼皮：云南省蒙自市一个很偏僻的彝族小村子。1928年10月，中共云南省"一大"在这里召开。（载于《个旧政协》2016年第3期）

（三）散文类：

友人写意（三章）

别在冬季

那个很冷的冬天，刺骨的寒风淫雨伴随着你匆匆而来。

你说，你要走了。

是的，你不得不走了。

你说，天留人不留，始终是不美满的。

也许。

然而，还有什么权利再大胆地当一回能留人的人呢？

是的，10年的友人，或远或近，或亲或疏，总在有形中给予帮助，有言中给予安慰，无言中给予深情，淡如水中给予温馨。

如今，你要走了，到异国他乡去闯一份人生，打一片天下。

但愿：千山外，水长流。

不能相见的离别

你，终于走了。

收到你从远方寄来的告别信时，掐指算算，你正在子夜时分的火车上。

你说，你走得很辛苦：变卖了冰箱、沙发等一应大小家具，又靠亲友借贷，才凑够了自费出国的钱，一周后在北京登机。

你说，你本想再来我这里一趟，见我一面。然而，走已成定局，相见了又能说什么？还能说什么？所以，就让那页薄纸代替你深深的离愁，代替你扼腕叹息与我壮别。

几行清泪，止不住而下。

我的朋友，望你珍重！

女 友

才见面，跃屏就说："你跑哪里去了？几天不见，好想你。"

去外地探望孩子一周，她来找我几次不见，所以不高兴了。

也是。

从前的友人，或去异国他乡奔前程，或到珠海深圳打天下。如今，只剩下几个老友，而最絮叨、最有人情味、最能诉说家长里短、感情之事的，只有跃屏了。

常常，在奔波劳碌之后，一杯清茶，几棵话梅，两个女人，席地而坐，互诉苦闷，共享乐事，甚或流流泪、调调侃。

第二天，洗一把清爽的脸，再互相帮忙化个精精神神的淡妆，又去为衣食奔忙。

友人的深情，也便寓于这样的细琐之事中。（载于《个旧报》1993 年 1 月 7 日）

一个与贫困抗争的哈尼族老人

1997 年初春，我到元阳县呼山易地扶贫开发区采访。

呼山易地扶贫开发区，是目前云南省易地扶贫项目中，集中扶贫和搬迁人口最多、规模最大的开发区，计划要从偏远、穷困的山区迁移 1.5 万贫困人口到此处安家、从业，同时还要带动此地 3.5 万贫困人口共计 5 万人口脱贫，是党中央、国务院和省、州党委、政府根据当地实际贫困状况而特批的易地扶贫搬迁项目。

几年来，经过了规划、立项、审批、征地直至开发建设，沉睡千年的呼山，终于醒来了！

某晚，已是半夜 1 点多钟了，开发区管理委员会的领导班子还在简易的会议室里商议着明天的工作。

这几天，我的采访也跟随着他们一样地起早贪黑。

突然，一个苍老而疲惫的老人走进会议室，突兀地说："阿哥们，我要来呼山，我要来种地！"

经了解，这位哈尼族老人已经 72 岁了。今天，他早上从家里出发，翻山越岭，走了 300 多里山路，现在才找着来到管委会，为的就是请求管委会给他一块能够耕种的土地让他耕种。

看着白发苍苍的老人，管委会的领导赶紧向老人解释说，首批迁移呼山的，都是 40 岁以下的青壮劳力，老年人们要等到明年呼山建设得条件好一些了再搬迁过来……

不等领导说完，老人就激动地保证说："阿哥们，你们看看我的身体，多好！但是，我现在已经是黄土埋齐脖子的人了，我等不得了，我这辈子辛苦了很多，但是都没有过上好日子。现在，政府的政策好了，帮助我们脱贫致富，我不笨，我不懒，我不愿再在老家穷守下去。请你们给我一个机会吧！请你们相信，我种地比年轻人有经验，比年轻人舍得出力气。只要你们分块地给我，地好不好我都要，石头多了我会挖出来等以后盖房子用，红土少了我会去河沟里背来填上，我刚才看了，河沟里的土肥得很呢，只要你们能给我一块地，我就一定能种好、种得比别人好。我只要一块地，只要一块地……"说到后来，老人是在喃喃地恳求了。

只有把一生的汗水、辛劳、希望都毫无保留地给予并相融在土地上的老农，才会有、也才能有这种对土地的挚爱与渴求！

看着老人布满皱纹的老脸，看着老人用一个破旧小布袋背在肩上、最多不会超过 1 市斤的干苞谷，看着老人头上那顶只剩下乌黑脱散的草帽沿的草帽，看着老人在没有草帽顶的帽沿边上杂乱的白发，看着老人走了一整天山路而疲惫不堪的样子……

567

我思忖着说:"就凭着一个70多岁的老人走了300多里的山路,就凭着他对土地的挚爱与渴求,领导们能不能特事特办,按照政策先分一块地给老人种着?"

管委会领导为难地说:"他们寨子的新房还没盖好,老人在呼山没住处啊。"

老人立即说:"没关系。我自己先在边上搭个窝棚住着,地点你们指给我,保证不影响你们的工作。"

老人虽又老又穷,却仍然保持着一身奋争不平命运的骨气和硬气,面对这样一个老人的虔诚请求,领导们还有什么理由能够拒绝?!

管委会特事特办,很快分了一块地给老人种了,还帮老人搭了个简易的房子暂时住下。因为他是目前呼山移民中年纪最大且自己种地的唯一一个老人,各级领导来呼山工作时,经常会去看望他。当领导们问他还需要什么帮助时,老人总是乐呵呵地、满足地说:"不需要了,政府给了我土地,给了我种子、化肥、农药,还给我搭了房子,足够了,我什么都不缺了。"

后来,老人的地果然种得很好。

再后来,老人的家人也分期、分批从偏僻、穷困的大山里搬到了呼山,住进了政府扶贫统一规划、建盖的新房,种上了呼山肥沃的土地。

老人缺房子、缺衣食,但是,老人最不缺的是汗滴禾下土的本真,是自强自尊的硬骨。

老人,是世代生息繁衍在贫瘠土地上不屈服命运的红河儿女的真实写照。

老人,是抒写红河谷灿烂美好生活的一种"精神之光"。

这就是红河谷深处一个普通平常、用行动来与贫困抗争的边疆老农。(载于《个旧报》1997年9月20日)

"杰克"形象:永远的遗憾
(电影评论)

杰克,作为《泰坦尼克号》这种大片的男主公,虽然观众对他综合形象的期望值会比较高一些,但实际上,电影中的"杰克"形象确实显得单薄和轻佻,缺少优秀男人思想成熟、经验丰富、处世能力较强的性格魅力,没有达到观众审美心理上的期望值。

杰克年轻、天真、朝气蓬勃、有情有义,以"享受每一天"的洒脱,享受穷困潦倒的生活：用赌牌方式赢到一张邮轮船票，站在船头抬平双手就自认飞起来了，用自己惬意的方式吐口痰，与露丝一见钟情，为救露丝葬身冰海。这样的结局，让"杰克"形象这点有限的美好都被冰海吞噬，令观众嘘唏。

其实，观众是很喜欢、也很宽容杰克的，他们不会苛求"杰克"形象是以往好莱坞大片中那些成熟得魅力四射的男人形象。但是，如果杰克在已有的美好之外，还有优秀男人应有的成熟、智慧和能力，来与呆板、了无生趣又目空一切的贵族霍利进行周旋，表现出除财产、身份之外有比霍利更丰富的处世能力、更理性的智慧和年轻朝气，则杰克吸引露丝就有了更厚实的基础，露丝与杰克的一见钟情也就水到渠成。而同时，如此优秀的杰克长眠冰海，也会令更多观众心疼和叹息；换言之，"杰克"形象的艺术感染力就会更强，其悲剧命运就更具有震撼力；随之，露丝愿意为他舍身求死就不会显得牵强和突兀了。

其实，"杰克"形象是有基础塑造成年轻、有情义、有智慧和有能力的男人形象的，可惜导演和演员自己都忽略了。杰克年少时成为孤儿，流浪长大。流浪的无数苦难、艰辛和坚韧奋斗才成就了今天的流浪画家杰克。他能在流浪中生存和长大，本身就是与众不同的阅历和故事，这就有基础造就杰克应该有比霍利更多的智慧、更强的处世能力、更有魅力和乐趣的生活和生存方式。可是，影片中的杰克，在霍利并不高明的一而再、再而三的挑衅下，只会拉着脸，像个傻瓜一样束手无策。他的流浪十多年的聪明才智哪里去了？他的痴爱露丝又要保护露丝的激情和能耐哪里去了？有人戏谑："杰克"形象不像是流浪长大、吃尽苦头的流浪画家，倒像是那种在街上滋事生非、吸引女人眼球的"街头小混混"形象。

虽然该片狂获 11 项奥斯卡大奖，却缺了最佳男、女主角奖。客观而言，"杰克"形象确实是缺乏了动人心魄的、优秀男人的魅力的，因此也就在一定程度上削弱了最美好的东西被彻底毁灭的悲剧意义。（载于《个旧报》1998 年 6 月 26 日）

569

牧放孩子

韬儿与女友梦的孩子禹丞很要好。

每到周末，两人就热线联络，说定见面后，韬儿就收拾好作业、玩具、小人书之类，塞进熊头小书包并往肩上一背，自己走路去禹丞家。从我家去禹丞家，穿街走巷得 20 多分钟。一次，已是晚上 10 点多，突然接到梦的电话，她说："你这个妈是怎么当的？胆子太大了，这么晚还让韬儿一个人走这么远的路到我家来，你就这么放心吗？"梦在电话上狠批了我一通。

让孩子在具体的生活中学会独立和应对，这是我教育孩子的出发点和方法。

对当代中国孩子生活和生存能力的教育，已是一个大家忧心忡忡的社会问题，校内外偶尔组织的各类烹调活动和磨难夏令营之类，对孩子的生存教育只是杯水车薪。

其实，培养孩子生存能力的最好课堂，就是生活本身。

生活是什么？生活是吃喝拉撒睡洗，是好好读书，是努力工作，是了解社会和改造社会。对这些繁杂而又必须要学会做的事情，要让孩子从小就知道并且要教他学会做。要让他明白，只有这样，他才能够在社会上生存。

韬儿读书前，我们就教他做些洗碗、扫地、拣菜、洗菜、自己洗澡等简单的家务。后来，教他洗衣服、做简单的饭菜。

孩子第一次独立做鸡蛋炒饭就做废了。那天，我在单位加班，等我晚上 8 点多回到家时，孩子紧张地告诉我，因为接听电话，他忘记关电炒锅的电，等接完电话后，锅里的饭已经糊了，糊的那些他吃了，糊得少的炖在锅里给我。

孩子的手上还被电炒锅烫得起了几个水泡。拉着孩子稚嫩的小手，看着那碗黑乎乎的蛋炒饭，我眼泪忍不住掉下来。我告诉孩子，做糊了的东西是不能吃的，有毒，以后再也不能吃了。我又重新教孩子做了一遍蛋炒饭。

后来，孩子做的蛋炒饭越来越好，还会摸索着添加火腿、剁肉、蒜蓉、香葱、胡萝卜、豌豆米等食材进去，味道和营养都比我做的好多了。

现在，孩子已学会了收拾房间、擦桌子、扫地、拖地板、上闹钟作息等。我和先生出差前，只要把米菜肉果等买回家就行，已不用担心孩子的饮食起居、作息学习了。

还有，带孩子外出时，要注意教他学会辨认方向和记住所走过大街小巷的地名。孩子记性好，又肯学。现在，没有大人领着，他自己也能够走过这个不大城市的所有大街和一些小巷而不会迷路。

同时，必须教会孩子有自我保护的意识和方法。那时，我们工作都很忙，基本没时间接送孩子上下学。他读书开学的那天，我带着他从家里出来，一边走一边教他认路，教他走路要靠右行，要走人行道；教他横穿马路时要走斑马线，要"绿灯停、红灯行"，即使是红灯也要看清楚公路两边是否有车来，有车就千万不能过马路。又教他千万不能和陌生人说话，不能吃陌生人给的东西，不能跟陌生人走，如果是陌生人硬要拉你走、哄你走，你赶紧大声呼救，或者赶紧去到十字路口找执勤的警察叔叔帮助你……

随着时间推移，孩子又学会了做更多、更复杂的家务和料理自己的生活。在这个过程中，孩子学会了独立，学会了自律，学会了帮助别人，学会了自己暮鼓晨钟地起床、洗漱、上学、做饭、吃饭、写作业、睡觉，总之，大体学会了独立应对基本的生活和学习。

从学会基本生活常识和技能入手培育孩子，让孩子从小做起，在生活的磨炼中牧放孩子。长此以往，那些面对困难不知所措的孩子们；那些被大字不识的人贩子拐卖的女研究生们；那些读到博士还要母亲在学校陪读，帮他洗澡、洗衣、做饭、收拾房间，甚至连如厕后的卫生间都要母亲去冲洗的人们，可能会变得少一些。

如果这样令人悲哀的人和事少之又少，那么我们中华民族在世界上生存和发展的能力和本领也会强大得多。（载于《春城晚报》2000年11月3日）

大山里的故事
——"锡文化与百年滇越铁路·个碧石铁路"散记

滇越铁路1903年动工建设。1910年4月1日建成通车。2003年10月，铁道部下令停止滇越铁路运行。

百年铁路，黯然退出了历史舞台。

但是，云南人民不会忘记滇越铁路——包括其展筑支线个碧石铁路。这些铁路上的火车运行百年来，爬高山，下河谷，过山寨，进城市，带动当地经济社会发展，给人们留下了难以忘怀的故事……

神秘人字桥

乘坐滇越铁路火车，印象最深的就是经过人字桥时那种严格的要求和神秘的气氛。

人字桥位于红河州屏边县境内波渡箐和倮姑站之间，为法国工程师鲍尔·波登设计。它很特殊：一是造型像人，巧夺天工地匍爬在两座险峻的大山之间，头和脚连通了两座高山；二是作为一座金属大桥，全部为钢铁焊接而成；三是为当时世界上跨距最长、最险峻的大铁桥，两岸绝壁对峙，相隔70米，距地面最深处100多米。人字桥所在地地形险峻而特异，桥梁造型

571

新颖而独特，被称为当时世界上最杰出的铁路桥之一。即使是使用了百年后的今天，其桥仍安然无恙，钢轨不锈蚀、不剥落、不变形，可见当年建造质量之好。

滇越铁路有很多桥梁涵洞，但真正的"咽喉"当数人字桥。其它地方出问题易于修复，而人字桥修复的技术和人工难度都非常之大。所以，在滇越铁路通车百年间，人字桥都是"大熊猫"级的保护和维修。为此，铁路上有很多规定，比如过人字桥时不许拍照、不许开窗、不许停留、不许下车等。每次经过，不管白天晚上，列车广播就会要求乘客关窗户、拉窗帘、不走动，列车员也会全体出动，亲自检查窗户是否关好、窗帘是否拉上，特别是要检查是否有人有不轨行为，比如偷拍、搞破坏之类的。昏黄的灯光，寂静的车厢，大家都很紧张，都不说话，只听得到车轮滚动的咔嚓声。过了人字桥，广播里就通知乘客可以拉开窗帘、打开窗户、自由走动了。这时，很多乘客才能伸头到窗外，远远看看车后那座特殊神秘的人字桥。

抗战时期，国民政府为保全云南大后方，忍痛炸毁了滇越铁路上的3座桥梁隧洞，但对人字桥毫发未动并加派重兵精心保护。日军占领越南后多次驾飞机轰炸人字桥，但因保护很好而毫发未损，由此也可见它的重要和特殊。

十里不同天

滇越铁路滇段起于热带河谷河口县，止于高山坝子昆明市，河口与昆明的海拔分别是76.4米、2030米，高差1953.6米。而且，绝大多数铁路线都是蜿蜒在崇山峻岭、高山峡谷、热带雨林之中，火车经过的地方，气温最高的可达40°C，最低的只有3°C，形成了十里不同天的气候，时而雾气蒸腾、酷热难耐，时而狂风暴雨、寒冷刺骨。所以，如果乘坐全程的滇越铁路火车，要备有冬、夏两季衣服，一天到晚在车上脱脱换换，一会儿是暴露的性感美女，一会儿是捂得严丝合缝的淑女，又麻烦又刺激，成为滇越铁路火车上独有的一景。

个旧鄢棚火车站抢购煤炭

个碧石铁路营运了70年，也有许多独特的故事……

为便于生产和生活运输，个碧石铁路根据当时需要，在所经过沿线，专门为相关单位设置了10条火车专用线，个旧的鄢棚火车站就是其中一条，主要是为云锡公司的生产运输和个旧市民生活用品的运输服务。

那时，多数个旧人都是到鄢棚火车站去买煤炭来烧火做饭。买煤炭要凭政府发的购煤证，限时、限量、按月、按户供应，每户每月200千克，过时作废。卖煤时间是每月第一周的星期天。一到那天，人们都要成群结队地去火车站排队买煤。为能够买到大块煤，许多人凌晨3点就起床，少数人推着从单位借来的小铁板推车，多数人用扁担挑着又大又深的圆形竹箩，扛着钉耙、锄头等工具，走40多分钟到火车站排队。去晚了排在后面，火车进站时就抢不到大煤块，只能买到碎煤和煤灰。

火车进站一般都在早上5点左右，天还很黑，车站上只有几盏昏黄的灯照着。火车一进站，男女老少几百人拼命冲过去，身手矫健的跳上火车厢，用钉耙专门去扒那些大煤块，抱了丢给在车外接应的人。过一阵儿，一堆堆煤堆在铁路边，估计已搬够定量了，车上的人再跳下来，跑去那边把铁板车推过来、或把竹箩挑过来赶紧装煤。这边，车下的人还要看守着大煤块，否则，等你去推车过来，你的大煤块肯定会被别人搬走了许多。为此，人们常常发生激烈争吵，甚至动手打架，扁担、钉耙、锄头甚至竹箩挥来甩去，躲闪不及，就有人受伤。

把煤搬上车或装进竹箩，就推着、挑着去排队，等候过秤、划证、付钱，再把煤推着或挑着回家。大家在煤堆里忙了一上午，已是灰头土脸，路上风一吹，煤灰飞起，大家浑身都是黑黑的，还经常迷了眼睛。

回到家，还要搬完煤、堆放好，才能去烧水洗脸；之后，才能煮饭吃饭。这时，已是下午四五点。那些只买到碎煤灰的人家，还得用水把煤灰和稀，做成一块块的煤粑粑，晒干后才能使用。

那时生活的艰辛，由此可见一斑。

飞檐走壁的司轫员

司轫员可能是个碧石铁路上特有的一种职业了。因寸轨机车的制动只对火车头起作用，对车厢不起作用，所以对车厢速度的控制就是司轫员的工作。每趟列车上都必须有三四名年轻的司轫员，他们根据机车上坡、下坡、转弯、直行等需要不同的速度，由火车头上的司机用汽笛发出不同的长、短、高、低声音作为信号，司轫员就在运行的车厢顶上跑来跑去，通过对车厢顶边上的方向盘进行手控紧闸、减速，或松闸、加速，配合着火车头的前进速度一起运行。这是一项特殊、惊险、刺激的工作，在当地孩子心中，司轫员像飞檐走壁的"侠客"。且其经济待遇较好，那时当地的美女若能找个司轫员做对象，羡煞人也。

与小火车赛跑的年轻人

个碧石铁路的小火车设计时速25千米，但多数时间运行时速只有10多千米，比骑马快不了多少。特别是上坡时更慢。鸡街到个旧 31 千米的路程多数是上坡，要走三四个小时。这段路上要钻 3 个火车洞（隧道），按编号分别是 7、8、9 号洞。7 号洞在今天的乍甸一带，8 号洞就是现在的个旧北大门，9 号洞就在现在的市区七层楼。当时，7 号洞比较长，火车钻洞时速度慢，煤烟呛，乘客很无奈，只得用手袖捂紧嘴鼻，闭上眼睛。而那些大胆顽皮的年轻人就不受这个罪，几个相约着跳下火车，从铁路边的小路上跑着翻过山坡，再跳上刚钻出山洞来的火车。一些身手矫健的年轻人直接从山坡上跳到火车顶上，再从车顶侧下边的窗口钻进车厢里来。

有的年轻人为寻找刺激、表现自己，从车顶下来后并不进车厢，而是双手撑在车门边的扶手杆上，把身体横抬在半空中，让身体随着火车的运行在空中甩来、甩去，吓得车上的女人和小孩"唛唛唛"地大叫，其他年轻人则吹出细长尖利的口哨，表示由衷佩服和鼓励。那些年轻人只图好玩，不知道危险，却急得车上的乘务员奔来跑去、大呼小叫地制止，甚至破口大骂，以示警告。

难忘小火车

个碧石铁路个碧段 1921 年 10 月 6 日建成通车。1991 年 5 月 28 日，国家铁道部下令停止使用鸡街至个旧寸轨小火车运输线。小火车在走过 70 年风雨历程后，也黯然退出了历史舞台。

小火车的轰鸣声消失了，但是个旧人民依然难忘小火车。曾经，火车站上，拖家带口、拥挤喧闹的景象；铁路线上，喧嚣的火车与铁轨的摩擦声、轰鸣的蒸汽机声、尖锐的汽笛声……这一切，如今都消失在鸡个铁路线上。这里，又恢复了 70 年前的宁静。

对铁路沿线几十年来靠铁路出行的老百姓而言，这既是一种情感上的依依不舍，更是一种出行不便的痛苦、失落和无奈。几十年来，他们坐惯了小火车，习惯了喧闹小火车带来的噪声、热闹和便捷并已经成为他们生活、生命的一部分。如今，这一切都突然消失了，他们都不习惯了，沿线的很多人甚至都难以正常入睡。

难忘小火车，是从走在废弃锈蚀的铁轨上想起的：

——想起我们的祖辈、父辈和我辈乘坐着小火车来来往往，在这个过程中，有新生命的诞生，也有老生命的逝去，但生命的赓续绵延不绝……所以有关小火车的一切都令人难以释怀和忘怀。

——走在废弃的鸡个铁路线上，一串串富有地方特色的地名、站点从脑海中跳出：个旧站、9号洞、鄢棚站、8号洞、火谷都、石窝铺、7号洞、乍甸站、泗水庄、鸡街、江水地……都勾起了往昔许多美好的记忆。

——走在废弃的鸡个铁路线上，像走进历史的隧道。作为滇越铁路展筑支线的个碧石铁路，不仅是一条物化的铁路，更是一条传播近现代工业文明的道路，沿着这条道路而来的近现代工业文明，有力地冲击着当地古老传统的农耕文明……

——走在废弃的鸡个铁路线上，内心充满自豪。滇越铁路的开通，是云南人民告别自我封闭的自给自足的小农经济和自然经济，从此走向外向型经济、现代经济和工业经济的开端。而个碧石铁路的建成，则标志着中国第一条主权最完整的民建、民营铁路在滇南大地上诞生，标志着滇南人民结束了千百年来依靠肩挑背扛、马帮驮运的原始的运输方式，标志着快速奔跑的火车成为带动滇南地区经济社会发展的大动脉……

——走在废弃的鸡个铁路线上，遥想当年乘坐小火车的情景。小火车时而穿过险峻峡谷，时而穿过美丽坝子；时而气喘吁吁地爬行在陡坡上，时而又轻松地顺着铁轨滑下陡坡……特别是在爬8号洞路段的那个大坡时，小火车总是"拱咚、拱咚"地喘着粗气，十分费力，待爬到坡顶，司机总要拉响长长的汽笛，以示满载而归的自豪和喜悦之情。

——走在废弃的鸡个铁路线上，如今，很多地方已看不到铁路和铁轨的踪迹，它们早已静静地躺在草丛或深山沟壑间，被隐没在滚滚向前的历史洪流中。

但是，人们不会忘记：在法国殖民者欺压、剥削中国人的时候，个碧石铁路的创建者们坚持高举起民族独立自主的旗帜，把自立自强、不受欺辱、奋斗不息的民族精神绵延不绝地传承并发扬光大！

如今，这种民族精神已经泽被后世，并将继续光耀千秋！（载于2010年云南出版集团、云南人民出版社出版的《话说红河》系列丛书《七彩边地》卷）

参考文献：

孙官生著《百年窄轨 滇越铁路史 个碧石铁路史》中国文联出版社 云南滇越铁路研究会

还是我们中国好啊

不久前，我朋友——个旧市卫生医疗界的一名政协委员去印尼巴厘岛旅游期间，突发急性阑尾炎，差点把命丢在异国他乡。

原来，到巴厘岛的第二天她就感觉肚子疼，以为是着凉，就吃了点自己带的保济丸、藿香正气水。第三天疼痛加剧，只得请导游和翻译带她去医院就医。到医院后，人很少，偌大的医院只见到两三个患者。医生是个40多岁的男人，见到中国患者很高兴。但是，在检查时朋友就发现他手法很"山寨"，只在患者腹部轻飘飘扫两下，就说：是水土不服、饮食不合，没什么大问题，打个止痛针、吃几片消化药就好啦。结果是打了一个小针、开了20片药，就支付医药费折合人民币970元。而这点医药费在国内最多就是50元人民币。

但是，打针吃药后，朋友病情不但没好转、反而更加重了，肚子疼得不能行走，不能正常饮食，只能每天躺在宾馆的床上。朋友是科班出身的护士，30年前毕业于省卫校，现在是个旧某三甲医院住院部护士长。以她丰富的医护经验，从疼痛部位和程度就判断出自己是得了急性阑尾炎，而不是水土不服之类。她知道急性阑尾炎必须及时做手术，否则阑尾炎穿孔导致脓血灌进腹腔将回天乏术，丢掉性命。故她赶紧请导游和翻译带她再次去医院就医，她直接告诉医生自己得的是急性阑尾炎，需要住院进行手术治疗。

翻译、导游与医生沟通后告诉她：住院手术可以，但是按照当地医院收费标准，这个手术做下来需要折合人民币大约23万元，且必须先预交12万元保证金才能入院治疗。朋友听后吓了一跳，23万元？一个普通阑尾炎手术就需要23万元？且不说自己没带那么多钱，即使在国内，自己一个人这些年买房买车，又经常外出旅游，手里现钱也没有这么多。如果一定要在巴厘岛治病，卖了10多万的车还不够、那必须要卖房子了。

而在国内，这只是个小手术，在个旧这样的小城市，即使是三甲医院，治疗费用也不会超过8000元人民币，其中还有医保报销会承担百分之六七十，个人出的钱也就是两三千元。即使在昆明这样的省会城市，总费用也不会超过1.2万元。

而现在的关键是自己不在国内，身份证自己拿着，即使委托国内亲友帮卖房子也办不成；还有如果卖了房子自己今后住哪里……思来想去，有很多未知数。故纠结、权衡再三，朋友只得放弃了在巴厘岛住院手术治疗的想法。

为不耽误病情，朋友向导游提出自己提前离团乘飞机回国。导游说：可以，但是你不跟团走，单独为你办理手续很麻烦，而且多出的费用要你自己承担；还有旅行社不能保证你的安全；建议你在宾馆休息，旅游只有三四天就结束，到时你和大家一起回国，费用和手续都会少很多，你再坚持一下啊！

朋友无奈，只得又请导游和翻译带她去药店买药。朋友买了最好的广谱抗菌药头孢克肟 10 片、甲硝唑 10 片，又花去折合人民币 540 元，这 20 片药在国内药店的售价仅 32 元。朋友这次去巴厘岛旅游支付的团费是 3000 多元，但在巴厘岛买了 40 片药和打了一个小针，就花了 1510 元，几乎是出国旅游团费的一半。

为不刺激阑尾炎恶化，朋友不敢吃太多食物，每天只喝点稀饭。同时，她加大剂量服用抗生素并喝大量的开水。但这时，身体也开始发烧了。她每天躺在床上，手摸着已经凸起的腹部，胆战心惊，度日如年。她知道自己的病是越来越严重了……

4 天后，朋友回国，就立即赶回自己工作的医院做手术。手术顺利做完后，医生把切除的阑尾给她看，说：都肿大变形成这个样了，还好你自己会用药维持了几天，再拖就要出大问题了！

我去看望朋友时，躺在病床上的她尽管还有些虚弱，但精神不错。她十分感慨地说：不出国不爱国，以为外国的月亮都比中国的圆；出了国就爱国，也才深切感受到祖国的好和做个中国人的幸福！而过去，我是身在福中不知福！

朋友接着说：这些年我去了东南亚、中东、大洋洲等地旅游，除少数国家外，多数都比我们穷，但是普遍的医药费用都比我们国家的高。我在国内算是个小中产，但是连我在这些国家生病都医不起，更何况是生活在这些国家的普通老百姓？巴厘岛的船夫、宾馆服务员都告诉我，他们生病了根本就医不起，只能在家里等死，所以这些国家的医院里普遍都人很少。不像我们国家的医院、机场这些地方，人挤人，人挨人，那是因为大家医得起病、坐得起飞机。这次在国外生病的经历对我震撼很大。你知道我是民主党派的，过去我什么话不敢说？什么话不会说？那时我总是说我们国家这不好那不行，看不到我们国家的任何优点和好处……唉——现在想想以前的我，是多么无知和愚蠢啊！

朋友边说边低下了头。

过了一会儿，朋友才说：现在，我终于明白了，外国再好，但不是我的国家，他们不会给我工作和工资，我生病了不会为我出钱治病，我被人欺负了不会来保护我……总之，外国再好那都是别人的，不是我们中国老百姓的。中国老百姓冷了饿了病了，有天灾有人祸了，只有中国政府才会不离不弃地管我们！外国不管多先进、多发达的国家，永远不会来管我们中国人的死活；他先进、他发达的好东西都是他们的，如果我们想要就必须花大价钱去购买……

我惊奇地说：你脱胎换骨了！把你这次出国、一个小病就差点要你命的亲身经历写下来并让更多的人知道，让人们珍惜身为中国人所拥有的没有战争、生命安全和生活生病都有保障的幸福生活。

朋友说：我也有这个强烈的想法，但我不会写文章，你会写，就请你帮我写一篇文章宣传出去，告诉更多的中国人，外国不如中国的人和事到处都是，不要迷信外国了。而我作为政协委员，今后依然会积极参政议政，但我不会像过去那样无知、愚蠢和偏激了，我会客观、辩证、理性地建言献策，只为着把家乡建设得更好。

1 周后，朋友康复出院。住院治疗总费用 6000 余元人民币，医保报销了 4000 余元，个人承担 2000 元。

2017 年 2 月

578

刘少校回乡养老记

这几年，从某边防支队退休的刘少校好事连连：

2016 年，当兵退伍的儿子考进红河州一家事业单位工作。儿子有了稳定的工作和生活，刘少校夫妇很欣慰。

2017 年，刘少校回开远农村老家建盖的新房竣工，一家人乔迁新居。同年，刘少校的儿子与一位老师喜结良缘。

2018 年 6 月，刘少校夫妇"升级"当了爷爷奶奶。

同年 10 月，刘少校与同族 20 多人组团去江西老家寻祖并且寻到，终于遂了生活在个旧的刘氏家族 10 代人、270 多年来一直心心念念要回江西老家寻找祖宗的心愿！

离家从军

说起现在幸福安乐的好日子，刘少校有许多感慨："要是没有党的好领导和改革开放的好政策，就不会有我们今天的好生活！"

1978 年底，跟随母亲在开远农村务农的刘少校（那时还不是少校）报名参了军。参军后的刘少校吃苦耐劳，勤奋努力，从一名普通士兵一步步成长为一名少校参谋，有着大好的前程。一次，刘少校在去上班途中，被一辆违章行驶的大货车撞成重伤。在医院经过几天的连续抢救后，刘少校与死神擦身而过。又经过两年的休养，刘少校才基本康复。之后，他工作了几年，但身体状况已不能适应部队工作的需要。2001年，部队给他办理了提前退休手续和残疾人证书，交由军队干休所管理。

回乡养老

2016年，孩子工作了，妻子退休了。刘少校就盘算着回乡养老、过自由自在的乡村生活了。

为此，刘少校回农村与家人商量后，由大家共同出资，建盖了一幢新的三层楼房，进户门各家开各家的。新房宽敞明亮，一楼是客厅、餐厅、茶室和厨房；二楼、三楼是卧室、客房及其配套的卫生间、阳台和花台，一家三代人在这里生活都很宽敞、方便、舒适。

但遗憾的是2017年8月刘少校的老父亲去世，享年85岁。老人年少时经历战乱和骨肉分离，年轻时生活艰难辛苦。如今老人儿孙满堂，常对小辈说："你们生在了好时候，只有跟着共产党，才会有这样好的日子过！"看到儿孙们美满幸福的生活，老人走得很安详。

现在，刘少校的养老生活过得十分惬意和逍遥：早上7点准时起床，接着洒扫庭院——这是在部队上养成的好习惯。早餐后，刘少校就和兄弟一起去地里干农活。地里种的蜜桃、龙眼、木瓜等热带水果树正是挂果多的黄金树龄。在兄弟的指导带领下，他们根据不同季节和时令，在树下套种了红薯、花生、黄瓜、葫芦瓜、丝瓜、茄子、白菜、芹菜、苦菜、韭菜、大葱、黄姜、薄荷等时令蔬菜。挖地，锄地，松土，种菜，施农家肥，浇水，除草，人工除虫……刘少校干得十分卖力和认真。一段时间后，连务农的兄弟都表扬刘少校"种菜可以出师了"。现在，刘少校家的餐桌上，自家种的、不同季节的时令蔬菜和水果变换着吃，新鲜、营养、安全。

每到周末，刘少校就把孙女交给小两口带。老两口开着车进城去和老朋友、老战友、老同学聚会，星期天晚上准时"归队"。每年，刘少校夫妇都要外出旅游几次。

回江西寻祖

2018年10月，刘少校夫妇带着家谱，跟随刘氏家族的长辈和同辈共20多人，组团乘高铁去江西吉安市安福县寻祖。

在安福县金田乡前溪村，刘少校一行寻找到了同宗的刘氏后裔及其提供的《前溪刘氏总谱》。该《总谱》是由明朝永乐年间进士出身的翰林院庶吉士张叔豫续修的。《总谱》记载了前溪刘氏是汉高祖刘邦的孙子刘启（即汉景帝）第九子刘胜（即中山靖王）的后裔。刘胜后裔的一支刘庄（字静斋）曾任大理寺四评事。后为躲避战乱，刘庄迁徙至江西抚州生活。刘庄之子刘塈（音、义皆同"地"，字衡斋）为南唐吉州（今江西吉安）长史。卸任后，刘塈巡选了土地肥沃、民风淳朴的前溪，携父母子女在此开基定居，并由此开枝散叶、繁衍开来。据2017年续修的《前溪刘氏总谱》记载，刘塈的后人至今已繁衍到第43世孙，总人数达1100多万人，其中在海外定居的有10多万人。到刘少校这一代已经是刘塈的第41世孙了。

270多年前，刘塈的第28世孙刘绍孙到云南经商，几经辗转后定居个旧。至今，其后人已繁衍到第15代，刘少校这一代是第13代。而在此前的12代人，历经270多年，都没有经济能力和时间回江西老家去寻祖。到刘少校这一代，终于实现了15代人、270多年来魂牵梦萦的寻祖梦想和愿望！

寻祖之后，刘少校一行还在江西及其附近旅游风景区游玩了一圈，才乘飞机回到云南。这次寻祖、旅游每人花了8000多元，这在过去是想都不敢想的事。

于国家而言，盛世才能修志。于个人而言，盛世才能寻祖。

对现在的好日子，刘少校说："没有共产党就没有新中国、就没有改革开放；没有改革开放的好发展和国家的繁荣昌盛，我不可能每月有几千元的退休金养老，我也盖不起新房、买不起车子；没有国家的富强文明，我们就没有回江西去寻祖的经济能力。现在外国一些国家的老百姓因为战争而沦为难民到处流浪，甚至连命都没有了。所以，没有共产党的好领导，就没有国家综合实力的增强，也就没有我们中国人今天安全幸福、安居乐业的好生活！"

2018年10月

母　亲

我生活中的偶像，是我母亲。

一

从小，母亲对我说得最多的就是"女人不能吃受气食"，即女人要经济独立。

新中国成立前夕，我外公外婆突然先后病逝。我大舅就让我母亲和我父亲结了婚。婚事是从前我爷爷和外公就商定好的。此时，我爷爷已去世，是我奶奶当家。母亲接受过启蒙教育。结婚后，母亲成为我父亲他们这个有数千人的大村子里少有的几个识文断字的女人。

新中国成立后，土改工作队进村搞土改，打土豪，分田地，村里的姑娘小媳妇们跟着工作队演《兄妹开荒》，唱《豌豆秧》《满三孃》《自己的饭碗自己抬》。后来，土改结束，工作队要去其他地方工作，我母亲就找到工作队长要求参加工作队。队长一听，就说，好啊，你有文化，思想进步，工作积极，做事认真，口才又好，我们要你了。

可我奶奶不同意，说我母亲你一个女人家，男成群女成队的在外抛头露面干什么？又不是家里养不起你！我母亲就对我奶奶说：妈，你这是思想落后的表现，现在是共产党领导的新社会了，提倡男女平等，妇女翻身得解放了，可以和男人一样外出干工作，同工同酬，我参加工作队是去干革命工作，不是去做见不得人的事，你要不同意，我请队长来和你说。我奶奶就说：你要去，孩子（即我大哥，那时1岁）你自己也带着去。

我母亲跟着工作队出发时，背上背着行李，用背单裹住我大哥挂在胸前。就这样，母亲前挂孩子后背行李，跟着土改工作队爬山过河，去到不同的山寨村子搞土改、干工作。后来，我奶奶拐着小脚，爬坡下坎，走了很长的山路，找到我母亲工作的村子，把我大哥接回家。

土改结束后，母亲就留在区政府工作。后来，母亲得知个旧市搞大建设，母亲想去城市工作，就和我父亲一起来到个旧云锡公司工作。

在个旧安顿好后，我父母就把我奶奶、我叔叔和我大哥接到个旧生活。当时，我家住在三楼，我奶奶是小脚，上下楼很费力，母亲就去找单位的行政科，费了好大力，才要到1间一楼的小房间给奶奶住。后来，叔叔去参军。到我记事，我就成了奶奶与父母之间的"小通讯员"，父母在三楼做好饭菜，叫我抬去一楼和奶奶吃，晚上和奶奶睡，奶奶有什么事，我赶紧跑上楼去叫父母。奶奶一直在这里生活到83岁去世。邻居都夸我母亲是个好儿媳，母亲说：口袋补口袋，一代教一代，一代做给一代看。

母亲一生要强。那时，个旧产业工人的工资和福利待遇都是比较好的，母亲本可以像很多职工的老婆一样不用出去工作，只在家里领孩子、做家务，生活舒适而轻松。但是母亲不，母亲要出去工作。某次，寒冬时节，因为工程赶工期，单位安排工人们加班加点地干活，母亲也和大家一样在建筑工地上挑土石方，一连干了半个多月，困了就靠在背风处眯一会儿。工作顺利完成后，大家才发现我母亲的右眼皮下塌，右嘴角歪了，右脸颊的肌肉不自主地颤抖。母亲去医院治疗时，医生说这是面神经麻痹，是脸部在出汗时突然遭受到严寒所致。治疗一段时间后，效果不大，母亲也就不治了。单位上的老乡看到母亲的样子，惋惜地说：我们镇上的一枝花没有了！

亲友们都说我母亲"手有一双、嘴有一张"，即又能干、又会讲话。母亲工作积极上进，勤学好问，干一行爱一行熟悉一行。母亲常说"吃得亏，在得堆儿"，母亲为人慷慨，热心助人，生活经验丰富，亲友同事都很喜欢和她相处。母亲持家更是一把好手，用自己和我父亲两人不高的工资，把我们兄妹几人养育得高大、健康、靠谱。母亲心灵手巧，看到电影、新闻纪录片里或别人穿着的新款衣服，她就能织出同样的毛衣、缝出同样的衣裙给我们穿，在那个衣着色彩和款式都单调的年代，母亲把我们家的男人打扮得精精神神、把我打扮得像花儿一样。直到我为人母后，才慢慢体会到母亲比常人付出的更多的辛劳。

二

母亲说我从小好强，有主见。但她用铁的事实，让我在婚姻和育儿上心甘情愿地唯母命是从。

我工作几年后，该恋爱了。某次，有热心朋友带来一个很帅的年轻老师，文质彬彬的，谈吐、气质都不错。小伙子走后，母亲问我，他们家是不是有遗传性的风湿性关节炎病史？我吓了一跳，说不知道啊，我也是第一次见他。后来我仔细询问了朋友那个老师家的情况，还真是有这个遗传性疾病，他的外公、外婆、母亲、弟弟都是这个病，他的弟弟已不能行走，只能坐轮椅。

可我也太奇怪了，母亲只见过小伙子一面，是怎么知道他们家有这个遗传病的？母亲轻描淡写地说，这有啥奇怪的？你仔细看看他手上、脚上的那些关节很粗大，有的已开始变形，扭嘴歪三的，不像健康、正常的年轻人的关节。我说，你怎么看得见他脚上的关节？母亲说：他不是穿着凉皮鞋和丝袜吗？我说，那你怎么知道他们家人得的是这种病？母亲说，久病成太医啊。朋友对我母亲佩服得五体投地，说你妈太厉害了，苍蝇飞过去都分得出公母。

在大事情上，母亲是非常清醒又非常坚持传统的。我结婚生孩子后，社会上就时兴起不母乳喂养孩子，据说是母乳营养不好、影响孩子健康成长、影响女人体形之类的；又据说是要给孩子吃进口的某氏奶粉和米粉才好。我当时也跟风。

母亲知道后，就数落我说，怪了怪了，人类进化、繁衍几万年，有文字记录的是几千年，不都是吃娘的奶长大的吗？不也是长得好好的吗？现在你给孩子乱吃这些中国人不懂的东西，你看看，这个说明书上写人工添加了什么什么微量元素，有多好多好。谁知道是真是假？谁知道是不是中国孩子身体需要的、受得住的、吸收得了的、对中国孩子健康成长有利的？告诉你，母乳就是孩子最好的饭菜——只要你这个做娘的不挑食，该吃什么吃什么，品种丰富、数量充足，孩子吃母乳，营养就够了。等孩子长大些，母乳不够吃时，就照我们的老办法自己去磨米粉来煮给孩子吃，到时候加上蔬菜汤、骨头汤、肉、鸡蛋之类的，营养就够了。养育孩子是人生的大事，对这些自己不了解、也不知道效果好坏的东西，不要轻易拿自己的孩子去做试验品，弄不好就会变成牺牲品。你还大学老师呢，真是知书不知理，文章放在裤裆底。

多年后，我一直惊异于母亲的智慧。因为后来，我的几个闺蜜和一些亲友的孩子，都没有母乳喂养，都是购买比较昂贵的、进口的奶粉和米粉给孩子吃。但后来发现，人工喂养的孩子们的生长发育多多少少都出了些问题。

当然，不是说这些孩子是因为吃了某某产品而致病，而是说，他们的父母轻易改变了母乳喂养这个传统、健康的育儿方式，盲目轻信广告上宣传的东西，盲目追求自己不了解的事物并盲目地付诸行动，这无意中就让自己的孩子成了试验品甚至是牺牲品，也是不争的事实。

583

母亲还用自己的通达和老道，教我化解了不少人生路上的危机。某次，我与先生因琐事发生了激烈争吵，直闹到要离婚。母亲得知后，就说我：不就是点儿鸡毛蒜皮的小事吗？犯得着离婚？公鸡打架头对头，夫妻吵架不记仇，一吵架就要离婚，离得了那么多？

见我不说话，母亲又说：夫妻在一起过日子是要不断磨合的，你们已经磨合几年了。如果离了，你还年轻，肯定要重新找，又要从头开始磨合，又得多少年？到时候，你还有时间、精力和好心情去你奔你的好前程？

母亲当时抱着我儿子，又对我说：你看看我这个外孙子，虎头虎脑，机灵乖巧，多可爱的孩子，你要离了婚，让他有爹无娘、有娘无爹，多可怜啊！再说，孩子他爹又没有违法乱纪、犯了什么原则性的错误，如果有，你要离婚，我也不拦你。还有，衣服是新的好，人是旧的好，他爹当初可是你自己千挑万选找的、心爱意爱嫁的，你离了如果重新找，难说还不如这个，你信不信？

从此，我断了离婚的念头。

三

母亲年轻时，在工作时曾触过电，当时还送到医院救治。后来，母亲先后患上心脏病、高血压和糖尿病并伴随她几十年。但母亲坚强乐观，毅力很强。我们经常捏着医生下的病危通知书，胆战心惊地等待着被抢救后的母亲苏醒。只要她苏醒过来，就会说：人吃五谷杂粮哪有不生病的？不要紧张，我死不了。

我们家订阅《大众医学》几十年，全家人受益。母亲还学以致用，根据长期住院了解的和《大众医学》上学来的以及传统医学书上得来的医学知识，结合自己身体状况，摸索、总结出一套比较有效的、浸润于生活方方面面的自我保健疗法，并持之以恒地坚持，直到75岁离世。

如今，母亲已经去世10多年了。但她独立自强、不盲目跟风、坚强乐观和热爱生活的品性已经成为我们家的基因密码，在子孙后代身上传承发扬，绵延不绝。

2019年8月

亦师亦母

2020年3月，意外接到老师电话，先是问我近况，得知我们一家都好，老师很高兴；接着嘱咐我说，你现在有时间了，还是多动动笔，写些东西，你有这个能力和爱好，又在不同岗位工作多年，生活积累丰富，如果不写，可惜了。

我一时语塞，又百感交集：父母、公婆已去世多年，自己也且"奔六"了，还有一个没有血缘关系的长辈在遥远的省城关心着我的安危，牵挂着我的日常生活和写作爱好。

而我，却没主动问候和关心年近古稀的老师，心下很是惭愧。

一

老师曾是我邻居。1970年代中期，我在个旧一所职工子弟小学读书。那时风行"读书无用论"；学校老师"科班"出身的少，多数是职工的家属，从农村出来，没有工作，就安排到小学校来干临时工，他们不会教书，但带着我们去学农、教我们干农活是一把好手。

某天，母亲和我在楼下遇到下班回家的老师，老师对母亲说："许师傅，你家小三妹很爱读书，我去上公厕都看到她拿着书看，走路也看，这很难得，你好好培养她。读书她有不懂的，让她来我家，我和老鲁可以辅导她。"母亲和我意外又惊喜，赶紧谢过老师就告辞了。

这是我第一次见到老师。母亲告诉我说，老师是我家的新邻居，刚搬来不久，住我家隔壁单元的三楼；老师的爱人是厂里的技术员；老师刚调来你们学校教语文；我们遇到好人、贵人了。

我那时人小，胆小。路上遇到老师，以为她可能已经记不得我了，所以也不敢主动打招呼。倒是老师见到我，就主动叫我，问我学习的事，还对我说如果有不懂的，就去他们家，语文她教我，算术鲁叔叔教我……我鸡啄米般点着头，心紧张得怦怦直跳，赶紧答应着逃走了。

自幼就听说"求学"是学生要求着师长才能学到知识文化，而老师仅是我邻居，在学校也没教我，却对我这个素昧平生的小孩主动提出要教我读书，怎能不让我受宠若惊？我一直不敢相信这是真的。老师大约也看出了我的心思，每次见到我，都真诚地对我说着同样的话。

我对母亲说了老师对我说的话和自己的疑虑。豁达的母亲说，读书人就是喜欢爱读书的人，老师也和我说了好几次。你有不懂的，星期天下午就去他们家，她和鲁叔叔会教你的。平时他们很忙，要上班，要照顾两个孩子，大约只有星期天下午会有一些时间。再说，你现在学的有些内容我和你爸也教不了你了，你有不懂的，就去找老师吧。

在老师和母亲再三鼓励下，一个星期天下午，我终于鼓起勇气，背着书包去老师家。老师见到我，意外又惊喜，赶紧叫那个小男孩让出高凳子和矮凳子给我做写字桌椅，小男孩抬着书坐到床边去看了。大男孩坐个矮凳子，正伏在高凳子上写作业。两个男孩都比我小。老师说大男孩刚读一年级，小男孩在上幼儿园。老师问了我读书的情况，接着辅导我语文，鲁叔叔辅导大男孩。辅导完语文后，鲁叔叔辅导我算术。结束后，鲁叔叔就在家里唯一的那张书桌上埋头做自己的工作，好像是画设计图之类的，桌上摆满了资料和图纸。

老师家和我们家一样，只有一间房子，做饭就在楼道上。我要回家了，在楼道上看到老师正在蜂窝煤炉子上生火做饭，楼道里满是柴煤烟味，呛得人咳嗽不止，老师边用火钳夹着蜂窝煤球放进炉子，边用毛巾擦着眼泪鼻涕，脸上手上都有煤灰痕迹。后来我知道，老师每次辅导完我们功课后，才去做饭、洗衣、收拾家务，像普通家庭妇女那样忙碌辛苦。

老师在给我辅导课本内容的同时，更多是辅导课外知识，我由此知道了古今中外不少作家及其作品。回家后我就翻箱倒柜，找到其中一些书，但有

585

些家里没有。我就去新华书店想买这些书，售货员听后警惕地说："你怎么老是来问这些书？这些都是'四旧'，早就破完了。看你一个小孩子怎么会喜欢这些东西？以后不要来问了，问了也没有。"

某晚，老师到我家隔壁一个高年级男生家家访。

家访是那个年代独有的很好的教育管理方法。每个学期结束，班主任会去到每个学生家，把这个学生的成绩通知书交给家长；再向家长说说这个学生这学期在学校的表现：学习的，参加学工学农学军的，搞卫生的，参加体育活动的，与同学相处的，思想品德的……总之，通过老师家访，这个学生在学校的一切家长基本都清楚了。平时，学校有什么重要事情要通知家长或是对那些非常调皮的学生，班主任也会临时去家访。家访时间一般在晚上或星期天，因为平时家长和老师都要上班。但不知为什么，我小学班主任从没来我家家访过。

那时我们三楼住着6家人。那晚，老师这次来家访的有2家。小孩爱看热闹，我们就站在别人家门口看老师在向家长说学生的情况。其中某男生的父亲看到成绩通知书立马暴跳如雷，大骂着要找那个男生来"捶一顿"。老师一开始被男生父亲的态度吓着了。后来老师镇定下来，轻声细语说着男生的情况、开导着男生的父亲、需要家长配合老师教育孩子的事情。再后来男生的父亲不暴怒了，只是不停地点着头。到老师走时，男生的父母礼貌地送老师出门。

那晚男生回家后没有被父亲"捶"。那时，若有哪家孩子被"捶"，父亲暴怒的打骂声和小孩声嘶力竭的哭叫声都会充斥整个单元楼，有热心的邻居长辈会去劝离打人的父亲。但那晚整个单元楼都很平静。这男生后来对我们说，换了个班主任，我就没有"吃"父亲的"跳脚米线、细棍炒肉"了，以前是老师来家访一次我就被"吃"一次。

二

我读初中了。第一学期结束，我的学习成绩大滑坡，母亲严厉责问我怎么会这样？我开始不敢说，母亲再三追问，我才说我坐最后一排，上课时前面那些同学打闹，有的还跳到桌子上对上课的老师大喊"造反有理，我们要学黄帅，要交白卷"，所以很多内容我听不清、看不到，就没学懂。

母亲就去学校找班主任了解情况，并请求班主任能否把我座位调到中间一些，让我能尽量听得见、看得到上课的内容。班主任却拉下脸说，你家三妹个子高，坐在前面遮着后面的同学，所以只能给她坐最后一排，这种事别的学生家长从没找过我，就你家特殊吗？

其实我不敢告诉母亲，我曾经找班主任说过这事，班主任却说："不可能给你坐中间。你不是骄傲吗？你学习好就不得了啦？现在已经不是学习好就吃得开的年代了。我们组织学习黄帅多长时间了？要学习黄帅的什么精神？你不知道吗？你装什么佯……"班主任的所言所行让我很困惑。但我记住了母亲和老师一直对我说的话：人要读书，要有知识、有文化才会有一技之长，才能在社会上立足。

后来，母亲怕耽误了我读书，就想办法把我转学到了个旧一中继续求学。

与一中同学相比，我基础较差，所以拼命努力学习，加上初中开始上晚自习，我基本没去老师家补课了。有时在路上遇到老师，她都会很关心地询问我学习情况，并鼓励我说，一中的师资、学风等都很好，一中的老师很多都是西南联大、四川大学、云南大学毕业的，文化知识高，教学方法多，经验丰富，责任心强；现在恢复高考了，你要珍惜，加倍努力，将来考大学；学习中有不懂的就来找我们。

我初中毕业时，参加了多年来全省第一次初中毕业生的统一考试。之后，我被录取在个旧一中继续读高中。

一天，老师在楼下见到我母亲，老远就说："许师傅，有好消息。"来到面前，老师从提包里拿出一本书，说："你家小三妹写的文章，发表了。"母亲说："没听她说投稿出去啊，怎么会有文章发表？是不是搞错了？"老师高兴地说："没错。你看，这是《云南省中小学生优秀作文选》，我刚在书店买到的。"

此时，老师已调到新成立的某子弟中学去教语文了。老师告诉母亲说："这本书是恢复高考后云南省参加初中、高中升学考和高考的中小学生们在考试时的优秀作文的选编，个旧一中的选了两个学生的，三妹的有一篇，多难得啊！"母亲认真看看，确实是"个旧一中"后面是我的名字。老师说："你赶紧去买一本，新华书店刚到的，去晚了就卖完了。我这个是要留着教学用的。"母亲很高兴，忙谢过老师，赶紧跑到书店买回这本书。

那时我已住校，高中正是学习最紧张时，只有星期天下午能回趟家。那天回家看到母亲买回的书，我开始是不敢相信，后来是特别开心。再后来是高中语文老师上课时也在讲这本书上的范文。

三

高考后，我去外地读书。毕业后在外地工作。几年后才调回个旧，在某

587

电大（党校）当老师。这时我才又与老师有了更多的交集，对老师的情况也有更多了解。

1941 年老师出生在绿春县一个哈尼土司家庭，有十几个兄弟姐妹，她是幺妹。她二哥在建水和昆明读书时，受地下党的影响、教育和培养，参加了"边纵"九支队领导的革命队伍。后来他二哥动员父亲参加起义，为绿春县的解放做了很多有益工作。再后来她在外地的姐姐姐夫们带着她父亲去了台湾。老师就跟着年长她十多岁的二哥生活。

1967 年老师从云南大学中文系毕业，跟随读书毕业后分配到云锡公司工作的鲁叔叔一起来到个旧工作。那时因为家庭出身和海外关系问题，老师一直在工厂当工人，直到 1970 年代中期才把她调到我读书的小学来教书。后来又调到某子弟中学教书。此时的老师年富力强，教学经验丰富，工作能力和责任心很强，培养出很多优秀学生，在当地教育界口碑非常好。同时，对我的教学工作、为人处事和个人生活等各方面，老师都一如既往，悉心地给予了很多指导和帮助。这时我们不像师生，更像是无话不说的亲人。

某天，老师突然告诉我，她要退休了。我很吃惊：按政策女干部是 55 岁退休，老师才 50 岁，还没到正式退休年龄，怎么突然要退休了？老师淡淡地说，是我自己申请提前退休的，现在的年轻人和我们不一样了，有很多事情我都跟不上这个时代了。

几年后，老师随已退休的鲁叔叔搬回昆明去居住了。

后来，在与老师所在中学的朋友熟人的相处中，我才知道了老师提前退休的一些情况。

面对当时的一些社会同气，老师常常很困惑。而老师，就是醉心于教书，只要学生学得好、成绩好、人品好，自己讲的课受学生欢迎，老师就很开心。在老师退休前，以她的教学能力、资历、学历和声望，她应该是评上中学教师副高级职称的。但是她一直没有评上这个职称。我当时也奇怪，问过这事，老师只是笑笑，没说什么。

后来，听朋友讲，当时在每次评职称的会上，平时一团和气的某些老师为了自己能够争到那有限的副高级职称的名额，轻则各人只为自己评功摆好；重则大声争吵、恶语相向，最终闹得不欢而散。而老师只会脚踏实地、很负责任地教学生，从不会为自己评功摆好，也不会为自己争这争那，更不会主动向组织伸手要这要那。多数时候，如果得到应得的什么待遇，老师还会谦虚、客气一下。但现在有些年轻人不但不会谦虚、客气，甚至还会跳出来赤裸裸地与你争吵索要……老师哪里见过这种阵势？只能退下阵来，甚至为避免大家难堪，就退避三舍。老师的副高级职称就在这种退避、谦虚和客气中，被别人连争带吵地"破格"走了。直到退休，老师依然是中级职称。

四

多年后，我离开学校去当了记者。老师知道我转行后，为看我写的新闻，自己征订了《春城晚报》《云南日报》，随时关注我。有时电话我，问我近况，并如数家珍地说起我写的那些新闻，比我自己都记得清楚。

再后来，我又回个旧工作。老师问我说，这段时间报纸上你发表的文章少了，是怎么回事啊？我告诉老师我已离开云南日报社，回个旧工作了。老师惊异地问："为什么？你在报社不是干得很好吗？有时你们地州版新闻你写的会刊登好几篇，占了大半个版面，很难得啊。"我说："我主要是要回来管家管孩子，孩子已读书了；小刘又是搞建筑的，工作到处跑。"

老师不易觉察地轻叹一声，说："原来是这样啊。女人要做点事不容易，要管老管小，放不下。只是，可惜了你的才华。不过，是金子总会发光，现在的社会氛围是有本事的人在哪里都不愁，比我们过去好多了。"

昆明世博会期间，我们一家三口去世博园玩。那时是暑假，世博园内外人山人海。我们开心玩了一整天，到闭园出来，已是晚上八九点。忽然，我看到老师和鲁叔叔迎面走来，我以为看错人了，仔细一看，没错，真是老师和鲁叔叔。他们也很惊喜。大家感叹着说，这么大个昆明城，我们居然能够在这里相遇，真是奇迹。

原来，老师搬家了，就住在附近，现在是晚饭后出来散步。老师叫我们去家里做饭给我们吃。我说今天时间晚，不去打扰了，改时间再去吧！老师和鲁叔叔执意相邀，说一定要去家里吃个饭，关键是认认家门。推辞不过，我们就去了。老师的新家很宽敞，装修很雅致。老师说这是大儿子的新家，大儿子叫他们过来一起住，他们刚搬来不久；儿子儿媳工作很忙，现在去出差了。

老师和鲁叔叔从冰箱拿出食材，专为我们做了可口、丰富的晚餐。我们说着彼此近况，大家都很开心。

五

回个旧工作，我依然忙。再后来，我的工作不断有些变动。这期间老师和鲁叔叔常回个旧走亲访友，只要有机会我们都聚一聚。老师一如既往关心着我的工作和生活。看到我工作有成绩，老师都由衷为我高兴。

一次，老师说你现在还写东西吗？我说写得很少了，工作上事情很多，压力很大，整天忙得头昏脑胀，常常整夜失眠。

"难怪我看你神情很疲惫，脸部还有点浮肿，你找时间去医院做一些专业的治疗，否则身体会被拖垮的。"老师看着我心疼地说。我笑着答应老师，让她不要担心，说我自己会处理好的。

老师又说，现在你工作忙，但有条件时还是做些记录，积累素材，将来退休有时间了可以慢慢写，你是有这个基础和能力的，要好好珍惜，不要浪费了。我们与你们生活的时代不同，思想观念、社会氛围、生活条件等都不一样了。年轻时，我相信每个学中文的女人都曾经有个"作家梦"。后来，因为种种主客观原因，这个"梦"就慢慢离我们越来越远了。现在，我思想僵化、文思枯竭、江郎才尽，要想写点什么都写不出来。而你，应该继续努力，不要像我一样，一辈子一无所成……

第一次，我见到老师如此伤感和无奈！

我笨拙地劝老师不要难过，说到这个年纪你依然有好的身体、依然还那么美……我突然打住，自己都奇怪怎么会这样夸老师。相处几十年，我们之间从未说过类似的话，现在可能是情到深处自然流露了。

老师赶紧对我摇着手，示意我不要再说了。老师脸上居然泛起少女般害羞的红晕……

过去，我很木，只会欣赏中外名著名画里的美，对身边生活中的美却视若无睹。现在终于开窍了。我发现，即使已经年过 70 了，老师依然是个很美、很优雅的女人：瓜子脸，高鼻梁，大眼睛，樱桃口。关键是还有文化，知书达理。而且，老师过去还是篮球场上的一员猛将，记得她在中学教书时已是40多岁的人了，我亲眼见到她和那些二三十岁的年轻老师一起在篮球场上生龙活虎地打比赛且球技高超，特别是"三步篮"，球只要到了她手里，场内外的师生们就会十分兴奋，爆发出尖锐的口哨声和加油声，因为老师的"三步篮"几乎是百发百中，操场上无人能与之匹敌。教育最好的目标是集德智体美劳于一身。老师的一生就是最好的诠释和证明。

现在，突然看到老师的伤感和无奈，我心里很是感慨。

其实，老师还有更独立自尊的人格和更宽厚平和的心态。老师是那种很老派的知识分子。我认识不少这种老派知识分子，譬如老师大学同学、某省报总编辑和某市级报总编辑，他们都是同一时代的人。他们有很多共同特点：自幼受传统文化教育和熏陶，养成独立自尊的人格，凡事亲力亲为，尽量不麻烦别人，但如果别人有困难，他们会毫不犹豫地施以援手；精神上他们有理想信念，有目标追求；工作上有事业心、责任心，踏实努力，不会偷奸要滑；做事上心有敬畏，敬畏天地自然和法律法规，不会逾越规矩半步；做人上很自律，处世低调含蓄；对年轻人爱才厚才，提携后学，不图回报。现在的青年知识分子身上，这种老派知识分子的特质，已经不多见了。

当看到老师对我身体的担忧，对我的牵挂、叮嘱和心疼，我几乎泪目：中年孤儿如我，生活中已经很久没有一个长辈这样关心絮叨我了。只有老师，几十年来不管我身在何处、身份怎么变，她都一成不变地牵挂、关心着我的一切。

在经历了人世间多少无以言说的坎坷、冷漠后，在我生命中依然有一份朴素的爱和温暖，默默地在那里，静静地散发出，慢慢地润养着我……而我，在江湖上打拼时变得硬邦邦的那颗心，只要在老师面前，抑或只要听到老师的声音，一切就都变了，变得柔软了、安全了、被融化了……自己一介布衣，在几十年生命中一直有这么一个人和一份朴素的爱和温暖陪伴着自己，且这是个与你没有任何血缘或亲情关系、却已成为你生命中无法割舍的亲人：亦师！亦母！这真是幸莫大焉！

老师是谁？

孙海琴！

2020 年 6 月

珠江源文化的拓荒牛

——郝正治印象

一个偶然机会，看到作家欧之德先生为《郝正治文集》36 卷所作序言《珠江源的布衣学者》。后来，有幸在曲靖沾益南国园见识了园主郝正治先生。心下惊叹云南有如此奇人。

一

1949 年 10 月，郝正治出生在沾益县珠江源附近的一个小村子，因为贫穷，六七岁就打着赤脚上山割草放羊，直到 10 岁才进学校读书。7 年后初中毕业回乡当农民。1970 年当兵去了北京。7 年后退伍回到沾益，在县政府小车队当队长兼驾驶员。他自幼酷爱读书，但条件有限。当驾驶员后有了稳定工作和生活，他就重拾书本，领导开会的时间就是他在车上读书的时间。

书读得多了，想法也多了，他就趴在方向盘上写下来。从此，开始了他"司机作家"艰辛的写作历程。

在沾益采风那几天，70多岁的郝正治拄着一根近一人高的龙头拐杖，带着我们去珠江源头、古代五尺道滇黔接壤的胜景关等地考察。一路上，爬坡下坎，涉水过滩，大家走得气喘吁吁、七零八落，而郝正治总是精神抖擞地走在最前面。每到一处，他都侃侃而谈，如数家珍地向我们介绍当地历史和文化。在珠江源头，郝正治说："过去大家都不知道珠江源头在哪里。直到明朝大旅行家徐霞客历经艰难，踏遍青山，两次考察到云南沾益的马雄山后，确认了珠江源头就在马雄山的麻地沟……现在这里已建成了珠江源风景区和生态保护区……"

而今，在珠江源头就立有郝正治经过千方百计搜寻史料、对照古今、实地考察后撰写并书法的《徐霞客探源碑记》："明末江阴有徐弘祖者，字振芝号霞客也，开终身旅游之先河，更穷北盘源尾而于崇祯十年四月初八入粤，翌年三月二十七日由桂入黔，五月九日达亦字孔，之后抵滇首入交水投宿龚起潜家。旋顺南盘江过越州、经陆凉、走路南、宜良、弥勒而达阿迷，又东折阿庐、罗平、黄草坝，乃西向曲靖，沐温泉过府城再宿交水城龚府，时为九月初八日也。因起潜凿凿可据误导，致使先生错过近在咫尺的定源机会。十二日雨停，先生乃告别起潜，出南门、过新桥，越太和而登翠峰。旬日因雨困先生，乃查文献、做日记。二十二日南趋寻甸、嵩明，过兔耳关抵松华坝三家村，乃作盘江考……确认南北盘俱发源于云南东境，南盘自交水发源，经沾益州炎方驿南下。"

这块高大的石碑，石刻字体结构严谨，笔法圆润厚重，气韵温和典雅，颇有元朝初期大书法家赵孟頫的楷书之韵。

二

郝正治的研究和创作主要围绕"珠江源文化建设及其生态保护"和"汉族移民入滇历史探究"这两方面进行。

珠江，是仅次于长江、黄河的中国第三大河流，流经我国南方六省区及越南东北部，全长2214千米，在下游从8个入海口注入南海。亘古以来，珠江流域养育了万千百姓，是他们赖以生存的具象的和精神的家园。但是，珠江的源头在哪里，过去都无人知晓。直到明朝旅行家徐霞客于崇祯十一年（1638年）三月至九月亲顺沿江流域逆流而上进行实地踏勘查验，历经艰辛，最后确认了珠江发源于云贵高原乌蒙山系沾益州的马雄山麻地沟。而麻地沟就在郝正治家乡附近，但是过去多数人都不知道珠江源头就在这里。

1979 年，国家水利水电部成立珠江水利委员会，重勘珠江源，结果与 340 年前徐霞客的定论完全吻合。从此，探索、研究、宣传、保护珠江源文化及其生态环境并著书立说，就成了郝正治生命中的大事。为全面了解珠江流域情况，2009 年春节，郝正治从沾益出发，沿当年徐霞客考察珠江源头的路线图逆向而下，行程 15000 公里，对珠江流域进行全程实地考察。同年 5 月和次年 3 月又两次重新考察"补课"，补充完善相关情况。之后，创作了长卷散文《上善若水之珠江情怀》。欧之德先生评价其"探寻源流之间不同生存空间及文化异同的因缘关联，有着一种当代徐霞客的精神。他从源头出发又回归源头，所创建的珠源文化展览馆，将珠江源头的农耕文化到源尾的工业文化，图文并茂广纳其中，使参观者有一种从山溪野水到大江大海的飞越感觉。"

2002 年和 2017 年，郝正治先后出版了记录珠江源文化的历史散文集《珠源梦》和《曲靖珠江源丛书——江源长梦》，与《上善若水之珠江情怀》共同构成了郝正治探索和研究珠江源文化的主体。欧之德先生认为："珠江的源头文化在郝正治之前是一盘散沙，一地落珠，似乎珠江源人祖祖辈辈生存在斯，耕种作息原本如此。是郝正治历经 40 多年，将其中的经典大事和古今变异过程发掘整理出来，无疑是一方地域珍贵的文化财富。当下，人类社会已进入到信息时代，随着传统农耕文化的逐渐被人忽略，科技与城市文化的快速到来，更需要有人坚守乡村史实这块阵地，让今人和后人去认知本土历史与新世界新视野之间的关系以及内在的勾联。因此，郝正治坚韧的追求和所取得的丰硕成果，是具有重大意义的，他为珠江源头，为云南汉民族留下了一笔极为宝贵的文化财富。"

2004 年，郝正治在离老家不远处修建了民宿"南国园"，并在此创建了"珠江源文化陈列馆"、"珠江源文学书画院"和颇具规模的"南国园展览馆"。他在这里亦文亦商，以商养文，潜心研究和创作。如果要外出工作，譬如查找史料、实地考察等，他就洒脱地把南国园交给别人打理着，自己跑省市县图书馆、档案馆、史志办查找史料，或是到山野乡间去广录墓志、勤访民间。在其作品中记述的内容均是史有记载、查有实据的。在这里，郝正治先后撰写、出版了长篇小说《充军云南》、长卷散文《上善若水之珠江情怀》《汉族移民入滇史话续集》《曲靖珠江源丛书——江源长梦》、长篇小说《杨状元充军》（上、下册）和 60 集电视连续剧剧本《杨状元充军》等厚重之作。另外，这些年来中央电视 4 台、云南电视台、曲靖电视台先后邀请他以专家身份举行了 30 多场专题讲座。被业界敬称为"布衣学者"和"司机作家"。

对郝正治的史学功力、文学创作及其取得的相关文化成就，欧之德先生给予很高评价："他整理出来的 36 卷《郝正治文集》，内容广及史学、文学、志书、古籍校注、论坛讲座、族谱、风水、民俗、碑记、书法等，展现出多方面的才干与风韵。其中，郝正治令人尤为敬叹的是他应沾益区人民政府之邀，校注清代乾隆年间留下的《沾益州志》。这本从北京故宫博物院搜求出来的珍稀古籍，既无标点，又无注解，今人要校注诠释，可知其难。然而，郝正治历经一年多时间，将《沾益州志》完整校注出来并付梓出版。获得众多行家里手的赞叹。"

在研究珠江源文化的同时，郝正治还研究、创作和出版了《汉族移民入滇史话》（正集、续集），并已成为人们了解百万汉民族大移民入滇历史的扛鼎之作。

据了解，郝正治的始祖是在明朝洪武年间"奉公解押，置贯来远，且而立业于斯焉"的来自"南京应天府上元县籍者也"。这也是郝正治研究汉民族入滇历史的心灵情结所在，他想搞清楚自己的根在哪里。但是由于家谱毁于 1946 年火灾以及大部分家族墓碑被毁，使之对家族历史无从了解。1993 年，郝正治从被推倒的墓碑中逐一查找、抄录、整理，获得了重要的族史资料且集成《曲靖市史志通讯》1994 年第 1 期，并由此萌发了对明朝洪武年间大规模徙滇汉民历史进行深入探究的念头。从此，他购置史书，查阅方志，广录墓志，泛涉家谱，勤访民间。经过 3 年努力，获得了较为丰富的史料。1995 年他开始撰写《汉族移民入滇史话》。1998 年出版后倍受人们钟爱而多次再版。2013 年，为弥补该书史料之不足，郝正治又创作了《汉族移民入滇史话续集》，于 2014 年使两书合为套书重新出版。

该书正集主要内容包括"起始篇""高潮篇""尾声篇""作用篇"和"专题篇"计 32 万字。"起始篇"包括秦汉时期和唐宋元三代汉族移民入滇概况；"高潮篇"包括明朝百万军队进军云南、开展举世大屯垦和部分汉人被充军云南的翔实历史；"尾声篇"包括明朝以后汉民族入滇概况；"作用篇"包括振农业、开矿藏、建城镇、疏道路、兴贸易、办教育、变民风、大家庭；"专题篇"包括汉民族入滇的几个具体例证：曲靖姜姓徙滇始末、曲靖炎方郝姓徙滇始末、陆良高姓徙滇始末。

该书续集主要内容共有十九章：第一章杀"家鞑子"，第二章七谕梁王，第三章组建南征军，第四章师出百日，第五章两把尖刀，第六章永镇云南，第七章封赠赏赐，第八章赏罚不贷，第九章设立三司，第十章军屯云南，第十一章整治道路，第十二章军犯苦役，第十三章民屯商屯，第十四章建城筑垣，第十五章大兴儒学，第十六章江南习俗，第十七章文化遗存，第十八章解码方言，第十九章六百年的牵挂，以及附录计32.3万字。正集和续集共计约60多万字，被誉为"云南汉民族入滇史的第一套专著，填补了云南史学上的一个空白。"

郝正治经过对"汉族移民入滇历史"深入的探索和研究，基本廓清了云南汉民族徙滇的历史，其中最重要的是"纠正了三个谬传"和"得出了三个结论"。

"纠正了三个谬传"：一是纠正了历史上口耳相传的"汉民入滇都是老祖宗在明代从南京充军来到云南"的笼统说法。二是当年百万汉民徙滇的主体是南征军，其次是移民，再次才是被充军者。三是徙滇的汉民族祖籍并不是只有江苏南京的，而是还有安徽、浙江、江西、福建、湖南、湖北等地的，只是这些地方的人数和规模相对较少、较小一些。

"得出了三个结论"：一是汉族移民入滇自原始社会就有。只是当时囿于地理位置、山川河流等影响，人口迁徙受到限制，范围和规模很小，而且是汉民族个人或家族自由选择的流动和迁徙。二是汉民族大规模迁徙入滇是在明朝，约有百万之众，且是官府有组织、有计划、有部署的统一迁徙行动。此前和此后徙滇的均是小规模和小范围。三是汉民族入滇的种类主要有南征、移民、充军、商屯、流寓、做官等多种，并不是只有充军一种。

对汉民族徙滇历史研究得越深入、越透彻，郝正治对先祖衣胞之地的牵挂、探访之心就越强烈。1998年12月，郝正治沿着当年先祖入滇的路线图逆向而行，去到了南京的柳树湾高石坎寻根。柳树湾之行，使郝正治对600多年前徙滇汉民所经历的千难万险和痛苦不堪越加感同身受，迸发出"万里充军万般难，生老病死苦不堪。烟瘴蛮荒满脑壳，前面已到碧鸡关。千屯编列西南夷，春风已到彩云南。时过境迁六百载，至今不忘高石坎。"的慨叹。

郝正治对历史的研究、认知和评判是理性和睿智的。他说："人类可以创造历史，但不能编造历史，更不能否认历史！明晰的文明可以传承，湮没的历史可以探究，埋藏的辉煌可以发掘；编造历史是耻辱，否认历史是犯罪，拒绝历史是愚蠢。"

三

深沉的爱国情怀是郝正治进行相关研究和创作的灵魂和动力，这个基调贯穿他思想和行动的始终。

郝正治关注、研究、传承珠江源文化并为此倾注了一生的心血，这是他富有爱国情怀的明证。当年，他就是个普通的驾驶员，没有人安排、要求他做这一切，而是他认为自己应该做些对家乡、对民众、对国家有意义的事，应该了解、研究相关历史和文化，应该担当起宣传和保护这片千百年来养育和繁衍了我们人类的土地，应该让更多的人来认识她、保护她、热爱她。

郝正治关注、研究、传承汉民族入滇及其发展历史，是他富有爱国情怀的另一个明证。据古籍记载，古时云南原住民都是少数民族。后来不断有汉民族徙滇定居。截至 2020 年，云南户籍人口总数 4720 余万人，其中汉族 3062.9 万人，占总人口的 66.63%。但是，对于这些汉民族的祖先是何时徙滇、如何徙滇、如何定居于云南等情况，过去多是民间口耳相传"是被发配充军来到云南的"，至于具体真实的情况，应该说多数云南汉族人是不知道的。而郝正治的《汉族移民入滇史话》让大家知道了云南汉民族的根在哪里，他们是从哪里来的、怎么来的、怎样在云南定居、怎样与当地少数民族交流、融合、共同发展并最终成为真正的云南人的。

郝正治认为有国才有家，有家才有人。这些年来，他的研究和创作都是围绕着"珠江源文化建设及其生态环境保护"和"汉族移民入滇历史探究"这两方面进行。在他孜孜不倦的倡议和奔走呼吁下，"珠江源生态保护区"和"珠江源风景区"先后建立，对珠江源头及其流域进行科学的生态保护、对珠江源的自然资源进行科学合理利用以造福当地百姓，都是功在当代、福及千秋子孙的善举。而对于汉民族徙滇历史，郝正治说："若能进一步为云南汉民解开一些老祖宗 600 年前大移民的谜底，我之愿足矣。"

纵观郝正治 70 多年的人生，他就是中国大地上随处可见的一个纯粹的草根小民，在困苦的生活中长大，又在拮据的生活中担当起赡养一家老小的责任。但是，郝正治没有诅咒命运，没有报怨生活，而是依然朴素、深沉地挚爱着这片养育了自己的土地和自己的祖国。一个草根小民几十年如一日，竭尽自己有限的能力和资源，依然孜孜不倦地做着研究、保护、传承珠江源文化和汉族移民入滇的历史文化，他的研究和创作都是根植于生于斯、养于斯的这片土地。

富有责任担当是郝正治人格魅力的另一面。当年，郝正治上有年迈父母，下有 3 个孩子，父母和妻子都是农村人，靠着他那时微薄的工资要养活一大家子人是比较困难的。所以，每到赶街子天，他就写好对联拿去卖。对联内容除了传统的，他更多会根据当地民风习俗而编写出正能量、接地气的对联，乡亲们就特别喜欢。多年下来，郝正治写了 8 万多副对联换钱贴补家用。

选两副当年他写的对联：先祖曾恢宏家业，我辈更辉煌时代，横批：前程似锦；乘先祖之灵气，创我辈之伟业，横批：承前启后。

这是后来他写的：浑圆乾坤，见此龙马精神；大千世界，数我珠源风光。古称五尺道，原是始皇筑；源头号三江，先为霞客寻。

从这些对联中，我们看到了郝正治从善如流，以研究、传承珠江源文化和汉族移民入滇历史为己任的高光眼界和博大情怀。

文化是一个民族的灵魂。新中国成立后，人民的文艺家们践行文艺为大众服务方针，深入云南各地，了解、体验各族人民火热的劳动工作和生活，创作了不少脍炙人口、为老百姓所喜闻乐见的正能量的经典文艺作品，譬如电影《五朵金花》《阿诗玛》《锡城的故事》《山间铃响马帮来》《勐垅沙》等，今天的云南能够建设成为旅游文化大省，固然有多种因素和条件，但是当年这些经典文艺作品所奠定的、厚重的历史文化和民族文化基础以及独特的审美心理等因素，也是其中很重要的一部分。同理，今天郝正治所做的一切，也是云南民族文化旅游大省建设的一部分，并且随着时间推移，会越来越显现出其独特性和重要性。

其实，郝正治就是 14 亿普通平常的中国人中的一个，他生长在贫困的年代，但是他克勤克俭、孜孜以求、从善如流地做着有利于地方文化发展和民众福祉的事，积小善为大善，积沙成塔、集腋成裘地做成了许多人做不到的好事、善事、大事，令人敬佩！

郝正治是珠江源文化的研究者、参与创造者、受益者和传承者。历史上，徙滇汉民族有大部分定居于珠江源一带，是珠江源养育了他们并让他们得以一代代繁衍和发展，以此而言，徙滇汉民历史也是珠江源文化的有机构成部分，故而，郝正治其实是珠江源文化系统研究的拓荒牛，脚踏实地，埋头做事，有中国人自己的思想定力和行动，不被外力所困扰和所左右，明白自己该做什么、不该做什么，只照着中国人自己该做的目标奋力向前。

而且，像郝正治这样从骨子里做中国人、办中国事、说中国话的人，在中国的大地上就是一个普遍的存在。而他们，就是中国的脊梁！正是有了这些脊梁的支撑和不懈奋斗，才创造了今天中国的平安盛世，并将继续创造更美好中国的未来。（载于《春城晚报》2022年2月10日，有删节）

开远美食：鸡汤凉卷粉

在开远吃宴席，不管在高档酒店还是农家小院，都必得有一大碗鸡汤凉卷粉上席，否则，吃宴席的宾客们就会议论：怎么今天的宴席上没有鸡汤凉卷粉？在开远，没有鸡汤凉卷粉会叫吃宴席么？

由此可知，鸡汤凉卷粉在开远人心目中的地位和生活中的重要。当然，如果没吃过开远的鸡汤凉卷粉，是难以理解开远人的鸡汤凉卷粉"情结"的。

凉卷粉在云南到处都有。但是，用鸡汤考究地调制成卤汤来拌凉卷粉吃的，据我所知，只有开远。那么，鸡汤凉卷粉是怎样成为开远人舌尖上的美味的？

一

开远鸡汤凉卷粉，是我吃过的云南最美味的地方小吃。

第一次吃这道美食，是结婚后跟着先生回开远的婆家。婆婆很开心，说："我明天做开远的鸡汤凉卷粉给你们吃，很好吃呢。"我历来不爱吃凉卷粉之类的凉品，但看着婆婆很郑重的样子，第二天我也就跟着婆婆天没亮就起床，烧水、杀鸡、拔毛、翻洗鸡杂、煮鸡熬汤；上街买卷粉、蔬菜、葱姜蒜、各种调料。回家后，对蔬菜、葱姜蒜等进行剥、拣、洗、切、剁、焯、炒、熬……婆媳俩从清晨一直忙到下午2点多。终于，一碗传说中"很好吃"的鸡汤凉卷粉摆在我眼前：

白色鸡腿肉、焦黄香酥肉、油炸红花生米闪亮"盖帽"，焯熟后的豆芽菜、韭菜、香芹以及生芫荽、葱花在第二层，主角凉卷粉低调地躲在第三层，所有食材任由深红色卤鸡汤全部泡裹着，汤上漂漾着一层又红又香的芝麻辣子油……

我深吸一口气，鼻腔、口腔瞬间溢满了鸡肉、香酥肉、花生米的浓烈香味，接着是卤鸡汤浓烈的鲜、甜、酸香味，和着豆芽菜、韭菜、香芹、芫荽、葱花这些调味蔬菜的各种清香味以及芝麻辣子油的辣香味……

长这么大，我还没遇到过这种闻着、看着就能醉人的凉卷粉。我闭上眼睛，用筷子慢慢搅拌，慢慢触摸不同食材传递到手指的不同感受，慢慢享受这道美食氤氲散发出的、丰富的、无法言说的、饱满的各种醇香味，任它们一波又一波地抚过我的脸颊、头部和手部，温柔地包裹了我……

终于，我忍不住睁开眼，挑起深红色卤汤浸泡过的卷粉在阳光下看，各种调料包裹的间隙中，可以看到卷粉内里是透明的；轻轻一抖，跳几跳，很筋道。据说筋道的好米才能做得出筋道的好卷粉。

等不及全部拌匀，我迫不及待地吃第一口。

唉……这是我吃过的最美味的凉卷粉啊：

卤鸡汤汤色深红，鲜、甜、酸、咸、辣、香各种味道搭配得刚刚好，调动了口中全部的味蕾，你吃到什么，嘴里就是什么的香醇味，次第能品尝得到鸡肉的鲜香、香酥肉的酥香、花生米的脆香、卷粉的米香、葱姜蒜的冲香、油辣子的辣香、各种调味蔬菜的各种清香……最后，各种香味又能全部和谐地、综合地统一于口腔中，极大地满足了人类挑剔的、细致入微的、酸甜苦辣咸清香及其搭配、混合、咀嚼后生成的各种千奇百怪的复杂味道的需要及其给味蕾带来的难以言说出来的巨大的生理享受……

长这么大，我第一次深切地知道：美食，居然能够给人带来其他物质或精神都无法替代的无与伦比的舒服感、享受感、满足感、欣赏感、幸福感！

鸡汤凉卷粉开启了我对人生美好生活的领悟：既包括追求远大理想，更包括每天的一粥一饭！

这道美食从此成为我的最爱。

二

开远鸡汤凉卷粉是我见过的做法最考究、最精细的地方小吃。

做美食，首先要有经济基础，譬如要有钱购买必需的、品质好的食材；之后，更必须花大把的时间、精力、耐心和爱心来制作。以我第一次跟婆婆学做鸡汤凉卷粉为例：

那天清晨，婆婆早起，杀了自家养了一年多的那只大"线鸡"——即太监公鸡，以个大、肉香、汤鲜、肥壮、油多出名。宰杀、烫鸡、拔毛、翻洗鸡杂……待收拾好后，一整只放在直径 70 厘米的大铁锅里放满水，在柴火灶上，用猛火煮开锅后，改为慢火熬制。之后，我又跟着婆婆去市场购买卷粉、香酥肉、花生米、红糖、酸醋、甜酱油、豆芽、韭菜、香芹、芫荽、葱、姜、蒜等。回到家，根据不同需要赶紧收拾相关食材。期间，还要经常给鸡翻身，给灶膛添煤加柴。

3 个多小时后，鸡终于煮好了。之后，婆婆开始麻利地制作这道美食的"灵魂"——卤鸡汤，将花椒、红糖、姜、蒜等调料放进热锅里爆炒至香味出，再把鸡汤倒进锅里用慢火熬。熬到汤色变成深红色，取出装在大盆内，晾到温热。至此，这道美食的"灵魂之汤"就熬制好了。

之后，把煮好的鸡宰成块状（或切成丝状），卷粉装碗，再把各种蔬菜、鸡肉、香酥肉、花生米等次第铺在卷粉上面；再把卤鸡汤均匀地浇在这些食材上，婆婆说要"宽汤和温汤"才好吃（"宽汤"即全部食材都要被卤鸡汤浸泡着，"温汤"即卤鸡汤不能太凉）；再浇上两勺红彤彤的芝麻辣子油；一碗制作考究、精良、美味无比的开远"名小吃"——鸡汤凉卷粉就搞定了。

三

美食，是能够改变一个人的人生态度和生活态度的。

幸福人生，除追求理想、努力工作外，还包括学会制作和享受美食的慢生活。

当初，吃过这道美食后，就神奇地开启了我品尝美食的天赋。譬如：后来我只要一闻，就能区分出酸醋不同的酸度；做好的菜，尝一点，就能区分出酸甜苦辣咸中哪种味多了一点或差了一点；同样是红烧肉，能区分出不同饭店在相同用料上数量的不同、熬煮时间的长短及其火候大小的不同；某次素炒白菜丝起锅晚了10多秒，就变成了猪食味……到后来，连亲友都惊叹我的味蕾对美食敏锐、细致入微的捕捉力和品尝力及其我对美食精准的记录和描述。

后来，我吃过中国八大菜系中很多名牌菜品。但就小吃而言，开远的鸡汤凉卷粉可与上海的糖醋小排骨、灌汤小笼包媲美，是一个级别、不同地域的美食。

我后来多次在有老辈人的开远亲戚家里或外面酒店的宴席上都品尝过正宗的鸡汤凉卷粉。

那时工作很忙，我虽很爱这道美食，但自己没时间做。而只要我们回开远，婆婆就会做给我们吃。如今，婆婆已去世10多年，我们也很少吃到正宗的鸡汤凉卷粉了。

现在，开远的餐馆里依然有凉卷粉。但是，大多数已不用传统的食材和方法制作了，嫌麻烦、成本高，而是用白开水加各种调料勾兑出来的"开水卤汤"。自然，凉卷粉的品质和味道也大打折扣。回想当初"鸡汤凉卷粉"对我人生和生活态度的改变，再对比如今"开水凉卷粉"的现实，心中很是失落！

现在，我开始尝试用时间、耐心、精力来学做美食。

今后，若想吃到正宗的传统美食，就要自己动手、才能丰衣足食了。

（载于开远文联微信公众号 2022 年 4 月 8 日）

（四）纪实类：

世界锡都——中国个旧

一座演绎千年璀璨锡文化的历史名城

一个位于北回归线上的山水精品城市

一方蕴藏着丰富金属矿藏资源的宝地

一块面向东南亚商机无限的前沿平台

个旧市位于云南省东南部、红河北岸，距省会昆明市 280 千米，距越南老街省老街市 170 千米。全市辖区面积 1587 平方千米，下辖 3 乡、7 镇、1 个乡级区共 70 个行政村和 1 个城区街道办事处，常住人口 45.33 万人，其中城镇人口占 68.3%，是云南省计划单列市，行使地州级经济管理权。

个旧境内山川壮丽，景色秀美，物产富饶。坐落在青岭长谷间的市区依山环湖，风光旖旎，四季如春，有东方"佛罗伦萨"之美誉。

个旧是举世闻名的锡都

个旧是世界上最早出产锡金属的地区之一，锡生产历史最早见载于《汉书·地理志》，距今已有 2000 多年。个旧以锡为主的有色金属矿床为全国最大，已探明的矿产资源有锡、铜、铅、锌、钨、铋、钼等 20 余种。累计探明的有色金属储量 800 万吨，其中锡储量占全省的 83%、全国的 40%、世界的 27%。清朝以来，个旧锡产品在中国和国际市场上就享有盛誉，锡产量及其出口量占全国的 90% 以上，主产品精锡享有出口免检信誉。

新中国成立至 2003 年，累计生产有色金属 192 万吨，其中锡 92 万吨，约占全国锡产量的 70%、统配锡的 90% 以上，产值超过 700 亿元。现有锡矿山 17 座、选矿厂 19 个、冶炼厂 11 个、锡产品加工厂 8 个，年有色金属采选能力 1000 万吨、冶炼能力 22 万吨，是全国最大的锡现代化生产加工基地。其产品具有众多国际知名品牌，出口世界 47 个国家和地区，其中云锡牌、云山牌精锡已在伦敦金属交易所注册，云锡牌精锡半个多世纪以来享有出口免检信誉。一个城市的产品能在国际同类产品中占举足轻重的地位，为世界各国所罕见。

因此，个旧是"锡都"之美誉很早即被载入英国《简明不列颠百科全书》等著名辞书和我国的教科书而蜚声海内外，并被专家誉为"中国近现代冶金工业活态博物馆"。

个旧是云南近代工业的发轫地

1885年（清光绪十一年），清政府批准设立个旧厅。1905年8月，云南当局批准并与个旧锡商合资成立"个旧锡厂官商有限公司"（1909年改称"个旧锡务公司"）共同开发锡矿业，在法国殖民者进入个旧前抢先取得了国家授予的矿山经营开发权，云南第一个现代企业就此诞生，个旧也因此成为当时云南省的经济特区。1913年，石屏人陈鹤亭出任个旧锡务公司代总理后，在锡的生产、管理和经营等各方面学习、购买、引进德国等西方国家先进的生产设备及其管理和经营等理念和方法，使锡的生产能力和经济效益大为提高，完成了由原始手工作坊向机械化、工业化生产转变的历史性跨越。个旧也因此成为当时云南省近代工业的发轫地和全国一等大县，据1940年昆明出版的《工业生活杂志》记载，当时的个旧矿业兴盛，"繁华盛况，远过昆明"。

新中国成立后，中央人民政府为发展个旧的锡业生产和城市建设，于1951年将个旧撤县设立为省辖市，并列为"一五"时期全国156项重点工程建设地区之一，从东北、华北、华东、中南等地抽调大批工程技术人员和管理干部以及投入大量财力、物力支援个旧建设。云南省以8个专州的矿用物资和生活用品供应个旧，使个旧的经济规模和城市建设迅速扩大，成为云南省第二大工业城市。

1958年，个旧市隶属红河州，州府由蒙自县迁个旧市；同时，开远、蒙自两县划归个旧市辖。后此两县于1961年划出。2003年11月，红河州府由个旧迁回蒙自。

经过多年建设，个旧已发展成为一个以有色冶金工业为主体，另有化工、轻纺、机电、建材、医药、制陶和食品加工等门类齐全、工业经济占主导地位的中型城市。

个旧是对国家作出重大贡献的城市

自新中国成立至2003年，国家累计在个旧投入各类建设资金12.5亿元；期间，个旧共实现财税总收入53.3亿元，直接贡献40.8亿元；加上国家统一定价形成的价格差，个旧对国家的间接贡献达60多亿元；总贡献超过100亿元，投入产出比为1:8。

"九五"计划时期，是我国经济体制转轨重要时期，也是个旧老工业城市在发展中困难最多的时期，个旧人民发扬"团结拼搏，迎难而上，敢于争先，真抓实干"的"锡都精神"，依然取得国内生产总值年均增长 7%、地区工业总产值年均增长 8.5%、财政总收入年均增长 15.2%的好成绩。

2003 年，全市实现地区生产总值 32.48 亿元，同比增长 10.2%，为个旧 10 年来首次实现 2 位数增长；完成工业总产值 48.79 亿元，同比增长 13.2%；完成财政总收入 4.84 亿元，同比增长 12.25%，其中上缴中央财税超过 2 亿元。

个旧是滇南的中心城市

个旧拥有滇南地区最大的城镇人口消费群体和消费市场、最强的综合经济实力、最大的商业流量、最多的金融机构存款、最大的通信系统及用户量和最完备的城市基础设施，个旧因此成为滇南的经济、金融、商业、文化和信息中心。

按照党的十六大提出的全面建成小康社会的目标，个旧抓住国家实施西部大开发和振兴老工业基地的机遇，继续实施"一二三"工作思路，即：紧紧抓住老工业城市提升改造这一个突破点，认真实施"立足有色、超越有色，立足老城、超越老城"两大战略，努力实现建成云南省最大的有色金属冶炼中心、云南省重要的生物资源加工业基地和云南省一流的精品城市三大目标。

同时，继续实施"三步走"设想，即：用 5 到 7 年时间，力争国内生产总值比 2000 年的 25.6 亿元翻一番；在此基础上，再用 5 到 7 年时间，实现比 2000 年翻两番；在前两步基础上，再经过一段时间的努力，到 2020 年，达到和超过全国平均水平，赶上全国中等发达地区水平。

个旧是具有诸多优势的城市

为实现这些思路和设想，全面提速发展，走工业强市的路子，个旧市具备了诸多优势。

1、个旧有人口资源优势。

个旧在滇南诸城市中拥有最大的城镇人口群，城镇常住人口 31 万人，占总人口的 68.3%。随着城镇化发展和市区范围延伸，城郊的锡城，东区的大屯，北区的乍甸、鸡街、沙甸，西区的倘甸等交通便利、经济较发达的乡镇的 10 万多农业人口将加快向非农领域的转移，为城市的扩大补充人员。

同时，个旧人口的文化和专业技术水平较高，户籍人口每万人中有大专及其以上学历的 401 人；各类专业技术人员占职工总数的 18%，其中有色冶金行业的占比高达 24.6%；还有一大批专业技术水平和能力较高的技术工人。这样的人才构成在全国城市中属高层次，为个旧的经济社会建设和发展奠定了重要的人才基础。

2、个旧有自然资源优势。

个旧以锡为主的有色金属矿床虽经多年开采，但目前仍保有可观的储量。另有新探明的白云山霞石正长岩含钾、铝和优质硅等，潜在价值和远景储量均为全国之冠，是个旧新的接替资源。目前，仅保有的锡、铜、铅、银、铋及霞石等就具有很高经济价值，为个旧支柱产业的可持续发展提供了根本保障。

个旧还有丰富、独特的珍稀动植物资源。个旧海拔高差 2590 米，立体气候特征显著，北回归线从境内穿过，云南物种的 80% 在个旧均有生长，共有动植物品种 3000 余种、药材 500 余种；其中，有全球仅在红河流域生长、被称为"植物界活化石"的珍稀植物红河多歧苏铁，有国家一级保护动物云豹等。动植物资源的多样性和独特性，为生物资源加工产业的发展提供了广阔空间。

个旧还有丰富的自然和人文景观。个旧年平均气温 16.2℃，高原湖泊、天然热泉、热带雨林、喀斯特溶洞以及古寺名园等形成奇特的自然与人文景观，譬如：著名的金湖游览区、宝华山风景区、老阴山观景休闲区、倘甸水上游乐园及农家乐休闲区、乍甸水龙井民族风情休闲区、独甸森林草场休闲区、贾沙的尼格温泉和丫洒底热矿泉两个旅游度假区、蔓耗红河谷热带雨林风景区等。尤其是具有 2000 多年锡矿开采的历史，孕育了厚重、丰富、灿烂的"锡文化"，将其与现有的锡工业基础相互融合、依托和支撑，可使个旧独有的锡矿业特色旅游业的开发和建设极富潜力。

3、个旧有经济基础优势。

个旧经济门类较为齐全。至 2002 年，有法人企业 1219 户，其中国家特大型矿冶联合企业——云南锡业集团公司驻个旧市。第二产业国有及限额以上工业固定资产原值 73 亿元，年生产用电量超过 15 亿度。产业工人近 10 万人。

个旧经济发展效益显著，综合实力较强，是云南省沿边疆地区经济实力最强的工业城市和滇东南经济区域所依托的中心城市。至 2003 年，个旧固定资产投资居全州第 1 位、全省第 12 位；地方财政收入居全州第 1 位、全省第 9 位；国内生产总值居全州第 2 位、全省第 13 位；工业总产值居全州

604

红河前进的足音

第 2 位、全省第 7 位；社会消费品零售总额居全州第 1 位、全省第 12 位；外贸进出口总值居全州第 1 位。经济综合竞争力在全省 119 个县（市）中排名第 5 位、在中国西部 905 个县（市）中名列百强县（市）。

个旧锡金属的采选冶和综合利用技术及部分设备居世界领先地位，中国首座、世界最大的锡冶炼设备澳斯麦特炉在云锡集团公司建成投产。以两家制药企业为骨干的制药业及绿色食品加工业已形成新的产业规模，灯盏花系列药品、龙血竭、虎力散、香果健消片等特色药品国内外知名。

红河个旧科技工业园建设加快。新储能材料锂离子电池钴酸锂等一批高新技术项目已发挥较好经济效益。滇南最大商业批发市场温州商贸城等一批功能齐全的新型市场面向东南亚辐射。区域城市化水平达 68.27%，高于全国和全省平均水平。

4、个旧有交通区位优势。

个旧地理位置处于红河州中心区域，同时也是滇南交通网的中心枢纽。昆河公路、鸡石公路、省道鸡那线是北连开远、东接蒙自、西出建水、南下金平的主干道。个冷公路通车后，个旧已成为连通边疆 6 县（元阳、红河、绿春、金平、河口、屏边）与内地的中转站及内地通往越南和东南亚的交通要衢。

下一步，随着鸡蒙高速公路、个屯公路隧道、昆河高速公路、泛亚铁路以及蔓耗码头红河航运开通等项目的实施，个旧所具有的滇南交通中心和滇越大通道上重要城市的区位优势会更加显现，将促进个旧城市经济发展、综合功能增强、辐射半径加大，能更好地为边疆政治稳定、经济繁荣和周边县的扶贫工作及其工业化、城市化建设服务。同时，个旧是目前中越边境地区唯一的中等工业城市，可充分发挥云南经济面向东盟自由贸易区的辐射作用。

5、个旧有城市基础设施优势。

个旧具有较完备的城市基础设施。譬如：拥有国家一级一等完中个旧一中、具有省内先进医疗水平的市人民医院、全州电信枢纽大楼、较大规模的商业批发市场温州商贸城和世纪广场酒店等滇南地区一流的教育、医疗、通信和商业服务设施。

个旧还有典雅的欧式城市建筑、绿化美化的园林街道和云南一绝的夜景灯光等，都使市政设施显现出较高的城市品位。同时，市区环境优良，气（电）化率达 90%，道路噪声达标区覆盖率 51.5%，空气质量达国家优级标准，绿化率达 34%。

6、个旧还享有多项国家级荣誉称号。

个旧享有全国卫生城市、全国绿化先进城市、全国文化先进城市、全国武术之乡、全国社区建设示范市、全国儿童少年工作先进市、全国城市环境综合整治优秀城市等多项荣誉称号；并荣获中国人居环境范例奖，为目前云南省唯一获此殊荣的城市。总之，这些"硬件"和"软件"的建设成果，为个旧实施"东移西扩"战略、拓展城市空间，力争到 2020 年城区面积达 50 平方千米、城市化率达 86%、创建新城市格局、打造生态型精品城市、提高城市化水平等都创造了优越的条件、奠定了重要的基础。

今后，个旧将依托自身独特优势所形成的巨大潜力和强劲的发展势头，不断解放思想，扩大开放，以"投资者的成功，就是我们的成功；投资者的失败，也是我们的失败"的理念，诚交四方朋友，共谋发展之路，再创锡都新的辉煌。（载于 2003 年《个旧市人民政府对外宣传册》）

陶国彪李华福的家庭生态养殖场赚钱了
——个旧市政协精准扶贫小记之一

前不久，个旧市政协副主席李春芬冒雨来到精准扶贫挂钩农户——个旧市保和乡木花果村委会冷墩村小组村民陶国彪、李华福家看望他们。

在李华福家，李春芬看到李华福的家庭生态养殖场已经建好，并养起了猪、鸡、鹅，李华福夫妇边忙着粉碎香蕉树做饲料边笑呵呵地说："谢谢政协领导，没有你们当初的鼓励和帮助，为我家出主意、想办法，就没有我家现在的这个养殖场，也不会有一年 2 万多元的收入。"

自开展精准扶贫工作以来，李春芬多次深入到挂钩扶贫的农户陶国彪、李华福家中，了解他们的家庭情况、贫困程度、有多少土地、有什么特长和优势等，并填写、登记这些情况；同时询问他们脱贫的想法、打算。

当时，陶国彪说："我想搞养殖，我有技术，但是没钱投入。"在掌握这些情况后，李春芬对陶国彪说："你先把养殖搞起来，有困难市政协会帮助你。"2015 年 11 月，陶国彪开始建设家庭养殖场，市政协资助了他 1 万元。在购买小猪时没钱了，市政协又资助他 1.2 万元。养殖场建好后，又资助他 8000 元完善养殖场设施。

如今，陶国彪的养殖场建好了，占地 1 亩，投入了 5 万多元，先后养了 40 多头猪、300 多只鸭、100 多只鸡。在 2016 年春节、中秋节和 2017 春节时，出栏的家禽卖了个好价钱。陶国彪高兴地告诉李春芬："我们家搞了这

1年多的养殖，就赚了4万多元。现在，我们经验多了，销路打开了，今后的日子会越来越好！"

在精准扶贫刚开始时，李春芬挂钩扶贫的另一个贫困户李华福说："我除了种地，没有其他技术，不知道要做什么。"李春芬就和他一起盘家底，找优势。当得知他们家有一块1亩多的山地闲置、又在村子路边、交通很方便时，李春芬就建议他说："你能不能也搞养殖？现在你们村子里有点规模的养殖户只有陶国彪一家，你们这里有冷墩集贸市场，冷墩又是通往个旧、元阳、红河、金平、河口、绿春公路的必经要道，产品销路是有的。"李华福一开始有顾虑，怕搞不好赔了夫人又折兵。李春芬就鼓励他说："人要做事，你不做，怎么知道自己是否做得成？只有做了，有难处，别人才会来帮助你。"李春芬又协调农科站的技术员来培训李华福夫妇，教给他们有关养殖的知识和技术。

在李春芬的鼓励和支持帮助下，李华福就下定了决心，在自家那块山地上顺势而建，修起了鸡场、鹅场、猪圈，先后放养了400多只鸡、100多只鹅、20多头猪；鹅喜欢嬉水，李华福还在鹅场中央专门修了一个小水池。这其中，市政协先后资助了李华福3万元。现在，李华福的养殖场已经形成了一定规模，夫妇俩对今后的美好生活充满信心。

另外，在开始搞养殖之初，李春芬就建议陶国彪、李华福搞生态养殖，打生态牌子，这样销路会更好、收益会更高。冷墩村海拔低，属热带气候，当地人有大规模种植香蕉、芭蕉、芒果、龙眼等热带水果的传统习惯。过去，香蕉、芭蕉收割后树就丢弃了。

李春芬通过咨询农科技术人员得知，香蕉树、芭蕉树营养丰富、水分多、糖分高，粉碎后是猪、鸡、鹅、鸭等家禽喜欢吃的饲料，废物利用，养殖成本也会大大降低。李春芬就赶紧把这个信息告诉了陶国彪和李华福，两人在养殖中采用了这个建议，喂家禽的饲料只用苞谷、香蕉树和芭蕉树；并把香蕉、芭蕉的丑果晒成香蕉干、芭蕉干，留做家禽冬天的饲料。这样养殖出来的家禽虽然出栏时间会比喂人工饲料的家禽长几个月，但家禽肉质细铁、肉味香浓、健康放心，很受客户欢迎。

就在李春芬即将离开时，陶国彪接到了个旧城里一个老客户的电话，向他预定今年中秋节要购买的鸡和鸭，陶国彪乐呵呵地说："好的，我会留着，到时给你送到城里去。"（载于《个旧政协》2017年第3期，红河州政协成立60年征文优秀奖）

607

贫困户陈祖正家的新房盖起来了

——个旧市政协精准扶贫小记之二

前几天，个旧市政协精准扶贫挂钩帮扶的人员再次来到挂钩农户——个旧市大屯镇水龙井村委会王林寨村小组贫困户陈祖正家看望他们。

来到陈祖正家，正在喂猪喂鸡的陈祖正和他妻子石永丽放下手中的活计，高兴地领着大家参观他们家新盖的楼房。两层的楼房有 120 平方米，一楼是客厅和两个卧室，两边上是厨房和卫生间；二楼上有一个卧室，剩下的是宽敞的晒谷场。虽然楼梯还没有粉水泥，还露着砖块；楼梯上还没有安装栏杆；顶楼晒谷场边上还没有砌围墙；院子地上也还是泥巴地；但是陈祖正夫妇看着宽敞的新房，依然满足地、笑呵呵地说："感谢政府和政协的领导，政府太好了，连我们农民盖房子都给了我们 6 万元钱，没有政府的帮助，我们是没有能力盖起新房的。"

自实施精准扶贫、国家出资帮助贫困户建房工作开始后，个旧市政协挂钩扶贫人员在 2015 年初冬的一天第一次来到陈祖正家中时，看到的是一家三代人挤住在已经倒塌了一面墙的土基房里，夏天漏雨，冬天进风，地面是凹凸不平的泥巴砂石，瘸腿的饭桌上满是灰尘。政协的同志只得坐在倒塌了的土基墙上与他们拉家常，了解他们的家庭情况、贫困程度、有多少土地、有什么特长和优势、是否有盖新房的打算等；并宣传政府帮助贫困户建新房的政策。不一会儿，大家就都冷得瑟瑟发抖……

经过认真询问，了解情况，仔细核对，政协的同志发现有关部门提供的陈祖正家的情况有些错漏，比如陈祖正的年龄有误、身份证号码不对、银行的存折号码是错的，还有石永丽身患肾炎、子宫积液、腰椎间盘突出等多种疾病以及陈祖正腿有残疾等情况也没有填写在贫困户情况登记表中。政协的同志就重新认真填写、登记这些情况，又到村小组进行核实，确认了这些情况的真实性。之后，才将这份真实、准确的登记表上报到有关部门。

当时，政协的同志向陈祖正夫妇宣传国家给贫困户建新房的政策时，他们非常吃惊，一开始并不相信，连说："给是真的？会有这种好事吗？我们家的这个烂石棉瓦土基房你看到了，我们是早就想盖新房子了，但是我们没有钱啊，辛辛苦苦干一年，因为身体不好要医病、孩子要读书，所以家里没有多余的钱。"经过政协的同志耐心、细致的宣传解释，他们终于相信这是真的了。

两个月后，陈祖正打电话告诉政协的同志说："我找亲戚朋友借了些钱先开始干，现在我的土基房已经拆了，正在下新房子的地基石脚呢。"

政协的同志随即来到陈祖正家"转走访"，陈祖正开心地说："我们已经收到政府划在我银行存折上的钱了，一共是 6 万元呢。我们隔壁村子里有一家贫困户的钱一直没有收到，新房子正在建盖，要用钱，急得很，到处去找人问、找人查，后来才查到是把他家银行存折的号码登记错了，钱划到别人的存折上去了，现在正等着银行把钱收回来重新划给他家呢。我家的你工作很细心，没有发生这种情况，万幸了！"大家看到新房不断盖起来，心里都非常高兴。

现在，参观新房落座后，陈祖正告诉政协的同志说："今年 3 月 13 日，我在去干活的路上，被车撞成锁骨粉碎性骨折，住院治疗花了 2 万多元，现在已出院在家休养，医生说一年后回去取出钢板。3 月 22 日，石永丽在骑车去干活的路上又摔伤了，是中度脑震荡，左边脸也擦伤了，住院又花了 1 万多元。我们栽着田、种着地，农闲时还出去打工，本来计划着到今年底能够干得 2 万多元来安装楼梯栏杆和顶楼的围墙，再捶捶院子的水泥地，但是两个人这一受伤住院，又花掉了 3 万多元。所以，这些事只能等以后再做了。"政协的同志说："你们不用担心，现在国家又实施了五户联保的贷款贴息政策来帮助有困难的群众了，具体政策和手续等一下我带你们去镇上扶贫办问问，如果符合要求，他们会给你们办理的。"陈祖正高兴地说："我们农民很认不得国家出台的这些政策，有你们经常来告诉我们，还带我们去找人，真是太好了，谢谢你们了！"

在这些年的扶贫中，多数贫困户是像陈祖正夫妇这样勤劳肯干、不怕吃苦的人，自己努力，别人也乐意为他们多跑路、多找人协调，即使辛苦一些也是开心的。但也有少数贫困户会把政府给的扶贫款不用来搞生产、促发展，而是用去买酒喝，喝得一天到晚烂醉如泥，什么活都不干；有的还把买给他家发展养殖的小猪小鸡小羊杀了下酒喝。对此，还需要我们用时间、精力和耐心去对他们做"思想扶贫"的工作，转变他们的思想观念，指给他们脱贫的路子，教给他们脱贫的技术和本领，并带着他们一样一样地干……为此，精准扶贫工作依然任重道远。（载于《个旧政协》2017 年第 4 期）

打造民族中医药"大红药"

——个旧市发展民族中医药本土企业纪实

个旧市民族中医药生产有较长历史。但经过多年战乱，到新中国成立前，只有几家小作坊生产少量的民族中医药，规模小，效益低。

新中国成立后，国家大力发展个旧市的民族中医药产业，于1950年至1960年间，先后投资建成了个旧市制药厂和个旧市生物制药厂，均属地方国有企业。之后，这两家企业经过不断发展，到1970年后的很长时间内，这两家药企生产的多种中西医药品畅销省内外和东南亚地区，疗效和口碑都非常好，为这些地区各族群众的健康事业作出了积极贡献。

但是，在市场经济环境中，这两家企业均濒临破产。之后，两家企业均进行了改制。其中，个旧市制药厂于2002年初按照现代企业制度改制为非公有制企业并更名为"云南云河药业股份有限公司"。改制后的"云河药业"经过10多年发展，已成为目前红河州最大的民族中医药生产企业，其系列产品被老百姓亲切地称为"大红药"。

在此，我们仅就"云河药业"的发展、壮大、特别是大力发展本土民族中医药所取得的显著的社会效益和经济效益及其成功经验进行记录、总结和分析，以期对有关企业发展能有所启示和借鉴。

一、个旧市民族中医药企业改制后的发展情况

改制后的云河药业从"软件"建设和"硬件"建设上来发展企业。

（一）在"软件"建设上主要做了以下工作

1.注重挖掘、传承、运用传统中医药精华和民族药秘方并将两者有机结合，研制出疗效独特、口碑很好的民族中医药。该公司依托云南省得天独厚的天然地道药材资源和药物宝库的优势，先后研制出结合彝族药秘方的"虎力散胶囊"和"香果健消片"、结合苗族药秘方的"黄石感冒片"和专利新药"复方龙血竭胶囊"并取得自主知识产权，进入"国家中药保护特色品种"行列。

2.注重运用现代药理学的方式方法，来研发、提升和生产有关传统民族中医药的品质和疗效。例如：该公司与中国科学院武汉病毒研究所合作开展了"香果健消片抗EV-71和肠道病毒的体内外药效试验"项目，用化学分子结构式证明了香果健消片确实具有抗EV-71和肠道病毒的显著功效。再如，"虎力散胶囊二次开发及产业化"项目于2012年获得云南省科技厅立项，研究重点是进一步明确产品的药效学、毒理学等，能进一步提升产品质量和疗效。总之，该公司运用现代科技手段，明确且能够控制有关传统民族中医药的分子结构、有效成分及显著疗效，在对传统民族中医药的研制方法、生产方式、稳定药效和品质保证等方面实现了质的飞跃。

3.注重按照国际制药企业 GMP 的标准建设、发展企业。目前，公司已投资 2.49 亿元完成了中药现代化技术改造项目，总建筑面积 32546 平方米，其中原料药、容量注射剂、胶囊剂、片剂、散剂、口服液、溶液、酊剂、糖浆剂、颗粒剂和中药饮片生产线以及食品生产线均已通过国家 GMP 的认证。

4.注重抓好药材种植基地建设。云河药业每年都需要向外采购各类中药药材 2000 余吨，为确保产品质量和疗效，几年来，公司不断投资建立药材种植基地，种植或驯化野生龙血树、草乌、蜘蛛香、白云参、断节参等药材。目前已建成 200 余亩，直接带动 200 多农户转型从事药材种植及其管理工作。

5.用延长产业链的方式抓好民族中医药综合产业的发展。在建立和扩大药材种植规模的基础上，公司将适时建设红河州内最大的中药饮片生产基地，不断丰富民族中医药产品的种类和功效。但这需要各级党委、政府的大力扶持和帮助，才能在红河州带动广大农户参与药材种植以确保原材料的供给，如此也才能进一步推动红河州中医药大健康产业的发展。

6.个旧市委、市政府多方扶持其发展。多年来，该公司的发展得到了个旧市委、市政府在企业技改、技术进步、稳岗补贴、搭建 10 千伏专线工程等各方面的大力支持和帮助。

7.经过 10 多年努力，该公司现已发展成为拥有多项自主知识产权和国家专利的著名制药企业，目前，该公司拥有 15 项国家发明专利和 4 个外观设计专利证书，拥有通过 GMP 标准认证的胶囊剂、酊剂等 11 个剂型、73 个品种规格的中西药品，其中有 32 个品种列入国家"医保"目录。

（二）在"硬件"建设上主要做了以下工作

拆除了过去落后破旧的设备和厂房；淘汰了原有老旧的、凭个人经验进行药物生产的设备；按照国际制药企业标准进口、购买了现代化的生产制药和质量检测的流水线设备；新建了全封闭的制药生产车间、质检大楼和排污处理设施等，确保了生产顺利进行和产品质量。

（三）社会效益和经济效益显著

目前，公司占地 56 亩，建筑面积 55987 平方米，注册资本 8730 万元，总资产 3.6 亿元，净资产 1.6 亿元。有员工 300 余人，其中高学历人员占38%，专业技术人员占 21%。拥有 2 家全资子公司和 1 家境外控股公司——老挝南塔金象制药公司。拥有覆盖全国 31 个省、市、自治区的办事处和经销队伍。"龙血竭胶囊"、"虎力散胶囊"已在美国、新加坡、越南成功注册并销售。2016 年，云河药业实现产值 6848 万元、销售收入 12317 万元、利润 1504 万元，缴纳税收 1840 万元。多年来，已累计向国家缴纳税费近 3 亿元。

如今，公司已发展成为一个具备国际制药标准和能力的现代化的制药企业，被认定为国家级"GMP 认证企业""高新技术企业""中药企业品牌百强"；成为云南省"省级企业技术中心""省成长型中小企业""省创新型企业""省百户知识产权示范试点单位""省优强民营企业""省工业产品质量控制和技术评价实验室（中成药）""省中药现代化科技产业（云南）基地中药材加工科技型企业"、省信用企业"AA+级"；获评"首届红河州人民政府质量奖"。该公司的"云"商标被评为"中国驰名商标"，"云杉牌"商标被评为"云南省著名商标"。

二、个旧市民族中医药企业成功发展的经验

（一）既坚守传统，又学习先进。改制后，云河药业既坚守住中国传统的中医药和民族药秘方，又放开眼界和胸襟，坚持学习、吸收、接纳先进的现代化的制药理念，学习、引进和运用发达国家药品生产的现代化标准和生产方式方法，购买和使用相关的生产设施和设备，形成了系统的与国际接轨的集研发、生产、检测等为一体的制药生产线，才使企业产品及其发展能走出个旧和云南并走向世界。

（二）既留住民族药，又加入中医药。该公司坚持把传统的中医药精华和少数民族药秘方花大力气进行科学研发并将两者有机结合，规模化地生产出疗效独特的民族中医药，受到患者的交口称赞。

（三）坚持与高端的药物研究机构长期合作。该公司坚持长期与有关的药物科研机构深度合作，学会运用专业、现代化的技术手段和方法，分析、掌握了药物的成分、结构和疗效，掌握了药物为什么有疗效、疗效可以调整到什么程度等深度制药方法，使药物的研发、生产和品质有了科学依据和疗效保证。

（四）积极主动融入国家科技创新制药产业的平台。在实际工作中，该公司积极主动融入国家科技创新制药产业的平台并不断提升企业科技创新和生产的能力、水平和质量，使企业的综合发展走得更高、更远。

（五）注重研发专利技术和保密其专利。目前，云河药业已取得国家发明专利 15 项，其中"虎力散"和"龙血竭"两项制备工艺属国家保密专利。自主研发的"复方龙血竭胶囊"是"十一五"期间云南省唯一获得国家

药监局批准的专利新药。

（六）注重扬长避短发展民族中医药综合产业。该公司未来发展的规划是：以现有的中成药产销为主营业务，同时向关联性副产业链延伸。譬如：大力发展有云南高原特色的、绿色的保健食品，并与文化旅游业和医疗保健事业相互依托，使公司核心产品销售实现年增长 50% 以上；与国内知名医药集团完成战略资源整合；进一步整合滇南、越南、老挝等地药材资源，将种植面积逐步扩大到 1 万亩以上，带动相关药农共同参与药材种植并实现致富。

个旧市作为一个老工业城市，原来进行改制改革的各类企业很多，但时至今日，有的不知所终，有的艰难生存，只有少数像云河药业这样的企业不仅求得了生存，而且求得了更大、更好的发展，其产品倍受老百姓喜爱。总结其发展历程，分析其成功经验，或许对有关企业的生存和发展会有启发和借鉴意义。

2017 年 7 月

陈鹤亭 主持修建了中国首条民营铁路

613

云南的个旧能有今天的繁荣和发展，能有"世界锡都"的美誉，能一度聚集天下英才，能汇聚并养活40多万人；那个多年前从云南边疆小城走出来的封建王朝的末科进士、曾担任过个碧铁路股份公司总理和个旧锡务公司总理、主持修建了中国第一条主权最完整的民营铁路、在中国近代锡工业发展史上做了许多工作的陈鹤亭，是作出过重要贡献的。

一览其人 云南近代史上，石屏县诞生了两位著名的历史人物——清末经济特科状元袁嘉谷和个碧石铁路的创建者陈鹤亭。陈鹤亭 1874 年出生于石屏县宝秀镇郑营村，曾在昆明五华书院就读。1903 年赴京参加清朝最后一次科举考试，与袁嘉谷、胡商弈一同中进士，史称"石屏末科三进士"。后奉派到日本考察政治。回国后，曾任湖北天门县令、黄陂县令等职，颇得民心。后应云南学务公所之聘回滇为议绅，于教育多有帮助。1911 年调江西兴国任知州，未到任而革命军起，民国成立，遂还乡。为家乡办农田灌溉、疏浚河流、倡办学校，颇多建树，声名远播。滇督蔡锷闻其名，征为省参事，旋升内务司长。1913 年 7 月出任个旧锡务公司代总理（后任总理），1914 年出任个碧铁路（后增改为个碧石铁路）股份公司总理。1925 年出任蒙自道尹。1931 年 7 月病逝于昆明，享年 57 岁。

百姓赞誉陈鹤亭：兴学兴矿，筹路筹防；修渠导水，造福桑梓；位望日隆，声绩益美；寿数有终，令各无已。

富有爱国情怀　有国才有家

陈鹤亭是个坚定的爱国者。他深知主权是一个国家和民族的精神皈依和生命基础，故在他有限的职责职权内，他坚定维护国家主权，这突出表现在他坚持要中国人自己修建个（旧）碧（色寨）铁路的坚定态度和果敢行动上。

20世纪初叶，滇越铁路的建成通车，极大地拉近了云南与世界的距离。法国人在夺得滇越铁路修路权并修筑了滇越铁路后，又将觊觎的目光投向个碧铁路。1913年他们为获得修路权，看准北洋政府外交部害怕洋人特点，绕开云南当局，直接向北京提出要求修建个碧铁路，而北京方面竟然同意。但此铁路已在1910年经时任云贵总督的李经曦批准，同意由个旧、石屏、蒙自、建水等地绅商筹资兴建，故象征性征求现任云南总督蔡锷意见，蔡锷说："此路路权与矿权相因。既归滇人自修，商款商办，主权在民，滇政府不能主持。"就把矛盾交给了个旧。

陈鹤亭就是在这种内外交困之际上任个碧铁路股份公司总理的。此时，他就面临两个艰难抉择：一是是否继续坚持个碧铁路由当地绅商自己筹资修建？二是如果坚持自己修建，那该怎样来组织修建？因为云南人还没有独立地修过铁路，没有相应的技术、设施、设备、人才、经验……总之，什么都没有。而蔡锷还急等着个旧方面的答复。

自己筹资修路，最核心的是路权属于中国人自己所有，但同时也困难重重。此时，当地众乡绅厂商都在看着陈鹤亭，只要他一犹豫，表现出一点畏难情绪或不敢承担责任的态度，其他乡绅厂商就会打退堂鼓。因为，此前大家害怕承担修路失败的责任，都已形成共识：由当地绅商投资修建铁路，但是铁路修建承包给法国滇越铁路公司并已与该公司谈到承包议价问题。而此时也传出法方"要拥有个碧铁路路权才愿意承包修路"的消息，果真如此，那么最终该铁路路权还是由法国人获得。而当初个旧等地48个乡绅厂商多次联名上书请求自建个碧铁路的做法，无疑就是自打嘴巴、放空炮。

现在，当要真正面对和承担起修建铁路这个庞大的、有无数困难和未知变数的系统工程时，不少人还是有许多担心和惧怕的，有的甚至已经在心里打退堂鼓了……

然而，陈鹤亭敢作敢担，不打退堂鼓。他一上任就坚定地说："个碧铁路必须自建，也能够自建。"从此，陈鹤亭成为个碧铁路建设的第一责任人和全权负责者。

经过艰难筹备，个碧石铁路于1915年4月开工建设，采用600毫米轨距，全长180千米。此时开工建设的是个碧段，全长73千米，历时6年多，于1921年11月竣工，从此，地处偏僻的个旧与滇越铁路上的特等站碧色寨站相连通，促进了个旧大锡的生产和出口。1922年，鸡街到建水段开工建设，1928年11月竣工。1931年，建水到石屏段开工建设，1936年10月竣工。该铁路自开工建设到全部竣工，历时21年多，由此可见其修建的艰难程度。

在个碧石铁路建设中，陈鹤亭面临的困难问题是繁杂多样的，有的是能够预计并有应对措施的，比如资金、技术、设备、人才；而有的则是不能预计、由人为因素造成的突发事件。对此，陈鹤亭也必须面对和解决，否则将影响铁路的正常修建。在此，仅举时任个碧铁路股份公司协理周柏斋的问题为例。

周柏斋，蒙自人，1903年拔贡生，1905年任天津县知县。1911年回滇，任富滇银行副行长，也是个旧有影响的锡矿老板之一。1913年划分个旧里设县，任蒙方代表，参与划界。后任铁路公司协理，其间，他利用职务便利，假公济私，贪污腐化，私自改变铁路建设路线图，做了许多令人不齿的事。譬如：因为陈鹤亭主要忙于个旧锡务公司事务，周柏斋掌握了铁路公司实权，就私自挪用修铁路的股款10余万元经营自己生意，亏本后被发现。股东们得知此事后纷纷要求从铁路公司退股，铁路工程建设陷于停顿。再如：在修建铁路过程中，他利用职权，胆大妄为，未经股东会同意就擅自决定改道，胁迫哄骗工程师私自修改了铁路建设原设计路线两处。一处是碧色寨至雨过铺段，本应沿长桥海边-雨过铺-鸡街-红寨后山-个旧，未经过蒙自城，但周柏斋主张经过蒙自，遂鼓动蒙自绅商要求将铁路修建经过蒙自城并成功；另一处是鸡街至个旧段，原定路线是由鸡街东面-草里苑-个旧，路线直，地质情况不复杂，安全系数高，相对投资费用不大，但因这段路上有周家很多私田私地，周怕被占用，故又授意并胁迫哄骗工程师改由泗水庄-乍甸方向勘测并实施建设，不顾这条路上坡陡弯急、地质复杂、隧道多、行车危险等事实。这两次私自改道，既增加了铁路建设的费用，又对今后铁路客货运输安全埋下很多隐患。

周柏斋所作所为，激起广大股东极大愤慨，纷纷要求退股，大家人心涣散，铁路公司运行陷于瘫痪，铁路工程建设被迫停止……面对这些危局，陈鹤亭挺身而出，在处理"周柏斋事件"时，表现出了既坚持原则、又宽容厚道的人格魅力，彰显出他大气、辩证、求同存异办大事的个性。

陈鹤亭在弄清事实真相、找周柏斋谈话基础上，又认真细致地做好大股东工作，稳住局势；并在股东大会上公布了周柏斋私自挪用股款做生意亏本无法偿还的事实；而且主动承担责任，说自己因忙于锡务公司事务，对铁路公司疏于管理，出现这些情况自己也负有责任，并作深刻检讨；同时，责成周柏斋赔还所挪用股款之本息，若无现金，可以房产抵偿。周柏斋平时刚愎自用，为人冷酷，但此时也颇为感动，表示愿意将自己相应房产抵偿归还，并承诺今后一定认真按规矩办事。

当然，祸福相因，周柏斋擅自修改铁路建设路线图的行径，使地肥水美的草里苑一带与现代文明的快速接轨擦肩而过，而乍甸一带则因铁路的修建，交通便捷，经济繁荣，百姓富庶，深受现代文明的润泽，快速发展成为个旧的北大门。

除较好处理了"周柏斋事件"外，在个碧石铁路建设过程中，陈鹤亭还有几个"大手笔"值得后人记述：

——提议并着手筹建了个碧铁路银行，解决了修路资金紧缺的问题。铁路银行开办存贷款、汇兑业务，制发兑换券。兑换券始发于1918年，发行过4套共888.75万元，与当时的富滇银行货币、法属殖民货币等值流通，共流通17年。到1930年，当银行经营十分兴盛时，省政府中有人眼红，遂下文勒令停办。清理后有资产15622102元。铁路银行的开办，为铁路修建筹集了大量资金；为资金的合理使用、调济、管理、监督发挥了重要作用；使铁路建设抵抗住了滇蜀铁路公司临时抽走150万元官股的冲击，渡过了资金困难时期，确保了铁路建设的顺利进行。

——重视并培养了一批铁路建设的专业技术人才和经营管理人才。在修路过程中，陈鹤亭十分重视对专业技术人才和经营管理人才的培养和储备。有了自己的人才，不必天天仰人鼻息，为将来云南人自己建设和经营管理铁路打好了基础。

——多渠道筹集修路资金，确保了资金基本来源及其铁路顺利建设。譬如：在制发兑换券的同时，实施锡矿股扩股增资，以锡矿业带动修路业，相互补充，共同发展；边建路，边营运，以营补建，以建促营。

总之，在克服了无数困难后，终使个碧石铁路建成。由此，个碧石铁路成为中国第一条主权最完整的民营铁路，在国内外引起巨大反响，长了中国人的志气，鼓舞了人心，增强了中华民族的自信心。

实业报国 为中国近代锡工业发展插上翅膀

陈鹤亭虽是封建王朝进士出身，但身处当时积贫积弱的中国，他认为要发展中国的实业才能使国家富强和不受外国列强欺侮，所以他坚定走上了实业报国的道路。为此，他努力学习外国各种先进的知识特别是锡工业生产、管理、销售等方面的知识并根据实际工作的需要进行灵活运用，为中国近代锡工业发展作出了重要贡献。

个旧锡务公司原总理王燨生因营私舞弊导致公司连年亏损被免去职务，陈鹤亭临危受命，1913 年出任公司代总理。

陈鹤亭上任时，锡务公司亏损 133525 元。在他任上的 10 多年间，他呕心沥血，大胆改革，与他的同事和前任者或继任者如缪云台、吕冕南等在锡的采、选、冶等各方面学习西方先进的知识，购买、引进、采用西方先进的生产技术、设备设施和管理方法，在很多工序上完成了锡务公司由原始手工作坊向机械化、工业化生产的历史性转变，使个旧锡金属生产能力和经济效益大为提高。同时，陈鹤亭以开放胸襟和积极行动，主动加强与国际锡金属市场的联系与合作，随时掌握该行业最新、最前沿的信息并参与其中。

经过不断努力，1910 年代至 1930 年代的锡务公司，克服了无数困难，突破了国际上的很多限制，创造了中国锡工业史上的很多"第一"，现记录部分如下：

1915 年 2 月，为解决个旧洗砂（即选矿）用水问题，锡务公司协请云南巡按使公署派部队保护日本技师山口义胜到个旧指挥铺设水管。7 月，锡务公司工程队会同山口义胜、德国礼和洋行和美国旗昌洋行经理勘察芹菜沟龙潭水后，决定开凿水沟引水至个旧洗砂厂洗砂。

1918 年 9 月，香港海关监督规定，未经批准，个旧锡"概不准由本港输送出口或取道本港前往他处"。英国利用香港限制个旧锡出口，锡价大跌。同年，个旧锡务公司金属锡首次参加越南河内商品展览会并获誉。

1919 年 10 月，为维持个旧厂情，陈鹤亭、由云龙等组织云南社会各界有能力者收砂熔锡及转售，缓解锡价大跌之困境。

1920 年 10 月，锡务公司生产的石锡及上锡首次参加云南省物品博览会，分别获一等奖；次年 10 月，锡条又获此博览会特等奖。

1920 年，锡务公司聘请美国矿业工程师卓柏·麦歇设计马拉格竖井，并撤迁兰蛇硐索道于马拉格。同时，延聘美国冶金工程师密勒计划改良炼锡工艺。

617

1923 年 2 月，锡务公司恢复香港、昆明、碧色寨分部，兼营洋纱及汇兑。随后，经营兴旺，获利滇币 500 余万元。

1923 年 10 月，锡务公司建成全长 6.95 千米的马拉格至个旧洗砂厂空中运输索道。11 月，锡务公司设立化验室，省实业、财政两厅规定：各炉号熔炼的锡均须将锡样送验，以评定和确保质量。

1923 年，美国锡业资本家抵制、排挤个旧锡，在报纸上广泛宣传中国"九九锡"（即纯度为 99% 的锡，主产于个旧）成色不足，质量不好，并由纽约五金交易所作出抵制决定。

1924 年 2 月，锡务公司金属锡在安徽省第二届商品陈列所参展时获奖。同年，陈鹤亭倡议对遗弃的矿渣再炼，提高效益，并将其中四成盈余作为津贴发给职员矿工，改善职工待遇。

1925 年，锡务公司对洗砂厂改蒸汽动力为电气动力，1928 年 7 月竣工，洗砂厂生产规模为 300 吨/日，提高了生产效率。

1927 年 4 月，锡务公司在马拉格开凿个旧矿山第一条竖井。

1928 年 10 月 10 日，在中华国货展览会上，锡务公司参展的上锡获特等奖，各种锡器获一等奖。

1930 年 7 月，在浙江省西湖物品博览会上，公司金属锡获特等奖，得金质奖章 1 枚；随即，公司第一次设立英文商标 Kotehiu Tin Trading Co，首字母组合为 KTTCO，简刻为"Ж"，从此，"Ж"成为个旧锡出口国际市场的特殊商标。

1932 年 2 月，锡务公司聘请英国冶炼工程师亚迟迪耿、英国机电工程师高特、化验师罗森、冶炼工程师赛亚士及匈牙利工程师巴塞伦继续主持炼锡改良技术。次年，炼锡技术改良成功，中国第一次产出含锡 99.75% 和 99.50% 的上锡和纯锡，加上原来生产的 99% 的普通锡，这些产品一致取得了伦敦、纽约五金交易所化验证书，为世界各地五金交易所承认。自此，个旧锡改变了历来由香港加工提纯后才能外销的状况，可直销国外市场并成为我国出口免检产品。也因此，《英国简明不列颠百科全书》曾记载："个旧，中国云南省第二大城市，著名的锡都。"

1933 年 6 月 1 日，美国芝加哥博览会开展，锡务公司生产的锡条及精矿、毛矿、锡生产工艺、机械等照片 10 张参展。同年，个旧锡制工艺品获巴拿马国际博览会奖。

……

直到今天，云锡集团公司都还在使用当时锡金属生产的很多工艺、标准、管理和经营方法，并在此基础上研发、生产出了 99.99% 的精锡（行称"四九锡"），这依然是伦敦金属交易所的标准产品和我国的出口免检产品。

防剿并举　保民众平安

陈鹤亭还有很深的百姓情结，为民保平安是他为当地百姓做的又一大好事，广受民众赞誉。当时，滇南一带匪患猖獗，打家劫舍，杀人越货，绑票勒索，乃至攻城掠地，特别是个碧石铁路已经通车的个碧段沿线和正在建设中的建石段沿线，匪患尤其严重，已影响到铁路正常建设和老百姓安全出行。但是，官府对此却束手无策。

由于陈鹤亭敢作敢担，有谋略，深孚众望，1925 年省政府又任命他兼任蒙自道尹（蒙自道是沿清朝兵制而设的防务机构，道尹就是管理蒙自道的主官），担负起防范滇南治安、保护个碧石铁路建设和营运安全的重任。

当时匪患猖獗到何种程度？仅举 2 例：作为当地主管治安防务的主官和著名实业家的陈鹤亭与广东籍著名买办商人梁子惠，都曾被土匪绑架、勒索过，陈鹤亭等 3 人被绑架后，交了 20 万元滇币才被放回；而在法国东方汇理银行蒙自支行当华人经理的梁子惠被匪首周兴国、梁道修绑架后自杀，勒赎未成。

陈鹤亭上任后，即提出并实施了"防剿并举"的措施，"防"即防范；"剿"即动用武力征剿，这主要是针对那些冥顽不化、凶狠残暴、对铁路交通及民众生命财产屡屡大肆抢掠的土匪，则毫不留情地进行清剿。对于"防"，陈鹤亭从"有形之防"和"无形之防"两方面来做："有形之防"是修碉堡，筑壁垒，固城防，充人员，以加强城防武装力量；"无形之防"是开创性地提出兴学育才，教育、组织民众循良从善，这也是解决匪患问题的重要、长远措施之一。为此，他还增加了当地办教育和防务的经费。这些举措，增强了当地民众的防卫信心和力量，有效保护了铁路建设和老百姓的出行安全。

兴办教育　惠泽后世　用智慧书写历史

陈鹤亭一生劝学兴学，心系教育，惠泽后世。1906 年的云南，区乡一级的正规学校一片空白。陈鹤亭把有百年历史的宗族祠堂移拨办学，创建了郑营二等小学，并把村中子弟悉数劝导入学，成为石屏全县楷模。他又亲赴各乡村，反复宣传兴学办学，在他努力下，石屏全境成立了众多学校。1922 年，他首倡兴建了石屏中学，培养了如彝族作家李乔、摄影家杨春洲等有识之士。同时，他倡办公益事业，资助修建了个旧石屏会馆、昆明石屏会馆，出资修建了当时石屏县城的街道，他后来在郑营主持修建的陈氏宗祠如今已是全国重点文物保护单位。

陈鹤亭在任省参事和内务司长期间，勤政爱民，禁娼查腐，为社会稳定作出贡献。譬如：当时的个旧县长为筹集警察经费，向内务司呈请准予开放公娼，抽取捐税。陈鹤亭认为开办公娼有伤风化，违反人伦，何况个旧乃大矿区，设娼不利于民生民权，故严词驳回。

陈鹤亭是用智慧书写历史的人。他为人忠勇果敢，干事不避怨嫌，忍辱负重，有古豪杰之风；平生廉洁自律，居要职18年，除薪俸外无一所取。

陈鹤亭病逝时是57岁，这是一个男人一生中最年富力强、最能干事的时候。经过几十年打拼和历练，行动能力很强了，经济实力增强了，人生经验丰富了，总之，成功男人所应有的一切都具备了，正是男人做事可以驾轻就熟、挥斥方遒的时候……然而，这个杰出的生命，就戛然停止在本不该停止的年华。他，还有多少可以用来造福民众、惠泽后人的大智慧、大才干还没有使用出来、还没有贡献出来，就不得不匆匆地走了……

陈鹤亭这个生命的句号，划得是如此地高昂，又是如此地让人措手不及，充满了人生的变数和无奈。

历史的长河，繁衍了无数人。

但是，要锻造一个如此胸怀天下、具有全面地兼济众生才能的杰出男人——从思想道德上、从兴办教育上、从创造经济价值的能力上、从使用武力维护社会的公平正义上……都能够做得这么好、这么成功，这样的人真是可遇不可求！

历史选择了陈鹤亭，陈鹤亭又创造了历史。

但是，那个胸怀天下、把兼济苍生作为人生己任的陈鹤亭，在他离乡在昆明治病的最后日子里，他会想些什么呢？

他一定想了很多很多……

他想得最多的，肯定是遗憾：自己还有很多想做、有能力做、但是还没有来得及做的事。譬如：

——个碧石铁路个碧建段已经修好通车了，但建石段还在建设中，如果能够多活几年，看到铁路修到自己家乡石屏，那该是多么令人高兴的事啊！自己奋斗了一辈子，可惜看不到家乡铁路建成通车的那一天了。

——个旧的学校太少了，应该各建一所正规的小学和中学，锡务公司和个碧石铁路的发展都需要更多、更好的人才，否则就会后继乏人。但是，自

已做不到了。

——锡务公司从德国等国新购买的机械化先进设备，还没有全部安装完毕，可惜，自己见不到轰鸣的机器运行了。

……

他一定也有欣慰：自己已努力过、奋斗过，做了一些有益于国家和民众的事。譬如：

——个碧石铁路的建成，结束了滇南地区千百年来肩挑、人背、马驮的原始运输方式，那些列车装载着客货，快速奔跑在崇山峻岭、平坝田畴中，成为带动当地锡业和经济社会发展的大动脉。

——个旧锡务公司终于结束了多年来严重亏损的局面，连续 5 年实现每年赢利 100 多万元的骄人成绩。

——个旧已经能够生产出纯度为 99% 的大锡，相关技术人员正在研发和攻坚 99.50% 和 99.75% 的上锡和纯锡，成功指日可待。

——家乡郑营小学和石屏中学培养出的莘莘学子正在成长为有一技之长、对社会有用的人才。

……

当然，他肯定还有无奈。譬如：当初对"周柏斋事件"的处理是否过于宽容甚至是妥协？因为很多人都曾经这样批评过他，批评他怕得罪人，是以损坏别人利益为代价来充当老好人；批评他对周柏斋私自改变铁路线路的原则问题未予以追究和处理，依然让周继续担任协理职务，是妥协甚至是放纵；批评他的中庸是中国知识分子的悲哀，是国学的无用和软弱……

然而，只有陈鹤亭深知：自己如果不这样做，又能怎么做呢？对周柏斋赶尽杀绝？新接替的人有周柏斋业务熟悉吗？有周柏斋的能耐好吗？而关键、可怕的未知数是：他有可能比周柏斋更"周柏斋"……

好在陈鹤亭的良苦用心是感化了周柏斋的。后来的事实证明：周柏斋是吸取教训、认真做事了的，在个碧石铁路建设中也做了许多有益工作。

一个伟人说的"惩前毖后，治病救人"，在那时就已经被陈鹤亭运用得出神入化了。

总之，陈鹤亭用自己的担当和作为，用自己的生命，为个碧石铁路建设和个旧锡务公司的发展呕心沥血、鞠躬尽瘁、死而后已！

陈鹤亭生在一个洪流浩荡的时代。但是，洪流越是浩荡，灵魂越是孤单无依。在修建个碧石铁路和管理经营锡务公司过程中，有无数的艰难凶险要博弈，有无数的急流险滩要冲过，甚至要承受国家主权的丧失和芸芸众生生命的毁灭……

一个有良知的中国知识分子，在这样的污泥浊水、贫穷困苦和危在旦夕的绝望中，是经过了怎样艰难痛苦的挣扎、抉择和奋斗……才成就了后来作为现代实业家的陈鹤亭！

同样是有良知的知识分子，同样身处那个洪流浩荡的时代，陈鹤亭与鲁迅笔下的孔乙己和"狂人"对那个残酷世界和无情现实的态度、处理方式和实际行动就截然不同：

陈鹤亭勇敢地选择了担当起责任、改变现实并付诸行动。而孔乙己和"狂人"，孔乙己变成了可怜、麻木、迂腐和无能的人，并靠酒精来麻醉自己；"狂人"则选择了逃避，用得精神病的方式逃避到自己的心灵中去残度余生。麻木和逃避，其实都容易做到。但是，在那个特殊时代，如果中国社会中有良知、有能力的知识分子都选择这样的生活，那么，改变整个社会的责任又由谁来担当？中国半殖民地半封建社会还要延续多久？中国广大民众在"三座大山"的残酷剥削和压迫下，在极端贫困的生活中还要痛苦地挣扎多久？

所幸，还有更多像共产党人一样的先进分子、像陈鹤亭一样的实业家，在独立自主、强国富民的理想和旗帜下，勇敢地担当起改变社会的责任并付诸实际行动：英勇奋斗，前仆后继，无畏无悔。所以，才有了今日之中国！

回望 19 世纪末 20 世纪初的云南还非常落后闭塞，以陈鹤亭为代表的一批优秀知识分子"睁眼看世界"，把自己置身于历史变革的洪流中，成为当时敢为人先的一批杰出的云南人之一。所以，陈鹤亭的一生，是那个大时代中国有良知的知识分子命运的搏击史及其心灵史，既哀痛绵绵，又豪迈连连，更令人感佩至深。

所以，个旧今天能有"世界锡都"的地位，个旧人能在这里安居乐业，过上比较舒适精致的生活，确实与陈鹤亭当年所做的一切密不可分！

所以，如今尽管近百年过去了，但人们对陈鹤亭的种种善举仍念念不忘。譬如《云南日报》原总编辑孙官生先生著作《百年窄轨 滇越铁路史 个碧石铁路史》中对陈鹤亭事迹就有诸多记述。

石屏作家高春林先生填词一首纪念陈鹤亭：

瑞鹤仙·鹤公颂

柏林青葱，瑞湖阔，育得鹤公俊聪。贤母织桑麻，理家田地种，父走西东。少小晨读，月下墨书，弱冠中举。入仕途，胸怀鸿志，欲改国弱民穷。

鹤翔，一行千里，云锡高歌，铁路商通。乡愁更浓，建学校，平街铺。赢得孔圣赞，范蠡屈从，洋人叹服。桑梓感恩思古贤，心碑永活。

所以，人们必须留下一些纪念在心中，留下一些文字在书上！人们必须记忆中有历史、思考中有思想、精神上有信仰、心灵中有理想！故而，人们才知道自己是从哪里来、要到哪里去，才知道自己应该做什么、不应该做什么！（载于《春城晚报》2022 年 8 月 19 日，有删节）

参考文献：

孙官生著《百年窄轨 滇越铁路史 个碧石铁路史》中国文联出版社 云南滇越铁路研究会

滇越铁路　中国西南历史上第一条国际铁路

一览滇越铁路　1903 年中法签订丧权辱国的《中法会订滇越铁路章程》，法国拥有修筑滇越铁路及其展筑支线权。滇越铁路分南北两段，全线总长854 千米。南段（越段）为越南海防至老街，全长 389 千米，1903 年竣工通车。北段（滇段）为中国云南河口至昆明，全长 465 千米，1903 年底动工，1910 年3 月 31 日竣工通车。抗日战争时期，滇越铁路作为国际援华物资运输生命线惨遭日军飞机疯狂轰炸。1940 年 6 月国民政府下令拆除滇越铁路部分设施，成功阻止日军依靠该铁路北上侵占云南大后方。1946 年 2 月 28 日中法双方签订《中法新约》，废除《中法会订滇越铁路章程》，滇越铁路滇段所有权完全移交中国政府。至此，由法国殖民者经营管理 30 年的铁路回到中国人民手中。滇越铁路见证了中国人民不断反帝反封建和抗击日本法西斯并最终取得胜利的艰危历程。同时它作为当时西南历史上第一条国际铁路，长期、深刻、全面影响着云南近现代历史发展进程。

623

争夺路权　艰难施工　世界奇迹"人字桥"和米轨寸轨交汇处

19 世纪末 20 世纪初，围绕英、法两国争夺在云南修筑铁路路权和中国保卫路权，中英、中法、英法之间展开错综复杂、旷日持久的斗争。1883 年11 月法国悍然发动中法战争。此后又多次发动战争对中国政府进行打压及威逼利诱。1884 年 2 月至 1903 年 4 月，中法之间签订《中法简明条约》《中法会订越南条约》《中法续议商务专条附章》《云南隆兴公司承办七属矿务章程》《中法会订滇越铁路章程》等多个丧权辱国条约，内容广涉领土主权、交通、商业、金融、矿产等多方面。其中《中法会订滇越铁路章程》称：法国拥有滇越铁路滇段河口至昆明筑路权及其展筑支线权；法国无偿获得修建铁路所需土地和铁路两侧以及建站厂所需土地；法国修建铁路所需器材物资进口一律免税；法国拥有铁路 80 年运营权；铁路通车后客货运价均由铁路公司自定；铁路建设和运营管理人员不用中国人；外国人违法犯罪由法国领事处理；中国地方官员须负责保护铁路。

之后，滇越铁路法国公司组织修筑铁路，线路是河口-蒙自-屏边-阿迷（今开远）-弥勒-华宁-宜良-呈贡-昆明。铁路公司把工程分为 10 个工程段发包给意大利、法国等国承包商。建设中，由外国人组织工程技术、行政管理、财会、助理、绘图等各环节工作人员共 2929 人，监工 1200 人左右均由外国人担任。劳工多数招募于中国广东、广西、天津、山东、福建、四川等地，还有云贵总督丁振铎、洋务总办兴禄要求省内州县官府强制征召青壮年充役并对"不从者则击杀之"。劳工们的工作条件极其恶劣，使用铁锹、锄头、撬棍、钢钎、大锤、炸药、竹筐、扁担、手推独轮车等原始粗笨工具劈山修路。修路所经红河、南溪河谷等地是有名的瘴疠之地，疟疾、伤寒、霍乱、天花、麻疹、鼠疫等恶性传染病流行，发病率和死亡率分别高达 80% 和 90%，死亡者或陈尸沟壑，或绝村灭户、十室九空。同时，修路还要克服频繁发生地震引发的次生灾害、预算不足导致的资金链断裂、长达 2 至 3 年时间的劳工紧缺、运输供给太难等种种困难，从海拔 89 米的河口站沿南溪河谷一路向北，逢山开路，遇水架桥，在悬崖峭壁上开凿出隧道和路基，跨越深沟险壑后穿山越岭向前，在蒙自芷村车站穿越红河与珠江分水岭，在昆明水塘车站(铁路最高海拔点 2026 米处) 穿越珠江与金沙江分水岭，于 1910 年 1 月 30 日到达终点站昆明。这项繁浩、复杂且困难巨大的工程建设历时 7 年，搬运土石 1600 多万立方米，开挖清除路堑岩石 50 多万立方米，建成 3422 座各种桥梁涵洞、310 座隧道端口和 3000 多座挡土墙。

在铁路建设中，位于屏边县境内波渡箐和倮姑站之间的"人字桥"成为世界工程史上的奇迹之一，这是由法国工程师鲍尔·波登设计的，1907 年 3 月 10 日开工、1908 年 12 月 6 日竣工。工程架设的钢梁、杆件、建材和机具等总重近 180 吨，完全用骡马和人力从通车地点搬运到 28 千米外地段，再攀爬 80~100 米高的山崖才能搬运到施工现场，为搬运 2 根长 355 米、直径 18 毫米、总重 5090 千克的铁链，就由 200 名劳工排成 600 米长队列在山间小道艰难缓行，耗时 3 天才运到工地。"人字桥"造型像人，巧夺天工地用"头"和"脚"连通了两座相距 70 米、跨度 55 米、绝壁对峙的高山，桥梁距山底高度 100 多米，是当时世界上跨距最长的金属桥梁。它建造质量好，100 多年后的今天钢轨不锈蚀、不剥落、不变形且未进行过大改造，2006 年被国务院列为"全国重点文物保护单位"。滇越铁路上还有米轨与寸轨在一个点上交汇换装的世所罕见"奇观"，1925 年滇越铁路碧色寨站与个碧石铁路碧色寨站正式建成接轨，蒙自碧色寨成为特等换装火车站。政府在此设立海关、邮电、税收等机构，国内外商人和游民数万人蜂拥到此"闯码头"，或办起商号、转运站、仓库、饮食店、咖啡店、旅店、土杂百货店、烟馆和赌场，或出卖苦力。每逢街子天这里都热闹非凡，只要有钱，小到针头线脑大到汽车煤油，国内外所有东西都能买到。抗战时期，据不完全统计，日军出动飞机 76 批、894 架对滇越铁路和个碧石铁路及沿线河口、屏边、蒙自、个旧、建水、开远、昆明等地进行狂轰滥炸，导致民众死伤数万人，工厂、铁路设施和房屋被炸毁。但日军企图"砍断"这两条生命线将中国军民困死的美梦最终破裂。

在滇越铁路建设中，中国劳工付出巨大代价。据 1910 年法文版《云南铁路》记载："招工 60700 人，不含云南、四川"，"死亡 12000 人，单是南溪地段死亡人数大约就有 10000 人"，"人字桥死亡 800 人"。清政府湖南候补道沈祖燕于 1907 年在云南"实地调查"后称，筑路劳工"不下二三十万人"，"死亡不止六七万人"。参与铁路建设的全部中国劳工确切人数虽难以说清，但 6.07 万人是铁路公司开始时统计的准确数字，再加 7 年中死亡、逃亡后的补充数，十多万人不会少，由此可见修筑铁路的异常艰险，也证明这是一条用中国劳工血汗和生命铺筑而成的铁路。

滇越铁路建成　法国殖民者是最大经济利益获得者

法国人通过修建滇越铁路在云南获得的经济利益是全面而丰厚的，主要包括滇越铁路本身运营的直接收入、通过滇越铁路直接控制和垄断云南对外交通命脉而取得的最大限度利润、通过滇越铁路大肆倾销外国商品霸占云南商业市场而取得的利润、在云南建立银行垄断云南金融业而取得的利润以及不择手段掠夺云南珍贵矿藏资源和战略资源而取得的相关利益等等。此处仅以滇越铁路本身运营的直接收入为例。据滇越铁路法国公司的报告称：法国公司修筑滇越铁路滇段总投资为 1.65 亿法郎（含通车后 5 年不得动用的 700 万法郎工程风险金），建成后每年运输收入是 6720 多万法郎，年纯利润是 1000 多万法郎。以 1940 年 6 月因抗日战争停运计算，共经营 30 年，法国公司得到的纯利润已超过 3 亿多法郎，相当于总投资的 2 倍。

滇越铁路建成后，外国商品在云南大量倾销，洋行大量出现，同时法国银行在云南成立，云南商贸业和金融业主权随之丧失。外国商品通过昆明、蒙自的洋行辐射到云南各地和西南诸省，使外商获利丰厚。外商在昆明开办洋行15家，另有多家酒店和旅社。蒙自在铁路通车前后就有安兴洋行、巴黎百货公司代理处、美孚三达水火油公司代理处等21家洋行。洋行大肆倾销外国商品，从生产资料到生活资料无所不销，几乎垄断了云南商贸领域，把本地商品挤占得难有生存空间。为外国商品销售和资本输出服务的买办商人与外商的勾结，加速了外商垄断云南进出口贸易和左右云南商业贸易进程，使云南脆弱的商业经济更加式微。

在滇越铁路和洋行催化下，外国银行也在云南建立。1914年1月2日法国东方汇理银行东京（今越南河内，下同）分行蒙自支行（以下简称蒙自支行）成立，其所作所为大肆破坏云南金融业秩序以牟取更多更大利益。方法和途径主要有：承办滇越铁路汇款，打击云南本土银行富滇银行；利用保管和承汇中国财政款项和个旧出口大锡换得的外汇等巨额资金获取巨额利润，并使其成为操纵和垄断云南金融业的资本和基金；承办大锡跟单押汇，垄断云南外汇，任意操纵汇价，国内外"通吃"，使云南外汇汇率被不断提高，导致滇币价值不断下跌；肆意扩张，在非条约许可的个旧、昆明建立分支机构开办金融业务打压富滇银行；规定中国政府不得过问法人银行事宜，但催收贷款必须要中国政府出面并拘押债务人和承保人，且如果没有法人银行同意和通知中国政府不得释放被羁押人员等。总之，云南金融业已被控制在法人银行手里，他们翻云覆雨，把金融业巨额利润占为己有；并使用金融手段不断掠夺云南民众的血汗钱和社会财富，使云南民众的生活更加穷困悲惨。

为保护路权和矿藏资源　云南民众不断进行反帝反封建斗争

面对帝国主义列强的侵略和压迫，云南民众反帝反封建、要求收回铁路主权和矿藏资源斗争从未停止。1899年6月蒙自大屯（今属个旧市）杨家寨人杨自元邀集个旧矿工及附近村民数千人夜袭蒙自城，火烧洋关税司，迫使法国在当地私自勘测矿藏资源和铁路线路的人员撤回越南。1903年3月爆发个旧人周云祥领导的、有矿工和农民参加的"拒洋修路、阻洋占厂"、"抗官仇洋"的较大规模起义。1908年4月同盟会员黄明堂等人领导举行了震惊朝野的云南河口起义。1910年3月31日滇越铁路公司在昆明举行通车典礼，云南民众和军队自发组织大规模示威游行和抗议斗争，陆军讲武堂青年学生宣布全校停课一天以示国耻，他们在校外发表演讲唤醒民众、抨击清政府卖国行径，又到火车站附近示威游行呼吁政府赎回滇越铁路；广大民众也自发组织和参加示威游行抗议活动，以行动声援学生。这些斗争，表达了云南民众强烈的"阻洋反法"、不畏强暴的爱国精神和斗争精神。

滇越铁路通车后，法、英等国抓紧对云南矿藏资源的争夺，最著名的是"七府矿产"之争。1901年法、英为在云南开发矿藏资源，共同在伦敦成立"云南矿务公司（又名英法隆兴矿务公司）"。1902年6月清政府与法、英签订《云南隆兴公司承办七属矿务章程》，其中有：隆兴公司可开采云南府（昆明）、澄江、临安、开化、楚雄府、元江州和永北厅七处矿产，计五府一州一厅，时称"七府矿产"；"七府"境内若无矿可采时，可以全云南其他府厅的交换、互抵；开采期限为60年，期满后若矿务兴旺，还可延长25年。"七府矿产"中包含临安府属个旧锡矿、云南府属易门铜矿、永北厅属米里铜矿。法、英其实是把云南已发现可开采的矿产全部霸占并要悉数开采殆尽才罢休。后因云南民众的坚决反对和不断斗争，清政府以赔款150万两白银给法、英政府为代价废除了相关章程，赎回了"七府矿产"。这些赔款由清政府分6次先垫付给法、英政府，再由云南府分10年归还给清政府，但是这些赔款最终都转嫁到云南民众身上，使其生活陷于更加贫穷悲惨的境地。

滇越铁路对云南近现代历史发展的深远影响

——催生了云南近代工业，初步建成了以昆明、个旧为中心的工业体系。铁路的开通使先进设备、技术、人才、资金的引进变得便捷，商人逐步兴办起云南近代电力业、机械工业、化学工业、矿冶工业、火柴业、纺织业、烟草业和制革业等。如1910年创办的昆明耀龙电灯股份有限公司在石龙坝建设水力发电厂2座并于1912年建成发电，是我国第一个水力发电厂。1936年建成昆明电机电缆厂并生产出中国第一根电线和第一台电机。至1937年，昆明有近代机器化工厂29家，资本总额达新滇币11893112元。

——初步建立了以昆明为中心的公路交通网络。云南府制定了修筑公路、铁路和兴办邮电、轮船及空中运输的庞大计划并逐步实施。如制订出"四干道八分区筑路计划"：以昆明为核心建设辐射云南的公路网络，四干道即滇西干道、滇东干道、滇东北干道和滇南干道，八分区即由昆明辐射到东南西北与各地州署连接的公路。为此云南公路建设发展迅速，昆明至黄土坡、下关、贵州盘县等公路先后建成通车，加强了昆明与边疆、内地的联系，促进了共同发展。

——带来滇池水运业和民用航空业的兴起。滇池水运过去都是使用摇橹木船，费时费力，效率低下。1927年商人李凤祥向昆明华山机器厂订购一艘轮船并取名"西山号"，1929年下水，这是云南航运史上第一艘由中国工程

627

技术人员自行设计和制造的蒸汽机轮船。1928 年云南成立商业航空委员会并向美国订购客机 2 架，1929 年 4 月其中 1 架"昆明号"从香港经北海、广西至昆明，长途飞行 6 小时、900 多千米，是当时全国最长一次航空飞行。1936 年至 1937 年，昆明至成都和越南河内的航空线开通。

——带来商业贸易的繁荣和新生活方式。1907 年昆明市有 59 个行业和一些不成规模的店铺，发展到 1935 年有商号 5542 户、从业人员 12586 人、资本 4,120,660 元，正义路、金碧路、东寺街一带形成全市商业中心。国内外人员进入云南带来新生活方式，昆明、蒙自、个旧、红河等地官府和私宅都有大批仿西式或中西合璧式建筑出现并成为时尚。女子可进现代学校读书。修建自来水厂，使用电灯电话，建盖电影院、公园和西医院。那时的蒙自街头，经常可见缠着三寸金莲的女人穿着中国旗袍，坐在法国人开的咖啡馆里优雅地喝咖啡；又因蒙自盛产优质烟叶，这里女人还有抽水烟筒的习惯，她们可坐在街边小馆边抽水烟筒边喝咖啡，而在过去这里的女人连独自出门都不行。

滇越铁路促成近代文明在云南的传播和云南民众意识觉醒，使他们思想普遍得到解放并学会用开放的心胸和行动接纳外部世界，新与旧、先进与落后、古老文明与近代文明、封建农耕文明与资本主义工业文明、自给自足自然经济与市场商业经济……都在发生着激烈、尖锐、痛苦的撞击、挣扎、融合与发展。与此同时，滇越铁路的建成也凸显出了云南的区位优势、资源优势和战略地位，提高了云南的国际知名度。滇越铁路开通和云南近现代历史发展历程还证明：人类应该具有主动突破的思想意识、踏实的工作行动及取得实在成效的能力，否则云南再是怎样一座"新金山"，在别人手里能变成"金山"、而在自己手里就永远只会是"山"。还有，也让人们认识到先进文明是有力量且是须要传承的，只有对其不断地赓续、传承、保护和发展，才能够对人类的生存、发展和进步不断地发挥出重要的作用。（载于《春城晚报》2022 年 9 月 30 日）

参考文献：

孙官生著《百年窄轨 滇越铁路史 个碧石铁路史》中国文联出版社 云南滇越铁路研究会

从哈尼小伙到"大国工匠"

——云锡集团公司大屯锡矿"全国技术能手"马三处素描

马三处是云锡集团公司大屯锡矿三坑一名普通的井下掘进工人，1999 年他从技校毕业后来到大屯锡矿参加工作。20多年来，他工作勤奋努力，不断钻研，在掘进工作中攻克了一个个难关，在平凡岗位上作出了不平凡业绩，先后获得云南省"云岭技能大师""全国技术能手"等多项荣誉称号，省总工会命名成立了"云岭工匠·马三处创新工作室"，马三处成为享受国务院政府特殊津贴的一名普通矿工。

他从哈尼农家走来

1980年11月，马三处出生在绿春县大兴镇瓦那村委会马上村的一个哈尼族农家。在兄弟姊妹6人中，他虽排行最小，但他从小就帮着父母割草、掰苞谷、做家务。长大一些后边读书边跟着父母学习栽田种地，以分担父母的辛劳。这时他年纪虽然不大，但农家的活计基本都会干了。19岁那年，他带着哈尼梯田的风雨和谷香，带着哈尼汉子的豪迈和坚毅，带着对美好生活的向往和追求，来到云锡集团公司大屯锡矿三坑当了一名井下掘进工人。

那时，马三处虽然有了在技校学习的一些理论知识，但面对地层深处那些嶙峋怪石、散乱泥土，面对复杂地质情况和危机四伏的工作现场……他也曾经手足无措、心中恐慌，他不知道要怎样应对这些困难，他想到了放弃……马三处的师傅看出了他的心思，就对他说："人不怕不会，就怕不学。只要你肯学，我一定教会你。"在工作中，师傅耐心地、手把手地教他技术，又教他怎样观察、发现、判断、处置工作现场的突发情况，也不断从思想和精神上给予他指导、鼓励和帮助。就这样，在师傅的悉心教导和带领下，马三处凭着对矿山的热爱和对工作的执着，在实践中不断学习、探索、积累、总结、进步，在平凡、普通的岗位上不断积累经验、提高技术技能，逐渐成长为一个出类拔萃、身怀"绝技"的优秀井下掘进工人。

二十多年奋战在地层深处

参加工作20多年来，马三处一直奋战在地层深处，也一直是个普通掘进工人。但他有一股子善于学习、吃苦耐劳、悉心钻研和坚韧不拔的"牛劲儿"，硬是把一个普通掘进工人的普通工作做到了不普通、做到了同行中的"极致"。在云锡公司1600平台大箐东、芦塘坝、马吃水、高峰山等地的矿区井下，都有他辛勤工作的身影和极致工作的成果。

2005年，云锡公司实施重大技术更新改造的"三大平台"建设工程，其中"中央竖井"建设是工程的"重中之重"，也是大屯锡矿二区最难啃的一块"硬骨头"。为此，二区抽调年轻力壮、技术能力强、经验丰富的人员组成"青年突击队"开赴新"战场"，马三处也在其中。在工作中，中央竖井施工难度超出了大家的预判和已有的技术及经验，因为过去大家干过的都是平面迎头掘进，但这次是要在垂直高度 700 多米的竖井的中部开拓出辅助斜井的施工，大家还是第一次遇到。如何克服困难、顺利施工，考量着他们的思维和技术，锤炼着他们的意志和能力。马三处和队员一起，根据设计要求、现场实际和大家的经验及能力，经过多次摸索和试验，创造性地运用"打一定角度的眼"等多种有效方法，解决了工作中的关键难题。在施工中，大家都只能半蹲半爬在狭小的洞中没日没夜地轮番进行掘进作业，才确保了工程建设按质按量地完成。

在 1600 平台大箐东矿段掘进过程中，由于施工现场是汇水区域，顶板上裂隙和滴水多，岩壁和地下也不断涌水，马三处和队员们穿上水衣工作，但不一会儿全身就被水淋湿透，他们一身泥水汗水地连续奋战。由于涌水大，加上岩石节理、裂隙不同，使岩石破碎、成孔率低、爆破孔漏气和装炸药困难，采用传统的短钎凿岩进行钻孔爆破效率低，工程进度慢；同时，按常规打好的爆破孔装炸药时马上就被涌水冲了出来。对此，马三处认真观察现场情况，向其他队组请教，又结合自己经验，琢磨出采用打互助眼、用特殊方法提高装药率和防水率等多种方法，虽然这样做耗费体力较大、马三处和队员们也会更辛苦，但有效解决了工作面涌水大、效率低、浪费大等施工难题，使爆破率由原来的 85% 提高到 95%、工作效率提高和施工成本降低，确保了工程建设顺利完成。

1600 平台马吃水矿段掘进工程因为是云锡硫化矿持续生产的接替基地而被称为"一号工程"。在具体工作中，地质情况复杂、涌水大、易塌方也是最大的困难。如果仅采用传统的长独头掘进工具和方法对每一个六七平方米的作业面进行掘进作业，要完成月计划 180 米的掘进任务几乎不可能。为此，马三处又认真想办法，根据现有的工具、自己的经验和技术，大胆想出采用大直径掏槽和长钎爆破等新技术和新方法，经反复试验后取得成功并立即运用到掘进工作中，使他带领的队组掘进进度由原来的每月 80 米提高到 201 米，效率提高了一倍多。马三处还把这些方法教给了其他队组，大家齐心合力，加快了工程进度。

在 1600 平台高峰山矿段实施高效采矿方法革新过程中，由于矿体地质结构复杂，多种矿岩共生、围岩稳定性差、地下渗水大以及矿石运输距离远等困难，开采和革新方法的难度都很大，必须先进行现场工业试验，取得成功后才能实施和推广。在工业试验中，马三处带领队组跟随工程技术人员积极投入到攻坚战中。对此，他深有感触地说："跟着工程技术人员攻坚是很好的学习机会，我们学到了很多专业知识和理论，他们尊重和采用我们在工作实践中得到的好经验和好方法，对工作帮助很大。"经过大家反复摸索和试验，采用传统与新型高效人工结构相结合等多种开采方法克服了上述困难，有效降低了矿石损失并为松散矿体的开采积累了经验。

2001年，马三处担任了三坑八工区探矿26队的队长，从一名矿井掘进"高手"转变为管理生产队组的"能手"。在工作中，他善于言传身教，倾心做好传帮带，耐心地教新工进行标准化和安全操作，从掘进工作最基础的打眼放炮、除渣钉道、工具使用、机电维修到对迎头现场情况的观察、判断和对突发情况的快速处置……他把自己的"十八般技艺"都毫无保留地传授给每位新工。遇到接受能力较弱的新工时，他总是不厌其烦、一遍遍地讲授操作要领，手把手地教，甚至单独为他们"开小灶"，直到教会为止。他常说："当年我师傅也是这样教我的。师傅常说没有教不会的徒弟，只有不会教的师傅，徒弟学不会是我们做师傅的没有教好。"随着时间推移，他培训过的新工越来越多，经他带出的徒弟一个个茁壮成长为能够独当一面的技术骨干，为生产建设增添了新的有生力量。同时，多年来马三处带领的队组在迎头掘进施工、确保巷道规格质量和安全生产等各方面都严格把关，从没有发生过质量和安全事故。

近年来，随着矿山采矿方法现代化的变革，各种新型自动化设备不断应用于生产一线。一直以来，大家都已经习惯并熟练使用各种老式设备，而现在，面对这些"巨无霸"式的自动化设备和厚厚的外文说明书以及操作手册，马三处带领着他的队组"重新学习再出发"。在完成平时各项生产任务的同时，他们千方百计挤出时间，投入到学习和应用这些设备于工作的探索中。而要应用这些设备，首先要弄懂这些设备的说明书和操作手册上的内容和要求，但这些说明书和操作手册全都是英文，没有中文。马三处不懂英语，他就请求矿上联系厂家，请厂家的技术员把这些说明书和操作手册都翻译成中文，他和队员们认真记录和学习。这些内容专业性和技术性很强，十分枯燥和乏味，也比较难记忆，他们就一遍遍地学习和背诵。遇到艰深难懂的专业问题或专业术语，马三处就直接向厂家的技术员请教，技术员也要查找相关资料后才能解答。时间长了，马三处与那些技术员也成为"未曾谋面"的师生，他们对马三处"不懂就问，不会就学"的"钉子精神"很是佩服。

功夫不负有心人，凭着一股不服输的钻劲和苦劲，马三处带着队组对自动化的凿岩台车、铲运车、无轨电车等设备从初步掌握基本原理、学会操作要领到能够熟练地操作和使用设备，大大提高了生产效率。到后来，马三处他们甚至还学会了照着说明书、图标和操作手册自己组装这些新设备，工区上也不用再像过去那样排队等候厂家安排专业人员来组装和调试设备。现在，马三处他们已经能够熟练地组装、安装、操作、使用、拆卸、保养和维修这些设备并能够随时投入生产，使工作效率越来越高。

成长为"大国工匠"

在长期的井下采掘一线工作中，马三处吃苦耐劳，善于学习和总结，积累了丰富的采掘作业技术、经验和实际操作能力，成长为井下掘进作业方面领军型的高技能人才并在工作中作出了突出贡献。为此，马三处也获得了很多荣誉：2009 年荣获云锡公司掘进"技术明星"，同年荣获全国"有色金属行业技术能手"；2012 年荣获"全国技术能手"；2013 享受云南省政府特殊津贴；2014 年被评为高级技师；2015 年荣获"云南省第一届工业发展杰出贡献奖"；2016 年享受国务院政府特殊津贴；2016 年 11 月成为一名光荣的中国共产党党员；2018 年 1 月获云南省"云岭技能大师"称号；2019 年 9 月获云南省"云岭工匠"称号；2020 年 4 月云南省总工会命名成立"云岭工匠·马三处创新工作室"，"专于职，勤于工，敬于业，精于技"是工作室的灵魂；2020 年 6 月获"锡都首席技师"称号；2020 年 12 月荣获云南省"五一劳动奖章"。

面对这些荣誉，马三处总是说："是党和组织的培养，才使我从一个只会栽田种地的农家孩子成长为一个有知识、有技术的矿工。我爱我的工作，我只是做了自己该做的事，但是党和人民给了我这么多的荣誉和这么高的经济待遇。我要带领班组继续努力工作，创造更多、更新的业绩，来回报党和人民对我的培养和厚爱。"

2022 年 10 月

（五）其他论文类：

世界反法西斯战争胜利
是中华民族历史发展的转折点

——纪念抗日战争暨世界反法西斯战争胜利 70 周年

世界反法西斯战争（也称第二次世界大战）结束已经整整 70 年了。这次战争，以其规模之巨大、伤亡之惨重、影响之深远，在人类历史上留下了极其惨痛的教训和沉重的记忆。

二战期间，有 61 个国家和地区约 20 亿人口直接或间接地卷入战争，军队和民众死伤总数达 5500 万人左右，经济损失达 4 万亿美元。二战既是一场空前浩劫和严重灾难，也是对人类良知和进步力量的一次空前大考验。同时，也为加速国际社会政治、经济的变革和科学技术的发展进程，提供了巨大的推动力。

当今世界，局部战争和冲突混乱不断，恐怖势力不断渗透、扩散和破坏和平，人类又面临着新的历史抉择和重大考验。回溯历史，反法西斯战争胜利改变了世界政治、经济的格局和形势，也成为中华民族求独立、求解放、求发展的一个重要的历史转折点。认真总结其历史经验和教训，对怎样避免和制止新的世界大战，坚持和平与发展，加快建设富强民主文明的中国，实现中华民族的伟大复兴，都具有极其重要而深远的意义。

一、世界反法西斯战争胜利的历史功绩

首先，在战争中，人类第一次结成了最广泛的反法西斯统一战线。数十个国家相互协作、相互支持、相互帮助，共同努力，一同斗争，从德意日法西斯的残酷战争和野蛮蹂躏下，挽救了人类和人类文明，铲除了战争策源地，恢复了世界和平。

其次，打破了战前帝国主义列强瓜分并统治世界的格局，使世界殖民主义体系瓦解和各民族独立解放运动空前发展。二战一方面削弱了殖民地宗主国的地位和实力；另一方面，使各殖民地、半殖民地人民在参加反法西斯战争中壮大和发展了自己的力量，促进了各国人民在政治上的进一步觉醒。特别是战后受到中国革命斗争胜利的鼓舞和影响，形成了亚非拉美国家独立和民族解放运动高潮迭起的局面。

再次，使社会主义事业超越了一国的界限，在世界范围内得到繁荣和发展，成为人类历史上社会主义制度一次大规模的实践和尝试。

二、抗日战争胜利是中华民族历史发展的转折点

（一）中国战场是亚洲大陆地区抗击日本侵略者的主战场，同时，中国也是坚持抗击日本侵略者时间最长的国家，为此，中华民族付出了巨大的民族牺牲。

中国是世界反法西斯战争的四个主要参战国之一，中国战场是亚洲大陆地区抗击日本侵略者的主战场。全国军民结成了最广泛的抗日民族统一战线，对日本侵略者进行了艰苦卓绝和不屈不挠的民族解放斗争。自 1931 年

633

"9·18"事变到 1945 年 8 月 15 日日本无条件投降，中国军民共歼灭日军 150 多万人。期间，中国战场牵制日本陆军的总兵力，在 1943 年以前最高时达到 94%，最低时达到 50% 以上，1944 年以后也在 34% 以上；其中，中国共产党领导的敌后抗日战场牵制日军侵华的总兵力，最高时达到 75%，1945 年日本投降前为 69%。从而有力地策应了亚洲、太平洋和欧洲战场的盟军的作战。

在 14 年艰苦卓绝的抗日战争中，中国军民共伤亡 3500 万人以上，其中死亡 2000 万人以上，财产损失和战争消耗 1000 亿美元以上。二战中，中国付出了巨大的民族牺牲，对世界反法西斯战争的胜利作出了重要贡献。战后，作为联合国五个常任理事国之一，中国在维护世界和平中发挥了积极、重要的作用。

（二）中国抗日战争的胜利，是中华民族百年来武力抵御外侮的第一次全面胜利，是中华民族大团结、大抗争的胜利。

抗战胜利，使中国收复了失地，实现了国家领土主权的完整和统一。在这场关系到民族生死存亡的大决战中，中华民族发扬了传统的"兄弟阋于墙，外御其侮"的团结精神。全国各族人民，各党派团体，国共两党及其所领导的军队，都汇聚在抗日民族统一战线的旗帜下，共赴国难，一致抗敌。

期间，共产党及其领导的军队打破了国民党顽固派发动的三次反共行动，维护了民族团结，坚持了抗战，挽救民族于危亡，维系了中华民族 5000 多年的文明血脉，同时也是对世界文明的重大贡献。中华文明是世界历史上唯一延续不断的文明。中国古代神话传说中的精卫填海、女娲补天、愚公移山、大禹治水等故事，就包含着中华民族精神起源中的自强不息、厚德载物、民族团结、世界大同等精神。这些精神在后来中国几千年的历史发展中又得到不断完善、发展和升华，形成了中华民族的认同意识和统一观念。这是维系全国各族人民的精神纽带，是中国自立于世界民族之林的强大的精神灵魂。抗战的胜利，正是这种精神灵魂和力量的集中体现；同时，更赢得了民族尊严和增强了民族自信心；并且证明：国家统一，民族团结，和平与发展，是不可抗拒的历史潮流，顺之则昌，逆之则亡。

（三）中国抗日战争的胜利，彻底改变了 1840 年鸦片战争以来的远东局势，是近代中国历史发展和民族解放斗争的历史转折点。

中国抗日战争的胜利证明：一个长期被欺压、被奴役的伟大民族，一旦到了生死存亡的紧要关头和有了英明正确的领导，就会觉醒和站立起来，以破釜沉舟的决心和果敢勇猛的行动，为救亡图存而战。抗日战争唤醒和动员了亿万民众，发展壮大了社会进步力量，沉重打击了日本侵略者和国内反动腐朽势力，大大推进了中华民族解放事业的进程。中国共产党领导的人民武装力量在战争中不断发展壮大，从1937年的9万余人发展到1945年的130余万人。解放区也大大扩展。中国共产党得到了越来越多的人民群众的支持、信赖和拥护。中国社会各阶级和政治力量的对比，向着有利于人民革命的方面转化。共产党领导的武装斗争的胜利和统一战线的形成，为抗日战争和解放战争的胜利以及后来彻底完成民主革命奠定了重要基础。

同时，进步力量的壮大，使中国从半殖民地半封建社会的"三座大山"的残酷压迫和剥削中解放出来，建立了独立自主的人民民主共和国，并在共产党的英明正确领导下，中国的政治经济社会建设和发展都取得了举世瞩目的辉煌成就。

三、抗日战争胜利后的历史与现实

（一）历史。

1945年，二战以反法西斯战争的胜利和德意日法西斯国家的失败而告终。各参战国在战争中的作用、地位和战争的结局，对战后世界格局的变化与形成有着决定性的影响。

二战结束后发生的第一场大规模局部战争是朝鲜战争，它是雅尔塔协定的产物。而抗美援朝战争的胜利，是中国共产党领导新中国人民扫除百年来被奴役、被欺侮的屈辱，重新获得民族尊严和自信心的开端；是年轻的新中国在国际政治舞台上第一次独立自主地展示自己进步意识形态（即社会主义）与当时世界上所谓的"主流意识形态"（即资本主义）截然不同的实力、政治实力和经济实力并进行较量和博弈的集中体现——尽管与现在相比，那时的中国还是很贫穷、很落后的国家。可以说，中国的独立和复兴，是继法国大革命、英国工业革命以来世界格局的重大变革。

（二）现实。

二战胜利至今已有70年。新中国建立已有66年。在中国的建设和发展中，有失误，有挫折，但总是在前进，更有辉煌成就。

现在，从经济总量上看，中国虽然已经是世界第二大经济体，但是，从中国人口数量与经济总量的比例上看，从中国经济发展的质量上看，中国经济发展仍然是有许多困难和问题的，我们不能盲目乐观，自我陶醉。中国仍然是发展中的社会主义国家，是和平共处五项原则的倡导国和践行国之一。

中国坚持和平外交政策，不称霸，奉行积极防御的战略方针。中国不侵占别国土地。中国是保卫和平、制止战争的重要力量。中国必须保持必要的军事力量，这纯粹是防御性的。过去，中国的军费开支在世界各国中始终处于低水平。1949 年，中国的军费开支只相当于 59.77 亿美元，如按照全国平均人口计算，人均仅有 5.1 美元左右，而美国人均达 1009.7 美元，日本是 375.8 美元；如果按每个军人的费用计算，中国是 1992 美元，约为美国的 1/79、日本的 1/85。近年来，中国的军事力量较快发展，这是中国人民从自己悲惨、穷困的经历中，认识到维护自己国家主权和民族独立及其领土完整的极端重要性。因为，世界上没有一个国家曾经像中国这样被众多列强国家任意宰割，这样被迫同那么多国家签订了那么多丧权辱国、割地赔款的不平等条约，这样被众多列强国家掠夺了无数财富……致使 1949 年以前的中国老百姓在极端穷困和悲惨的生活中苦苦挣扎……所以，现在的中国必须用必要的军事力量来维护国家主权、领土完整、民族独立和人民安全幸福。

四、抗日战争胜利对新中国发展的深远影响

新中国建立后，中国共产党领导中华民族迈出了中国现代化建设和发展的步伐，共产党明确、科学地提出了中国现代化发展的方向和目标。这些方向和目标的确立，主要是从总结历史的教训中得来；其中，抗日战争对这些方向和目标的确立产生了重要而深远的影响。主要有三个方面：

（一）中国共产党始终不渝地把建设一个社会主义工业化和现代化的国家作为奋斗目标。

中国近现代以来被侵略、被压迫、被剥削的屈辱历史证明：一个国家和民族，如果没有工业化和现代化作基础，没有现代化的工业体系，那么，这个国家和民族的一切就必得受制于人、必得仰人鼻息、必得任人宰割；要想得到"主权独立、领土完整、经济发展、社会稳定、人民安居乐业"，无异于痴人说梦、天方夜谭。

所以，即使在艰险的革命斗争和民族解放斗争中，共产党都一直把中国工业化建设作为重要的工作目标和任务提出来，譬如：从 1945 年 4 月毛泽东同志在党的七大上作的报告《论联合政府》到 1949 年 3 月召开的党的七届二中全会的精神，从 1949 年 6 月毛泽东同志发表的《论人民民主专政》到 1949 年 9 月通过的《中国人民政治协商会议共同纲领》等，都强调指出：在革命战争任务完成后，必须有步骤地解决国家工业化问题，要将中国这样一个落后的农业国转变为一个先进的工业国，是我们的首要任务。

636

新中国建立后，即使遭到西方国家从经济、政治、科技、军事等全面的封锁和围堵，但作为执政党的共产党，仍然坚定不移地通过"独立自主，自力更生，艰苦奋斗"来建设中国自己的工业体系；同时，从党中央制定的过渡时期的总路线到1956年4月毛泽东同志作的《论十大关系》等报告，都证明了共产党领导的国家建设自始至终地把中国工业化和现代化作为统领一切工作的总目标和总要求，并在国家每五年一次制定实施的"一五、二五、三五……"等工作计划中一步步地付诸具体的实际行动。所以，到1970年代末，我国仅用20多年时间，就已经基本建立起比较完备的工业体系。其间，虽有"文革"影响，但是不可否认，我国的工业化建设仍然取得了巨大成就。

我们后来的改革开放以及国企改革等经济体制改革，也是因为有了这个比较完备的工业体系作为基础和支撑才能进行的。因为这个工业体系为我国建立、培养和储备了相应的技术水平、技术能力、技术设施、人才队伍、管理体系和实践经验等，否则，我们今天要想发展成为制造业大国和世界上第二大经济体，是绝对不可能的。

（二）中国共产党充分认识并重视中国工业化和现代化建设所特有的长期性、渐进性和中介性。

在具体和实际工作中，共产党充分认识并注意到了中国工业化和现代化建设的长期过程，并善于在这个过程中寻找和创造各种中间环节、过渡措施和媒介桥梁，并取得了卓越的成效。譬如：为建设新中国的社会经济，共产党领导的经济建设有几大创举：公私兼顾，劳资两利，城乡互助，内外交流等。再如：为建设新民主主义的民主政治，共产党领导的新中国在政治建设上也有几大创举：共产党领导的联合政府制，多党政治协商制，人民代表大会制。这"三制"的确立，旨在寻求中国特殊国情下共产党的领导与人民民主、人民监督的结合点。后来的发展事实证明，这些创举和实践都是符合中国国情和实际工作需要的，并且卓有成效地保障了中国工业化和现代化建设的顺利进行。

（三）中国共产党开始探索中国现代化建设的各种有效方法，并在这个过程中注重相关的整体性、综合性和结合性。

以毛泽东同志为核心的第一代领导集体，在这一时期提出并实践了一系列具有中国特色的、重要而闪光的新思想，例如：提出中国的现代化是国家工业化与农村社会化的有机结合；是物质技术基础与社会关系形式双重改造的有机结合；是社会经济现代化与科学技术现代化的有机结合；是制度的改

637

造和建设与人的改造和建设的有机结合等。

同时，刘少奇、周恩来、朱德、任弼时、陈云、邓小平等新中国的奠基者们，也颇多建树，提出了符合实际工作需要的、内容丰富的建设蓝图和独具个性的闪光思想。例如：在1956年党的"八大"前后，邓小平就提出了以"人民监督制"克服官僚腐败的思想；陈云提出了"三个主体和三个补充"的新型经济体制的构想；刘少奇发表了《论共产党员的修养》……

那真是一个群星灿烂、大展宏图的时代！这些从中国民族解放战争和革命战争的血雨腥风中奋斗出来的杰出者们，在中国和平时期提出和实施的稳步、渐进发展的思想、措施及行动，都是符合、适合当时中国发展的国情、民情的需要的。这确保了新中国从新民主主义革命走向社会主义现代化建设的主导方向；确保了新中国的政治稳定、经济建设的持续发展和人民生活的重大改善；确保了新中国主权独立、领土完整、经济发展、社会稳定和人民群众安居乐业。

综上所述，对中华民族而言，20世纪是一个始于忧患、终于安康的世纪：20世纪初，"八国联军"入侵北京，列强瓜分中国。之后，是辛亥革命，军阀割据，内战连连；再后，是民族解放战争和革命战争，无数生灵惨遭涂炭。共产党领导着中国的劳苦大众，筚路蓝缕，前仆后继，不屈不挠，英勇斗争，为民族独立和人民解放作出了巨大的牺牲和贡献，直到1949年开创性地建立了新中国。饱经磨难的中国，终于能够主权独立、领土完整地屹立于人世间；中国人民终于能够免遭战争杀戮，摆脱了被残酷压迫、剥削和奴役的命运，能够有尊严地、安居乐业地生活。

1970年代末，中国开启了改革开放的宏伟事业。20世纪末，香港、澳门回归祖国。21世纪初，是中国建设具有中国特色社会主义伟大强国的关键时期。当前，国际形势更加复杂而严峻，西方阵营针对中国发展而进行的全面的围追堵截和制裁，也由幕后走到了台前，我们面对的各种困难和问题会更多、更复杂、更前所未有。但是，中国共产党会一如既往地领导着中国人民继续披荆斩棘、乘风破浪，为实现中华民族伟大复兴的中国梦而努力奋斗！中国人民也将一如既往地为维护世界和平与发展作出建设性贡献！（载于《个旧政协》2015年第5期）

638

后 记

本书收录的文章，是作者自 1980 年代中后期以来，在《中国火炬》《新民晚报》《华西都市报》《云南日报》《春城晚报》《云南政协报》《红河日报》《红河政协》《红河文学》《云锡文艺》《云锡公司党校学报》《个旧报》《个旧政协》等各级各类报纸杂志发表的新闻、言论、新闻论文和小说、诗歌、散文、纪实及其他论文等。期间，发表的虽有千余篇 100 多万字，但经精心筛检后，只收录了能够"点滴记录红河前进历史足音"的近 600 篇 70 多万字。

所收录文章因时间跨度较长，又涉及到新闻的多种体裁和题材，还另有其他类别的文章，为便于阅读，编录时是按照下述的结构、内容、原则等来进行编排。

一、关于本书的结构

本书结构包括六辑。

辑一：平凡人生·百姓故事（1997—2002 年）。

"百姓故事"是当年《春城晚报》创新开设的栏目，严格说这些内容都是短篇纪实或特写，是用新闻记录普通人艰辛生活、喜怒哀乐、高尚情操及对美好生活的追求，从内容到形式到语言都真实、生动、接地气，改变了过去报纸在老百姓心目中"高高在上、古板说教"的印象，深受读者欢迎。故单独收录一辑，计 102 篇。

辑二：社会百业·通讯 纪实 特写 专访（1997—2002 年）。

运用通讯、纪实、特写和专访等容量大、可生动记录内容的新闻体裁，从新闻视角，用新闻笔法和具体事实，记录了红河州 1990 年代以来实施的政治体制改革、国企体制改革、城市社区体制改革、农村基层组织改革、农村精准扶贫、小康社会建设等经济社会发展过程中所发生的重大历史事件及其取得的卓越成就。计 65 篇。

辑三：人间百态·精品消息（1997—2004 年）。

从庙堂文章到轶闻奇事，从都市时尚到山乡野趣，从"三讲"教育到国企改革，从查处盗版教辅书到救助贫困学生，从历时数年的锡都 96·8 灾后恢复重建到对矿山采空区的生态复垦，从创造世界多项第一、在喀斯特地貌上成功建设的蒙自五里冲水库到举办首届红河·中越边境民族文化旅游节，从周恩来总理关心个旧锡矿工人的职业病防治到全省首家私营企业党支部在个旧成立，从个旧庆祝建市 50 周年系列活动到百年企业云锡公司的"云锡股份"上市……各行各业，点滴记录，全方位展示出改革开放以来红河州经济社会快速发展取得的巨大成就，展示出现代锡工业文明与当地少数民族优秀传统文化相互学习、融合、交相辉映并实现共同发展进步的七彩斑斓世界。计 390 篇。

辑四：有感而发·新闻言论（1997—2002 年）。

此辑内容不多，主要是评析一些社会陋习，倡导正能量。计 5 篇。

辑五：理性光辉·新闻论文（1997—2002 年）。

此辑主要是从事新闻工作的体会、经验、教训的记录和评析。计 4 篇。

辑六：域外拾英·其他文章（1988—2022 年）。

本书最后单设了此辑，此"域外"即"新闻领域之外"。

在编辑新闻选集中，发现了 1997 年当专职记者之前、2002 年卸任专职记者之后，曾经撰写、发表的一些文章，主要有小说、诗歌、散文、纪实和其他论文等。重览发现，这些文章虽非新闻类别，但当初写作、发表这些文章，一是爱好写作，二是为干好相关工作，三是为晋升职称。

如今，自己已是知天命之年。今后，也难再另出专辑，故敝帚自珍，另增设此辑，朝花夕拾，也算是未负韶华。

因而，此辑虽与前面新闻类文章文体不同、内容或稚嫩或零散，且时间跨度 30 余年，但从另一个角度，也真实记录和反映出与前进的红河州同时向前的个人际遇、不懈努力及其美好结果。以此角度而言，这也是"社会前进足音"中另一种"个人前进足音"的记录，故收录于此。计 26 篇。

二、关于本书的内容

（一）收录了重要的时政新闻。一般的动态新闻和时政新闻不再收录，而对于能够反映和记录当地党委、政府重要工作的重特大历史事件的时政新闻，则适当收录。由此，可管窥红河州波澜壮阔的历史变迁之一貌。

（二）收录了优秀的社会新闻。特别是收录了那些纷繁丰富的"百姓故事"，希望能够用拙笔为这些普通而美好的人们留下一些珍贵记忆；同时，还收录了各级党委、政府制定并实施的、与老百姓生活息息相关的、帮扶各类困难群众的政策性和制度性的新闻以及其他好的社会新闻，希望在社会上传递正能量、倡导新风尚。因为从这些普通人、普通事上，可以折射出红河州经济社会发展过程中的熠熠光辉。

（三）收录了部分新闻言论和新闻论文。